By NIK

11월의 잎새

Can You Keep A Secret?

NIK

11월의
잎새

Can You Keep A Secret?

생각나눔

|목차|

이상하다고 말하면 너도 마찬가지야.

언제까지 거기에 그렇게 서 있을 거야?

너의 유일했던 별은 이미 추락했고 날짜는 지나가 버렸어.

추억만 올려다보며 산다면 떨어지는 건 눈물뿐이야.

- 거울이 NIK에게 -

순간, 어디선가 빗방울이 떨어진 것 같았다.

히죽히죽 웃으며 손님들에게 받은 지폐를 세고 있던 과일 장수가 깜짝 놀라 하늘을 올려다봤다. 어느 틈엔가 검회색 먹구름이 S자를 그리며 거대한 용처럼 하늘을 뒤덮고 있었다.

과일 장수가 허겁지겁 상점 안에서 비닐을 들고 나왔다. 가늘고 부드럽던 빗방울은 어느새 거센 빗줄기로 변해 땅바닥을 마구 두들기고 있었다. 장수가 얼른 자신의 소중한 과일들을 빈틈없이 비닐로 감싸고는 두어 걸음 물러섰다.

분명 이때만 해도 빗방울은 팝콘처럼 비닐 위를 튀어다닐 뿐 과일을 괴롭히지는 못했다. 하지만 다음 순간 마치 골리앗이 부채를 내두른 것 같은 바람 더미가 가게로 들이닥치자 이야기는 달라졌다. 실로 엄청난 바람 폭탄에 비닐은 당장 허공으로 치솟았고, 과실들 역시 큐에 치인 당구공처럼 땅바닥을 나뒹굴었다. 곧이어 악마의 손금 같은 번개가 하늘을 쪼개기 시작하더니 고막을 찢는 천둥이 떨어졌다. 불룩한 배를 부여잡고 어기적거리며 처마 밑으로 향하던 과일 장수는 어이가 없었다. 벌써 빗물이 무릎을 치고 있는 데다 삼라만상은 꽁지만 흙탕물 위로 내민 채 둥둥 부유하고 있었다. 지난 오십 년을 살아오면서 이토록 성난 하늘을 본 적이 있었던가? 아니다. 이건 폭력이었다.

히카.

차창에 두루 서려 있는 희뿌연 김을 손바닥으로 지웠다. 하지만 구부러진 동그라미 너머로 그녀가 볼 수 있는 것이라고는 작렬하듯 퍼지는 물보라뿐이었다. 용케도 빛바랜 낙엽 한 장이 쏟아붓는 빗물 사이를 헤집고 날아와 그녀가 앉아 있는 창문에 앉았다. 히카가 가만히 낙엽을 바라보더니 흠칫 뒤로 물러났다. 놈은 사지를 활짝 벌린 채 가끔 이파리를 떨고 있었는데 그건 누가 보아도 퇴물이 되어버린 자신에 대한 원망이 섞인 자세였다.

"그렇게 하시면 말입니다. 제가 나중에 유리를 또 닦아야 한단 말입니다."

운전석에서 승객의 행동을 나무라는 볼멘소리가 흘러나왔다.

"네?"

"남의 창문을 마음대로 닦으시면 어떡합니까? 비가 그치면 그게 얼마나 보기 흉한지 알아요?"

"아, 그런가요? 그렇겠네요. 죄송해요. 아, 저기 신호등에서 우회전해 주세요."

히카의 사과에도 불구하고 택시 기사는 표정을 풀지 않았다. 왠지 모르지만, 그는 히카가 처음 승차한 순간부터 그녀를 탐탁지 않게 여기고 있었다. 그가 관성을 무시한 채 거칠게 우회전을 시도하자 히카의 몸이 쓰러지듯 왼쪽으로 쏠렸다.

"기사 아저씨!"

히카가 불만을 토로하려 몸을 일으켰을 때였다. 경광등도 꺼버린 한 무리의 경찰차가 택시 옆을 아슬아슬하게 비켜 지나가는 것이 보였다. 굉장한 속도였다. 흙탕물이 하늘로 튀어 오르더니 폭포수처럼 택시 지붕 위로 쏟아졌다.

"도대체 왜 저러는 거야? 그만요. 여기 세워주세요."

차 문을 열자 기다렸다는 듯 빗물이 안으로 난입했다.

"빨리 닫아요. 빗물이 들어오지 않소?"

"트렁크 좀 열어 주시겠어요?"

둔탁한 소리와 함께 트렁크가 열리며 위에 고여 있던 빗물이 양쪽으로 갈라져 쏟아졌다. 기사가 고개를 숙이고 동전을 세다가 못 참겠다는 듯 소리쳤다.

"뭐 하세요? 빨리하세요! 비가 쳐들어오잖아요?"

히카는 어이가 없었다. 기사에게 트렁크를 열어 달라는 것은 당연지사, 그 속에 있는 짐을 꺼내 달란 뜻이 아니던가? 하지만 그는 미간을 잔뜩 찌푸리고 앞만 바라볼 뿐 엉덩이조차 들썩이지 않았다.

현관문이 덜컥 열리며 보기 싫게 더러운 여행 가방이 쓰러지듯 들어왔다. 히카가 몸을 수그린 채 거친 호흡을 가다듬으며 이마의 땀을 훔쳐냈다. 그녀는 빗물에 젖은 가방을 옮기는 일이 여성에게는 초인적인 힘을 필요로 한다는 사실을 미처 몰랐었다. 히카가 힘겹게 허리를 곧추세웠다. 그리고는 처량한 시선으로 밖을 내다보았다. 아직 손가방 한 개가 나무 밑에 앉아 고스란히 비를 맞고 있었다. 정작 중요한 지갑과 여권은 모두 그 가방 안에 들어가 있는 형편이었다. 하는 수 없었다. 짧은 탄식과 함께 커다란 우산 속에 몸을 숨기고 황급히 정원으로 뛰어나갔다.

가방을 집어 들고 허겁지겁 집 안으로 돌아갈 즈음이었다. 그녀가 들고 있던 니켈 도금 우산대에서 순간적으로 번쩍이는 빛이 반사됐다. 어깨가 흠칫할 정도로 강력한 불빛이었다. 하지만 번개는 아닌 것 같았다. 쫓아오는 천둥소리가 없었다. 히카가 걸음을 멈추고 2층을 올려다보았다. 서재의 커튼은 굳게 닫혀 있는 상태였다.

집 안으로 들어간 히카는 소파 위에 걸려 있던 수건으로 젖은 옷을 닦아 냈다.

"아무리 그래도 말이야. 이제 내리기 시작하는 거였잖아? 웬 호들갑이냐고! 비행기가 겨우 이 정도 비도 못 이겨 낸단 말이야? 종이로 만든 것도 아니면서…"

혼잣말을 하면서 커튼을 단숨에 홱 쳐버렸다.

허기를 느낀 그녀는 부엌 냉장고로 곧장 걸어가더니 붉은 사과를 한 개 꺼내 들고 식탁 의자를 끌어당겼다. 과일을 쟁반 위에 올려놓고 반으로 딱 쪼개려는 순간이었다. 전화벨 소리가 울렸다. 누구의 전화인지 알 것도 같아 급한 마음에 사과를 손에 쥔 채 거실로 뛰어 갔다. 그게 화근이 되어 버린 모양이었다. 몇 걸음 가지도 못해 발 목 부분에 저항이 느껴지는가 싶더니 그만 중심을 잃고 마룻바닥에 쓰러지고야 말았다. 허리 부분에 찌릿한 통증이 극명하게 전해졌지 만, 일단 전화기는 들었다.

"여보세요?"

수화기에서는 아무 소리도 들리지 않았다. 눈으로 전화선을 따라 가 보았다. 플러그에서 선이 끊어져 있었다.

"에? 안 되는데, 통화해야 되는데…."

히카가 입술을 잘끈 물며 전화기를 손바닥으로 두드려 보았다. 하 지만 선 자체가 절단된 전화기에서 소리 같은 게 들릴 리 없었다.

"휴, 이건 또 언제 해…."

허리에 손을 얹고 울상이 되어 서 있는데 돌연 창밖에서 대포알 터지는 듯한 우레가 내리쳤다. 고막을 찢는 굉음에 깜짝 놀란 히카 는 전화기를 손에서 떨어뜨려 버렸고, 수화기의 동그란 부분이 작살 나며 거실 바닥을 데굴데굴 굴러갔다.

"어머! 내가 왜 이러는 거야? 에? 대체 내가 오늘 왜 이러지?"

히카가 이마를 짚으며 긴 한숨을 내쉬고는 조각난 전화기를 주워 조심스럽게 탁자 위에 올려놓았다.

뿔난 가슴을 애써 진정시키며 부엌으로 향한 그녀는 식탁 의자를 다시 당겨 앉고는 자신의 두 팔꿈치를 차례대로 테이블 위에 올려놓았다. 허기가 더 심해져 얼른 사과를 다시 깎고 싶었다. 팔을 내뻗었다. 그런데 이상했다. 식탁이 조금 전과 달라져 있었다. 분명 전화를 받기 전까지만 해도 얌전하게 식탁 위에 놓여 있던 부엌칼이 보이지 않았다. 히카가 몸을 굽혀 자신의 역정을 되짚으며 찾아보았지만, 소용없었다. 칼은 흔적도 없었다.

"뭐야? 내가 분명히…"

또다시 혼잣말을 웅얼대던 히카는 어깨를 으쓱했다. 그리고는 까치발을 하고 찬장에서 다른 칼을 하나 더 꺼냈다. 아까 것보다는 훨씬 작은 놈이었다.

거실로 돌아온 그녀가 사과를 한입 덥석 베어 물고 TV를 켰다. TV 속 뉴스 진행자의 표정이 뭔가 심상치가 않았다. 얼른 손가락을 움직여 볼륨을 올렸다. 마이크를 거머쥔 기자 뒤로는 흙탕물에 뒤범벅된 여러 대의 경찰차가 어지럽게 흩어져 있었고, 신분을 알 수 없는 수많은 사람이 그 주변에 몰려 있었다. 얼핏 보아도 단순한 기상 특보는 아닌 듯했다. 기자는 와이셔츠를 반쯤 걷어 올린 팔로 검정 골프 우산을 힘겹게 들고 있었다.

"정말로 난처하고 황당한 일이 벌어졌습니다. 바로 자기 자신의 아내는 물론, 사랑스러운 두 자식까지 잔인하게 살해한 살인마가 경찰의 순간적인 방심으로 인해 지금 이 순간 거리를 활보하고 있습니다. 이 살인자는 자신의 일가를 무자비하게 살해한 엽기적인 인물로서 극도의 위험성을 지닌 중 범죄자입니다. 여러 가지 흉기를 쓰는 것이 특징인 이자는 혐의가 밝혀진 것만 세 명일 뿐 실제로는 훨씬 더 많을 수도 있다는 게 담당 검사의 말인데요…. 살인 방법에서 특별히 일관된 동기를 찾을 수 없는 것으로 보아 범인은 급작스럽게 흥분하는 정신 의학적인 병자일 가능성이 크다고 전문의들은 입을 모으고 있습니다. 지금 그 정신병자가 키타이구 쪽으로 도피한 것으로 추정되는 가운데….”

곧이어 화면에 노란 비옷을 입은 경찰이 나타나더니 초조한 듯 콧수염을 아래위로 쓸어내렸다.

“뭐랄까, 정말이지 순식간이었습니다. 순간적으로 발작을 일으키며 경찰차 안에서 거품을 물고 구토를 하는데… 정말이지 제가 정신이 나갔나 봅니다. 잠깐 수갑을 풀어 주었습니다. 정말이지 금방이라도 죽어버릴 것 같은 표정이었습니다. 순간 제가 차고 있던 총을 빼앗아 가지고… 정말이지….”

이번에는 백발에 눈 밑이 거무스름한 경찰이 나오더니 연방 머리를 조아렸다.

“먼저 국민 여러분께 심려를 끼쳐 드린 점 대단히 송구스럽게 생각합니다. 이번 일은 우리 경찰 내부에서도 자체적으로 수사할 방침입니다만, 단연코 있을 수 없는 일입니다. 범인은 키타이구 쪽으로 도주 중일 가능성이 매우 큽니다. 현재 탈주범에 대해 체포령이 내려진 상태로, 우리 경찰은 키타이 곳곳에 검문소를 설치하고 무장 경찰관 순찰을 실시해 국민 여러분의 안전에 만전을 기하고 있습니다. 다만, 갑작스런 폭우와…."

여기서 다시 처음의 기자가 화면에 잡혔다. 기자의 안경알에는 어느덧 뿌옇게 김이 서려 있었다.

"탈주범의 이름은 하세가와 카이토로 1년 전 발생한 처참한 가족 살해범입니다. 경찰이 형 집행을 이유로 교도소를 옮겨 연행되던 엽기적인 살인마를 단지 발작을 일으킨다는 이유 하나만으로 거리 한복판에서 수갑을 풀어 준 것입니다. 제보도 있습니다. 물론 아직 사실 여부는 밝혀지지 않은 것입니다만, 문제의 경찰이 낮에 동료들과 함께 다량의 음주를 즐기는 걸 식당에서 직접 목격했다는 제보입니다. 제보자는 현직 중학교 선생님으로 알려져 있습니다. 여기 키타이는 지금 폭우까지 내리고 있어서 당분간 이 살인마를 검거하는 것이 쉽지만은 않을 것으로 보입니다. 이 지역 근처에 사시는 주민 여러분들은 문단속을 철저히 하시고 조금이라도 거동이 수상한 자가 보이면 바로 경찰에 신고해 주시기 바랍니다. 신고하실 번호는…."

순간 히카의 등덜미에 찬물을 끼얹은 듯한 소름이 쫙 끼쳐 왔다.

기자가 말한 키타이는 바로 그녀가 사는 곳이었다. 히카의 몸이 쇠뿔에 받힌 마타도르처럼 탁자로 튕겨 나갔다. 일순간에 전화기를 손에 넣은 그녀는 그걸 흔들고 때리며 몇 번이고 소리쳐 보았다. 아무 말도 들리지 않았고, 할 수도 없었다. 전화기를 고장 낸 것은 바로 그녀였다.

히카가 두려움이 가득 찬 눈빛으로 쓸모없는 전화기를 가슴속에 품었다. 그리고는 등을 벽에 밀착시킨 채 미끄럼 타듯 주르르 내려와 엉덩이를 바닥에 대며 쪼그리고 앉았다. 히카는 거실을 빠르게 훑어보았다. 조용했다. 평소의 거실과 다른 점이 없었다. 하지만 이미 불안이 엄습한 그녀의 머릿속에는 방금 있었던 일련의 사건들이 연관성을 가지고 있을 수도 있다는 생각으로 채워지기 시작했다.

'아까 2층에서 번쩍이던 것은 무엇이었을까? 칼은 어디 간 거지? 혹시, 지금?'

소름이라는 무형의 영물이 그녀의 가슴을 힘껏 움켜쥐었다. 이제 그 공포는 스스로 거대하게 자라나려 움찔대고 있었다.

'누군가 숨어서 나를 보고 있는 거 아닐까? 2층에 누가 있어서, 계단에⋯.'

탁자 옆에 세워진 신품 골프채가 눈에 들어왔다. 재빨리 일어나 오른손으로 거머쥐고 다시 쪼그리고 앉았다. 그녀가 전화기를 내려다보며 말했다.

"이건 내가, 내가 고장을 냈었지. 진정해야 돼. 정신 차려야 돼."

이때였다. 어디서인지 꿈결처럼 흐느끼는 듯 불투명한 소리가 들려왔다. 누군가를 의식하며 일부러 나직하게 속삭이는 여자 목소리 같았다. 히카가 본능적으로 전화기에 귀를 대었다. 아무 소리도 들리지 않았다. 가만히 벽에 귀를 대 보았다. 들렸다. 소리는 분명히 벽을 타고 흐르고 있었다.

"아!"

기절초풍한 히카가 털썩 주저앉아 뒷걸음질 치고 있는데 이번에는 2층에서 묵직한 쇠사슬을 바닥에 질질 끄는 끔찍한 소리가 들려왔다. 히카가 어퍼컷을 맞은 사람처럼 고개를 치들었다. 하느님 맙소사. 무지막지하게 거대한 그림자가 계단을 내려오고 있었다. 어찌나 그것이 크고 육중한지 한 발자국 내디딜 때마다 거대한 쇠망치로 집 안을 내리치는 듯한 진동이 느껴졌다. 히카는 버럭 괴성이 튀어나오려는 걸 가까스로 눌러 참았다. 정신 가다듬을 틈도 없었다. 본능적으로 벌어진 방문 틈 사이로 몸을 숨겼다. 그리고 그것을 지켜봤다.

어이가 없었다. 그 괴물은 어디서 찾았는지 남편 카즈오의 비옷을 입고 있었는데 키가 몹시 크고 어깨가 떡 벌어진 것이 뒷모습만 보아서는 사람이라기보단 포악한 코디액 곰이 인간의 흉내를 내는 것처럼 보였다. 그것은 마치 동물원의 맹수가 구경꾼을 의식지 않고 우리 안을 걸어 다니듯 누가 집 안에 있든 없든 관심조차 없다는 식으로 육중한 몸을 끌며 거실을 그대로 통과해나갔다. 한 걸음씩 옮길 때마다 괴물이 만드는 비옷의 사각거림과 쇠사슬 소리는 히카의 오감은 물론 집 안 전체의 공기까지 모조리 얼어붙게 했다.

이윽고 놈이 비릿한 냄새를 풍기며 순식간에 히카의 옆을 지나더니 현관문 손잡이를 거칠게 비틀어 열고는 빗속을 유유히 걸어 나갔다. 밖에서는 엄청난 비와 강풍이 나무들을 꼭두각시 인형처럼 제멋대로 흔들고 있었지만, 그것은 한차례 세게 옷깃을 치켜세울 뿐이었다. 놈은 멈추지 않고 똑바로 걸어 나갔다. 묵직하고 소름 끼치는 쇳소리가 조금씩 비바람에 섞이며 멀어졌고, 마침내 괴물은 시야에서 완전히 사라져버렸다. 하지만 히카는 여전히 입을 벌린 채 미동도 할 수가 없었다. 이미 그녀의 넋은 복원이 불가능할 만큼 처참하게 흩어져 있었다.

한참을 얼빠진 표정으로 서 있던 히카는 강풍에 대문 닫히는 소리를 듣고 나서야 정신이 홱 돌아왔다. 대관절 이게 꿈이 아니란 게 믿을 수가 없었다. 남편의 비옷을 입은 채 태연히 2층에서 걸어 내려오는 괴물을 집에서 목격하는 사람이 과연 현실에서 있을 수 있단 말인가? 히카가 얼른 문을 잠그더니 제자리에서 몸을 뱅뱅 돌며 중얼거렸다.

"어떡하지? 뭘 어떡해야 되는 거지?"

무사의 칼날 같은 시퍼런 번개가 다시 정원에 내리꽂혔다. 히카가 흠칫하더니 현관문을 체중으로 막고 서서 중얼거렸다.

"놀라지 말자 히카, 그게 뭐였든… 그건 나갔어. 분명히 밖으로 나가 버렸다고. 난 오히려 키타이에서 가장 안전한 여자야. 그래, 문을 잠갔으니 다시는 못 들어올 거야. 곧 카즈오도 돌아올 시간이고… 진정하고 카즈오가 올 때까지 2층에 숨어서 기다리자."

히카는 2층을 올려다보았다. 계단은 길지 않았지만, 너무나도 조용하고 어두웠다. 용기가 생기지 않아 머뭇거리는데 또다시 꿍음이 들려왔다. 살그머니 창문으로 걸어가 한쪽 눈을 꺼내 밖을 내다봤다. 서슬 퍼런 번개 사이로 철근 같은 빗줄기가 땅바닥에 곤두박질치고 있었다. 히카가 저도 모르게 손으로 입을 막았다. 더는 견딜 수 없었다.

허겁지겁 2층 서재에 도착한 히카는 어깨로 문이 열리지 않게 단단히 고정하며 안에서 자물쇠를 잠갔다. 틀림없이 잠겨 있는 걸 몇 번이나 확인한 그녀는 그제야 문을 등지고 미끄러지듯 주저앉았다. 불규칙한 입김이 그녀의 목 주변을 감돌며 배출된 땀을 빠르게 증발시키고 있었다. 덜덜거리는 무릎을 끌어당기며 가만히 귀를 기울여봤다. 천지 사방이 조용했다. 이사 올 때 손본 방음 장치 덕분일지도 모르겠지만, 아무튼 빗소리로 놀랄 일은 더 없어 보였다. 한숨 돌렸는지 히카가 손바닥을 위로 향하고는 목과 팔을 동시에 바닥으로 늘어뜨렸다. 한 움큼의 끈적한 피로가 머리 꼭뒤로 치솟아 오르는 순간이었다.

눈꺼풀을 거슴츠레하게 걸치고 그렇게 멍하니 앉아 있었다. 어쩐지 등골이 선뜩한 게 수상한 느낌이 들었다. 히카가 자세를 유지한 채 가만히 고개 돌려 주변을 살펴봤다. 아니나 다를까 창가에 드리운 초록색 커튼이 조금씩 조금씩 흔들리고 있었다. 창문은 굳게 닫혀 있었기에 결코 바람에 흩날리는 것은 아니었다. 히카가 마른침을 꿀꺽 넘겼다. 그녀는 직감적으로 커튼 안에 무언가 웅크리고 있다는 걸 알아챌 수 있었다. 서서히 커튼 밑으로 시선을 옮겼다. 눈에 익은 가죽 실내화가 보였다. 남편 카즈오의 실내화였다. 그런데 실내화가….

히카가 가냘픈 숨을 내뱉으며 무릎 사이로 얼굴을 집어넣었다. 그녀는 모든 것을 체념하고 있었다. 갑자기 오른쪽에서도 인기척이 느껴졌다. 누군가 다가오고 있었다. 하지만 고개를 들 수는 없었다. 마침내 한줄기 싸늘한 바람이 일었고, 동시에 뭔가 묵직한 물건이 그녀의 목을 휘감았다. 그리고는 눈부신 섬광. 그녀가 그날 본 두 번째 빛이었다.

여름을 사랑한 겨울

도쿄의 끝자락에서 차로 한 시간 정도 떨어진 마을,

바쁘게 길을 걷는 사람들의 발길이 나누어지는 곳에 망연자실한 표정으로 서 있는 아이들이 있었다. 거대한 연꽃 모양으로 바닥에 널브러진 밀가루 앞에서 주근깨투성이의 아이가 발을 동동 구르며 말했다.

"맙소사, 다 터져버렸어! 이제 우리 아빠에게 죽었다! 어쩌지?"

얌전한 모습의 아이도 머리를 감싸긴 마찬가지였다.

"이제 알 것 같아. 왜 점점 자루가 가벼워진 건지…."

일고여덟 살 앳된 얼굴의 자매는 어른의 명령을 받들어 심부름을 다녀오던 길이었다. 성공적으로 임무를 수행했건만, 밀가루 부대가 생각보다 훨씬 무거운 탓에 올바로 들지 못하고 바닥에 질질 끌고 온 것이 화근이었다. 두꺼운 종이에 불과했던 부대는 작은 돌과 흙의 마찰을 당연히 이길 리 없었고, 끝내 목적지를 절반이나 남겨 놓고는 나 몰라라 배를 들이밀고 터져 버렸다. 부대 안에는 아직 다량의 가루가 돌아다니고 있었지만, 문제는 아직 갈 길이 천 미터나 남아 있다는 것이었다. 신속히 다음 행동을 결정하기에는 자매의 짧은 인생 경험은 큰 걸림돌이었다.

아이들이 안절부절못하며 손톱만 물어뜯고 있을 때였다. 갑작스레 윙윙거리는 소리와 함께 시원한 바람이 일더니 한 소년이 말 그대로 혜성처럼 나타났다. 야구 모자를 입술까지 눌러쓴 소년은 자매가 엎지른 밀가루 부대를 보더니 덥석 움켜쥐어 다짜고짜 자신이 타고 온 자전거로 던져 올렸다. 그리곤 밑도 끝도 없이 냅다 달리기 시작했다. 실로 눈 깜짝할 사이에 벌어진 일이었다. 주근깨 아이가 놀라 뒤쫓았지만, 소년의 야구 모자는 작아져만 갈 뿐이었다.

"야! 그거 힘들게 가져온 우리 밀가루란 말이야! 어서 돌아와!"

결국, 낡은 자전거의 모습이 바퀴 자국 사이로 묻혀 버리자 아이는 털썩 주저앉고 말았다. 터져 흘린 것도 모자라 이젠 아예 잃어버린 것이었다. 설익은 눈망울에 눈물이 가득 고이더니 뺨 위로 주르륵 흘러내렸다. 아이의 언니가 얼른 다가와 어깨에 손을 얹고 말했다.

"나치, 울지 마. 너가 잘못한 건 없어. 내 잘못이야. 아빠에게 그렇게 말씀드릴 테니까."

"이게 왜 언니 잘못인데…? 내가 언니보다 빠르잖아. 근데 놓친 거잖아. 다 내 잘못이지."

"아까 그 아이 얼굴은 본 거니? 나중에 찾아서 혼내 주면 되는데."

"아니, 못 봤어. 모자 때문에 볼 수가 없었단 말이야."

그리고 시간이 흘렀다.

"어이, 날씨 자매! 거기서 뭐 하니?"

작은 키의 우체부가 언덕을 넘어 열심히 페달을 밟아 다가오더니 자전거에서 폴짝 뛰어내렸다. 그가 안장이 살아 있는 말의 엉덩이라도 되는 양 손으로 살살 두드리며 말했다.

"워워~, 그래, 그래. 수고했다. 이따 당근 잔뜩 먹여 주마. 근데…

어, 날씨 자매, 왜 이렇게 표정이 못마땅하니? 설마 내가 반갑지 않
은 거니?"

언니가 말했다.

"반가워요, 마사오 아저씨."

"정말? 너희들 표정은 영 그게 아닌데? 날씨 자매가 그럼 쓰나?
날씨는 항상 밝아야…."

"아저씨. 몇 번을 말씀드려요? 우리는 날씨가 아니라 계절이라구
요. 전 여름에 태어났다구 나츠코. 언니는 겨울에 태어나서 후유코.
이번이 도대체 몇 번째람!"

나츠코가 답답한 표정을 짓자 우체부도 안타까운 얼굴로 답했다.

"바로 그러니까 날씨지. 여름은 비가 많이 오고 겨울은 눈이 많이
오고…. 그러니까 너희를 날씨 자매라고 부를 수 있는 거라니까?"

"그래도 그건 싫어요. 날씨 자매가 뭐야! 왠지 싫단 말이에요!"

"계절 자매야말로 웃기다 모. 꼭 마이크 거꾸로 든 트로트 가수
이름 같지 않니? 으하하!"

자신의 말에 스스로 만족한 그가 한바탕 웃고 있는데 돌연 나츠
코가 굵은 눈물 한줄기를 뺨으로 흘려보냈다. 갑작스러운 아이의 눈
물에 우체부는 당황하지 않을 수가 없었다. 금세 얼굴이 붉어지며
어쩔 줄 몰라 했다.

"아니, 그렇다고 울 것까지는 없지 않니? 내가 미안하구나. 그냥
장난친 건데… 미안해, 응?"

"아저씨 때문에 슬픈 거 아니니까 관심 끄세요."

"뭐? 그럼 도대체 왜 그러니?"

"우린 이제 끝났어요. 다 끝이에요."

우체부가 빠르게 자매의 얼굴을 번갈아 쳐다봤다.

"그게 무슨 말이니?"

"도둑이 우리가 힘들게 사 온 밀가루를 훔쳐 갔단 말이에요."

"도둑이라고? 밀가루?"

나츠코가 짜증을 냈다.

"아저씨 내 말 안 들리세요? 왜 자꾸 물어요? 똑같은 말을…."

"그거 미안하구나. 밀가루라… 혹시 너희가 말하는 도둑이 야구 모자 쓴 소년은 아니겠지?"

잠자코 있던 후유코가 눈을 동그랗게 뜨고 물었다.

"아저씨가 그걸 어떻게 아세요?"

우체부가 살짝 미간을 찌푸리더니 갑자기 얼굴을 하늘로 향하고는 크게 웃었다.

"하하하! 이야… 난 또 뭐라고. 이제 알겠어. 딱 보니까 너희가 뭔가 큰 오해를 하고 있네 뭐."

"왜요? 왜 그래요?"

"사실은 말이지. 방금 너희 집에 우편물을 전해 주고 오다 그 야구 모자 아이를 만났었어. 그 아이가 밀가루 부대를 조심스럽게 너희 집 문 앞에 놓고 가던데 그게 그 이유였구나? 아마 자루가 너희에게 버겁게 보여 대신 들어 주려 한 것 같은데 말이야. 어서 집에 가 봐. 아마 거기 얌전히 잘 놓여 있을 테니."

우체부의 말은 사실이었다.

가게에 도착해 보니 밀가루 부대가 대문에 기댄 채 새색시처럼 얌전히 자매를 올려다보고 있었다. 터진 옆구리도 어느 정도 땜질 된 상태였다. 나츠코가 언니를 돌아보며 감탄했다.

"우와~ 정말이네? 나쁜 아이가 아니었네? 모자를 눌러쓰고 있어서 되게 못되게 봤는데 말이야."

"응. 우릴 도와주려 한 거였구나. 괜히 미안해지는걸?"

"그럼 그렇다고 말하면 좋았을 텐데 그냥 가니까 우리가 모르지 어떻게 알아."

이때 문이 벌컥 열리며 뚱뚱하고 혈색도 좋은 아주머니 한 명이 걸어 나왔다.

"어머! 너희들 정말 사 왔구나? 응? 근데 이거 왜 이렇게 크니?"

"미와코 아주머니가 말씀하신 거 사 온 거예요. 틀림없어요."

아주머니가 라벨을 자세히 들여다본 후 말했다.

"세상에 이건 십 킬로짜리? 어머머… 설마 이걸 들고 여기까지 온 거야? 난 일 킬로짜리를 사 오라는 거였는데?"

나츠코가 알 수 없다는 표정을 지었다.

"무슨 차이가 있는 건데요?"

"큰 차이가 있지. 무게가 다르고 가격도 다르지. 아휴, 정말 대단하네. 쌀 반 포대 정도 무게를 여덟 살짜리가 들다니… 이봐요, 타로! 이리 와서 이것 좀 봐 줄래요?"

한 사내가 한 손에 회칼을 들고 어정어정 걸어 나왔다. 다른 사람이 그 상태로 나왔다면 섬뜩한 공포감이 휘몰아쳤겠지만, 그는 달랐다. 머리에 안테나만 달면 영락없이 피자 잘라 주러 온 텔레토비의 모습이었다. 타로가 문 앞에 누워 있는 밀가루 부대를 슬쩍 보곤 생뚱맞게도 다시 칼을 흔들며 가게 안으로 들어가 버렸다. 아주머니가 황당해 소리쳤다.

"타로. 지금 장난하는 거죠? 그냥 보기만 하고 들어가면 어떡해요? 이것 좀 들어서 부엌 식탁에 올려 달라고요!"

타로라는 사내가 다시 돌아와 머리를 긁적였다.

"아, 죄송해요. 전 와서 보라고 해서 본 건데… 뭘 만족시켜 드릴까요?"

"아유! 제발요, 타로. 그런 말투 좀 하지 말라니까요. 정말 느끼해요."

"죄송합니다…. 그럼 제 혀를 말아 넣겠습니다."

"아유! 징그러워 정말…, 무슨 말투가 매일 그래요? 자! 저거요, 저거!"

아주머니가 손가락으로 밀가루 부대를 가리키고 다시 가게 안을 가리켰다. 그리고는 팔짱을 꼈다. 한참을 어리둥절해 하던 타로가 그제야 말뜻을 알아챘다는 듯 이맛살을 찌푸렸다.

"아~ 아~ 그런 거였군요! 아, 이거 참 안타깝네요…. 조금 전에 부탁하셨다면 들어다 드릴 수 있었는데… 지금 손에 회칼을 들고 있어 보시다시피…."

나츠코가 말했다.

"칼을 잠깐 다른 데 놔두고 들면 되잖아요?"

기지개

이번에도 악몽이었다. 벌써 이달에만 세 번째 찾아온 것이었다. 꿈의 시작은 매번 틀렸지만, 결론은 같았다.

새하얀 생일 축하 케이크를 중심으로 카즈오의 가족이 식탁에 빙 둘러앉아 있다. 조명이라고는 케이크 표면에서 그물거리는 촛불이 전부일 뿐이고, 행복해야 할 가족 구성원들의 표정은 누군가에게 쫓기는 듯 불안해 보인다. 카즈오가 손을 비비며 자리에서 일어나자 가족들 역시 몸을 일으키며 기계적인 박수를 치기 시작한다. 몹시 배가 고팠는지 남동생이 자신의 복부를 연신 가리키며 케이크 자를 것을 보챈다. 모두 시장한 눈치였기에 카즈오는 서둘러 상자 옆에 비스듬히 기대어 있는 나이프로 손을 가져간다.

기묘한 일은 거기에서 시작된다. 칼을 쥔 아들을 본 어머니가 갑자기 두 손을 모으더니 눈물을 주르륵 흘리며 이별 노래를 부르기 시작하고, 남동생은 복부를 움켜쥔 채 쓰러져 고통스러운 듯 바닥을 나뒹군다. 놀란 카즈오는 뒷걸음질 치며 칼을 그대로 떨어뜨리고… 팽이처럼 바닥을 할퀴며 칼은 한동안 같은 자리를 맴도는데 영문도 모른 채 겁에 질려 있는 그의 귀로 익숙한 발걸음 소리가 들려온다. 아버지다. 성큼성큼 다가오더니 예리한 쇳소리를 내며 빙빙 선회하는

칼을 얼른 한 손으로 잡아채 들어 올린다. 케이크 위의 촛불은 이제 단 한 개밖에 남아 있지 않지만, 이상하게도 시퍼런 칼날에 평상시와 다른 결의에 찬 아버지의 두 눈동자가 선명하게 비친다.

부드러운 꽃잎이 이마를 스치는 느낌에 카즈오가 천천히 눈꺼풀을 들었다. 아지랑이처럼 흐릿한 그의 시야에 침대에 걸터앉아 이마에 입을 맞추고 있는 아이의 작은 몸이 보였다. 그건 천사의 모습이었다. 카즈오가 악몽이 분출시킨 땀을 재빨리 손으로 닦아 냈다.

"지금 몇 시나 됐지?"

"8시 반이에요."

"역시 그렇구나. 내가 늦잠을 자고 말았어."

후유코가 맑은 눈동자로 아빠의 얼굴을 살피고는 말했다.

"많이 피곤하면 가지 않으셔도 돼요. 다음에 가셔도 우리는 괜찮은데요?"

"그래 보이니 내가?"

"네, 눈도 빨갛고… 지쳐 보이세요."

"괜찮다. 약속은 약속이니 일어나야지. 타로와 미와코 아주머니는?"

"아까 7시에 오셨어요. 우린 토스트로 아침 다 먹었는데… 지금 타로 아저씨는 음료수 나르고 계시구 아주머니는 엄마와 차를 닦으세요. 엄마가 아빠 빨리 깨우라고 하셔서요. 안 깨우면 아빠가 성탄절까지 주무신데요."

"풋, 정말 그랬을지도 모르겠구나."

그가 아무 말 없이 누운 채로 한동안 딸의 이목구비를 뜯어보았다.

"아빠한테 서운한 거 없어?"

"서운한 거요? 아빠요? 없는데요?"

"그래?"

"아빠, 왜 그러세요?"

"아니 내 생각엔… 내가 너무 말도 없고 무뚝뚝해서 너희들이 혹시…."

후유코가 보조개를 만들며 활짝 웃었다.

"아니에요, 아빠, 아빠는 그게 너무 멋있어요! 우리가 아빠를 얼마나 사랑하는데요."

후유코의 미소를 잠자코 바라보던 카즈오는 짧은 기합 소리와 함께 침대에서 몸을 일으켰다.

서둘러 준비를 마친 카즈오가 옷을 여미며 밖으로 나왔다. 모두 지루한 표정으로 미니밴에 기대어 있는 중이었다.

"너무 늦어 버렸군. 일부러 어제 일찍 잤는데도 어째 일이 이렇게 되나? 여보, 나 좀 일찍 깨우지 그랬어?"

"목젖까지 보이며 코 고는 사람을요? 아니요. 저는 도저히 못 깨워요. 그래서 후유코에게 부탁했죠."

"괜찮아요, 사장님. 지렁이도 밟으면 꿈틀한다는 속담이 있잖아요. 늦을 수도 있죠, 뭐. 하하하!"

타로가 웃자 그의 입속에 기생하는 금이빨이 살짝 바깥세상을 내다보곤 사라졌다.

"돈 이야기를 하느라 시간 가는 줄도 몰랐답니다."

미와코 아주머니가 절구통 같은 다리를 차 위로 힘겹게 올리며 말했다.

"돈?"

카즈오도 거북이 등껍질같이 탄탄한 엉덩이를 운전석에 올렸다.

"나츠코 생일 때요. 지진 났다는 이유로 보험금 타내신 게 오백만 엔이나 되었잖아요. 굉장했어요."

히카가 정색을 했다.

"그럼 뭐 해요? 두 달도 안 돼서 주식으로 몽땅 날렸는데…."

미와코 아주머니가 말했다.

"어쨌든 지진으로 그렇게 큰돈을 받았다는 것도 추억 아닌가요? 아무나 그렇게 할 수는 없으니까…."

타로가 불쑥 미와코의 어깨 위로 머리를 들이밀었다.

"지진 보험금으로 오백만 엔을 받았어요? 어, 전 처음 듣는 이야 기네요?"

히카가 말했다.

"타로 씨가 우리 가게 들어오기 전이었어요."

"그래요?"

"네."

"지진으로요?"

"네."

"우아! 이거 굉장하다! 다음에는 저에게도 좀 비법을 알려 주세요. 혼자만 알지 마시고…."

"비법이란 게 뭐 있나요? 그냥 운이에요. 보험 회사 아줌마가 와서 신상품이라 통사정하길래 하나 들었던 거뿐이에요. 시기적으로 맞아떨어진 거죠, 뭐."

타로가 샐쭉거렸다.

"에이, 그거 말고요. 다 아시면서 왜 그러세요? 쩨쩨하게…."

히카가 눈썹을 들어 올렸다.

"네?"

"아이고, 참. 보험은 저도 알아요. 저도 보험 든 거 하나 있어요."

"타로 씨. 뭐가 궁금한 거예요? 돌리지 말고 말해 줘요. 저 진짜 모르겠어요."

타로가 고개를 살짝 옆으로 기울이며 소녀처럼 눈을 흘겼다.

"그런 쓸데없는 거 말고 지진 만드는 방법을 알려 주셔야죠…."

찬물이라도 끼얹은 듯 차 안이 조용해졌다. 카즈오가 헛기침을 하며 시동을 걸자 차에 올라탄 모두가 일제히 기다렸다는 듯 팔짱을 꼈다.

"자… 뭐, 이제 출발합시다."

"물론입니다. 사장님!"

졸고 있던 나츠코가 합창 소리에 깜짝 놀라 실눈을 떴지만 이내 다시 잠들었다.

타로 씨 이야기

후유코 일행의 차가 고속도로로 올라서자 타로가 갑자기 히죽이 웃으며 말했다.

"놀이공원이라…. 이거 은근히 설레네요? 롤러코스터 타는 거 무지 좋아했지만, 같이 갈 사람이 없으니 뭐 별수 있나요? 거의 7년은 못 간 것 같아요."

사과를 한입 베어 문 히카가 부풀어 오른 볼을 타로 쪽으로 향했다.

"근데 타로 씨. 방금 같이 갈 사람이 없다고 했는데… 타로 씨는 여자 친구 아직 없으세요?"

"네, 없군요…."

타로가 죄지은 사람처럼 고개를 푹 숙였다.

"어머, 그건 왜 그렇죠? 타로 씨는 매너도 좋고 성실하고… 일단 착하잖아요? 여자들은 뭐니 뭐니 해도 성실한 남자에게 큰 매력을 느끼거든요. 뭐 물론 요즘은 나쁜 남자가 대세라지만…, 그건 어린 여자애들이 순간적으로 혹하는 거고, 정작 사귀려면 안 그래요."

타로가 그녀의 말에 더욱 시무룩해졌다.

"갑자기 우울해지는 게… 솔직하게 말하고 싶어지네요. 창피해서 말 안 하려 했지만 사실 저 지금까지 여자를 한 번도 사귀어 본 적이 없어요. 물론 친구 소개로 차를 같이 마셨던 여성은 몇 있었죠. 근데 그럼 뭐 하겠어요? 일단 집에 가면 두 번 다시 연락이 안 되는데…"

"아니, 그럼 타로 씨… 설마 아직까지 키스도 못 해 봤다는 뜻은 아니겠죠? 나이도 있는데?"

주부 생활 20년에 접어든 미와코 아주머니의 노골적인 질문에 타로의 뺨은 금세 붉어졌다.

"그런 개인적인 질문을…. 사실 아직은… 뭐. 하지만 전 제 첫 키스를 함부로 남발하고 싶지는 않아요. 목숨처럼 아끼고 있다가 제 진실된 사랑에게 바칠 거라고요."

하지만 미와코 아주머니는 타로의 순결 따위는 안중에도 없었다. 오직 서른이 가까운 나이인데도 키스조차 못 해 본 남자가 있다는 것이 신기할 뿐이었다.

"진짜로 키스도 못 했다고요? 요즘 세상에? 혹시 무슨 문제라도 있는 거예요?"

"아이고, 큰일 날 말씀하시네? 문제는 무슨요! 저 얼마나 발기 잘 되는데요! 보실래요?"

히카가 깜짝 놀라 소리쳤다.

"타로 씨!"

"죄송해요. 흥분해서 그만…. 아무튼 전 지극히 정상적인 남자라고요. 저도 왜 이렇게 살아야 되는지 정말로 답답하다고요."

히카가 물었다.

"혹시, 타로 씨. 너무 소극적으로 여성이 다가오기만을 기다리는 거 아니에요?"

"그렇지 않아요, 사장님. 저 정말 제가 할 수 있는 건 다 해 봤어요.

라면 동호회에도 가입해 보고, 펜팔도 해 보고, 장 보러 가는 사람 붙잡고 사정도 해 봤어요. 근데 그게… 안 돼요. 절대로요."

"이상하다? 그럴 리가 없는데?"

"그러니까 그게 그럴 리가 있더라고요. 저 말이에요. 심지어 최근에는 비싼 돈 내고 도사에게 강습도 들었어요."

히카가 미간을 끌어올렸다.

"도사요? 무슨?"

"연애 도사지요. 무려 지금까지 이천 명이 넘는 여성들과 사귀어 봤다는 도사였어요. 진정 이 바닥 일인자라고 할 수 있는 사람이죠."

"이천 명이요? 말도 안 돼요, 무슨!"

이때 잠자코 운전만 하고 있던 카즈오가 손가락을 하나 들었다.

"그게 그러니까… 그 이천 명이라는 게 그냥 한 번 만나서 차 한 잔 마신 것도 포함된 거야… 아니면…."

카즈오가 고개를 힐끗 돌려 아이들의 눈치를 보더니 말을 얼버무렸다. 타로가 대답했다.

"먹었겠죠."

순간 차 안에는 수초 간 숨소리 하나 들리지 않을 만큼 정적이 흘렀다. 타로가 담담하게 말을 이었다.

"함께 밥도."

동서남북에서 멋쩍은 헛기침 소리가 들려왔다. 카즈오가 뒷머리를 긁적거리며 말했다.

"타로 이 사람, 우리말에는 어순이란 게 있는데 그렇게 멋대로 바꿔 버리면 큰 오해가 되잖아."

"제가 뭐 잘못한 건가요?"

히카가 말했다.

"아니에요, 타로 씨. 그보다 우리 동네에 그런 사람이 있었다니 놀라운 일인데요?"

"이야~ 정말 정말 독특한 분이었어요. 첫 만남도 후지산 정상에서 바람개비를 입에 물고 하자고 했을 정도이니까요. 아, 물론 5분 후에 후지산 역에서 보자고 다시 전화가 오긴 했지만…."

히카가 말했다.

"후지산 역? 철도역이요? 갑자기 너무 내렸네요. 몇 살 정도 된 사람이었어요, 그 남자?"

"본인 입으로 21살이라고 하더군요."

"생각보다 어리네요?"

"아휴, 어리긴요. 백발에 앞니도 몇 개 없고 검버섯이 목까지 올라와 있었는데요. 무엇보다 1미터 이상 떨어지면 말을 못 알아들었어요. 딱 봐도 최소 80살은 되어 보였어요."

카즈오가 인상을 구겼다.

"뭐야 이거… 완전 늙다리 사기꾼 아니야?"

"그건 아니에요. 그분 강의를 3분만 들어 보면 '아, 이 사람이 소위 난 사람이구나…' 하실 거예요. 기술의 격이 달라요."

"뭘 어떻게 가르치는데요?"

히카가 사과 먹은 손을 티슈로 닦으며 말을 이었다.

"효과가 좀 있었어요?"

타로가 어깨를 으쓱했다.

"뭐 아직은 특별히…. 근데 그건 제 잘못이기도 해요. 돈이 없어서 W 코스밖에 신청 못 했거든요."

"W요? 맙소사…. 대체 얼마나 많은 코스가 있는 거예요?"

"A부터 Z까지 다 있죠. A가 제일 비싼 코스구요. A는 하루 동안 도사님이 직접 동행해 주는 코스예요."

"W는요?"

"그건 나중에 실패해서 안 사실이지만…, 스스로 깨닫는 코스라더군요."

"네? 말도 안 돼. 그럼 실제로 강습을 받고 나서 이성 관계에 진전은 있었어요?"

타로가 창가를 바라보며 한숨지었다.

"하아, 진전이라…. 강습 후 두 명 정도 만날 기회가 있기는 했어요."

"오, 그래요?"

"네, 한 사람은 도사님의 지인이 소개해 준 거였고, 또 한 사람은 우체국 사거리에서 전단지 나눠 주는 알바 하는 여성이었어요."

"어떻게 됐어요?"

타로가 발끝으로 시선을 떨구고는 담담하게 대답했다.

"도사님 지인이 소개해 준 여자는 멀리 카페에 앉아 있는 저를 창밖에서 보고는 그냥 그대로 도망가 버렸고요. 알바 하는 여성은 저보고 다시 한 번만 말 걸면 전단지 안에 돌을 넣어 던지겠다고 했어요."

"네? 정말로요? 아니, 무슨 사람들이 그렇게 무례해요?"

"…"

"아무튼, 그건 결국 도사의 강의도 무용지물이었다는 거잖아요. 돈 돌려 달라고 하지 그랬어요, 그 도사라는 사람에게."

카즈오가 성을 냈다.

"애초에 도사가 어딨어, 도사가! 그거 완전 벼룩의 간 빼 먹는 늙다리 사기꾼이구먼!"

히카가 문득 생각난 듯 고개를 확 들어 올렸다.

"근데 그 사람 이름이 뭐예요?"

"킹이에요. 킹 씨요."

"킹? 킹? K, I, N, G? 영어요? 외국인이었어요, 그분?"

"네, 미국인이에요. 근데 또 외국인은 아니에요. 부모님과 두 살에 와서 귀화한 사람이니까. 미국계 일본인이라고 하나요, 이럴 때?"

"아, 그랬구나. 몰랐어요. 킹이라… 왠지 도사 이름에 어울리는 성이네요. 아, 성 맞죠? 그래, 이름은요?"

타로가 갑자기 헛기침을 두어 번 하더니 콜라를 쥐고 있던 손을 부들부들 떨었다. 히카의 질문에 어지간히 놀란 모양이었다. 히카가 걱정스러운 표정으로 쳐다봤다.

"왜 그래요, 타로 씨? 괜찮아요?"

"실은 그 도사님 이름이 좀, 좀, 뭐랄까… 위험해서요."

"위험하다고요? 어떻게 이름이 위험한 게 있죠? 다이너마이트 킹… 뭐 이런 거예요?"

"그런 건 아니고요."

"그럼 뭐죠?"

"…"

히카가 답답하다는 듯 보챘다.

"타로 씨, 속 시원히 말 좀 해주세요. 오늘따라 매사에 너무 망설이는 거 아니에요?"

타로가 마지못해 입을 열었다.

"알았어요. 하지만… 발음 절대 조심하셔야 돼요. 그 도사의 성은 킹이고요, 이름은…."

다시 뜸을 들이자 미와코 아주머니가 참지 못하며 끼어들었다.

"뭔데요? 남자가 답답하게 뭐 해요? 뭐냐니까요?"

타로가 결심했다는 듯 천장을 올려다보며 말했다.

"페니스요! 페니스 킹! 하지만 발음 조심하셔야 돼요. 절대로 P가 아니에요. F라고요. 페니스요."

"으음…."

누군가 알아들을 수 없는 괴이한 신음 소리를 냈고 차 안에는 다시 한 번 정적이 내려앉았다.

"그래요…. 진짜로 위험한 이름이네요. 음…."

미와코는 원래가 그렇게 얼버무릴 수 있는 사람이었지만, 문제는 히카였다. 귓불까지 상기되어 어쩔 줄 몰라 하더니 얼른 화제를 바꿨다.

"그, 그래서 어떻게 된 건가요? 저, 그, 미스터 킹과는 여전히 연락하고 있는 건가요?"

"그럼요. 거의 매일요. 제가 스승님으로 모시고 있거든요."

"아무 성과도 없었는데도요?"

"이제 있겠죠. 전 정말 페니스를 완전히 믿고 있다니까요?"

"저기, 타로 씨? 저… 웬만하면 그냥 도사라고만… 네? 자, 어쨌든…."

히카가 다시 긴 이야기로 들어가려 자세를 고치는데 후유코의 어깨에 기대 자고 있던 나츠코가 눈을 비비며 일어났다.

"아빠, 더워요…."

"음?"

카즈오가 얼른 에어컨을 켜며 말했다.

"잠시 이야기 듣느라 생각 못했구나. 미안하다."

이때였다. 별안간 시끄러운 경적을 울리며 어느 검정 미니밴이 카즈오 일행 차를 거칠게 추월하더니 갓길에 쌓여 있던 먼지를 날리고는 그대로 달아나 버렸다. 마침 나츠코 때문에 뒤를 돌아봤던 카즈오였다. 게다가 먼지까지 앞을 가리니 도저히 운전대를 손에서 놓치지 않을 수가 없었다. 덕분에 카즈오의 차는 차선을 이탈하며 마구마구 미끄러졌다. 한참을 아슬아슬한 자세로 휠을 긁으며 밀려가던 차는 중앙선을 넘고 나서야 겨우 멈춰 설 수 있었다.

카즈오가 주먹으로 운전대를 치며 불같이 성을 냈다.

"이런, 이런, 빌어먹을! 대체 무슨 짓이야!"

"진정하세요, 여보. 일단 진정해야 돼요."

하지만 카즈오는 그게 안 되는 모양이었다. 거칠게 고개를 핵 돌리더니 아직 잠이 덜 깬 나츠코에게 버럭 고함을 질렀다.

"넌 왜 나에게 말을 거는 거야? 운전하는 거 안 보여? 더우면 참을 수도 있어야지! 어린것이!"

애먼 나츠코는 울지도 웃지도 못하는 얼굴로 멍하니 아빠만 바라볼 뿐이었다. 히카가 애써 태연한 표정을 지으며 뒤를 돌아봤다.

"다들 괜찮은 거지?"

모두 눈동자 속에 공포를 담은 채 고개를 끄덕이는데 이번에는 뒤쪽에서 뇌가 울릴 정도의 엄청난 경적이 날아왔다. 집채만 한 대형 트럭이 상향등을 연방 쏘아 대며 무서운 속도로 그들을 향해 다가오고 있었다.

결국, 천만다행으로 트럭이 재빠르게 갓길로 피해 나가 우려했던 사고는 없었다. 하지만 운전자는 짜증이 나는 모양이었다. 카즈오의 차를 추월하고도 한참이 지났건만, 클랙슨에서 손을 떼지를 않았다. 어찌 보면 트럭 기사로서는 당연한 반응일지 몰랐다. 카즈오의 차는 중앙선을 축으로 도로 양쪽 차선을 모두 차지한 상태였다.

가뜩이나 성질나 있던 카즈오에게 신경질적인 경적은 욕설과 진배 없었다. 얼굴과 목을 붉게 물들이며 분을 삭이지 못하고 허공으로 주먹을 휘두르기 시작했다.

"기름 묻은 쓰레기 주제에 감히 나랑 한판 뜨자는 거야? 너희들 모두 확 죽여 줄까?"

말뿐이 아니었다. 도끼눈을 하고 카즈오는 실제로 차에서 내리려고 했다. 항상 있는 일은 아니었지만, 가끔 그가 화를 낼 때는 짖던 개가 꼬리를 말 정도로 모골이 송연했다. 사람이 달라진 듯 머리카락을 곤두세우며 노려볼 때면 주변에 있다는 것 자체만으로 뺨에 서리가 앉을 정도였다. 그의 그런 습성을 가장 잘 아는 사람은 역시 아내였다. 히카가 슬기롭게 분위기를 전환하기 위해 큰소리로 편을 들었다.

"정말 꼭 저래야만 하는 건가요? 어떻게 저런 정신 나간 사람이 운전을 하죠? 완전히 움직이는 흉기네요, 흉기. 여보, 진정하세요. 세상에는 별별 종류의 사람들이 다 있잖아요. 당신이 일일이 상대 안 해도 어디선가 한번 된통 당할 거예요. 우리 아무도 다치지 않았으니까 그걸로 우리 만족해요, 네?"

"제기랄!"

끝내 한마디는 내뱉었지만 카즈오도 슬슬 아이와 직원 앞에서 한상소리의 파장을 느끼고 있는 모양이었다. 점점 어깨 들썩이는 빈도가 잦아들더니 결국 아무 말도 하지 않고 천천히 차에 올랐다. 이제 완전히 잠에서 깨어난 나츠코가 엄마의 등 뒤로 가서 속삭였다.

"엄마. 무서워. 아직 더 가야 돼? 얼마나 남았어?"

나츠코의 시선은 멀리 달아나고 있는 트럭이 아닌 카즈오에게 고정되어 있었다.

나무껍질에 붙어 버린 매미

아무리 일요일이라지만, 놀이공원은 숨 돌릴 여유조차 없을 정도로 인산인해를 이루고 있었다. 카즈오의 늦잠이 혼란을 부른 원흉이라 쳐도, 단지 주차를 위해 찜통더위에서 한 시간이나 같은 공간을 빙빙 돈다는 것은 입장 전부터 후유코 일행의 어깨를 축 처지게 만드는 일이었다.

우여곡절 끝에 놀이공원 안으로 입성해도 고민은 끝나지 않았다. 아이들은 탈것의 우선순위를 매기는 게 고민이었고, 어른들은 그들을 기다릴 적합한 장소를 찾는 것이 또 걱정거리였다. 손바닥만큼이라도 그늘진 곳에는 이미 다른 가족이 체조 선수처럼 다리를 쫙 벌리고 앉아 있기 때문이었다.

서로 손을 붙잡고 탈것을 고르던 자매가 청개구리들이 혀를 내민 채 납작 엎드려 있는 놀이 기구를 발견하고는 그곳으로 달려갔다. 줄 선 사람들의 머릿수가 만만치 않았지만, 자매는 그것조차도 즐거운 듯 발을 동동 굴렀다. 타로도 터벅거리던 걸음을 멈추고 아이들의 뒤에 서서 청개구리를 바라보았다. 등 부위가 탐스럽게 부풀어 오른 것이 과연 아이들의 혼을 빼고도 남을 놈이었다.

드디어 오랜 기다림 끝에 아이들의 순서가 되었다. 함박웃음을 지으며 자매는 안전벨트를 잠그고 안전 바도 잡았다. 아이들이 기대에 부푼 얼굴로 타로를 향해 손을 흔들어 보였고, 그도 주머니에서 손을 꺼내 답례를 했다. 아이들이 부러웠던 타로는 그 손을 다시 주머니로 가져가는 대신 슬그머니 자신의 배로 가져가 보았다. 다섯 손가락 사이로 살들이 푸딩처럼 출렁거리는 것도 모자라 넘쳐흐르려고 했다. 어차피 유아용이 아니었더라도 안전벨트 때문에 포기해야 할 문제라고 생각하니 마음 하나는 편했다.

네 번째 콜라의 뚜껑을 따고 한 모금 녹진하게 넘기고 있자니 아이들을 태운 개구리가 도약을 시작했다. 청개구리 주변으로 온통 아이들의 깨알 같은 웃음소리가 번졌고, 꽃가루도 함께 날아내렸다. 활짝 웃음꽃이 핀 아이들을 바라보며 타로가 천천히 난간에 턱을 괴었다. 저도 모르게 입가에 미소가 번졌다. 처음으로 아기를 가지고 싶다는 생각이 드는 순간이었다.

팔짱을 끼고 서 있는 카즈오의 눈에 슬슬 독기가 서리기 시작했다. 그는 진작부터 구부정한 자세로 앉아 도시락만 까먹는 중년 커플을 쏘아보고 있었다. 그들이 자리를 펴고 앉은 곳은 활엽수가 울창하게 그늘진 최고의 명당자리였다. 따라서 아이들을 둔 단란한 가정이 마땅히 차지해야 할 것이었다. 이를테면 카즈오 자신처럼 말이다.

"오!"

카즈오가 팔짱을 풀고 감탄사를 내뱉었다. 옴짝달싹 않던 그들의 엉덩이가 씰룩씰룩 거동을 시작한 것이었다. 혹시 다른 사람이 그 모습을 보고 달려오면 그야말로 낭패였다.

"실례지만, 혹시… 가십니까?"

카즈오가 허겁지겁 뛰어가 말을 걸었다. 배낭 속으로 잡다한 물건을 집어넣던 여자가 힐끗 돌아보며 무표정하게 대꾸했다.

"네, 그러려고 준비하고 있습니다만, 무슨 일이시죠?"

"다름이 아니고 지금 아가씨가 있는 곳이 말이오. 아이들과 쉬기에 안성맞춤인 곳 아니오? 혹시 떠나는 거라면 우리가 좀 있읍시다."

여자는 아가씨라는 호칭에 이미 넋이 절반 나갔다. 입꼬리가 올라가 어쩔 줄을 몰라 하며 긍정적인 대답을 고르는데 문득 그녀의 등을 타고 차디찬 구렁이 같은 목소리가 스르르 넘어왔다.

"무슨 소리? 그렇게는 안 되지. 우리 아직 가지 않습니다."

카즈오의 눈에 낯익은 중년 남자가 엉거주춤 서 있는 모습이 보였다. 좁은 세상이었다. 그는 지난번 가게 창문을 통해 게살을 잘게 부숴 넣은 튀김 초밥을 몰래 보고는 자신만의 비법을 훔쳤다며 유리에 껌을 붙이고 달아난 자가 틀림없었다. 카즈오는 여름 감자처럼 생긴 남자의 두상을 다시 보게 되자 본전 생각이 났다.

"야, 이게 누구신가? 유타 씨? 이런 데서 만나게 되니 말이야. 세상 좁기는 좁네!"

"아, 됐고. 여긴 우리 자리입니다. 돌아가세요!"

나름 무게 잡고 한 말이었으나, 깎다가 만 감자 머리에 반쯤 풀린 눈매에서 위엄 같은 게 나올 리가 없었다. 카즈오가 저도 모르게 비웃는 어조로 말했다.

"하지만 당신 아내가 지금 집에 돌아간다고 했는데?"

"언제요? 그런 말 한 적 없어요. 어서 돌아가요."

"분명 당신 아내가 그랬다니까…."

"이 사람이 어디서 반말을? 이봐, 그건 내 맘이야. 어서 꺼지라고. 여긴 내 자리야."

남자의 말투가 서서히 불량스러워지는데 옆에 있던 그의 아내가 눈치 없이 끼어들었다.

"하지만 당신, 방금 집에 가자고 했잖아요? 4시에 약속 있다면서 요?"

"내가 언제 그런 말을 했다고? 그리고 좀 조용히 하고 있어요. 당신 이 남자를 몰라. 이분으로 말할 것 같으면… 글쎄, 모방의 천재 라고나 할까? 내가 밤새워 개발한 초밥들 다 따라 하며 내 돈 다 긁어 가서 밥 말아 잡수신 놀라운 분이라고."

노골적인 비아냥이었다. 카즈오의 머릿속이 복잡해졌다.

'재수에 옴 붙었구나. 하필 여기서 만나다니…. 다신 헛짓 못 하게 여기서 한 대 다스려 줄까? 아니지. 어차피 이놈 방금 약속 있다고 했겠다? 나 때문에 안 간다면 자기만 손해지. 하여간 바보 같은 녀석이야.'

카즈오가 홀로 고개를 끄덕이고는 일단 발걸음을 아이들 있는 곳으로 돌렸다. 눈에 잔뜩 힘만 주고 그냥 돌아서니 유타는 기가 더 살 수밖에 없었다. 굳이 할 필요 없는 말을 중얼거렸다.

"운전도 시원찮게 해서 앞길을 방해하더니…. 내 가게로 올 손님을 절반 이상 빼앗았으면 그게 배부른 거지. 그것도 모자라 이젠 내가 힘들게 맡아 놓은 자리까지 거저 발라먹으려고? 모기냐? 죄다 빨아먹게? 재수 없는 놈!"

그 소리를 들은 카즈오가 돌 맞은 사람처럼 움찔하며 뒤를 돌았다.

"실례지만…."

"실례라고 생각되면 아예 말을 하지 마시오!"

유타가 그의 말을 매몰차게 잘라 버렸다. 심호흡하는 카즈오의 눈이 가늘게 찢어지고 있었다.

"혹시 당신 차가 검정 밴이오?"

"그렇소. 그래서 뭘? 왜? 난 바쁘니까 어서 꺼져요!"

유타가 들고 있던 담배를 신경질적으로 나무에 비벼 끄더니 다시 자리에 털썩 주저앉아 버렸다.

카즈오가 긴 한숨을 내쉬더니 별안간 근육으로 다져진 팔뚝을 들어 그의 멱살을 꽉 잡았다. 그리고는 그를 그대로 들어 방금 담배를 비벼 끈 나무로 밀어 버렸다. 겨우 키가 백육십 센티미터가 될까 말까 한 남자는 가을 매미처럼 힘없이 나무껍질에 붙어 버리고 말았다.

"뭐, 뭐야 당신? 날 들고 또 밀어? 돈 많아? 법정 출두할래? 이거 엄연히 폭력이야? 내가 그냥 넘어갈 줄 알아?"

갑작스러운 카즈오의 팔짓에 놀란 남자가 큰소리를 외쳤다. 효과가 있었다. 오지랖 넓은 사람들이 하나둘씩 발길을 나무 아래로 모으기 시작했다. 감자 머리 남자가 슬쩍 사람들을 둘러보더니 자신의 아군인 양 허세를 부렸다.

"여러분! 봤죠? 이 남자가 날 쳤어요. 모두 법정에서 진술해 주실 거죠?"

"닥쳐! 네가 아까 그놈이지? 내 차 앞을 미친 듯이 추월한 놈 말이야! 너 때문에 우리 가족이 죽을 뻔했다. 알겠어?"

"그래, 나다! 그걸 운전이라고 했냐? 난 백 살 먹은 노파가 보청기 빨면서 운전하는 줄 알았다. 그래서 답답해서 추월했다. 추월하는 게 불법이더냐? 뭘 했다고 큰소리냐?"

"이…."

카즈오가 이를 악다물고 주먹을 흔들자 그 위력에 남자의 구레나룻이 다 움직였다. 하지만 남자는 일촉즉발의 상황에서도 여전히 기세가 등등했다. 거기에는 수많은 사람이 둥글게 진을 치고 있는데 설마하니 날리겠느냐는 속셈이 있었다.

"어, 치려고?"

남자가 목을 쭉 빼고 머리를 내밀었다.

"그래, 자… 어? 쳐! 치라고!"

구경꾼들이 여기저기서 웅성대기 시작했다. 모두 하나같이 허둥대고 있었지만, 입꼬리가 살짝 올라가 있는 게 아무리 봐도 남자를 염려하는 분위기는 아니었다. 한바탕 화끈한 완력을 기대하고 있는 것이 틀림없었다.

돌연 구경꾼들 틈에서 맥빠진 한숨 소리가 새어 나왔다. 카즈오가 이상했다. 그토록 힘껏 움켜쥐었던 남자의 멱살을 갑자기 스르르 풀어 준 것이었다. 그렇다고 그의 얼굴에서 분노가 사라진 것도 아니었다. 오히려 그는 주체할 수 없을 정도로 흥분해 있었다. 사람들이 카즈오의 속을 몰라 서로의 얼굴만 바라보았다.

"여기까지…."

그가 군중 속 누군가를 매섭게 노려보며 중얼거렸다. 말 그대로 이글거리는 눈빛이었다. 카즈오가 남자를 구석으로 거칠게 밀쳐 버리고는 성큼성큼 구경꾼들 속으로 걸어갔다.

그의 발걸음이 멈춘 곳은 나무로부터 몇 미터 떨어진 벤치 앞이었다. 거기에는 미키 마우스가 있었다. 물론 그건 유원지에 놀러 온 애들의 흥을 돋우기 위해 사람이 뒤집어쓴 인형이었다. 머리가 비정상적으로 크고 꼬리는 구부러진 게 한눈에 봐도 우스꽝스러운 모습이었다. 핑크빛 인형은 눈을 부릅뜬 근육질 사나이가 자신의 코앞까지 다가오자 벌써 주눅이 들어 버렸다. 종아리까지 파르르 떨며 긴장된 목소리로 물었다.

"무슨 하실 말씀이라도…."

카즈오가 의심 가득한 눈빛으로 내려다보며 물었다.

"너!"

"네?"

"너, 정체가 뭐야!"

"…예?"

"왜 나를 그렇게 쳐다보고 있어?"

"제, 제가요? 전 그냥…."

"너, 혹시…."

"저는 그냥 무슨 일인가 해서…. 기분이 나쁘셨다면 사과드립니다."

"벗어라."

"네? 뭐, 뭘요?"

"네가 뒤집어쓰고 있는 가면을 벗으라고 말했다."

"이걸요? 안 돼요. 우리 팀장님이 벗으면 안 된다고 했어요."

"잔말 말고… 벗어…."

카즈오가 한 손으로 가면을 움켜잡더니 낚아채 올려 버렸다.

"어, 이러면…?"

기껏해야 중학생 정도로 보이는 소년의 앳된 얼굴이 햇살 아래 드러났다. 크게 당황했는지 헝클어진 머리를 손으로 빗으며 어쩔 줄 몰라 하는 모습이었다. 놀라기는 카즈오도 마찬가지인 것 같았다. 한동안 멍하니 서 있더니 여전히 미심쩍은 표정은 풀지 않은 채 손에 든 가면만 바닥에 던져 버리고는 가족들이 있는 곳으로 발길을 돌렸다.

그제야 유타는 놀란 가슴을 쓸어내릴 수가 있었다. 하지만 그도 다리에 굵은 털 잔뜩 박힌 남자였다. 군중들 앞에서 자존심을 막 던질 순 없다는 이야기다. 끝까지 되지도 않는 저항을 해 보았다.

"이 무슨 해괴망측한 짓이냐, 어린 학생에게! 이… 남의 메뉴 훔쳐 파는 도둑놈아! 나 밀은 거 고소할 거야… 진짜….""

안타깝게도 그의 목소리는 마지막에서 심하게 갈라지고 말았다.

비대한 천사

카즈오가 소파에 비스듬히 누워 담배를 피울 때 히카는 바닥에 무릎을 꿇고 앉아 가계부를 뒤적이고 있었다. 텔레비전에서는 일일 드라마의 주인공이 칫솔을 든 채 박장대소하고 있었지만, 음량은 아까부터 작게 고정된 상태였다. 둘 중 누구도 TV 속 세상에 관심이 없다는 뜻이었다.

히카가 볼펜 끝을 입속에 넣고 뭔가를 골똘히 생각하더니 돌연 가계부를 덮고 부엌으로 뛰어갔다. 그녀가 냉장고에 붙어 있는 달력을 들추며 탄성을 질렀다.

"어쩐지! 내 그럴 것 같더라!"

"뭘?"

"하마터면 잊을 뻔했어요. 토요일이 미와코 아주머니의 오십 번째 생일이에요. 당신 아셨어요?"

"8월이란 것은 기억하고 있었는데….."

카즈오가 소파로 재가 떨어지지 않게 조심스레 담배를 잡고 일어나 앉았다.

"잊을 리는 없죠. 제가 일기장에 메모까지 해 놓았는걸요. 근데 문제는… 시간이 별로 없네요. 아줌마가 일할 때 선물을 사러 가기도 그렇고… 게다가 내일은 실버 골프 클럽에서 단체 주문이 있는 날이잖아요?"

"그래, 그렇지. 그런데 우리가 작년에는 뭘 사 줬었지?"

"화장품 사 줬잖아요. 아, 이거 정말 고민이네? 뭘 사 줘야 하지?"

"차라리 돈으로 주는 건 어떨까? 아무래도 미와코 씨 나이엔 현금이 최고 아니겠어?"

"돈이라고요? 그건 싫어요. 너무 성의가 없어 보여요. 게다가 얼마를 줘야 할지도 모르겠고. 음, 어떻게 한다…? 블라우스나 치마를 사 주기에는 사이즈도 모르고…."

"아줌마 사이즈야 전국 공통 아니었어? 뭐… 뚱뚱하거나, 완전 뚱뚱하거나, 기가 막히게 뚱뚱하거나…."

카즈오가 담배를 재떨이에 비벼 끄고 소파 위에 똑바로 몸을 눕혔다.

"이 빌어먹을 담배도 이제 슬슬 질리는군. 연기에 눈이 따가워 미치겠어. 눈 좀 붙이고 있을 거야. 자는 거 아니니까…."

히카가 고개를 끄덕이는데 2층에서 헤어드라이어 소리가 희미하게 들려왔다. 후유코가 목욕을 끝내고 방으로 돌아왔다는 의미였다.

"후유코! 잠깐 내려올래? 할 말이 있어!"

후유코가 금세 다람쥐처럼 총총대며 계단을 내려왔다. 머리는 아직 젖어 있었다.

"부르셨어요, 엄마?"

"응, 그래. 가까이 와. 물어볼 게 있어."

"뭐예요, 엄마?"

"저런, 아직 머리가 젖었구나."

"괜찮아요."

히카가 딸의 머리를 손으로 쓸어 주며 말했다.

"내일 학교에서 돌아오는 길에 카드 세 장만 사다 주지 않을래? 생일 축하 카드 말이야. 좀 점잖은 모양으로… 꽃이 그려져 있다든지 그런 거 있잖아."

"미와코 아주머니 생일 카드 말씀이세요?"

히카가 가볍게 눈썹을 치켜떴다.

"너, 용케 아줌마 생일을 기억하고 있었구나? 그래, 이번 토요일인데… 세 장을 사려면 내가 너에게 얼마를 줘야 하지? 한 장에 얼마쯤 하니?"

히카가 지갑을 열며 후유코를 쳐다봤다.

"지난번에 학교 앞에서 봤어요. 생일 축하 카드는 한 장에 200엔 정도 하는 것 같았어요."

"200엔이라고? 한 장에? 편지지가 아니라 그냥 한 장짜리 카드가?"

"확실하지는 않아요, 엄마. 하지만 그 정도는 해요, 요즘은요."

"그건 정말 너무한데? 천 엔짜리가 백 엔 정도 가치밖에 없다는 소리가 사실이구나. 음, 알았다. 자, 여기 천 엔. 잊어버리지 말고 지갑에 잘 넣어서 가지고 가."

"하지만 전 지갑이 없는걸요?"

"그럼 주머니에 넣어 가."

히카가 일부러 엄한 표정을 지어 보였다.

"너, 남은 400엔은 다시 가지고 와야 되는 거 알지? 과자 사 먹거나 인형 사면 안 돼. 알았지?"

"네, 그럼요. 안 그래요. 걱정 마세요."

후유코가 돈을 앞주머니에 넣고 막 자리에서 일어나려는데 나츠코가 가슴에 곰 인형을 안고는 타박타박 계단을 내려왔다. 히카가 물었다.

"왜 안 자고 내려오니? 우리 때문에 시끄러워 깼구나?"

나츠코가 졸린 듯 눈을 비비며 말했다.

"어떤 아저씨가 후유코 언니의 일기장을 읽고 있어. 그 소리 때문에 깼어."

"꺅! 엄마야!"

계단을 오르려던 후유코가 비명을 지르며 다시 뛰어 내려왔다. 카즈오가 전기에 감전된 사람처럼 소파에서 벌떡 일어났다. 그가 셔츠를 걷어 올리며 소리쳤다.

"뭐? 너 그게 무슨 소리야? 아저씨라니?"

나츠코가 계단을 마저 내려오며 말했다.

"후유코 언니의 책상에서 일기장을 읽고 있다니까요."

설명할 수 없는 긴박한 정적이 거실에 내려앉았다. 시계 초침만이 똑, 똑 목탁인 양 소리를 만드는 가운데 후유코는 갑작스러운 한기를 느껴 뒤를 돌아보았다. 히카의 거친 숨소리가 찬바람이 되어 후유코의 목덜미를 간지럽히고 있었다. 히카는 이미 제정신이 아니었다. 시퍼렇게 질린 입술에 올빼미처럼 커진 눈동자가 그녀의 혼절이 목전에 와 있다는 걸 분명하게 말해 주고 있었다. 후유코가 걱정스러운 표정으로 옆으로 가 그녀의 손을 꽉 잡아 주었다. 소용없었다. 히카는 그것조차도 인지하지 못하는 것 같았다.

"빌어먹을!"

카즈오가 현관으로 뛰어가 굵은 골프채 하나를 골라잡았다. 그리고는 사시나무처럼 떨며 모여 있는 가족을 뒤로 남겨 둔 채 하나씩 하나씩 계단을 걸어 올라갔다.

여자와 아이들의 숨소리가 거실 사방을 잠식할 즈음이었다. 마침내 카즈오가 골프채를 가볍게 흔들며 계단을 내려왔다. 그가 서로를 끌어안고 있는 여자들을 향해 안심하라는 듯 고개를 끄덕였다.

"아무도 없어, 아무도…. 당연하지. 놀랐잖아. 하여튼 애들 상상력이란…."

하지만 히카는 아직 믿지 못하겠다는 표정이었다. 여전히 긴장된 목소리로 되물었다.

"…확실해요?"

카즈오가 짜증 섞인 목소리로 대답했다.

"그거야 물론이지. 책상 밑까지 다 뒤져 봤으면 된 거 아닌가? 누가 나가긴커녕 들어온 흔적도 없어. 후유코 일기장도 책상에 그대로 있고. 나츠코, 너 솔직히 말해 봐. 너 잠들어 있었지?"

후유코의 등 뒤에 숨어 있던 나츠코가 천천히 고개를 끄덕였다. 카즈오가 목소리를 높여 나무랐다.

"꿈꾼 걸 그대로 어른에게 사실처럼 말하면 어쩌자는 거야? 넌 단지 꿈을 꾼 거야. 꿈과 현실을 혼동한 거라고."

나츠코가 아빠를 올려다보며 말했다.

"혼동이 뭔데요?"

카즈오가 다시 쿠션을 토닥이고는 소파에 누워 발을 올렸다.

"후, 어쨌든 그건 너의 상상이야. 전부 상상이라고. 어린이들은 가끔 꿈과 현실을 헷갈려 하지."

소파 위에서 몸을 뒤척이며 올바른 자리를 만들던 카즈오가 문득 고개를 돌렸다. 모두 그만 빤히 쳐다보고 있을 뿐 아무도 움직이려 하지 않았다.

"뭣들 하는 거야?"

"여보, 하지만…."

"글쎄 아무도 없다니까 그러네? 자, 시간이 너무 늦었어. 이제 모두 올라가라고. 자, 자, 뭐 해? 어서!"

카즈오가 하품까지 늘어지게 뽑아내자 그제야 히카는 표정을 풀기 시작했다. 헝클어진 머리를 쓸어 올리는 그녀는 어느새 다시 엄마가 되어 있었다.

"자, 엄마가 우리 공주님들을 안전하게 침대까지 데려다 줄게. 자, 가자."

나츠코가 엄마의 치맛자락을 잡고 계단을 올라가며 말했다.

"저 진짜 봤어요, 그 아저씨. 일기장을 보고 있었어요. 하지만 나쁜 사람 같지는 않았어요. 착한 사람 같았어요."

"그래, 그래, 알았다. 아마 하늘에서 내려온 천사인가 봐. 후유코가 착한 아이니까 소원을 들어주려고 일기장을 봤나 보다. 그치?"

히카가 계단을 올라가며 그렇게 놀란 아이를 달랬다. 방으로 들어간 나츠코가 엄마 몰래 후유코의 귀에 대고 속삭였다.

"언니. 천사는 원래 몸이 그렇게 커?"

오구리 교수

베란다로 걸어 나온 히카가 난간에 손을 얹고 하늘을 올려다봤다. 금세 깨알 같은 물방울이 뺨에 내려앉는 걸 보니 안개비가 아직 그치지 않은 모양이었다. 싫지 않은 표정을 지으며 천천히 구석으로 걸어가 흔들의자 속으로 몸을 던졌다. 삐거덕 소리와 함께 빗물이 등줄기를 타고 흘러내렸지만, 그녀는 들고 있던 일기장을 가슴에 포갤 뿐 깍지 낀 손을 풀지 않았다. 히카는 비 오는 날 특유의 쌉쌀한 풀 내음이 한 잔의 녹차처럼 가슴으로 잔잔하게 파고드는 것을 좋아했다.

눈을 지그시 감고 흔들의자에 몸을 기댄 그녀를 누군가 보았다면 평온해 보인다고 했을 것이다. 하지만 그건 틀린 생각이었다. 지금 히카의 마음속에는 그 어느 때보다도 격렬한 소용돌이가 몰아치고 있었다. 그녀는 반드시 오늘 안에 매듭을 지어야 할 일이 있었다. 이제 더는 시간을 끌 수도 없었다. 이런 식으로 시곗바늘과 노닥거리며 차일피일 미루기만 한다면 금세 해는 지고 또다시 하루가 지나갈 것이었다. 히카가 눈을 떴다. 어디선가 희미하게 바람을 타고 종소리가 들려왔다. 지난번 그 늙은 두부 장수가 오고 있는 것이 틀림없었다. 참, 말 많은 영감이었다.

히카가 비장한 표정으로 일기장을 고쳐 잡으며 베란다의 한쪽 구석으로 걸음을 옮겼다. 모퉁이에는 손잡이가 녹아 버린 프라이팬

이 놓여 있었다. 히카는 다짜고짜 일기장을 그 위로 던져 버렸다. 얼마 전까지만 해도 행여 페이지라도 잘려나갈까 끈으로 엮어 고정까지 시켜 놓은 보석 같은 일기장이었다. 히카가 주머니에서 라이터를 꺼내 돌을 밀었다. 식용유가 남아 있었는지 불은 단번에 붙었고, 삽시간에 프라이팬 위로 조그만 먹구름이 피어올랐다. 일기장이 점점 오그라드는 모습을 지켜보던 그녀는 만감이 교차했다. 눈물이라도 날 줄 알았다. 하지만 가슴은 아무런 동요조차 없었다. 이제 일기장은 '탁탁' 소리를 내며 세상을 향해 마지막 유언을 남기고 있었다.

히카가 프라이팬 안에서 검정 나비처럼 구워진 뭉치를 집어 들었다. 마당에 던지고도 부족해 발로 몇 번을 짓이겼다. 완전히 다 타 버렸다. 말 그대로 가루였다. 그래도 구두 굽으로 홈을 파서 나머지 부분도 모두 땅속에 묻어 버렸다.

모든 의식을 성공적으로 끝마친 히카였지만, 웬일인지 가슴은 초밥을 접시 채 삼킨 것처럼 묵직하고 답답했다. 이런 마음을 들고 안으로 들어갈 수는 없어 산책이라도 해 볼 양 현관으로 가 적당한 우산을 들고나왔다. 예상대로 거리는 살포시 젖어 있었다. 한 걸음 한 걸음씩 발을 내디뎠다. 구두 뒷굽에 물이 착착 감기는 게 꼭 빗물이 그녀의 장단에 맞춰 반응하는 것만 같았다. 재미있었다. 조금씩 숨통이 트이는 느낌이었다. 보폭을 과감히 늘리면서 우산도 치켜들어 보았다. 괭이갈매기의 날개처럼 우산살이 구부정하게 펼쳐지며 사방에 물방울을 튕겨 냈다. 보는 것만으로도 시원한 모습이 아닐 수 없었다.

"맛있는 소식!"

히카가 깜짝 놀라며 고개를 돌렸다. 웬 여자가 공중전화 부스 속에서 얼굴만 삐죽 내민 채 웃고 있었다.

"맛있는 소식 여사장님 맞죠?"

"누구세요? 실례지만?"

"기억 못 하시네요? 길에서도 마주쳤고, 몇 달 전에는 놀이동산에서도 잠깐 만난 적 있는데…."

"그랬어요?"

"전 카나모리 초밥집을 운영하는 마유코라고 해요. 맛있는 소식 바로 길 건너에 있잖아요."

"아! 그럼 유타 씨의 아내분이세요?"

"네, 그래요."

"그러셨군요. 죄송해요. 빨리 기억을 못 해서…."

"괜찮아요. 제가 기억력이 그쪽보다 뛰어난 거니까."

"…."

"…."

"뭘 사러 오셨나 보죠, 마유코 씨?"

"양파와 간단한 반찬거리? 뭐, 그 정도?"

"그러시군요. 자, 그럼 쇼핑 잘하시고… 다음에 또 봬요?"

히카가 살짝 눈웃음치고 등을 돌리려는데 여자가 급히 손짓했다.

"저기, 잠깐만요. 실례인 건 물론 알지만 제가 보시다시피 이렇게 우산이 없거든요? 괜찮으시면 우리 집까지 좀 같이 걸으면 안 될까요? 여기서 저와 같은 방향 사람을 기다린 지 오래되었답니다."

히카가 여자의 손을 살펴보며 말했다.

"비는 어제부터 왔는데… 떠날 때 우산 안 챙기셨어요?"

"아유, 기억력만 나쁜 줄 알았는데 인제 보니 센스도 없으시네? 아까는 비가 거의 안 왔으니까 그냥 걸어 나온 거죠. 게다가 어차피 샤워도 할 거고. 뭐, 이래저래. 후유…."

여자가 실실 쪼개기도 하고 신중한 표정도 지으면서 은근히 약을 올렸다. 이런 종류의 비아냥을 딱 싫어하는 히카였다. 아무 망설임 없이 우산을 건네줬다.

"그럼 이 우산을 빌려 드릴게요. 다음에 시간 되실 때 돌려주세요."

"우산을? 저를 주신다고요? 그건 좀 아닌 것 같은데요? 어떻게 우산 주인을 비 맞게 하고 거꾸로 저만 쓰고 가겠어요? 그건 나 같은 사람이 할 도리가 아니죠."

"전 괜찮으니까 그런 걱정은 마시고요. 자, 여기요."

히카가 정색을 하며 우산만 내밀고 등을 돌리자 여자가 황급히 말을 보탰다.

"많이 서두르시네요? 전 다만 그쪽 남편분도 우리 집에 와 계시니까 같이 가면 좋지 않을까… 생각한 것뿐이에요. 그게 기분 나쁠 일은 아닌 것 같은데… 아무튼 나빴다면 미안요."

히카가 힘차게 내딛던 걸음을 그만두고 뒤를 돌아보았다. 이미 그녀로부터 십여 미터나 떨어진 뒤였다.

"뭐라고요?"

여자가 서양인처럼 어깨를 으쓱했다.

"그대로예요. 카즈오 씨가 지금 우리 집에 계세요."

"그럴 리가요? 우리 남편은 지금 친구들하고 운동하고 있어요."

"글쎄요? 이렇게 비 오는데 운동하는 사람도 있나요? 아주머니 말대로 비는 어제부터 왔는데요?"

여자가 돌연 다람쥐처럼 귀여운 척을 하며 전화부스에서 폴짝 뛰어내리더니 히카에게 다가와 팔짱을 꼈다.

"지금 우리 집에서 남편과 한 잔 중이세요. 자, 그러지 말고 저와 함께 가요. 네?"

윙크까지 던지는 작태가 아주 실없는 농담은 아닌 듯했다. 히카가 얼떨결에 그녀가 이끄는 데로 따라가기는 했다. 하지만 걷는 내내 기분이 찜찜해 여자의 얼굴을 몇 차례나 쳐다보았다. 어젯밤 친구들과 약속이 있다고 들떠 하며 잠을 설친 사람이었다. 그런 그가 약속을 취소하면서까지 평소 이를 박박 갈며 원수처럼 지내 오던 남자와 오붓하게 술을 마시고 있을 리가 없었다. 왠지 모를 불길한 생각이 엄습해 오려는데 여자가 한술 더 떠 묘한 소리를 지껄이기 시작했다.

"근데 이런 말 실례가 될지 모르겠지만⋯."

히카가 묻는 듯한 얼굴로 여자를 봤다.

"음, 혹시 요사이 집에 이상한 일 없었나요?"

"이상한 일이요?"

"아뇨, 뭐. 별난 건 아니지만⋯, 제가 지난번에 댁의 집 마당에서 수상한 걸 봐서요. 그래서⋯."

"수상한 것이라뇨? 무슨 말씀을 하려는 거죠?"

여자가 좌우를 돌아보더니 눈을 가늘게 뜨며 소리를 낮췄다.

"그게요. 남자예요. 제가 댁의 집에서 남자를 봤어요."

"도대체 무슨 말이 그래요? 당연히 우리 집에 남자가 있죠. 남편도 남자고 가게 직원도 그렇고⋯."

"도대체 무슨 바보같이 왜 그러세요? 제가 그냥 남자를 말하겠어요? 뭔가 분위기가 음산하고 소름이 끼치는, 그런 남자를 말하는 거죠. 게다가 덩치는 어찌나 크던지⋯. 전 처음에 무슨 사람이 아니라 고릴라인 줄 알았다니까요? 그때가 아마 새벽 두 시 정도 됐을 거예요. 제가 친구 생일 파티에 갔다가 밤늦게 택시에서 내렸을 때니까⋯ 혼자 걸어오는데 댁의 마당 한가운데 웬 남자가 서 있더라고요."

"아, 아, 아마 그건 제 남편이었을 거예요. 그이는 가끔 잠이 안

올 때면 마당에 나가 바람도 쐬고 그러거든요."

　태연한 말투로 대답은 했지만 이미 히카의 머릿속에서는 9년 전 일과 얼마 전 나츠코의 말이 비참하게 뒤섞이고 있었다. 여자가 입 꼬리를 내리며 정색을 했다.

　"제가 얼마나 매사가 확실한 사람인데 그딴 걸 잘못 봐요? 카즈오 씨가 절대로 아니에요. 내기해도 좋아요. 긴 검은 옷에 왠지 소름이 돋는…. 게다가 분명히 2층을 올려다보고 있었어요. 한참 2층 방 창문을 노려보고 있었다고요. 2층에 지금 누가 살아요?"

　히카가 관자놀이로 손을 가져가며 말했다. 그녀의 목청이 살짝 떨리고 있었다.

　"그거야 제 딸들이 살죠. 그럼 그 사람을 보고도 경찰에 신고를 안 했다는 말이에요?"

　"제가 왜요? 도둑인지, 강도인지, 혹은 애인인지… 난 아무것도 모르는데요? 하긴 도둑 같아 보이지는 않았어요. 몰래 집에 들어가려 했던 것도 아니고 그냥 바라만 보고 있었으니까…. 어쨌거나 남의 집 일에 제가 왜 참견을 해요? 그런 몰상식한 짓은 싫어요."

　히카는 마유코라는 여자의 어이없는 언투에도 리액션을 취할 여유가 없었다. 당장 입술이 바짝 마르더니 심장이 튀어나올 듯 뜀질을 해 대기 시작했다. 눈앞에서 그걸 보고도 모르는지 마유코가 여전히 얄미운 소리를 그치지 않았다.

　"하지만 도둑은 아니었잖아요? 없어진 거 없죠? 거봐요. 원래 남의 집 일에는 끼어드는 게 아니에요, 예의상. 자, 여기가 우리 집이에요. 누추하죠?"

　여자가 가게 문을 열면서 히카의 손을 힐끔거렸다.

　"뭐예요? 뭔가 태우기라도 한 거예요? 혹시 옛사랑이 보낸 연애 편지?"

여자의 말에 히카가 자신의 손바닥을 쳐다봤다. 그을음이 묻어 있었다.

마유코의 말은 거짓이 아니었다. 정말로 남편이 구석진 곳 테이블에 앉아 감자 머리 사내와 함께 술잔을 주고받고 있었다. 테이블 밑에 빈 병들이 바리케이드를 친 것처럼 길게 늘어져 있는 것으로 보아 잔을 기울인 지도 이미 오래된 게 틀림이 없었다.

히카가 날 선 어조로 외쳤다.

"지금 여기서 뭐 하세요?"

카즈오가 멈칫하며 고개를 돌렸다. 째진 눈이 퉁방울처럼 휘둥그레지는 게 그도 어지간히 당황한 모양이었다.

"아, 여보, 그게 말이야…. 아니, 그러는 당신은 여기 웬일이야?"

"당신부터 해명해야 하는 거 아닌가요?"

"일단은 여기 앉지? 이야기가 좀 길어질 테니 말이야."

유타도 벌겋게 달아오른 얼굴을 연신 끄덕이며 앉기를 권했다.

"그래요, 그래요. 일단 여기 앉으세요, 부인."

"지금 여기서 뭐 하냐고요? 내가 묻잖아요. 대답 안 할 거예요?"

"아니, 잠깐…."

카즈오가 손가락으로 스스로를 가리키며 말했다.

"아니, 내가 뭐 못 올 데라도 온 거야? 당신 말투가 왜 그래?"

"지금 저 빈 병들…. 설마 술은 아니겠죠? 설마, 당신 저와의 맹세를 잊은 건 아니겠죠?"

"도대체 당신 왜 이러는 거야? 몰상식하게 남의 집에서…."

"뭐라고요?"

"그런 이야기를 꼭 여기서 해야 직성이 풀리겠어?"

"당신 친구들과 운동하러 간다고 안 했어요? 근데 여기 와 있으니 놀라지 않나요? 그리고 일이 그렇게 됐으면 저에게 전화라도 해 줄 수 있는 거잖아요? 제가 남의 입으로부터 당신 행선지를 들어야겠어요?"

유타가 빈 맥주병을 한쪽으로 밀며 가만히 말했다.

"그래, 그건 자네가 잘못했어. 그러게 내가 아까 전화하라고 했잖아."

하지만 알 수 없는 것이 카즈오의 행동이었다. 뭐가 그리도 화가 나는지 남 보기가 민망할 정도로 신경을 곤두세우는 것이었다.

"아하! 내가 잊고 있었네! 난 어디 갈 때마다 전부 당신에게 통보해야 하는 거였지? 응, 그런 거지? 난 지금 집행 유예 중이니까… 그렇지? 쳇! 웃기는군! 내가 못 올 데를 온 것도 아니고… 여자가 좀 친절하게 말하면 안 되나? 교양 없이 아무 데서나 언성 높이고… 예의를 좀 알아야지!"

히카가 홍당무같이 얼굴을 붉히며 어깻숨을 쉬자 유타는 아차 싶었다. 얼른 카즈오를 쏘아보며 그녀 편을 들었다.

"어허, 이 사람, 자네는 갑자기 왜 그러나? 걱정하시는 건 당연지사 아닌가?"

그가 히카를 돌아보며 말을 이었다.

"부인. 노여움 푸시고 일단 여기 앉으세요. 전화 미리 못 드린 건 모두 제 불찰입니다. 죄송합니다."

유타가 머리까지 떨구며 쉽사리 들지도 않자 히카는 마지못해 자리에 앉을 수밖에 없었다. 하지만 표정은 여전히 냉담함 그대로였다. 카즈오가 언제 짜증을 냈느냐는 식으로 태연히 유타의 무릎에 손을 올렸다.

"여기 옆에 있는 이 친구 말이야. 이 사람이 사실 나와 대학 동창이더라고. 당신, 놀랐지? 정말이지 이런 일이 또 어디 있겠어?"

카즈오가 두서없이 말을 꺼냈다. 유타가 엄지손가락을 세워 보이고 고개를 끄덕였다.

"난 그걸 오늘에서야 우연히 알게 되었어. 아침에 길을 걷다가 입 안이 좀 쓴 것 같아 침 좀 뱉었는데 이 친구가 갑자기 길거리에서 튀어나오더니 괜히 또 시비를 걸더라고. 몇 마디 티격태격하고 밀치다 보니 비가 내리더군? 이 친구가 얼굴을 닦으려고 손수건을 꺼내길래 내가 빼앗아 버렸지. 얄미우니까 그랬어. 근데 글쎄 그 손수건 위에 우리 대학교 마크가 딱 찍혀 있는 거 아니겠어? 결국, 손수건 출처를 따지다가 그 사실을 알게 된 거야. 여보, 난 그동안 가족과도 같은 대학 동문과 예민하게 지냈던 거야. 이게 어이없고 창피한 일이 아니면 뭐가?"

히카가 눈을 빠르게 깜박였다. 실제로 그의 이야기가 조금 놀랍기는 했다. 그녀는 줄곧 유타가 적어도 유치원에 다니는 손자 몇 명은 있다고 생각해 왔다. 다시 한 번 그의 얼굴을 하나하나 뜯어봤다. 반들반들한 대머리에 당근처럼 심어진 주먹코, 금방이라도 뒤집힐 듯 부리부리한 소눈깔과 까무잡잡한 피부는 누가 봐도 키 작고 볼품없는 전형적인 오십 대 중년 남성의 모습이었지만, 실제로 유심히 보니 주름은 한 줄도 찾아내기 어려울 만큼 얼굴이 팽팽했다. 히카가 처음으로 유타와 눈을 마주했다.

"그게 정말인가요?"

유타가 고개를 몇 번이나 끄덕이고 나서 대답했다.

"네, 네, 그렇습니다. 그렇고 말고요. 남편분과 전 교양 강의도 함께 들었더군요. 전 지금 기억이 가물가물한데… 카즈오가 그렇다는군요."

"그게 다인 줄 알아? 우리 점심도 같이 먹었어. 이 친구 도대체 기억력이 왜 이래?"

"정말 그랬었나? 도서관 동상 뒤에 있는 그 매점이었겠지?"

"그거 당연하지!"

"종아리가 예쁜 누나가 있는?"

"그럼!"

카즈오는 확실히 들떠 있었다. 유타가 어린애처럼 다리를 모으고 눈을 게슴츠레 뜨면서 말했다.

"그거 알아? 중간고사 때 교수가 지각한 나를 보고는 아버님은 밖에 나가 기다리는 거라고 정색을 하고 말했던 거. 나 참, 나 그때 생각하면…."

"넌 그때부터 달걀부침이었어."

"이봐, 그건 좀 오버다. 난 늙어는 보였어도 그때 머리는 많이 있었다고…."

"하하하! 이 친구 참!"

둘은 어느 틈에 절친이 되어 있었다. 유타가 히카에게 안주로 놓여 있는 육포를 쑥 내밀며 물었다.

"그렇다면 부인께서는 무엇을 전공하셨나요?"

"네? 저요? 전…."

"철학? 아니, 영문학? 약학? 미술? 뭐, 모든 게 다 어울리실 것 같네요. 워낙 미인이시라 뭘 해도 그림이 나오겠어요. 하하하!"

고개를 한바탕 뒤로 젖혀 호탕하게 웃어도 히카가 아무 말 없이 우물거리자 유타의 안색이 싹 변했다. 그는 눈치가 잽싼 인간이었다. 잠시 어색한 침묵이 흘렀고, 유타는 그걸 깨뜨리기 위해 가렵지도 않은 잔기침을 몇 번이나 쿨럭거려야만 했다. 그가 카즈오 부부의 얼굴을 번갈아 보며 말했다.

"이제 우리의 끈적끈적한 백 년짜리 우정이 시작된 거라고 할 수 있지. 아, 그건 그렇고 말이야. 갑자기 생각이 안 나서 그러는데… 우리 학교에 아주 유명한 교수가 있지 않았나? 거 왜 팔자수염에 엉덩이를 빼고 천천히 걷는 교수 말이야. 머리 긴 남학생만 보면 분필로 알밤을 한 대 먹이던…. 아! 그래, 오구리 교수! 물론 자네도 기억하지? 전교생이 다 알고 있을 정도로 유명인이었으니까?"

유타가 말을 마치곤 미소를 머금은 표정으로 카즈오를 바라봤다. 카즈오가 당연하다는 듯이 씩 웃으며 잔을 쥐었다.

"오구리 교수! 그 사람 모르는 학생도 있었을까? 그 팔자수염. 나도 머리가 길다는 이유로 그 교수는 공포의 대상이었지. 그 교수 피해서 다니느라 애 좀 먹었어. 하하하!"

카즈오가 너털웃음 치더니 입을 쫙 벌리고는 들고 있던 맥주를 단숨에 들이켜 버렸다.

"이야! 역시 맥주는 마시는 게 아니야. 목으로 넘기는 거지! 하하! 어때 자네?"

카즈오가 껄껄거리며 거품이 묻어 있는 빈 잔을 유타에게 내밀었다. 그런데 유타가 이상했다. 잔 받을 생각은 않고 한쪽 입꼬리를 올린 묘한 표정으로 카즈오를 바라보고만 있는 것이었다. 카즈오가 손등으로 입술을 훔치며 물었다.

"응? 왜 그래, 유타? 내 얼굴에 뭐가 묻었나?"

유타가 얼른 히카에게로 시선을 돌렸다.

"아이고, 맞다! 요즘 장사는 어떤가요, 부인?"

플립 북 속 그림처럼

같은 시각.

나츠코가 이 층 창문 밑에 웅크리고 앉아 언니에게 속삭였다.

"들렸을까?"

후유코가 동생의 어깨에 얼굴을 살짝 걸치며 말했다.

"잘 몰라. 근데 밖에 나가신 것 같은데?"

"그렇지? 조용하지?"

나츠코가 손바닥을 귀에 갖다 붙여 보고는 조심스레 베란다로 통하는 창문을 열었다.

"한 번 밖을 보려구."

살금살금 맨발로 기어 나간 나츠코는 몸을 빠짝 바닥에 깔아 아래층을 내려다보곤 다시 방으로 돌아왔다.

"헤헤, 없어, 엄마. 밖에 나가셨나 봐."

"그래? 다행이다. 거봐, 아래층까지는 안 들린다고 했잖아."

나츠코가 장난감 종을 침대 밑으로 쑥 밀어 넣고는 입술을 내밀었다.

"어휴, 엄만 왜 그러지? 왜 종을 못 치게 하냐구? 그럼 사 주지 말던가. 사 주고 하지 말라니…. 언니, 내 구름 공주 종소리가 그렇게 시끄러워?"

"아니? 난 괜찮은데?"

"근데 왜 자꾸 화만 내고 못 하게 막는 건데? 엄만 훌륭한 음악가 한 명을 죽이고 있는 거야."

"나치, 그런 말은 하면…."

"뭐 안 되겠어? 사실인걸…."

당황스러운 눈으로 동생을 쳐다보던 후유코가 퍼뜩 생각나는 게 있는지 손뼉을 쳤다.

"참! 나 숙제해야 되는데!"

"히, 난 다했는데…. 뭔데? 내가 도와줄까?"

"그림을 도화지에 그려 오라고 선생님이 말씀하셨거든. 가장 좋아하는 거로, 내일까지…."

"가장 좋아하는 거? 그럼 나를 그리겠네? 헤헤헤! 에구, 이런 건 좀 창피하다…."

"정말 그러고 싶어. 근데 선생님은 사람이 아니라 물건을 말씀하신 거야."

"물건? 그럼 어떡할 건데?"

"그래서 기차를 그리려고 하는데… 어떠니? 역에 같이 갈래?"

"같이 갈래! 지금 가자. 나에게도 기차 하나 그려 줄래? 정말 갖고 싶은데…."

"응, 그럴게. 나치."

눈 깜짝할 사이 책상에서 도화지와 크레파스를 꺼내 챙긴 자매는 노란색 비옷까지 똑같이 둘러 입고 아래층으로 종종걸음을 쳤다.

사실 자매가 믿고 있던 역이라는 곳은 단지 레일이 놓여 있는 건 널목의 안전을 위해 임시로 지어진 시설물에 불과했다. 물론, 그 간이 시설물도 기차가 지나갈 때면 낭만적인 종소리와 함께 검정, 노랑으로 칠해진 나무 칸막이가 내려오기는 했다. 하지만 그게 다였다. 기껏해야 행인을 보호하는 역할이 전부인 허름한 관리소일 뿐 기차는 결코 그곳에서 멈추지 않았다.

골프 우산 속에 몸을 묻고 걷던 자매가 마침내 관리소 옆에 있는 언덕에 자리를 잡았다. 그들에게는 언덕이었지만, 실제로는 지면에서 겨우 몇 미터 올라가 있는 조금 단단한 흙더미라고 표현하는 것이 옳았다. 후유코가 먼저 꼭대기로 폴짝 뛰어 올라갔다. 미리 준비해 온 비닐봉지를 바닥에 깔고 크레파스와 도화지를 순서대로 꺼내자 나츠코가 얼른 쫓아 올라와 언니의 손을 따라 움직이며 우산을 받쳐 주었다. 그렇게 준비는 끝났다. 이제 기차만 시끄럽게 뛰어와 천천히 걸어가 주면 되는 일이었다.

우산을 들고 있는 나츠코의 팔에 서서히 통증이 전해지기 시작할 무렵이었다. 문득 요란한 종소리가 울리더니 청색 바탕에 노란 줄무늬가 있는 제복을 입은 한 남자가 서둘러 모자를 쓰며 관리실을 나왔다. 그는 삐쩍 마른 체형에 눈처럼 하얀 백발을 가진 노인이었는데 철길을 건너려는 사람들을 한 손으로 제지하며 다른 한 손으로는 나무 칸막이를 내리는 모습이 누가 보아도 영락없는 철도원이었다.

후유코도 노인의 모습을 언덕 위에서 보고 있었다. 커다란 검정 눈동자에 노인의 일거수일투족이 선명하게 반사되는가 싶더니 갑자기 자리를 박차고 일어났다. 나츠코가 언니의 돌발 행동에 눈을 휘둥그레 떴지만, 알지도 못했다. 이미 후유코에게 있어 노른자는 노인이었다.

"언니, 왜 그래?"

"응, 응…."

듣고 있지도 않았다. 후유코가 시선을 노인에게 끼운 채 손톱을 물어뜯으며 어깻숨을 쉬었다. 초조할 때 하는 행동이란 걸 알고 있던 나츠코는 어찌할 바를 몰랐다.

"언니…."

이윽고 노인이 뒷걸음질 치며 깃발을 겨드랑이에 끼우자 발끝으로 경미한 진동이 느껴졌다. 기차가 코앞까지 와 있다는 뜻이었다. 후유코가 작은 뺨에 보조개를 만들더니 얼른 다시 자리에 주저앉았다. 순식간에 무릎 위로 도화지가 펼쳐졌고 고사리 같은 손이 그 위를 날아다니기 시작했다. 흡사 나비의 날갯짓 같은 현란한 손놀림이었다.

나츠코는 팔이 아팠다. 비에 젖은 우산은 나츠코 같은 어린 여자아이에게는 흙이 잔뜩 묻어 있는 삽보다도 무거운 물건이었다. 더 버틸 수 없었던 나츠코는 최대한 빨리 우산 든 손을 바꾸어 보기로 했다. 물론 언니의 그림에 피해를 주지 않기 위한 행동이었다. 그 순간이었다. 시골에서 흔히 볼 수 있는 열 칸 남짓한 화물 열차가 기적 소리를 내며 아이들이 앉아 있는 언덕 아래를 쏜살같이 스쳐 지나갔다. 속도는 생각보다 빨랐다. 기차가 일으킨 바람에 하마터면 후유코의 도화지가 날아갈 뻔했을 정도였으니 말이다. 삽시간에 기차는 관리실을 지나 바게트처럼 작아져 갔지만, 노인은 여전히 경례를 거두지 않았다. 기관사가 노인의 경의를 봤는지는 알 길이 없었다. 기적 소리는 더 들려오지 않았다.

"열어 주세요. 시간 없어요."

"할아버지, 뭐 하세요? 나 원…."

기차가 떠나갔는데도 노인이 부동자세로 서 있자 행인들의 볼멘소리가 터져 나왔다. 노인이 굽실거리며 차단기를 올렸다.

"아이고! 죄송합니다. 엽니다, 지금 열어요."

나무 칸막이가 올려지고 철길에서 사람과 자전거가 썰물처럼 빠져나갔다. 물론 선두를 다투며 철길을 건너는 행인 중에 그에게 감사의 눈길을 건네는 사람은 단 한 명도 없었다.

나츠코가 물었다.

"언니, 봤어? 그렸어?"

하지만 후유코는 대답할 겨를이 없었다. 텅 빈 공간에 남아 있는 흔적들이 사라지기 전에 그 느낌을 도화지로 옮겨 와야 한다는 걸 후유코는 잘 알고 있었다. 나츠코는 팔이 정말로 아팠다.

"언니, 아직도 멀었어?"

그림을 보려고 고개를 내미는데 후유코가 급한 소리를 냈다.

"잠깐만, 잠깐만… 거의 다 그렸어. 기다려 줘. 조금만…."

"알았어, 언니. 천천히 해. 왜냐하면… 나 팔 안 아프니까…."

나츠코가 저도 모르게 반대로 말하고는 입술을 깨물었다. 실은 팔이 금방이라도 끊어져 버릴 것만 같아 눈물이 다 날 지경이었다. 견디다 못한 나츠코가 우산을 막 놓아 버리려는 순간이었다.

"됐어!"

후유코가 동생의 눈앞으로 그림을 내밀었다. 겨우 이 분 남짓한 시간에 한 장의 그림이 멋지게 완성돼 있었지만, 이상하게도 바라보는 나츠코의 눈빛에 기쁨이 없었다. 그림 속에는 기차가 없었다. 동생의 황당한 표정을 읽은 후유코가 눈을 떨구었다.

"미안해, 나치…. 나도 모르겠어. 왠지 기차보다 역장 할아버지를 그리고 싶었어. 정말로 미안해. 하지만 기차는 또 올 거야. 그때 틀림없이 그려 줄게, 응?"

"응, 알았어. 나 괜찮아. 기분이 좋아."

혹시라도 언니 감정을 해칠까 애써 미소는 지었다. 하지만 팔도 아프고 기차 그림까지 손에 넣지 못하게 된 나츠코는 서러웠다. 슬그머니 두어 걸음 뒤로 물러나 고개 숙이고 눈물을 뚝뚝 흘리기 시작했는데 후유코가 아무 생각 없이 도화지를 펼치다 그 모습을 보고 말았다.

"어, 왜 우는 거야, 나치?"

"응, 괜찮아, 언니. 신경 쓰지 마. 나중에 그려 줘."

나츠코는 언행을 일치시키는 작업이 불가능한 나이였다. 언니를 안심시키기 위한 말이 입에서는 나오고 있었지만, 그럴수록 감정에 북받쳐 눈에서 눈물이 흘러내렸다. 물론 그림도 이유였다. 하지만 무엇보다도 팔이 정말 아팠다.

뒤늦게 후유코도 동생의 팔이 심하게 떨리고 있다는 걸 발견했다. 몹쓸 병에 걸린 줄만 안 후유코는 허둥대며 발만 동동 구르다 결국 어린이만 꺼낼 수 있는 비장의 카드를 쓰고 말았다. 큰 소리로 울음을 터뜨린 것이다. 절망이 뒤섞인 어린 소녀의 울음소리는 그리 무겁지 않은 모양이었다. 바람을 타고 날아오르더니 금세 노인의 귓전에 올라왔다. 노인이 뒤를 힐끗 돌아보더니 손바닥으로 얼굴을 문질렀다.

신묘한 잎새

"너희들, 무슨 일이 있는 게냐? 왜 거기서 그러고 있니?"

노인이 서로 얼싸안고 우는 자매에게 잰걸음으로 다가가며 물었다. 후유코가 언니답게 먼저 눈물을 훔쳤다.

"할아버지. 저 때문에 제 동생이 아파요. 팔을 보세요. 어떡하죠?"

노인이 걸음을 멈추고 미간에 손을 올렸다. 그러나 여전히 잘 보이지가 않는지 젖은 손을 무릎에 비비고는 언덕 위로 직접 올라갔다.

그는 먼저 나츠코의 팔을 살펴보았다. 심하게 떨리고 있었다. 노인이 후유코에게 고개를 돌리며 물었다.

"이게 대체 어찌 된 일이냐? 설명 좀 해 보겠니?"

후유코가 자초지종을 빠짐없이 말했고 노인은 천천히 고개를 끄덕였다.

"허허! 난 또…. 그게 그런 거였구나."

노인이 아무 말 없이 언덕을 내려가더니 자매를 돌아보았다. 그의 입가에는 미소가 머금어져 있었다.

"잠깐 이리로 오겠니?"

노인이 일단 아이들을 푹신한 소파에 앉게 하고는 냉장고로 걸어갔다. 거기서 차가운 음료병을 꺼낸 노인은 찬장을 열어 잔을 잡더니 물로 손수 헹군 다음 아이들에게 내밀었다.

"마셔라. 시원하니 놀란 가슴 진정되겠지."

"고맙습니다."

나츠코가 한쪽 팔로 주스를 한 모금 마시고는 옷소매로 눈물을 닦았다.

"이제 난 팔을 못 쓰게 되나 봐요. 움직이지를 않아요…."

"뭐라고? 너 지금 무슨 소리 하는 게냐? 귀엽구나! 허허허!"

노인이 너털웃음을 터뜨리더니 무릎을 탁 치고 책상 쪽으로 걸어 갔다. 서랍에서 조그만 병 하나를 꺼내 가지고 돌아온 노인은 그 속에 들어 있는 황색 크림을 손가락으로 요리조리 돌려 묻히고는 그걸 나츠코의 팔에 듬뿍 발라 주었다.

"이렇게… 이렇게. 이건 그냥 근육이 놀라 순간적으로 아픈 것뿐이지. 내일 아침이면 다 나을 테니 걱정은 이제 그만하여라. 뭐, 나도 이런 경험이 있단다. 하물며 너희 같은 어린 아가씨들이야…."

후유코가 눈을 동그랗게 뜨고 물었다.

"전 할아버지가 역장님인 줄 알았어요. 근데 의사 선생님이셨어요?"

후유코의 말에 노인은 적잖이 당황한 눈치였다. 뺨까지 후끈 붉히며 손을 휘휘 내저었다.

"뭐, 뭐? 내가 의사라고? 허허! 세상 그런 가당찮은 말을…. 난 그렇게 많이 배운 사람이 아니란다. 그리고 역장이라고? 내가? 무슨! 허허허!"

노인은 무안한지 말을 끝내고도 계속 웃기만 했다. 나츠코가 말했다.

"아파요, 할아버지…. 따가워."

"괜찮다, 아가야. 그건 네 팔이 좋아지고 있다는 증거란다."

"정말로 전 괜찮아요?"

"물론이지. 이 할아비를 믿으려무나. 그런데 말이다. 너희들 그 위에서 뭘 하고 있던 게냐? 거긴 아이들이 있기에는 위험한 곳이지 않니?"

"그림을 그렸어요. 학교 숙제였거든요."

노인이 뜻밖이라는 듯 희끗희끗한 눈썹을 들어 올렸다.

"그림이라고? 그래, 그렇다면 뭘 그린 거지?"

"그냥 아무거나요."

"아무거나라…."

노인이 잠시 몸을 뒤로 눕히고는 이내 다시 일으켰다.

"부탁 하나 해도 되겠니? 혹시 그 그림 말인데…. 이 할아비가 좀 봐도 되겠니?"

"그건 괜찮지만…, 저 정말 못 그렸어요. 그래서 창피해요, 할아버지."

"괜찮다. 처음에는 다 그런 거란다."

후유코가 잠시 망설이더니 천천히 도화지를 할아버지의 무릎에 올려놓았다.

그림을 본 노인은 깜짝 놀랐다. 재료가 크레파스였기에 날 선 느낌은 찾을 수 없었지만, 차단기 앞에 서 있을 때 모자 틈새로 삐져나온 자신의 흰머리며 검버섯이 번지기 시작한 팔목 언저리까지도 모두 틀림없게 묘사되어 있었던 것이다. 누가 본다고 해도 그건 영락없는 노인 그 자신이었다.

"얘야, 이건 내가 아니냐?"

"네, 할아버지. 저기, 죄송해요. 허락도 없이…."

"아니, 아니다. 그런 말이 아니고…. 그런데 왜 하필 나를 그린 게지?"

"저도 모르겠어요. 죄송해요…."

노인이 오뚝한 콧날을 도화지 가까이로 가져가며 말했다.

"아하, 넌 소질이 있구나. 그림이 참 좋다. 그래, 언제부터 그린 거니?"

"언제부터라는 건 없어요, 할아버지. 그냥 집에서 심심할 때마다 그렸어요. 그래서 잘 못 그려요."

"허허, 못 그리다니. 모든 건 나이에 맞게 수준에 맞게 봐야 하는 거란다. 이 정도라면 정말 훌륭한 그림이다. 그럼 넌 지금 몇 학년이지?"

"3학년이에요."

"그렇구나. 그러면, 이게, 가만있자…."

노인이 말을 잇지 못해 쩔쩔매었다. 그림에 푹 빠져 눈도 떼지 못하고 있었으니 할 말이 쉽게 생각날 리 없었다. 후유코도 그 사실을 알고 있었다. 돌려받은 스케치북을 가슴에 안고 잠시 생각하더니 갑자기 그림을 북 뜯어서 할아버지에게 내밀었다.

"아이고, 아가야! 이게 대체 무슨 짓이란 말이냐? 이런 아름다운 그림을 말이다…."

"제 동생을 돌봐 주셔서 감사해요. 이건 할아버지 가지세요."

"무어? 이건 네가 힘들게 그린 숙제라고 하지 않았느냐? 이것 때문에 동생 팔도 그리 아팠던 게고…. 너희가 빗속에서 고생해 그린 그림을 아무 상관도 없는 내가 어찌 가질 수 있겠니?"

일단 입에서 나온 말은 그랬다. 하지만 후유코는 노인의 입꼬리가 씰룩씰룩 춤추는 모습을 간과하지 않았다. 분명 재차 권하기를 기대하고 있는 게 틀림이 없어 보였다.

"아니에요, 할아버지. 가지세요. 저 또 그리면 돼요."

노인이 거듭 거절했지만, 후유코의 고집도 만만치 않았다. 끝내 못 이기는 척 그림을 넘겨받은 노인은 주변을 둘러보았다.

"허허, 이거 미안해서 어쩐다? 어찌 나만 받을 수 있나? 나도 뭘 줘야 될 텐데…."

나츠코가 물었다.

"할아버지는 여기서 사세요?"

"아니다. 설마 그럴 리가 있겠느냐? 난 여기서 근무를 하는 것뿐이지. 내 집은 여기서 십오 분 정도 거리에 있구나. 물론 내 자전거로 말이다. 아주 낡은 고물이지만 말이다. 허허!"

이번에는 후유코가 물었다.

"혼자 사시나요?"

"어른스러운 질문이구나? 아니다. 손자와 함께 살고 있지. 옳아, 그렇지! 잠깐만…."

노인이 뭔가 생각난 듯 성큼성큼 관리실 구석으로 걸어가더니 낡은 가죽 가방 하나를 손에 들고 돌아왔다. 그 속에서 화려한 빛깔의 이파리 한 장을 찾아낸 노인은 그걸 탁자 위에 살짝 올려놓고 아이들을 휘둘러봤다.

"너희들이 내게 준 선물에 비하면 보잘것없겠지. 하지만 이건 나름대로 의미라는 건 있는 물건이란다. 여기 이 잎사귀 말이다. 보통의 것이 아니라 행운을 상징한다는 네 잎 클로버야. 들어 본 적 있지? 이걸 너희에게 주마."

한눈에 봐도 범상치 않은 클로버의 모습에 후유코는 침을 꿀꺽 삼켰고, 나츠코도 의자에서 엉덩이를 치켜들었다. 노인이 웃으며 고개를 끄덕이자 후유코가 탁자 위에 올려진 잎사귀를 조심스레 집어 허공으로 들어 보였다. 실로 독특한 생김새였다. 손바닥만 한 크기의 클로버는 굵은 줄기를 축으로 각각 4장의 하트가 매달린 모양을 하고 있었는데 무엇보다도 무지개를 빨아먹은 듯한 오색찬란한 잎의 색채가 경이로울 정도로 아름다웠다. 후유코가 질문을 하려고 입을 벌렸지만, 노인의 것이 빨랐다.

"그러니까 내가 몇 년 전 오사카에 있을 때였구나. 중고차 파는 걸 업으로 여기는 한 친구가 있었는데 그 양반이 소장했던 차에서 우연히 찾았다며 나에게 건네준 것이 있었어. 뭐였을 거 같니, 얘들아? 바로 이 네 잎 클로버란다. 유명 여가수의 차에서 발견한 거라는데… 글쎄, 그 가수 이름은 잘 기억나지 않는구나. 아무튼, 당시 난 병이 들어 있었단다. 뭐 그렇다고 당장 죽고 사는 병은 아니었지만, 그래도 친구가 봤을 때 나에게 가장 필요한 건 행운이라 생각했겠지. 새벽에 바로 달려와 문을 두드리더니 이걸 나에게 건네주지 않았겠니? 자, 얘들아. 날 좀 쳐다봐 주겠니? 어떠니? 건강해 보이지 않니? 물론 우연일 수도 있겠다. 허나 어찌 되었든 그 클로버 잎을 몸에 지니고 다닌 뒤부터 병세가 급격히 좋아졌다는 건 주목할 만한 일이 아니겠느냐? 자, 잠깐 여길 좀 봐 주겠니? 여기 보면 이렇게 잎이 하나하나 하트처럼 보이지? 바로 이것이 이 클로버가 보통의 것이 아닌 영물이라는 증거란다."

노인이 주전자를 기울여 물을 한 잔 따라 마시고는 가볍게 입맛을 다셨다.

"아일랜드라는 나라에서는 말이다. 네 잎 클로버가 악마를 물리쳐 주는 수호신이라는 전설이 있어. 이걸 몸에 지닌 사람에게는 나쁜 일이 일어나더라도 절대로 최악의 일은 피해 간다는 말이지. 그러니 언제나 이것을 간직하고 있거라. 앞으로 살아가는 동안 널 보호해 줄 거다."

아이들은 노인의 말에 크게 경탄하는 눈치였다. 전설적인 보물이라도 영접하는 양 클로버 잎을 두 손으로 소중히 떠받들고는 움직이지도 못했다. 노인이 지나치게 심각한 표정의 아이들이 은근히 걱정되었는지 말을 좀 보탰다.

"그렇다고 너무 진지하게만 받아들여서는 안 된다? 무작정 그 전설만 믿고 행동하는 건 위험하다는 말이지. 참고하라는 뜻인 게지."

잠자코 있던 나츠코가 노인의 눈을 빤히 쳐다보더니 엉뚱한 질문을 했다.

"근데요. 할아버지에게 네 잎 클로버를 줬다는 친구 말이에요. 지금은 어떻게 됐어요?"

순간 노인의 입가를 감돌던 미소가 얼굴에서 싹 사라졌다. 나츠코가 소파에서 발을 튕기며 말을 이었다.

"원래 그 클로버는 그 할아버지 것이었잖아요. 근데 그걸 할아버지에게 준 거니까 그 할아버지는 행운이 할아버지에게…. 엥? 아이, 복잡하다! 할아버지가 너무 많아! 아, 그냥 잊으세요. 저도 무슨 말인지 모르겠다구요."

"물론 그 친구도 잘 살고 있지. 허허!"

노인이 당혹스러워하며 급히 얼버무리는 걸 나츠코는 못 본 모양이었다. 금세 다른 말을 했다.

"아까 수, 수하? 수호? 음… 어쨌든 천사가 보호해 준다고 했잖아요? 그럼 천사가 네 명이겠네요?"

"네 명이라고? 허허! 그건 어째서 그렇지?"

"잎이 네 장이니까요."

아이의 천진한 생각에 노인이 경직된 표정을 풀고는 빙긋이 웃어 보였다.

"아하! 바로 그렇구나? 어찌 되었든 말이다. 잊지 마라, 얘들아. 이 세상은 믿음을 가지는 사람의 것이란다. 그렇다고 굳게 믿으면 진실로 그렇게 되는 것이야. 꿈이 이루어지는 시기가 각기 조금씩 다를 뿐이지…."

후유코가 금방 울 것 같은 표정으로 말했다.

"하지만 이렇게 소중한 것을 저희에게 주시면 할아버지는 어떡해요? 전 겨우 그림 한 장을 드렸을 뿐인데요."

"그렇지 않아. 난 이제 늙어서 수호신의 도움 따위는 필요치 않단다. 오히려 너희들이 준 관심이 내게는 훨씬 더 소중하다. 아무렴, 그렇고말고. 누구 하나 거들떠보지도 않는 가난한 늙은이의 말동무가 되어 주었으니…. 사실이지, 여기 생활은 많이 외롭단다. 그리고 이 그림…, 이것이야말로 나에게는 고마운 선물이야. 집에 돌아가면 난 이 그림을 액자에 넣어서 말이다. 내가 매일 쓰는 책상 위에 올려놓을 거구나. 아주 마음에 드는 그림이란다. 정말 고맙다."

노인의 눈에는 어느새 눈물이 징 솟아오르고 있었다.

"할아버지. 앞으로 가끔 놀러 와도 되죠?"

자매가 햇병아리처럼 고개를 치든 채 입을 모아 물었다. 노인은 그 말이 진실로 반가운 모양이었다. 입가에 주름이 막 잡히는 데도 함박웃음을 거두지 않았다.

"허허! 아무렴, 물론이지! 그보다 더 고마운 일이 어디 또 있겠니? 다음에 들르면 이 할아비가 문어 빵을 만들어 주마. 그리고 말이다…. 으응? 뭐? 아뿔싸!"

노인이 갑자기 비명을 지르며 벽에 걸린 시계를 쳐다보았다. 가슴 뭉클한 어린 친구들과의 대화에 빠져 다음 기차가 올 시간이 된 것도 잊어버린 것이었다. 노인이 허겁지겁 모자를 들고 밖으로 뛰쳐나갔다. 곧이어 열차 한 대가 기적 소리를 토하며 다가왔고, 노인은 조금 전처럼 능숙한 솜씨로 차단기를 내렸다. 열차 소리는 웅건했다. 그러나 이번 것은 전의 놈보다 현저히 속도가 느렸다. 차륜이 레일을 밀치는 과정이 육안으로 보일 정도였다.

잠시 후 임무를 완수한 노인이 모자를 벗으며 안으로 다시 들어왔다. 후유코가 창가에 오그리고 앉은 채로 스케치북에서 그림 한 장을 막 뜯어내고 있었다.

"오래 기다렸지? 자, 받아. 이건 나치 너 거야."

다음날 후유코는 결국 숙제를 하지 못한 벌로 선생님께 꾸중을 들어야만 했다.

얼굴 없는 사람

목을 곧추며 보도를 따라 걷던 카즈오가 얼핏 괴이한 낌새에 뒤를 돌아보았다. 아니나 다를까? 한 작달막한 사내가 전봇대에 몸을 바짝 붙인 채 은밀한 시선으로 거리를 엿보고 있었다. 한 번 엿볼 때마다 뒤돌아 혼잣말을 종알거리는 사내의 특이한 제스처에 호기심이 발동한 카즈오는 그에게 조금 더 접근해 보기로 했다. 서서히 그의 시야에 지면과 가까운 다리와 불룩 나온 배가 보이더니 민숭민숭한 머리통이 들어왔다. 카즈오가 허리춤에 엄지손가락을 걸치며 물었다.

"뭐 하고 있어?"

유타가 주춤하며 빠르게 손을 입으로 가져갔다.

"이키! 간 떨어지겠어, 이 친구! 소리가 너무 크다니까?"

"지금 뭐 하는데? 요즘 매일 장사 안된다고 투덜거리더니 직업이라도 바꾼 거야?"

유타가 대답 대신 가까이 오라고 손짓을 했다. 카즈오가 그의 시선을 따라갔지만, 평소와 다름없는 잿빛 거리와 피로한 사람들뿐이었다.

"뭐가 어떻다는 거지? 내 눈엔 아무것도 안 보이는데?"

"사람, 잘 봐야지. 급하기는…. 저기 말이야 저기…."

다시 한 번 유타의 손가락 끝에 시선을 올려놓고 똑바로 따라가

보았다. 과연 길 건너에 『용서와 화합』이라는 깔끔한 새 간판을 내
건 회전 초밥집이 하나 있었다.

"초밥집이잖아?"

유타가 답답하다는 듯 말했다.

"그래, 초밥집이지. 물론이지. 뭐 보이는 건 없는 거고?"

가만히 보니 참말 보이는 게 많았다. 며칠 전 소낙비가 내린 뒤부
터 돌연 자취를 감췄던 오키타 부인은 물론이거니와, 단체 도시락
을 주문하고선 밑도 끝도 없이 행방불명되었던 쇼지 씨 등, 그동안
카즈오가 미치도록 궁금했던 단골들은 전부 거기에 다 모여 있었
다. 그들은 막 가게를 나와 집으로 돌아가는 중인 듯 보였는데 하나
같이 만족스러운 얼굴에 손에는 『용서와 화합』이라는 글자가 새겨진
푸른 봉투를 몇 개씩이나 들고 있었다. 상황은 명백했다. 카즈오가
쓰게 입맛을 다셨다.

"이거 이제 알겠는데? 이게 이유였어. 어떡할까? 가서 확 뒤집어엎
어 버릴까?"

"무슨 죄로? 우리 근처에 초밥집 만든 죄로?"

"이게 될 말이야, 그럼?"

"조용히 하라고. 목소리가 너무 커."

"이렇게 조그만 마을에 초밥집이 세 개라니…. 애당초 말이 되는
게 아니지 이건!"

유타가 쓸쓰레한 미소와 함께 고개를 저었다.

"어쩔 수 없네. 경찰에 신고할 수도 없고…. 우리가 뭘 할 수 있는
게 아니야."

"빌어먹을 것! 법으로 어떻게 안 될까? 저것들 말이야. 법적으로
이렇게 조그만 마을에 같은 부류의 가게가 여럿 있으면 안 될 텐

데? 왜 영세 상인 보호법인가 뭔가…."

"지금 장난쳐? 변호사 사려고? 자네 그럴 돈 있어? 시간은? 그리고 나 지금까지 그런 법은 들어 보지도 못했어."

"그럼 이렇게 앉아서 당하거나 하란 말이냐? 그냥 이대로? 어쩐지 요즘 손님이 크게 줄었다고 생각됐는데…. 그나저나 저기는 왜 저리 사람이 많은 거야? 새로 개업했다며 뭐 사은품이나 보너스 따위를 챙겨 주나?"

유타가 한숨을 내뿜더니 뒤돌아 담배를 한 개비 꺼내 입에 물었다.

"후유. 초밥값이 우리 가게 절반 수준이라는데 더 무슨 할 말이 있겠냐고… 이미 우리 종업원 시켜서 다 알아봤어. 맛은 뭐 별 특징 없던데…."

"젠장! 이게 뭐야? 이래 가지고는! 가만있어 봐. 내가 가서 한 번 따지고 올 테니까."

"어이! 이봐! 잠깐!"

유타가 놀라 말렸지만, 그는 이미 좌우로 고개를 두리번거리며 길을 건너가고 있었다.

가게 문을 발로 차다시피 열고 들어간 카즈오가 대뜸 소리부터 내질렀다.

"여기 주인! 이리 좀 나와 보시오! 할 말이 있소!"

30대로 보이는 마른 체형의 남자가 주방에서 나와 온화한 미소를 지으며 다가왔다.

"어서 오세요, 손님. 우리 가게에는 처음 오시나 보죠? 여기는 주인이 따로 없습니다. 배고픈 이와 배부른 이가 모두 주인이랍니다."

"닥치고. 당신이 주인이냐? 이리 나와 봐."

남자는 카즈오의 거친 말투에 당황하는 기색이 역력했지만, 그래도 끝까지 친절을 잃지 않기 위해 노력하는 모습이었다. 살포시 미소를 머금은 채 손에 낀 비닐장갑을 벗으며 물었다.

"손님. 무척 우울해 보이시네요. 그 이유를 말씀해 주시겠습니까? 제가 도울 일이 있다면 기꺼이 도와 드리겠습니다."

카즈오가 버럭 소리 지르며 그의 멱살을 꽉 움켜잡았다.

"너! 누구 허락받고 여기서 장사하는 거야?"

"에? 그, 그게, 무슨…?"

카즈오의 팔뚝에 굵은 힘줄이 불거져 나오더니 남자 몸이 공중 부양하듯 붕 떠올랐다.

"우리에게 물어봤어야지! 어!"

"저, 전 신도일 뿐입니다. 이, 이 가게는 제가 하는 것이 아닙니다…."

"신도라고?"

남자가 카즈오의 검붉게 달아오른 근육을 힐끔거리며 대답했다.

"네, 네, 이 가게는 저희 교회에서 운영합니다. 비영리적인 목적입니다만, 우리는 양질의 초밥을 신도들과 나누고 싶은 마음에…. 아니, 신도들뿐만이 아니라 이 세상 모든 배고픈 자들과…."

남자는 마치 궁지에 몰린 생쥐처럼 바들바들 떨고 있었다. 이때 뒤따라온 유타가 얼른 카즈오의 어깨에 손을 얹었다.

"친구, 이러면 될 일도 안 돼. 상황만 더 악화될 뿐이라니까?"

"이 새끼…, 혹시 너 방금 교회라고 했냐?"

"용, 용서해 주십시오. 특별한 교회라는 의미는 아니었습니다. 저희는 어디서나 볼 수 있는 일상적인 교회입니다. 이름은 주말 용서와 화합이고요."

"어?"

그의 대답을 들은 카즈오가 돌연히 탄식 소리를 내며 뒤로 한 걸음 물러났다. 남자는 이때다 싶었다. 창피함도 무릅쓰고 목을 두 손으로 움켜잡은 채 헐레벌떡 주방 안으로 도망을 갔다. 카즈오가 등을 벽에 의지한 채로 쭉 미끄러지며 주저앉자 유타가 얼른 달려왔다. 옆에서 보니 카즈오의 꼴이 그야말로 가관이었다. 흐리멍덩한 동공에 축 늘어뜨린 턱이 영락없이 악마에게 영혼을 빼앗긴 실패자의 모습이었다. 유타가 그에게 얼굴을 바짝 가져가며 물었다.

"왜 그래 갑자기? 가슴이 답답해? 자네 얼굴색이 진짜 이상하다고 지금!"

카즈오가 두 눈을 지그시 감고 나지막한 목소리로 물었다.

"교주 이름⋯."

남자가 주방에서 한쪽 눈만 삐죽이 내밀었다.

"네? 저, 저요? 성함을 말씀하시는 건지요? 하지만 교주님은 따로 이름이 없으셔서⋯."

그의 말이 채 끝나기도 전이었다. 카즈오가 번개처럼 자리를 박차고 일어나더니 주방 카운터를 훌쩍 넘어 남자의 멱살을 다시 한 번 감아쥐었다.

"이래도 그러냐?"

남자는 자신의 두 다리가 또다시 허공을 휘젓게 되자 식겁했다.

"아뇨! 아뇨! 이건 정말입니다! 저희는 교주님의 얼굴도 사실 잘 몰라요. 우리 앞에 홀로 모습을 보이시지 않으니까요. 저희는 신을 믿는 종교인입니다. 거짓말은 모릅니다. 저희 신도들이 알고 있는 것은 교주님이 저희를 사랑하신다는 것과 몸집이 유달리 크시다는 겁니다. 그것뿐입니다. 절 때리셔도 더 말할 게 진정 없습니다."

말을 마치고 눈까지 질끈 감는 꼴이 누가 보아도 진실을 말하는 얼굴이었다. 하지만 카즈오는 그의 꼬락서니 자체가 싫은 모양이었다. 거칠게 아래로 내동댕이쳐 버리니 남자의 몸은 배필 잃은 헌신짝처럼 바닥 위를 눈물겹게 굴러갔다. 결국, 남자는 구석에 자리 잡은 쓰레기통 뚜껑에 정통으로 면상이 부딪쳤지만, 신음도 잊고 벌떡 일어나 주방으로 또다시 줄행랑을 쳤다. 카즈오가 양손을 축 늘어뜨린 채 몽유병 환자처럼 중얼거렸다.

"우연이 아니지… 시작한 거지… 다시 날 괴롭히기 시작한 거지…."

잠꼬대하듯 웅얼거리며 걷던 카즈오는 가게 출입구를 코끝에서 한 뼘만 남겨 두고 멈춰 서더니 문을 뚫어지게 노려보았다. 저주라도 퍼붓는 듯한 오싹한 눈빛이었다. 그가 벌겋게 상기된 얼굴을 치들더니 천천히 입을 떼었다.

"얼굴도 모른다고 했어, 너 지금…."

남자가 몸을 움찔하더니 손을 휘저으며 뒷걸음질 쳤다.

"말, 말씀드렸다시피… 저, 전 정말 아무것도 모릅니다."

'쿵! 쿵! 쿵!'

갑자기 카즈오가 자신의 이마로 출입문을 짓찧기 시작했다. 둔탁한 소리와 함께 삽시간에 그의 넓은 이마에서는 선혈이 흘러내리기 시작했고, 가게 안은 사람들의 날 선 비명 소리로 아수라장이 되어 버렸다.

내 이름은 리더스

차고 메마른 초겨울 날이었다.

늦어 버렸다. 교문을 나선 후유코는 가방을 등에 메고 정신없이 뛰기 시작했다. 하얀 입김이 얼굴에 올라타며 두둥실 춤을 추었지만, 그네에서 혼자 떨고 있을 동생을 생각하니 도저히 달리기를 멈출 수가 없었다.

가쁜 숨을 몰아쉬며 도착한 곳은 공원이었다. 그런데 웬일인지 항상 초록 그네에 쪼그리고 앉아 함박웃음으로 맞아 주던 동생의 모습이 보이질 않았다. 아무리 춥다 해도 언니를 잊은 채 먼저 집으로 돌아가는 것은 결코 나츠코가 할 수 있는 일이 아니었다. 후유코가 걱정스러운 얼굴로 공원 주변을 두리번거렸다. 다행히 구름다리 아래에서 오르락내리락하는 머리 묶은 여자아이를 금세 찾아낼 수 있었다.

나츠코는 차가운 땅바닥에 몸을 엎드린 채 자그마한 굴속을 들여다보고 있었다. 굴 안에는 토끼 두 마리가 웅크리고 있었는데, 눈이 빨갛고 털은 하얀 것이 꽤나 자태가 자극적이었다. 어미와 새끼인 듯 보이는 미물들은 누군가의 목도리 속에 몸을 파묻은 채 도리어 나츠코를 신기한 듯 바라보고 있었다.

"에헤헤! 너희 귀여워! 알지? 그거 모르면 바보라고 부를 수밖에…. 그래, 너희들 언제부터 여기 있었다구?"

나츠코가 귀를 동굴 속으로 바짝 갖다 대더니 고개를 끄덕였다.

"어, 그래? 그럼 얼마 안 된 건데? 그렇구나. 흠….."

"나치, 여기서 뭐 하니?"

"앗! 언니! 많이 기다렸어? 미안, 토끼하고 그만….."

"아니야, 괜찮아."

후유코가 동생의 느슨한 목도리를 고쳐 매어 주며 말했다.

"춥지 않니? 나쁜 아이들이 점심시간도 아닌데 도시락을 먹어 버려 모두 선생님에게 벌을 받았어. 그래서 많이 늦었어. 미안해, 다시는 늦지 않을게."

"응, 괜찮아. 또 늦어도 되고, 다음에 또 늦어도 돼. 사실 난 토끼와 이야기를 하고 있었어. 이 큰 토끼는 지금 배가 고프다는데 내가 줄 수 있는 게 도대체 있어야지? 아무거나 주면 배가 아플지도 모르거든."

"정말로? 토끼와 이야기를 할 수 있어?"

"응, 할 수 있어."

"어떻게 그래?"

"어렵지 않아. 먼저 눈을 보고 나서 다음에 입을 보면 소리가 다 들려. 아, 저거 봐! 갑자기 귀가 누웠지? 지금 내 말을 듣고 있는 거라구."

후유코가 토끼의 눈을 유심히 살펴보았다. 도무지 초점조차도 읽을 수 없는 흐리멍덩한 눈빛뿐이었다. 그래도 동생의 사기를 꺾을 수는 없었다.

"와, 나치! 정말 그런 거였구나?"

"진짜 다르지? 언니도 이제 좀 알겠지? 헤헤! 바로 이런 거야. 우린 여기서 오랫동안 대화를 했거든. 어쨌든 난 세상에서 처음으로 동물과 대화하는 사람이 될 거니까!"

나츠코는 지난 여름에도 창가에 날아와 앉은 까치와 먹구름에 대해 심각한 대화를 나누었다고 자랑한 적이 있었다. 물론 후유코도 동물을 좋아했지만, 나츠코의 경우는 그 과정이 각별했다. 나츠코가 여전히 토끼들에게서 눈을 떼지 않고 말했다.

"내가 아까 물어보니까 얘들, 엄마와 딸이라고 했어. 여기 온 지 얼마 안 됐구, 지금은 어떤 남자가 먹이를 주며 보살펴 준다네?"

실제로 토끼들에게서 들은 듯한 막힘없는 말투였다. 후유코가 다소 긴장된 표정으로 물었다.

"너, 그런 게 다 들린다는 거니?"

"응, 다, 전부 다 들려."

"동물들 소리가 전부?"

"그건 잘 몰라. 하지만 눈을 쳐다보면 거의 다 들려."

"눈을 쳐다보면… 그럼 사람도 눈을 쳐다보면 마음을 알 수 있겠네?"

공원 정문 쪽에서 누군가 다급히 뛰어 들어오는 소리가 들려온 것은 바로 그때였다.

먼저 마른 흙먼지가 한 줌 날리더니 열 살 안팎의 아이가 공원 안으로 미끄러지듯 들어왔다. 강마른 체격에 낡은 청바지를 입은 소년이었는데 야구 모자를 코 아래까지 눌러쓰고 있었기에 얼굴에서 볼수 있는 곳이라고는 입술과 턱 선이 전부였다. 곧 소년의 뒤를 이어한 무리의 아이들도 우르르 쏟아져 들어왔다. 탈곡기 쌀알 같은 먼지 속에서 야단법석을 떨던 아이들이 구름다리 아래 웅크린 소년을 찾아내는데 걸린 시간이라고는 단 몇 초에 불과했다. 그들 중 주근깨투성이의 덩치 있는 놈이 아이에게 다가와 손가락질부터 해 댔다.

"어유, 이 자식아… 네까짓 게 어디까지 갈 수 있다고 생각한 거냐? 짐승처럼 도망만 칠 줄 알면 다냐? 어디 이거 맛 좀 봐라!"

말이 끝나기가 무섭게 소년의 머리 위로 육중한 야구 글러브가 날아왔다. 한 번만이 아니었다. 먼지가 펄펄 날릴 정도의 마구잡이 폭행이 목전에서 펼쳐졌지만, 같이 온 아이들은 싱긋이 웃기만 할 뿐 말릴 생각을 하지 않았다.

이윽고 주근깨 아이의 손놀림이 둔해지자 이번에는 쥐처럼 인중이 툭 튀어나온 아이가 침을 한 번 퉤 뱉더니 소년의 뒤로 팬터마임 하듯 살금살금 걸어갔다. 등 뒤에 바짝 다가간 아이는 몰래 손바닥을 펴더니 한 치의 망설임도 없이 그대로 소년의 어깨를 밀쳐 버렸다. 당연히 소년은 비명을 꽥 지르며 목이 뒤로 꺾인 채 넘어질 수밖에 없었다. 아이는 거기서 멈추지 않았다. 힘겹게 일어나려는 소년의 등을 굶주린 쥐처럼 달려들어 다시 또 거세게 밀쳐 버렸다. 그렇게 몇 번이나 몹쓸 짓을 한 아이는 탈진한 소년이 일어나는데 점차 시간을 잡아먹자, 이번에는 발길질로 재미를 보려 했다. 불쌍한 야구 모자 소년은 뺨을 모래 바닥에 붙인 채 충격이 전해질 때마다 몸만 부르르 떨 뿐 아무런 저항도 하지 못했다.

"이야, 이거 봐! 이 자식 막 떠는데? 이거… 꼭 저번에 너한테 날개 뜯긴 잠자리 같지 않으냐?"

쥐 같은 아이가 피식 웃더니 땅에서 모래를 한 줌 쥐어 올렸다. 그리고는 그것을 손 안에서 꾹꾹 다지더니 그냥 소년의 얼굴에 던져 버렸다. 소년이 눈을 비비며 비명을 지르자 던진 아이가 되레 인상을 찡그리며 큰소리를 질렀다.

"시끄러워, 이 짐승아! 넌 좀 맞아야 해! 이 잔인하고 역겨운 말더듬이 가난뱅이야!"

"새끼, 니가 무슨 사람이야? 말도 제대로 못하는 게! 건방지게 우리 학교에서 같이 공부나 하고! 남의 개를 죽이기나 하고! 이 살인자야! 차라리 여기서 죽어 버리지그래?"

둔중한 소리와 함께 소년의 모자 위로 먼지가 펄펄 날아올랐다. 쥐같이 생긴 아이가 신발로 소년의 어깨를 꾹 누르며 말했다.

"아스카, 너 이 병신 도시락 싼 거 봤어? 병신…, 난 봤어. 얼마나 웃긴 줄 알아? 누런 밥에 말라붙은 단무지와 간장뿐이더라. 우리 집 개도 그런 거 안 먹던데."

주근깨 아이가 손으로 입을 막으며 말을 받았다.

"웩, 토할 거 같아. 그 밥, 우리 학교 근처 거지들이 먹다 버린 거라지? 저놈도 혹시 거지 아니야?"

말을 마친 주근깨 아이가 어디서 배웠는지 이번에는 한쪽 무릎만 꿇은 독특한 자세로 소년의 목을 옥죄기 시작했다. 그저 척만 하는 게 아니었기에 소년은 점점 호흡이 가빠졌다.

"어이쿠! 뭐, 뭐야?"

갑자기 주근깨 아이가 뒤로 나자빠졌다. 뭔가 동그란 물체에 밀려 넘어진 것이었다. 엉덩이에 먼지를 털며 일어나 보니 눈앞에 웬 여자아이가 팔짱을 낀 채 씩씩거리고 있었다. 나츠코였다. 자기보다 두 배나 커다란 덩치 앞에서도 두려움 하나 없는 당당한 얼굴이었다.

"나야, 내가 널 밀었어. 넌 왜 그래? 왜 사람을 때리는 거야?"

행여 동생이 다칠까 봐 겁이 난 후유코가 얼른 한 걸음 앞으로 나섰다.

"때리는 건 나쁜 짓이야. 어떻게 모래까지 뿌릴 수 있니? 살아 있는 사람이잖아."

"이건 또 뭐? 여자들? 꺼져 버려! 여자아이들하고는 말도 안 해. 약해 빠져서는 고자질이나 하고… 으하하!"

평상시에는 말 잘 듣고 공부 잘하는 나츠코였지만, 옳지 않은 일에는 두려움 없고 고집만 있는 아이가 또 나츠코였다. 턱을 똑바로 치켜들고 주근깨 아이에게 다가가 한마디씩 또렷또렷한 말투로 따졌다.

"너는 이 아이보다 나이가 많아 보이는데? 몇 살이야? 자기보다 어린 사람을 때려도 되는 거야? 그리고 넌 여자를 무시하는데… 너의 아빠는 너의 엄마를 무시하나 보지? 그래서 그래?"

사실이지 주근깨 아이의 아빠는 엄마를 과다하게 무시했었다. 게다가 정말로 아이는 모자 쓴 소년보다 한 살 많았다. 틀린 곳 하나 없는 나츠코의 지적에 주근깨 아이는 무안해서 화가 불끈 솟았다.

"이 계집아이가! 맞고 싶어? 뭐라 하는 거야!"

손을 칼날처럼 올리며 치는 시늉을 해 보였을 때였다. 쥐같이 생긴 아이가 나츠코의 얼굴을 가만 살피더니 겁먹은 표정을 지었다.

"야, 켄! 그럴 때는 아닌 거 같은데? 이 아이 아빠를 내가 본 것 같아. 놀이공원에서 본 기억이 나. 굉장히 주먹도 컸고… 어떤 대머리 아저씨를 나무 위로 휙 던졌어. 맞아, 분명히 그랬어. 이 여자애 아빠 진짜 무섭게 생겼다?"

친구의 경고에 아이는 갑자기 긴장하는 눈치였다. 눈알을 굴리며 겁주려고 들어 올렸던 팔을 슬그머니 내렸다.

"아주 난폭한 사람 같았어. 잘못 그 여자애 때렸다가는 우리가 죽도록 맞을걸? 그만두는 게 좋겠어."

주근깨 아이가 종전보다 현저히 기가 죽은 목소리로 말했다.

"뭐, 뭐야. 우리 아빠도 힘이 세. 날 때리면 우리 아빠가 가만있지 않을걸? 난 조금도 무섭지 않아!"

토실토실한 입술에서 나온 말은 그랬으나, 이미 나츠코로부터 몇 발자국이나 물러난 뒤였다. 쥐 같은 아이가 눈치도 없이 그나마 남은 친구의 기를 아예 짓눌러 버렸다.

"너의 아빠는 체격이 작으시잖아. 키도 저번에 보니까 나보다 조금 크시던데? 몸도 우리 할머니보다 마르셨고… 시력도 나쁘시잖아. 맨날 문지방에 걸려 넘어지신다며…. 상대가 안 될 거야. 저 아이 아빠는 키도 엄청 컸고 주먹도 내 머리만큼 컸어. 봤으면 뒤로 자빠질걸?"

사실이 그랬다. 주근깨 아이는 부끄러워서 귓불이 다 벌게졌다.

"마, 말도 안 돼!"

뭐가 말도 안 되는지는 본인도 몰랐다. 단지 그 말밖에는 다른 말은 생각나지 않았다. 아까부터 이들 무리 중 유일하게 폭력에 가담하지 않았던 한 소년이 팔짱을 풀더니 차분한 목소리로 자매에게 말했다.

"너희들은 이 아이가 얼마나 나쁜 줄 모르지? 무조건 우리가 못되게 보이는 거잖아. 때리는 건 우리니까 말이야. 나도 폭력은 싫어. 그래서 아까도 때리지는 않았어. 하지만 이 아이는 정말로 나쁜 녀석이야, 잔인하고…. 알지 못하면 너무 나서지 마라. 알겠니?"

소년답지 않은 진중함까지 느껴지는 어투였다. 나츠코가 주근깨 아이를 손가락으로 지적하며 물었다.

"난 대장하고 말하고 싶어. 누가 대장이야? 너야?"

사실 주근깨 아이는 대장도 아니었다. 그 그룹의 두령은 방금 자매를 훈계한 머리가 유난히 검은 소년이었다. 주근깨 아이는 계속되는 무안감에 어쩔 줄 몰라 하더니 결국 옆에 서 있던 아이를 밀치고는 돼지 멱따는 소리를 내지르며 공원 밖으로 뛰쳐나갔다.

검은 머리 아이가 그 모습을 무표정하게 지켜본 후 시선을 나츠코에게 돌렸다.

"나야, 왜 그러니?"

"이 아이가 어떤 잘못을 했길래 너희가 때려도 된다는 거야? 잘못을 했어도 너희들이 때릴 수는 없어. 벌주는 건 선생님이나 경찰 아저씨들이 하는 거 아니야? 같은 친구가 왜 하는데? 어떻게 생각해?"

"잘 들어. 난 지금 저 아이가 가난하고 말을 더듬어서 화를 내는 게 아니야. 우리 할아버지는 항상 가난이 죄는 아니라고 말씀하셨어. 그건 상관없어. 단지 저 아이는… 정말 나쁜 짓을 했어. 뭔지 궁금해? 방금 뛰어나간 켄 알지? 켄이 조금 자길 놀렸다고 그 아이의 개를 아주 잔인하게 때려죽였어. 야구 방망이로 머리를 터뜨려 죽였다고. 눈알이 다 대롱거렸다는데 믿을 수 있어? 한번 말해 봐. 이래도 저 아이 편을 들을 거야? 한번 말해 보라고."

"아!"

놀란 후유코가 부축하던 소년의 팔을 자신도 모르게 놓아 버렸고, 나츠코 역시 움찔하며 한 걸음 뒤로 물러섰다. 야구 모자 소년이 문득 고개 숙인 채 서럽게 울기 시작했다.

잠시 침묵이 흘렀다. 후유코가 소년에게 물었다.

"정말이니? 저 아이의 말이 사실이야?"

하지만 소년은 대답 없이 눈물만 흘릴 뿐이었다. 검은 머리 소년이 고개를 끄덕였다.

"사실이야. 켄의 네 살 난 사냥개를 저 자식이 집 앞에서 때려죽이는 걸 직접 본 사람이 있어. 너무 사나워서 쇠사슬에 항상 묶여 있던 개였는데…. 아까도 말했지만 가난하고 말을 더듬는 건 죄가 아니야. 하지만 개를 죽인 건 절대 용서 못 해. 숨도 쉬고 아픔도 아는 게 개잖아? 말도 못하는 개를 왜 죽이는데? 결국, 저 아이는 크면 살인까지 할걸? 지금은 너 앞에서 순진한 척하지만, 결국은 널 배신할 거야. 나중에 후회하지 말고 저 야구 모자 쓴 놈… 가까이 하지 마."

후유코가 흐느끼는 소년을 나츠코에게 맡기고는 자리에서 일어났다.

"그래, 알았어. 근데 이 아이가 개를 죽이는 걸 직접 너가 눈으로 본 거니? 그걸 말해 줘."

무표정하게 할 말만 하던 검은 머리 소년도 그 물음에는 약간 눈썹을 움직였다.

"내가 봤다고는 말 안 했는데? 다른 반 아이들이 보고 우리에게 말해 준 거야. 죽은 개의 시체를 산으로 질질 끌고 가는 걸 본 건 학교 앞 복덕방 아저씨야. 못 믿겠으면 그 아저씨에게 가서 물어봐. 이래도 확실하지 않은 거야? 넌 소름도 끼치지 않는 거야? 한번 말해 봐."

검은 머리 소년이 바닥에 침을 한 번 뱉곤 아이들을 돌아봤다.

"이만 돌아가자. 너무 춥다."

남은 두 명의 아이들이 강아지처럼 깡충거리며 대장을 따라 공원을 빠져나갔다. 이때 혼자 골똘히 생각에 잠겨 있던 나츠코가 벌떡 일어나더니 두 손을 모아 소리쳤다.

"머리 검은 너! 그래, 너! 잘 들어! 만약 한 번만 더 이 아이를 때리면 사실은 너도 말더듬이라는 거 친구들에게 전부 일러바칠 거야. 내가 모를 줄 알고? 그래도 돼?"

검은 머리 소년이 흠칫하더니 걸음을 멈추었다. 졸개들 틈에서 천천히 고개 돌린 얼굴에는 이미 핏기가 하나도 없었다.

"너 도대체 무, 무슨 소리를 하는 거야? 미친 거야?"

해피 할아버지 투 유

아이들이 시야에서 사라지자 나츠코가 말했다.

"언니, 이 아이… 우리가 집에 데려다 줄까?"

"응, 나도 그럴 생각이었어."

후유코가 모자 쓴 소년 옆에 쪼그리고 앉으며 비스듬히 고개를 들었다.

"이름이 뭐니?"

소년이 후유코의 얼굴을 힐끗 보더니 기어들어가는 목소리로 말했다.

"리… 더… 스…."

"리더스? 리더스라고?"

리더스가 고개를 끄덕였다.

"리더스? 우리나라 이름인가? 꼭 외국 이름 같네? 알았어, 리더스. 난 후유코야. 이쪽은 내 동생 나츠코고. 만나서 반가워. 너가 전에 밀가루 봉지를 우리 엄마 가게까지 들어다 주었던 그 아이지? 그때는 정말로 고마웠어."

"…"

"걱정하지 마. 아까 나쁜 아이들이 한 말… 난 모두 사실이라고 생각하지 않아. 아니지, 사실이라고 해도 우린 괜찮아. 엄마가 사람은 누구나 실수를 한다고 하셨어."

소년은 얼굴을 아래로 수그린 채 숨만 가쁘게 몰아쉴 뿐 아무런 대답도 하지 않았다. 나츠코가 언니를 쳐다보았다.

"이 아이 많이 다쳤나 봐. 입술 봐, 막 피가 나네? 병원에 가야 하는 거 아닐까?"

"병원에?"

"응. 그냥 놔두면…."

"아, 그래! 일단 리더스를 역장 할아버지에게 데려가는 게 어떨까?"

"아, 정말! 그럴까?"

"응. 할아버지는 아픈 데를 잘 치료하시고 우리보다 훨씬 아는 것도 많으시니까 이럴 때 어떻게 해야 하는지 아실 거야."

나츠코가 리더스의 모자를 바라보며 말했다.

"우리와 가장 친한 친구 집에 가자. 어서 일어나. 걱정은 하지 말구. 가는 동안도 우리가 보호해 줄 거니까."

자매가 리더스를 양쪽에서 부축하며 꼿꼿이 일으켜 세웠다.

절룩이며 이제 막 힘겹게 놀이터를 빠져나오려 할 무렵이었다. 문득 리더스가 걸음을 멈추며 웅얼거렸다.

"잇, 잊은 게 있어서… 잠, 잠깐만 기다려 줄 수 있니?"

후유코가 팔을 놓아주자 소년이 주머니에 손을 집어넣어 뭔가를 조몰락거리더니 놀이터 구석으로 걸어갔다. 비틀걸음으로 토끼 굴에 도착한 소년은 주머니에서 꺼낸 당근을 잘게 뜯고는 조심스럽게 그 안으로 밀어 넣어 주었다. 당근을 본 토끼들은 호들갑을 떨며 깡충깡충 뛰어와 날름 받아먹었고, 그 모습을 지켜보던 나츠코는 즐거워 탄성을 질렀다.

"우아~, 바로 너였구나? 너가 돌봐 주고 있었구나? 그래, 그게 너였어! 헤헤!"

리더스가 쑥스러운 듯 머리를 긁적였다. 나츠코가 단호한 목소리로 언니에게 말했다.

"역시 리더스는 절대로 나쁜 짓 할 아이가 아니었어. 그렇지, 언니?"

후유코가 고개를 끄덕이고는 자신의 목도리를 풀어 헝겊 한 조각 없이 휑한 리더스의 목에 정성껏 감아 주었다.

이윽고 서로의 어깨를 부축한 아이들이 다시금 놀이터를 빠져나가기 시작했다. 바람은 매서웠고 소년의 걸음은 답답하게 느렸지만, 자매는 그런 그를 조금도 보채지 않았다. 극도로 비인간적인 회색 하늘 아래에서 서로 의지하며 발걸음을 내딛는 아이들의 그림자가 한 폭의 동양화처럼 아련하게 대지 위를 적시고 있었다.

할아버지가 계신 관리실을 목전에 두었을 때였다. 아이들은 서로의 머리 위로 하얀 설탕 같은 것이 배시시 내려앉는 것을 보았다. 나츠코가 먼저 좋아라 소리쳤다.

"우아~, 눈이네, 눈! 이거 눈 맞아. 언니 눈이 와! 너무 좋은데?"

나머지 아이들도 기뻐하기는 매한가지였다. 목적도 잊고 모두 하늘을 우러러보며 떨어지는 눈을 향해 손을 벌리기 바빴다. 나츠코는 어느 틈엔가 입을 헤벌려 눈을 받아먹기 시작했다. 작년부터인가 눈이 올 때면 꼭 하는 돌발적 행동이었다. 후유코가 이번에도 동생을 만류했다.

"그만해, 나치. 그거 먹으면 엄마가 배 아프다고 했잖아. 그냥 구경만 해."

"하지만 맛있는걸? 달고 시원해. 언니도 먹어 봐."

"안 돼, 나치. 먹으면 안 된다구…."

이때 마침 관리실 뒤편짝에서 땔감에 불을 놓던 할아버지가 아이들의 왁자지껄 소리를 들었다. 아직 불이 붙지 않은 목재를 손에 들고는 다급하게 걸어 나왔다.

"너희들, 여기서 뭐 하는 게냐? …리더스? 너 또 왜 그러니? 넘어진 거니? 이리 와 봐라. 어서!"

그런데 리더스가 이상했다. 당연하다는 듯 노인에게로 달려가 깡충 뛰어오르더니 품속에 안기기까지 하는 것이었다. 노인이 소년의 눈언저리에 남은 모래와 핏자국을 찾아내고는 미간을 구기며 한탄했다.

"아아… 너 또 맞은 거로구나! 누가 또 이런 짓을…. 아가, 괜찮니?"

할아버지가 슬프고 안타까운 얼굴로 리더스를 부둥켜안았다. 흙이 묻은 머리카락을 쓸어내리는 노인의 손이 가늘게 떨리고 있었지만, 정작 소년은 별다른 슬픔을 느끼지 않는 듯했다. 무표정한 얼굴로 할아버지의 어깨를 톡톡 치더니 아무 말 없이 손가락으로 후유코와 나츠코를 가리켰다.

"너희들이 우리 리더스를 도와줬구나? 리더스를 알고 있었니?"

영문을 모르던 자매는 서로의 얼굴만 멀건이처럼 바라볼 뿐이었다. 후유코가 노인 쪽으로 다가서며 물었다.

"저희는 아까 처음 만났어요. 근데 할아버지는 리더스를 아세요?"

노인이 웃으며 대답했다.

"허허, 알다마다…. 내 하나밖에 없는 귀여운 손주인걸?"

"어, 정말요? 그럼 이 아이가 저번에 말씀하신 할아버지의 손자?"

"그렇단다. 허허, 우연도 이런 우연이 다 있구나! 역시 너희들과는 인연이 있는가 보다. 어쨌든 일단 들어오너라. 눈이 많이 내리는구나. 자, 들어가서 이야기하자."

노인이 나츠코를 가볍게 안고 한 손으로는 후유코의 허리를 잡아 성큼 철길을 건넜다. 후유코가 관리실로 들어가기 전에 슬쩍 리더스의 얼굴을 살펴보았다. 지저분해진 야구 모자에 가려져 표정은 볼 수 없었지만, 왠지 소년이 활짝 웃고 있는 것만 같았다.

엄 비

"건배!"

쩽그랑 소리와 함께 하얀 거품이 담긴 맥주잔이 일렁거렸다. 술에 취해 꼬부라진 혀로 유타가 횡설수설했다.

"그래, 마시자고. 전부 마셔 버리는 거야. 까짓것, 죽지 뭐! 마시고 죽자!"

"지금 같이 죽자는 거야?"

"그래! 왜? 안 되나?"

"까짓것!"

카즈오가 연거푸 술잔을 기울였다. 그의 미간은 심하게 헝클어져 있었고, 그건 비단 밍밍한 술맛 때문만이 아니었다.

그때 그날 유타 집에서의 모호한 갈등 이후, 카즈오와 히카 사이에는 바윗돌처럼 단단하면서도 눈에는 보이지 않는 괴상한 벽이 하나 불쑥 솟아오른 상태였다. 당연히 여타 부부들처럼 낭만과 화합을 위한 대화는 이제 더는 그들에게서 찾아볼 수 없었다. 그들의 입은 항상 자물쇠를 채운 듯 굳게 닫혀 있었고, 하루 중 열릴 때라고는 오직 상대방의 승인이 필요한 긴박한 순간뿐이었다.

둘 사이가 그토록 버그러지게 된 이유에 대해서는 그들도 딱 꼬집어 말할 거리가 없었다. 물론 최근 들어 또 하나의 초밥집이 문턱 넘어 개업했다는 사실이 냉전으로 가는 인화점을 현저히 낮췄다는 변명이 될 수는 있었다. 그곳 때문에 매출이 줄어 직원들 봉급은커녕 아이들 학비조차 마련하기 버거워졌기 때문이었다. 하지만 그것만을 암투의 이유라고 치부하기에는 다소 궁색한 부분이 있었다. 분명한 것은 그들이 품고 있는 문제는 결혼 10년 차 부부의 통상적인 권태기가 아니라는 것이었다. 그것은 공포였다. 경제적 파산에 대한 두려움이 아닌 정체를 알 수 없는 미지의 대상에 대한 순수한 공포 말이다. 그들은 이제 서로 밥상조차 마주하지 않았지만, 묘하게도 검은 눈동자 속에는 똑같은 분량의 두려움이 항상 철렁거리고 있었다.

그날도 카즈오는 의향을 묻는 히카의 목청을 문 닫는 소리로 잘라 버렸다. 도대체 지금까지 그녀의 코앞에서 고폐된 문짝이 몇 개이던가? 그는 종일 마음이 심난했다. 그래서 유타에게 달려가 사촌과의 밤낚시 약속을 진행하던 그를 멈춰 세웠고, 마침내 설득에 성공했다. 몇 달 전만 해도 상상도 할 수 없는 일이었다. 견원지간이었던 카즈오와 유타였지만, 이 두 남자는 어느덧 하루에도 몇 번씩 전화를 주고받는 막역한 사이가 되어 가고 있었던 것이다.

그들이 신속한 우정을 교환할 수 있도록 도와준 일등 매개물은 단연코 술이었다. 둘은 술을 무척이나 좋아했다. 따라서 두 쾌남아는 시도 때도 없이 알코올을 보충할 수 있는 아지트가 필요했고, 결국 카즈오의 미니밴으로 종일 돌아다닌 끝에 쓸 만한 장소를 하나 건져 냈다. 그곳은 노년의 변호사가 부업으로 운영하는 주점이었는데, 외관이 깔끔하면서 비교적 가까운 곳에 있다는 메리트가 있었다. 게다가 그곳은 눈에 피로가 올 정도의 어두운 조명도 아니었으며, 손님들의 연령대도 카즈오와 유타처럼 삼사십 대가 대부분이었다. 맥주는 그야말로 석청처럼 노랬고 안주는 바삭한 기름기가 흘렀다. 유타도 카즈오도 귀찮은 것을 딱 싫어하는 성격이었다. 둘은 더 알아보고 자시고 할 것 없이 이내 그곳을 그들만의 사령탑으로 정해 버렸다.

"이봐, 난 말이야. 자네가 나를 이토록 위하는 줄 몰랐다고."

카즈오가 거볍게 딸꾹질하며 유타의 어깨를 툭 쳤다.

"뭘 몰라? 뭘? 응?"

유타가 땅콩을 한 줌 집어 입에 털어 넣었다.

"네가 나를 그렇게 생각하는 줄 몰랐다고. 너 약속 있었잖아. 사촌하고… 그거 쉽게 취소했잖아? 그거 고마워…. 그 말이 하고 싶었어."

"나 원, 별것도 아닌 것 갖고 호들갑은…. 그게 당연한 거지. 그래서 친구가 있는 거야. 왜 노래도 있었잖아? 'That's What Friends Are For.'라고. 그거 처음에 어떻게 부르더라? 몰라? 여러 유명한 미국 가수들이 피아노 앞에 둘러앉아 불렀었는데…. 아, 제길! 차라리 그때가 좋았는데!"

카즈오가 한 번 호탕하게 웃어 보이고는 들고 있던 맥주잔을 단숨에 들이켰다. 유타가 카즈오의 잔에 노란 술을 부어 주면서 손을 번쩍 들었다.

"어이, 이봐! 여기 삿포로 생으로 세 병만 더 가지고 와. 큰 거로! 작은 거 가져오지 마?"

구석에서 힘차게 대답하는 소리를 여운으로 남기며 유타가 진작부터 궁금하던 걸 묻기 시작했다.

"자네, 최근에 그 새로 생긴 초밥집 근처에 다시 가 본 적 있나? 난 그 앞을 지날 때면 일부러 길을 돌아서 간다네. 도통 꼴 보기가 싫어. 생각만 해도 배가 부글부글하는 게 소화도 안 된다니까? 그래, 뭐… 이왕 말이 나왔으니 한 가지만 물어보세. 자네 식구 요즘 장사 어떤가? 어렵지? 내 와이프하고 난 말이지 지금 전업을 하려고 알아보는 중이라네. 이젠 더는 어떻게 안 되겠네. 지난달 대비해서 매출이 이십 퍼센트를 밑돈다고…. 종업원 월급은커녕 가게 월세도 대출로 낸다니까? 도대체가 이건 아니지 않아?"

카즈오는 유타의 물음에 어떠한 대답이나 반응도 하지 않았다. 그저 묵묵히 턱을 가슴에 붙이고는 남아 있는 맥주를 입안으로 쏟아부을 뿐이었다.

"아하? 그런 거지? 자네도 어려운 거지? 당연하지 뭐. …뭐야? 그래서 요즘 히카 씨와 자주 다투는 건가?"

유타가 스스로 잔에 맥주를 부으면서 말을 이었다.

"고개 숙여도 다 보인다네 자네 그 표정…. 요즘 부인과 사이가 예전 같지 않지? 나도 그래, 나도. 하루도 조용할 날이 없지. 자, 자! 잔 비우게. 내가 한 잔 따라 드리지. 지구에 종말이 닥쳐도 자네와 이렇게 마주 보고 술잔만 기울일 수 있다면 행복할 듯싶네. 이거 없으면 나 그냥 죽어. 이게 낙이야. 하하하!"

유타가 어깨를 흔들며 크게 웃어 젖혔지만, 카즈오는 여전히 떨어진 고개를 들지 않았다. 머쓱해진 유타는 공연스레 잔을 치켜들어 밑바닥을 힐끔거렸다.

"새로 생긴 초밥집 말인데…, 저번에 자네가 가서 한 번 싹 뒤집어준 가게 말이야. 그때 주방장이 자기네 가게가 교회 소유라고 했지? 주말 용서와 화합이라는 교회라고 했잖아. 기억 안 나? 나 말이야. 그게 어디 있는지 결국 알아냈단 말이야. 바로 저기 산 아래 있는 그 거대한 교회더군. 아마 신도들만 해도…."

'쨍그랑!'

유타의 말이 미처 끝나기도 전에 카즈오가 술잔을 벽으로 집어 던져 버렸다. 유타는 물론이고 주위에 있던 손님들이 일제히 놀라 쳐다보는 사이 웨이터가 행주로 손을 닦으며 주방에서 뛰어나왔다.

"어이쿠, 손님? 괜찮으세요?"

카즈오가 웨이터를 거들떠보지도 않은 채 말했다.

"신경 쓸 일 없어. 그런데 너 왜 술 안 가져와?"

웨이터가 이런 일에는 이골이 났는지 능글능글 웃으며 기분을 맞췄다.

"손님, 죄송합니다. 실은 시원하게 드시라고 병들을 얼음 속에 넣고 기다리고 있었어요. 급하시면 바로 올려 드리죠. 일단 위험하니까 유리잔부터 치우고요."

"미안하게 됐소. 이 친구가 실수로… 별로 취하지도 않았는데… 잔값은 이따 계산에 넣어요."

"손님. 그렇게 말씀하시면 저희는 서운합니다. 단골 분들이신데 까짓 맥주잔 정도가 알게 뭡니까? 그냥 서비스로 나갑니다. 저흰 그저 하늘 같은 손님들이 다치실까 그게 걱정되는 겁니다. 다른 건 없어요."

물론 진심일 리는 없었지만, 유타는 그래도 이런 식으로 터치하는 붉은 머리 웨이터가 기특했다. 주머니에서 천 엔짜리 서너 장을 꺼내 셔츠 주머니에 푹 찔러주니 목소리가 가일층 은근해졌다.

"이거는… 이러실 필요는 없는 건데…."

웨이터가 잇몸을 드러내며 활짝 웃어 보이고는 신속하게 주문한 맥주를 가져다주었다. 네 병이었다.

"자, 자, 한 병은 서비스이십니다. 많이 드시고 스트레스 확 풀고 가세요. 절대로 스트레스를 남기고 가면… 벌금입니다?"

"어이구, 이 친구 보게? 자네가 비즈니스를 좀 아는군그래? 고맙게 잘 마실게. 우리가 좀 시끄럽지?"

"천만에요. 저희는 무작정 고맙습니다. 술집이 조용하면 밥맛없죠. 걱정 말고 말씀 나누십시오!"

웨이터가 그들의 어깨 사이로 느끼한 윙크를 한 개 더 투척하고는 바지 자락을 살랑거리며 안으로 사라졌다.

잠자코 고개 숙인 채 생각에 잠겨 있던 카즈오가 손가락을 곰작거리더니 나직하게 중얼거렸다.

"자네, 그 종교 단체 이야기는 두 번 다시 내 앞에서 하지 말게. 무슨 말인지 이해되겠지?"

"그게 그렇게나 기분 나빴나? 그렇다면 내 사과하지. 뭐 나도 사실 종교 따위 안 믿으니까. 신이 어딨나? 신이 있으면 일 년에 천만 명이 넘는 사람들이 굶어 죽는 걸 그냥 보고 계시겠나? 멍텅구리 삼류 화가가 육백만 명을 학살하게 내버려 둔 건 또 어떻게 설명할 거야? 믿을 수가 없지."

"어쨌거나, 그만."

"알았네. 중요한 건 우리 문제야. 앞으로 어떻게 먹고사느냐… 바로 이게 문제지. 다른 건 뭐…. 난 말이야 요즘…."

유타가 표면에 물방울이 가득한 새 맥주병을 물끄러미 바라보며 말을 이었다.

"차라리 자격증을 하나 딸까 하네. 부자 못 돼도 이렇게 굶어 죽을 일은 없을 테니 말이야. 공인 중개사를 염두에 두고 있어. 아직 마음 정한 건 아니지만, 이 좁아터진 마을에서 저가형 초밥집이 세 개나 된다는 건 있을 수 없어. 다 죽기 전에 나라도 물러나야지. 자넨 계속하게. 끝까지 가서 저 풋내기 놈들 운영하는 가게 문 닫게 좀 해 주게. 내 소원이야, 아주 그냥!"

카즈오는 여전히 얼굴을 아래로 푹 수그린 채 움직이지도 않고 있었다. 유타는 그의 바이오리듬 그래프가 하향 곡선을 그리는 걸 직접 육안으로 보는 것만 같았다. 평소 카즈오의 특질을 익히 알고 있던 그는 다급해졌다.

"자, 자, 여기. 우리 술이나 마시자고. 마시러 온 거니까 마셔야지 난 사내대장부가 뭔 말이 이리도 많으냐 그래."

유타의 아첨이 막 탁자에 떨어졌을 때였다. 카즈오가 고개를 획 들며 자리에서 일어나더니 남아 있던 맥주병들을 차례로 펑펑 따 대기 시작했다.

"어이, 어이! 천천히, 천천히… 무어 그리 급해서?"

하지만 그는 벌써 병 주둥이를 입에서 떨어뜨린 상태였다. 그가 빈 병들을 테이블에서 쓸어버리고는 눈을 세모지게 부릅떴다.

"야! 위스키! 이번엔 잭 다니엘로 두 잔 더 가져와! 얼음 넣지 말라고 했어?"

카즈오가 알코올로 붉게 물든 얼굴을 유타에게 홱 돌렸다.

"이 친구야. 자네는 몰라. 아무도, 절대로 모르지. 그 산 아래 교회에 대해 말이야. 사이코 같은 놈!"

그가 게슴츠레 뜬 눈으로 표정을 바꾸고는 주변을 휘둘러보았다.

"지금 여기도 그놈 스파이가 있을지 몰라. 아니, 어쩌면 그놈이 직접 어딘가에 숨어 있을지도 모르지. 빌어먹을! 이 심정 모르지? 누군가에게 끊임없이 쫓기고 감시당하는 이 심정? 사는 게 사는 게 아니야. 이럴 바에는 차라리 약 먹고 뒈지는 게 더 낫다고!"

유타는 이거 뭔가 있다 싶어 귀가 솔깃해졌다. 의자를 끌어 더 바짝 카즈오 곁으로 다가앉으며 물었다.

"무슨 말이 그래? 누가 자네를 감시하고 괴롭히기라도 한다는 거야? 응? 그게 누군데?"

그러나 카즈오는 침 먹은 지네처럼 입을 꾹 다문 채 또다시 묵묵부답이었다. 유타는 답답했다.

"말을 하다 마는 건 또 뭔가? 이런 건 자네답지 않다고. 그 산 아래 교회에 누가 있는데? 뭐 아는 비밀이라도 있는 거야?"

이때 위스키 두 잔이 얼마간의 땅콩과 함께 테이블 위에 제공되었다. 일말의 미적거림도 없이 술잔 하나를 더럭 잡아 통째로 입안에 들이붓는 카즈오를 보고 유타는 속으로 뭔가 있어도 진짜 단단히 있다고 확신했다.

"괜찮나? 자, 여기. 차가운 물도 좀 마시고 그래. 무얼 그리 서둘러?"

"…."

"말하기 싫으면 안 해도 돼. 친구 사이라도 비밀은 있는 거니까."

"후…."

들끓는 감정이 냉수에 조금 누그러졌는지 카즈오가 종전보다 천천히 눈을 끄먹댔다.

"비밀? 비밀이라, 뭐 좀 그런 게 있기는 하지…. 그게 누구나 그런 거 아니던가?"

"그렇긴 하지."

"알고 싶나?"

"조금…."

"다음 기회에 이야기해 주지."

"그러라고."

카즈오가 테이블 밑으로 머리를 푹 숙이자 유타도 같이 고개 숙여 그의 얼굴을 올려다보았다.

"뭐 하나? 자는 건가? 자네 많이 취했군. 나는 되레 술이 깬다고.

앞으로 무얼 할까를 생각하니 말이야."

"난 골방에서 싸구려 생선 껍질로 밥알이나 주물럭거리고 있는데… 그 자식은 뭐? 교주? 허! 진짜 이놈의 세상은 신이 없는 거야!"

"뭐라고?"

카즈오가 술잔을 내려치며 자리에서 일어나더니 이만 엔을 아무렇게나 테이블 위에 던지고는 밖으로 나가 버렸다.

"이거 내가 산다고 하지 않았나? 어럽쇼? 어딜 가는 거야?"

유타도 서둘러 외투 속에 팔을 쑤셔 넣으며 그의 뒤를 따라나갔다.

그들이 황급히 자리를 뜨자 붉은 머리 웨이터가 빈 쟁반을 들고 헐렁헐렁 걸어왔다. 테이블 위에는 구겨진 만 엔짜리 지폐 두 장이 연못을 탈출한 자라처럼 잔뜩 움츠리고 있었다. 사내가 껌을 질겅질겅 씹으며 돈을 호주머니에 집어넣고는 뜬금없는 합장을 했다.

이성, 본성과 충돌한다

술집을 탈출해 도변으로 향하던 카즈오가 허청허청하더니 너절한 전봇대 밑으로 주저앉아 버렸다. 취하기는 유타도 피차일반이었기에 그가 바닥으로 뭉그러지자 차라리 반가운 마음이 들었다. 담뱃갑을 꺼내 한 개비 뽑아 물고는 친구 따라 엉덩이를 옆에 털썩 내려놓았다.

"후, 많이 취했나? 취했다기보다… 비위가 꽤 틀려 버린 거지?"

카즈오가 손을 내저으며 말을 석둑 잘라 버렸다.

"또 버릇 나오는구나. 너 그 성격 분석 좀 하지 마라. 그거 별로 재미없다고 몇 번 말해?"

"아니야. 무슨… 내가."

한 모금 그윽하게 니코틴을 빨아 거둔 유타가 아까운 듯 연기를 찔끔찔끔 뱉었다.

"이봐, 카즈오…."

"음?"

"후, 내가 진작부터 궁금하던 게 두 가지 정도 있는데 말이지."

"두 개나? 자넨 왜 그렇게 남의 일에 관심이 많은 거야? 그거 혹시 유전 아니야?"

"자네…, 미키 마우스와 어떤 사이지?"

"뭐라고?"

"미키 마우스랑 어떤 관계냐고."

"…이건 뭐야? 이게 지금 농담이라고 하는 건가?"

"농담이라니? 난 심각하다고. 지난번 자네와 유원지에서 다퉜을 때 말이야. 자네가 뒤에서 구경하던 미키 마우스를 보고는 마구 홍분해서 괴롭혔지 않아? 벌써 잊은 거야?"

"아, 그거? 그게, 난 미키 마우스를 보고 화난 게 아니라…. 뭐, 그게, 그러니까 그럴 일이 좀 있어. 개인적인 일이니 더 이상의 관심은 사양이야."

"그래, 뭐, 그렇다면 그건 그쯤에서 패스."

유타가 과장된 몸짓으로 담배를 빗물었다.

"이건 자네가 반드시 나에게 설명해야 할 부분이라고 생각하는데 말이야. 자네, 나에게 숨기는 비밀 하나 더 있지? 좀 스케일이 큰 거로 말이야."

카즈오가 목표 없이 궁굴리던 눈동자를 유타의 얼굴에 쏘아 박았다.

"또 무슨 말? 그 이야기는 다음에 하기로 했잖아."

"아니, 그 교회 이야기 말고…."

"그럼, 또 뭐?"

"자네, 나에겐 솔직해도 된다니까? 다 이해하니까…. 친구이지 않나?"

"그러니까 뭐? 뭘 어쩌라고?"

"…."

유타가 말은 않고 자꾸 뜸을 들인 채 곁눈질만 하자 카즈오가 손을 올려 그의 어깨를 꽉 움켜잡았다.

"어이, 이봐! 이거 왜 이래? 아프잖아!"

"그러니까 뭐? 말을 하라고!"

"사람이 이리 거칠기는…. 그래 난 솔직히 자네 마음 이해해. 그렇게 하는 거 말이네. 걱정은 말라고. 영원히 비밀로 해 주려고 이미 마음잡아 놨으니까 말이야."

"아니, 이거 정말! 날 약 올리려고 작정이라도 한 거야? 사나이가 대체 이게 뭐하는 짓이야?"

어투에서 서서히 막된 기운을 감지한 유타는 더 끌면 안 되겠다 싶었다. 젖색 콧물을 한 번 훌쩍 마시고는 얼른 말을 이었다.

"내가 바보로 보이나? 자네, 솔직히 대학 안 나왔지? 적어도 우리 학교는 아니야. 진작 알았다네 이 사람아. 그런데 말이야…, 난 그거 이해해. 그게 뭐가 어때서? 남자가 원하는 여자를 얻기 위해선 그 정도 거짓말은 할 수도 있는 거지. 실질적인 능력이 중요한 거니까…."

카즈오는 속으로 뜨끔했으나 짐짓 시치미를 떼 보았다.

"그게 무슨 소리야? 난 자네가 하는 소리가 도무지…."

"이거 왜 이래? 오구리 교수라니? 어디 그런 인간이 있었나? 뭐, 됐네. 일부러 자네 약점을 잡으려고 미끼로 던진 말은 아니었어. 그건 잊자고. 이야기 안 할 테니…, 내 아내에게도."

잠시 머무적거리던 카즈오가 마침내 단념한 듯 눈꺼풀을 내리깔았다.

"그건, 미안하게 됐네. 그건 사연이 있어…, 자네는 모르는…."

"그래, 난 단지 친구 사이에 그런 비밀은 없어도 된다, 이거야."

"그래, 미안하고 고맙네."

"그 이야기는 이제 그만. 이봐, 카즈오. 우리도 이대로 살 수는 없잖아? 우리도 곧 불혹이라고. 한 살이라도 젊었을 때 돈을 벌어야 하는 거 아니야? 아이들은 날마다 머리가 커지지… 그 많은 교육비… 정말로 큰일이 아닌가?"

"누가 그걸 모르고 있나? 하지만 어디 큰돈 버는 게 생각만큼 쉬워야지."

"방법은 있어…."

갑자기 유타가 근처를 두리번거리더니 곰살궂은 목소리로 대화를 이어 갔다.

"방법 있다니까? 우리 여기서 이러지 말고 스트레스나 풀러 갈까? 자네, 혹시 포커 좀 치나?"

카즈오가 유타를 쳐다보았다. 희뿌연 가로등 불빛 아래 엄지와 검지를 비비며 헤헤 웃고 있는 그의 모습은 흡사 먹물을 잔뜩 품은 문어처럼 얄궂어 보였다.

"포커? 왜? 노름하게?"

"에이, 노름은 아니지. 노름은 무슨…. 그냥 포커지. 예전에 가끔씩 어울렸던 짝패들이 있는데 어제 연락이 왔더라고. 정말로 오랜만에 온 연락이었어. 아마 거의 2년 만일 거야? 아주 깔끔하고 빈틈없는 사람들이야. 돈 잃어도 절대 싫은 소리도 없고, 비겁하지도 않고…."

"이게 무슨 말이야? 자네 노름도 하나? 지금 진짜로 도박 이야기 하는 거야?"

유타가 초조한지 손을 덜덜 떨며 담배를 한 모금 빨고는 묵은 침을 삼켰다.

"어허, 노름은 아니라니까? 게임이야, 게임. 스트레스 해소용…. 아이들이 하는 전자 게임하고 하나 틀릴 것 없지. 아, 물론 베팅은 해. 하지만 한도도 정해져 있고… 올인도 할 수 없고… 하여간 재미

있어. 일단 한번 해 보면 현실도 잊고 돈도 벌고 그러니까…. 이게
일석이조 아니면 또 무어? 어때, 자네? 내일 나랑 한번 가 볼 텐가?
마침 가까운 곳에 정갈한 하우스가 있어. 돈도 많이 필요 없어. 그
냥 손에 잡히는 대로 쓸어서 가 보자고. 모든 게 자네 마음이니까
편한 마음으로 한번 해 보게. 포커 게임 안에 인생이 전부 끼어들어
있다니까?"

"그러니까 그게 노름이 맞잖아. 자네도 알고 있듯 난 자제력이 부
족해서 말이야. 그런 거 하면 피 본다고. 절대 안 될 말이지. 자네도
그런 거나 하는 사람은 아니지 않아?"

"내 원 참! 노름 아니라니까 그러네?"

"어쨌든 난 관심 없네, 친구."

카즈오가 일언지하에 잘라 거절하고는 아예 전봇대 옆에 드러누
워 버렸다. 나름대로 용기 낸 의견이 바이 무시되니 유타도 기분이
좋을 리가 없었다. 금세 눈가가 샐그러지더니 빨던 담배를 신경질적
으로 지면에 비벼 껐다.

"맘대로 하게. 허, 참. 누가 강제로 하라고 했나? 솔직히 자네가
내 친구니까 하는 말인데…. 우리가 겨우 밥알이나 뭉쳐서 무슨 수
로 큰돈을 만져 볼 수 있겠어? 어느 세월에? 적어도 남자라면 몇백
만 엔 정도는 항상 바지 주머니에서 만지작거려야 하는 거 아닌가?
그리고… 지금 이렇게 장사가 어려운데 장차 자네 딸들 대학은 어떻
게 보낼 건데? 막막하고 겁나지도 않아? 시간? 그거 순식간에 가는
거 잘 알지 않아? 이대로 가면 마누라 바가지 긁는 소리만 귀청 터
지게 들으며 손톱에 낀 밥알 찌꺼기 떼다가 골로 간다고. 사내대장
부가 그게 말이나 되나?"

"도박은 더 말도 안 되지."

"말하는 게 거참! 누가 해 달라고 사정했나? 그리고 도박 아니라니까? 자네는 고집 피우는 게 문제야. 그 폭력성하고⋯. 두고 보라고. 그 두 가지 때문에 나중에 크게 한 번 피 볼 거니까."

말을 마친 유타는 아차, 싶었다. 눈알을 되록 돌려 카즈오의 눈치를 살폈으나, 다행히 그의 안색이 변하지는 않았다. 몰래 안도의 한숨을 내쉬었다.

"어, 피곤한데? 그러니까 나 말이야. 어질어질하는 게 술기가 좀 올라와. 뺨에서 막 불나는 거 같으니까. 아무래도 이제 집에 돌아가야 할까 봐."

"…"

"자네는? 안 갈 거야?"

"…"

"같이 가지?"

"…"

"뭐야? 대꾸도 안 하나? 추워 얼어 죽어도 나 원망 말아? 난 갈 거니까."

유타가 전봇대를 짚고 일어나 흙이 묻은 궁둥이를 터는데 카즈오가 눈을 감은 채 넌지시 물었다.

"포커로 하루에 가장 많이 벌어 본 게 얼마야?"

유타는 됐다 싶었다. 취기도 잊은 채로 씩 웃으며 다시 옆자리에 주저앉더니 얼른 두 번째 담배에 불을 붙였다.

"그게 뭐, 난 별로 심하게 한 적은 없어. 아까도 말했지만, 그거 도박 아니었거든. 글쎄다⋯. 난 하루에 백만까지 경험 있다."

카즈오가 입을 동그랗게 오므리며 벌떡 일어났다.

"뭐라? 백만 엔? 하루에? 진심으로 하는 소리야?"

"아이고, 거참! 내가 자네에게 거짓말할 이유를 좀 대 봐라. 무슨 헛소리냐? 난 아무것도 아니야. 오사카에서 올라온 타츠야라는 젊은 녀석은 하루에 3천만 엔을 번 적도 있는 걸, 무어. 요전에 보니까 유명 포르노 배우와 함께 빨간색 페라리에서 내리더니 바로 백화점 VIP 명품관으로 뛰어 올라가던데? 아주 요일별로 차와 여자가 달라지지. 신주쿠에 아파트가 두 채 있고…."

포스터가 너덕너덕 붙어 있는 전봇대를 지팡막대로 삼은 카즈오가 각고의 노력 끝에 무릎을 곧추세우는 데 성공했다. 그가 술기운을 물리치기 위해 손바닥으로 얼굴을 비비자 유타가 옆에서 가볍게 등을 두드려 주었다.

"자, 자, 계속하면 중독이 될 수도 있으니까 그냥 딱 일주일만 해 보자고. 앞으로가 막막할지는 몰라도 지금까지 번 돈은 꽤 있잖아? 자네, 여윳돈 좀 소장하고 있잖아? 그거만 한 번 꺼내 투자해 보라고. 물론 실패할 수도 있지만…, 거꾸로 성공할 수도 있는 거 아닌가? 도전을 해야 뭐 희망을 잡든 말든 할 거 아니냐고? 이건 맨날 개뿔… 이렇게는 안 돼."

유타의 목소리는 어느새 사정하는 투로 변해 있었다. 카즈오가 아무 말 없이 하늘을 우러러보았다. 꽤 많은 별이 두둥실 떠 있었지만, 그는 그따위나 헤아리기 위해 고개를 치켜든 것이 아니었다. 그의 몽롱한 머릿속에서는 지금 두 가지 생각이 양립하며 격렬한 힘겨루기를 하고 있었다.

연신 앞니로 담배 필터를 질겅대던 유타도 그가 망설이고 있다는 걸 눈치챘다. 대충 치훑고 내리훑더니 한마디 툭 던졌다.

"카즈오, 자네도 죽기 전에 단 한 번이라도 그 교주 놈처럼 살아 봐야 하지 않겠어?"

자오록한 담배 연기를 헤치고 나온 유타의 그 말 한마디는 궁극의
화살이 되어 카즈오의 가슴속에서 실랑이하던 이데아 중 하나를
면바로 날려 버렸다. 카즈오가 고개를 끄덕이며 자신의 쇠뭉치같이
굳센 주먹을 허공에 대고 쥐어 보였다. 유타의 머리 위에 머물던 달
빛이 그의 불끈 쥔 철권 속으로 블랙홀처럼 빨려 들어가는 광경은
결코 착시가 아니었다.

하늘에서 던진 인형

"날씨 자매!"

백설기 눈 위에서 발자국을 이용해 이름을 쓰고 있던 나츠코가 뒤를 돌아봤다. 빨간 모자를 쓴 키 작은 우체부가 자전거를 끌며 다가오고 있었다. 나츠코는 그 모습을 보자 한숨부터 나왔다.

"어휴~, 또 왜 그러시는데요…?"

"어이구, 명랑하게 자랄 어린이가 한숨부터 쉬면 어떡하니? 넌 이 아저씨가 그렇게 싫으니?"

"싫지 않아요. 단지 난 아저씨의 고집을 이해할 수 없을 뿐이에요."

"고집이라고? 아, 아! 날씨 자매라는 말 싫어한다고 했지? 미안하게 됐어! 하하하! 내가 기억력이 좀 모자라서…. 용서해 주라? 응?"

우체부가 빙그레 웃더니 문득 모자를 벗어 손에 들곤 다시 조심스레 뒤집어썼다. 나츠코가 조용히 그 모습을 지켜보다 무표정하게 물었다.

"왜 그래요?"

"응? 뭘?"

"모자요. 왜 아저씨는 모자를 항상 거꾸로 신어요?"

"에이~, 신는 것이 아니라 쓰는 거겠지. 이건 아저씨만의 개성이야. 난 이게 좋거든. 자… 어떠니? 멋있지 않니? 배우 같지? 영화배우?"

"아저씨 여자 친구가 그게 멋지다고 했어요?"

"글쎄, 난 여자 친구가 없고… 대신 아내가 있는데?"

우체부가 다시 한 번 활짝 미소 짓더니 자전거 뒤에 있는 가방 속에서 상자를 꺼냈다.

"여름 아가씨. 겨울 언니는 집에 있니? 미안하지만 후유코 좀 불러 줄래?"

"언니요? 왜요? 지금 집에 없는데요? 집에 아무도 없어요."

우체부가 난처한 표정을 지었다.

"하, 이거 어쩐다? 언제 돌아오는지도 모르고?"

나츠코가 우체부 손에 들려 있는 상자를 호기심 가득 찬 눈빛으로 쳐다보며 말했다.

"몰라요. 근데 그게 뭐예요, 아저씨?"

"아, 이거? 이건 언니에게 온 소포야. 음, 도장이 필요한데…. 언니에게 도장 같은 건 없겠지?"

"도장이요? 그런 게 어딨어요. 그런 건 없어요."

"그래… 없겠지. 그럼 사인이라도 하면 되는데…. 아, 그래! 네가 여기에 사인하려무나. 동생이니까 괜찮을 거야. 자, 잠깐만…."

나츠코가 슬픈 표정으로 말했다.

"하지만 전 사인도 없어요. 그런 거 살 돈이 어딨어요. 전 어린이예요."

"뭐라고? 으하하! 귀엽구나? 사인은 도장하고는 다른 거란다. 물건이 아니에요. 하하하!"

우체부가 한바탕 배를 들썩이더니 나츠코에게 다가가 어깨에 손을 얹었다.

"글을 쓸 줄은 알지? 그냥 여기에 이름만 쓰면 돼."

그의 손이 어깨에 닿자 기분이 불쾌해진 나츠코가 질겁하며 뒤로 물러섰다. 옆에서 보는 사람이 민망할 정도로 노골적인 짓거리였지만, 우체부 눈에는 그것도 귀엽게 비치는 모양이었다. 머리를 긁적이며 웃느라 말도 제대로 못 했다.

"하하! 녀석 참… 귀엽다니까? 하하!"

"웃지 마세요. 왜 웃어요? 웃긴 게 없는데?"

"어, 그런가? 미안, 미안…. 저기 말이야. 그냥 여기 이름만 쓰면 돼. 여기…."

"어딘지는 알아요."

나츠코가 몇 번이나 망설이다 결국 그가 가리키는 곳에 재빠르게 원 하나를 그리고는 또다시 뒤로 물러섰다.

"됐죠?"

"그래그래, 고맙구나. 다 됐어. 하하! 그런데 너 행동하는 게 말이야. 꼭 내가 요즘 돌보는 토끼 같은데? 그놈들도 내가 밥을 주면 얼른 먹고 뒤로 도망가던데…. 아주 똑같아!"

"토끼요?"

"하하! 그래, 토끼. 저기 공원에 있는데… 아직 못 봤니?"

"공원이면… 키 큰 아줌마가 문어 빵 파는 곳이요?"

"옳거니! 알고 있네? 봤니?"

"아저씨가 그 토끼들을 기른다고요?"

"음, 기른다기보다는… 먹이를 준다고 하는 게 더 옳은 것 같구나."

"아저씨가요? 두 마리 다요?"

계속되는 나츠코의 추궁에 우체부가 이해 안 된다는 표정으로 물었다.

"응, 왜? 뭐가 잘못됐니?"

"거짓말!"

"거짓말?"

"그 토끼는 내 친구가 밥을 주고 기르고 있단 말이에요. 맨날 맨날 거짓말."

"에이, 내가 왜 거짓말을 하겠니? 벌써 한 달이나 됐는데? 요즘은 바빠서 매일 못 가지만, 이틀에 한 번은 꼭 가서 채소와 물을 주고 있어. 아, 맞다. 너 목도리 봤어?"

"…."

"그거 우리 처제 거야. 하하하!"

"…."

"그건 그렇고… 자, 여기 있다."

바스스 웃으며 나츠코에게 소포를 건네주려던 우체부가 별안간 표정을 바꾸며 말했다.

"잠깐, 네가 그럴 리는 없겠지만, 믿고 있으니까. 알지? 이건 언니의 물건이야. 다른 사람의 소포를 열어 보는 것은 나쁜 짓이야. 잘 알고 있지?"

나츠코가 두 손으로 소포를 소중하게 받아 들고는 그를 아래위로 훑어보았다. 한심하다는 표정이었다.

"제가 아저씨 같아 보여요?"

"어휴! 이 아가씨 정말 무서워 난 안 되겠네? 나 빨리 가야겠어! 계속 여기 있으면 날 잡아먹을지 누가 알아? 아가씨, 그 소포를 꼭 언니에게 전해 주셔야 돼요? 전 이만 물러가겠습니다!"

우체부가 익살스럽게 표정을 꾸미며 서둘러 자전거 페달을 밟았다. 무표정으로 일관하던 나츠코도 주유소 앞 춤추는 바람 인형처럼 허둥대는 그의 뒷모습에서는 웃음이 터지지 않을 수 없었다. 연신 과장된 몸짓으로 길 건너 멀어지는 그를 보며 나츠코는 우체부 아저씨가 어쩌면 재밌는 사람일지도 모른다는 생각을 처음으로 해 봤다.

관심을 다른 데로 돌려야 했다. 먼저 현관에 선 채로 소포 위에 남아 있는 눈을 조심스레 털어냈고 다음에는 일부러 발소리를 크게 내며 이 층으로 올라갔다. 하지만 막상 소포를 책상 위에 올려놓고 보니 안의 내용물이 못 견디게 궁금해졌다. 손가락을 입술에 댄 채 머뭇거리던 나츠코가 결국 딱 한 번만 만지기로 결심하고는 소포에 손을 가져갔다. 정갈한 상자에 우표 한 장만 달랑 붙은 소포는 발신인 주소는 물론이거니와 이름도 적혀 있지 않았다. 싱거워진 나츠코가 이번에는 가볍게 한 번 흔들어 보기로 했다. 그 정도로 내용물이 상하진 않을 거라 판단했기 때문이었다. 막상 들어 올려 보니 의외로 무거웠고 아래위로 흔들자 상자 속에서 둔탁한 소리가 규칙적으로 들려왔다.

'이거 혹시 구름 공주 인형은 아닐까? 에이, 그건 아니지. 이건 언니 소포인데 내가 갖고 싶은 선물이 들어 있지 않지. 바보같이 말이야. 에후!'

이때 후유코가 불쑥 방으로 들어왔고, 리더스가 그 뒤를 따라왔다. 갑작스러운 그들의 출현에 나츠코는 너무 놀란 나머지 하마터면 소포를 떨어뜨릴 뻔했다. 얼른 책상 위에 도로 올려놓고 언니에게 사과했다.

"아니야, 언니. 난 그냥… 저기, 잠깐 들어 봤을 뿐이야. 열지 않았어."

뭘 열지 않았는지는 둘째 문제였다. 후유코는 일단 동생의 당황하는 모습에 마음이 편치 않았다.

"괜찮아? 무슨 일이니?"

"이거… 언니에게 온 소포인데… 내가 너무 궁금해서 조금 흔들었어. 정말 미안해."

순진하게도 나츠코는 큰 나쁜 짓이라도 저지른 것처럼 몸까지 바들바들 떨고 있었다.

"소포? 나에게? 누가?"

"나도 몰라. 내가 알 수가 없어. 이름이 없거든. 날 용서해 주겠어? 언니 소포 만진 거….."

"괜찮아, 나치. 너라면 뜯어도 되고 그냥 가져도 돼. 넌 내 동생이니까."

"언니…, 헤헤헤!"

후유코가 동생에게 생긋이 미소 지어 보이고는 소포를 집어 들었다. 책상에 걸터앉아 상자를 이리저리 돌려 보며 한참 생각했지만, 도통 영문을 알 수가 없었다. 가만히 옆에서 지켜보던 리더스가 말했다.

"우, 우리 후츠 언덕에 가서 열어 보면 어떨까? 우, 우리 할아버지가 만든 문어 빵도 먹고…."

아이들은 먼저 소포를 넣어 갈 비닐봉지를 찾아야만 했다. 밖에 또다시 함박눈이 내리기 시작했기 때문이었다.

리더스가 언급한 후츠는 요전에 후유코가 할아버지를 그린 바로 그 언덕을 지칭하는 것이었다. 야구 모자 소년에 의해 후유코의 '후' 와 나츠코의 '츠'가 합쳐져 단순히 후츠라는 이름으로 개칭된 언덕이었지만, 그 위의 공간은 시작부터 아이들을 위해 존재한 듯 그들의 몸 크기와 절묘하게 맞아떨어졌다. 물론 지면으로부터 겨우 3미터 높이에 있는 그 곰 발바닥만 한 빈 땅이라는 것이 덩치 큰 어른에게는 담뱃재 하나 털 때 없는 끔찍한 곳이라는 건 의심의 여지가 없었다. 그러나 그건 그들 사정이었다. 정작 아이들에게 그 공간은 세 명이 함께 올라앉아도 팔을 맘껏 뻗어 그림을 그릴 수 있을 뿐만 아니라 행인들을 험담하며 손가락질하거나, 심지어 밤하늘의 별들을 이마에 올려놓고 드러눕더라도 풍족함조차 느껴지는 광활한 대지였던 것이다.

차례로 언덕 위에 올라앉은 아이들이 설레는 마음으로 소포를 열어 보았다. 선물은 뭐가 그리 수줍은지 상자 속에서도 두서너 개의 두꺼운 종이로 몸을 감싸고 있었다. 마침내 리더스의 손에 의해 선물의 실체가 서서히 드러났고, 나츠코는 당장 비명을 질렀다.

"엄마야! 아니다! 이건 아니지! 말이 안 되거든?"

소포 속에서 얼굴을 내민 것은 놀랍게도 나츠코가 그토록 소원하여 밤낮으로 히카에게 칭얼댔던 구름 공주 인형 세트였다. 너무 기쁜 나머지 나츠코는 감히 인형을 만지지도 못했다. 그저 제자리에서 개구리처럼 폴짝폴짝 뛸 뿐이었는데 그러다 생각나는 게 있는 모양이었다. 문득 호들갑을 멈추고 두 손을 모았다.

'아이, 참! 이건 언니 선물이지. 나에게 온 소포가 아니잖아. 그래도 좋아. 언니가 노는 것을 옆에서 볼 수 있으니까. 으하하! 헤!'

"대단해! 이건 구름 공주야! 여러 나라 공주들이 다 모여 있잖아? 파티가 있는 걸까? 이거 진짜 비싼 건데 언니는 좋겠다! 헤!"

하지만 후유코는 동생의 말에 아무런 대꾸도 하지 않았다. 어디선가 겨울새 한 마리가 날아와 기찻길 위에 내려앉았다. 한참을 새의 부리만 바라보던 후유코가 문득 고개를 돌리며 물었다. 도무지 속을 알 수 없는 표정이었다.

"나치, 마음에 드는 거지? 좋은 거지?"

"좋지! 그럼! 안 좋을 수는 없는 거지!"

일단 대답은 했지만, 나츠코는 언니가 왜 자기에게 그걸 묻는지 알 수가 없었다. 이것은 언니의 선물이 아니었던가? 후유코가 이상 야릇한 눈빛으로 동생을 보더니 갑자기 웃음을 터뜨렸다.

"왜 그래, 언니? 이게 좋지 않아? 이 인형은 비싸서 가지고 있는 아이가 거의 없단 말이야. 이걸 가지고 있으면 학교에서 엄청 유명해 질 건데도 언니는 하나도 기쁘지 않은 거야?"

"기뻐, 나치. 나 너무 기뻐…. 얘들아, 놀라지 마? 그 네 잎 클로버 는 진짜 수호신이었어!"

어깨너머 인형을 보고 있던 리더스가 어리둥절한 표정으로 후유 코를 쳐다봤다.

"사실 나 말이야. 나치가 구름 공주 인형을 갖고 싶다고 항상 말 해서 오래전부터 할아버지가 주신 네 잎 클로버에게 소원을 빌었었 어. 매일 밤 빌었어. 근데 이거 봐. 정말로 소원이 이루어졌잖아? 난 뭐든지 할 수 있는 사람이 된 것 같아. 그 클로버는 진짜였다구!"

후유코의 말이 사실이라면 이건 정말 즐기고 있을 일이 아니었다. 리더스가 격양된 목소리로 말했다.

"그, 그래서 보낸 사람의 이름이 없는 거구나! 수, 수호신이 보내 줬으니까…."

"그러니까!"

"엄마야!"

세 명의 아이들은 이제 서로를 얼싸안은 채 흙바닥이 매트리스라 도 되는 양 깡충깡충 뛰기 시작했다. 후유코는 동생이 갖고 싶어 하던 인형을 줄 수 있다는 사실이 기뻤고, 나츠코는 꿈에서나 만나 본 인형들을 직접 만질 수 있어 행복했다. 물론 리더스도 할아버지가 준 네 잎 클로버가 진짜였다는 것에 강한 자부심을 느낀 것은 두말할 필요도 없었다. 후유코가 조심스럽게 소포 박스 속으로 인형들을 다시 집어넣으며 말했다.

"나치, 이거 너 거야. 어서 가져."

나츠코가 언니를 끌어안고 또 한차례 비명을 질렀다.

어느덧 눈은 그치고 희미한 햇살이 기쁨에 어우른 자매의 뒷모습을 올라타려 할 때였다. 리더스가 갑자기 고개를 번쩍 쳐들더니 긴장된 표정으로 자리에서 일어나 하늘을 올려다봤다. 소년의 얼굴이 급히 경직되는 걸 눈치챈 후유코도 그를 따라 천천히 몸을 일으켰다. 한 마리의 거대한 용과 같은 형상의 먹구름이 옅은 햇살 뒤에 몸을 웅크린 채 그들을 노려보고 있었다. 느렸지만 그것은 분명히 움직이고 있었다.

편린이 되어 버린 가설들

침대에 기대어 깊은 생각에 잠겨 있던 히카가 몸을 반쯤 일으켰다. 새벽 1시. 하지만 카즈오는 옆에 없었고, 침대 바닥에는 깨진 향수병들이 어지럽게 널브러져 있었다.

문득 으스스한 냉기가 열린 방문을 통해 침대로 스며들어 왔다. 히카가 자리에서 일어나 방문을 닫고는 천천히 침대에 걸터앉아 무릎 사이로 손을 집어넣었다. 코를 찌르는 향수 냄새….

알 수 없었다. 정녕 알 수가 없었다. 도대체 그 어떤 존재가 그토록 힘겹게 카즈오의 심장에 붙여 놓았던 봉인을 뜯고 있는 것일까?

말하자면 히카가 카즈오를 처음 만났을 때, 그는 비에 젖은 셔츠를 목 위까지 끌어올린 채 공중전화 박스 안에 쪼그리고 앉아 부들부들 떨고 있었다. 그의 바짓가랑이에는 다량의 피가 묻어 있었으며, 붉게 충혈된 검은 눈동자에는 섬뜩한 의도가 드리워져 있었다.

강렬한 연민을 느낀 히카는 그를 돕고 싶었다. 카즈오에게 다가갔다. 손바닥만 한 유리 상자 속에서 온갖 폭언과 협박이 날아왔다. 예상했던 일이었기에 굴하지 않았다. 우산이 강풍에 날아가 버렸다. 어느새 그녀의 손등에 생채기가 하나둘씩 생기기 시작했다. 하지만 빗줄기를 사이에 둔 설복은 멈추지 않았고, 결국 끊임없이 내리찍는 조련사의 채찍에 피투성이 맹수는 송곳니를 잇몸 속으로 감출 수밖에 없었다.

그게 얼추 10년 전 일이었다.

히카는 제아무리 되뇌어도 쭉 족쇄에 잡혀 있던 카즈오의 야성이 이제야 다시 기지개를 켜는 까닭을 알 수가 없었다. 그녀는 답답했다. 숨이 막히는 것 같아 얼굴을 손바닥 속에 파묻어 버렸다. 자포자기 속에 한 행동이었지만, 신기하게도 몇 가지 가설이 어두컴컴한 뇌리에서 우수수 떨어져 내렸다. 히카는 하나하나 셈을 해 봤다.

어쩌면 그의 냉정함은 단순히 히카 자신에 대한 권태기 때문일지도 몰랐다. 한 이불 속에서 십 년이나 살았으니 자극을 느끼지 못하는 건 당연한 일이었다. 그러고 보니 카즈오와 마지막으로 성관계를 가진 것이 언제였는지 기억조차 가물거렸다. 하지만 히카는 이내 고개를 가로저었다. 그건 이유 거리가 아니었다. 그들은 애초부터 끈적한 육욕에 이끌려 결혼한 커플이 아니었기 때문이다.

히카가 몸을 수그리며 발가락을 오므렸다. 그러면 유타가 이유일 수 있었다. 급속도로 추락하는 모양새로 보아 카즈오는 유타와 어울림을 시작하며 날개도 떼어 준 게 틀림없었다. 정말로 그랬다. 그녀와의 맹세로 알코올을 등졌던 그가 다시 잔을 기울이기 시작한 것도 유타의 감언이설 때문이었고 신문을 읽다 돌연 흐리멍덩한 눈이 되어 손가락을 비비는 버릇 역시 그에게서 습득한 짓거리가 분명했다. 그건 흔히 도박 중독증 환자에게서나 볼 수 있는 금단 현상이었다.

히카가 수그렸던 상체를 살짝 들며 스스로 반문했다.

"새로 생긴 가게…, 그 초밥집?"

사실 종교 단체에서 운영하는 초밥 가게가 생긴 뒤부터 카즈오의 얼굴에 그림자가 드리운 건 옳았다. 시기적으로는 그랬다는 것이다.

하지만 왠지 모르는 막연한 두려움 때문에 히카는 그 문제만큼은 우연이길 바랐다. 도대체 종교 단체와 카즈오가 무슨 상관이란 말인가? 그는 신의 존재를 항상 부정해왔던 남자였다.

편린이 되어 버린 가설들…. 다시 원점이었다. 아무것도 알 수 없었다. 히카가 신음 소리를 내며 머리를 거세게 좌우로 흔들었다. 순간적으로 헝클어진 머리카락이 얼굴을 덮어 버렸다. 침대에 쓰러지듯 누워 거칠게 이불을 끌어와 얼굴 위까지 덮어 버렸다. 그리고 천천히 눈을 감았다. 예전의 카즈오가 그리웠다. 어느 틈에 그녀의 눈가가 촉촉이 젖기 시작했다.

지갑 속 틀니

"날 따라오시오."

목 둘레에 장미 문신이 퍼져 있는 한 근육질 사내가 과장된 몸짓으로 카즈오를 지하로 안내했다.

"이거 뭐… 좁아서…."

카즈오가 머리를 수그렸다.

"…."

지하로 연결되는 통로가 어두웠다. 두어 걸음 내디디자 녹슨 철계단이 마구 비명을 질러댔고 퀴퀴한 곰팡이 냄새가 콧구멍을 파고들었다. 진갈색 코트와 베이지색 목도리로 멋을 낸 카즈오가 행여 옷에 녹물이라도 묻을까 어정어정 계단을 내려갔다. 그런데 근육질 사내는 그의 느려 터진 행보가 짜증 나는 모양이었다. 손뼉을 치고 이빨 사이로 침도 탁탁 뱉으며 연신 그를 재촉해댔다.

교묘하게 숨은 거미줄을 피하고 여러 대의 CC 카메라 밑을 아슬아슬하게 지나고 나서야 가까스로 지하 이 층이 나타났다. 자물쇠를 흔들며 문이 비스듬히 열리자 자욱한 담배 연기 속에서 게임용 테이블 하나가 서서히 시야에 들어왔다. 구석에 앉아 있던 한 남자가 그를 알아보고는 씁쓸한 미소를 지으며 다가왔다.

"처음부터 조금 늦었군. 어쨌든 잘 왔네. 자, 이리 오게. 이쪽은 함께 할 짝패들. 인사라도 좀 하지그래, 그리 서 있지만 말고?”

유타가 마치 성악가 같은 우아한 손놀림으로 테이블에 빙 둘러앉아 있는 남자들을 가리켰다.

“안녕하시오? 나의 이름은….”

카즈오가 인사를 하려는데 문득 그들 중 턱수염을 기른 몹시 뚱뚱한 남자가 손을 흔들며 말을 잘랐다.

“아니, 아니, 됐고…. 이름은 말할 필요도 없는 거요. 원래 우린 신참 안 받아요. 다만 유타 씨가 추천하는 사람이니까 특별히 배려한다는 것만 알아 두시오. 규칙 말이오? 간단하오. 우린 현금이요. 집문서? 자동차 키? 신용 카드? 그딴 건 지나가는 개나 주쇼. 우린 안 받아요. 각서도 안 받아. 오직 현금. 내 말 알아듣겠소?”

카즈오가 천천히 고개를 끄덕였다. 뚱뚱한 남자가 새끼손가락으로 귀를 파면서 말을 이었다.

“룰은 좀 있지. 근데 뭐… 룰은 항상 깨지라고 있는 거고… 그때그때 상황에 따라 다르다고나 할까…? 사실상 베팅 한도도 없소. 무서우면 지금이라도 당장 지갑 끌어안고 집에 돌아가던가, 응?”

카즈오가 마치 전쟁에라도 임하는 군인처럼 비장한 표정을 지었다.

“무슨 소리! 그럴 거면 여기까지 오지도 않았을 거요. 당장 나도 게임에 넣어 주시오.”

살찐 남자가 계속 말했다.

“게임 끝나고 잡소리 같은 거 우린 안 해. 그건 확실하오. 단 십 엔도 다시 주지 않고 달라고 할 수도 없소. 자, 그럼 이리 오시오. 운명의 세계에 온 걸 환영하오.”

카즈오가 고개를 끄덕였다. 머리를 하나로 묶은 남자가 카즈오에게 의자를 빼 주며 담담한 목소리로 룰을 설명했다. 일반적으로 수

궁할 수 있는 수준이었기에 카즈오도 거기에 대해서는 특별한 이의를 제기하지 않았다. 이윽고 노크 소리와 함께 한 미국계 혼혈 여자가 술과 안주를 가지고 들어왔다. 여자는 짧은 가죽 치마와 가슴골이 빤히 드러나는 옷을 입고 있었는데 술병을 테이블 위에 놓기 위해 아슬아슬하게 몸을 숙였는데도 누구 하나 관심을 가지지 않자 불쾌해진 모양이었다. 바로 빈 쟁반으로 엉덩이를 가리더니 쌩한 모습으로 방을 나가 버렸다.

이제 게임은 시작됐다. 뚱뚱한 남자가 카드를 섞기 시작했고, 카즈오는 돈을 꺼내기 위해 주머니로 손을 가져갔다. 평소보다 갑절이나 살찐 지갑을 꺼내고 벌리자 한쪽 귀퉁이에 후유코와 나츠코가 나란히 어깨동무를 한 채 웃고 있는 사진이 보였다. 지난번 놀이동산에서 찍은 것이었는데 아무래도 히카가 몰래 넣어 둔 것 같았다. 카즈오가 의자에 등을 기대며 실눈으로 사진을 바라보았다. 그의 얼굴에 민망한 기색이 슬쩍 번졌지만, 그것은 찰나일 뿐이었다. 결국 그는 혀를 빙빙 돌리며 지폐를 꺼내더니 지갑을 탁 닫아 버렸다.

131

더 택시 운전수

"여보세요? 실례지만 긴타로 타로 씨입니까?"

타로가 흐릿하게 겹치는 초점을 억지로 맞추며 알람 시계부터 봤다. 시침이 새벽 두 시를 가리키고 있었다.

"아이참, 이 시간에⋯ 누구세요?"

"여긴 햐크넹 병원 응급실입니다. 혹시 페, 음, 그러니까, 페니스 킹이라는 분을 아시는지요?"

타로가 침대에서 벌떡 일어났다.

"킹 도사? 알죠! 아니 근데 그분이 왜 병원에?"

"일단 심각한 상태는 아니니까 걱정은 하지 마시고⋯ 지금 여기로 좀 오실 수 있겠습니까?"

"지금 거기를 제가요? 하지만 전 단지⋯."

"환자분 주머니에 선생님 이름과 전화번호가 적힌 메모가 있더군요. 신분증이나 다른 건 전혀 없고요. 간호사가 환자 이름 때문에 도저히 전화를 못 하겠다고 뻗대서 레지던트인 제가 직접 전화한 겁니다. 독특한 환자 때문에 여러 가지로 저희도 힘듭니다. 지금 좀 와 주셨으면 합니다."

헝클어진 머리를 손가락으로 대충 빗으며 밖으로 나오자 길 건너에 빈 택시가 한 대 서 있는 게 보였다. 타로가 다짜고짜 달려가 뒷좌석에 올라앉았다.

"어서 오십시오."

택시 문이 닫히자 타로가 느닷없이 엉덩이를 들고 일어나 손가락으로 기사의 왼쪽 신발을 가리켰다.

"어, 그거?"

기사가 슬쩍 아래를 내려다보고는 멋쩍은 듯 뒤통수를 긁었다.

"허허, 보셨네요. 민망하네요."

"그거 도라에몽 신발 아니에요?"

"네, 맞습니다, 손님. 고등학교 때부터 도라에몽 팬이었는데…. 세살 버릇 여든 간다더니 이 나이 먹어도 이러고 있네요, 허허."

"우와, 정말 예뻐요!"

"손님도 도라에몽 좋아하세요?"

"당연하죠! 도라에몽 안 좋아하는 게 어디 사람 새끼예요? 인간말종 후레자식이죠!"

"어허허, 손님. 그건 그냥 개인적인 취향인데 그렇게까지 격한 표현은 좀…."

"어디서 샀어요? 나도 살래요."

"저기 저 건널목에 있는 대형 마트에서요."

"대형 마트, 대형 마트, 그게 어디였더라…. 어라?"

아기처럼 엄지손가락을 입에 넣어 빨며 생각에 잠겨 있던 타로가 다시 한 번 몸을 앞으로 쑥 내밀었다.

"이게 뭐야? 오른쪽 신발도 똑같은 거잖아?"

"네?"

"뭐예요 아저씨. 오른쪽도 같은 데서 산 거예요?"

"네? 아, 네. 그게 그러니까, 저기… 그, 뭐야… 그런데 손님, 아직 목적지를 말씀하지 않으셨는데요?"

"목적지요?"

"네, 목적지."

"…왜요?"

"네?"

"어디로 가시게요?"

"아니, 그건 손님이 말씀을 해 주시면 이제 제가…."

타로가 씩 웃으며 말했다.

"아하, 좋아요. 이번에는 그렇게 해 볼까요?"

"네에?"

"자아, 준비되셨습니까?"

"네, 손님."

"그럼 햐크넹 병원으로 가 주세요."

"햐크넹 병원. 잘 알겠습니다. 안전하게 모시겠습니다."

"거기까지 얼마나 걸려요?"

"음… 머 오늘 수요일이고 시간도 이 정도 됐으니… 한 십오 분 정도면 도착하지 않을까요?"

"그럼 여기서 출발하면 얼마나 걸려요?"

"네? 그게, 그러니까… 십오 분 정도요…."

"뭐야? 똑같잖아? 그럼 여기서 출발해 주세요!"

타로의 말이 끝나기가 무섭게 택시가 불법 유턴을 하며 가속을 시작했다. 웅웅거리는 4기통 엔진 소리가 실내에 가득 울려 퍼지는 가운데 기사가 룸미러를 힐끗거리며 물었다.

"누가 아프신 건가요, 손님?"

"방금 병원에서 전화 받고 나온 거예요. 저의 스승님인데 갑자기 입원했다네요."

"저런. 은사님이 아프면 속상하죠."

"은사님이 아니라 스승님."

"네? 아… 네."

타로가 피곤한 표정으로 헤드레스트에 머리를 기댔다.

"별일 아니어야 할 텐데…. 그분에게 무슨 일이라도 생긴다면 전 평생 제대로 된 데이트 한 번 못하고 늙어 버릴지도 몰라요. 기사님은 믿기 어려우시겠지만, 제가 여자들에게 인기가 없거든요."

"그건 믿을 수 있습니다, 손님. 그렇다면 그 스승님이란 분의 따님과 교제 중이신 건가요?"

"그건 아니고, 저에게 스킬을 가르쳐 주세요. 여성을 다루는…. 비단결처럼 부드럽게 유혹하는 스킬…."

"이야, 그거 대단한데요? 전 또 스승님이라기에 학창 시절 은사님으로만 생각했지요."

"사실 둘이 있을 땐 도사라고 불러요. 안 그러면 막 화를 내시니까. 킹 도사라고…."

'끼익!'

택시가 갑작스레 급정거하는 바람에 타로의 얼굴이 앞 시트에 부딪혔다.

"아이고! 이게 무슨 짓이에요?"

"혹시, 페니스 킹?"

타로가 이마를 쓰다듬던 손을 천천히 내리며 물었다.

"아니, 그걸 기사님이 어떻게?"

"당장 내려요!"

"에, 어라? 갑자기 왜 이래요?"

"킹의 제자라면 다 똑같소! 내가 지금 이 새벽에 왜 택시 운전이나 하는지 알아요? 바로 그놈 때문이오! 킹과 관련된 사람을 내 차에 태우는 거 절대 사절이오!"

"흥분 마세요! 왜 흥분을 해요? 그리고 난 사절이 아니에요!"

"내 입장 돼 보시오. 그놈 때문에 집안이 풍비박산 났는데 흥분 안 하게 됐소?"

"그래도 그렇지 나보고 여기서 내리라면 어떡해요? 여기가 어딘지도 모른단 말이에요! 그러지 말고 어서 가요. 요금은 DC 해 줄 테니."

"뭐라고요? 당신이 왜 내 요금을 DC 하는데?"

"도대체 왜 이러는 거예요? 뭘 더 원하죠? 어떡해야 만족할 건가요? 전 단지 킹 도사에게 여자 꼬시는 방법을 배우는 늦깎이 학생일 뿐이라고요. 그것조차도 죄가 되나요?"

택시 기사가 숨을 헐떡이며 룸미러에 비친 타로의 얼굴을 쳐다봤다. 초등학생이 들고 다니는 양은 도시락같이 생긴 낯짝이었지만, 그 눈동자만큼은 한없이 수줍었다. 아닌 게 아니라 그에겐 죄가 없었다. 기사가 조금 진정되었는지 눈에 힘을 풀고 다시 운전대로 손을 가져갔다.

"미안해요, 손님. 그만 킹이라는 이름을 듣는 순간 내가 이성을 잃었나 봐요. 하긴 손님이 뭔 죄겠어요. 다시 출발합니다."

"어휴, 깜짝이야! 엄청나게 놀랐네. 아니, 기사 아저씨, 근데 왜 그렇게 킹 도사를 미워하세요?"

"도사라…. 그 자식이 그렇게 또 사기 쳐요?"

"어, 말조심하세요? 세상에 하나뿐인 제 도사님이세요."

"허허! 그새 완전히 세뇌 당하셨구먼. 아직 병원 도착하려면 몇 분 더 걸릴 테니까 내 말해 줄게요. 보아하니 손님도 순진한 분 같은데 피해 입으면 안 되지."

"말해 보세요."

"사실 난 일 년 전만 해도 잘나가는 중소기업 사장이었어요. 자명종 시계를 만들어 주변국에 수출까지 하는 연 매출이 수억 엔이 넘는 중견 기업이었죠."

"굉장하다!"

"근데 어느 날 제 사무실 앞에서 누가 소란 피우는 소리가 들리는 거예요. 나가봤더니 페니스 킹이 올누드로 제 여비서 책상 위에 비스듬히 누워 귤을 까고 있는 게 아니겠어요? 전 바로 경찰에 신고하곤 이유를 따져 물었죠. 그랬더니 그놈이 눈을 부라리며 다짜고짜 저에게 돈을 물어내라는 거예요. 도대체 웬 귀신 씻나락 까먹는 소리냐 했더니⋯. 내 원 참, 지금 생각해도 기가 막혀 손이 다 떨리는군! 글쎄, 우리 회사 자명종 시계 때문에 자기가 지속성 성 환기 증후군에 걸렸다는 거예요. 새벽에 자명종이 울려 잠결에 손가락으로 시계 위에 달린 두 개 버튼을 동시에 눌렀는데 순간 여성의 가슴이 머릿속에서 연상되며 짜릿한 전기가 오르더니 그다음부터 시도 때도 없이 성욕을 느낀다는 거예요. 그놈이 뭐라더라? 뭐⋯ 구불구불한 면발을 젓가락으로 들면 여성의 S자 몸매가 상상되고 국물에 날카롭게 떠 있는 파 조각만 봐도 브래지어 훅이 연상돼 마음대로 라면도 먹을 수가 없다나? 어이가 없어서⋯. 그게 말이나 돼요?"

"그래서 어떻게 됐어요?"

"재판에 져서 합의금으로 다 **빼앗기고**, 회사 부도나고, 나 완전 거지 됐죠. 신용 불량이라 돈 빌릴 데도 없고⋯. 일단 원금 이자라도 땜질하려고 밤새 택시 기사 하고 있어요."

"그게 사실이에요?"

"믿건 안 믿건 그건 손님 자유겠죠. 전 다만 손님이 어리숙해 보여 충고해 주는 것뿐입니다. 조심하세요, 그 외국인 설늙은이. 완전 사기꾼이에요. 자, 다 왔네요. 요금은… 이천이백 엔입니다. 아! 그리고… 킹 만나면 말 좀 전해 줄래요?"

"뭐라고요?"

"Fuck you."

타로가 병원 안으로 들어가자 한 젊은 의사가 그를 대번에 알아보고 다가왔다.

"긴타로 씨?"

"에? 그걸 어떻게?"

"독특한 말투는 독특한 외모에서 나오는 겁니다. 전 미야베라고 합니다. 담당 레지던트죠. 자, 이쪽입니다."

의사의 뒤를 따라 통로를 지나자 곧바로 응급실이 나타났고 침대에 똑바로 누워 있는 킹 도사도 보였다. 수염도 깎지 않은 그의 모습은 몰라보게 수척해져 있었다. 스승의 아픈 모습을 보자 타로는 가슴이 뭉클해졌다. 눈물을 글썽이며 다가가 격정적으로 그의 손을 부둥켜 잡았다.

"도사님! 어쩌다가!"

하지만 킹 도사는 힘없이 고개만 옆으로 떨굴 뿐 아무런 움직임이 없었다. 타로가 걱정스런 눈빛으로 의사를 돌아봤다.

"뭐가 잘못된 건가요? 도사님이 왜 여기 누워 계신 건가요?"

"산속에서 홀로 의식을 잃고 쓰러져 있는 걸 지나가던 스님이 발견해 경찰에 신고한 겁니다. 약간의 탈수와 탈진이 있긴 하지만 별

다른 문제는 없습니다."

"왜 쓰러진 건가요?"

"저희도 지금까지 그것이 의아했습니다만, 저희는 오히려 긴타로 씨에게 물어보려 했는데…. 특이한 건 페니스 씨 손에 장난감 수갑과 피리가 들려져 있었다는군요."

"수갑이요?"

"그렇습니다."

"그럼 지금 위급한 상태는 넘긴 건가요?"

"언제 위급한 적이나 있었어야죠. 당장 퇴원하셔도 되기에 이렇게 긴타로 씨를 부른 겁니다. 자, 저쪽 원무과에 가서서 진료비 납부하시고 다시 저에게 오시겠어요?"

"그전에 잠깐 도사님과 몇 마디 이야기 좀 나눠도 될까요?"

"물론이죠. 뭐든지 하셔도 됩니다. 저보다도 건강한 분이니까요."

비산하는 심장

시동을 끈 차 안에 카즈오와 유타가 앉아 있었다. 돈 오백만 엔을 손장난으로 탕진하고 한바탕 질펀하게 퍼마신 뒤였기에 둘의 상판대기가 붉었다. 멍한 표정으로 보닛만 응시하던 카즈오가 돌연 유리창에 머리를 기대며 흐느껴 울기 시작했다. 유타가 말했다.

"어, 사내대장부가 무어? 카드 하다 보면 잃고 따고 하는 거지. 그게 뭐 어디 맨날 이길 수야⋯. 까짓 내일 또 해. 그럼 되잖아? 다음에는 우리도 본전 찾지 뭐. 돌고 도는 인생이니 우리에게도 기회 한 번 오지 않겠느냐고?"

카즈오가 머리를 좌우로 흔들었다. 이마가 유리창과 부대끼며 듣기 싫은 소리를 만들었다.

"너 또 틀렸어. 내가 괴로운 건 단지 게임 때문이 아니야."

"왜? 그럼 뭐?"

"아까 하우스 나갈 때 말이야. 나를 유심히 살펴보던 문지기 기억나지? 한참을 서서 내 뒷모습을 노려보던 근육질 녀석 말이야. 그 자식, 그거 아무리 생각해도 저기 산 아래 교주에게 매수된 첩자같아."

"맙소사, 카즈오! 또 첩자 타령인가?"

"틀림없어. 만약 다음에도 날 탐색하면 맹세코 그놈 턱을 한 방에 부숴 놓고야 말겠어. 빌어먹을! 어디서 돈 받고 염탐질이야?"

"휴, 내 다시 묻겠네. 도대체 그 교주랑 자네는 무슨 사이야? 조금이라도 설명을 해 줘야 자네 말에 맞장구를 치든 말든 하지."

"내 비록 인생이 지금 개판으로 내달리고 있지만, 나름대로 노력해서 극복하려 하잖아. 근데 왜 뜬금없이 집 앞에 똑같은 가게를 차려서 날 엿 먹이는 건데? 이제 와서 내 일거수일투족을 대놓고 감시하겠다는 건데…. 병 주고 약 주는 건 어디서 배워먹은 빌어먹을 성질이야?"

"상금 걸린 퀴즈도 이것보단 쉽겠다. 그러니까 그 교주가 왜 자네를 감시하고 협박하는데? 경찰에 신고하는 건 생각 안 해 봤어? 영문을 알아야…. 이제 나에게 말 좀 해 봐, 응? 제발 부탁 좀 하자!"

하지만 카즈오는 다그치는 친구의 말에도 개의치 않고 여전히 혼잣말만 했다.

141

"예전에는 그 큰 덩치로 직접 날 염탐했지만, 요즘은 사람을 시키는 것 같아. 항상 누군가가 뒤에서 날 엿보며 관찰하고 있어. 한두 번 느낀 게 아니지. 교주 놈은 아마 내 밥그릇 색깔까지도 알고 있을걸? 그 찜찜한 기분… 그거 너 모르지? 끔찍한 새장 안에 갇혀 조금이라도 어긋난 행동을 보이면 가차 없이 체벌 당하는 기분 말이야. 하지만 말이야. 나도 노리고 있어. 어디 나만 당할 수야 있나? 언젠가는 스파이 짓 하는 놈 말이야. 그게 누구든지 나에게 들키면 신문지처럼 찢어 죽일 거야."

카즈오가 자신의 말엔 일언반구도 없이 제 할 말만 하자 유타도 짜증이 났다.

"뭐, 내 말에는 도통 관심이 없군. 지난번 내가 한 행동을 복수라도 하는 건가? 그런 거라면 이걸로 충분하네. 참으로 답답해 미치겠으니까. 난 집까지 걸어갈 거야. 자넨?"

카즈오가 문득 그를 아래위로 훑어보더니 싸늘한 목소리로 말했다.

"너, 혹시… 너도 놈에게 돈 받고 스파이 짓 하는 거 아니지? 그랬다가는…. 내가 너 죽인다?"

"뭐가 어쩐다고? 하! 정말 못 봐 주겠네! 이제 그만 좀 하지? 자네 요즘 얼마나 괴상해진 줄 알기나 해? 도대체 자네를 괴롭히는 놈이 누구야? 내가 친구라며? 근데 나에게도 정말 말 안 할 테야?"

"…."

유타가 차 문을 열며 말했다.

"난 가네. 자네도 어서 집에 들어가게. 부인과 아이들이 걱정하잖아."

유타가 차 문을 힘차게 닫고 주머니에 손을 푹 찔러 넣은 채 성큼 성큼 앞으로 걸어 나갔다. 거슴츠레한 눈빛으로 그의 뒷모습을 지켜보던 카즈오가 갑자기 창문을 열고 소리쳤다.

"그래, 이 건달 새끼야! 너 때문에 내 돈만 날렸어! 애초에 왜 날 꼬드기냐고, 왜! 그 돈은…."

여기서 그의 목소리가 심하게 떨렸다.

"그 돈은… 내 딸들을 위한 미래의 학비란 말이다! 몇 년을 모은 내 딸들의… 내 마지막… 희망의…."

유타가 종종걸음으로 시야에서 사라지며 가운뎃손가락을 등 뒤로 쏘아 올렸다.

히카의 손수건

꼬리 잘린 뱀처럼 어기적거리며 집에 도착한 카즈오는 새삼스럽게 마당을 둘러봤다. 근래 들어 사람이 괴상해졌다는 친구의 말을 인정하지 않을 수 없었다. 모든 것이 생소했다.

'어럽쇼, 이게 내가 사는 집이라고? 여기가?'

몽매한 표정으로 서 있던 카즈오가 흠칫했다. 문득 가슴속 아득한 곳으로부터 불씨 하나가 맹렬히 다가오는 게 느껴졌기 때문이었다. 그는 고개를 가로저으며 다급하게 그것을 떨쳐 버렸다.

"아빠, 이제 오세요?"

후유코가 이 층 베란다에서 고개를 빼꼼 내민 채 웃고 있었다. 카즈오는 딸의 천진한 모습을 보자 기분이 한층 미묘해졌다. 알 수 없는 검은 손이 존재감을 짓누르는 것 같다고나 할까?

"너 누구냐? 후유코냐?"

"네, 아빠."

"뭐야, 너 왜 아직도 안 자는 거야?"

"하지만 아빠, 지금 아직 8시도 안 됐는걸요?"

"그래도… 어린이면 마땅히 자야지. 이 밤중에 거기서 뭘 하는 거야? 어서 들어가서 자!"

"네, 아빠, 그럴게요. 안녕히 주무세요."

143

단 한 번도 부모 속을 썩인 적 없는 후유코는 이번에도 그의 억지를 순순히 받아 주었다.

카즈오가 고개를 홱 돌리고 성큼성큼 현관문으로 걸어갔다. 미처 손잡이를 만지기도 전이었다. 우당탕 소리와 함께 문이 활짝 열리더니 키가 겨우 배꼽 언저리에 미치는 아이들이 안에서 뛰쳐나왔다. 리더스와 나츠코였다.

"아, 아빠! 이제 오세요?"

카즈오가 리더스를 빤히 쳐다보며 물었다.

"넌 누구냐?"

"아, 아빠, 이 아인 내 친구예요. 나와 언니의 친구죠. 리더스라고 해요."

"그런데 왜 네가 대답을 해? 얘는 말할 줄 몰라?"

"수줍음이 많은 친구예요."

카즈오가 노골적인 시선으로 리더스의 차림새를 훑어봤다. 군데군데 얼룩이 있는 지저분한 옷과 손때가 찌들은 야구 모자는 그의 인상을 절로 구겨 놓았다.

"수줍음이 많더라도 말이야. 어른이 물어보면 대꾸를 해야지. 너 이 시간까지 내 집에서 뭐한 건데?"

리더스가 감히 그를 쳐다보지도 못한 채 더듬거렸다.

"죄, 죄송합니다. 전 리, 리더스라고 합니다. 처음 뵙겠습니다."

"아빠. 우리 친구라니까요? 그러니까 당연히 놀러 온 거죠."

"뭐야? 말을 더듬어? 병신이야? 무슨 말인지 들리지도 않잖아? 악마처럼 속삭이는 녀석인데 이거?"

연이은 질타에 기가 잔뜩 죽은 리더스는 마냥 머리만 숙이고 있었다.

"리더스는 저기, 기차 역장님 손자예요. 우리가 자주 가는 멋진 역장 할아버지의 손자요."

카즈오가 어이없다는 듯 코웃음을 쳤다.

"뭐, 이 근처에 역이 어딨어? 아…, 그 건널목 경비? 손자라면 혹시 부모도 없는 거 아냐? 못 써먹을 아이잖아! 네가 왜 저런 놈이랑 노는 거야? 게다가 뭐야 이거? 옷도 죄다 싸구려에 지저분하잖아!"

카즈오가 사방으로 막말을 질러댔지만, 나츠코는 아직도 상황 판단을 못 하는 것 같았다. 여전히 순진한 눈빛으로 고분고분 그의 말에 대답했다.

"에이, 아빠…, 그렇게 말하지 마세요. 리더스는 역장 할아버지와 사는 아주 착하고 특별한 아이예요. 얼마나 착한데요?"

딸의 말이 채 끝나기도 전이었다. 카즈오가 버럭 소리를 질렀다.

"역장 놀고 있네! 그렇게 사기 치든? 그 늙은이 좀 때려 줄까 보다. 야, 너! 우리 집이 뭐 동물 보호소인 줄 알아?"

그쯤 되어서야 리더스도 계속 그곳에 서 있으면 안 된다는 걸 깨달았다. 들릴 듯 말 듯한 목소리로 짧게 인사하고는 도망치는 종종걸음을 시작했다.

"다시는 우리 집에 올 생각 마라! 내 딸들과 어울리지 말라고! 알아들어? 옷차림까지도 더러운 놈이 재수 없으려니까!"

카즈오가 기어이 폭언 하나를 더 던지고 고개를 돌렸다. 나츠코가 문에 기대선 채 소리 없이 훌쩍이고 있었다. 다른 때였다면 얼싸안고 달래 주었을지도 모르는 일이었다. 하지만 그날은 달랐다. 관심도 없다는 듯 눈길 한 번 주는 법 없이 그대로 집 안으로 들어가 버렸다.

아빠의 얼음장 같은 행동에 나츠코는 더욱더 서러움을 느꼈다. 몸까지 부르르 떨고 콧물과 눈물을 하염없이 집어삼키며 울고 또 울었다.

그렇게 한참이 지났다. 삐거덕거리며 대문이 열리더니 어깨를 축 늘어뜨린 히카가 마당으로 들어왔다.

"나츠코! 너 왜 그러니?"

히카가 울고 있는 나츠코를 보고 깜짝 놀라 현관으로 뛰어왔다. 그동안 어찌나 울었던지 콧물이 다 노랗게 아이의 턱 주변에 뭉쳐 있었다. 히카는 얼른 손수건을 꺼냈다.

"무슨 일이니? 누구하고 싸웠니?"

나츠코가 강하게 머리를 흔들었다.

"그래? 그럼 뭐가 우리 아기를 이렇게 슬프게 한 걸까? 이거 이 거… 엄마가 혼내 줄까?"

나츠코가 또 고개 저었다.

"자, 어쨌든 우리, 집에 들어가서 이야기하자. 춥구나. 이거 봐. 손 이 꽁꽁 얼어 버렸잖아. 감기 걸리면 어쩌려고, 어서."

현관문을 열자 당장에 술 냄새가 진동했다. 히카는 나츠코의 신 발을 벗기며 홀로 고개를 끄덕였다. 딸의 슬픔이 남편과 직접적 관 련이 있다는 추리가 성립되는 순간이었다. 그러잖아도 낡은 외줄에 매달린 케이블카 같은 게 그들 부부의 집이었다. 히카는 일단 거실 소파에 비스듬히 누워 있는 카즈오를 피해 어린 딸을 데리고 2층으 로 올라갔다.

히카가 따뜻하게 이불을 덮어 주고 좋아하는 초콜릿도 손에 쥐어 주었다. 그러자 슬그머니 나츠코의 볼에 예쁜 보조개가 돌아오기 시 작했다. 다행이었다. 급한 불은 끈 것이었으니. 정돈할 차례였다. 후 유코에게 뒷일을 부탁한 그녀는 긴 한숨과 함께 천근만근 발걸음을 아래층으로 향했다.

벗겨지는 허물

카즈오는 여전히 소파에 몸을 기댄 채 맥주를 마시고 있었다. 히카도 사실 이 순간이 싫었다. 피하거나 미루고 싶었다. 하지만 언제까지나 이렇게 극이 다른 자석처럼 떼밀리며 살 수도 없는 노릇이었다. 히카가 건너편 소파에 자리를 잡자 카즈오가 힐끗 곁눈질하고는 차갑게 말했다.

"내가 여분의 맥주를 항상 냉장고에 넣어 두라고 했잖아. 그게 그렇게 어려운 일인가? 오늘도 맥주는 식탁 옆 서랍 속에 들어 있었어."

"또 그랬어요? 미안해요. 너무 일이 바쁘다 보니 잊어버렸나 봐요."

"매일 그 소리뿐이지, 매일. 도대체 손님 한 명 없는데 뭐가 바쁘다는 거야?"

"여보…."

"어디 갔다 온 거야? 이렇게 늦게?"

"우리 대화 좀 해야 하지 않아요?"

"지금 하고 있잖아. 이건 대화가 아니면 뭔데?"

"농담이 아니에요. 좀 일어나 앉아 보세요."

카즈오가 잔뜩 찌푸린 얼굴로 몸을 일으켰다.

"어디 갔다 왔냐고 물었을 텐데?"

"또 술을 마신 건가요?"

아내를 바라보는 그의 눈매가 벌써 험악해지기 시작했다.

"시작하지 말라고, 시작하지 마. 분명히 말했어? 오늘은 날 가만
두는 게 좋을 거라고…."

"우리 도대체 문제가 뭘까요? 행복했잖아요."

"행복했다니? 그건 당신 생각이지, 난 아니야. 내가 묻는 말에 계
속 대답을 안 하는데…. 결국 내 말 무시한다 이거지? 그렇게 받아
들여도 되는 거지?"

"미와코 아줌마와 함께 내일 만들 튀김 재료를 사러 갔어요."

카즈오가 히카의 주위를 살펴보았다.

"내 눈엔 아무것도 보이지 않는데 도대체 뭘 샀다는 거야?"

"물론 가게에 놓고 왔죠. 그래서 조금 늦은 거고요."

"아하, 그러셔? 과연 그랬을까?"

"당신, 요즘 무슨 일이 있는 것 같은데… 저에게도 말해 주면 안
될까요? 그게 가족이잖아요. 갑자기 끊었던 술을 마시고… 우리 가
게 일에는 관심도 없고…."

"가게는 무슨 가게? 그게 어디 가게야? 도대체 돈이 돼야 가게지.
그 빌어먹을 교회 때문에 우린 망했지 않았어? 그리고… 나보고 언
제까지 싸구려 초밥이나 말고 있으라는 거야? 난 야망이 있어, 야
망이! 당신이 그런 거 알아? 다 생각이 있으니까 그만 그 문제는 조
용히 하라고. 문제는 내가 아니라 당신이야. 당신이야말로 점점 나
에게 무관심한 것 같은데…, 아닌가? 돈이 없어지니까 이제 내가 싫
어지는 거 아닌가? 그런 거야?"

"…당신 취했군요? 왜 그래요? 그런 말이 도대체 어디 있어요?"

"틀려? 아직도 과거에 돈 가방을 들고 눈물 훌쩍거리는 남자를 사

랑했다고 주장하려는 거야? 만난 지 한 시간 만에 연민의 정을 느꼈다고? 내가 그 말을 곧이곧대로 믿은 줄 알아? 나도 다 알고는 있었어. 다만 다른 생각할 겨를이 없었을 뿐이지. 웃기시네, 사랑? 풋!"

"어떻게…. 당신 그렇게 말을 하면 안 되는 거잖아요. 제발 그만하세요."

"초밥집을 하려고 했을 뿐이야. 당신이 생각한 것이라고는, 쯧쯧…. 그것도 꿈이랍시고 겨우 식당이나 하려고 날 받아들인 거야. 하긴 당신 출신이 머, 그리 대단하지는 않았으니 코딱지만 한 초밥집 정도도 꿈이었겠지. 동네 미용실에서 깎다가 만 머리카락이나 청소하는 여자가 그 정도면…."

"잠깐만요. 뭐라고요? 지금 말 다 했어요?"

카즈오는 상관 안 했다. 점점 취기가 그의 이성을 먹고 있는 것이 확연히 드러나고 있었다.

149

"내 돈… 결국 당신이 원하던 것을 하느라고 다 날렸잖아. 내 말이 틀리나? 이게 뭐지? 지금 뭐가 남았지? 다 끝났다고! 거지야 거지! 왜 이따위 초밥집이나 하자고 말을 해 가지고!"

"그건 당신의 아이디어이기도 했어요. 이제 와서 그런 식으로 말하지 말아요. 왜 거짓말을 해요?"

카즈오가 자리에서 벌떡 일어났다. 소파 손잡이에 세워 놓은 맥주 캔이 바닥으로 떨어지며 요란한 소리를 냈다.

"내 아이디어라고? 기가 막히는군! 이젠 정신이 나간 거야? 정말로 한 번 따져 볼까? 응!"

거의 고함에 가까운 말투였다. 히카는 가슴을 때리는 강력한 분노를 느꼈지만, 문득 아이들의 얼굴이 눈앞에 떠올랐다. 어쩌면 지금 몰래 그들의 대화를 들을 지도 모르는 일이었다.

"아직 나츠코가 깨어 있을 거예요. 조용히 말해요, 우리. 그리고 그건 이제 중요한 게 아니에요. 그래요. 제가 하자고 했다 쳐요. 그래서 뭐가 문제인가요? 우리 지금 완전히 망한 것도 아니잖아요? 슬럼프일 뿐이에요. 누구에게나 오는…. 우리에겐 아직 희망이 있어요. 같이 함께 힘을 모아서 이겨 봐요. 당신 예전에도 인생을 포기하려고 했잖아요? 그런데 그걸 이겨 냈지 않아요? 다시 한 번 왜 못 하세요?"

카즈오가 아무 말 없이 인상을 쓰며 비닐봉지에서 새로운 맥주 캔을 꺼내 쥐었다. 히카가 숨을 고른 후에 말을 이었다. 거의 애원하는 말투였다.

"당신이 그토록 초밥집을 마음에 안 들어 했는지는 미처 몰랐어요. 그래요, 그럼. 우리 바꿔 봐요. 할 수 있어요. 새롭게 시작하자고요, 여보."

"뭘 어떻게 바꾼다는 거지? 이미 늦었어. 돈도 남아 있는 게 없어. 이젠 가족이 뿔뿔이 흩어지는 수밖에…."

"무슨 말이에요? 아직 희망은 있어요. 만약에…."

히카는 잠시 망설였다.

"만약에… 다른 사업을 원한다면… 우리에겐 아직 얼마간의 여유 자금이 있어요."

"없어, 그런 거."

"아니에요. 있어요. 잊었어요? 우리가 후유코와 나츠코가 대학 갈 때까지 절대 건드리지 말자 했던 그 돈… 충분치는 않지만 도움은 좀 될걸요? 그 약속을 깨자고요. 다시 우리가 성공해서 모으면 되죠. 일단은 급하니까…. 모자란 건 대출도 생각할 수 있는 거고요.

주택을 담보로 한다면 어렵지….”

카즈오가 아무 대답도 없이 맥주만 연거푸 들이켜자 히카는 더럭 의심이 들었다. 눈을 가늘게 뜬 채 떨리는 목소리로 물었다.

“당신이, 설마…?”

카즈오가 그녀의 시선을 거부하며 쓰레기통을 향해 빈 캔을 집어 던졌다. 캔이 벽을 맞고 정확히 통 안으로 들어갔다.

“그건, 내가 급해서 좀 썼어.”

“얼마나요?”

“전부…. 이봐, 그건 내 돈이야! 그거에 대해서 성질 낼 거면 나 나가 버릴 거야? 한 번쯤은 좀 조용히 있어 주면 안 되겠어?”

히카는 콧날이 시큰해지는 걸 느꼈다.

“그럼, 그 돈을 다 쓴 거예요?”

카즈오가 그녀의 뺨에 흐르는 눈물을 보고 오히려 더 역정을 냈다.

“다 썼어! 그래서 뭘 도대체 어쩌라고? 무슨 상관인데 당신이? 내 돈이잖아?”

“어떻게 그럴 수가 있어요? 최소한 나에게 상의는 했었어야죠. 그건 아이들의 돈이에요. 아이들의… 우리 아이들의 미래라고요. 아버지로서 이럴 수는 없는 거예요!”

“이 사람이 지금 어디서 소리를 질러? 나 오늘 건드리지 마? 나도 무슨 짓을 할지 몰라. 분명히 말했어? 어서 입 다물고 당신 방에 가서 잠이나 자. 다 내가 알아서 할 테니.”

어지간해서는 소음을 만드는 법이 없는 그녀였지만, 이번만큼은 폭발하는 감정을 막지 못했다. 두 주먹을 움켜쥐더니 부르르 떨면서 자리를 박차고 일어났다.

“나도 이제 더 이상은 못 참겠어요! 당신은 요즘 제정신이 아니에요! 당장 여기서 나가요!"

카즈오가 손가락으로 자신의 가슴을 가리켰다.

"나보고 나가라고? 방금 그랬어? 내가? 아니, 왜? 여긴 내 집이야. 나가려면 네가 나가야지!"

우레와도 같은 고함이었다. 카즈오의 허옇게 뒤집힌 눈을 보며 히카는 진실로 이 남자가 10년 동안이나 살을 맞대며 살아온 남편이 맞는지 의심이 들었다. 하도 어이가 없어 말을 잇지 못하고 있는데 그가 다시 혀 꼬부라진 소리로 금지된 언어들을 쏟아부었다.

"가만있자, 당신…, 혹시 오늘 남자 만나고 온 거 아니야? 어째 당신한테서 좀 이상한 냄새가 나는 거 같은데? 혹시 오랜만에 사내놈과 뭐 좀 하고 들어온 거 아니야? 하긴 뭐, 내가 요즘 안 해 주니 그럴 수도 있겠군. 심부름하는 여자들은 모두 색녀들이잖아. 참지를 못하지. 어때…, 그랬나? 응?"

역겨웠다. 갑작스러운 메스꺼움에 히카가 손으로 입을 막고 계단을 뛰어 올라갔다. 카즈오가 무서운 기세로 뒤쫓아 왔다. 그는 그녀의 팔을 거칠게 휘어잡았고, 뒤로 당겨 버렸다. 건장한 사내의 손이 버들피리 같은 여인의 팔을 힘껏 당겼으니 결과는 불을 보듯 뻔한 일이었다. 그대로 둔탁한 소리를 내며 계단을 굴러 거실 바닥에 쓰러지고 말았다.

카즈오는 엎어져 있는 아내를 거들떠보지 않았다. 그가 코트 단추를 여미며 말했다.

"여기 있어. 내가 나가 주지. 당신하고 같이 잘 생각하면 신물이 나… 더럽고…"

술의 힘을 빌린 것인지 아니면 전부터 하고 싶던 말을 내뱉은 것인지는 카즈오 자신도 알지 못했다. 그는 단지 맹독을 품은 언어와 완력을 내지르며 자신의 영혼을 강렬히 몰아칠 뿐이었다.

거실 바닥에 내팽개쳐진 히카는 엉덩이와 손바닥에 극심한 통증을 느꼈다. 그녀는 이런 상황이 결국엔 어떤 식으로 매듭되는지 선명하게 기억하고 있었다. 겨우 중학생의 나이일 때 그녀를 버리고 떠난 어머니와의 이별도 처음엔 이렇게 시작되었다. 한 번 마음에서 고개를 내민 폭력은 반드시 몸 밖으로까지 나오고야 만다는 것이 그녀의 조각난 인생이 가르쳐 준 진리였다.

히카가 바닥에 쓰러진 채로 눈을 감았다. 눈꺼풀만 내렸을 뿐인데 뜨거운 눈물이 와락 뺨을 타고 흘러내렸다. 흐리멍덩해진 시야를 헤치면서 앞으로의 일을 생각해 보았다. 이혼이 가장 먼저 떠올랐다. 하지만 그건 일단 두려움 뒤에 숨겨 두고 싶었다. 결코 카즈오에 대한 미련 때문은 아니었다. 아이들에 대한 연민이었다. 잘게 부서져 끝내 형체를 만들 수 없었던 그녀의 과거를 아이들에게도 똑같이 물려줄 수는 없었다. 그건 안 되었고 절대로 생각조차 하기 싫었다.

그렇다면 당장 한 가지 생각할 수 있는 것은 남편에게 폭력이 용납될 수 없다는 걸 명확히 깨닫게 하는 것이었다. 하지만 그것의 성공 확률을 가늠할 수 없다는 건 그녀 자신이 누구보다도 잘 알고 있었다. 어쩌면 절대 성취 불가능한 노력이 될지도 몰랐다. 아까와는 성분이 다른 차가운 눈물 줄기가 또 내려와 그녀의 턱 끝에 방울져 매달렸다.

'잠시… 헤어져 있자. 그래… 그 방법밖에는 달리 없는 것 같아. 서로 멀리 떨어져 생각의 시간을 가져 보는 거야. 그리고는 신중히 결정하자. 아이들에게는 정말 미안한 일이 되겠지만…, 미와코 아줌마가 당분간 와서 식사를 챙겨 주면 어떻게 며칠은 되겠지. 오래는 아니야. 긴 시간은 더 아물지 않는 골을 깊게 새길 뿐이니까.'

153

턱을 훔치며 히카는 머릿속으로 일주일 정도를 가늠했다. 그 정도면 카즈오도 충분히 그녀가 필요한 존재라는 걸 깨달을 수 있을 것이란 계산이었다.

결단은 내려졌지만, 눈을 다시 뜨기가 싫었다. 일어나기도 싫었다. 정말이지 너무 슬프고 창피해서 죽을 것만 같았다. 이래저래 아무짓도 못 하고 눈물만 훔치는데 인기척이 느껴졌다.

어리석은 판단

후유코가 큰 눈 가득 눈물을 담은 채 엄마를 바라보고 있었다. 희미한 입김에도 왈칵 넘쳐흐를 것만 같은 아슬아슬한 눈동자였다. 딸의 모습을 보자 히카는 가슴속이 다시 아련해지며 숨이 차오르는 걸 느꼈다. 후유코가 조그만 팔로 엄마를 끌어안았다.

"엄마…, 울지 마세요…."

이때 요란한 소리와 함께 나츠코도 계단을 뛰어 내려왔다. 히카의 등을 껴안으며 말했다.

"엄마! 많이 아파?"

"괜찮아, 나 괜찮아. 너희들… 괜한 걱정 했구나?"

나츠코가 여전히 히카의 뒤에서 팔을 풀지 않고 말했다.

"엄마 넘어진 거 봤어. 아프지? 아빠가 왜 저래? 좀 이상하잖아!"

"나치, 그렇게 말하는 거 아니야. 아빠에게 이상하다는 말은 나쁜 말이야."

나츠코는 여느 때처럼 언니의 핀잔에 순순히 고개를 끄덕였지만, 엄마를 안고 있는 팔만은 풀지 않았다. 히카가 말했다.

"그래, 나츠코. 언니의 말이 맞는단다. 그렇게 말하면 안 돼. 엄마와 아빠는 사랑하기 때문에 싸우는 거야. 너희들은 걱정하지 않아도 된단다."

"사랑하는데 왜 싸워? 무슨 말이 그래… 이상하잖아."

"나치…."

"자, 우리 공주님들. 오늘은 엄마와 함께 잘까? 동화책도 읽어 주고… 어떠니?"

나츠코가 반색을 하며 벌떡 일어났다.

"그건 좋은 말인데? 그럼 구름 공주 이야기해 주세요!"

"구름 공주? 그거… 엄만 그거 모르는데?"

"그런 건 엄마는 모르셔. 어린 왕자는 어때?"

"그것도 좋은 거지! 꽤 재미가 있거든. 우리에게 어린 왕자 읽어주세요. 잠들 때까지만이라도요, 네? 지금 올라가요, 이 층에. 네?"

"그래, 그러자. 자…."

방에 도착한 히카는 먼저 침대 두 개를 종종걸음으로 이어 하나로 만들었다. 평소와는 다른 형태에 나츠코는 신이 난 모양이었다. 침대 위를 폴짝폴짝 뛰어다니기 시작했고 후유코는 말총머리를 엄마의 어깨에 가만히 기대었다. 용수철이 삐걱대는 틈에서 히카가 어린 왕자의 페이지를 섣불리 더듬거릴 때였다. 후유코가 말했다.

"엄마, 아빠 너무 미워하지 마세요."

"엄마가? 아니야. 미워하지 않아."

"아빠 요즘 기분이 많이 나빠 보이세요."

"너도 그렇게 생각하고 있었니?"

"네, 조금요…."

히카는 후유코를 쳐다봤다. 해맑은 얼굴을 우두커니 바라보고 있자니 생각나는 게 있었다. 지금이야말로 계획을 털어놓을 적기인 것이었다. 책을 덮고 양팔로 아이들을 감쌌다. 나츠코가 입술을 내밀며 항의했다.

"어? 왜 덮어? 엄마, 그건 아니지?"

"나츠코, 후유코?"

아이들이 동시에 고개 들어 엄마를 바라보았다. 히카가 차분한 목소리로 말했다.

"음… 그러니까 말이야. 그게… 엄마가 잠깐 엄마에게 다녀와도 괜찮겠니?"

"엄마가 엄마에게요? 에이, 막 날 놀리시네. 세상에 그런 말이 어디 있어요? 난 처음 듣는다!"

"엄마, 그게 무슨 말씀이세요? 저도 잘 모르겠는데요?"

"그러니까…, 잠깐 엄마의 엄마에게 다녀오려고 해. 오래는 아니야. 길어야 일주일… 아니다. 한 열흘 정도로 예상하고 있는데, 괜찮겠지? 너희들은 더 이상 아기가 아니니까?"

"엄마도 엄마가 있는 거예요?"

"당연하지, 나치. 엄마도 엄마가 계시지. 그분이 할머니잖아."

나츠코가 자신의 이마를 탁 쳤다."

"아이고! 그런 거지? 에구…."

"그래, 엄마도 엄마가 있어. 그분이 할머니야. 잠깐 할머니에게 다녀오려는 거고…."

후유코가 걱정스런 눈빛으로 물었다.

"할머니에게 무슨 일이라도 있는 거예요?"

"아니, 그런 게 아니란다. 그냥 감기가 걸리셨어. 그뿐이야, 대단한 건 아니고…. 하지만 할머니니까 혼자 계시면 안 되겠지? 특히 아픈 환자가?"

나츠코가 고개를 세게 끄덕이며 씩씩하게 말했다.

"그건 물론이에요. 노인은 우리가 도와주어야 해요. 그거 당연하고 말고요!"

"걱정 말아. 밥은 미와코 아줌마가 아침과 저녁에 와서 해 줄 거
고…"

"엄마도 걱정 마세요. 저희는 잘할 수 있어요."

히카가 믿는다는 듯 후유코의 어깨를 잡고는 살짝 흔들었다.

"그래, 난 너만 있으면 아무 걱정 없어. 길어야 열흘? 겨우 그 정
도 될 거야."

나츠코가 물었다.

"아빠는요?"

순간 히카의 눈가에 어렴풋한 근심이 스쳐 지나갔다.

"아빠는… 안 가서, 일하셔야 하니까. 너희들… 내가 없어도 아빠
말 잘 들어야 돼. 알았지? 엄마 없다고 늦게까지 안 자고 또 나가서
늦게까지 놀고… 그럼 안 돼? 학교 시간 맞춰 가고, 자기 전에 꼭 양
치질하고… 약속하지?"

"아이고~ 우리 엄만 걱정이 매우 많아서 걱정이라니까. 염려 마세
요!"

대답을 시원스레 끝낸 나츠코가 히카의 얼굴을 빤히 쳐다보더니
놀라운 소리를 했다.

"엄마와 아빠는 이별하는 거야? 우린 모두 헤어져?"

히카가 깜짝 놀라며 되물었다.

"뭐? 왜 그런 말을 하는 거니?"

"내 친구도… 언니는 아유미 알지? 그 애도 엄마 아빠가 싸우고
난 다음에 헤어졌다고 했어. 아유미는 지금 엄마하고만 살아. 아빠
는 한 달에 한 번밖에 못 만난대…"

"그건 아유미잖아. 우리가 아니야. 우린 헤어지지 않아, 나치."

그러나 나츠코는 언니의 말을 믿지 못하는 눈치였다.

"근데 왠지 기분이 이상해. 언니, 정말로 우리 안 헤어지는 거지?"

"약속도, 맹세도 할 수 있어. 우리가 왜 헤어지니? 절대로 안 그래. 그렇죠, 엄마?"

"물론이지. 우리는 모두 한 가족이야. 영원히 함께할 거니까 그런 일은 없어."

히카가 꼭 안아 주며 한 약속이었건만 나츠코의 눈은 오히려 붉게 충혈이 되기 시작했다.

"근데… 나 말이야… 꿈에서 자꾸…."

나츠코가 무슨 말인가를 하려다 엄마의 지친 얼굴을 보더니 이내 입을 다물었다. 후유코가 묻는 표정으로 바라보자 잠시 입을 우물거리던 나츠코는 끝내 울음을 터뜨리고야 말았다.

붉은 다이아몬드

살갗을 에는 추위였다. 카즈오가 걸음을 멈추고 코트 단추를 목까지 여미려는데 손이 사시나무처럼 떨려 일이 되질 않았다. 별수 없이 옷깃만 쳐들은 그가 험한 얼굴로 주변을 둘러보았다. 어둑어둑한 밤거리가 사람과 짐승 모두를 밀어낸 지 오래였다.

"느티나무… 그 나무 밑에 공중전화가 있었어. 그런데 뭐야 이거? 전부 다 느티나무잖아?"

두리번거리다 보니 횡댕그렁한 거리 끝자락에서 희끄무레한 뭔가가 보이는 것도 같았다. 하지만 워낙 멀고 사방이 어두웠던 터라 그 정체를 뭐라고 단언할 수는 없었다. 어찌 보면 냉장고 같기도 했고, 고개를 반대로 기울이면 낡은 책장처럼 보이기도 했다. 카즈오가 주머니에 손을 찔러 넣고는 덩치에 어울리지 않는 종종걸음을 쳤다.

운이 좋았다. 희미한 가로등 아래 모습을 드러낸 건 찾고 있던 공중전화 부스였다. 카즈오가 회심의 미소를 지으며 덤벙 부스 속으로 몸을 집어넣었다. 종이에 휘갈겨 쓴 어설픈 고장 표시. 내쫓기고 말았다. 나머지 한쪽도 대학 신입생처럼 보이는 앳된 남자가 침을 튀기며 열변을 토하는 중이었다.

"그럼 나랑 교토 여행은 왜 간 건데? 동전 지갑에 우리 이니셜은 왜 썼어? 뭐, 좋은 선후배 사이? 넌 그게 갑자기 되나 본데, 난 그거 어려워. 아니, 불가능해! 나 참, 어떻게 사람 감정을 가지고…"

"이보시오. 나 급하게 전화를 좀 써야 되겠는데…"

통화 중이던 남자가 카즈오를 힐끗 보더니 알았다는 듯 고개를 끄덕였다. 하지만 그때뿐이었다. 남자는 시간이 지나도 여전히 수화기를 손에서 놓을 줄 몰랐다.

"글쎄, 그건 내가 잘못했어. 내 말은… 어떻게 아무렇지도 않게 다른 남자하고 집에서 술을 마시냐는 거야. 그것도 지금 단둘이라며? 어, 뭐야 이 소리? 침 삼키는 소리 아냐? 너 지금 그놈 옆에 앉아 있는 거야?"

"어이, 이봐!"

"뭐라고? 너 정말 그런 식으로밖에 말 못하는 거야?"

가뜩 기분도 더러운 데다 술기운도 꼭뒤까지 오른 카즈오였다. 그를 가만둘 리 없었다. 대뜸 바지를 접어 올리더니 구둣발을 들어 전화 부스를 걷어찼다.

"야, 이 쌍놈아! 여기가 너희 집이냐? 이게 네 거야? 어서 끊지 못해?"

그의 험악한 기세에 잔뜩 겁을 집어먹은 남자가 얼른 미안하다는 듯 두 손을 모았다. 그러나 역시 그때뿐. 아무리 숨을 고르며 팔짱을 끼고 서 있어도 전화기는 여전히 그의 턱 사이에 끼워진 채 떨어질 줄을 몰랐다. 참다못한 카즈오가 마침내 삼척동자 머리만 한 주먹을 부스 안으로 쑥 집어넣었다.

"어, 어어!"

남자가 놀라 전화기까지 떨어뜨렸으나, 이미 때는 늦어 버렸다. 카즈오에게 그대로 멱살을 잡힌 채 질질 끌려 나오더니 다 쓴 두루마리 화장지처럼 땅바닥에 내동댕이쳐졌다. 쌉쌀한 흙냄새와 주먹질에 반쯤 얼이 빠진 남자는 다시 뒤에서 엉덩이까지 걷어차이자 더는 체면이고 자시고 없었다. 아기처럼 엉엉 울며 '걸음아 날 살려라.' 하며 줄달음질 치기 바빴다.

카즈오가 손을 털며 전화 부스로 돌아왔다. 수화기는 공중그네처럼 대롱거리고 있었고, 여전히 목소리가 흘러나오고 있었다. 거만한 어린 여성의 목소리였다.

"이니셜은 선배가 마음대로 한 거잖아. 그리고 내가 언제 사랑한다는 말, 단 한 번이라도 한 적 있어요? 왜 자기 혼자 멋대로⋯."

카즈오가 수화기를 낚아채더니 장작 패듯 내리찍어 전화를 끊어 버렸다.

부스에 어깨를 기대고 전화기를 턱 사이에 눌러 끼운 그는 주머니 속에서 쪽지와 동전을 꺼냈다. 종이에 적혀 있는 대로 버튼을 누르자 서너 번의 신호음 끝에 나이 지긋한 여인이 전화를 받았다.

"네, 주말 용서와 화합의 교회입니다."

"거기⋯ 교주 좀⋯."

여인이 시무룩한 말투로 되물었다.

"실례지만 전화 거시는 분은 누구신지요?"

"난 하세가와 카즈오라 하오. 교주에게 카즈오가 전화했다고 말하면 받을 거요."

"죄송하지만 어느 분을 말씀하시는 건지요?"

"응? 그 교회는 교주가 여럿이라도 된단 말이오? 우두머리 말이요, 우두머리!"

"죄송하지만, 지금 교주님은 심야 예배 중이시라서요. 카즈오 씨라고 하셨죠? 메모라도 남기시겠습니까?"

"그건 됐고⋯ 지금 매우 긴급한 일이오. 어떻게 연락이 안 되겠소? 내 이름을 말하면 교주가 안 받을 리가 없단 말이오.”

“죄송합니다만, 여기에 전화를 거는 모든 사람들이 다 그렇게 말을 한답니다.”

“뭐라? 이런 젠장 할!”

“….”

“…알겠소. 정 그렇다면 내가 나중에 개인적으로 연락하리다. 교주 집 전화번호나 좀 알려 주시오. 난 당신네 교주의….”

침을 한 번 꿀꺽 삼킨 후 말했다.

“아주 중요한 지인이라 할 수 있소.”

“죄송합니다만, 저희도 개인적인 번호는 알고 있지 않습니다. 게다가 교주님은 일반인들과 전화 통화를 원칙적으로 하지 않으십니다. 접견을 원하시면 반드시 예약을 하셔야 합니다. 내일 낮에… 아니, 화요일이 되겠네요. 직접 사무실에 전화를 거셔서 먼저 접견 일을 정하세요. 잘은 모르지만, 아마 두 달 정도 소요될 겁니다. 지금은 모두 퇴근해서 제가 도울 수 있는 일은 없습니다. 어쨌든 도움이 되지 못해서 죄송합니다.”

여인은 아무런 억양 변화 없이 자기 할 말만 하고 전화를 뚝 끊어 버렸다.

“이게 어디서! 죽으려고!”

카즈오가 다시 버튼을 꾹꾹 눌러 전화를 걸었다. 그러나 몇 번을 걸어도 더는 신호음에 답을 하는 이는 없었다. 여인의 무례함에 머리카락이 올올이 곤두서는 분노를 느낀 카즈오는 외마디 고함을 지르며 두 손으로 전화기를 끌어안았다. 전화 박스 안에 심어진 전화기를 아예 통째로 뽑아 버릴 심산인 것이었다. 마침내 우두둑 소리를 내며 전화기는 잡초처럼 뜯어졌고, 그는 그것을 머리 위로 들어

올리더니 땅으로 힘껏 내동댕이쳤다. 전화기는 동전들을 사방팔방 토해 내며 썩은 수박처럼 갈라졌다.

"날 이런 외진 곳에 가둬 감시할 땐 언제고 이젠 내가 귀찮다는 거지? 빌어먹을! 두고 보라고…."

그런데 혼자만의 아수라도에 빠져 씩씩대던 카즈오가 갑자기 이마를 짚으며 주저앉더니 숨을 몰아쉬었다. 그에게도 어김없이 피로가 찾아온 것이었다. 따듯한 침대 속이 당장에 뇌리를 스쳤지만, 이대로 집에 돌아가 잠자리를 구걸하기는 죽기보다도 싫었다. 일단 술기운을 목발 삼아 일어난 그는 방향을 가늠하는 법도 없이 닥치는 대로 걸어 나갔다. 다행히 이번에도 행운은 그의 편에 서 있는 것 같았다. 얼마 지나지 않아 허름한 모텔이 하나 시야에 들어왔으니 말이다.

주인에게 방값을 선불로 지불한 카즈오가 구둣주걱처럼 생긴 키를 들고는 터벅거리는 걸음으로 계단을 올라갔다. 분명히 걸어 올라간 것은 한 층뿐이었건만, 황당하게도 벽에는 4층이라는 표시가 되어 있었다. 쓴웃음을 지으며 키를 돌리고 방문을 열었다. 퀴퀴한 냄새와 이상한 얼룩으로 가득 찬 지저분한 침대가 그를 맞았다. 극심한 피로를 느낀 그는 곰팡이 냄새나 찢긴 벽지 따위를 불평할 여력이 없었다. 코트를 입은 채 그대로 침대 위에 몸을 던졌다.

그리고 시간이 흘렀다. 전등인지 해인지조차 분간이 어려운 몽환 속에서 누군가 거칠게 문을 두드리는 소리가 들려왔다.

"이봐요, 손님! 안에 있는 거요? 전화도 받지 않고…. 벌써 1시란 말이요. 체크아웃 시간이 한 시간이나 넘었다고요. 더 있을 거요, 말 거요?"

어젯밤의 그 떨떠름한 표정의 주인이 방문을 두드리고 있었다. 카즈오가 실눈으로 벽시계를 봤다. 시침과 분침이 모두 12시에 모여 있었다.

서둘러 샤워를 마친 카즈오가 기착지로 정한 곳은 은행이었다. 문을 열자마자 그는 대부계로 성큼성큼 걸어갔고 파란 제복을 입은 오동통한 여직원과 눈을 마주하며 철제 의자를 끌어당겼다. 수월수월하게 집을 담보로 금세 구백만 엔이라는 거금을 챙긴 그는 들뜬 마음을 애써 억누르며 자리에서 일어났다. 놀랍게도 그가 청원 경찰과 눈인사를 주고받으며 다시 은행 문을 나서기까지 소요된 시간이라고는 모두 합쳐 십오 분 정도가 고작이었다.

묵직한 돈 가방을 흔들며 길을 걷고 있자니 갑자기 허기증이 명치를 두드렸다. 고개를 조금 돌리자 마침 근처에 익숙한 이름의 돈가스 전문점이 보였다. 거대한 나이프와 포크로 출입문을 치장하고 먹음직스러운 소스 색깔로 간판을 내건 중간 규모의 예쁜 가게였다. 무조건 들어갔다.

가게 구석에 자리를 잡고 오늘의 운세를 보기 위해 신문을 뒤척거리는데 벌써 음식이 나왔다. 다짜고짜 포크를 들고 돈가스를 반으로 뚝 잘라 입안에 그냥 구겨 넣었다. 뭉친 소스 때문에 입이 짰지만, 그에게 콜라는 이럴 때를 위해 있는 음료였다. 삽시간에 접시는 깨끗하게 비워졌고, 카즈오는 분출하는 트림을 억지로 삼키며 벨트를 풀기 위해 손을 아래로 가져갔다. 급하게 먹어서일까? 배가 불러도 너무 불렀다. 한참을 뻥한 표정으로 숨을 몰아쉬던 그는 결국 일어서기를 포기하고는 양팔을 탁자 밑으로 늘어뜨려 버렸다. 잠시 후였다. 천장을 올려다보던 그가 웬일인지 몸을 반쯤 일으키더니 고개를 갸웃하는 것이었다. 그가 시선을 밑으로 끌어내렸다. 뭐라 확신

할 수 없는 모호한 소리가 드문드문 아랫배에서 들려오고 있었다. 물론 그건 단지 급작스러운 음식물에 불만을 느낀 그의 위장 덩어리가 만들어 내는 아우성일 뿐이었지만, 카즈오의 두뇌는 괴상망측하게도 그걸 행운의 여신인 티케의 숨결로 해석하고 있는 모양이었다. 그의 입꼬리가 불붙은 신문지 귀퉁이처럼 서서히 위로 말려 올라갔다.

카즈오는 눈을 지그시 감았다.

'제발, 신이시여…. 이제는 나에게 기회를 좀 줘요. 이것마저 잃게 된다면 난 만사 끝이외다. 제발 우리 아이들을 위해서라도…'

플러시를 노리던 그는 마지막 히든카드를 쥐고 손에 땀이 날 정도로 절실히 기도했다. 단지 들고 있는 카드가 하트라면 즉석에서 판돈 사백만 엔을 모두 쓸어 갈 수 있었다. 하지만 아니라면? 그의 카드가 돌멩이냐 황금이냐는 곧 손가락 하나로 판가름이 날 일이었다. 카즈오가 튀어나올 듯 꿈틀대는 심장을 억누르며 천천히 카드를 죄었다. 떨리는 엄지손가락으로부터 밀리기 시작한 카드는 일단 빨간색이 맞았다.

"…"

다음 순간이었다. 판사의 사형 판결문을 눈으로 보면 이런 느낌일까? 노란 하늘이 쩍 갈라지더니 검은 땅도 발밑에서 무너져 내렸다. 하지만 삼킬 침은 단 한 방울도 남아 있지 않았다. 힘이 다 빠져 버린 손가락 사이로 다이아몬드 잭이 흘러내렸고, 어디선가 비웃음 소리가 들려왔다. 대체 이 망할 놈의 시선을 어디에 둬야 할지 몰라 허둥거리는데 머리 묶은 남자가 코앞에서 지폐로 탈바꿈한 그의 안식처를 쓸어 넣었다. 남자가 눈을 내리깔고 돈을 셈하며 말했다.

"이거 미안하게 되었소. 오늘도 당신은 운이 따르지 않는구려. 하지만 뭘 어쩌겠소? 이것이 룰이고 법칙인데 말이오."

뚱뚱한 남자가 카즈오의 망연자실한 모습을 가만히 바라보고는 입을 떼었다.

"조금 도와주지 그래? 오늘 블러핑도 되는 거 같은데."

머리 묶은 남자가 카즈오를 쳐다봤다. 숨이 멈춘 사람처럼 고개를 푹 숙인 채 미동조차 없었다. 아무리 머리 묶은 남자가 게이머에 사기꾼이라지만, 한 남자의 넋 없는 얼굴을 보고도 측은한 마음이 들지 않을 수는 없었다. 한숨을 내쉬더니 돈뭉치에서 십만 엔짜리 수표를 한 장 꺼내 테이블 위로 휙 던졌다.

"동정심으로 주는 건 아니오. 화끈한 게임에 대한 답례로 주는 것이니 좀 넣어 두시오."

"…."

카즈오가 창망한 표정으로 테이블 위에 돈을 쳐다봤다. 바로 오늘 점심때 그가 은행서 빌린 묶음 중 한 장이었다. 그의 가슴속 깊은 곳에서 해일과 같은 후회가 밀려왔지만, 다 부질없었다. 운명의 화살은 이미 과녁의 귀퉁이에 꽂혔다. 남자가 던져 준 돈을 물끄러미 바라보던 카즈오가 천천히 집어 호주머니에 넣었다. 자존심을 세우기에 십만 엔은 큰돈이었다.

도박장을 나오니 문지기가 쇠문 고치는 걸 도와 달라며 어깨를 잡았다. 할 수 없었다. 차 조심하라는 말은 물론 손을 들고 길을 건너라는 비아냥 소리 역시 들을 수 없었다. 그가 지금 할 수 있는 것이라고는 좀비처럼 어깨를 축 늘어뜨리며 정처 없이 걷는 것…, 그것뿐이었다.

비누 자국

얼마나 걸었는지 알 수 없었다. 눈에 익은 네온 간판이 허연 설탕을 뒤집어쓴 채 그를 내려다보고 있었다. 안으로 들어갔다. 자욱한 담배 연기를 헤치고 가장 어둡고 구석진 곳에 자리를 잡았다. 누구에게도 방해받고 싶지 않은 심정이었건만, 웨이터가 붉은 머리를 휘날리며 헐레벌떡 달려오는 걸 보니 되려 이런 행동이 그의 주의를 끌어 버린 모양이었다. 반색하며 서 있는 그에게 위스키 한 병을 주문한 카즈오는 아무 말 없이 두 팔 속으로 얼굴을 묻었다.

막 세 번째 잔을 기울였다. 등 뒤에서 친숙한 목소리가 들려왔다.

"카즈오, 혼자 왔어? 아이고, 여기 있으면 나에게 전화라도 한 통 해 줄 수 있잖아? 이럴 때 보면 사람이 참 냉정하다니까?"

언제 들어왔는지 유타가 모자로 어깨의 눈을 털어 내고 있었다.

'눈이 내리고 있었던가? 그랬던가?'

카즈오는 그제야 자신의 옷도 눈에 흠뻑 젖었다는 것을 깨달았다. 유타가 의자를 끌어내 그의 앞에 앉았다.

"야! 이거 그저 끝내주는데? 내가 올 거라도 알았다는 건가? 왜 이렇게 좋은 놈으로 주문한 거야?"

유타가 땅콩을 두어 개 집어 입안으로 던지고는 힐끗 친구를 봤다. 안색만으로도 오늘 일을 눈치챌 수 있었다.

"뭐야, 자네, 오늘도 거기 간 거야?"

"···."

"그래, 오늘도 잃은 거로군?"

"조용."

"지금까지 대체 얼마를 잃은 거야? 이제 그만하지 그러냐? 원래 이 게임이란 게 말이야. 그러니까 이렇게 계속···."

"이봐, 날 가만 내버려 둬."

"어? 어···."

유타가 얼른 입을 다물었다. 그의 차디찬 말투에서 미래의 난동을 감지했기 때문이었다. 머뭇거리다가는 또다시 소란에 연루될 수 있었다. 싫었다. 모자를 집어 들고는 슬그머니 자리에서 일어나며 말했다.

"그래, 알았어. 내가 방해 안 하지. 나도 사실 여기 술 마시러 온 건 아니야. 지난번에 두고 온 아내 목도리 찾으러 지나가다 잠깐 들른 거야."

"···."

"어이. 너무 상심하지 마, 응? 나 갈게. 과음 삼가고···. 또 나중에 이야기하자고?"

유타가 엉거주춤 서서 바쁜 일이라도 생긴 양 시계를 힐끔거리더니 쏜살같이 가게를 나가 버렸다. 혼자 남은 카즈오가 고개를 테이블로 돌렸다. 보리로 숙성한 정통 블렌디드 위스키가 꼬나보며 서 있었다. 주둥이를 뒤잡아 생수처럼 컵에 부었다. 눈 깜짝할 새 전부 비워 버렸다. 불덩어리가 목을 통과하며 데굴데굴 구르는 것만 같았다. 손바닥으로 테이블을 내려치며 자리에서 일어났다. 모든 게 한바탕 더러운 꿈만 같았다. 이대로 한숨만 자고 나면 원래대로 착착 되돌아가 있을 것만 같았다. 생각이 거기에 미치자 갑자기 잠이 자고 싶어졌다.

동일한 방으로 안내된 카즈오가 먼저 욕실로 들어갔다. 놀랍게도 목욕탕 바닥에는 아침에 사용했던 비누 자국이 그대로 남아 있었다.

샤워를 끝낸 그가 타월로 엉덩이를 두르고 침대에 주저앉았다. 시큼한 히터 냄새에 양미간이 절로 찌푸려졌지만, 표정은 쉬이 회복됐다. 카즈오가 머릿속에서 생각을 정리하기 시작했다.

문제는 그 인생의 열쇠이자 자물쇠인 그 사람이었다. 그토록 숨기려고 노력했던 그의 존재가 유타에 의해 만인에 공개된 게 도화선이었고, 새로운 초밥집을 근처에 만든 것이 밑불이라고 할 수 있었다. 하지만 아무리 의심하려 해도 몇 가지 석연치 않은 부분은 여전히 존재했다. 먼저, 집 근처에 가게를 차린 것이 정녕 의도적이었는가 하는 것이었다. 비좁은 마을이었다. 공간 선택의 자유가 그만큼 제한된 곳이었다. 게다가 염탐하기 위해 만든 가게였다면 가끔이라도 교주나 수상한 자들의 모습이 보이지 않을 리 없었다. 염탐꾼 문제 역시 모호하긴 마찬가지였다. 카즈오의 피해 의식이 만든 가상 인물일 가능성을 배제할 수 없었다. 누군가 끊임없이 그를 감시하고 또 그걸 교주에게 보고한다는 건 현실적으로 불가능에 가까운 일이거니와 어차피 그건 카즈오의 감성적 느낌이지 물리적인 증거는 하나도 없었다. 마지막으로 교주의 정체? 웃기지 좀 마라. 절대 드러날 수 없었다. 그가 신분을 공개한다면, 혹시 카즈오와의 관계가 공개된다면 정작 피를 보게 될 사람은 오히려 그였다. 목숨을 건 노력이 순간 헛짓이 되는 일을 그처럼 영리한 인간이 할 리 없다는 말이다.

어쩌면 그는 카즈오의 인생에 훈수 두던 짓을 진작에 포기했을지도 모른다. 황제와 같은 삶을 살고 있는 그가 부족한 것이 무어 있다고 이제 와서?

'피비린내 나는 현장에서 살아남은 인간이 나다. 절대 여기서 쓰러질 수는 없다. 다시 시작해 보련다. 어쨌든 나는 십 년 전 다른 인생을 시작했고, 또 성공했다. 이제 내 인생을 좀먹는 그놈 형상부터 머릿속에서 지우자. 난 지금 자유인이다. 과거는 몰라도 현재도 날 감시한다는 증거, 그거 지금 어디도 없다. 앞서가지 말자.'

카즈오가 한숨과 함께 몸을 눕히자 엉덩이에 둘렀던 타월이 풀리며 바닥에 떨어졌다. 그는 올누드로 금세 깊은 잠에 빠져들었다.

더 이상 시계태엽을 감지 않는다

미와코에게 아이들을 맡기고 떠난 지 만 하루가 지났을 때였다. 히카가 텔레비전 화면에 시선을 고정한 채 연신 손가락으로 입술을 뜯고 있는데 탁자에 포개 올린 그녀의 다리 사이로 전화벨이 울렸다.

"…네?"

"사장님이세요?"

수화기에서 흐르는 목소리가 친숙했다. 이른 아침 벨 소리에 은근히 긴장했던 히카는 안도의 한숨을 내쉬었다.

"아, 네, 아주머니. 저예요."

"저 미와코예요. 주무시고 계셨던 건 아니죠?"

"자기는요…."

"지금 막 아이들 아침을 차려 주고 가게로 가는 길이에요. 걱정하실까 봐요."

"아, 그래요? 고마워요. 그러잖아도 아이들 때문에 신경 쓰고 있었는데…."

"그러셨을 것 같더라고요. 근데 걱정 안 하셔도 되겠던데요? 제가 가기도 전에 벌써 일어나 이불을 접어서 단정하게 포개고 있더라고요."

"정말 그랬어요?"

"그럼요. 참 예뻐요."

"기특해라. 아침 식사로는 뭘 주셨어요?"

"토스트 한 조각하고 달걀 프라이, 콘 수프요. 내일은 소고기 넣고 오므라이스 좀 해 주려고요."

"아침을요? 그렇게 힘든 거는 안 하셔도 돼요. 그냥 간단한 거로 주셔도 애들 잘 먹어요."

"힘 안 들어요. 제가 해 주고 싶어서 그래요. 애들이 얼마나 고분고분하고 예쁜지."

"고마워요."

"달걀 프라이도 두 개씩 줬어요. 성장기 어린이에게 우유보다 좋은 게 달걀이래요."

"네, 잘하셨어요. 고마워요."

"그런데 사모님은 좀 어떠세요?"

"사모님?"

히카가 순간 어리벙벙한 표정을 지었다. 남편과의 다툼질을 동정받기 싫어서 의붓어머니를 핑계로 둘러댄 걸 까맣게 잊었던 것이다.

"아… 네! 좀, 조금 좋아지셨어요!"

수화기 속에서 한숨 소리가 들려왔다.

"휴, 오해는 하지 말고 들어주세요. 제가 얼마 동안 아이들 아침을 해 줘야 하는 건가요?"

"일주일, 길어야 열흘? 그 정도면 충분할 것 같은데…. 정말 미안해요, 미와코 아주머니. 가게 일만으로도 충분히 힘들 텐데 괜히…. 제가 돌아가면 적절한 보상은 해 드리겠어요."

"아뇨, 아뇨. 그런 의미가 아니랍니다. 사장님 오시는 날짜에 맞춰 아이들 식단을 달리하려고 물어본 거예요. 이상한 오해는 하지 말아 주세요. 저 그런 사람 아니잖아요."

"오해 같은 거 하지 않아요. 아, 그리고…."

"네?"

"저기…."

"네."

"아까 가셨을 때 애들 아빠는 집에 있었나요?"

"카즈오 씨는 보지 못했어요. 댁에 안 계시던데요?"

"…네, 알겠어요."

"뵙게 되면 사장님에게 전화하라고 말씀 전해 드릴까요?"

"아니에요. 괜찮아요. 수고하세요."

수화기를 내려놓은 히카가 무릎을 오므리고 다시 손을 입으로 가져갔다. 입술에서 진작부터 피가 흘러나오고 있었지만, 그녀는 전혀 모르는 것 같았다.

오염된 피

카즈오가 지독한 갈증을 느끼며 눈을 떴다. 마침 머리 위에 물 주전자가 보였다. 그대로 입을 주둥아리로 가져가 순식간에 그 안의 미지근한 물을 전부 흡수해 버렸다. 목젖과 식도가 씻기며 숨통이 트이는 것 같았지만, 과음으로 말미암은 두통은 여전했다. 시간이 궁금해져 손목을 들었다. 마땅히 둘러 있어야 할 오메가 시계가 사라지고 없었다.

"팔았었지, 십만 엔에…."

어제의 악몽 같던 기억이 슬그머니 뇌리로 다가오자 카즈오는 이불을 걷어찼다.

니코틴에 찌든 분홍 벽시계는 벌써 한 시를 가리키고 있었다. 큰일이었다. 체크아웃을 또 넘긴 것이었다. 서둘러 수건을 목에 두르고 샤워실로 뛰어가는데 벨이 울렸다. 생소한 목소리의 할머니였다. 손님이 없으니 2시에 체크아웃을 해도 된다는 낭보를 전해 왔다.

'오? 나이스 스타트! 이거 시작이 괜찮은데? 오늘부터는 뭔가 좋은 일이 일어날까?'

제법 콧노래까지 흥얼거리며 면도기를 들고 수건을 걸었다.

한겨울의 햇볕은 황금 가루에 견줄 만했다. 그걸 즐기며 걷자 어느새 집이 보이기 시작했다. 담장 앞에서 걸음을 멈춘 카즈오가 까치발을 하고 동태를 살폈다. 거실 불이 켜져 있었지만, 인기척은 느낄 수 없었다. 할 말도 없고 민망하던 참에 차라리 잘된 일이라 생각하며 안으로 들어갔다.

냉장고에서 캔 맥주를 꺼내고 거실로 향하자니 작은 밥보자기 하나가 식탁 위에 올려져 있는 게 보였다. 고개를 갸웃하며 열어 보았다. 보자기 아래에는 주먹밥 두 개와 작은 메모지가 정갈스럽게 누워 있었다. 깨알 글씨의 주인은 물론 후유코였다.

아빠, 슬퍼하지 마세요. 저희가 나중에 어른이 되면 돈 벌어서 다 아빠 드릴 거예요. 맛있게 드세요.

쪽지를 읽고 난 카즈오는 땅이 꺼질 듯이 한숨을 내쉬면서 멍하게 허공을 응시했다. 그는 자신의 지난 며칠간 행적이 수치스러워 견딜 수가 없었다. 한동안 상기된 얼굴로 서 있던 그는 둔탁한 물체가 바닥을 뒹구는 소리를 듣고서야 정신이 돌아왔다. 캔 맥주가 자기를 봐 달라는 듯 마룻바닥에서 원을 그리며 묘기를 부리고 있었다.

카즈오가 주먹밥을 손에 들고 냄새를 맡아 보았다. 밥알이 좀 굳은 상태였지만, 허기진 그의 입에서는 벌써부터 군침이 고이기 시작했다. 게걸스럽게 입안으로 구겨 넣으며 소파에 다리를 꼬고 앉아 조간신문을 무릎에 올려놓았다.

스르르 눈꺼풀이 내려가고 고개가 떨어질 즈음이었다. 돌연히 벨소리가 시끄럽게 울려 댔다. 카즈오가 실눈으로 거실 전화기를 쳐다봤다. 히카일 수도 있었다. 받지 않으려던 마음을 고쳐먹고 자리에서 일어났다. 수화기를 거머쥔 그는 목소리를 부드럽게 내기 위해 잔기침을 했다.

"음, 여보세요?"

"여보세요? 실례지만 하세가와 후유코 학생 댁입니까?"

모르는 여성이었다. 언뜻 히카와 비슷한 연령대로 느껴지는 목소리였다.

"그렇습니다만… 누구신지요?"

"그렇다면 전화 받으시는 분은…?"

카즈오는 그녀의 어투에서 신분을 직감할 수 있었다.

"네, 제가 후유코의 아버지입니다만…?"

"아, 역시 그러시군요! 처음 뵙겠습니다. 저는 히라야마 다나카라고 합니다. 후유코의 담임 선생님이에요."

"아! 그렇습니까? 이거 정말 반갑습니다, 선생님! 진작에 찾아뵙는다는 것이…. 저는 하세가와 카즈오라고 합니다. 버릇없는 제 딸 때문에 고생이 많으시겠습니다?"

"천만에요, 그런 건 없습니다. 후유코는 누구나 인정하는 모범 학생입니다. 공부도 잘하고 같은 반 친구들과도 멋지게 어울리는 학생이랍니다."

"과찬의 말씀이십니다."

"저기, 그런데… 혹시 후유코가 아버님에게 아무 말 안 하던가요?"

도대체 카즈오가 무엇인들 알 수 있었겠는가? 다시 또 뼈저린 후회에 입술을 지그시 깨물었다.

"글쎄요…. 제가 요즘 바빠서 자세한 이야기는 못 들었는데… 무슨 문제라도 있는 건지요?"

"어머, 문제라니요? 그런 건 없습니다. 사실은 얼마 전에 말이에요. 우리 구에 있는 여러 초등학교에서 함께 기획한 미술 대회가 있었습니다. 큰 눈이 오기 바로 전날이니까… 아마 2주 전이겠죠? 그 대회에서 후유코가 1등을 했답니다. 최우수상을 받았다는 말이에요. 근데, 그걸 아직 모르셨나요? 어제 후유코 통해서 가정 통신문도 보내 드렸는데…."

"그게 정말입니까? 감사합니다, 선생님. 정말로 감사합니다."

"감사는요…. 제가 심사한 것도 아닌 걸요. 사실 정식 발표는 1주 후입니다만…, 심사 과정에서 위원 전원이 후유코의 그림에 최우수상을 주자는 몰표가 나왔어요. 정말 대단하죠? 물론 그 밖의 수상자들은 아직 결정이 안 됐지만, 최우수상은 이미 확정되었기에 어제 후유코를 통해 미리 결과를 알려 드렸던 건데… 아버님, 혹시 와타나베 교수 아시나요? 항상 중절모에 수염을 길게 기르시는…. 텔레비전 아침 프로그램에도 자주 나오는 분인데… 그분도 이번 심사에 참가하셨거든요. 그 저명한 대학교수가 후유코를 직접 만나 보고 싶어 하세요. 뭐라고 하시더라? 떨어지는 낙엽이 투명한 파도로 묘사된 그림은 정말 오랜만에 봤다고 하셨던가? 아무튼 격찬을 하셨답니다. 그뿐만인 줄 아세요? 이번 아이들 겨울 방학 책 표지에 후유코의 그림이 실려요. 우리 학교뿐만이 아니라 우리 구에 있는 초등학교 거의 전부의 책에요. 자랑스럽지 않으세요?"

도대체 숨이란 걸 쉬기나 하는 것인지? 다나카 선생님은 혀 속에 믿을 수 없는 분량의 말을 장전해 카즈오에게 난사해댔다. 카즈오는 진심으로 기뻤다. 그래서 전화기가 입술에 닿는 것도 모른 채 몇 번이고 감사의 소리를 했다. 잠시 후 선생님이 은근한 목소리로 물었다.

"그런데 저… 조금은 외람된 말씀이 되겠지만…, 후유코 아버님. 혹시 언제 시간이 되실 때가 있을까요? 아, 오늘은 괜찮으신가요? 집에 계신 것을 보니 휴일인 것 같아서요. 아니면 주말이나…."

"시간이요? 아, 그렇죠. 마침 오늘 휴일입니다만…?"

"어머, 정말요? 그렇다면 잘됐네요. 다름이 아니라, 아시다시피 책에 그림을 싣는 일이 쉬운 작업은 아니라서요. 그것도 전부 오천 권이 넘는 표지에 싣는 것은 고된 노동이랍니다. 비용도 많이 들고요. 그래서 저희는 인쇄료로 3만 엔 정도를 학부모님에게 지원받고 있는데요. 그건 괜찮으실까요?"

카즈오가 턱으로 전화기를 받치며 주머니 속을 보았다. 만 엔짜리 지폐 대여섯 장이 어둠 속에서 얼핏 보였다.

"물론입니다. 드려야죠. 지금 찾아뵈어도 될까요?"

"그래 주신다면 정말로…. 이해심이 많으시군요! 후유코가 누구의 성격을 닮았는지 알 것 같아요. 네, 기다리고 있겠습니다!"

카즈오가 콧노래를 흥얼거리며 아껴 둔 정장 속으로 조심스레 팔을 집어넣었다. 작년 겨울에만 해도 가슴 부분이 조이는 양복이었는데 단추를 모두 채워도 왠지 바람이 지나갈 정도로 휑했다. 또 체중이 줄어든 게 틀림없었다. 씁쓸한 표정으로 카즈오는 신발장에 올려 있던 도끼 빗을 집어 들었다. 옆머리를 가지런히 정리하고 두어 걸음 물러서서 거울을 바라보니 맵시가 많이 모자라지는 않았다.

"이만하면…."

주머니 속에서 차 키를 꺼내고 구둣주걱을 뒤꿈치에 쑤셔 박았다. 그런데 이때였다. 또 전화벨이 울렸다. 가벼운 마음으로 걸어가 전화를 받았다.

"바쁘다, 바빠. 오늘따라…. 네, 여보세요?"

"여보세요? 거기가 하세가와 후유코 씨 집인가요?"

가느다란 중년 남자의 목소리였다. 카즈오가 아무 표정 없이 되물었다.

"그렇습니다만?"

"안녕하세요. 여기는 우체국 사무소입니다. 하세가와 후유코 씨 앞으로 소포가 있는데요. 담당 우체부가 몇 번을 방문 드려도 전해드릴 수가 없다고 해서요. 혹시 오늘 시간 되십니까?"

"지금은 곤란합니다만…, 그거, 누가 보낸 겁니까?"

잠시 바스락거리는 소리가 수화기에서 들려왔다.

"그건… 알 수가 없네요. 발송인이 적혀 있지 않습니다."

말이 끝나기도 전이었다. 카즈오의 안색이 일순간 흙빛이 되더니 표정이 매섭게 변하기 시작했다. 그가 갈고리처럼 올라간 눈을 더욱 치켜뜨며 되물었다.

"우표에 직인이란 건 찍혀 있을 거 아니요? 그걸 보면 어디서 보낸 건지 정도는 알 수 있을 텐데?"

"일부인을 말씀하시는 거군요? 글쎄요…. 아! 여기에, 아마… 키타이에서 보낸 것 같은데요? 오늘 시간 안 되십니까?"

"아까 안 된다고 했잖소!"

"그러시다면 가까운 시일 안에 신분증을 가지고 저희 우체국으로 직접 오셔야 되겠습니다. 이것은 저희가 보관하고 있겠습니다. 규정상 같은 고객의 집을 두 번 이상 방문하는 것은 금지되거든요. 늦어도 2주 안에는 오셔야 물건을 올바르게 찾으실 수 있게 됩니다."

"뭐야? 당신이 하는 일이 소포 쪼가리 배달하는 거밖에 더 있어? 그것도 못하겠다? 당장 이리로 가져오시오!"

"…."

"못 해? 어서 가져와!"

"아니, 왜 화를 내십니까? 소리 지르지 마세요. 규정이 그렇다고 했지 않았습니까?"

"너, 이게… 거기 어디야? 당장 말해!"

우체국에 도착한 카즈오가 직원의 신분증 요구를 귀청 터지는 고함 소리로 갈음하고는 다짜고짜 소포를 집어 들었다. 어찌나 그 모습이 흉포한지 문을 박차고 나가는 그의 뒷모습에 트집 하나 잡는 사람이 없었다.

차 안으로 돌아온 카즈오는 상자를 손에 들고 일단 무게부터 가늠해 보았다. 무겁지도, 그렇다고 가볍지도 않았다. 글러브 박스에서 잭나이프를 꺼낸 그는 마치 생선의 배를 가르듯 소포의 정중앙을 쿡 찔렀다. 그리곤 그대로 손을 밑으로 내리그었다. 상자 속에서 하얀 곰 인형과 분홍 필통, 그리고 한 장의 카드가 어류 내장처럼 튀어나왔다.

하나님은 언제나 착한 사람의 편이란다. 꿈을 잃지 말고 매일 하나님께 기도하려무나. 그럼 언젠가는 반드시 이루어진단다. 천사로부터

카드를 읽은 카즈오의 눈이 날고기를 본 맹수의 그것처럼 이글거렸다. 길을 가던 여학생이 얼떨결에 그와 눈이 마주치고는 기겁하고 줄행랑을 쳐 버릴 정도였다. 카즈오가 손 안으로 카드를 구겨 넣으며 중얼거렸다. 소름 끼치게도 그의 웅얼거림 속엔 어금니 갈리는 소리가 섞여 있었다.

"그동안 누군가 했다. 이제야 모든 걸 알 것 같구나. 지금까지 교주에게 정보를 제공하고 염탐질했던 건 바로 후유코 너였구나. 오냐, 내가 잘 알았다."

카즈오가 상자를 뒷좌석으로 던지고 정면을 응시했다. 그의 얼굴은 엄청난 살의를 내뿜고 있었다.

학교에 도착한 카즈오는 차를 운동장 한가운데 세우고 거칠게 문을 열었다. 축구를 하던 아이들의 볼멘소리가 여기저기서 터져 나왔으나, 그의 면상을 한 번 보고는 모두 뒷걸음질 치며 내빼기 바빴다.

다나카 선생님은 텅 빈 교실에서 홀로 시험지를 채점하고 있었다. 이미 열려 있는 문 안으로 카즈오가 모습을 보이자 선생님이 반갑게 그를 맞았다.

"아! 어서 오세요. 후유코 아버님이시군요? 오시느라 번거로우셨죠? 정말로 죄송합니다."

"여기 있습니다. 돈입니다."

"아! 그렇습니까? 고맙습니다. 이쪽에 잠깐 앉으시겠어요?"

카즈오가 말없이 권하는 자리에 앉았다. 선생님이 가만히 그를 보니 땀을 비 오듯 흘리며 숨도 고르지 못한 게 상당히 불편해 보였다.

"후유코 아버님. 괜찮으신가요? 어디가 편찮으신 것 같은데…?"

"괜찮습니다."

"그럼 후유코의 그림이라도 보여 드릴까요? 궁금해하실 것 같아 여기로 가져왔는데…, 가만있자."

"아뇨, 그건 필요 없습니다. 그보다 선생님, 제가 지금부터 질문을 한 가지 합니다. 분명하고 명확히 대답해 주셔야 됩니다."

다나카 선생님이 갑작스러운 말에 당황했는지 눈을 빠르게 깜빡거렸다. 카즈오가 자리에서 일어나 창밖을 보며 팔짱을 꼈다.

"혹시 저 이외에 후유코를 찾아온 사람이 있었습니까? 지금까지 말입니다."

선생님도 덩달아 자리에서 일어나 코 밑으로 내려앉은 안경을 손가락으로 올렸다.

"글쎄요? 아마… 어머님이 학기 초에 오셨던 거로 기억하는데…, 그리고…."

"그리고?"

"아! 지난달에 후유코의 삼촌이 오셨어요."

카즈오가 팔짱을 풀며 눈을 치켜떴다.

"삼촌?"

"네, 분명히 삼촌이라고 했어요. 저에게 후유코를 잘 부탁한다며 선물을 주시지 않겠어요? 백화점 상품권이었어요. 상당한 액수여서 한사코 거절했지만, 커피를 타러 간 사이 어느 틈엔가 서랍 속에 넣어 두고 가셨더군요."

"…어떻게 생겼습니까? 그 삼촌이라는 사람?"

다나카 선생님이 고개를 들어 생각에 잠긴 표정을 지었다.

"좀 마르고… 아니, 조금이 아니라 솔직히 많이 마른 분이셨어요. 허리가 저보다도 가늘어 보였으니까요. 말투가 매우 지적이고 은테 안경을 쓴 것이…. 나이는 한 30대에서 40대 초반 정도? 뭐 그 정도로 보였고요. 그런데… 무슨 일인지 여쭤 봐도…?"

카즈오가 고개를 푹 숙인 채 숨을 거칠게 몰아쉬었다. 그의 야영 텐트처럼 거대한 어깨가 들썩이자 선생님은 조금씩 겁이 나기 시작한 모양이었다. 말투가 가늘게 떨리기 시작했다.

"저, 후유코 삼촌과 아버님 사이에 무슨 안 좋은 일이라도…?"

갑자기 카즈오가 고개를 쳐들며 버럭 소리를 질렀다.

"그 자식은 삼촌이 아니라고!"

다나카 선생님이 깜짝 놀라 뒷걸음질을 쳤다.

"후유코 아버님!"

카즈오가 절구통 같은 다리로 발길질을 날렸고 교실 의자들이 쇳소리를 내며 연달아 쓰러졌다.

"절대! 절대로 그놈은 삼촌이 아니야! 절대로 아니라고! 뭘 알고나 지껄이란 말이야!"

가쁜 숨을 헉헉거리며 손으로 머리를 쥐어뜯는 폼이 완전 정신 나간 사람이 따로 없었다. 한참 동안 자리를 빙빙 돌며 닥치는 대로 사유물을 파손하던 카즈오가 갑자기 뒤돌아 손가락질을 했다.

"당신! 당신 말이야! 내가 한마디 해 줄까?"

"후유코 아버님, 제발."

빗방울조차 피해 가는 집

'꽝!'

현관문이 벽에 부딪히며 너덜거렸다. 과격한 충격을 견디지 못한 경첩이 떨어져 바닥을 뒹굴었다. 카즈오가 거친 숨을 몰아쉬며 집 안으로 뛰어들어왔다. 마침 후유코는 거실에서 텔레비전을 보고 있었다. 아빠를 보고 반가운 마음에 활짝 웃었다.

"아빠, 이제 오세…."

미처 말을 끝맺기도 전이었다. 카즈오가 물레타를 본 황소처럼 후유코에게 돌진하더니 난데없이 이마를 가격했다. 거구의 성인이 마음먹고 주먹을 휘둘렀으니 결과는 참혹할 수밖에 없었다. 후유코의 몸은 비치 볼처럼 위로 튀어 올랐고 부엌까지 쭉 날아가 바닥으로 떨어졌다. 하지만 그는 거기서 멈추지 않았다. 쓰러져 있는 후유코를 얼른 쫓아가 또 멱살을 잡았다.

"아빠? 아빠, 왜 그러세요…."

아이를 허공으로 치켜든 그가 하나씩 하나씩 손가락을 폈다. 거대한 손가락 그림자가 후유코의 붉게 멍든 이마 위에서 흐물거렸다. 다 펴진 손바닥은 얼굴을 감싸고도 남는 엄청난 크기였다. 후유코가 겁에 질린 얼굴로 사정했다.

"아빠, 제발…."

하지만 그는 망설이지 않았다.

"아!"

후유코의 코에서 봇물처럼 피가 쏟아져 나왔다. 카즈오는 설명이 없었다. 이내 또 다른 주먹이 어린 소녀의 뺨을 향해 질러졌다.

"…"

결국, 후유코는 무릎을 꿇었다. 그리고 쓰러졌다. 아이는 몸을 부르르 떨더니 이내 불규칙한 호흡을 하기 시작했다. 위층에서 난동 소리를 들은 나츠코가 눈을 휘둥그레 뜨고는 벼락같이 달음박질해 내려왔다.

"아빠! 왜 언니 죽여요? 왜요? 죽이지 마세요! 안 돼요, 안 돼!"

나츠코가 필사적으로 카즈오의 다리에 매달려 사정했다. 하지만 이성이 증발해 버린 그에게 나츠코는 딸이 아닌 한낱 껄끄러운 방해물일 뿐이었다. 그는 일단 팔로 나츠코를 털어 버렸고 다음에는 발로 힘차게 배를 걷어차 버렸다. 슬프게도 동생은 언니의 길을 똑같이 따라가야만 했다. 헌 옷가지처럼 몸이 붕 뜨더니 계단까지 날아가 떨어진 것이었다.

행선지를 확인하고 카즈오는 다시 후유코에게로 눈을 돌렸다. 땀은 비 오듯 흘리고 있었지만, 놀랍게도 숨조차 헐떡이지 않는 차분한 얼굴이었다. 성큼성큼 걸어간 그는 엎드린 채 부들부들 떨고 있는 후유코의 머리카락을 한 손에 움켜잡았다. 가엾은 여덟 살 소녀는 귀를 잡힌 토끼처럼 축 늘어져 허공으로 들려졌다. 후유코가 영문도 모른 채 손을 비비며 용서를 구했다.

"아빠, 잘못했어요…. 정말 잘못했어요…. 제발 살려 주세요…. 죽기 싫어요."

카즈오가 사시나무처럼 떨고 있는 후유코의 몸뚱이를 자신의 얼굴 앞으로 천천히 가져갔다. 그는 웃지도 울지도 않은 이상한 표정을 하고 있었다.

"후유코… 후유코…, 너였구나? 그동안 내 일거수일투족을 그놈에게 알려 준 염탐꾼이… 어린것이 스파이질로 여러 가지 물건을 얻으니 좋았겠지? 전에 나츠코가 어떤 사람이 너의 일기장을 훔쳐본다고 말했을 때 널 의심했어야 하는데…. 그래, 알았다. 나도 답답한 위선, 이젠 그만하련다."

후유코가 바닥에 떨어지고 카즈오의 허리에서 벨트가 풀리기 시작했다. 모조 악어 벨트가 손 안으로 탄탄히 감기자 그는 경각의 갈등도 없이 아이의 등을 후려치기 시작했다. 후유코가 본능적으로 몸을 웅크리며 얼굴을 가렸지만, 이내 옷은 갈라졌고 검붉은 피가 튀어나오기 시작했다. 그렇게 반인륜적 행위는 계속되었다. 이제 아이는 똑바로 누워 있었다. 모든 것을 포기한 채 다가오는 죽음을 기다리고 있는 것이었다.

"아! 악!"

별안간 카즈오가 비명을 지르며 껑충거렸다. 계단 아래 쓰러져 있던 나츠코가 어느새 다가와 그의 무릎을 문 것이었다. 그게 전부가 아니었다. 어느 틈에 들어왔는지 리더스가 겁대가리도 없이 두 팔로 카즈오 앞을 가로막고 서 있었다. 모두 친구를 위해 나선 아름다운 용기였지만, 제아무리 악다구니를 써 봐야 꼬마들이 악마의 힘을 빌려 날뛰는 어른을 제지할 수는 없었다. 일단 카즈오는 리더스를 보더니 쌍욕을 하며 뺨따귀부터 내질렀다. 바람 가르는 소리가 들릴 정도로 무시무시한 힘이었다. 아이가 휘청거리자 이번에는 갯바위만 한 주먹을 복부로 힘껏 날렸다. 리더스는 배를 움켜쥐며 구석으로 꼬꾸라졌고, 더는 꼼짝도 하지 않았다.

친구가 쓰러진 모습을 본 나츠코는 더더욱 분노했다. 다시 또 사력을 다해 카즈오의 무릎을 물었다. 바지 매듭이 뜯어질 정도의 턱 힘이었건만, 그는 이제 고통도 모르는 것 같았다. 그저 막막한 표정에 나츠코의 멱살을 쥐고는 등 뒤로 휙 던져 버릴 뿐이었다. 붉고 투명한 액체로 뒤덮인 거실은 아수라가 방금 강림했다 한들 의심할 이가 없을 정도로 참혹했다. 자그마한 아이들이 빨래처럼 널브러진 거실은 이제 코끝을 자극하는 비린내와 정적만이 감돌고 있었다.

"도대체… 이건… 이게 무슨 짓이에요? 어린 아이들을! 사장님, 지금 제정신이세요? 당장 경찰을 부를 거예요!"

카즈오가 뒤를 돌아봤다. 미와코 아줌마가 손에 오므라이스 재료를 들고는 눈을 휘둥그레 뜨고 서 있었다. 그녀가 보니 후유코가 특히 이상했다. 얼굴을 바닥에 묻고 양손을 위로 올린 게 당최 이 세상 사람 같아 보이지가 않았던 것이다. 순간적으로 사망을 의심한 미와코는 얼른 달려가 아이를 얼싸안아 보았다. 다행히도 약하게나마 숨은 내뱉고 있었다. 카즈오가 말했다.

"어디 있습니까, 히카는? 가게에 있다면 지금 전화해서 이리 오라고 하세요. 속 편하게 그냥 다 죽이렵니다. 다 죽이고, 나도 죽으면 되고…"

"사장님!"

카즈오가 어기적거리더니 별안간 고개를 치켜들고는 현관으로 뛰어갔다. 곧이어 '펑'하는 소리가 들려왔고, 유리 파편이 잘게 부서지며 바닥으로 떨어졌다. 미친 들짐승이 이번에는 거실 통유리에 몸을 던진 것이었다. 그는 사방으로 튕겨 나온 조각 중 날카로운 놈을 골라잡더니 그걸로 뜬금없이 자기 손등을 그었다. 송골송골 피가 배어 나오자 그가 그걸 눈앞으로 가져가 유심히 바라보며 말했다.

"후유코, 네가 어떻게 그놈과 만나게 됐는지 난 모르겠다. 허나 진실로 피는 못 속이는 모양이구나. 사람들은 그걸 살인마의 피라고 하던데…. 오염된 피. 저주받은 피."

순간 아비규환이었던 집 안이 찬물을 끼얹은 듯 조용해졌다. 모두 아픔도 잊은 채 멍한 눈빛으로 후유코를 쳐다보았다. 미와코가 침을 한 번 꿀꺽 삼키고 말했다.

"이제야 이유를 알 것 같네요. 저도 후유코에 대해 어느 정도 예상은 하고 있었어요. 지금 말씀하는 걸 보니… 역시 항간에 들리던 그 소문은 사실이었군요. 하지만 아무리 그래도 이렇게 아이를 때리는 건 있을 수 없는 일이에요. 씻을 수 없는 죄를 짓는 거라고요. 절대로 이러시면 안 돼요. 세상에, 이 피 좀 보세요. 아이가 죽어가잖아요!"

카즈오가 그 와중에도 어이없는 표정을 지었다.

"소문? 그건… 대체 무슨 말이지?"

"입 밖으로 말만 안 했을 뿐이지 많은 동네 사람들이 오래전부터 숙덕거리고 있었어요. 9년 전 사건에 대해서 말이에요. 그래요. 그날 밤 히카 씨에게 생긴 불미스런 일이요. 어쨌든 다시 한 번 후유코를 때리면 전 하늘에 맹세코 경찰을 부르겠어요. 그냥 해 보는 말 아니에요."

어리둥절해 있던 카즈오가 돌연 피식 웃더니 미와코에게 다가갔다. 아줌마가 겁에 질려 그의 얼굴을 올려다보는 동안 그도 그녀의 가르마를 내려다봤다. 다음 순간이었다. 후유코를 구타한 주먹이 그녀의 머리 위로 내려 떨어졌고 달걀 한 판 터지는 소리가 들려왔다. 미와코는 정신을 잃고 쓰러졌다.

나츠코가 쏜살같이 밖으로 줄행랑을 친 것이 바로 이때였지만, 카즈오는 별 신경을 쓰지 않는 듯했다. 고개 조금 돌려 힐끗 볼 뿐 쫓을 생각도 하지 않았다. 그의 눈에는 그저 후유코만 존재하는 것 같았다.

카즈오가 다시 후유코를 향해 어슬렁거리는 걸음을 시작하자 마루에 널브러져 있던 리더스가 전류에 감전된 듯 흠칫하며 자리를 박차고 일어났다. 소년은 뛰어가 후유코를 꼭 끌어안았다. 자신의 몸을 방패로 친구를 보호하려는 애처로운 몸짓이었지만, 카즈오의 눈에 그건 유치한 퍼포먼스일 뿐이었다. 피식 웃으며 현관으로 걸어간 그는 강고한 골프채 하나를 골라잡고 천천히 뒤를 돌았다. 어느새 얼굴은 시커먼 그림자가 드리워진 악종의 그것으로 바뀌어 있었다.

190

카즈오가 골프채를 어깨에 걸치고 다가오기 시작했다. 리더스가 후유코를 더욱 뒤로 밀었지만, 이윽고 걸음은 멈추었고, 폭거는 막이 올랐다. 그는 갑자기 팔을 들고는 골프채로 소년의 몸을 닥치는 대로 내리찍었다. 이내 물컹하면서 바스락거리는 소리가 사방에서 터져 나왔지만, 리더스는 후유코를 감싼 팔을 절대 풀지 않았다. 한 대, 두 대, 열 대. 폭풍 같은 매질에도 리더스가 반응 없이 전부 받아들이자 카즈오도 별 재미가 있을 리 없었다. 숨을 헉헉거리며 냉혹하게 노려보더니 기어이 온 힘을 모아 마지막 리커버리 샷을 날렸다. 소름 돋게도 그의 18번 홀은 리더스의 갈비뼈. 바람 가르는 소리가 들렸고 마른 장작 꺾이는 소리도 들렸다. 후유코를 감싸 안던 손이 맥없이 풀리더니 소년은 천장을 바라보며 가늘게 호흡을 하기 시작했다.

비로소 카즈오는 골프채를 내던졌다. 심하게 휘어져 버린 샤프트. 그는 무표정한 얼굴로 바닥에 떨어진 벨트를 주섬주섬 주웠고, 그걸 허리에 다시 찼다. 그의 콧구멍에서는 익숙한 가락이 흘러나오고 있었다.

카즈오는 나갔고 시간도 흘렀지만, 후유코의 귀에는 여전히 노랫소리가 들렸다.

"미안해…."

작은 목소리로 후유코가 말했다. 리더스가 화들짝 놀라며 본능적으로 손에 힘을 주었다.

"괜찮아, 리더스…. 아빠는 나가셨어…."

고개를 끄덕이는 소년의 몰골이 참으로 끔찍했다. 뜯음을 당한 머리는 두피까지 드러난 상태였고 살점이 떨어져 나간 어깨에서는 피가 줄줄 흘러내리고 있었다.

"후유코, 많, 많이 아팠지? 내, 내가 힘이 모자라서. 바보 같아서 널 완벽하게 보호하지 못했어. 정말 분해… 정말."

후유코는 부정하고 싶었다. 감사를 표현하고 싶었지만, 마음처럼 몸이 움직이질 않았다. 결국, 체념하고 천장만 바라보았다.

이윽고 나츠코가 헐레벌떡 유타를 데리고 들어왔다.

"세상에! 아니 이게 이럴 수도 있는 건가? 이건 도대체…. 어휴! 어떻게 이런 일이…."

유타는 생각보다 훨씬 끔찍한 현장에 말문이 막혔다. 사람 소리를 들은 미와코 아줌마가 간신히 눈을 뜨며 말했다.

"어서 구급차를…."

하지만 전화를 하러 가던 유타가 무슨 생각을 했는지 돌연 다시 돌아왔다.

"부인, 제 말을 생각하면서 듣지 말고 그냥 현실적으로 들으세요. 절대로 카즈오가 제 친구라서 하는 말이 아닙니다. 그게요… 아무래도 구급차는 부르지 않는 게 좋겠어요. 분명히 응급 구조사들이나 의사는 아이가 맞은 것을 금방 알 텐데, 그렇게 되면 아동 학대로 카즈오는 물론이고 히카 씨도 아마 구속이 될 거예요. 물론 카즈오에겐 그것도 미약한 형벌이겠지만, 멀리 보면 후유코 혼자 지내야 할지도 모르니까 오히려 아이에게는 더 힘든 시간이 될 수 있어요. 모르긴 해도 이 정도면 아마 영원히 격리될지도 몰라요. 그렇게 되면 후유코가 더 불쌍해지지 않을까요?"

"그럼 어떻게 하자는 건가요?"

"…."

"아이를 이대로 놔두나요? 보세요, 저 피투성이 몸을 좀 보라고요. 후유코, 죽을지도 몰라요. 일단 치료부터 해야 한다고요. 저도 그렇고요…, 저도. 아아…."

유타가 침착히 대답했다.

"그야 물론이죠, 걱정 마세요. 마침 우리 가게 오랜 단골손님 중에 외과 의사가 한 명 있어요. 호형호제하며 지내는 사이니 이 경우 요긴한 사람이 될 겁니다. 제가 당장 전화해 볼게요."

식탁에서 전화기를 찾은 그가 버튼을 누르다 말고 뒤를 돌아봤다.

"전화기가 고장 났네요? 여기 보세요. 송화기가 완전히 부서졌어요. 다른 곳엔 없나요?"

하지만 침실의 전화기도 먹통이기는 마찬가지였다.

"도대체 히카 씨는 어디 있어요?"

"친정집에 계세요. 사모님이 무척 아프시다고…. 전화를 받지 않아요. 아까 낮에도 했는데."

하는 수 없이 유타는 집 밖의 공중전화로 발걸음을 볶아쳤다.

아수라의 눈물

반 시간 후.

유타의 지인이 간호사를 한 명 대동하고 도착했다. 추켜올려진 주걱턱에 가느다란 흰머리를 빗어 넘긴 의사는 실제 나이보다 열 살은 더 늙어 보였다.

이윽고 의사가 후유코의 배에서 청진기를 떼며 유타를 불러 세웠다.

"아우. 도대체 아이 아버지가 어떤 사람이야? 얼굴이나 한번 보고 싶군. 어이가 없어서…. 어떻게 이럴 수가 있지? 나 의사 생활 곧 삼십 년 되지만, 아이가 이런 경우는 정말 처음이네. 자세한 건 단층 촬영을 해 봐야 알겠지만, 치아도 여러 개 부러진 건 물론이거니와 늑골도 분명 손상이 있을 것이고…. 외부 충격에 의한 갈비뼈 손상은 정말 위험하다고. 허파나 심장을 찌를 수도 있거든. 어이구! 이거, 참…, 아우. 이런 경우는 아무리 환자가 미성년자고 보호자 허락이 없더라도 의사는 먼저 경찰에 연락하게 되어 있어. 법이 그렇다는 말이네. 자네도 잘 알지 않나? 하지만 아우님의 간곡한 부탁이 있으니 이번만은 자네 뜻을 존중하겠네만…, 다시 이런 악마 같은 사건이 재발한다면 그때는 내가 앞장서서 경찰에 끌고 갈 것이네. 그거 잊지 말아."

유타는 그저 고개를 끄덕이며 미안하다는 말밖엔 할 수가 없었다. 청진기를 가방에 집어넣던 의사가 문득 벽에 기대 있는 리더스를 가리키며 말했다.

"저 아이는 누구지? 어유, 쟤야말로 치료가 필요하겠는데? 어이, 이리 와 보겠니?"

하지만 리더스는 고개를 가로저을 뿐 움직일 생각을 안 했다. 의사가 묻는 듯한 표정으로 유타를 바라보았다. 유타도 리더스를 모르기는 매한가지였기에 어깨만 으쓱 추어올렸는데 리더스가 평소와 다르게 명확한 목소리를 냈다.

"전 괜찮습니다. 후유코를 치료해 주세요. 전 맞지 않았어요."

의사가 말했다.

"하지만 네 손에, 목에…."

"아닙니다. 이건 후유코 피예요."

리더스의 속마음을 알 리 없는 의사는 유타와 눈빛을 한 번 교환하더니 더는 소년에게 관심을 두지 않았다.

백발 의사가 가정에서 할 수 있는 응급 치료를 한 뒤 간호사에게 전해질 공급을 위한 링거액을 놔주라는 주문을 남기고는 왕진 가방을 어깨에 걸쳤다. 극심한 두통을 호소하는 미와코와 유타가 그를 따라 집을 나섰고, 차에도 동승했다. 유타가 창문을 열고 마중 나온 나츠코에게 말했다.

"혹시 카즈오가 돌아올지 모르니 내 아내에게 전화해서 얼른 이리 와 있으라고 하마."

급기야 사람들이 물러가고 방 안에는 썰물 후 그물에 걸린 숭어처럼 아이들 셋만 남게 되었다. 나츠코는 언니의 손에 자신의 손을 포갠 채 링거액이 똑똑 떨어지는 모습을 우두커니 바라보고 있었고, 리더스는 아무 말 없이 팔짱을 낀 상태로 창밖을 내다보고 있었다. 시계의 초침 소리가 차츰 후유코의 침대를 무겁게 적실 때였다. 리더스가 창밖으로 여전히 시선을 고정한 채 말했다.

"나 전, 전화를 해야겠어."

나츠코가 말했다.

"전화? 누구?"

"할, 할아버지."

"아, 맞다! 할아버지가 걱정하실 거야. 근데 우리 집 전화기는 고장이 났어. 어쩌지?"

"괜찮아, 공, 공중전화가 있는 곳을 알아. 기다려 줄래? 금방 올거야."

195

잠시 후 리더스가 돌아왔다. 그런데 짧은 동안 방 안 분위기가 더욱 이상해져 있었다. 나츠코는 뾰루퉁한 얼굴로 입과 눈을 모두 내리깔고 있었고, 후유코도 천장만 바라보고 있었다. 나츠코가 말했다.

"언니는 엄마에게 전화하지 말라고 해. 넌 그걸 어떻게 생각해?"

후유코가 그 말을 대신 받았다.

"나치, 지금 전화해도 엄마가 걱정만 하시잖아. 할머니도 아프신데 여기 오시면 할머니는 어떡하는데? 아무도 돌봐 줄 사람이 없을거야. 그러니까 전화하지 마. 엄마가 열흘 안에 오신다고 했으니까 그때 꼭 오실 거야. 오늘 벌써 이틀이 지났는걸…"

힘이 부치는지 이야기 도중 후유코는 심하게 기침을 쿨럭거렸다. 놀란 리더스가 얼른 다가가 손을 잡아 주자 후유코가 촉촉하게 젖은 눈을 다른 곳으로 돌리며 말했다.

"정말 고마워, 리더스. 너 덕분에 난 살아 있어. 너가 아니었다면 난… 죽었을 거야."

메신저

카즈오가 비틀거리며 쓰레기통 옆에 주저앉았다. 거센 자살 충동이 가슴을 옥죄더니 강철과도 같은 그의 뺨에 눈물을 흘려보내기 시작했다. 노숙자처럼 무릎을 꿇고 쪼그려 앉아 주머니 속에 손을 집어넣었다. 떨리는 손에 끌려 나온 건 인체에 치명적인 농약.

병을 따고 들어서 막 주둥이로 가져가던 카즈오가 동작을 멈추었다. 불현듯 골목 귀퉁이에서 인기척이 들려온 것이었다. 재빨리 몸을 쓰레기통 옆에 눕혔다. 확실히 누군가가 걸어오고 있었다. 그것도 여러 명이었다. 약을 가슴속에 갈무리하고 몸을 더 웅크렸다. 군짓이었다. 그들은 이미 카즈오의 위치를 정확하게 꿰뚫어 보고 있었고, 발걸음에 한 치의 오차도 없었다. 때마침 여염집 굴뚝에서 흰 연기가 뭉게뭉게 피어올랐다. 그 구름은 안 그래도 롱코트로 위압감을 주던 이방인들의 모습을 아예 영적인 존재로 탈바꿈시켜 버렸다.

마침내 남자들이 발걸음을 멈췄다. 쓰레기통을 불과 두어 걸음만 남겨 둔 거리였으니 카즈오가 보일 수밖에 없었다. 카즈오는 무의식적으로 주먹을 불끈 쥐었다. 그 모습도 보였는지 그들 중 한 사람이 조금 더 다가와 말을 걸었다. 목소리가 온화했다.

"형제여, 당신은 무엇이 그토록 괴로워 하나님의 은총을 거두려 합니까?"

카즈오가 두려움 가득한 시선으로 남자를 쳐다봤다. 빛을 등지고 있었기에 이목구비는 볼 수 없었지만, 얼핏얼핏 드러나는 실루엣은 그의 몸매가 범상치 않음을 말해 주고 있었다. 쌀가마니 분량의 흰 연기가 다시 한 번 남자의 뒤를 감싸며 지나갔다. 그건 입김이 아니었다.

"두려워하고 있군요? 그럴 필요는 없는 겁니다. 난 카즈오 씨를 돕기 위해 여기 왔으니까요."

어리둥절했지만 그 와중에도 카즈오는 연기에 둘러싸인 이 신비한 남자에게 호기심이 생겼다.

"…선생님은 누구십니까?"

"저의 이름은 이노 하루키라고 합니다. 이노 형제라고 불러 주십시오."

카즈오가 알 수 없다는 표정으로 남자를 올려다봤다.

"우리가 전에 만난 적이 있던가요?"

"없을 겁니다."

"그런데… 어떻게 저의 이름을?"

"전에 우리 교주님을 만나고 싶다 하지 않으셨습니까? 전화를 하셨던 것으로 기억됩니다만…?"

"…"

남자가 몸을 수그리자 십자가 모양의 목걸이가 카즈오의 콧등에서 시계추처럼 흔들거렸다. 그가 카즈오의 옷깃을 부드럽게 올려 주며 말했다.

"교주님이 보내서 왔습니다. 당신을 만나고 싶어 하십니다. 다만, 오늘은 곤란합니다. 금요일 저녁 7시에 저희 교회로 오셔서 정문에서 성함을 말씀하십시오. 그러면 저희가 마중 나가겠습니다."

잠시 카즈오를 내려다보던 남자가 손을 내밀어 그의 손 위에 포개었다.

"이것은 지금 선생님에게 필요가 없을 것 같군요. 제가 가져가겠습니다. 보상은 해 드리겠습니다."

남자가 약병을 단번에 빼앗아 버렸다. 카즈오는 그저 눈만 멀건이처럼 뜨고 올려다볼 뿐 감히 그의 행동에 간섭할 수가 없었다. 남자가 허리를 펴고 곧추섰다. 그리고 한동안 카즈오를 내려다보았다. 바람에 남자의 롱코트가 좌우로 너풀거렸다.

고인 물 위, 낙엽 한 장

화자가 없는데 청자는 있는 진풍경이 키타이구에서 펼쳐졌다. 후유코에 대한 괴소문은 일각에 온 마을로 퍼졌고, 특이하게도 경로는 세인들의 입이 아니었다. 키타이 사람들은 저마다 눈빛만으로도 풍문을 퍼뜨릴 수 있는 초자연적인 힘을 가지고 있는 것 같았다. 소문이 소리도 없이 사람들의 뇌리에서 뇌리로 전파되었으니 말이다. 그들은 혼자일 땐 점잖은 얼굴로 후유코의 손을 들어 줬지만, 누군가와 입김이라도 마주할 적엔 어김없이 혀 위에 어린 소녀를 올려놓고 씹어 버리는 표리부동한 모습을 보여 주었다.

물론, 사람들 전부가 후유코에게 린치를 가하지는 않았다. 소위 신앙을 가진 사람들은 후유코가 9년 전 마을로 탈출한 대악무도한 살인마의 딸이라는 풍문을 눈가까지 적셔 가며 부정했다. 후유코의 집 앞을 지날 때면 혀를 차며 안타까운 시선도 줬다. 하지만 제아무리 정의로운 신앙인일지라도 정작 아이의 집에 직접 노크하여 따뜻한 빵 한 조각 건네는 짓은 하지 않았다. 그들 말을 빌리면 그것은 너무 리스크가 큰 행동이었다. 결국, 사람들은 연민을 가진 영장으로서의 도덕적 의무를 차일피일 미뤘다. 그들에게 그것은 언젠가는 스스로 녹아 버릴 얼음사탕 같은 부질없는 존재일 뿐이었던 것이다.

후유코가 동생의 도움을 받아 가까스로 공원에 나왔다. 몸에는 검정 바둑알 멍 자국이 군데군데 있었지만, 햇살이 보고 싶다는 언니의 간청을 나츠코는 받아들일 수밖에 없었다. 어린이 특유의 망각력이 도움을 줬다 해도 발걸음을 옮길 때마다 불감당한 통증이 전신을 공격하는 건 막을 수가 없었다. 카즈오의 주먹이 아이의 몸을 휩쓴 지 겨우 이틀 된 시간이었다. 어깨까지 탈구된 상태였으니 고통은 당연지사였다.

"와! 이야, 이것 좀 볼래? 토끼 이불이 더 두꺼워졌거든?"

나츠코가 귀를 토끼 굴에 바짝 밀착시키더니 깔깔 웃으며 돌아봤다.

"헤헤헤! 재미있는 말을 하네, 얘네들? 리더스가 오늘 아침에 새로운 목도리로 침대를 만들어 줬다는데?"

"나치, 정말로 들리니? 정말로 넌 동물들과 대화를 하는 거니?"

"말했잖아. 이젠 날 좀 믿어 주라, 응? 난 그럴 능력이 좀 있는 사람이거든. 동물들의 눈을 보면 목소리가 들려. 이상한 건가?"

"아니? 하나도 안 이상해. 부러워. 어떻게 하면 되는 거니? 나도 그렇게 되고 싶어."

"저번에 말했잖아. 아무 생각도 하지 말구 그냥 토끼 눈만 쳐다보면 돼. 그럼 머릿속에서 막 들려."

"하지만 그래도 난 잘 안 되던데…."

"가끔 여러 가지 말이 한꺼번에 들리거든? 그럴 때는 나도 힘들어. 그중에서 골라야 하는데 쉽지가 않아."

"고른다구?"

"아!"

"왜 그러니?"

"어, 언니, 아기 토끼가 좀 이상한걸?"

정말로 토끼의 모습이 예전과 달랐다. 반기기는커녕 겁에 질린 듯 안으로 기어들며 숨기만 하는 것이었다. 나츠코가 말했다.

"무서워? 내가? 하긴 내가 착하게 생기진 않았지. 근데 난 너희들 친구거든. 날 무서워하면 그건 안 되는 거지."

"좀 꺼내 볼까? 다친 걸 수도 있잖아. 그럼 치료해야 되니까…."

후유코가 굴속으로 손을 넣었고, 아기 토끼의 몸통을 잡는 데 성공했다. 그런데 역시 좀 이상했다. 발버둥 치며 나오는 토끼의 등이 유달리 검어 보이는 것이었다. 후유코가 가만히 눈을 토끼에게 가져갔다. 그건 글씨였다.

살인자의 딸은 당장 우리 마을을 떠나라!

검정 펜으로 흘려 쓴 낙서는 토끼의 등에서 시작되어 배까지 이어져 있었다.

"엄마!"

후유코가 놀라 비명을 지르며 주저앉았다. 나츠코가 말했다.

"왜 그래? 왜?"

"토끼… 토끼…."

아기 토끼를 손에 잡은 나츠코는 금세 상황을 알아차렸다. 벌떡 일어나 두리번거리며 외쳤다.

"뭐야, 이거! 누구야? 우리 언니 괴롭히는 놈! 누구냐구!"

후유코가 바들바들 떨며 말했다.

"토끼도 괴롭힘을 당했어. 나 때문인 거야. 다 나 때문이야. 내가 떠나지 않으면 정말 이 토끼를 죽일지도 모르잖아. 나치, 난 어떻게 해야 하는 거니?"

나츠코가 언니의 손을 잡으며 단호하게 말했다.

"걱정 마, 보호해 줄게. 아무도 언니 괴롭히지 못할 거야. 내가 가만 안 있거든!"

이때 갑자기 둔탁한 소리가 들리더니 후유코가 머리를 잡고 쓰러졌다. 웅크린 무릎 위엔 끝이 날카로운 돌멩이가 올려져 있었다. 나츠코가 날카롭게 소리 질렀다.

"누구야!"

네댓 명의 남자아이들이 그네를 중심으로 동그랗게 모여 있었다. 연신 후유코를 힐끗거리는 꼴이 그들 중 한 명이 내던진 게 확실해 보였다. 나츠코가 와락 덤벼들었다. 하지만 재미있다는 듯 키득대며 내빼는 놈들을 잡기란 생각만큼 쉽지 않았다.

바로 이때였다. 그들 중 뚱뚱한 소년이 뭔가에 발이 걸려 넘어지는 해프닝이 생겼다. 가해자는 놀랍게도 야구 모자를 눌러쓴 리더스였다. 뚱뚱한 소년은 어이가 없었다.

"너였어? 바보 주제에 날 넘어뜨렸어? 너 죽었어?"

소년이 일어나 리더스에게 와락 달려들었다. 하지만 타인에 순응하던 리더스가 이번에는 달랐다. 덤비는 소년의 옆으로 한 걸음 가볍게 물러서더니 동시에 주먹으로 아이의 배를 가격했다. 뚱뚱한 소년은 혀 깨문 돼지 소리를 내며 옆으로 꼬꾸라졌고, 빈틈을 본 리더스가 다시 능숙한 솜씨로 사타구니를 걷어찼다. 얼떨결에 두 번이나 급소를 허용한 소년은 일단 아파서 견디기가 어려웠다. 당장 양팔을 벌려 절룩대며 도망치기 바빴다.

물론 그걸 본 안경 낀 소년과 더벅머리 아이가 가만있을 리 없었다. 함께 힘을 모아 기합 소리를 내더니 온갖 폼을 잡으며 리더스에게 다가왔다.

"어쭈? 막 까부는데? 누가 살인자 아니랄까 봐 살인마 딸을 보호하니? 끼리끼리 잘도 노는 놈들이네? 이거 줄게, 받아!"

하지만 큰 건 목소리뿐. 각각 얼굴과 복부에 한주먹씩 얻어터지고는 머리를 감싸며 내빼기 바빴다.

자매는 리더스의 새로운 면모에 놀라지 않을 수가 없었다. 나츠코가 그의 주먹을 잡으며 말했다.

"이건 그냥… 굉장하네? 무슨 힘이 그래? 그렇게 세면서 왜 지금까지 맞고만 있었어?"

리더스는 대답할 겨를이 없었다. 얼른 달려가 친구의 아픈 곳을 소매로 꾹 눌러 주었다.

"괜, 괜찮을 거야. 상처가 심하지 않으니까…."

"고마워, 또 날 구해 준 거네. 맨날 난…."

"너, 너도 처음에 날 여기서 구해 줬는데…, 잊은 거니?"

"리더스…."

"…"

"나 이제 괜찮아. 잠깐만…."

후유코가 일어나려고 살짝 목을 끌어안자 리더스의 뺨이 금세 벌겋게 달아올랐다. 나츠코가 리더스의 얼굴을 밑에서 올려다보며 고개를 갸우뚱했다.

"어? 리더스, 너 더운 거야? 얼굴이… 갑자기 불이 났어!"

"내가… 뭐, 언제…?"

창피해진 리더스가 괜스레 땅바닥을 내려다보며 말했다.

"지, 지금 할아버지한테 가자. 할, 할아버지도 너희가 보고 싶다고 하셨어."

키타이의 아이들

 멀리 창문을 통해 아이들의 모습이 보이자 할아버지가 긴장된 표정으로 목도리를 둘렀다. 마중 나갈 채비를 끝낸 노인의 입에서 한숨이 절로 새어 나왔다. 그는 이미 후유코가 참혹한 봉변을 당했다는 것을 알고 있었다.

 충격을 어느 정도 각오한 마중이었으나, 실제 후유코의 피폐한 몰골을 마주하자 가슴이 저미도록 아팠다. 단 며칠이라는 시간이 아이의 형색을 처절하게 바꿔 놓았다는 것을 노인은 인정할 수 없었다. 어느덧 아이의 얼굴에는 해맑은 미소 대신 불신과 두려움이 잡초처럼 뿌리를 내리기 시작하고 있었다. 다행히 후유코는 노인의 가슴앓이를 눈치채지 못한 모양이었다. 할아버지의 마중이 마냥 기쁜 듯 깡충깡충 뛰었다.

 "할아버지! 할아버지!"

 "오냐, 후유코! 나츠코야! 어서, 어서들 오너라. 귀여운 내 친구들!"

 할아버지가 두 팔을 벌리며 아이들을 반갑게 맞아 주었다.

 잠자코 눈을 내리깔고 있던 할아버지가 관리실의 전등을 원망하는 눈빛으로 쳐다봤다. 형광등에서 나오는 하얀 불빛은 후유코의 상처를 여과 없이 비추고 있었다. 눈앞에 펼쳐진 믿을 수 없는 현실에 입술이 파르르 떨리며 눈물이 나오려 했지만, 노인은 이를 악물며 그것들을 집어삼켜야만 했다. 이 시점에서 어른의 눈물은 아이에게 씻을 수 없는 독이 될 게 뻔했기 때문이었다.

"할아버지. 부탁이 있어요."

후유코가 따듯한 우유를 양손에 받아 들고 말했다.

"그래, 말하렴. 말하려무나. 무엇이든 말만 해다오. 내가 할 수 있는 일이면…. 아니, 할 수 없는 일이라도 반드시 할 거다."

"죄송하지만, 당분간만 토끼들을 여기서 살게 하면 안 될까요? 여기 방이 아니라도 좋아요. 밖이라도 좋아요. 토끼들이 위험에 빠졌어요. 도와주세요…."

할아버지가 말없이 후유코의 눈을 쳐다보다가 입을 떼었다.

"너 참으로 마음씨가 착한 아이구나. 어쩌다가…. 불쌍한 것…. 지금은 무척 힘들겠지만, 조금만 더 참고 행복을 믿어 보렴. 세상은 착한 사람을 매몰차게 버리지 않는단다. 절대로 널 버리지 않을 거야."

후유코는 질문과 다른 심각한 대답에 적잖이 당황하는 눈치였다. 우유 잔을 내려다볼 뿐 얼른 대답을 못 했다. 할아버지는 그런 후유코의 모습조차도 안쓰러웠다.

"할아버지가 걱정하시는 것 저도 잘 알아요. 하지만 전 정말로 괜찮아요. 저번에 주신 행운의 클로버 잎도 가지고 있잖아요. 괜찮을 거예요."

"그럼, 넌 견딜 수 있고말고, 아무렴."

"수호신… 정말이었어요."

"수호신?"

"정말로 수호신의 잎이었어요."

할아버지는 얼른 이해가 되지 않았다.

"그게 무슨 뜻이지?"

"네 잎 클로버 말이에요. 사실은요. 제가 그걸 손에 들고 소원을 빌었거든요. 매일 밤 빌었어요."

"허허, 그랬니?"

"할아버지, 어떻게 됐을 것 같아요? 놀라시면 안 돼요? 그게요, 정말로 이뤄졌어요. 제가 빈 소원이 그대로 이뤄진 거예요."

"오! 그것 참 잘 됐구나? 그래, 어떤 소원이었지?"

"제가 구름 공주 인형을 갖고 싶다고 기도했거든요. 근데 정말로 인형이 저에게 찾아왔어요. 수호신이 제 기도를 듣고 있는 게 분명하잖아요? 정말 놀랐어요."

할아버지가 입을 동그랗게 모았다. 깜짝 놀라는 눈치였다.

"정말이더냐? 어떻게 인형이… 너에게 왔지?"

나츠코가 거들었다.

"소포로 왔어요. 우체부 아저씨가 가져다줬거든요. 고집쟁이 아저씨가요. 또 짜증 나려고 하네, 그 아저씨 생각하니, 에잇…."

"오! 축하한다! 거 봐라. 진실로 원한다면 이루어진다고 말했잖니? 대단한걸? 허허!"

할아버지가 뒷짐을 진 채 자리에서 일어나더니 창가로 갔다.

"아하! 이런, 이런! 또 잊고 말았어. 너희들 오늘 언덕에 가 봤니?"

"아뇨? 왜요?"

"그럼, 지금 한번 가 보겠니? 조그만 선물을 준비했는데 너희들 마음에 들지는…."

할아버지가 신나는 일을 준비한 게 틀림없어 보였다. 아이들은 누가 먼저랄 것도 없이 밖으로 뛰쳐나갔다.

진 실

선물 때문에 굳이 언덕을 오를 필요는 없었다. 높이만 3미터에 달하는 정교한 구조물이 몸을 숨길 곳이란 애초에 그곳에 없었기 때문이다. 관리실을 나선 나츠코가 언덕으로의 뜀박질을 준비하다 문득고개 들고 거대한 조형물을 손으로 가리켰다.

"저거 뭐지? …그네? 맞지? 우아, 완전 크고 멋있는데?"

"우리 거야? 정말로? 저렇게 큰 게?"

리더스가 고개를 끄덕였다.

"나, 나이테가 굵게 박힌 나무로 만든 거라 무척 튼튼할 거야. 마음에 들었으면…"

헐레벌떡 언덕에 오른 아이들은 실물을 보고 모두 말문이 막히는얼굴이었다. 미래 세계에서나 볼 법한 멋진 그네가 언덕 위에 착지한 UFO처럼 신비한 자태를 뽐내고 있었다. 위로 올라갈수록 가늘어지는 두 기둥은 그 껍질과 냄새만으로도 재질이 고목나무임을 알수 있었고, 좌석 양쪽에는 아이들 팔뚝만 한 굵기의 동아줄이 여러번 휘감겨 있었다. 상상도 못 한 웅장한 선물에 후유코는 연신 침만삼켰고, 나츠코 역시 아무 말도 못 하고 뒷짐 진 채 그네 주위만 빙글빙글 돌았다.

"앉아 봐도 되는 거야?"

나츠코의 질문에 리더스가 웃었다.

"그럼, 물론이지. 너, 너희 것인데?"

"언니가 먼저 앉을래?"

"아냐, 나치. 너가 먼저 앉아. 너가 나보다 그네를 잘 타잖아."

"잘 타는 거 아니지. 많이 탄 거지, 좋아하니까."

"그러니까 먼저 앉아. 난 나중에 타도 되니까. 어서…."

나츠코가 눈치를 힐끔 보더니 그네에 앉았다.

"음, 차갑네? 당연한 건가? 헤헤! 우아! 되게 좋다, 이거! 막 넓은데? 언니도 이리 와 봐!"

후유코가 물었다.

"리더스?"

"응, 둘이 앉아도 돼. 처음부터 그렇게 생각하고 만든 거야."

언니가 앉자마자 나츠코는 그네를 뛰었다. 움찔거리던 그네가 삽시간에 이륙을 시작했다. 탄력을 받으며 위로 치솟는데 문득 전방 움푹 팬 지면에 그물 같은 것이 보였다. 리더스가 말했다.

"할아버지가 만드신 거야. 안전망. 혹시 떨, 떨어질 수도 있으니까."

"너무 좋아서 어떡해! 안전망도 있어! 세상 제일 좋은 그네가 여기 있네? 좋아 죽겠는데, 그냥? 짜증 나!"

후유코가 바람에 날리는 치마를 손으로 잡다 웃음을 터뜨렸다.

"하하! 나치, 그만 웃겨. 좋은데 왜 짜증이 나니?"

"몰라, 막 짜증 나! 너무 좋아도 난 짜증 나! 나 항상 짜증 나. 웃기지, 그치?"

한편 할아버지도 아이들이 좋아하는 모습을 관리실 창문을 통해 지켜보고 있었다. 혼자 고개를 끄덕이며 흐뭇해하고 있는데 문득 후유코가 뒤를 돌더니 꾸벅 인사를 하는 것이었다. 손을 흔들며 호응하던 노인은 가슴 한편이 다시 아려 오는 걸 느꼈다. 혹시라도 그 슬픔 보일까 서둘러 커튼 속으로 얼굴을 숨겼다.

　어느새 후츠 언덕에도 황혼이 찾아왔고, 아이들은 저마다 팔베개를 하며 하늘이 수줍게 탈의하는 모습을 지켜보고 있었다. 붉고 푸른 물감을 흩뿌리며 지평선을 건너는 해의 모습은 숨 막히게 아름다웠지만, 힘든 하루를 보낸 나츠코에겐 다 부질없는 광경이었다. 고개를 떨구며 세우기를 반복하더니 급기야 코를 골며 깊은 잠에 빠져 버렸다. 후유코가 동생 몸에 목도리를 감아 주며 말했다.
　"많이 피곤했나 봐. 하긴, 어제 한숨도 못 잤으니까."
　"왜?"
　"…"
　"돌에 맞은 곳은 좀 어떠니? 많, 많이 아프니?"
　후유코가 친구의 걱정을 미소로 받았다.
　"아니? 하나도 안 아파. 아무렇지도 않아."
　"아깐 너무 화가 났어. 내, 내가 맞는 건 참을 수 있지만, 너를 때리는 건 참을 수가 없어. 그래서 때렸어. 나쁘지만…."
　"너의 마음을 알아."
　리더스가 눈치를 살핀 후 말을 이었다.
　"있잖아, 조, 조금 덜 아프게 매 맞는 방법이 있어. 양, 양손으로 눈하고 귀를 가리고 몸을 이렇게 웅크리면 조금 덜 아파. 멍도 덜 들고…."
　어렸지만 그 말의 의미를 알고 있던 후유코는 가슴이 답답하고 우울했다. 숙인 고개를 쉽사리 들 수가 없어 어쩔 줄을 몰라 하는데 그런 속을 알 리 없는 리더스는 나무 막대로 애먼 흙만 흩뜨렸다.

"많, 많이, 아주 많이 힘들지?"

후유코는 대답하지 않았다. 거짓말을 계속하고 싶지 않았다. 리더스가 알아듣기 힘든 작은 목소리로 말했다.

"사람들은 왜 그럴까?"

"무슨 말이니?"

"이상해, 항, 항상 누군가를 미워하려고만 하잖아. 이해할 수 없어. 다 같이 행복하게 살면 되는데. 어차피 모두 흙이 되는데, 이런 거…."

"…"

"아무리 다른 얼굴로 태어나도 어, 어차피 결국에는 다 똑같잖아. 똑같은 모습, 똑같은 흙."

리더스가 사색에 잠긴 눈빛으로 기찻길을 바라보았다. 벌써 어둠이 철로를 절반 이상 먹고 있었다. 소년은 다시 흙을 긁기 시작했고, 더는 입을 열지 않았다. 어디선가 희미하게 찰가당찰가당 철판 두드리는 소리가 들려왔다.

"혹시 말이야, 리더스. 혹시… 넌 내가 무섭지 않니?"

후유코가 여전히 고개를 들지 않은 채 말을 이었다.

"사람들이 날 살인자의 딸이라고 하잖아. 아버지는 날 스파이라고 하구. 난 그런 아인데 그게 안 무섭니?"

"그럼, 너도 내가 무서워?"

"그게 무슨 말이니?"

"그 아이들이 한 말, 기억나? 내, 내가 친구의 개를 잔인하게 때려 죽였다는…."

"그건 거짓말이야. 난 게네들 말 믿지 않아."

"…"

"나는 너가 그런 나쁜 짓을 했다고 생각해 본 적이 한 번도 없어. 토끼들도 너가 지금까지 돌봐 준 거였잖아? 그런 너가 개를 왜 죽이는데? 그건 말도 안 돼."

하지만 리더스가 이상했다. 그저 땅만 바라볼 뿐 아무런 긍정도, 부정도 하지 않는 것이었다. 어색한 침묵의 시간이 두 아이를 어망처럼 휘감았다. 마침내 리더스가 시선을 바닥에 고정한 채 입을 열었다.

"하지만, 그 개. 내가 죽인 거 맞아."

후유코가 깜짝 놀라 리더스를 쳐다봤다. 믿을 수가 없어 되묻고 말았다.

"뭐라구?"

"내가 그 개를 죽였어."

"정말이니? 하지만, 아, 아니지… 너가 그랬다면 분명히 그럴 만한 이유가 있었을 거야. 그걸 말해 줄래?"

후유코는 확실히 허둥대고 있었다.

"그 개가 물려고 했어. 그, 그래서 어쩔 수가 없었어. 난 길에서 나무토막 같은 걸 주웠고, 그냥 급해서… 그걸로 쳤어. 근, 근데 죽어 버렸어. 나무토막에 못이 달려 있었나 봐. 그래서 난 죽은 개를 끌고 산으로 갔고…. 묻어 주려고, 너무 미안해서… 슬퍼서…. 근데 그걸 아이들이 본 거구…."

울음을 터뜨릴 것만 같던 어린 소녀의 얼굴에 다시 미소가 돌아왔다. 안도의 웃음이었다.

"역시, 역시! 그런 거였어! 그건 어쩔 수 없는 상황이야. 누구라도 그랬을 거구. 안 그러면 죽으니까. 그 개는 몸집이 엄청 컸다는데?"

"응, 정말로 커다랗고 사나운 개였어. 절, 절대로 다치게 하려고 한 것은 아닌데…. 지금도 그 개를 생각하면 불쌍해서 눈물이 나."

"그래, 너의 마음을 이해할 것 같아. 그럼 그 이야기를 왜 아이들에게는 안 했니?"

"무슨 의미가 있는데…."

"아이들이 오해를 하잖아. 억울하지도 않니?"

그 말에 리더스가 고개를 툭 떨궜다. 어찌나 절망적으로 떨구는지 모자챙에서 차가운 바람이 일 정도였다.

"그전에는… 그러니까 내, 내가 그 개를 죽이기 전까지는 아이들도 나와 잘 놀아 줬었어. 지금처럼 때리지도 않았고."

"그랬구나, 그 개를 죽여서 그것 때문에…. 그렇지만 진짜 누구라도 너처럼 행동했을 거야. 자신을 물려고 하는 개를 보고도 가만히 있는 사람은 없으니까. 그러니까 이젠 괴로워하지 마, 리더스. 그 개는 먼저 널 물려고 했어. 그건 절대로 잘못이 아냐."

"내가 아니야…."

리더스가 고개를 가로저었다.

"너야. 널 물려고 했었어, 후유코."

악마가 두 번째 피리를 분다

"안 돼요, 아빠! 언니를 내버려 두세요!"

나츠코가 손을 휘저으며 잠꼬대를 했다. 후유코가 얼른 손수건으로 이마의 땀방울을 닦아 주자 나츠코는 염불을 외우던 스님처럼 천연덕스럽게 눈을 떴다.

"응? 누가 불을 껐어? 에이, 이거 좀 어두워서 싫어…."

"지금은 밤이야, 나치, 여긴 밖이구…."

"응? 헤헤! 그러네? 히…, 추워…. 도대체 내가 견딜 수가 있어야지. 언니, 내가 오랫동안 잤어?"

"아니, 조금만 잤어. 많이 춥니?"

"진짜 날씨 되게 추워!"

"인제 그만 돌아갈까? 감기 걸리면 안 되니까."

나츠코가 눈을 비비며 하늘을 바라다봤다.

"어? 지난주에 봤던 그 달이 아니네? 왜 저렇게 찌그러졌지? 누가 저런 거야?"

"달은 하나야, 매일 모양이 변하긴 하지만…. 왜 그런지는 나, 나도 잘 몰라."

"혼자 변한다는 거야? 에이, 그런 건 아니지. 혹시…."

"혹시?"

나츠코가 눈을 가늘게 떴다.

"혹시 저 달도 우리 아빠가 부순 건 아닐까? 머, 아님 말고….."

"나치…, 그런 말은…."

나츠코가 깔깔거리며 손가락으로 하늘을 가리켰다.

자매가 공중전화 앞을 지날 때였다. 나츠코가 외마디 탄성을 질렀다.

"아!"

"왜 그래, 나치?"

"어떡해, 언니…. 내 장갑, 내 노란 장갑을 후츠 언덕에 놓고 왔어."

그러고 보니 후유코도 생각나는 게 있었다. 분명 나츠코는 달을 가리키기 위해 장갑을 벗었었다.

"내일이면 잃어버릴지도 모르잖아. 엄마가 생일에 사 주신 건데…."

"그럼 내가 같이 가 줄까?"

"아니야, 내가 갔다 올 거야. 내가 잃어버린 거니까 내가 가져와야 해. 그런데 언니는… 여기서 기다릴래?"

"그건 어렵지 않지만…, 왜 여기서?"

나츠코가 두 손을 모아 후유코의 귀로 가져갔다.

"혼자… 집에 가면… 위험할 수도… 있잖아."

동생이 속삭이는 위험의 존재를 물론 후유코도 알고 있었다. 그러나 나츠코가 함께 있다고 해서 도대체 뭐가 달라질 수 있을까? 없었다.

"괜찮아, 나치. 난 괜찮을 거야."

"그렇지만…."

"어서 갔다 와. 벌써 8시가 다 되어 가."

그래도 나츠코는 입술을 뾰족이 내미는 게 영 내키지 않는 얼굴이었다.

"빨리, 그렇게 서 있으면 점점 더 늦어지잖아. 난 여기 있든지 할게."

결국, 생각을 바꾼 나츠코가 주먹을 불끈 쥐었다. 마라톤이라도 한바탕할 듯한 기세였다.

"그럼, 난 이쪽으로 갈 거니까! 후츠 언덕은 이쪽이 제일 빠르다고 고집쟁이 아저씨가 그랬거든. 나 날아서 갔다 올게!"

동생의 모습이 어둠 속에 묻힐 때까지 후유코는 자리를 뜨지 않았다.

후유코가 도둑처럼 주변을 살피며 집 안으로 기어들어 갔다. 어두웠지만 불을 켤 수는 없었다. 귀를 기울였다. 거실에서는 아무런 인기척도 들리지 않았다. 한 걸음 한 걸음 칠흑 같은 벽을 감각으로 더듬으며 부엌에 도착하자 지뢰밭을 통과한 병사처럼 저도 모르게 실소가 튀어나왔다.

긴장이 떠나가 버린 가슴으로 타는 듯한 갈증이 찾아왔다. 빨리 냉장고 문을 열었다. 칸칸이 채워진 맥주들이 요란한 소리를 내며 흔들렸다. 카즈오의 기호품들을 눈으로 보는 것만으로도 후유코의 등에서는 벌써 딸기 씨만 한 식은땀이 송골송골 맺히기 시작했다. 괘종시계에서는 8시를 알리는 종소리가 울렸다. 아무래도 급선무는 갈증 해소가 아니라 계단을 오르는 것 같았다.

이 층 방으로 들어서자마자 곧장 침대로 갔다. 두려움을 피해 이불 속으로 몸을 묻었지만, 막상 사방이 막히니 오히려 불안감이 가중되는 것 같았다. 이내 이불을 걷어 낸 후유코는 자세를 고쳐 침대에 걸터앉았다. 나츠코는 왜 안 오는 걸까? 맷돌을 포개 놓은 듯한 묵직한 통증이 가슴으로 전해졌다. 그날 이후, 어딘가에 앉기만 하면 찾아오는 매서운 불청객이었다. 견디다 못한 후유코가 결국 가슴을 움켜쥐며 침대 위를 뒹굴었고, 작은 귤처럼 생긴 입술에서는 신음 소리가 흘러나왔다.

대문을 발로 차는 소리가 들려온 게 하고많은 순간 중 하필 이때였다. 귀청이 떨어져 나갈 정도로 적의에 찬 소음이었기에 그건 나츠코일 리가 없었다. 후유코가 놀란 나머지 침대에서 떨어졌지만, 한가하게 아픔 따위와 마주할 겨를이 없었다. 허겁지겁 고양이처럼 몸을 낮춰 베란다로 가서 난간 틈으로 한쪽 눈을 넣고는 소음의 근원을 확인했다.

카즈오가 있었다. 어째서일까? 그는 벌써 손에 벨트를 감아쥐고 있었고, 숨도 헐떡이고 있었다. 악마를 본 소녀는 놀람도 접어둔 채 일단 쪼그리고 앉아 신을 찾았다. 그러나 두 손을 아무리, 아무리 모아도 카즈오가 사라지는 기적은 절대 일어나지 않았다. 후유코가 자리에서 벌떡 일어났다. 이내 신앙은 없던 것이 되어 버렸고, 촌각을 다투는 현실이 찾아왔다. 사방을 두리번거렸다. 더듬어도 또 헤집어도 보이는 곳이라고는 침대와 책상뿐 마땅한 장소가 없었다. 황망했던 후유코는 발만 동동 구르며 어찌할 바를 몰랐다.

217

한편 거실로 들어온 카즈오는 거나하게 취한 면상을 사방팔방으로 돌리고 있었다. 붉게 충혈된 눈알이니 십 년이나 함께 했던 정든 가구들도 죄다 꼴사나워 보이는 게 당연했다. 공연히 휴지통을 발로 차고 비척대며 침실로 향했다.

방으로 들어가던 카즈오가 문턱에 멈춰 서며 딸꾹질을 했다. 침실은 완전히 난장판이 되어 있었다. 두 동강 난 전화기가 줄넘기처럼 바닥에 흩어져 있었고, 침대보와 베개는 뒤죽박죽되어 경대에 올라가 있었다. 모두 그의 솜씨였지만, 얄밉게도 그는 고개를 갸웃거리며 모르는 체 했다.

"집안 꼴이… 이거, 아무도 없는 거야? 도대체 시간이 몇 신데…?"

그가 침대로 걸어가더니 밑으로 손을 넣어 서류 봉투를 하나 꺼내 들었다. 입김을 '후' 불어 내용물을 확인한 그는 방바닥에 너저분하게 흐트러진 물건들을 징검다리 건너듯 강중강중 피하며 방을 나왔다.

카즈오는 부엌으로 갔고, 냉장고 한편에서 시원한 맥주를 골라잡았다. 장식용 병따개를 들고 있었지만, 바로 벗겨 내지는 않았다. 그 대신 다짜고짜 이 층을 올려다보며 고함을 질렀다.

"나츠코! 넌 아빠가 왔는데 내려오지도 않는 거냐? 후유코! 넌 없지? 내 집에 없을 거야…. 아무렴, 너 같은 간첩이 여기 있으면 죽지. 그건 알지?"

'펑' 소리와 함께 병뚜껑이 바닥에 떨어졌다. 게걸스럽게 술을 들이켜던 카즈오가 문득 집이 너무 조용한 게 껄끄러웠는지 계단에 서서 소리를 찾았다. 뭔가 잡은 것일까? 별안간 손바닥으로 얼굴을 마구 비비더니 이 층으로 올라가기 시작하는 것이었다.

물론 후유코는 그의 투박한 발소리를 익히 알고 있었다. 정신머리가 아득해 구토가 날 것 같았지만, 눈에 보이는 거라고는 사각의 책상뿐이었다. 일단 그 속으로 휴지처럼 몸을 구겨 넣어 버렸다. 카즈오의 갈고랑이 발가락이 계단의 마지막을 스치는 순간이었다. 후유코의 눈에 거연히 창틀에 앉아 있는 구름 공주가 보였다.

"아, 이리 올래?"

얼른 집어 책상 밑으로 돌아와 인형을 꼭 안고 말했다.

"내 곁에 있어 줘, 부탁이야…."

구름 공주의 푸른 눈이 후유코 턱 사이로 묻히는 동안 발걸음 소리는 방문 앞에 멈췄다. 이윽고 갈바람에 밀리듯 서서히 문이 열리더니 카즈오의 육중한 허벅지가 모습을 드러냈다.

"아…."

후유코가 움찔하며 인형을 꽉 끌어안았다.

카즈오는 방에 당장 들어오지 않았다. 먼저 문지방을 밟고 선 채 멀찌감치 서서 잡동사니를 둘러보았다. 그의 시선이 침대에 스치더니 책상을 지나 다시 창가로 옮겨졌다. 다행히 후유코의 존재를 발견하지 못한 것 같았다. 내심 뭔가 화끈한 걸 기대했던 그는 텅 빈 방이 싱겁기 그지없었다.

"쳇!"

짜증스런 얼굴로 방문을 닫고 나갔는데 그게 좀 과격한 모양이었다. 책상 구석에 몰래 기대어 놓은 가방이 진동을 못 이기고 털썩 바닥으로 떨어졌다. 후유코 책가방이었다. 카즈오가 방문을 다시 홱 열었다.

"이게, 이게, 아직도 내 집에 있는 모양이구나! 이런 쳐 죽일…."

카즈오가 성큼성큼 책상으로 다가왔다. 책상 밑에서 그의 실루엣을 엿보던 후유코는 경주마 같은 넓적다리가 다시 눈앞으로 다가오자 기겁을 했다. 사람과 인형 모두가 몸을 짝지어 부들부들 떨기 시작하는데 카즈오가 가방을 덥석 집어 책상 위에 올리고는 밑도 끝도 없이 그걸 주먹으로 내리쳤다. 몇 번이 아니었다. 계속되는 우레와도 같은 충격은 밑에 웅크리고 있던 소녀의 작은 몸에도 여과 없이 전해졌다. 어느새 아이의 얼굴은 신호등처럼 퍼레졌고, 두려움에 넋이 나가 버렸는지 슬금슬금 오줌을 지리기 시작했다.

급기야 정신 돌아 버린 사람처럼 책상을 두드려 대던 카즈오도 슬며시 주먹을 내렸다. 그 짓거리도 한두 번이지 홀로 방 안에서 메아리만 듣는 격이니 식상했던 것이다. 그래도 아쉬운지 끝내 더러운 욕지거리는 뱉고 좌우로 어기적거리며 방을 나섰는데 여기서도 일이 꼬이고 말았다. 뭔가에 발목이 걸렸는지 허둥대더니 그 거구가 나자빠지고 만 것이었다. 반쯤 몸을 일으켜 보니 걸상이 책상에서 묘하게 툭 비어져 나와 있는 것이 보였다.

"일부러 날 넘어뜨리려고 의자를…. 발칙하구나, 요거!"

성난 카즈오는 말이 끝나기 무섭게 앉은 상태로 발질을 한 방 날렸다. 물론 의자를 책상 안으로 다시 박아 넣으려는 단순한 의도였다. 하지만 그게 될 리가 없었다. 책상 밑엔 후유코가 웅크리고 있었다. 따라서 발길질 당한 의자는 책상과의 랑데부가 아니라 아이의 관자놀이와 조우했다. 또 하나의 깊은 상처가 만들어지는 가슴 아픈 순간이 아닐 수 없었다.

카즈오는 의자가 책상 속으로 착 들어맞지 않자 눈을 부릅떴다.

"이게 어디서!"

다시 한 번 억센 근육을 모아 발을 날렸다. 이번에는 의자의 모서리가 아이의 턱을 구타했다. 카즈오가 고개를 갸우뚱했다. 묘하게도 발끝에 와 닿는 느낌이 솜처럼 보드라웠다. 그래도 그는 더 힘을 쓰지는 않았다. 꼭뒤까지 넘보는 취기로 속이 무척이나 아니꼬웠기 때문이었다.

자리에서 일어나려고 카즈오는 애를 썼다. 그때마다 손이 미끄러지며 발은 꺾였다. 마침내 술기운을 이기지 못한 그가 방바닥에 그대로 드러누워 버렸다. 천장을 바라보며 숨을 쉬고 있자니 역한 알코올 냄새가 콧구멍을 통해 들어왔고, 그는 악취의 진원지가 자신의 입이라는 걸 알아냈다. 오만상을 찌푸리고 몸을 긁적이며 술 취한 몸을 옆으로 눕혔다. 이제 확실히 냄새는 줄었지만, 대신 발밑이 이상했다. 먹다 남은 국물에 발을 담근 것 같은 불쾌한 느낌이었다.

"젠장, 내가 취하긴 취했군. 사방이 이리 더러우니…."

어딘가에서 흘러나온 액체로 발바닥이 흥건히 젖어 있었다. 이상하게 생각하며 몸을 일으키자 어두컴컴한 책상 밑에서 뭔가 질금거리며 흘러나오는 게 보였다. 카즈오가 무릎으로 기어가 책상 앞에 쭈그리고 앉았다. 동그란 후유코의 눈과 찢어진 카즈오의 눈이 정면으로 마주 보게 되는 순간이었다.

카즈오가 가만히 보자니 방바닥으로 흘러나온 건 아이의 오줌이었다. 인간이라면 뼈아픈 자책감을 경험하는 게 인지상정이었을 테지만, 똬리를 트는 긴짐승은 달랐다. 표정 하나 흐트러지지 않은 얼굴로 후유코의 국수 가락 팔목을 잡아 단숨에 은신처에서 끌고 나왔다.

221

"아…."

"…."

"죄송해요, 아빠. 제가 정말 잘못했어요. 제발 용서해 주세요."

카즈오가 손이 발이 되도록 빌고 있는 후유코를 우두커니 바라보더니 천천히 뒷걸음질 쳤다. 침대 옆 작은 탁자에 도착한 그는 그 위에 놓여 있던 액자와 화병 같은 잡동사니들을 손으로 단숨에 쓸어버렸다. 그리고는 완력으로 정리된 탁자 위에 근육질 엉덩이를 걸치고 팔짱을 끼며 다시 후유코를 쏘아보았다. 어린 소녀는 이제 모든 것이 끝이라고 생각했다. 고개를 푹 떨구었다.

"넌 양심도 없는 년이로구나. 지금까지 그 고자질을 해 왔으면서도 나를 아빠라고 천연덕스럽게 부르다니…"

"죄송해요, 아빠. 아니, 아저씨… 제가 잘못했어요."

카즈오가 태연히 귀를 후비며 되물었다.

"뭘?"

"아저씨를 아빠라고 불러서 죄송해요. 다시는 안 그럴게요. 제발 살려 주세요."

"앞으로 절대 그렇게 부르지 않는다…? 그걸 그냥 믿으라고? 넌 쥐새끼처럼 역겨운 밀고자잖아."

"아니에요, 절대로 아빠라고 부르지 않을게요…"

"만약 부르면?"

"부르면, 부르면…"

"만약 또 나를 아빠라고 부르면 그때는 네 등뼈가 튀어나올 때까지 벨트로 맞는다?"

후유코가 세차게 고개를 끄덕였다. 카즈오는 여전히 탁자 위에서 엉덩이를 떼지 않았다.

"그리고… 또? 그것뿐이야? 네가 잘못한 걸 말하는 거야."

"잘못했어요…. 정말 잘못했어요…. 용서해 주세요…"

"그러니까 나를 아빠라고 부른 것 하나만 잘못했느냐고? 내가 질문을 하고 있지 않느냐?"

"아니요, 제가 잘못한 거 또 있어요. 많아요."

"그게 뭔데?"

후유코가 방바닥에 털썩 주저앉아 끝내 울음을 터트렸다.

"제가 태어난 거요…. 정말로 죄송해요. 저는 태어나지 말았어야 했어요. 용서해 주세요, 아저씨."

사실 카즈오가 원했던 답은 이게 아니었다. 아직 집에 남아 있는 것을 윽박고 있던 것인데 뜻밖의 대답을 듣자 기분이 묘했다. 하지만 그것도 잠시뿐이었다. 금세 눈매가 다시 독살스러워졌다.

"그럼, 넌 앞으로 어떡해야 되는 거지?"

후유코가 잠시 생각한 후 대답했다.

"죽거나 없어져야 해요."

"브라보! 하! 바로 그거야! 속이 다 시원해지는구나!"

카즈오가 엉큼성큼 후유코에게 다가가더니 뜬금없이 히죽 웃었다.

"너…, 그동안 재밌었지? 선물도 진탕 받고 말이야. 근데 이거 미안해서 어쩐다? 네가 그동안 붙어먹던 그 곰 같은 노인네도 이제 겨울잠 잘 시간이거든. 심심해서 어쩐다, 우리 후유코?"

"무슨 말씀인지 잘 몰라요. 죄송해요…."

"이게 뭐 이런 게 다 있어?"

카즈오가 손가락을 들더니 그걸로 아이의 이마를 쿡 찍어 버렸다. 작은 몸을 가진 후유코는 그 행위만으로도 입김에 불린 봉지처럼 나가떨어질 수밖에 없었다.

223

"넌 아주 간사한 천성을 가지고 태어났어. 모두에게 민폐나 끼치는 인생이 될 거야. 그렇게 살지 말고 차라리 죽어. 아무 데나 높은 곳에 올라가서 그냥 뛰어내리면 모두가 좋아할 텐데, 그걸 왜 안해?"

그가 입안에서 가래침을 모으더니 망설임 없이 아이의 정수리에 뱉어 버렸다.

"퉤!"

후유코는 멀거니 방바닥만 보고 있었다.

카즈오가 옷을 주섬주섬 여미며 마당으로 나오는데 왠지 뒤통수가 야릇한 것이었다. 뒤를 돌아봤다. 나츠코가 손에 조그마한 과자 봉지를 들고 살벌하게 노려보고 있었다.

"언니 또 때렸죠? 그랬죠? 빨리 말 안 해요?"

"말투가…?"

"또 괴롭히셨느냐구요!"

"이거, 어른한테 눈을 부릅뜨는 건 네 어미가 가르치더냐? 된통 얻어터지기 전에 들어가라."

"언니 또 괴롭히면 난 당신을 영원히 아빠라고 부르지 않을 거예요. 절대로요!"

"풋! 이거 무섭구나?"

카즈오가 피식 웃더니 서류 봉투를 흔들며 밖으로 나가 버렸다.

초조해진 나츠코가 후다닥 이 층으로 뛰어올라 갔다. 후유코는 침대 위에 앉아 있었다. 그 와중에도 청소를 했는지 어지럽던 방은 원래대로 말끔히 정리되어 있었다. 나츠코가 황급히 언니의 표정을 살폈다. 하지만 기분을 도대체 읽을 수가 없었다. 멍하게 앉아 있는 얼굴에는 아무런 원망도, 증오도, 행복도 남아 있질 않았다.

"언니…, 괜찮아?"

후유코가 천천히 동생을 돌아봤다.

"아, 나치 왔구나? 괜찮다니… 뭐가?"

"아빠… 아니, 카즈오 씨 말이야. 여기 왔었잖아. 언니를 또 괴롭힌 건 아니야?"

"아…? 만나지 않았어. 난 책상 밑에 숨어 있었거든."

"잘했어! 역시 우리 언니구나! 헤헤! 그 사람, 방금 뒤뚱거리며 나갔어. 이젠 안전한 거지. 아 참, 이거 할아버지가 우리 먹으라고 싸주신 거야. 단팥빵이야. 맛있겠지?"

"와, 할아버지는 항상 맛있는 것만 우리에게 주셔. 정말 고마운 분이야."

"빨리 저기 가서 먹자, 언니. 나 배고파."

"그래…."

자매는 방 창문과 연결된 베란다로 걸어 나갔다. 나츠코가 밤하늘을 쳐다보며 빵을 한입 베어 물었다.

"맛있다, 응?"

"응, 정말. 팥이 많이 있어."

"근데… 언니. 리더스는 어디 있어?"

"리더스?"

"응. 할아버지가 그러시는데 리더스가 진작에 내 장갑을 돌려주려고 우리 집에 갔다는데?"

"그랬어? 하지만 여기 오지 않았는데?"

나츠코가 고개를 갸우뚱거렸다.

"어, 이상하네? 어디 간 거지? 아주 한참 됐다는데? 아유, 이거 참 맛있네. 맛있어!"

단팥이 한 움큼 들어 있는 부분을 베어 문 나츠코가 눈을 질끈 감았다 떴다.

"응? 저건 후츠 언덕에서 본 그 별이야? 똑같은 거야?"

"응, 별은 다 똑같아."

갑자기 후유코가 몸을 부르르 떨었다.

"나치, 나 먼저 들어가도 되니? 조금 추워서 그러는데…."

"추워? 그럼 들어가야지!"

아무 생각 없이 언니 손을 잡은 나츠코는 깜짝 놀랐다.

"으응? 왜 이렇게 뜨겁지?"

손을 언니의 이마로 가져갔다.

"아…."

계속 손을 대고 있기조차 버거울 정도였다.

"괜찮아. 감기니까…."

"그럼 병원에 가야 되는 거지! 우리 이제 엄마에게 전화하자, 응? 제발…."

"겨우 감기로 엄마에게 전화하자구? 잊은 거니? 엄마는 더 중요한 일이 있으시잖아. 아 참, 근데, 너 씻지도 않았잖아? 빨리 씻고 와."

나츠코가 샐쭉해진 목소리로 중얼거렸다.

"씻기는 좀 싫은데…."

"그래도 엄마랑 약속했잖아."

"음, 알았어. 약속은 지키라고 있는 거니까."

이때 집 근처에서 사이렌 소리가 불투명하게 들려오는가 싶더니 이내 가까워졌다. 호기심이 발동한 나츠코가 방 안으로 들어가다 말고 재빨리 몸을 돌려 밖을 살펴봤다. 뭔가 이상한 일이 벌어지고 있었다. 분명 사이렌은 귓전에서 울리고 있었는데 눈에 보이는 거라고는 어둠뿐이었다.

거울 속 목소리

긴 안락의자에 몸을 옹그리고 앉은 히카는 애먼 입술만 뜯었다.

아이들과 연락이 되지 않았다. 그래서 벌써 몇 번째인지 몰랐다. 미와코 아주머니의 단층집에도 수차 전화를 넣었지만, 그녀의 구십 쯤 노부는 가래 가득한 목소리로 딸이 병원에 있으니 어찌 아느냐는 말만 되풀이했다. 가게도 별반 다를 게 없었다. 수화기에서는 혼자 일을 하니 바빠 숨도 못 쉴 지경이라는 타로의 볼 부은 아우성만 작렬했을 뿐 가슴 후련한 이야기는 없었다. 강파른 고양이가 헝클어 놓은 실타래처럼 분리 가능한 실밥이 전부 끝을 숨긴 상황이었다.

히카가 자리를 박차고 일어나 코트를 집어 들었다. 그 순간이었다. 아파트 문을 열쇠로 따는 소리가 들리더니 한 장년의 여인이 안으로 들어왔다. 사실 그녀는 히카의 친어머니가 아니라 친부가 친모와 이혼 후 동거를 결심한 인생 파트너였다. 하지만 예기치 못한 교통사고로 아버지가 유명을 달리하고 이듬해 따로 삶을 꾸려 나가던 어머니마저도 암으로 세상을 뜨자, 외동딸이었던 히카는 어지러운 마음을 잡아 줄 수 있는 누군가가 절실히 필요했다. 그녀를 가족처럼 극진히 생각하게 된 것은 어찌 보면 합당한 순서였다는 말이다.

히카의 계모가 놀란 얼굴로 말문을 열었다. 그녀의 입술은 짙은 와인 색 립스틱이 칠해져 있었고, 검정 생머리는 허리를 넘어 엉덩이 부분까지 와 닿아 있었다. 그녀는 이미 4년 전에 이순을 넘긴 나이였다.

"옷 들고 뭐 하는 거니? 어디 가? 저녁거리 다 준비해 왔는데…?"

"잠깐 집에 좀 가 봐야겠어요."

"집에? 무슨 연락이라도 받았어?"

"아뇨, 그 반대예요. 연락이 도통 없어요."

계모가 장바구니를 식탁 위에 올려놓았다. 그 짧은 몸짓에도 손목에 뿌린 싸구려 향수 냄새가 부엌에 진동했다.

"그것 때문에 그러니? 전화라도 해 보면 되지 않니?"

히카가 답답하다는 표정을 지었다.

"그게 안 되니까 갈려고 하죠. 다녀올게요."

"카즈오의 버릇을 단단히 고쳐 주기로 한 거 아니었니? 근데 벌써 집에 돌아간다고? 그럼 지금까지 기다린 게 죄다 물거품이 될 텐데? 도대체 뭐가 문제니? 카즈오가 직접 너에게 용서를 빌기 전까진 돌아가면 안 된다고 내가 몇 번을 말하니? 지금 이 시점에서 네 발로 다시 돌아가면 그 친구는 오히려 더 널 무시하게 될 게다. 네가 어차피 갈 곳도 없고 친구도 없으니까 돌아왔다고 생각할 거야. 그럼 얕잡아 보고 성나면 또 때릴걸? 확실히 뿌리 뽑아야 하는 이 마당에 넌 왜 그렇게 겁이 많은 거야? 연락이 없다는 것은 이미 아이들이 잘 놀고 있다는 것이고…"

"아닐 수도 있죠. 어떻게 저에게 전화 한 통 안 하느냐고요?"

"무소식이 희소식이지. 아이들은 원래 눈에만 안 보이면 엄마고 아빠고 금세 잊어버리는 법이야. 아마 간만에 자기들 둘만 있으니까 신이 나서 노느라고 전화하는 걸 잊었을 게다. 분명 내일이나 밤에 전화가 올 거야. 도대체 아이들 아빠도 있는데 뭐가…? 걱정하지 말고 어서 앉으렴."

히카가 들어 보니 것도 그럴듯했다. 하지만 아직 긴장된 표정을 완전히 풀지는 않았다.

"그래도 불안해요. 왜 전화를 안 받을까요?"

계모가 거실 소파에 털썩 주저앉자 용수철들이 무게를 이기지 못하고 잇달아 삐걱댔다.

"후유! 어쩌면 말이다, 어쩌면… 카즈오가 너 나가 버린 걸 알고는 화가 나서 전화선을 뽑아 버렸을 수도 있어. 그런 짓 잘하잖니, 그 사람? 그러니까 신경 쓰지 않아도 돼. 이제 슬슬 그 친구도 네가 없으니까 힘들 거다. 뉘우치기도 할 거고…. 잊지 마라, 이건 보통 문제가 아니야. 못된 폭력은 반드시 단번에 버릇을 고치게 해야 돼. 나아지겠지, 나아지겠지 하면 걷잡을 수 없게 되는 게 그거란다. 아무렴, 절대 그렇지."

히카가 다시 자리에 앉으면서 혼잣말처럼 중얼거렸다.

229

"정말 그럴까요?"

계모가 문득 눈을 가늘게 뜨며 얼굴을 들이댔다.

"혹시 너…."

"네?"

"너 또 그날 일을 생각하면서 불안한 거니?"

"그날 일이요?"

"그날 일 말이다, 그날."

히카가 정색을 했다.

"무슨 말을 하시려는 거예요? 하지 마세요."

"니 잘못은 전혀 없었지 않니? 모든 건 널 제대로 지켜 주지 못한 카즈오의 잘못이야, 말할 가치도 없지만."

"그만 하세요. 저 지금 머리 아파요. 좀 들어가 누울게요."

"저녁은? 몇 시에 먹을래?"

"생각 없어요."

문을 닫고 침대 위에 몸을 눕히자 접어 두었던 피로가 몰려왔다. 팔베개하고 천장에 박힌 형광등을 망연히 보고 있자니 슬금슬금 윤곽이 흐릿해지며 별별 생각이 허락도 없이 가슴속에서 잉태를 시작했다. 일단 머리를 신경질적으로 털어 잡념들을 밀쳐 냈지만, 이런 분위기로 계속 간다면 오늘 밤도 하얗게 새워 버릴 것이 뻔했다.

몸을 뒤척이던 히카가 상반신을 일으켰다. 한숨지으며 리모컨을 들어 TV에 켜졌다.

"에?"

방금 어디선가 다급히 그녀의 이름을 부르는 소리가 들린 것 같았다. 사실 들렸다기보다는 느껴졌다는 표현이 더 옳았다. 침대에서 벌떡 일어나 본능적으로 방문을 바라봤다. 처음 굳게 닫힌 상태 그대로. 고개를 본디의 위치로 했다. 신기하게도 소리가 다시 느껴졌다. 하지만 이번에는 소리인지조차도 분간이 애매할 정도로 작은 기척이었다. 한 번 더 차분한 눈빛으로 주위를 둘러봤다. 방 안은 쥐 죽은 듯 조용했지만, 그녀는 확실히 들었고 느꼈다. 그렇다면 혹시 의붓어머니가? 방문을 손가락 길이만큼 열어 거실을 확인해 봤다.

복화술사

"이봐! 나보고 어디까지 가라는 거야? 이건 멀잖아!"

"죄송합니다. 이제 조금만 가시면 됩니다. 이쪽으로 오시겠습니까?"

으름장을 놓긴 했지만, 사실 카즈오는 교회에 첫발을 들여놓을 때부터 이미 그 웅장함에 영혼을 압도당하고 있었다. 그가 안내인과 함께 걸어가고 있는 복도는 엉성한 예수의 그림이 붙어 있는 동네 교회의 것이 아니었다. 독일풍의 바로크 양식으로 지어져 푸른빛을 띠는 진정한 유럽 예배당의 것이었다.

카즈오가 입을 붕어처럼 오므리고 위를 올려다봤다. 돔 형식의 천장은 다양한 표정의 천사 석고상들로 가득 메워져 있었고, 출입문마다 달린 일상적 손잡이도 장식용 귀금속과 구분이 안 될 정도로 화려한 자태를 뽐내고 있었다. 틈틈이 보이는 여백도 물론 금과 은으로 처리된 건 말할 것도 없었다.

이윽고 나선형으로 회오리치듯 굽어 있는 계단이 그들의 시야에 나타났다. 카즈오가 걸음을 멈추고 입에 물고 있던 묵직한 침을 삼켰다.

'아무 걱정 없이 호사스럽게 살려면 종교에 몸담는 것뿐이라더니… 딱 맞는 말이었군. 누군 굶어 죽을 판인데…. 저 장식품들, 저

거 하나 떼어 가면 넉 달은 먹고살겠어.'

그의 강짜가 미처 끝나기도 전이었다. 길을 안내하던 신도가 허리를 굽히며 알려 주었다.

"자, 이쪽입니다. 저기서 오른쪽으로 돌면 바로 교주님이 계십니다."

카즈오가 슬쩍 인상을 쓰고는 피곤한 듯 고개를 뒤로 젖혔다.

모퉁이를 돌자 양옆으로 손잡이가 달린 거대한 문이 나타났다. 카즈오를 안내했던 신도가 문 앞을 지키고 선 장정들에게 다가가 귓속말을 던졌다. 그러자 그들이 썰물 때의 모래알처럼 스르르 문에서 물러났다.

드디어 쇳소리와 함께 문이 열렸고 광활하고 엄숙한 분위기의 방이 모습을 드러냈다. 가운데 자리 잡은 길고 커다란 테이블을 제외한다면 의외의 소박함도 느껴지는 방이었다. 테이블 위에는 미처 치우지 못한 다과용 찻잔과 성경책이 어지럽게 겹쳐 있었다.

"자, 그럼 전 이만."

신도가 문을 닫고 나가자 테이블 구석에 앉아 있는 한 남성의 윤곽이 보였다. 그는 의자에 몸을 깊숙이 파묻고 있었는데 그 실루엣만 어림해도 몸집이 엄청나게 크다는 걸 알 수 있었다.

"앉도록 해라, 거기에…."

목소리는 거대한 덩치와 달리 가늘고 온화했다. 카즈오가 그의 얼굴을 보기 위해 미간을 찌푸렸지만, 방 안은 어두웠고 그 또한 멀리 있었다.

"카즈오, 그래, 오래간만이구나. 네가 여기 오는 것은 처음이구나? 일단 앉거라."

하지만 카즈오는 앉기는커녕 살기충천한 눈빛으로 남자를 노려보았다. 별다른 반응은 없었지만, 거구의 남자도 그의 매서운 시선을 느끼고 있는 게 분명했다. 곧 두 남자 사이를 가로지른 테이블 위로 살벌한 긴장감이 감돌았다.

"마냥 그곳에 서 있겠다는 건가? 이야기가 길 텐데?"

어둠 속에서 남자가 죄어치자 카즈오가 그때에 비로소 몸을 움직였다. 한 걸음 한 걸음 그 특유의 어기적 걸음이 시작되었고, 문득 남자가 손을 들어 제지했다.

"거기까지! 됐다. 그냥 거기 앉으면 다 된다."

카즈오가 자리에 앉자 남자가 테이블 위로 그 큰 몸을 불쑥 내밀었다. 노란 샹들리에 밑으로 교주의 상체가 드러났지만 정작 카즈오가 본 것은 질 좋은 망토뿐이었다. 그도 그럴 것이 교주의 목과 얼굴은 검정 후드로 뒤덮여 있었고, 손가락과 팔에는 촘촘하게 장갑이 끼워져 있었다. 마치 빛에 반응하는 알레르기성 환자처럼 그의 온몸은 철저하게 비밀로 숨겨져 있었던 것이다.

비아냥거리는 시선을 의식했는지 교주가 천천히 후드를 내렸다. 이내 얼굴이 샹들리에 아래로 절반이나 드러났지만, 묘하게도 카즈오의 입가에서는 놀라는 기색을 찾을 수가 없었다.

"정말로 오래간만이구나."

카즈오가 눈을 가늘게 뜨고 코웃음 쳤다.

"풋! 오래간만이라…. 그런가요?"

"근 십 년 만이 아닌가 싶은데…."

"아, 그게 그래요? 그렇게 됐나요? 풋! 그건 아니지 싶네요, 교주님. 사람 못 믿어 염탐질하려면 좀 신중한 사람을 꾀지 그랬소? 어린아이나 시켜 아버지 뒤나 캐게 하고 툭하면 나츠코에게 들키기나 하고…. 나 참, 엉성해서 딱하기까지 하는구먼. 하긴 당신이 좀 맹한 건 어제오늘 일이 아니지. 9년 전엔 히카에게도 들켰으니…."

하늘까지 이어진 그림자

칼바람이 나뭇가지를 부러트리며 지붕을 마구 할퀴자 고만고만한 가택들에 장착된 창문에서 하나둘씩 전기가 들어오기 시작했다.

보도블록이 촘촘히 심어진 길을 휘청거리며 걷던 카즈오는 아무 생각 없이 주머니에서 손을 꺼내 입김을 불다 뭉게뭉게 퍼지는 수증기 속에 야릇한 비린내가 숨어 있는 걸 발견했다. 걸음을 멈추고 손을 부채처럼 펼쳐 보았다. 손바닥에 두루 피딱지가 어룽져 있었다.

마침내 목적지인 집에 다다랐지만, 술기운에 넋을 빼앗긴 카즈오에게 휴식이란 건 없었다. 먼저 대문에 붙어 있는 우편함이 그를 쏘아보더니 툭툭 엇박자 소리를 내며 시비를 걸었다. 아이들과 함께 도시락을 까먹으며 만든 그 소중한 사물함이 오늘은 주인을 마주보며 거만을 떨고 있는 것이었다. 참을 수 없는 배반이었다. 망설임 없이 한주먹을 날려 우편함을 땔감으로 만들어 버렸다. 손가락 사이로 끈적한 피가 흘러내렸지만, 본래 그는 걸쭉한 건 관심도 없는 사람이었다.

손을 훌훌 털고 비틀거리며 집 안으로 들어갔다. 이번에는 현관문이 불량한 자세로 기립한 채 그의 진로를 막았다. 카즈오가 피식 웃었다. 건방진 녀석에게 아름다운 발길질을 선물해 주고 싶었다. 서너 걸음 천천히 뒤로 물러난 후 미친 소처럼 달려들어 옆차기를 날렸고 현관문은 한 방에 조개처럼 갈라졌다.

"한주먹감도 안 되는 것들이….."

한껏 고무된 카즈오가 뒤뚱뒤뚱 술기운에 떠밀리며 거실로 들어서는데 어느 쪼그마한 인간이 과자 봉지를 들고는 쏜살같이 계단을 올라가는 게 보였다. 나츠코였다.

"너 이 자식! 당장 내려오지 못해?"

계단 위로 자취를 감춰 버린 나츠코는 더 이상 모습을 보이지 않았다.

"이거, 이거….."

카즈오가 쓴 입맛을 다시며 구두 끝을 침실로 향했다. 단 두 걸음 만에 성큼성큼 방을 건너 경대 모서리에 도착한 그는 자세를 바짝 낮추더니 맹인처럼 손바닥을 더듬거리며 서랍을 뒤지기 시작했다. 쓰레기가 지천으로 깔렸고 방 안인데도 입김이 허옇게 서렸다. 깨져 버린 거실 통유리에서 고스란히 겨울 냉기가 쳐들어오고 있기 때문이었다. 이윽고 그가 가장 아래 칸에서 반으로 접힌 정체불명의 황색 봉투를 끄집어냈다.

"새로운 시작….."

카즈오가 그답지 않게 소심한 손짓으로 봉투를 살짝 벌려 보더니 얼른 닫았다. 봉투를 다시 접어 안주머니에 갈무리한 그가 피로를 풀어 보려는 듯 목을 좌우로 꺾었다. 망치로 호두껍데기 메어치는 소리가 잔잔한 방 안에 울려 퍼졌고, 그는 거실로 나와 괘종시계부터 쳐다보았다. 분침이 약간 한가로운 곳에 머물고 있었다.

계단 기둥을 손으로 짚어 가며 이 층으로 올라간 그는 아이들 방 문 앞에 허리를 똑바로 펴고 섰다. 즉시 안에서 나츠코의 뾰족한 반응이 들려왔다.

"뭐예요? 아빠! 안 열어 줄 거예요!"

"이거… 왜 이러는 거야? 너 아직 후유코하고 같이 있는 거야? 그런 거야?"

잠시 침묵이 흐른 뒤 나츠코가 말했다.

"언니는 없어요. 그리고 저 아파요. 문을 열 수가 없어요."

카즈오가 문의 손잡이를 돌려 보았다. 정말로 안쪽에서부터 잠겨져 있었다.

"너 이러지 마라. 나 확인해야 한다. 문 열어라."

그래도 대답 소리가 없었다. 카즈오가 대뜸 성을 냈다.

"내 말이 안 들려? 당장 문 못 열어? 혹시 후유코를 숨겨 주는 거면 너도 혼날 줄 알아!"

말이 끝나기가 무섭게 카즈오가 우편함을 때려잡은 갯바위 주먹으로 방문을 들두드리기 시작했다. 방 전체가 폭풍우를 만난 나룻배처럼 흔들리며 요동쳤지만, 그래도 나츠코는 눈썹 하나 까딱이지 않았다.

"언니는 없다고 몇 번 말해요? 없어요, 없다구요! 그리고 저 아프다니까요? 저 잘 거예요!"

거나한 카즈오에게는 그 말이 꼭 후유코가 자야 하니 넌 조용히 나 하라는 투로 들렸다.

"오호라? 거기 있는 거 맞네! 당장 문을 부숴 버리겠어!"

그가 힘차게 발길질을 던지자 겨우 하나 남은 경첩이 너덜거리며 단숨에 문이 젖혀졌다.

카즈오가 침대에 누워 벌벌 떨고 있는 나츠코를 무시한 채 성큼성큼 걸어가 방 안을 뒤지기 시작했다. 옷장 안과 침대 밑, 그리고 베란다까지 샅샅이 뒤져도 후유코는 없었다. 그가 표정을 조금 누그러트리며 말했다.

"없구나. 그래, 절대 그런 아이 숨겨 주거나 하면 안 돼. 몇 번 말하지만 그 아이는 우리 가족을 파멸시킨 염탐꾼이야. 알아들었지?"

똑바로 누운 나츠코는 천장만을 바라볼 뿐 아무 대답도 하지 않았다. 평소라면 푸대접에 고함이라도 내지를 그렸지만, 웬일인지 그날은 처음부터 지쳐 보였다. 그답지 않게 아무 말 없이 어깨를 축 늘어뜨리고는 방문을 닫고 나가 버렸다.

멍하니 누워 있던 나츠코가 이상한 짓을 한 건 그때였다. 뜬금없게도 혼자 조용히 양을 세기 시작한 것이었다. 그리고 잠시 뒤였다. 빙그레 웃으며 누군가를 향해 말을 걸었다.

"됐어, 이제 나와도 돼. 카즈오 씨는 갔어."

이불 속에서 웅얼거리는 소리가 들려왔다. 나츠코가 다시 머리를 집어넣고 속삭였다.

"괜찮아, 나 양을 머릿속에서 서른 마리나 잡아먹었어. 그 아저씨, 아마 지금쯤 현관을 나갔을걸?"

237

나츠코가 증명해 보인다는 듯이 몸을 일으켜 베란다로 갔다. 하지만 조금 이상했다. 한참을 기다려도 카즈오가 현관을 나가는 모습이 보이지 않았던 것이다.

당연한 일이었다. 카즈오는 취기로 어지럼증을 느껴 방문에 기댄 채 쉬고 있었지 결코 집 밖으로 나간 게 아니었다.

'쿵!'

모든 걸 알아차린 그가 입술을 잘끈 깨물며 격하게 바닥을 치고 일어났다. 먼저 베란다로 걸어간 그는 나츠코가 들어오지 못하게 안에서 창문부터 잠가 버렸다. 깜짝 놀란 나츠코가 손으로 유리를 치며 비명을 질렀지만, 때는 늦었다. 침대 속에 웅그리고 있던 후유코는 이미 카즈오에게 멱살을 잡힌 채 질질 끌려가고 있었다. 나츠코는 절규했다. 하지만 아무리 미쳐 날뛰어도 할 수 있는 게 없었다. 그래서 주머니로 손을 가져갔다.

"언니! 언니! 이거, 이거 봐! 우리들의 네 잎 클로버야! 걱정하지 마. 금방 수호신이 언니를 도와줄 거야!"

후유코가 문턱에 발목을 짓찧는 와중에도 미소를 지었지만, 애석하게도 그 순간은 길지 못했다.

나츠코가 구슬 같은 눈물을 펑펑 흘리며 아래를 내려다봤다. 지난번 마당에 떨어뜨렸던 필통이 지우개처럼 작아 보였다. 의외의 높이에 겁이 더럭 났지만, 세상에서 중요한 건 언니지 두려움이 아니었다.

"죽기밖에 더하냐구! 나 겁 안 나거든? 차라리 언니 구하고 다시 태어날래!"

당장 뛰어내릴 참으로 다리를 난간에 올렸을 순간이었다. 문득 멀리 떨어진 곳에서 샌드백을 치는 듯한 규칙적인 소리가 들려왔다. 누군가 어둑한 길가를 따라 황급히 달려오고 있었다. 나츠코가 난간에 올라선 채로 나지막하게 중얼거렸다.

"수호신…?"

후유코의 자그마한 몸이 식탁 위에 올려졌다. 아이의 손은 경련하듯 파르르 떨고 있었고, 고개도 약간 옆으로 기울어진 상태였다. 카즈오가 살짝 미소 지으며 물었다.

"추워?"

후유코가 고개를 세차게 가로저었다.

"내가 저번에 한 말 잊었나 보구나?"

다시 고개를 저었다.

"그럼 왜 여기 있는 거지? 당장 어디라도 갔어야 옳지. 갈 데가 없었어?"

"…."

"그럼 내가 좋은 데 하나 알려 줄까?"

"…."

"자… 저기… 저기 가면 말이야. 놀이터가 있어. 너도 그 모자 쓴 거지랑 자주 가 봐서 알잖아? 거기 화장실은 어떠냐? 히터도 나오지, 물도 나오지, 따로 화장실 갈 필요도 없지. 너랑 아주 딱 어울리는구먼."

"…."

카즈오가 돌연 후유코의 이마를 손가락으로 쿡 밀었다. 머리가 뒤로 한 바퀴 크게 회전한 뒤 오뚝이처럼 되돌아오자 그게 재미있는 모양이었다.

"하! 이거 웃기네? 아주 너 말이야… 내 눈에 다시 한 번 보이면 죽는다고 한 말 기억하냐?"

후유코가 천천히 머리를 끄덕였다.

"알고 있다는 것은… 맞을 준비도 됐다는 거로 이해해도 되지?"

"…네."

카즈오가 표정을 싹 바꾸며 허리띠를 풀기 시작하자 후유코가 옥수수보다 작은 이를 앙다물고 탁구공만 한 주먹을 세게 쥐면서 곧 몸 위로 쏟아질 폭풍을 맞기 위한 채비를 시작했다.

"근데, 너 말이야. 내가 하나만 물어보자. 이렇게 맞으면서도 여기 남아 있는 이유가 도대체 뭐냐? 아직도 나에 대해 더 까발릴 게 남았니? 그런 거지, 너? 근데 이거 미안해서 어쩌냐? 그 뚱보 새끼는 이제 네가 필요 없거든?"

후유코가 바들바들 떨리는 목소리로 뭐라 중얼거렸으나, 너무 작아 들리지가 않았다. 카즈오가 대뜸 인상을 쓰며 뺨을 올려붙였다.

"쌍! 크게 말해!"

"절대로 나츠코와 헤어질 수 없어요…. 전 나츠코가 정말로 좋아요…."

천진무구한 사랑이 담긴 고백이었건만, 이번에도 카즈오는 그 말을 곧이곧대로 듣지 않았다.

"이 더럽고 가증스러운!"

그가 다 쓴 냅킨 치우듯 후유코의 몸을 식탁에서 쓸어버리고는 벨트를 한 방 내질렀다. 잠옷에 달린 헬로키티의 리본이 대번에 떨어져 나갔지만, 폭풍 같은 매질은 멈출 줄을 몰랐다.

"스파이! 간첩! 배신자! 첩자! 염탐꾼!"

차마 눈 뜨고 볼 수 없을 만큼 끔찍한 광경이 아이의 장뺨 등에서 눈물처럼 녹아내렸다.

이윽고 장작 패는 손놀림이 느려지는가 싶더니 매질이 멈췄다. 이유는 하나, 갈증이었다. 그가 흐트러진 머리카락을 손가락으로 매만지며 부엌으로 갔다.

단숨에 냉수 한 잔을 비워 버린 그는 컵의 투명한 유리 너머로 후유코를 살펴봤다. 머리를 바닥에 박고 쓰러진 채 미동이 없었다. 죽음이 연상되는 자세였다. 은근히 긴장한 그가 컵을 내려놓으며 넌지시 말을 건네 봤다.

"야! 너 이래도 나츠코와 함께 있고 싶어? 지금도?"

이때 죽은 듯 웅크리고 있던 후유코가 바닥에 붙박은 머리를 천천히 위아래로 움직였다. 태연하게 들리는 뽀드득 소리에 카즈오는 약이 올라 가슴이 터져 버릴 것만 같았다. 눈에 핏발을 세우며 거세게 손가락질해댔다.

"이제 보니 네가 날 놀리는구나? 너, 가만히는 안 둔다! 오냐, 아주 끝장을 내 주마!"

그는 다시 부엌으로 걸어갔고, 찬장을 더듬어 회칼을 일으켜 세웠다.

"죽이겠어!"

폭언의 여운을 뚫고 카즈오가 걸음을 볶아쳤을 때였다. 돌연 독수리가 날개를 펼치듯 현관문이 한껏 열리더니 한 소년이 뛰어들어왔다. 경각 간 카즈오의 무릎에 도착한 리더스는 두 팔로 그의 다리를 끌어안았고 아예 옴짝달싹 못 하게 깍지까지 끼워 버렸다. 그걸 본 카즈오가 잠자코 있을 리 없었다. 옷단이 올라가며 발질이 하나 튀어나왔다. 턱을 정통으로 가격당한 리더스가 손을 휘저으며 허둥거렸지만, 금세 중심을 잡고 또다시 다리를 껴안았다. 소년의 가소로운 반응에 카즈오는 실소가 튀어나왔다.

"에헤, 이거 왜 이러는 거냐? 뭐, 저번처럼 하고 싶다, 이거지? 그래, 그럴까?"

"당신 싫어! 나빠!"

"아, 아! 이런! 아아아!"

야구 모자 소년의 치아가 그의 양복바지를 뚫어 버렸다. 거구가 다리를 잡고 껑충껑충 뛰었고, 전등과 식탁이 함께 춤을 추는 진풍경이 펼쳐졌다. 더 없는 호기였다. 리더스가 친구를 등에 업곤 냅다 계단으로 내달렸다. 집 안으로 더 깊이 들어가는 우둔한 꼴이었지만, 사람을 업고 길거리를 방황할 수도 없는 상황에서 그건 그리 틀린 결단만은 아니었다.

카즈오가 고통에 몸부림치며 무릎을 내려다봤다. 바지를 뚫고 나온 피가 붉은 물감처럼 스멀스멀 번지고 있었다.

"빌어먹을! 더럽게 되어 버렸어, 더럽게!"

이때 집 밖에서 짧은 경적 소리가 두 번 들려오더니 거실에서는 일곱 시를 알리는 종소리가 울려 퍼졌다. 더는 지체할 시간이 없었다. 이 층을 향해 목젖이 보일 정도로 욕설을 크게 퍼지르고는 다리를 절며 밖으로 뛰쳐나갈 수밖에 없었다.

리카

  얌전스러운 자세로 초밥을 비닐봉지에 담는 작업에 열중하던 타로
가 시계를 보기 위해 고개를 들었다. 통상적이라면 지금쯤엔 집에서
샤워를 끝내고 침대에 엎드린 채 그라비어 잡지 사이로 코를 박고 있
을 시간이었다. 땅이 꺼질 정도로 과격한 한숨을 내쉬고는 자리에서
일어나 손가락을 전등불에 비춰 보았다. 손가락 마디마디가 죄다 고
추처럼 붉게 상흔이 나 있었다.

  "어유! 내가 정말… 어이구!"

  원래가 이 작업은 모두 미와코 아주머니 몫이었다. 무단결근도 모
자라 따분한 일을 고스란히 그에게 떠맡긴 꼴이니 그가 이토록 울
분을 토하는 것도 무리가 아니었다.

  짜증이 꼭뒤까지 치오른 타로가 눈을 샐쭉이 내리뜨며 의자에 비
스듬히 앉아 애먼 초밥 봉지를 흘기고 있을 무렵이었다. 하이힐 소
리가 또각또각 가까워지더니 청바지에 흰 패딩 점퍼를 입은 한 여인
이 억세게 문을 밀고 들어왔다. 눈가에 옅게 퍼진 잔주름이 그녀가
중년임을 말해 주고 있었지만, 점퍼 속에 숨겨진 타이트한 라인에서
는 나이를 비웃는 성적 매력이 움직일 때마다 흘러나오고 있었다.
이내 타로의 입이 가로로 쫙 찢어졌다.

  "오우!"

"…."

"쉿! 그 입술… 벌리지 마세요. 난 당신을 아래위로 한 번만 훑어 보아도 느낄 수가 있어요. 음, 당신은 지금 욕구를 만족시켜 줄 밥알이 발딱 선 초밥을 원하고 계신 거군요?"

말을 마친 타로가 입술을 지그시 깨물었다. 당연히 초밥집에 다른 걸 사러 왔을 리 없을 터인데 좀 더 로맨틱한 말을 쏘아 보내지 못한 자신이 한탄스러운 것이었다. 하지만 여자는 눈 풀린 드럼통 따위 안중에도 없는 눈치였다. 연신 가게 안을 이러 저리 두리번대는 모습이 찾는 게 특히 있는 것 같았다. 타로가 다시 한 번 여자를 향해 성대를 도르르 굴렸다.

"아니, 무슨… 간단히 애무가 필요한 일이라도?"

"아, 저기… 하… 하…."

여자는 뛰어왔는지 살짝 숨을 헐떡이고 있었다. 그런 그녀의 행동에서 섹시 포인트를 찾아낸 타로가 침을 꿀꺽 삼켰다. 그가 한층 몽롱해진 눈빛으로 되물었다.

"으응? 말씀해 보시죠? 가슴속에 담고 있는 말을 한번 제 앞에서 살짝 끌러 보세요. 저 긴타로 타로, 흥건하게 젖은 채 여기서 기다리고 있으니까요."

여자가 타로의 느끼한 표정을 보고는 인상을 찌푸리더니 다시 목을 빼며 조리실 안을 살폈다.

"혹시, 여기가 카즈오 씨 집인가요?"

"에?"

카즈오라는 말에 이내 타로의 입꼬리가 아래로 뚝 떨어졌다.

"아뇨. 카즈오 씨 집은 아니죠. 가게죠, 가게."

"제가 맞게 오긴 왔군요. 그런데 카즈오 씨는 어디 있어요?"

타로의 앙증맞은 뇌에 여자가 사장과 친분이 있을 수도 있다는 합리적인 가설이 침투했다. 그렇다면 작업 중지였다. 사심을 비우니 자연스레 목소리가 곱게 나올 리 없었다.

"그걸 제가 어찌 알겠어요. 저도 그게 궁금해 미치겠다고요. 보세요. 보시다시피 여긴 지금 개판 오 분 전이에요. 아무도 없어요. 사장님도, 사모님도, 손님도요."

타로가 눈을 핼끔 흘기며 물었다.

"그런데 사장님은 뜬금없이 왜요? 사장님과 뭘 하고 싶은데요?"

"뭘 하다니요? 그냥 할 말이 좀 있어요. 그럼 카즈오 씨의 부인은?"

타로가 뚱하니 볼멘소리를 냈다.

"그것도 몰라요. 어디 계시는지, 언제 오실지, 어떤 체위로 있는지 다 몰라요. 얼마 전 사모님에게서 당분간 가게 좀 부탁한다는 전화 한 통 받은 게 다예요."

"그럼 아이들은? 딸들이 있는 거로 아는데…."

꼭 자신을 놀리는 것 같다는 생각에 타로가 눈을 동그랗게 떴다.

"그것도 모르죠! 왜 그러세요, 도대체? 왜 제 인내심을 자꾸 더듬으세요? 클라이맥스까지 함께 가 보자는 건가요?"

여자가 아무 대꾸 없이 핸드백에서 종이를 꺼냈다. 그리고 몇 글자 무릎 위에서 빠르게 휘갈기더니 정성껏 네 번이나 접어 내밀었다.

"이걸 꼭 좀 그의 부인에게 전해 주세요. 꼭이요."

타로가 여자의 손에 들려 있는 메모를 눈으로만 쳐다보며 물었다.

"그게 뭐죠?"

여자가 기가 막힌다는 투로 말했다.

"메모죠."

타로가 말없이 고개를 끄덕였다. 여자가 메모를 넘기기 전에 아래 위로 흔들며 다시 한 번 그를 상기시켰다.

"정말로 중요한 거예요. 절대로 잃어버리거나 잊어버리면 안 돼요. 알았죠? 이걸 카즈오의 부인에게 전해 주세요. 히카 말이에요."

여자가 못 미더운 표정으로 메모지를 건넸다.

"아이고, 뭘 이런 걸 다. 정 그러시다면 감사히 받겠습니다."

타로가 메모지를 받더니 태연한 얼굴로 그것을 열어 봤다.

저는 리카라고 합니다. 놀라시겠지만,
사실 저는 카즈오의…

여자가 깜짝 놀라 소리쳤다.

"아니, 뭐 하는 거예요? 누가 당신에게 읽으라고 했어요?"

타로가 흐리멍덩한 눈을 느릿하게 깜박이며 되물었다.

"네?"

여자는 타로의 손에서 메모지를 신경질적으로 가로챘다. 잔뜩 화가 난 기세로 가게를 떠나려던 여자가 문득 걸음을 멈추고 뒤를 돌아보았다.

"어쩔 수 없이 한 가지만 더 물어봐야겠네요. 혹시 요즘 카즈오는 어떤가요? 솔직히 말해 주세요."

"네? 사장님이요? 글쎄요…. 난처한 질문이네요. 아이들은 아주 작고 귀엽지만, 사장님이 귀엽다고 생각한 적은 아직 없어요. 이건 솔직하게 말씀드리는 거예요."

"그럼 아무 일 없이 잘살고 있다는 거죠? 그렇게 이해해도 되나요?"

타로가 여자의 부푼 가슴에 시선을 못 박고 말했다.

"네? 뭐, 하긴. 그리고 보니 요즘 사장님 부부가 예전처럼 풍만하게 보이지는 않아요. 하지만 자세한 것까지 제가 알 수는 없죠."

여자가 잠시 머뭇거리다 천천히 고개를 끄덕였다. 장난은 찾아볼 수 없는 심각한 표정이었다.

"저기, 혹시요…. 커피라도 한 잔 드실래요? 마침 주방 뒤에서 누드 주전자 속 물이 뜨겁게 끓고 있는데… 제가 혀로 느끼실 수 있도록 잔 속에 설탕 깊숙이 삽입해 드릴게요."

용서

고속 도로에는 연무가 자욱했다.

히카의 시야 속 아스팔트 위 백색 점선이 긴 실선으로 둔갑하자 사각팔방에서 요란한 경적이 울렸다. 속 좁은 남성 운전자들이 그녀의 아슬아슬한 칼질 운전을 일제히 비난하고 있었다. 히카가 재빠르게 트럭 사이를 비집고 끼어들더니 다시 차선을 옮기고 가속 페달을 꾹 밟았다. 1.4리터 엔진 특유의 노킹 소리가 귓전을 울렸고, 뒤차에서는 상향등이 연방 터져 나왔다. 사과는 할 수 없었다.

평소보다 삼십 분이나 일찍 톨게이트를 치고 나왔지만, 그녀는 여전히 액셀러레이터에 올려진 발에서 힘을 빼지 않았다. 은색 도요타는 꽤 달렸고, 흠집투성이의 13인치 철제 휠도 바람개비처럼 빙글빙글 잘도 돌아갔다.

이윽고 히카의 차가 약한 언더 스티어를 일으키며 키타이로 들어섰다. 불안한 심리 탓이었을까? 딱 꼬집어 말할 수는 없었지만, 거리 분위기가 종전보다 음산해진 느낌이었다. 항상 인도에 바퀴를 걸쳐 놓던 낡은 차들은 모두 마당 안으로 옮겨져 있었고, 행인들도 평소보다 크게 줄었을 뿐만 아니라 그나마도 발걸음에 무거운 감정이 실려 있었다. 초조한 눈빛으로 백미러를 흘끔대던 그녀는 결국 자신의 집을 두어 블록 남겨 둔 시점에서 틀린 그림을 찾아내는 데 성공했다. 종전에는 없던 하얀 플래카드 한 장이 가로등을 축으로 길게 펼쳐져 있었다. 히카가 고개를 쳐들고 백미러를 응시했다.

"어?"

살인자라는 단어가 얼핏 시야에 들어온 것 같았다. 미간을 잔뜩 찌푸리며 나머지 문구를 읽은 그녀는 자신의 눈을 의심해야만 했다.

"후유코?"

방금 딸의 이름을 본 것 같았다. 히카가 자신도 모르는 사이 브레이크 페달에 발을 올렸다.

"어머, 후유코라고? 왜?"

다시 백미러를 쳐다봤다. 하지만 이미 모퉁이를 돌아 나온 터라 플래카드는 더 이상 읽을 수가 없었다. 히카가 잔뜩 예민해진 얼굴로 혼잣말을 중얼거렸다.

"말도 안 돼. 잘못 봤겠지. 왜 내 아이 이름이 플래카드에 있는 건데? 그럴 리가 없지 않아? 근데, 그래도 그건…. 그냥 지금 한 번 돌아가서 확인해 볼까?"

붉은 브레이크 등은 끝내 들어오지 않았다.

인도에 걸치는 것으로 주차를 마무리한 히카가 허둥거리며 차에서 내렸다. 차 문을 잠그지도 않고 마당으로 뛰어간 그녀는 집 안으로 들어가기에 앞서 2층을 올려다보았다. 설핏 커튼 사이로 작은 아이의 그림자가 움직인 것 같았다.

부랴부랴 허둥대던 히카가 정작 아이들의 방 앞에 와서는 걸음을 늦추었다. 그간 문에 벼락이라도 떨어졌던 것일까? 축구공만 한 구멍이 움푹 파여 있었고, 경첩도 한 개만 달랑 남아 있는 상태였다. 불길한 예감을 되삼키며 얼른 방문을 밀어젖혔다.

별스러운 그림이 방 안에 펼쳐져 있었다. 이불을 덮고 누워 있는 후유코야 자는 거라 치더라도 구슬픈 표정으로 물이 뚝뚝 떨어지는 수건을 들고 앉아 있는 나츠코의 모습은 정말이지 낯설었다. 나츠코가 고개 돌려 히카를 보고는 뾰로통한 얼굴로 다시 정면을 응시했다. 오랜만에 보는 엄마이건만, 놀라거나 즐거워하는 기색이 전혀 없었다. 히카가 어색한 분위기를 좌우로 물리치며 침대로 다가갔다. 그러자 나츠코가 재빠르게 후유코의 얼굴을 이불로 덮어 버렸다.

"뭘요, 뭘 보려구요? 왜요?"

"왜 그래, 뭘 감추는 거니?"

나츠코를 등 뒤로 보낸 뒤 이불을 천천히 걷었다. 제일 먼저 시야에 들어온 건 이마를 가득 메운 검붉은 반점들이었다.

"아유, 한겨울에 벌레라도 물린 거니? 이게 다 뭐니?"

나츠코로부터 대답이 없었다. 히카가 고개를 꺄우뚱하며 이불을 마저 걷자 서서히 모든 상처가 드러나기 시작했다. 만화 속 외계인처럼 온통 푸른 피부에 설명조차 불가한 상흔들에, 또 머리카락은 한 줌이나 비어 있었고, 뺨은 금세라도 파열될 듯 혈관이 불거져 나와 있었다. 절대로 있을 수가, 믿을 수도 없는 모습에 어이없는 실소부터 튀어나왔다.

"후…"

마침내 그녀의 입을 막은 다섯 손가락이 부르르 떨리기 시작하더니 그 사이로 국수 같은 눈물이 주르륵 흘러내렸다. 나츠코가 히카를 뒤로 밀고 다시 이불을 덮어 주며 말했다.

"언니는… 방금 막 잠들었어요. 깨울 생각은 하지도 마셔요."

히카가 눈물 젖은 손으로 나츠코의 어깨를 잡고 거칠게 흔들었다.

"도대체! 이게 뭐가 어떻게 된 거야? 누구 짓이야…, 왜!"

나츠코가 손가락으로 자신의 입술을 지그시 눌렀다.

"쉿! 조그맣게 좀 이야기하셔요."

"너, 당장 말 못 하겠니? 정말? 당장 말하지 못해?"

"언니가 엄마에게 연락하지 말라고 했어요. 엄마도 엄마의 엄마 때문에 힘들 거라고. 난 몇 번이고 전화하려고 했는데… 언니가 하지 말랬어요. 그래서 못했죠."

나츠코가 원망했다.

"아무리 그래도… 그렇게 못 들으세요? 제가 얼마나 엄마 이름을 마음속에서 불렀었는데요. 왜 그렇게 모르세요?"

가늘게 떨리던 나츠코의 목소리가 점점 커졌다.

"카즈오 아저씨가 언니를 죽이려고 했단 말이에요. 갑자기 언니를 때리고 또 때렸어요. 진짜 죽이려고 했다구요! 모든 사람이 언니를 죽이려고 작정을 해요. 세상 모든 사람이요! 나요? 나도 언니 죽이려는 사람 죽일 거예요! 못할 거 같아요? 나 해요!"

결국, 나츠코가 참았던 눈물을 터뜨렸다. 히카가 스멀스멀 올라오는 구역질을 애써 삼키며 물었다.

"도대체 왜? 이유가… 있을 것 아니니?"

나츠코가 주저앉아 바닥을 치며 통곡했다.

"언니가 불쌍해서 못 견뎌요, 저! 언니 살려 내요! 어서요! 왜 안 해요?"

"아!"

히카는 두 눈동자만 남겨진 채 나머지 모든 인체 구성 물질이 발바닥으로 내려앉는 것만 같았다. 원인 모를 욕지기질이 오장육부에 채워지며 몸이 한쪽으로 쏠리기 시작했다. 겨우 책상 모서리에 허리를 받히며 혼절을 뿌리쳤다. 그랬다. 히카는 방금 하늘 무너지는 소리를 실제로 들은 것이었다. 오늘날까지 몸서리치도록 두려워했던 일이 시작된 것이란 말이다.

하지만 이대로 맥없이 주저앉는 짓은 부모로서 무책임한 행위란 걸 알고 있었다. 마음을 다친 아이들을 위해서라면 그녀 자신의 상처 따위는 일단 옷깃에 문지르는 잔인함이 필요했다. 어떻게 해서든지 침착한 어머니의 신분이 유지되어야만 했다.

"나츠코, 이제 걱정은 그만두렴. 엄마가 옆에 있으니까…. 이제 아무도 언니를 해칠 수 없어…."

예사롭게 한다고 고심한 말이었으나, 결국 마지막엔 떨리고 말았다. 히카가 입술을 슬그머니 깨물며 거침없이 포효하는 심장을 외면하려 애썼다.

"열이, 열이 날 때는 차가운 수건을 올려놔야 하는 거야. 뜨거운 수건은 안 돼요."

나츠코가 소매로 눈물을 훔치며 말했다.

"당연히 나 알고 있어요. 원래는 차가운 수건이었어요. 언니가 열이 많아서 뜨거워진 걸 어떡하라고요."

"그래…, 그랬겠지."

긴 한숨이 이어졌다.

"이 수건, 어서 가서 찬물에 좀 적셔 오지 않을래?"

토네이도 한 마리가 심장에 있는 것 같아 던진 말이었다. 슬픔이 금세라도 목구멍을 타고 넘을 듯 미쳐 날뛰는 중이었다. 나츠코가 봐서는 안 될 놈이었다.

"어서, 언니가 아직 열이 많아."

수건을 건네받은 나츠코가 살금살금 방을 나갔다.

방문이 닫히자 심장은 열려 버렸다. 히카가 와락 후유코의 가냘픈 어깨를 부둥켜안고 소리 없는 통곡을 시작했다.

"힘들었지? 아팠지? 사실은 말이야…, 엄마는 지금까지 단 하루도 편하게 잠든 적이 없었단다. 언젠가는 이런 날이 올 수 있다는 두려움 때문에…. 결국, 왔구나. 그이가 너를 이렇게 한 것 보니 그건… 사실이었구나. 미안해, 후유코. 전부 엄마 잘못이란다. 내가 그때 정신을 잃으면 안 되었어. 차라리 혀라도 깨물고 죽을 것을…."

힘겨운 듯 뺨을 기대자 두 눈에 고여 있던 눈물이 한꺼번에 이불 위로 주르르 쏟아졌다.

"오히려 잘된 거야. 마음은 편하니까…. 널 지켜 주지 못한 나도 싫지만 나를 지켜 주지 못했던 카즈오도 싫어. 우리끼리만 아주 먼 곳으로 가자. 그래, 그곳에서 살자. 사람들도 없고 소문도 따라올 수 없는 곳으로 가는 거야."

아이의 손등에 남은 피딱지와 그녀의 눈물이 뒤섞이더니 붉은 피눈물을 만들어 냈다.

"엄마는 또 무슨 잘못을 했는데요?"

히카가 서둘러 눈물을 훔치곤 뒤를 돌아봤다. 나츠코가 성난 얼굴로 수건을 든 채 서 있었다. 물이 바닥으로 뚝뚝 떨어지고 있었다.

"그게 무슨 뜻이니?"

"방금 엄마가 그러셨잖아요. 나 다 들었어요. 엄마는 무슨 잘못을 언니에게 했는데요?"

히카는 나츠코의 행동을 이해할 수 있었다.

"그래, 엄마가 아주 큰 잘못을 했어. 그래서 사과하는 거야."

언니가 자고 있다는 것을 잊었는지 나츠코가 목청소리를 높였다.

"왜 맨날 잘못만 해요, 엄만? 엄마도 우리 언니 괴롭혔죠? 그러니까 미안하다고 말하는 거잖아요!"

"……."

"왜 괴롭혀요? 왜? 도대체 언니가 무슨 잘못을 했어요? 네?"

눈을 부릅뜨며 한 걸음씩 다가오는 모습에 놀란 히카가 본능적으로 뒷걸음질 쳤다. 이토록 흥분하는 딸의 모습을 이제껏 단 한 번도 본 적이 없었다. 마침내 벽에 부딪혀 주저앉았지만 사납게 치켜뜬 나츠코의 눈매는 풀릴 줄을 몰랐다. 깊은 잠에 빠져 있던 후유코가 기침을 하며 몸을 뒤척인 것은 그때였다.

"나가요. 내가 언니 곁에 있을 거예요. 그러니까 엄마도 나가요. 리더스 말고 난 전부 다 싫으니까…."

막내딸의 따가운 시선을 등 뒤로 느끼며 히카는 방에서 내쫓겨 나올 수밖에 없었다.

마지막 여행

희뿌연 안개 속 불빛이 점멸하고 있었다.

'…등대인가?'

천천히 눈꺼풀을 들었다. 천장에 매달린 형광등이 빠른 속도로 깜빡이고 있었다. 양쪽 귀퉁이가 이미 오래전에 퍼렇게 변색이 된 등이었다. 히카가 등받이 쿠션을 끌어안고 몸을 일으켰다.

"안녕히 주무셨어요?"

옷매무새를 정돈하던 그녀가 뜬금없는 인사 소리에 뒤를 돌아봤다. 후유코가 손을 L자로 하고는 펭귄처럼 서 있었다.

"후유코, 너! 너 말이야! 몸은 괜찮은 거니!"

"전 괜찮아요. 그보다도 엄마…, 언제 오셨어요? 저를 깨우지 그러셨어요. 엄마가 정말로 보고 싶었는데…."

"후유코…."

"맞다, 할머니는 좀 어떠세요?"

"할머니…, 그래. 할머니는 괜찮으셔. 이제 더 이상 아프지 않으실 거야."

히카의 콧날이 다시금 시큰해졌다. 점멸하는 전등 불빛이 후유코의 상처를 적나라하게 폭로하고 있었다. 차마 올바로 바라볼 수 없을 정도로 가혹한 형적들…. 히카도 알고 있었다. 그 경악스러운 상처가 본래 가야 할 곳은 그녀의 얼굴이라는 것을.

"아침인데 날이 왜 이렇게 어두운 거지? 비라도 오는 건가? 가만 있자, 빨래는 내가…. 근데 아직 시간 이른데 너 왜 일어난 거니?"

히카가 횡설수설하며 후유코의 이마로 손을 가져갔다.

"다행이네…, 열이 많이 내렸구나. 병원에는 갔다 온 거지?"

"나 아무렇지도 않아요. 어제는 그냥 조금 피곤했나 봐요. 나츠코랑 오랫동안 놀았거든요. 엄마! 엄마! 정말로 보고 싶었어요!"

후유코가 히카를 와락 끌어안았다. 사실 히카가 가장 하고 싶던 것도 이것이었다.

"나도 그랬단다. 정말 보고 싶었어. 그래… 미안해. 그리고 미안해…."

"엄마, 왜 자꾸 저에게 미안해하세요?"

히카가 고개를 들려 하는 아이를 힘으로 막았다.

"오늘은 학교 가지 마. 엄마가 선생님에게 전화할 거니까."

"하지만 전 감기가 다 나았는걸요? 정말로 아무렇지도 않아요."

"학교 가는 것이 좋으니?"

"그럼요. 얼마나 재밌는데요. 공부도 재밌고…, 친구들도 많고."

"그래도 오늘은 아니야, 가지 마. 엄마랑 갈 데가 있어. 할 이야기도 있고."

"어딘데요?"

"곧 알게 될 거야. 나츠코는 어디 있니?"

"지금 자고 있는데… 가서 깨울까요?"

"그래 줄래? 엄마는 지금부터 아침을 만들 거니까…. 뭐가 먹고 싶니?"

"전 아무거나 다 잘 먹어요. 그럼 나치도 오늘 학교 못 가요?"

"응, 그게 좋겠다고 생각해. 책으로 하는 공부도 중요하지만, 인생 공부야말로 아주 중한 거니까…. 어서 깨워. 위험하니까 계단 뛰지 말고 천천히 올라가고."

"예, 엄마."

후유코가 시원스럽게 대답하며 자리에서 일어났다.

히카는 아이들이 좋아하는 베이컨 치즈버거를 만들 양으로 프라이팬에 불을 놓았다.

'끼익… 끼익끼익….'

벌써 다섯 번째 시도였다. 하지만 들리는 건 소음뿐 여전히 시동은 걸릴 줄을 몰랐다.

"또 그러네. 괜찮았었는데…."

나츠코가 조수석을 끌어안고 일어나더니 얼굴을 들이밀었다.

"왜요? 왜 그래요?"

"후, 시동이 잘 안 걸려…. 아, 됐다! 잠깐만…."

'펑'하는 배기음과 함께 시동이 걸리자 이때다 싶은 히카가 액셀러레이터를 마구 밟았다. 엄청난 양의 먹구름이 트렁크를 타고 올라왔다.

"왜 이렇게 해요? 시끄럽고 창피한데…."

"배터리가 낡아서 이렇게 하지 않으면 안 돼. 이게 충전하는 거야. 자, 다 됐다."

"왜 엄마는 낡은 차를 몰아요?"

"돈이 없으니까…. 왜 그러겠니?"

"차 살 돈이 없어요? 그럼, 일단 사고 나중에 주면 되잖아요? 내년 엄마 생일이나 뭐, 그때 준다고 하면 그 사람들도 싫다고는 안 할 걸요? 요즘 장사도 안될 텐데…."

"풋! 세상사가 다 네 생각처럼 편하고 간단하면 얼마나 좋겠니."

히카가 고개를 뒷좌석으로 돌렸다.

"후유코, 그러고 보니 우리끼리 드라이브를 한 적은 한 번도 없는 것 같구나. 그렇지?"

"네."

나츠코가 말했다.

"엄마, 어디로 가는 거예요? 우리 놀이동산 가요?"

"아니, 그건 아니고…. 오늘은 우리 그냥 신나게 달려 보는 거야, 무작정. 산이고 들이고, 바다고…, 어때? 생각만 해도 좋지 않니?"

"이런 고물차로 그게 돼요?"

"어머, 무시하니? 어쩌면 산길을 달리다 사슴을 볼 수도 있는데 그런 말 할 거야?"

"사슴? 어, 사슴? 아, 그건 좋네! 그건 너무 좋은 거지! 만지고 싶어…, 헤!"

문득 차가 요동을 쳤다. 비포장도로에 들어선 것이다. 히카가 걱정스러운 얼굴로 룸미러를 봤다.

"도시락은 쓰러지지 않게 잘 뒀지?"

후유코가 도시락 위에 손을 얹었다.

"제가 잘 잡고 있어요."

알사탕 같은 신호등을 지나 김밥 같은 국도로 들어서니 멀리 할아버지의 관리실이 윤곽을 보이기 시작했다. 후유코가 손가락으로 가리키며 반가워했다.

"아, 저기다! 엄마, 저기 보이는 곳이 할아버지가 일하시는 곳이에요. 아시죠? 리더스의 할아버지요."

히카가 딸의 손가락을 따라 시선을 옮겼다. 상상했던 것보다 너무 작고 초라한 모습의 가건물이었다.

"아…, 그래. 너희를 잘 보살펴 주신다는 그 할아버지 말이지? 한
번 찾아뵙고 감사하다는 인사를 드려야 하는데…. 우리 이따 집에
올 때 선물이라도 사서 드릴까?"

"우아! 정말요? 꼭 그렇게 해 주세요!"

후유코도 한마디 거들었다.

"부탁드려요. 정말로 고마운 분이세요. 엄마도 직접 만나 보면 할
아버지가 좋아지실 거예요."

"그래, 그럴 것 같구나."

히카는 웃었다. 갑자기 가슴속이 상쾌해지는 기분이었다. 이 느낌
을 오랫동안 유지하고 싶었기에 가지고 다니던 동요 테이프를 플레
이어에 밀어 넣었다. 스피커는 비록 문 밑에 달린 두 개가 전부였지
만, 큼직한 영구 자석은 금세 차 안을 아동용 나이트클럽으로 만들
어 버렸다. 나츠코가 충치를 드러내며 목청껏 동요를 따라 부르자
절로 흥겨워진 히카도 리듬에 맞춰 운전대를 두드리기 시작했다. 하
지만 후유코는 달랐다. 귀마개를 깊게 찔러 버린 사람처럼 차창 밖
의 세상을 그저 무덤덤하게 내다보고 있을 뿐이었다. 후유코의 맑은
눈동자에 앙상한 나뭇가지들이 연신 투영되어 지나갔다.

그들의 차가 고속 도로로 들어서자 휠 하우스 안에서 팝콘처럼
날뛰던 돌멩이들이 잠잠해졌다. 동요 테이프가 오토리버스를 끝내
고 튕겨 나오고 적막까지 찾아오니 약속이나 한 듯 아이들 눈은 스
르르 감기기 시작했다. 생각을 정리할 수 있는 찬스가 온 것에 감사
하며 히카가 빠르게 비켜 가는 아스팔트를 책상 삼아 해야 할 이야
기와 안 될 것들을 토막 내고 붙이며 땜질했다. 아무리 생각에 생각
을 거듭해도 이야기는 극단적으로 모호하면서도 간단했다.

9년 전, 그녀의 집에 악명 높은 살인귀 카이토가 숨어들었다. 그의 그림자를 피해 사방팔방으로 도망을 치던 히카는 급기야 뒤에서 머리를 가격당했고 섬광과 함께 의식을 잃고 말았다. 그 이후는 아무런 기억도 나지 않았다. 눈을 떠 보니 병원 침대 위였고 카즈오가 깍지 낀 채 의자에서 꾸벅거리며 졸고 있었다. 그 후 며칠 동안 지속되던 아랫부분의 통증…. 그게 사건의 전말이었다. 도대체 그녀가 무엇을 잘못했단 말인가? 하지만 초등학교 3학년짜리 아이에게 그때의 형편을 숙지시키기에는 들이맞추기 어려운 언어 조각이 존재하는 것도 사실이었다. 그녀가 액셀러레이터를 지르밟자 길가의 가로수들도 지지 않고 성을 내며 달려들었다.

황량한 겨울 호숫가에 차를 세운 히카가 트렁크에서 접이식 자전거를 꺼냈다. 찬바람이 콧등과 귓바퀴를 수시로 오르내렸지만, 어린 소녀들의 얼굴에는 미소가 끊이지 않았다. 먼저 히카가 안장에 올랐다. 그런 다음 나츠코가 올라가 엄마의 허리를 감싸 안았고, 동생의 허리는 또 후유코가 얼싸안았다. 히카와 아이들이 순차대로 허리를 이어 잡자 자전거는 금세 알록달록한 작은 기차로 탈바꿈되었다.

이윽고 바퀴가 굴러가며 운행이 시작되었다. 출발부터 장애물투성이였다. 몇 바퀴 굴러가기도 전에 곱사등이 지형이 쑥 나타나더니 모녀를 흙 위로 매정하게 던져 버린 것이었다. 하지만 그따위로 여행을 포기할 히카네 기차가 아니었다. 어차피 레일도, 리더스 할아버지 같은 훌륭한 역무원도 없는 천하의 무적 열차였다. 결국, 그들 모녀는 까칠한 점토 땅에 쉴 새 없이 무릎을 꿇으면서도 낚시터와 사슴 공원에 이르는 호숫가 핫 코스를 빠짐없이 섭렵하는 끈기를 보여 주었다. 지금 그들의 가슴에는 온혈 제조기라 불리는 사랑이 가득 담겨 있었다. 그것 앞에서 추위 따위는 얼음을 입에 문 개미의 입김 정도에 지나지 않았다.

자전거를 끌고 돌아오는 길이었다. 급작스런 허기를 느낀 나츠코가 배 속에서 들리는 소음을 가지고 언니와 엄마를 차례로 협박했다. 식사하기에는 민망한 시간이었지만, 결국 적당한 장소를 찾아 도시락 뚜껑을 열었다. 점심은 주먹밥이었다. 고맙게도 여전히 온기를 지니고 있었다.

손가락에 밥알을 훑으며 재잘대는 아이들의 소리가 좀 크다 보니 근처를 배회하던 겨울새 한 마리가 푸드덕 날개를 치며 하늘로 비상했다. 새를 좋아하는 히카가 반가운 마음에 얼른 고개를 들었다. 미소를 띤 그녀의 입가가 방금 날아간 새의 부리와 무척 닮아 있었다.

시끄러운 팬터마임

히카의 차가 겨우 주차장 푯말을 따라잡았을 때였다. 나츠코가 발을 동동 구르며 요란하게 칭얼댔다.

"엄마…, 엄마! 화장실! 빨리요! 어서요!"

"그렇게 급한 거니? 그러게 내가 아까 호수 공원에서 가자니까…."

"그런 말은 지금 왜요. 빨리요, 빨리. 네?"

"후유코, 넌? 괜찮은 거니? 앞으로 두 시간 정도는 더 가야 되는데…."

"아니에요, 엄마. 전 괜찮아요. 다녀오세요."

"알았어, 그럼 빨리 갔다 올게. 올 때 뭐 좀 사 올까?"

후유코는 고개를 저었다. 나츠코가 아직 시동조차 끄지 못한 엄마의 손을 무턱대고 잡아끌었다.

"아이고! 지금 그런 거 이야기할 시간이 어디 있다고요! 나 나온다니까요? 정말이라니까요?"

차창을 통해 엄마와 동생의 허둥대는 모습을 지켜보던 후유코가 시트 팔걸이를 내리고 그곳에 가만히 얼굴을 기댔다. 눈앞에서 앙상한 나뭇가지가 바람을 못 이긴 채 처량하게 휘청대고 있었다. 그 차림새가 마치 살려 달라고 도움을 구하는 것 같았다. 후유코가 눈을 지그시 감으며 한숨을 내쉬더니 두 팔 속에 얼굴을 묻어 버렸다.

규칙적이면서도 날카로운 소음이 들려온 것은 바로 그즈음이었다. 유리구슬을 숟가락으로 툭툭 건드릴 때 나는 소리랄까? 후유코가 몸을 일으켰다. 시커먼 밴이 어느 틈엔가 옆에 주차돼 있었지만, 그곳에서 나는 소리는 아닌 것 같았다. 의아한 얼굴로 주변을 두리번거리던 후유코는 이내 소음의 정체를 확인할 수 있었다. 난생처음 보는 남자아이가 동전 하나를 손에 들곤 히카네 차 창문을 두드리고 있었다. 후유코는 얼른 창문을 내렸다. 틀림없이 도움을 갈구하는 것이라고 생각했기 때문이었다. 둘 사이를 가로막던 투명한 벽이 서서히 내려앉자 듣기 거북한 목소리 하나가 덥석 실내로 들어왔다.

"난 널 알아."

아이는 어린이용 연미복을 입고 있었는데 짧은 머리에 왁스를 발라 넘긴 꼴이 꼭 뜨내기 연극에 나오는 못된 시아버지처럼 보였다. 명백히 생면부지 아이였고 첫인상도 유쾌하지 않았지만, 혹시나 학우일 수도 있다는 생각에 후유코가 일단 반문을 했다.

"그러니? 넌 날 아니? 그럼 혹시 우리 학교에 다니고 있어?"

"알아, 넌 후유코야. 틀려?"

남자아이의 입에서 자신의 이름이 나오자 벌써 좋은 의도로 말을 걸고 있지 않다는 것을 후유코는 직감했다. 허둥지둥 창문을 다시 올리려고 하는데 그 우스꽝스러운 아이가 묻지도 않은 말을 혼자 지껄이기 시작했다.

"살인마의 딸, 후유코. 널 여기서 볼 줄이야. 너의 아빠는 악마라던데? 그렇다면 너도 악마지. 그런데 너 설마 아직도 우리 동네에 사는 거야? 넌 거기 있으면 안 돼."

급기야 차 유리가 완전하게 맞물렸지만, 후유코는 그래도 불안했다. 황급히 뒷좌석 포켓에 꽂혀 있던 지도를 펼쳐 창문까지 가려 버렸다. 그런데 이상한 건 그 독특한 외모의 아이가 이제는 얼굴을 볼 수 없는데도 여전히 떠들어 댄다는 것이었다.

"너가 우리 동네에 있는 건 정말 싫어. 너의 아빠는 어린이도 죽였다던데…? 그 아이들 귀신이 널 괴롭히러 올 거야. 너 때문에 우리 동네에 귀신이 들어오면 너가 책임질 거야? 못할걸? 그러니까 당장 내일이라도 우리 동네를 떠나 버리는 게 어떠냐?"

한참을 나불거리던 아이는 상대방을 볼 수도, 들을 수도 없는 상황을 그제야 깨달은 것 같았다. 당황한 듯 빠르게 눈을 깜빡이더니 불끈 주먹을 쥐고는 히카의 차 주변을 빙빙 돌기 시작했다. 이윽고 반대쪽 차 문에서 뜀박질을 멈춘 아이는 그곳에서 허리를 똑바로 편 채 다시금 눈을 틱 환자처럼 깜빡였다. 참으로 이상야릇한 광경이 아닐 수 없었다. 후유코가 질겁하며 이번에는 문을 잠갔지만, 어차피 아이는 차 안으로까지 들어올 생각은 없어 보였다. 그저 기름 낀 머리를 차창에 문지르며 겁에 질린 후유코를 여러 각도로 관찰할 뿐이었다.

후유코가 눈을 감아 버리고 차 문이 잠기며 유리창까지 닫혀 버린 상태가 한동안 계속되었다. 재미가 있을 리 없었다. 아이가 창문을 비비던 뺨을 뒤로 빼고 냅다 소리를 질렀다.

"야! 히로토! 이노리! 이리 와 봐! 여기 후유코가 있어! 진짜 후유코야! 그 악마의 딸 말이야. 어서 와서 구경해!"

두어 명의 아이들이 밴에서 내리더니 기름진 아이가 했던 행동을 똑같이 반복했다.

"저게 악마의 딸이야? 별로 무섭게 생기지도 않았는데? 뭐야? 되게 착하게 생겼어. 시시하게…."

아이 중 한 명이 후유코가 가만히 눈을 감고 있는 모습을 관찰하곤 투덜거렸다.

"무슨 소리야? 저렇게 순해 보여도 저건 악마의 딸이야. 그러니까 더 무서운 거야. 유전은 무서운 거라고 했어."

"유전이 뭔데?"

"유전이 유전이지."

"그러니까 그게 뭐냐고?"

"유전이라니까?"

"아니, 그러니까 내 말은…."

"자식! 까불어?"

둘러대는 것도 한계가 있는지 돌연 기름기 아이가 성을 냈다.

그런데 화가 난 사람은 그 아이 혼자만이 아니었다. 바로 뒤에도 있었다. 귀청이 다 얼얼한 고함이었다.

"야, 너희들! 여기서 뭐 하는 거야!"

나츠코가 양손을 허리에 올린 채 씩씩거리고 있었다. 그 기세가 워낙 등등해 자기들보다 훨씬 작은 여자아이인데도 반박하는 아이가 한 명도 없었다.

"빨리 가! 안 가? 어서 안 가?"

나츠코가 뭔가 무서운 것이라도 찾겠다는 듯 주변을 살피자 히로토와 이노리라는 아이들이 귓불을 잡곤 허둥대며 밴에 올라탔다. 하지만 기름 아이는 역시 정상하고는 거리가 멀었다. 그들을 따라가지 않았다. 여전히 멀뚱거리며 그 와중에도 차 안을 살피고 있었다.

"넌 왜 안 가?"

기름기 아이가 돌아보지도 않고 말했다.

"말로만 듣던 후유코야. 이 좋은 구경을 벌써 그만하라고? 싫어,

더 볼 거야. 우리 차도 바로 옆에 주차했으니까 내가 뭘 하든 내 맘이야."

"어서 너희 차로 돌아가. 마지막이야."

"싫다면?"

기름 아이가 퍽 쓰러졌다. 영문도 모른 채 땅바닥에 손을 짚고 올려다봤다. 빈 콜라병을 손에 든 나츠코가 매섭게 쏘아보고 있었다. 황당한 얼굴로 자신의 다리를 쳐다본 아이는 그제야 비로소 얻어터진 사실을 깨달았다. 뒤늦게 다리를 붙잡고 깡충거리며 온갖 오두방정은 다 떨었다.

"아야, 아야! 아파! 진짜 아파! 장난이 아냐! 엄마! 어딨어?"

나츠코가 다시 한 번 빈 병을 높이 쳐들자 아이가 기겁하며 달아났다.

때마침 편의점에서 과자 봉투를 껴안고 걸어오던 아이의 엄마도 그 소리를 들었다. 옆의 소년에게 봉투를 던져 주고는 기름 아이에게 달려갔다.

"뭐니, 마사하루! 무슨 일이야?"

"저 악마가 날 때렸어! 너무 아파서 죽을 것 같단 말이야! 엄마도… 엄마도 저 아이 똑같이 때려 줘야 해?"

합스부르크 립에 쫙 찢어진 눈매의 엄마라는 사람도 친자 확인이 필요치 않을 정도로 아이와 똑같은 수준의 인격을 가지고 있었다. 앞뒤 분간도 안 해 보고 무작정 팔부터 걷어 올리기 바빴다.

"야! 넌 뭔데 남의 귀한 아들을 때리는 거야? 이거 아주 가정 교육을 제대로 못 받은 아이네? 네 엄마 어디 있어?"

여자의 몰상식한 을러댐은 지나가는 행인을 하나둘씩 모여들게 했다. 삽시간에 수많은 사람이 그들을 에워쌌지만, 언제나 그러하듯 나츠코의 표정에 두려운 기색일랑 없었다.

"아줌마 아들이야말로 이상해요. 왜 가만히 있는 사람을 괴롭혀요? 누가 먼저 잘못했는지 알고 소리 지르세요?"

물론 마사하루의 엄마도 거위만 한 아이가 망아지 같은 남자아이에게 시비 걸었을 리 만무하단 걸 알고 있었다. 하지만 그 여자의 인생에 있어 잘잘못을 셈하는 일은 항상 뒷전이었다. 아들이 울고 있으니 성이 날 뿐이었고, 모르는 아이가 말대꾸하니 자존심이 상할 뿐이었다. 여자가 손가락으로 나츠코를 지적하며 교양 없음을 드러냈다.

"어머, 어머! 이 아이 눈 좀 봐! 흰자가 다 보이네? 도대체가 어른에게 조금의 존경심도 없어! 너도 우리 아들이 맞은 것처럼 똑같이 한 번 맞아 볼래? 그래야 정신을 좀 차리지? 응?"

관객들을 의식한 여자가 손까지 올려 보였다. 물론 그 정도로는 나츠코의 정의로운 마음을 꺾을 수 없었다.

"그럼 때리세요. 겁날 줄 알아요?"

"뭐, 뭐라고?"

"치! 때리지도 못하면서 말만…."

"나치, 그만해. 어른에게 그렇게 말하는 거 아니야."

보다 못한 후유코가 차 문을 열고 나와 제지했지만, 나츠코는 쉽사리 화가 가라앉지 않는 모양이었다.

"야! 이 비겁하고 나쁜 놈아! 이리 와서 누가 먼저 잘못했는지 사실대로 말해! 안 해?"

마사하루는 성이 잔뜩 난 나츠코의 얼굴을 다시 보자 질겁부터 했다. 차창 밖으로 삐죽 내밀었던 얼굴을 얼른 다시 집어넣고는 손으로 어깨까지 쓸며 벌벌 떨었다. 사내라고 키워 놓은 놈이 쪼그마한 여자애 한마디에 바로 꼬리를 내려 버리니 그걸 지켜보는 엄마의 마음이 비참해지는 것은 당연지사였다. 공연스레 더 성을 내며 나츠코를 두 손으로 거칠게 밀었다.

"야! 너 왜 자꾸 내 아들 괴롭히는 거야? 경찰서에 가고 싶어?"

"왜 밀어요? 아줌마가 뭔데 날 밀어요?"

"그럼 너는 왜 내 아들 때렸는데? 왜?"

"우리 언니를 괴롭혔어요. 못 믿겠으면 병신 같은 아줌마 아들에게 물어보세요."

"뭐, 뭐? 병, 병신? 야! 너의 엄마 어딨어?"

"여기 있는데요? 왜 그러세요?"

여자가 막 계산을 마치고 온 히카의 차림새를 빠르게 내리훑었다.

"아하! 당신이 이 버릇없는 욕쟁이의 어머니세요?"

"네? 무슨 그런 말이…. 아니, 도대체 무슨 일이세요?"

"거두절미하고… 당신 딸이 내 아들을 때렸어요, 됐어요? 아이 교육을 도대체 어떻게 하는 거예요?"

"그게 무슨 말씀이세요? 우리 나츠코가 누굴 때리다니요? 내 딸은 그런 아이가 아닌데요? 뭘 오해하시고 있는 거 같은데…."

마사하루의 엄마가 어이없다는 표정으로 주위 방관자들을 둘러봤다.

"여러분, 들었죠? 제가 뭘 오해했다네요! 기가 막혀! 이봐요! 눈 좀 똑바로 뜨고 살아요! 지금 저 아이의 손에 뭐가 들려 있는지 보고도 그런 말이 나와요? 사과는 안 하고 일단 잡아떼고 보다니, 역시 옛말 틀린 거 하나 없어. 그 아이에 그 엄마라니까…."

처음 보는 여자가 막무가내로 불손히 굴자 히카도 슬슬 성이 나기 시작했다.

"당신이 날 언제 봤다고 그런 식으로 말하는 거죠? 어른이 돼서 아이들이 싸웠으면 말릴 생각을 해야지요. 무조건 화부터 내나요? 당신이야말로 그 아이에 그 엄마네요. 도대체 어른이 아이들 싸움에 뭐 하는 거예요?"

여자가 홍당무처럼 얼굴을 붉히며 한 발짝 다가섰다.

"기, 기가 막혀서! 사과해도 모자랄 판에 당신 지금 나에게 훈계하는 거야? 뭐 이런 여자가 있어 정말?"

"잠깐만요. 지금 그거 반말이죠?"

이때 소란을 보고 달려온 편의점 직원이 사람들 틈을 헤집고 들어왔다. 그가 손을 내저으며 말했다.

"제발, 손님들! 여기서 다투지 좀 마세요. 저희 영업에 지장이 됩니다. 네? 어서 가 주세요. 어서요."

히카도 더는 별난 여자와 엉키고 싶지 않았다. 직원 말에 바로 고개를 끄덕이곤 아이들을 돌아봤다.

"자, 얘들아. 어서 차 안으로 들어가. 집에 가자."

히카와 여자가 동시에 차에 올랐지만, 향후 행보는 각각 달랐다. 슬쩍 밴을 쏘아본 후 안전벨트를 매는 히카와 달리 여자는 운전석에 앉자마자 마사하루의 뺨따귀부터 한 대 올렸다. 그녀가 보기에도 히죽대는 아들이 꼭 병신 같기 때문이었다.

도망치듯 주차장을 빠져나가는 밴 안에서 뺨을 감싼 채 엉엉 우는 마사하루의 모습이 보였다. 나츠코가 그걸 놓칠 리 없었다. 차창에 바짝 얼굴을 가져가 한 글자씩 또렷하게 입을 벌려 축전을 보내 주었다.

"넌, 진, 짜, 병, 신."

노란색 벤치

"죄송해요. 모두 저 때문에….."

후유코가 눈치를 살피며 고개를 숙였다.

"무슨 소리니? 네가 잘못한 게 뭐 있다고… 하나도 없어."

히카가 백미러를 통해 나츠코를 바라봤다.

"그리고 나츠코, 남의 집 아이를 그렇게 때리면 되니? 그건 안 되
는 거야."

"하지만….."

히카가 한 손을 들어 말을 가로막았다.

"물론 너의 마음은 잘 알아. 언니를 괴롭히는 것 같아 화도 났겠
지. 어쩌면 나도 그런 상황에서는 너처럼 행동했을지 몰라. 하지만
말이야, 어떤 경우에서든 타인을 때리는 건 나쁜 짓이야. 절대 칭찬
받을 수 없는 못된 짓이라고, 내 말 잘 알지?"

"네, 엄마. 그건 저도 알아요. 그건 잘못했어요. 다신 안 그럴게요."

"항상 대화로 모든 걸 해결해야 하는 거야, 대화로….."

"네…, 대화. 그거….."

죄스러운 마음에 나츠코가 눈을 내리깔았다.

"풋!"

돌연 운전석에서 숨 참는 소리가 들려왔다. 나츠코가 고개 들어

엄마의 표정을 살폈다. 이해할 수 없었다. 종전까지만 해도 엄하게 굳어 있던 얼굴에서 서서히 미소가 번지고 있었다. 사실 그랬다. 방금 것은 정도의 교육을 위한 조언이었을 뿐 히카라고 나츠코의 화끈한 성격이 통쾌하지 않을 리 없었다.

"근데 말이야, 너보다 훨씬 큰 사내아이가 말이야. 네가 무서워 차밖으로 나오지도 못하던데? 안에서 벌벌 떨며 눈치 보는 거 봤어? 대체 뭘 어떡하면 그렇게 되는 거니? 그 아이의 표정이 진짜 괴상망측했어. 그렇지?"

나츠코가 마사하루의 주눅 든 표정을 떠올리며 말했다.

"그거요? 쉬워요, 때리면 돼요. 그냥 때리면…. 그래도 까불어요? 그럼 또 때리죠? 그래도? 안 까불 때까지 무작정 때려요. 그게 나만의, 응, 나만의…."

"노하우?"

"응, 그거요! 노아워! 헤헤!"

271

금세 차 안은 여자들의 웃음판이 되어 버렸다. 히카가 진정을 하려고 손으로 아랫배를 잡았다.

"하하하! 아이고, 배야. 음… 그래도 말이야. 그렇게 무작정 때리다가는 나중에 진짜 성격 있는 아이 만나면 큰일 나. 그러니까…."

"저도 알아요. 저도 아무나 안 때려요."

"그럼?"

"병신만 골라 때려요."

마카로니라는 별명이 붙은 길로 들어서자 히카가 운전대를 꺾으며 속도를 늦췄다.

"자, 우리 여기서 잠깐 이야기나 하고 갈까?"

아이들은 엄마의 갑작스런 주문이 도리어 즐거운 눈치였다.

차가 멈춘 곳은 마른 나뭇가지가 무성한 좁은 길이 절묘하게 S자로 만곡된 산 중턱이었다. 한가한 공터를 기대한 것이 전부였건만, 몇 걸음 걷지도 않았는데 펑퍼짐한 벤치가 보이는가 싶더니 이내 시원스런 산 아래 풍경이 레드 카펫처럼 펼쳐졌다. 히카는 속으로 쾌재를 부르며 벤치에 앉았다. 누군가 물청소를 시도했는지 손잡이가 살짝 얼어 있었지만, 발아래 내려다보이는 성냥갑 집들의 풍경은 그녀의 모든 감각을 무기력하게 했다. 천상의 자리임이 틀림없었다.

만족스러운 표정으로 경관을 둘러보던 히카가 콜라병으로 장난치고 있는 나츠코를 벤치로 불렀다.

"이리 와서 앉아 봐, 경치가 너무 좋아."

"네, 가요."

"나츠코, 병은 두고 와야지. 그걸 왜 들고 오니?"

"이거요?"

"그래."

"이거 그냥 병이 아니라서요."

"그냥 병이 아니라니?"

"이 병이 아까 그 병신 때려 준 병이거든요. 기념으로 갖고 있으려구요."

"뭐?"

후유코가 말했다.

"나치, 너도 참…."

어린 딸들이 좌우에 각각 착석하자 히카가 어슴푸레한 한겨울 풍경을 바라보며 입을 열었다.

"후유코, 나츠코, 너희들이 벌써 3학년과 2학년이 되었구나. 세상

시간이 참 빠르구나. 언제까지나 엉금엉금 기어 다니는 아기일 줄 알았는데…. 이젠 어엿한 학생 신분이 되어 있네?"

후유코가 엄마의 어깨에 머리를 기댔다.

"모두 엄마 덕분이에요. 저희가 건강하게 자란 거요."

"휴, 너희들은 아직 모를 거야. 하지만 삶을 살아가다 보면 여러 가지 일들을 만나게 된단다. 때론 즐거운 일도 경험하게 되고 또 슬프고 억울한 일도 겪게 되는 거야. 바로 그게 우리가 숨을 쉬고 있다는 증거거든. 그것들은 우리가 피할 수도 있지만, 절대로 도망칠 수 없는 경우도 있어. 모두 운명이라는 것과 신이 결정하시는 거란다."

"신이란 사람은 좋은 분이에요?"

나츠코가 눈을 깜빡이며 물었다.

"사람이라…, 그렇게 표현해도 될까 모르겠구나. 우리가 눈으로 볼 수 없는 분이란다. 우리 마음속에만 계시는 분이니까. 음… 신이 정확히 누구라고 말을 할 순 없어요. 우리나라만 해도 그렇고, 이 세상에는 종교가 참 많고 다양하거든. 하지만 어떤 신이라도 우리 모두가 서로 사랑하고 행복해지길 바라는 건 똑같단다."

"전 좋은 분이냐고만 물었는데 대답이…. 그럼 신은 뭘 갖고 싶길래 후유코 언니를 괴롭히는 거예요?"

뜬금없는 말이었지만, 히카는 당황하지 않았고 입가의 미소도 잃지 않았다. 다만 그녀의 시선은 아이들 대신 눈앞의 절경을 택하고 있었다.

"그건 나중에 더 큰 기쁨을 주시기 위해서야. 엄마가 한 가지 질문을 할까? 네가 좋아하는 초콜릿으로 예를 들어 보면 이해가 쉽겠지? 나츠코, 넌 맛있는 초밥과 케이크를 배불리 먹은 뒤에 네가 좋아하는 초콜릿을 먹을 때가 더 맛있니? 아니면 길을 잃고 종일 거리를 헤매서 아무것도 못 먹고 힘이 다 빠졌을 때 먹는 초콜릿이 더 맛있니?"

나츠코가 눈동자를 몇 번 굴리고 대답했다.

"그거야 배고플 때 먹는 게 제일 맛있죠. 응, 정말 그게 맛있어."

"바로 그거란다. 슬픔이 없으면 행복도 없는 거야. 엄마는 슬픔은 행복을 최대한 누리기 위해 존재한다고 생각해. 밤은 아침을 맞기 위해 존재하는 거고…, 겨울은 봄의 화사함을 위해…."

히카가 슬며시 곁눈으로 후유코를 훔쳐봤다.

"나츠코? 미안하지만, 자리 좀 잠깐 비켜 주겠니?"

"어, 왜요? 어떻게 비켜요?"

"미안하구나. 언니랑 단둘이 해야 할 이야기가 있어."

"괜찮지 않을까요? 나츠코는 제 동생이잖아요. 무슨 말씀을 하시려는지 모르지만요…."

히카가 바람이 흩트린 딸의 머리카락을 귀 뒤로 넘겨주었다.

"자매 사이에도 프라이버시는 있는 거야. 어때, 나츠코? 그래 줄 거지?"

나츠코가 무표정하게 벤치에서 일어나더니 엉덩이에 묻은 먼지를 털었다.

"네, 어렵지 않아요. 프라이버거, 그것도 맛나겠다. 그럼 전 저기로 가 있을게요."

"고맙구나, 잠깐이면 되니까…. 그래, 저쪽에…. 이야기 끝나면 부를 게, 잠깐만 그러고 있어."

엄마가 지적한 곳으로 간 나츠코가 마치 사내아이 소변 보는 것 같은 엉성한 폼으로 중얼거렸다.

"천천히 이야기해도 돼요. 전 나무와 이야기하고 있으면 되니까요. 음, 이 할아버지 나무와 이야기할까…? 정말로 나이 많은 나무시다."

"뭐라고?"

"나치는 동물과도 이야기할 수 있어요."

"와, 그래? 놀라워, 우리 딸?"

나츠코가 등을 돌린 채 손가락으로 V자를 만들어 올렸다. 어림짐작으로 거리를 계산한 히카가 후유코의 어깨를 감싸며 이야기를 시작했다.

"아빠가 많이 밉지? 괜찮아, 그냥 솔직히 말해. 우리 오늘만큼은 솔직해지자. 엄마도 그럴게."

"아니에요, 엄마. 미워하지 않아요. 그냥…."

"그냥?"

"조금 무서워요. 그것뿐이에요. 하지만 제가 카즈오 아저씨라도 제가 미웠을 거예요."

"아저씨… 아저씨라고…."

건조하고도 날카로운 북풍이 불어왔다. 헝클어진 머리가 입안으로 들어왔지만, 히카는 깍지 낀 손을 살며시 무릎에 내려놓을 뿐 건드리지 않고 그대로 두었다.

"모두 다 엄마 잘못이야. 넌 아무 죄도 없어. 그러니까 그런 식으로 말하면 안 돼. 네가 아직 어리지만, 또 나조차도 아직도 인정 못하고 있지만, 이렇게 진실을 피하고 두려워만 하는 것도 이제 신물이 나. 먼저 물어볼 게 있어, 솔직하게 대답해 줄 수 있는 거지?"

"물론이죠, 엄마. 말씀하세요."

"어쩌면 앞으로 우리 이렇게 세 명만 살게 될지도 모르겠어. 카즈오 없이 말이야. 물론 그렇게 되면 돈도 지금보다 없을 거고 훨씬 가난한 생활을 해야 할 거야. 멀리 이사 가게 될지도…, 아주 멀리….

만약에 그렇게 돼도 괜찮겠니?"

"왜 그런 말씀을 하세요? 저 무서워요…."

"아니야, 겁을 주려는 게 아니야. 사실은 말이야…, 엄마가 널 낳고 나서부터 지금까지 줄곧 두려워한 것이 하나 있었어. 설마 그것만은 사실이 아니기를 간절하게 기도해 온 일…. 하지만 카즈오가 너에게 한 행동을 보니, 그것이…. 아, 하늘이 나를 향해 무너지는 것 같아…."

"엄마, 괜찮으세요?"

"응, 괜찮아. 이런 이야기를 하기에 넌 아직 어리다는 걸 알아. 그렇지만 다른 방법이 없구나. 아까도 말했지만, 사람들이 삶을 살다 보면 자신이 결코 원하지 않는 정말 나쁜 일도 생긴단다. 엄마가 바로 그랬어. 너희들이 태어나기 전이었어. 정말로 상상조차 할 수 없는 끔찍한 일을 혼자 겪어야만 했단다. 하지만 그건 그 누구도 막을 수가 없는, 말 그대로 사고였어. 어느 누구의 잘못도 아닌…. 후유코, 네가 지금 잊지 말아야 할 것은 오직 하나뿐이야. 넌 무엇과도 바꿀 수 없는 세상에서 가장 소중한 나의 딸이라는 거야. 그것만큼은 세상이 뒤집혀도 진실이란다. 다른 것은 우리 지금 생각하지 말기로 하자. 카즈오가 어떻게 그걸 알았는지 모르겠지만, 차라리 이렇게…."

꺼져 버린 촛불

'후두두… 후두두! 끼익!'

히카가 말을 하다 말고 뒤를 돌아봤다. 커다란 밴 한 대가 원심력을 이기지 못하고 주차되어 있던 그녀의 자동차를 향해 미끄러지고 있었다.

"위험해!"

히카는 기절초풍하면서 아이들을 와락 끌어안았다. 고막을 찢는 굉음을 내뿜으며 달려들던 차량은 다행히도 그들을 비켜 가더니 구렁에 바퀴를 묻고는 멈춰 섰다.

"콜록! 콜록!"

아이들이 뽀얀 먼지를 들이키며 연신 기침을 해대고 있었다. 히카가 황급히 고개를 들고 딸들을 살폈다.

"괜찮아? 응? 넌?"

"괜찮아요, 엄마."

"응, 나 괜찮아. 쿨럭쿨럭!"

나츠코가 주먹을 모으고 기침을 하다 뭔가를 손가락으로 가리켰다.

"엄마! 저거 봐!"

히카가 고개를 돌렸다. 그녀의 자동차 왼쪽 사이드미러가 깔끔하게 부숴진 채 대롱거리고 있었다.

"어머! 이를 어째!"

히카가 먼지를 좌우로 물리치며 도어에서 시계추처럼 흔들거리고 있는 미러를 향해 다가가는데 밴의 문이 열리며 검정 스타킹이 불쑥 튀어나왔다. 하필이면 마사하루 엄마의 다리였다.

"얼마 드리면 될까요?"

여자의 첫마디였다. 미안한 안색은 도대체가 찾기 어려웠고, 도리어 거기 왜 주차했냐고 따질 듯한 기세였다.

"이게 무슨 짓이에요?"

"뭘요?"

"운전을 이런 식으로 하는 사람이 세상에 어딨어요? 혹시, 이거…. 아까 일에 대한 복수예요?"

"여보세요. 내가 일부러 그랬겠어요? 운전하다 보면 실수할 때도 있는 법이잖아요. 얼마 드리면 되겠냐고요. 사람이 물어보면 좀 대답을 하죠? 계속 물어보게 하지 말고…."

"먼저 미안하다고 말하는 게 순서 아닌가요?"

"아까 고의가 아니라고 말할 때 뭐했어요? 자, 이 정도면 되죠? 어차피 오래된 차 같은데."

여자가 지폐 석 장을 꺼내 얼굴 앞에서 흔들어 댔다. 어이가 없었다. 초밥 가게를 소유한 이후 각종 인류를 접해 봤지만, 이 정도의 안하무인은 일찍이 없었다. 히카가 아연한 표정으로 여자를 쳐다봤다. 어찌나 턱을 도도하게 치켜들고 서 있는지 양쪽 콧구멍이 환히 다 보일 지경이었다. 히카는 차라리 자비로 차를 수리하는 한이 있더라도 먼저 여자의 얄미운 상판대기로부터 탈출하고 싶은 마음이 들었다. 하지만 어디 세상사가 마음 내키는 대로만 하고 살 수 있는 것이던가? 지금은 미래를 알 수 없는 아득한 형편이었다. 한 푼이라도 지녀야 했기에 내키지 않는 말을 할 수밖에 없었다.

"저에게 연락처를 적어 주세요. 제가 견적서 받아 전화 드릴게요. 나중에 영수증에 적힌 금액을 제 통장에 입금해 주시면 되겠네요."

"연락처요? 왜요?"

"왜라니요? 방금 말했잖아요?"

"싫은데요? 내 연락처는 알아서 무슨 짓을 하려고요?"

"뭐라고요? 방금 무슨 짓이라고 했어요? 말을 원래 그렇게밖에 못하세요?"

"…."

"만약 수리비가 당신이 준 돈보다 더 나오면 그 추가 비용은 누가 부담하죠? 그리고 혹시 더 적게 나오면요? 남는 돈은요? 저도 당신 돈 갖고 싶지 않아 하는 말이니까 어서 알려 주고 갈 길이나 가세요. 남의 차 망가뜨려 놓고 뭘 잘했다고 거꾸로 따지고 있어요?"

"어머, 그래도 연락처는 아니죠. 한 장 더 줄게요. 더 줄 테니까 대신 나중에 딴말하기 없어요?"

여자가 지갑을 열며 투덜거렸다.

"우리 남편 차는 독일제 고급차예요. 근데 지난여름 지진 때도 오만 엔에 다 됐거든요? 그러니 이걸로 부족하다는 말은 아예 하면 안 되는 거 알죠? 어서 받아요? 뭐 해요?"

꺼림한 마음에 망설이던 히카가 결국 손을 내밀었다. 돈을 내던지다시피 한 여자가 고개를 획 돌리더니 성큼성큼 차로 돌아갔다.

"오늘 왜 이렇게 재수가 없어? 주면 빨리빨리 받을 것이지 아닌 척 하기는…. 내가 살인마와 섹스하고 아이까지 낳은 여자에게 연락처를 주니? 미친 줄 아나 봐."

차로 돌아가는 길에 혼자 중얼거린 말이었지만, 뚫린 공간에서 비밀을 기대한 게 잘못이었다. 여자의 말은 낱말 몇 개만 증발한 채 고스란히 히카의 귓속으로 스며들었다. 다시 살인마라는 단어를 듣게 되자 히카는 정신이 돌았다. 똑바로 달려들어 거세게 등을 밀쳐 버렸다.

"너! 지금 뭐라고 했어! 다시 말해 봐!"

꼬부라져 쓰러질 뻔했던 여자가 능숙한 솜씨로 중심을 되찾았다. 가소롭다는 듯 피식 웃는 폼이 자주 당하는 일인 것 같았다. 이번에는 여자 차례였다. 과장된 행동으로 손바닥을 쫙 펼치더니 있는 힘껏 히카의 어깨를 밀쳤다.

"어딜 밀어? 이제 성격 나오네? 내가 틀린 말했니? 아까 차 안에서 애들한테 이야기 다 들었거든? 왜 이래? 너 같은 천한 여자가 우리 동네에 있는 거 자체가 수치스러워!"

히카가 발갛게 상기된 얼굴로 어금니를 악물었다. 이미 뒤에서 만류하는 아이들의 외침 따윈 들리지 않은 지 오래였다.

"흉기 찾는 거야? 칼 찾니? 나 죽이려고? 하나 줄까? 우리 부엌에 많거든?"

분을 삭이지 못해 어쩔 줄 몰라 하는 히카의 모습을 보곤 여자가 죽고 싶어 환장한 귀신에 씐 사람처럼 닦달했다.

"어디 할 사람이 없어서 살인마랑 섹스하니? 쯧쯧, 그리고 즐겼으면 뒤처리를 깔끔히 했어야지 왜 아직도 우리 동네에 빌붙어 있는 건데? 다들 너랑 네 딸 더럽다고 피하는 거 몰라? 제발 가 주시지?"

후유코가 겁에 질린 채 벌벌 떨고 서 있었다. 사시나무처럼 흔들리는 딸의 어깨를 본 엄마의 눈에 이성이 남아 있을 리 없었다. 쥐어뜯어 버릴 듯 손을 활짝 펼치며 앞으로 내달릴 뿐이었다.

그런데 날랜 사람은 또 있었다. 차에 기댄 채 묵묵히 모든 걸 지켜보던 한 소년이었다. 실로 폭죽처럼 화려한 몸놀림이었다.

"거기 멈추세요! 오지 마세요. 그리고 고모, 고모도 그만 좀 하세요. 사실 이건 고모가 잘못하신 거예요."

공포에 사로잡힌 와중에도 후유코의 눈매가 가느스름해졌다. 어른처럼 타이르는 소년의 제스처가 왠지 낯익었기 때문이었다.

"인제 그만…, 제발 그만요. 우리 빨리 집에나 가요."

고개를 갸우뚱거리던 후유코가 결국 단계적으로나마 기억을 불러오는 데 성공했다. 소년은 요전 놀이터에서 리더스를 괴롭혔던 망나니 중 한 명이 분명했다. 그 당시도 아이들을 회유했을 뿐 폭력은 행사하지 않았던 아이. 먹물을 풀어놓은 듯 유난스레 검은 머리가 쉽게 잊힐 리 없었다.

소년도 후유코의 시선을 눈치챘다. 하지만 특이한 반응은 없었다. 여전히 어른 같은 표정으로 여자를 재촉할 뿐이었다.

"어서요, 고모. 차에 타세요. 어서요."

여자의 팔을 억지로 잡아끌고 있을 무렵이었다. 느닷없이 쥐어짜는 비명에 소년이 멈칫하며 뒤를 돌아봤다. 언제 찾아서 들었는지 히카가 무언가를 손에 꼬나 쥔 채 전속력으로 달려오고 있었다. 소년은 눈앞이 아찔했다. 일단 본능적으로 고모의 어깨부터 밀쳤다. 여자가 헛걸음질하며 꼬꾸라지자 소년이 얼른 몸을 납작하게 숙이더니 이번에는 히카의 다리를 붙잡으려 했다. 치명적인 실수가 일어난 것은 바로 이 순간이었다. 각도가 서로 다른 소년과 히카의 다리가 맞부딪히더니 그만 단단하게 뒤엉켜 버리고 만 것이었다. 결과적으로 소년에게는 엉덩방아가 전부였지만 맹렬한 속도로 달려들던 히카는 입장이 달랐다. 소년의 탄탄한 무릎에 발목이 차인 그녀는 발바닥까지 들리며 허공으로 붕 떠 버렸다.

짧은 비상이었다. 히카는 공중에 떠 있던 손이 땅바닥에 접촉하는 그 극도의 경각간에 불가해한 경험을 했다. 인생의 진귀했던 순간들이 프렌치 파이처럼 여러 겹으로 공중에 떠오르며 눈앞에 영사된 것이다. 그 신비스럽고도 오싹한 시간은 돌연 뒤통수에 따끔한 고통을 안겨 주더니 신기루처럼 사라져 버렸다.

이제 히카는 하늘을 바라보고 있었다. 그녀의 귀에 놀라 달려오는 딸들의 발소리가 들렸다. 걱정하는 아이들을 보듬기 위해 몸을 일으키려 했지만, 할 수 없었다. 딱히 아픈 곳도 없는데 몸이 말을 듣지 않았다. 무릎을 꿇고 엄마 팔을 부축하려던 나츠코가 날카로운 비명을 질렀다. 나츠코의 손바닥 위로 시뻘건 피가 돌아다니고 있었다.

마사하루의 엄마가 황망히 달려와 소리쳤다.

"어머나! 세상에! 어서 구급차를 불러! 어서!"

하지만 그곳은 산의 중허리였다. 공중전화는 없었다. 여자가 일단 히카를 안아 일으키려 했지만, 그때마다 그녀의 몸은 젖은 미역처럼 바닥으로 푹 꺼졌다.

"아, 아냐! 난 잘못한 거 없어! 내가 그런 게 아니야!"

검은 머리 소년이 히카의 목을 타고 흐르는 피를 보고는 시퍼렇게 질린 얼굴로 소리쳤다.

비통한 일이 아닐 수 없었다. 소년의 발에 걸려 넘어진 히카가 머리를 기댄 곳은 하필이면 등산객의 편의를 도모하기 위해 만든 수도꼭지 위였다.

"나…, 일어나려고요. 좀, 저리 좀 가요."

히카가 손을 휘저으며 여자를 밀려 했다. 하지만 그녀의 손짓은 여자의 어깨에 닿기도 전에 바닥으로 떨어지고 말았다.

"그냥 누워 있어요! 지금 장난이 아니에요. 심각하단 말이에요!"

여자가 뒤통수를 비집고 나오는 검붉은 피를 자신의 스카프로 막아 보려 했다. 그러나 동전 직경만 한 구멍에서 봇물 터지듯 쏟아져 나오는 피를 천 조각 따위로 막을 수 있는 사람은 세상 어디에도 없었다. 여자가 안 되겠다 싶었는지 아이들을 돌아보며 다급히 외쳤다.

"너희들은 여기를 세게 누르고 있어! 나는 차를 타고 내려가서 구급차를 부를 테니까. 꽉 누르고 있어야 해! 알았어?"

후유코가 눈물을 잔뜩 머금은 채 고개를 끄덕였다. 여자가 황급히 자동차로 달려가며 말했다.

"너무 걱정하지 마. 괜찮을 거니까."

이윽고 여자의 차가 구렁을 빠져나가자 입술만 씰룩거리던 나츠코가 털썩 주저앉더니 목 놓아 울기 시작했다.

"엄마, 왜 그래? 일어나 봐! 우리 이제 집에 가야지! 응? 엄마!"

"너도 봤잖아, 그렇지? 절, 절대로 내가 그런 게 아니잖아, 응? 방금 다 봐서 알고 있는 거지?"

검은 머리 소년이 실성한 듯 히카의 주위를 빙빙 돌며 같은 말을 되뇌었다.

"아니지? 아니야, 내가 그런 게 아니야. 아니지? 아니야."

금방이라도 쓰러질 듯 숨을 헐떡이며 거품 침까지 질질 흘리는 모습이 미친개가 따로 없었다. 천상의 자리가 삽시간에 지옥의 아수라장으로 돌변해버리는 순간이었다.

히카가 몸을 일으키기 위해 안간힘을 썼다. 하지만 움직이는 거라곤 입술뿐이었고 그나마도 푸르르 떨리는 게 전부였다. 등골이 오싹해지며 목이 연신 스스로 젖혀지기 시작했다. 몸도, 영혼도 모두 땅속으로 빨려 들어가고 있었다. 시간이 없었다. 그녀는 서둘러 후유코의 손을 더듬었다.

"후, 후유코…, 이리…."

"네, 엄마. 여기 있어요, 조금만 참으세요. 아줌마가 지금 구급차를 부르러 갔어요. 조금만요. 제발…."

나츠코가 울부짖었다.

"엄마! 아프지? 많이 아프지? 그래도 하늘로 가지 마? 가면 안 돼. 알았지?"

이상했다. 나츠코의 목소리가 귀청으로 들어오지 않고 터널 속 울림처럼 머리 위를 맴돌았다.

'죽는 거야? 내가? 여기서 이렇게? 아직 안 되는데…. 내 아이들… 후유코… 힘을 내야 하는데… 일어나야 되는데….'

고개를 들어 보려고 했다. 그러나 한 줄기 통한의 눈물만이 창백한 볼을 타고 흘러내릴 뿐 꼼짝달싹도 할 수 없었다. 차츰 현실과 동떨어진 아득한 몽환 속으로 빠지던 히카는 이제 시간이 다 된 걸 본능적으로 깨달았다.

"미안해, 미안해…. 내가 미안해…."

"엄마!"

"날 용서해 줘, 후유코…."

히카의 아래턱뼈가 한차례 쇳소리를 내더니 천천히 밑으로 내려갔다. 그녀는 죽었다.

그때 그 사람

어느새 찾아온 히카의 49재.

승려가 염불을 멈추고 목탁을 내려놓자 탁자를 사이하고 마주 앉은 동네 주민들의 두런거리는 소리가 더욱 크게 들려왔다. 그건 동생의 손을 꼭 잡은 채 불단 속 위패를 우두커니 바라보고 있는 후유코와는 대조적인 모습이었다. 후유코의 상복은 향냄새를 흠뻑 먹은 탓인지 역한 냄새가 진동하는 데다 속옷까지 보기 싫게 불거져 나와 있었고, 나츠코의 머리는 과연 아픔 없는 빗질이 가능이나 할지 의심스러운 상태였다.

무표정한 얼굴로 서 있던 나츠코가 눈동자를 옆으로 돌렸다. 유타의 아내인 마유코가 걸어오고 있었다. 검은색 일색인 49재에 혼자만 흰 원피스를 입고 있었기에 일거수일투족이 눈에 안 띌 수가 없었다.

"너희들, 아침부터 아무것도 안 먹었지? 그럼 못써. 아줌마랑 저기 가서 요기 좀 하자. 주먹밥과 된장국이라도 좀 먹자고, 응? 어서."

마유코가 옷자락을 끌며 아이들을 강제로 부엌 식탁에 앉혔지만, 자매는 음식을 코앞에 두고도 고개만 설레설레 흔들 뿐 접시에는 손도 올리지 않았다. 때마침 빈둥대고 서 있던 유타가 어쩔 줄 몰라 하는 아내를 보고는 호주머니에 손을 푹 찌르고 어슬렁어슬렁 다가왔다.

"후유코, 나츠코, 먹어야지, 그래야 힘을 내지. 슬퍼하는 건 충분히 이해가 간다만, 너희 엄마는 지금 나쁜 곳에 계시는 게 아니야. 천국에 계시는 거지. 천국에 대해선 너희들도 좀 알지? 여기보다 훨씬 좋은 곳이지. 그러니 이제 걱정 그만하고 아줌마 말대로 밥 좀 먹으렴, 응?"

나츠코가 손바닥으로 엉성하게 눈물을 닦으며 말했다.

"아저씨가 가 봤어요?"

"응? 뭘?"

"천국이요."

"뭐?"

"왜 뻥쳐요? 천국에 가 본 적도 없으면서….."

"나치….."

"응? 허, 허허!"

유타가 민망한지 몇 가닥 있지도 않은 머리카락을 긁적였다.

"하긴, 그건… 뭐. 아저씨도 가 본 적 없으니까 네 말이 맞긴 하겠구나. 허허! 뭐, 어쨌든 히카 씨는 올바른 사람 아니었니? 그렇다면 좋은 곳에 가는 게 당연한 거 아닐까? 자, 자, 어서 먹어라. 힘내야지, 응?"

"맨날 맨날 뻥만 치면서 뭘 위하는 척….."

또다시 정곡을 찌르는 질책에 유타의 낯빛이 생고기처럼 붉어졌다. 옆에서 지켜보던 마유코가 샛눈을 뜨고 말했다.

"인간아, 평소 어떤 모습을 보여 줬기에 애들한테도 무시당하니? 쯧쯧….."

마유코가 고개를 절절 흔들고는 몸을 돌렸다. 그런데 무심코 움직인 그녀의 시선에 히카의 의붓어머니가 탁자 귀퉁이에서 흰 팬티를 전부 드러낸 자세로 다리를 벌리고 앉아 있는 장면이 포착됐다. 계모는 손거울로 얼굴에 핀 검버섯을 세심히 뜯어보는 중이었다.

마유코가 얼른 잰걸음으로 다가가 귀띔을 해 주었다.

"저기, 후유코 할머니. 다 보여요, 자세 바꾸세요."

계모가 손거울에서 시선을 떼지 않고 되물었다.

"네?"

"보인다고요, 아래…."

"아래?"

계모가 손으로 쓱 치마를 끌어내리더니 다시 거울을 들었다.

"아, 난 또 뭐라고…."

"모르고 계시는 것 같아서요."

"그래요, 고마워요, 마유코 씨."

"그나저나 아이들은 이제 어떻게 하실 건가요, 부인?"

"아이들?"

"네."

"무슨 아이들?"

"네? …후유코와 나츠코요."

"아, 걔네들? 그거야 뭐… 제가 데려가야겠지요? 그러잖아도 살던 집 팔고 오사카에 새집을 알아보려고요. 어제도 부동산에 갔다 오긴 했는데 집이란 게 어디 마음먹은 대로 그때그때 팔리나요? 올바른 곳을 찾을 때까지는 내가 여기서 아이들과 함께 있어야겠죠. 몇 달 걸릴지도 모르겠네요."

고개를 끄덕이던 마유코의 시선이 계모의 손톱에 고정됐다. 열 손가락 전부 닭 모가지라도 비튼 듯 붉은 매니큐어로 범벅돼 있었다.

"그래도 다행이네요. 외할머니라도 계시니까요. 그런데 카즈오 씨는 아직 소식 없나요?"

계모가 고개를 가로저었다.

"정말요? 기가 막히는 사람이군요! 처음 봤을 때부터 비호감에 왠지 섬뜩한 느낌이었는데… 어떻게 자기 아내가 죽었는데도 도박에 실종이죠?"

유타가 슬그머니 뒷걸음질했다. 난데없이 튀어나온 도박 소리에 속이 뜨끔했기 때문이었는데 마유코가 그걸 눈치 못 챌 리 없었다. 대번에 톡 쏘아붙였다.

"당신!"

"헉! 응?"

"어디 가세요?"

"누, 누구? 나?"

마유코가 팔짱을 낀 채 고개를 끄덕였다.

"좀 돌아보려고… 이곳저곳…."

"여기가 무슨 유원지인 줄 알아요? 뭘 돌아요, 돌긴?"

"아니, 뭐. 그냥 좀, 갑자기 볼일이 있네? 허 참!"

"당신 뭐 켕기는 거 있어요?"

"켕기다니? 누가?"

"그럼 왜 도망을 가요?"

"누가 언제 뭘 도망간다고 그래? 그런 거 아니야."

"아무튼, 저라면 그쪽으론 안 가겠네요."

처음 유타는 무슨 말인가 했다. 하지만 곧 아내의 깊은 뜻을 알아채곤 식겁을 했다. 롱코트로 몸을 가린 건장한 남성들이 마당 안으로 걸어오고 있었다. 성큼성큼 다가오는 어깨너머 이따금 경광등이 비치는 거로 예측하건대 그들은 형사가 틀림없었다. 특이한 점은 그 두 남성의 키 차이가 손바닥을 곧게 폈을 때의 엄지와 검지만큼이나 크다는 것이었다. 키 작은 남자는 두꺼운 입술에 개구리처럼 툭 불거져 나온 눈이 인상적이었고, 큰 남자는 깡마른 몸에 홈즈를 연상시키는 매부리코가 특징이었다. 길쭉한 남자가 현관으로 들어오더니 먼저 입을 열었다.

"잠깐 실례하겠습니다. 후유코 할머님 되시죠? 먼저 다시 한 번 삼가 조의를 표합니다. 많이 힘드시겠습니다."

"저는 미야시타 요시코입니다. 실례지만 선생들은?"

키 큰 남자가 목례했다.

"저는 야스다 경위라고 합니다. 이쪽은 센바 경장이고요. 경장은 처음이시겠지만, 저는 지난달 경찰서에서 뵈었는데요. 기억 못 하시는군요."

남자가 신분증을 제시한 후 안주머니에 도로 집어넣었다.

"실은 피의자에 대해 말씀을 나누고자 왔는데 잠시 시간이 있으신지요?"

야스다 경위가 후유코 일행을 둘러봤지만, 대답은 고사하고 반향조차 받을 수 없었다. 그들은 모두 한결같은 표정으로 각기 다른 곳을 응시하고 있었다.

"음, 글쎄요. 뭐랄까…. 자세한 건 송치 받은 검사가 판단할 일이지만, 일단 고의성도 찾아볼 수 없고 초범에 나이도 형법상 미성년자여서 말이죠. 혐의없음으로 불기소 처분될 가능성이 큽니다. 지금 과실 치사로 방향을 잡고 수사 진행하고 있습니다만, 그래도 이런 경우 결국엔 민사 사건으로…."

경위가 말을 멈추고 뒷주머니에서 손수건을 꺼냈다. 찬 공기 속에서도 이마에 땀이 맺힐 수 있다는 게 새삼 신기했다.

"전 단지 궁금해하실 것 같아 말씀드리는 것뿐입니다. 그 가해 소년은 문제의 소지가 없는 모범적인 학생이었더군요. 학교에서도 선두를 다투는 장학생이었고요. 가정환경도 비교적 유복한…."

듣다못한 마유코가 야스다 경위의 말을 잘랐다.

"잠깐만요. 제가 머리가 나빠서 이해가 좀 안 되는데요. 그래서 지금 형사님이 말씀하시고자 하는 저의가 뭐죠? 그저 단순한 실수였으니 너그럽게 용서하라… 이건 가요?"

"물론 그런 뜻은 아닙니다. 그럴 리가 있겠습니까? 저희는 법과 법을 지키는 선량한 시민의 편이지 그 누구의 편도 아닙니다. 다만, 그 아이…, 물론 가해 학생을 말하는 겁니다만, 무척 괴로워하고 있습니다."

유타가 어이없다는 듯 한마디 했다.

"당연히 괴로워해야죠. 사람을 죽였잖아요."

"물론이죠, 하지만 정도가 너무 심합니다. 그날 이후로 학교도 가지 않은 채 지금 정신과 치료를 받는 중인데…."

"정신병으로 몰아 죄를 사하시겠다? 소설 쓰고 있군, 쳇!"

야스다 경위가 들고 있던 볼펜으로 유타를 가리켰다.

"선생은 성함이?"

"유타요, 카나모리 유타, 왜요?"

"카나모리 씨, 조금만 제 말을 더 들어 보지 않겠습니까? 자꾸 대화를 중간에서 자르면 원활한 의견 전달이 안 되지 않습니까? 협조 부탁드립니다."

유타가 대답도 없이 고개 돌려 창밖을 바라보자 경위도 미간을 찌푸리며 불편한 심기를 숨기지 않았다.

"그러니까 저희가 바쁜 시간 쪼개서 여기 온 건 말입니다. 어쨌든 여러분도 그 아이가 고의적으로 히카 씨에게 해를 가한 건 아니라는 걸 잘 알고 계시지 않느냔 말입니다. 그러니까 아이에게 다시 한번 실수를 덮고 일어설 기회를 주자는 겁니다."

히카의 계모가 말했다.

"결국, 그 이야기네요, 용서해라. 경위님의 가족이 죽었어도 그런 말을 할 수 있을까요? 서운하군요."

"물론, 쉽지 않은 일이겠죠. 어쩌면 저도 그렇게 못 할지도 모릅니다. 하지만 말입니다. 하지만요. 기회가 된다면 한 번만이라도 꼭 그아이를 만나 주셨으면 합니다. 그저 안타깝습니다. 도저히 수사를 계속 진행할 수 없을 정도로 정말 꼴이 말이 아닙니다. 의사 말로는 피해망상과 우울증, 자기 학대와 대인 기피증에⋯. 또 뭐라더라? 아무튼, 뭐 인간이 가질 수 있는 정신병은 모두 앓고 있다는군요. 이런 경우에는 설령 성공적으로 치료한다 해도 평생 트라우마는 짊어지고 살아야 한답니다. 아직 어린 소년이지 않습니까? 여러분이 좀 만나 주세요. 본심은 아니어도 빈말이나마 따뜻한 격려 한마디 해주신다면 그 아이는 틀림없이 남은 인생 전부를 여러분을 위해 바칠 겁니다. 국가적으로도 고급 인재가 될 기질이 있는 아이를 전과자나 정신병자로 만들지 않으니 이익이고요. 아, 물론 지금 당장 하시라는 건 아닙니다. 시간이 필요하겠죠. 다만, 의사 말로는 시간을 지체하면 할수록 자기 세상에 갇히게 돼 치료가 더 어렵다고 합니다. 그렇게 되면 결국 자포자기의 심리로 인생 자체를 포기하고 흉악한 범죄자가 될 수도 있다 하고요."

한바탕 열변을 토한 경위가 마른침을 꿀꺽 넘기고 대답을 기다렸다. 하지만 들려오는 것이라곤 마유코의 혀를 차는 소리뿐이었다.

"쯧쯧, 요즘 경찰은 애 심부름도 하나 보죠? 참 자상하고 친절도 하셔라. 그럼 우리도 충실하게 세금을 납부하는 국민의 한 사람으로서 부탁 하나만 해도 될까요? 마침 우리 채플린이 산책을 못 해서 심통이 나 있는데… 우리의 자랑스러운 경찰관 분들이 좀 시켜 주시겠어요? 물론 권총하고 수갑 챙겨 가는 것 잊지 마시고요. 혹시라도 덩치 큰 고양이가 우리 채플린에게 덤비면 혼내 주셔야 하니까요. 그 정도 부탁은 괜찮겠죠? 애들 심부름도 해 주시는데…. 참고로 채플린은 올해 아홉 살 먹은 우리 집 개예요. 수놈이고 새로 산 신발에 오줌 갈기는 게 취미죠."

"너무 흥분하신 것 같습니다."

"흥분? 이봐요! 도대체 히카 씨가 떠난 지 얼마 됐다고 남의 49재에 와서 가해자를 용서하라 회유질이죠? 어디 재판이나 하고 그런 말 하나요? 아까 그랬죠? 저 분명히 들었어요. 뭐 검찰에 송치도 안 했다면서요?"

"네, 그건 맞습니다."

"게다가 용서를 빌려면 그 아이나 가족이 와야지 왜 경찰이 나서요? 이런 거 불법 아닌가요? 참, 어이없네? 찾으라는 카즈오는 못 찾고 왜 엉뚱한 짓을 하고 다니는 거야?"

"휴…."

칼날 같은 호된 질책에 경위의 입에서 절로 한숨이 흘러나왔다.

"경위님, 아무래도…."

야스다 경위가 부하의 말에 고개를 끄덕였다.

"음, 나도 같은 생각이야. 자, 여러분! 이거 정말 죄송하게 됐습니다. 아무리 급해도 슬픔에 빠진 여러분의 마음을 조금이라도 헤아렸어야 했는데 너무 서둘렀습니다. 부디 용서해 주시길 바랍니다. 자, 그럼 우린 이만 돌아가 보겠습니다. 다음에 또 새로운 수사 결과가 나오면 알려 드리겠습니다."

길고 짧은 형사 두 명이 가볍게 목례한 뒤 서로의 어깨를 다독이며 걸음을 재촉했다. 그런데 이때, 잠자코 있던 후유코가 성큼 한 발짝 앞으로 나오며 그들을 불러 세웠다.

"경찰 아저씨, 그 아이 이름이 뭐예요? 머리가 아주 검은 아이요."

예기치 못한 질문이었다. 야스다 경위가 서둘러 후유코에게 다가가 몸을 수그렸다.

"아이의 이름을 말해 주면 용서해 줄 거니?"

"형사님! 그만 돌아가 주세요. 애한테 강요하지 마시고요."

마유코가 거세게 항의했지만, 경위는 짐짓 못 들은 체했다.

"어떨까, 음?"

"용서요?"

"그래, 할 수 있지?"

센바 경장도 옆에서 거들었다.

"아주 쉬운 거란다."

"전 할 수 없어요. 용서를 못 해요, 절대로요."

처음이었다, 후유코가 이를 악문 모습은.

"영원히 잊지 않을 거예요. 꼭 그럴 거예요. 그래서 이름을 알아야 돼요."

"아하, 이거 참…."

센바 경장이 경위의 팔을 덥석 잡곤 울먹이는 목소리로 말했다.

"경위님…, 제발요."

"그래, 알았어, 알았다고, 가자고."

후유코가 현관에서 까치발을 한 채 차로 돌아가는 형사들의 뒷모습을 물끄러미 바라보고 있는데 나츠코가 옆으로 다가왔다. 제법 심각한 얼굴이었다. 나지막이 속삭였다.

"언니….”

"응?"

"나 방금 그 아저씨 본 것 같아."

"아저씨?"

"쉿! 속삭여 줘. 소리가 크면 안 돼."

"아, 미안….”

"아냐, 괜찮아."

"근데 누굴 봤다는 거니?"

"다들 궁금해하던 아저씨 말이야. 본 것 같다니까?"

"저 경찰 아저씨?"

"아니, 아니, 그게 아니구….”

나츠코가 고개를 가로저었다. 헝클어진 머리카락 사이로 눈동자
가 밝게 빛나고 있었다. 뭔가 중요한 비밀을 공개할 때면 나츠코의
눈은 늘 그렇게 반짝였다.

"그래, 그래, 전에 그 아저씨. 그 아저씨가 방금 대문 앞에 서 있었
어. 나하고 눈도 마주쳤는걸? 근데 지금은…. 엥? 어디 갔지?"

후유코가 동생이 가리키는 곳을 쳐다봤다. 두어 명의 중년 아저씨
들이 서로 마주 보며 쪼그리고 앉아 담배를 태우고 있었다. 모두 익
숙한 동네 사람들이었다.

"미안해, 너의 말이 잘 이해가 안 돼. 어떤 아저씨를 말하는 거니,
나치?"

"에이 참, 언니두…. 몇 달밖에 안 됐는데 벌써 잊은 거라구? 그건
안 되지. 내가 그때 말했잖아. 자다 일어나 보니까 방에서 어떤 아저씨
가 언니 일기장을 읽고 있었다고. 그 아저씨…, 그 아저씨…, 저기….”

쥐 덫

때 이른 꽃샘바람에 벽돌담 아래 엉켜 있던 앙상한 담쟁이덩굴들이 간닥간닥 고갯짓을 하고 있었다.

후유코는 구석진 벤치에 홀로 옹그리고 앉은 채 도시락의 뚜껑을 열었다. 설익은 식빵 사이에 양배추와 햄이 대충 채워진 잔돈푼 샌드위치가 그날의 후유코 점심이었다.

"잘 먹겠습니다."

막 반으로 구겼을 때였다. 자전거 벨 소리가 요란스럽더니 우체부 마사오의 붉은 모자가 쑥 교문 안으로 들어왔다.

"오, 거기! 후유코지? 뻔하지 뭐. 하하! 으아! 그러잖아도 너를 찾고 있었는데 말이지, 우연일까?"

후유코가 반가움과 놀라움이 뒤섞인 애매한 얼굴로 자리에서 일어났다.

"아, 아저씨!"

"아냐, 아냐, 일어날 거 없어. 점심 먹는 중이었구나? 이거 미안한걸?"

"괜찮아요, 나중에 먹어도 돼요."

후유코가 접힌 샌드위치를 얼른 도시락에 도로 구겨 넣었다.

"그런데 아저씨…, 그건 찾으셨나요?"

우체부가 천천히 고개를 끄덕였다. 웬일인지 그의 눈가에는 기쁨보다 걱정이 더욱 어려 있었다.

"응, 글쎄 뭐, 어떻게 찾기는 찾았다만…."

"어? 정말요? 와아 고맙습니다! 아저씨가 절 도와주신 건 절대 잊지 않을게요!"

"아니, 뭐 별것도 아닌데 뭘. 근데 그보다 말이다, 한참을 생각해봤지만 말이야. 이게 옳은 일인지를 아직도 모르겠구나, 다른 사람도 아닌 너의 부탁이니 일단 하긴 했다만…."

"고맙습니다, 아저씨. 고맙습니다."

마사오가 안주머니에서 조그맣게 접은 종이를 꺼냈다.

"나랑 약속한 거다? 절대 이건 비밀이다?"

"네, 잘 알고 있어요. 걱정 마세요."

"음…."

"네?"

"그래, 이제 어쩔 셈이니?"

"이제… 이제…."

"정말로 가 보려는 건 아니지?"

"아직 결정한 건 아니지만…."

"가지 마라, 응? 그냥 알고만 있고…. 그냥 그러자, 응?"

"생각을 좀…."

"거긴 너 같은 어린아이가 혼자 갈 수 있는 곳이 아니야. 여기서 얼마나 먼 곳인데 그러니? 끔찍하거든?"

"알아야 하잖아요. 어쨌든 그래도 저의…."

"어휴…."

마사오가 입술을 지그시 깨물며 고개를 저었다.

"도대체 내가 무슨 짓을 한 건지…."

"나 절대로 아저씨에게 피해 없도록 할 거예요, 꼭요. 그러니 걱정 마세요."

사색의 눈으로 가만히 후유코를 바라보던 우체부의 볼이 갑자기 알사탕을 물은 것처럼 쑥 튀어나왔다. 그가 입속에서 혀를 빙그르르 돌리고 있기 때문이었는데 그건 실수를 인정할 때 나오는 그만의 독특한 버릇이었다.

우체부를 정문 밖까지 배웅한 후유코가 다시 벤치로 돌아왔다. 한참 동안을 흑백의 수선화처럼 앉아 물끄러미 쪽지를 바라보던 후유코는 결국 그것을 펼쳐 보지도 않고 가방 속 깊숙한 곳에 넣어 버렸다. 그때였다. 껄렁한 차림의 한 아이가 복장에 어울리는 투로 말을 걸어왔다.

"히, 점심 먹어? 근데 넌 왜 항상 혼자 먹어?"

"응? 아닌데 그런 건…."

"뭘 아냐. 너 말이야, 우리 따라올래?"

"우리?"

뜬금없는 복수 대명사에 후유코가 어리둥절한 얼굴을 만들자 아이가 피식 웃었다. 진실이었다. 여기저기서 함량 미달의 아이들이 삐죽삐죽 기어 나오며 벤치를 에워싸고 있었다.

"야, 반갑다. 후유코."

"쳇! 여기 있었구나? 그것도 모르고…."

"너가 지금 좀 만나야 할 것이 있어."

"누구?"

머리를 양쪽으로 묶은 여자아이가 말했다.

"그냥 따라오면 알게 돼. 꼭 만나야 돼, 지금 저쪽에서 널 기다리고 있거든?"

아이는 방긋거렸지만 후유코는 꺼림칙했다.

"다음에 만나면 안 될까? 곧 수업도 시작할 거구, 아직 도시락도 못 먹었구…. 어쨌든 좀 그런데…."

"지금 널 기다리고 있다니까? 야, 이 추운 날씨에 널 기다리고 있다는데 밥이 먼저야? 넌 미안하지도 않은 거야? 자, 그러지 말고 우리 따라와."

"도시락하고 가방 이리 줘, 내가 들어줄게."

뒤에 서 있던 한 남자아이가 대답을 기다리지도 않고 가방을 집어 들었다.

"어? 잠깐만 얘들아, 그럼 이따 학교 끝나구 리더스하고 같이 갈게. 그러면 되는 거지?"

"그건 안 돼, 지금 가야 돼. 빨리 와."

아이들이 막무가내로 길을 보채자 후유코는 점점 더 불안해졌다.

"다음에…, 응?"

"야! 우리가 너 대신 가방도 들었잖아! 넌 고마운 것도 몰라?"

앞서가던 아이가 못 참겠다는 듯 버럭 소리를 질렀다. 더 뻗대면 표정이 험악해질 게 뻔했기 때문에 후유코는 결론을 알면서도 따라갈 수밖에 없었다.

결국, 종종걸음으로 끌려간 곳은 학교 뒷문이었다. 그곳에는 소형차 크기의 경비실이 하나 있었는데 비용 절감을 위해 관리인 대신 거구의 개가 구석진 곳에 상주하고 있었다. 학교 소유인 그 감때사나운 개는 목을 쇠사슬에 잡힌 데다 철책으로 둘러싸여 있었기에 실질적인 위협 존재는 아니었다. 그러나 누군가 울타리 안으로 들어가거나 놈이 밖으로 기어 나온다면 이야기는 달라졌다.

역시 불길한 예감은 현실로 변신하는 재주가 있었다. 개집 앞에 도착하자마자 후유코의 도시락 통이 하늘로 비상한 것이다. 서커스 하듯 공중에서 한 바퀴 핑그르르 회전한 사각의 도시락 통은 하필 오수를 즐기던 개의 콧잔등 위로 착지를 시도했다. 철책을 물어뜯는 난동이 자명한 순간이었지만, 과연 집짐승에게는 촉각보다 후각이 우선인 모양이었다. 성질은커녕 고소한 햄 냄새에 꼬리까지 살랑이며 뾰족한 코를 도시락 통에 쑤셔 박기 바빴다. 아껴 오던 점심 한 끼가 눈앞에서 사라지는 순간이었다.

"표정이 왜 그래? 아까운 거니? 너를 지금까지 기다려 줬는데 빵도 못 주니?"

머리 갈라 묶은 아이가 웃음 한 점 없는 얼굴로 말했다.

"왜 그랬니? 왜…."

"아직도 모르겠니? 너 바보니?"

"뭐를…, 너희들 왜 그러는 건데…."

철책에 어깨를 의지하며 서 있던 한 아이가 몸을 바로 세웠다.

"너 화난 거냐? 그렇지? 근데 저 개는 더 화가 나 있어. 겨우 도시락 하나로 되지 않아."

"말을 해 줄래? 너희들 이러는 이유를 알고 싶어."

아이가 굳은 표정을 풀지 않고 한 걸음 앞으로 다가왔다.

"사실은 리더스를 여기 불러오려고 했어. 근데 그게 말이야. 그 자식이 갑자기 힘이 세졌더라고. 그래서 널 대신 데려온 거야. 너 말이야, 너 리더스랑 사귀지? 다 알아, 소문 장난 아니거든? 나중에 결혼할 거라며?"

"뭐라구?"

"시치미 떼도 소용없어. 우리 아빠가 항상 엄마에게 그랬지, 부부는 한 몸이라고. 자, 너가 리더스 대신 개에게 용서를 비는 거야. 알았지?"

"부부라니? 그런 말이 어디 있니? 내가 지금 몇 살인데?"

"하여간 요거 시치미에 구라는 알아줘야 돼, 시끄러워!"

"내가 저 개에게 어떻게 했는데? 난 아무것도 잘못한 게 없어. 저 개도 날 처음 볼 거야. 믿어 줄래?"

"아, 정말! 알고 있어! 다 알고 있다고! 바보냐? 방금 내가 말했잖아! 그냥 리더스 대신 너가 사과하라고, 뭐가 어려워서 이래? 넌 어차피 잘못한 게 많은 애잖아. 너의 아빠도 무서운 살인자고!"

"…"

후유코가 고개를 숙이자 아이가 피식 웃더니 알쏭달쏭한 표정을 지었다.

"저 개… 그냥 사나운 놈이라고만 알고 있어? 너 작년에 리더스가 몽둥이로 때려죽인 개 알지?"

후유코가 숨을 몰아쉬며 고개를 끄덕였다.

"여기 이 개가 그 죽은 놈의 엄마야. 이제 무슨 말인지 알아? 켄이 기르던 개의 엄마가 이놈이라고. 너의 남자 친구 리더스가 때려죽여 버린 불쌍한 개의 엄마가 이놈이라니까? 그러니까 이놈이 화가 나겠니, 안 나겠니? 대답 좀 해 보시지?"

멀리 떠나보낸 줄 알았던 어지럼증이 다시 찾아와 이마를 두드리기 시작했다. 후유코가 비틀거리며 털썩 주저앉았다. 누가 봐도 거짓 없는 고통이었으나, 가방을 들고 있던 덩치 큰 아이는 침을 튀기며 어린이 표 생지랄을 해댔다.

"어쭈? 이게 쇼하네? 어유, 정말! 어서 저 개에게 사과 못 해? 빨리 무릎 꿇고 사과하라니까, 이 건방진 마귀할멈아!"

이야기의 사실 여부를 떠나 후유코는 사과할 수 있었다. 있었지만, 진실로 손가락 하나 움직일 힘이 없었다. 황당하게도 아이는 후유코의 그런 애처로운 모습이 되레 화가 나는 모양이었다.

"아, 정말 답답해 미쳐 버리겠다니까! 에잇, 나도 몰라!"

결국, 후유코의 가방까지 철책 안을 향해 날아올랐고 이번에도 견공의 후각이 먼저 열렸다. 하지만 형편없는 냄새로 가득 찬 네모진 가방을 결코 놈이 좋아해 줄 리 없었다. 콧김을 팍팍 뿜으며 거칠게 물어 헤집더니 급기야 던진 아이에게까지 누런 이빨을 드러내며 분노를 표출하기 시작했다. 짐승의 격렬한 몸짓에 맞춰 끊어질 듯 팽팽히 당겨지는 목줄의 모습은 전율 그 자체였지만, 정작 가방을 던진 아이는 겁을 상실한 것 같았다. 두려움은 고사하고 혀를 말아 철책 안으로 밀어 넣는 비아냥 짓거리도 서슴지 않았다.

"메롱! 그래, 자식아! 내가 던졌거든? 그래 뭐 어쩔 건데? 용기 있으면 이리 와서 날 물지그래? 하하!"

놈은 잘생긴 두상을 가지고 있었다. 놀리는 걸 모를 리 없었다는 말이다. 종전보다 더욱 험악하게 몸을 내치며 포효에 박차를 가했고, 그게 땅바닥으로 게거품이 뚝뚝 떨어질 정도였다.

"어휴, 무서워라! 아주 무서워서 오줌 마려워 죽겠어!"

"소하치! 그만해, 그러다 정말 물면 어쩌려고 그래?"

"저거 안 보여? 묶여 있잖아, 어떻게 물어? 엥? 그러고 보니 진짜 마렵네? 잠깐만…."

농담이 아니었다. 소하치라는 까까머리 아이가 바지의 지퍼를 내리더니 그 속에서 뭔가를 꺼냈다. 실제로 우리 안에 소변을 보려는 것이었다.

악몽 같은 광경이 현실로 펼쳐진 건 그 순간이었다. 노여운 동물의 순간적 괴력이었는지도 몰랐다. 그토록 놈을 단단히 잡아채던 쇠사슬이 어느 순간부터 무른 소리를 내며 천천히 늘어지는가 싶더니 결국 땅바닥으로 뚝 떨어져 버린 것이다.

"어?"

아이는 어이가 없었다. 너무 황당해서 울타리를 넘어 자신의 모가지 따라 오는 괴물을 보고도 외마디 비명조차 못 질렀다. 그야말로 눈 깜짝할 사이였다. 놈은 아이 앞에 당도했고 한 치의 망설임도 없이 풀쩍 날아올랐다. 물론 크레파스만 한 누런 송곳니가 아이의 목을 정통으로 겨눈 건 두말할 나위가 없었다.

"워! 워! 야큐! 그만둬!"

허공에 떠 있던 견공이 돌연 '컥' 소리를 내며 뒤로 나자빠졌다. 소하치의 모가지에서 주먹 하나만의 공간을 남겨 두고 벌어진 상황이었다. 사악한 아이에게도 아직 천운이 남아 있는 모양인지 다행히 적시에 개의 목줄을 낚아챈 사람이 있었다. 중키에 육십 대 초반으로 보이는 학교 경비원이 바로 그 장본인이었다. 그가 목줄을 눈앞으로 가져가 꼼꼼히 살펴보며 말했다.

"에헤! 못 쓰게 되어 버렸구나, 이 목줄. 미리 새 거로 교환했어야지. 나 원 참, 다들 그렇게 게을러서야…"

땅바닥을 나뒹군 개가 벌떡 일어났다. 아이를 물어뜯지 못한 게 한스러운 듯 연신 침을 게게 흘리며 으르렁거렸지만, 경비원이 그런 사정을 알 리가 없었다. 그저 목줄을 손으로 돌돌 감으며 태연히 중얼거릴 뿐이었다.

"괜찮으냐, 꼬마야? 조심했어야지. 하마터면 큰일 날 뻔하지 않았니?"

어느새 소하치라는 아이의 얼굴은 풋사과로 변해 있었다.

"저, 저기, 그러니까, 그게…."

"야, 소하치! 너 그게 뭐냐? 으하하!"

난데없는 비웃음에 소하치가 깜짝 놀라며 밑을 내려다봤다. 지퍼가 내려져 있었고 물건은 나와 있었다. 기겁하며 지퍼를 올렸다. 하지만 중간쯤에서 뭔가 따끔하더니 더 올라가지 않았다. 지퍼 사이에 낀 건 팬티가 아니었다. 아이가 사타구니를 움키고는 깡충깡충 뛰었다.

"아야! 아야! 엄마야! 으아! 나 죽어!"

"움, 끔찍하군…."

남자라면 누구나 공감할 경악스러운 통증에 경비원과 아이들이 한데 모여 오만상을 짓고 있는데 다나카 선생님이 시근벌떡 잰걸음을 쳐 왔다.

"아니, 도대체 무슨 일이에요? 웬 난리죠?"

"그러게요, 선생님. 저도 궁금하네요. 자, 어서 들어가!"

개를 성공적으로 우리 안에 가둔 경비원이 손을 털고 허리를 잡았다.

"아이고! 허리야. 이거야 원, 난장판이 따로 없구먼…."

"야큐가 왜 나와 있죠?"

"그러게 말입니다."

허리를 곧게 펴던 경비원의 시야에 문득 버스러진 물건이 들어왔다. 후유코의 가방이었다. 그가 고개를 저으며 말했다.

"쯧쯧, 선생님, 이 녀석들 혼 좀 단단히 내주셔야겠는데요?"

다나카 선생님이 고개를 끄덕였다. 마침 그녀도 울타리 안에 있는 가방과 도시락 통을 보고 있었다. 그러잖아도 후유코에게 항상 미안한 마음을 안고 있던 그녀였다. 침착하게 주변을 둘러봤다. 담벼락에 시커먼 수박 서너 통이 바람 한 점 없는데도 건들건들 흔들리고 있었다.

"좋게 말할 때 나오지?"

나오기는커녕 아이들은 자세를 더욱더 낮췄다.

"내가 갈까?"

담벼락 사이로 웅성거리는 소리가 들려왔다. 잠시 후 서로 등을 떠밀며 아이들이 쭈뼛쭈뼛 걸어 나왔다.

"아무 말도 하지 마. 말 안 해도 선생님은 이미 다 알고 있어. 다 필요 없고, 너희들 지금부터 운동장을 열 바퀴만 돌아라. 일단 그것부터 하고 나서 이야기해."

묶은 머리 여자아이가 깜짝 놀라 외쳤다.

"선생님!"

"내 말 안 들리니? 어서 실시."

"선생님! 열 바퀴 돌면 우리 죽어요!"

"선생님! 설명할 수 있어요, 들어 보세요."

"실시!"

선생님의 쐐기를 박는 외침에 아이들은 결국 달리기를 선택할 수밖에 없었다.

"소하치. 경비 아저씨가 조금이라도 늦었다면 너는 어떻게 되었을까? 한 번 생각해볼 만하지 않겠니? 왜 저 개가 바로 앞에 있던 후유코를 그냥 두고 멀리 있는 너를 물려고 했을까?"

"쳇! 그야 멍청하니까요. 그러니까 개죠."

"아직도 그런 마음이구나. 그럼, 아저씨에게 다시 개를 끌고 오라고 해야겠네?"

"왜 그러세요?"

"왜 유독 널 물려고 했는지 정말로 몰라? 아무리 말 못하는 미물이라도 자신을 놀리고 괴롭히는 적은 구별할 수 있기 때문이야."

"…."

"하긴 결국은 이게 다 내 잘못이지. 담임이라는 사람이 너희들을 이렇게밖에 가르치지 못했으니…. 정말 궁금해서 묻는 건데, 도대체 아무 힘없는 여자아이를 이토록 못살게 구는 이유가 뭐니? 참 끈질기다고 생각하지 않니?"

소하치가 고개를 꼿꼿이 들며 대답했다.

"선생님은 저 아이 아빠에게 살해당한 가족의 고통을 생각해 보셨어요?"

"뭐라고?"

"제 말 들으셨잖아요. 후유코 아빠가 사람들을 막 죽였어요. 저 다 알고 있어요."

305

"그래서?"

"그래서라뇨? 저 아이의 아빠라고요. 그러니까 저 아이도 책임이 있어요."

"무슨 책임?"

"무슨 책임이라뇨? 당연히…."

다나카 선생님이 고개를 천천히 저으며 눈을 가늘게 떴다.

"이해가 안 되는데…. 도대체 무슨 말이 그러니? 그러니까 너의 가족이 후유코의 아버지에게 살, 아니, 무슨 나쁜 일이라도 당했다는 거야?"

"그건 아니에요."

"그럼? 네가 대표로 옛날 사건을 복수라도 하겠다는 뜻이야? 십

년 전이라는데? 아, 소하치…, 넌 지금 크게 착각을 하고 있구나. 자, 자, 선생님이 정리해서 말해 줄게. 우리 좀 솔직해지자. 넌 정의로운 아이도 아니고, 나쁜 일을 당한 사람들을 대신해 화를 내는 것도 아니야. 넌 단지 재미를 위해 복수하는 흉내를 내는 것뿐이야. 복수를 핑계로 남을 괴롭히는 이유를 정당화할 뿐이라고, 내 말이 틀려?"

"네? 틀려요! 그런 거 아니에요!"

"이미 옛날 일이야, 이미 다 끝난 일이고. 너희가 이 아이를 괴롭힐 권한은 절대로 없어. 그리고 아무리 과거에 후유코의 아버지가 나쁜 일을 했다고 해도 그게 지금의 후유코와 무슨 상관이 있는데? 그런 논리면 만약 너의 아버지가 잘못을 하면… 예를 들어 음주 운전으로 사람을 치고 도망가던가 남의 집 담을 넘어 도둑질을 한다면 그것도 너의 잘못이겠네? 감옥도 네가 가야 하고, 훔친 물건들도 네가…."

소하치가 펄쩍 뛰었다.

"예? 아니, 왜요? 절대 아니죠! 그건 아버지 잘못이죠!"

다나카 선생님이 팔짱을 끼고 소하치를 내려다봤다. 아이도 더 할 말이 있을 리가 없었다. 선생님이 차갑게 한마디 했다.

"뭐 해? 뛰어…."

"에이 씨!"

소하치가 고개를 가로저으며 운동장을 향해 달려갔다. 선생님이 뒤뚱거리며 뛰는 아이의 뒤통수에 대고 외쳤다.

"너희 같은 불량한 애들에게 말해! 누구라도 이 시간 이후로 후유코를 괴롭히는 놈들은 모두 운동장 열 바퀴는 기본으로 뛰어야 한다는 걸 말이야, 알았어?"

역시 아이들의 귀는 밝았다. 멀리 축구 골대를 돌면서도 이야기를 알아들은 모양이었다. 서로 책임을 미루며 어깨를 밀치기 시작했다.

"부모님 호출은 보너스!"

후유코가 말했다.

"선생님, 고맙습니다."

힘없는 목소리였다. 손에는 선생님이 집어 준 가방과 도시락이 들려 있었고, 가늘게 떨리고 있었다.

"배 많이 고프지? 마침 선생님들이 좀 전에 피자를 주문했어. 아주 큰 피자니까 같이 교무실로 가자."

비에 젖은 폭죽

현관 화분 위에 가방을 올려놓은 후유코의 얼굴에는 긴장의 빛이 역력했다. 분명히 평소와는 다른 꿉꿉한 공기가 집 안 전체에 나지막이 감돌고 있었다. 조심스레 문으로 한 걸음 더 다가가 귀를 기울였다. 삐걱삐걱, 거친 호흡, 아픔을 호소하는 신음 소리…, 이 모든 징후가 나츠코의 왜소한 어깨와 조화되는 순간 후유코의 이성은 연기처럼 증발해 버리고 말았다.

"나치!"

현관문이 덜컥 열렸고, 지독히도 의외로운 광경이 눈앞에 펼쳐졌다. 신음 소리의 주인공은 동생도 아니었다. 외할머니였다. 손자뻘 되는 남자와 한창 소파에서 뺨을 비비며 찐득한 쾌락을 맛보는 중이었다. 당혹스러웠다. 후유코가 얼른 가방 속에 얼굴을 묻었다. 어쩌면 젊은 남자의 까칠한 뺨에 혼을 빼앗긴 할망구는 후유코의 존재를 까맣게 몰랐을 수도 있었다. 여하튼 소파는 평소보다 1미터나 뒤로 물러나 있었고, 등 쿠션은 어떻게 갔는지 뜬금없게도 식탁 다리에 몸을 맡기고 있었다.

후유코가 서둘러 계단을 올랐다. 경주마처럼 눈을 가리고 전력으로 뛴 것은 말할 것도 없었다. 따라서 발소리를 못 들었다면 거짓말이었지만, 그들은 조금도 아랑곳하지 않았다. 마찰 부위는 점점 대담하게 아래로만 내려갔고 거실 바닥에는 콧물이라도 엎은 듯 온통 끈적한 소리가 철렁대고 있었다.

마침내 방에 도착한 후유코는 얼른 책상에 앉아 팔뚝 안으로 얼굴을 묻었다. 한껏 달아오른 두 뺨은 몹시 뜨거웠고, 당최 식을 기미도 없어 보였다. 어째서 할머니는 저런 행동을 해야만 하는 걸까? 후유코의 검은 눈동자에 눈물이 핑 돌았다.

잠시 후, 문이 빠끔 열리더니 나츠코가 입을 뾰족하게 내밀고 들어왔다.

"답답해 죽을 것 같은데 저 아저씨 왜 안 가는 거지? 목이 마른데 내가 냉장고로 내려갈 수가 있어야지."

후유코가 얼른 눈물 자국을 찍어 훔쳤다.

"누구니, 저 아저씨?"

"칫! 나도 몰라. 아까, 아까 전에 왔는데…. 근데 왜 저렇게 서로 막 만지지? 어디 쑤시나?"

"나치…, 그런 소리는…."

"나도 이상해서 그러지, 하긴 할머니는 몸에 살이 많으니까 아저씨도 만져 보고 싶겠지. 근데 언니는 이제 뭐 할 거야?"

"그림, 그림을 그릴 거야. 선생님을 그리려구."

"그려서 뭐 하려구?"

"선생님 드려야지, 선생님이 오늘 날 도와주셨거든."

일순간에 나츠코의 표정이 굳어졌다.

"도와주다니? 그럼 누가 또 언니를 괴롭혔다는 거네? 그러니까 도와주지!"

"아니, 그런 거 아니야. 선생님이 오늘 피자를 사 주셨거든. 요즘 나에게 너무 잘해 주셔. 정말 고마운 분이야."

"진짜 그런 거지?"

"그럼, 정말이야."

언니를 바라보는 동생의 두 눈에는 여전히 의심 조각이 남아 있었지만, 더 이상의 질문은 없었다. 궁금한 건 끝까지 캐내고야 마는 나츠코의 평소 성격에 비추어볼 때 이런 식의 용인은 더 중대한 사안이 머릿속에 자리 잡고 있을 시에만 가능한 일이었다. 나츠코가 아무것도 없는 언니의 빈 도화지를 괜스레 엿보며 속내를 떠보았다.

"근데 그거 그림 다 그리려면 시간이 얼마나 걸린데?"

"글쎄, 잘 모르겠지만…, 아마 세 시간?"

나츠코가 입을 동그랗게 모았다.

"에? 그렇게나 오래? 그러면 너무 어두워지는데…."

"확실하지 않아, 근데 왜? 무슨 할 말이 있는 거니?"

"난 엄마가 보고 싶은데, 언니는?"

후유코가 크레파스를 내려놓았다.

"나치, 엄마는 돌아가셨어."

"알지, 그거. 내가 그런 걸 왜 몰라? 내 말은… 같이 납골당에 가보자는 거지. 거기서 말하면 혹시 내 말을 들으실지도 몰라, 난 동물하고도 말할 수 있으니까. 혹시 모르잖아? 죽은 사람하고도 말할 수 있을지."

"나치…."

나츠코가 입을 삐죽거렸다.

"난 아직도 못 믿겠어. 사람들 말을 도대체 믿을 수가 있어야지. 내 생각에 엄마는 그때… 기절, 기절했던 것 같아."

"나도 그렇게 생각했어. 하지만 그건 사실이 아니야."

"기절 낙지."

"응?"

"여름에 엄마랑 시장에서 본 기절 낙지 생각 안 나? 난 그 낙지, 죽은 줄만 알았어. 근데 그냥 기절한 거라고 엄마가 그러셨잖아, 자는 거라고. 죽은 것처럼 움직이지도 않았는데 말이야. 에이, 잊었어? 기억나야지 그런 건."

"기억해, 하지만…."

"하긴, 엄마와 낙지는 다르지. 엄마는 다리가 두 개뿐이니까."

나츠코의 볼록한 이마에 그림자가 드리워졌다. 후유코는 자리에서 일어나 동생의 어깨에 손을 올렸다. 참으로 자그마한 어깨에 작은 손이었다.

"그럼 이번 주말에 같이 가자. 그래도 괜찮지? 주말에 함께, 꼭 가는 거야. 사실 나도 엄마가 보고 싶거든?"

"그럼 주말에 꼭 같이 가 주는 거지? 약속했어?"

새끼손가락을 내밀었다.

311

"응. 자…, 약속."

"응! 약속!"

나츠코가 단단하게 손가락을 꼬아 흔들고는 비둘기처럼 침대 위로 폴짝 날아올랐다.

"히! 기분이 막 좋아지려 하네? 그거, 참! 진짜 이상한 거?"

후유코도 미소 지으며 책상으로 돌아왔다. 하지만 시간이 제법 흘러도 노란색 크레파스는 도화지 위에 점 하나만을 찍은 채 더 움직이려 하지 않았다.

다음 날이었다. 흔들리는 마음에 도통 좋은 그림을 얻을 수 없었지만, 가부간 벽시계는 세 번이나 울렸다.

외출 준비를 하고 모자 달린 코트에 팔을 집어넣었는데 돌연 하늘에서 플래시가 터지더니 장대비가 쏟아지기 시작했다. 천둥도 없이 홀로 찾아온 비였다. 후드득 땅을 때리는 폼이 제법 폭력적이었지만, 후유코는 망설이지 않고 베란다 구석에 세워 둔 미니 마우스 우산으로 손을 가져갔다.

그림을 가슴속에 갈무리하고 조심스레 계단을 내려갔다. 누군가 설거지를 하는지 부엌으로부터 접시 포개는 소리가 들려왔다. 남자 때문에 지나치게 긴장한 탓일까? 계단을 다 내려와 놓고는 그만 바닥에 우산을 떨어뜨리고야 말았다. 당장 접시 부딪히는 소리가 멈추더니 헝클어진 머리칼이 불쑥 튀어나왔다.

"너 어디 가니? 지금 비 오는 거 안 보여? 집에 있거라."

노파 특유의 굵은 목소리였다.

"걱정하지 마세요, 저 곧 돌아와요."

"글쎄, 어디 가는데?"

할머니가 부엌에서 걸어 나와 재차 물었다. 짜증 섞인 얼굴 뒤에는 젊은 남자의 청바지가 있었다.

"선생님 댁에 가는 거예요."

"이 날씨에? 무슨 심부름이라도 시키신 거야?"

"네, 금방 돌아올게요. 걱정하지 마세요."

"그렇다면 할 수 없구나. 하지만 너무 늦지는 마라, 네가 늦으면 또 밥상을 따로 차려야 하잖니. 그 정도는 말 안 해도 알 때가 되지 않아? 너 혼자 가려고 하니?"

할머니가 말을 하다 말고 위를 올려다봤다. 낮잠 자는 줄만 알았던 나츠코가 어느 틈엔가 계단을 내려오고 있었다.

"제가 같이 가고 싶은데… 언니가 도대체 물어보지를 않아요. 세상 참 험한데…"

"미안해, 나치. 얼른 갔다 올게. 다녀오겠습니다."

더는 할 말이 없던 후유코는 황급히 나가 현관문부터 닫아 버렸다. 나츠코가 졸린 눈을 비비다가 문득 외할머니를 돌아봤다.

"할머니. 아까 할머니 주무르던 놈은 집에 갔어?"

현관에 우두커니 서서 양손을 허리에 얹고 갈 길을 셈하여 보았다.

"휴…."

한숨이 절로 나왔다. 멀지 않은 곳이었다. 다만 비가, 비가 문제였다. 하늘을 올려다봤다. 종전보다 빗줄기가 약해진 건 맞지만, 그래도 이쑤시개 하나 세워둘 틈 없이 촘촘한 건 여전했다. 후유코가 스스로 용기를 북돋우기 위해 우산을 힘차게 펼치고는 진흙 투성이의 정원을 암팡지게 가로질렀다.

313

"후유코!"

낯익은 자전거 한 대가 빗발을 헤치며 비틀비틀 다가왔다.

"리더스?"

"어디를 가니?"

"이런 날씨에 웬일이니?"

"그냥…."

"나 선생님 댁에 가려구, 드릴 게 있어서…. 근데 넌, 우리 집에 놀러 오는 거니?"

"내, 내가 선생님 댁까지 태워다 줄게."

"고맙지만, 비가 너무 많이 와서 지금 앞도 안 보이잖아. 어떻게 자전거를 운전하려고?"

"괜찮아, 할 수 있어."

"아니야, 위험해. 그러지 말고….."

"여기까지도 왔잖아, 잘할 수 있어."

"하지만 선생님 댁은 우리 집 오는 것보다도 훨씬 멀어."

"할 수 있어."

"아니야, 그러지 마. 그것보다 나치 지금 집에 있거든? 같이 놀고 있을래? 나 빨리 갔다 올 수 있어."

하지만 리더스는 당초 작정을 하고 온 것 같았다. 자전거에 올라탄 채로 완강하게 고개를 저을 뿐 이야기를 들으려고도 하지 않았다. 결국, 말더듬이 소년의 황고집에 후유코가 두 손을 들고 말았다.

"휴, 알았어. 그럼 잘 부탁해."

"좋았어!"

허락을 받아 낸 리더스가 옷소매로 얼른 안장 위에 고인 물을 쓸어내렸다.

314

"어차피 달리면 비에 젖을 텐데 뭘 그러니? 괜히 힘들게….."

리더스가 씩 웃으며 코트 단추를 마지막까지 여미자 뒷자리에 앉은 후유코도 최대한 그의 허리를 감싸 안았다. 준비 완료. 소년과 소녀는 동시에 국숫발 같은 빗줄기를 응시했고 페달에 올려진 진흙투성이 운동화에는 힘이 들어가기 시작했다.

"잠깐!"

현관문이 덜컥 열리더니 나츠코가 우산도 없이 뭔가를 가슴에 안고 뛰어왔다.

"어, 리더스? 너 언제 왔어? 흠, 언니. 이거 말이야. 이거 내가 아끼는 만화책이야. 이거 선생님 드리라구. 언니에게 잘해 주시니까 나도 고마워서 드리는 거야. 이거 아주 좋은 거야. 알지?"

나츠코가 품에서 내민 건 만화책이었다. 그것도 무려 반년 동안이

나 푼돈을 모아 구입한 육중하고 특별한 놈이었다. 보물과도 같은 애장품을 선뜻 내놓는 동생의 배려에 감동이 밀려오는 순간이었지만, 한편으로는 과연 아동용 만화책을 선생님이 반색할지가 미지수였다. 언니가 애매한 표정으로 머뭇거리자 잔눈치 지존의 나츠코가 금세 알아차리고 말을 바꿨다.

"아 참, 선생님은 어른이니까 나무늘보가 어른 뺨 때리는 장면은 별로 안 좋아하실지도 모르겠다. 그거 빼면 정말로 재미있고 유익한 책인데…. 그러면 선생님 딸이나 아들에게 주면 어떨까, 응?"

"나치, 너가 아끼는 책이잖아…."

나츠코가 두 손을 모았다.

"제발…, 나도 언니를 도와준 선생님에게 뭔가 선물을 주고 싶어, 응?"

에펠 탑의 기만

후유코가 양미간에 손바닥을 걸쳐 빗물을 막았다.

"여기야, 여기."

흰 목재 담이 납작하게 둘러쳐진 현대식 이층집이 처마널 사이로 빗물을 뚝뚝 떨구고 있었다. 고개만 돌리면 조우할 수 있는 평범한 집이었으나, 상당수의 빈 화분들이 현관 주변에 정확한 각도로 줄지어 서 있는 모습이 여타의 가택들과 구분이 되었다. 후유코가 뒤를 돌아봤다.

"고마워, 리더스. 정말 편하게 왔어. 이제 추우니까 돌아갈래?"

"…"

"어서, 좀 이따 우리 집에서 다시 만나."

페달을 내리누르며 리더스가 대답했다.

"알았어."

비를 피해 종종걸음으로 선생님 댁 현관에 뛰어든 후유코가 반짝이는 손잡이를 거울삼아 헝클어진 머리와 옷매무새를 다듬었다. 이미 젖은 모습을 손가락으로 꾸밈질 해 봐야 단정한 느낌을 만들 수는 없었지만, 그래도 처음 외지에서 선생님을 만나는 의미 있는 순간이었다.

벨을 눌렀다. 축축한 날씨와 조화롭지 못한 맑은 음이 울려 퍼졌다. 두 번째 벨 울림이 끝날 즈음 현관문이 빼각 열렸다. 비에 젖은 후유코를 본 다나카 선생님의 반응은 그야말로 가관이었다. 머리라도 집어삼킬 듯 입을 쩍 벌리고는 흰자위를 치켜뜬 폼이 영락없이 사람 먹는 유령이었다. 제자의 갑작스러운 방문에 놀랄 수 있다손 치더라도 그건 분명 지나친 구석이 있었다.

"에구머니나! 후유코? 아니, 너, 네가 여긴 대체…."

후유코는 얼결에 사람을 경악시킨 죄인이 되어 있었다.

"…선생님, 안녕하세요…."

"괜찮은 거야? 무슨 일이 또 있는 거니?"

다나카 선생님이 목을 길게 뺀 채 주위를 두리번거렸다.

"선생님에게 고맙다는 말씀을 드리려고 온 거예요. 아무 일도 없어요."

"고맙다는 말? 뭣 때문에?"

"그게, 저, 어제 점심에…."

"어제? 뭐지? 그건 그렇고, 우리 집은 어떻게 알았니?"

"시시지마 선생님에게 여쭤 봤어요."

"시시지마 선생이… 그랬구나."

한동안 허연 입김만이 구름다리처럼 서로를 연결했고, 말은 오가지 않았다. 선생님이 입술을 움직인 건 나뭇가지에 매달려 있던 엄지손톱만 한 빗방울이 실내로 날려 들어온 뒤였다.

"참, 내 정신 좀 봐. 춥지? 온통 비에 젖었네? 어서 안으로 들어와."

"고맙습니다, 선생님."

"연락이라도 좀 주지 그랬니, 나도 방금 집에 왔거든. 하마터면 헛수고할 뻔했구나."

제자의 우산을 현관 귀퉁이에 비스듬히 세운 선생님이 손으로 거실을 가리켰다.

"저쪽이야, 지금 많이 춥니?"

"아니요, 전혀요. 괜찮아요."

소파에 몸을 앉힌 후유코가 주변을 두리번거렸다. 벽 한가운데에서 수박만 한 시계가 초침 소리를 만드느라 애쓰고 있었고, 무릎 앞에는 방금 닦은 것으로 보이는 나룻배 모양의 테이블이 투명하게 번쩍이고 있었다. 선생님이 어색하게 소파 모퉁이를 잡고 서서 물었다.

"뭐 마시니? 추울 테니 우유를 따뜻하게 데워 줄까? 아니면 오렌지 주스를 좀 줄까?"

후유코가 시린 손을 비비며 올려다봤다.

"전 아무거나 괜찮은데요."

선생님이 과장된 모습으로 고개를 끄덕이곤 부엌으로 향했다. 도리반거리던 후유코는 나무 재질의 거실 바닥이 거울처럼 반짝이는 모습에 깜짝 놀랐다. 비단 바닥만 시선을 제압하는 게 아니었다. 집 안에 배치된 가구들 전부가 마치 동화 속 요정들이 만진 집기들처럼 눈부시게 발광하고 있었다. 후유코가 저도 모르게 두 다리를 오므렸다. 젖은 머리와 흙 묻은 바지를 입고 앉아 있는 것이 죄스러울 따름이었다.

"자, 여기 있다."

"감사합니다."

"민망하다, 얘. 집이 어수선하지? 손님이 이렇게 올 줄 알았으면 청소라도 해두는 건데…. 그렇다고 학교 돌아가서 선생님 집 흉보면 안 된다?"

"너무 깨끗한걸요? 놀라서 보고 있었어요. 저희 집은 선생님 집보다 훨씬 더럽거든요."

"참! 그래, 너희 집 말이야. 이사 간다고 하지 않았니? 오사카로 간다고 했던 거 같은데?"

"네, 할머니가 거기로 간다고 말씀하셨어요."

"여동생도 있다고 했지? 그럼 여동생과 할머니, 너, 이렇게 살게 되니?"

"네, 선생님."

"그래…."

선생님이 입술을 지그시 깨물었다.

"이런 질문 해도 괜찮을지 모르지만…, 아버님은 아직 아무 소식 없는 거니?"

"…네."

"그렇구나, 너의 아버지를 생각하면 마음이 편하지가 않아서…. 내가 괜한 말을 해서 네가 이렇게 된 거란 생각도 들고…."

순간 그녀의 눈언저리에 수심이 드리워졌다. 하지만 작았고 정말 잠깐이었다.

"그럼 너도 곧 전학을 가게 되는 거구나?"

"아니에요, 할머니가 바쁘셔서 금방 이사 갈 수는 없을 것 같아요. 다음 학기 정도? 잘은 모르겠어요."

"그래, 어쨌든 서운하다, 얘."

고개를 끄덕이던 후유코의 뇌리에 문득 나츠코의 선물이 스쳐 지나갔다.

"아! 저기, 선생님. 선생님도 아이들이 있으시죠?"

"무슨 아이?"

"아들이나 딸이요, 있으시다고 저번에 말씀하신 것 같아서요."

"내가?"

"네."

"아니? 없는데? 아니, 뭐, 있긴 하지만, 여기는 없어. 작년에 프랑스로 유학을 갔거든."

후유코가 손에 잡았던 만화책을 슬그머니 뒤로 가져갔다.

"그러시군요…."

"왜?"

"저기, 그냥 좀, 혹시…."

"…."

대답이 없었다. 문득 불길한 느낌에 고개 들어 선생님을 쳐다봤다. 그녀는 한쪽 다리를 꼬고 앉아 벽시계를 바라보고 있었는데 분명히 후유코가 자신을 보고 있다는 걸 알았음에도 고개를 돌리지 않았다. 뭔가 성이 난 듯한 언짢은 표정이었다. 갑작스럽게 냉담해진 그녀의 태도에 후유코는 당황하지 않을 수 없었다. 재빨리 자신이 내뱉은 말들을 하나하나 짚어 보았다. 실수가 기억나지 않았다. 절대 없었다. 다시 잿빛 공기가 허공을 지배하기 시작했다.

그렇게 몇십 초가 흘렀을 때였다. 벨 소리도 없이 현관문이 불쑥 열리더니 난데없이 헬로키티가 집 안으로 들어왔다. 정확하게는 우산 때문에 뒷걸음질해 들어오느라 가방에 붙어 있던 인형이 먼저 보인 것뿐이었지만, 절묘한 착시 현상은 마치 키티가 홀로 공중을 날아 현관에 들어온 것처럼 믿게 했다. 당연히 가방 주인은 또래의 여자아이였다.

"다녀왔습니다!"

갸름한 턱선에 오뚝한 콧대. 아이는 졸린 듯 눈을 게슴츠레 뜨고 있었지만, 또렷한 이목구비는 아역 탤런트에서나 나올 법한 아우라를 지니고 있었다. 처음 그 예쁘장한 아이는 소파에 앉아 있는 손님을 발견하곤 흠칫 놀라는 눈치였다. 하지만 금세 아이들 특유의 바람 같은 교감이 이뤄졌는지 다음 순간 슬그머니 입꼬리가 올라갔다. 후유코가 얼른 선생님을 바라봤다. 하지만 그녀는 아이들의 교감 따윈 개뿔 안중에도 없어 보였다.

"우비를 입은 거야, 안 입은 거야? 도대체 어떡하면 비를 이렇게 많이 맞을 수 있는 거니? 어서 따듯한 물에 목욕하고, 다하면 방에 들어가 숙제하고. 혼자 할 수 있지? 나는 손님이 있으니까…, 오늘 저녁은 조금 늦게 먹을 거란 거… 알지?"

아이가 고개를 끄덕이며 소파 쪽을 곁눈질했다. 한마디 하고 싶은 눈치였으나, 선생님이 가로막고 버티니 입술을 벌릴 틈이 없었다. 결국, 비에 젖은 가방을 바닥에 질질 끌며 방으로 들어가 버렸다.

"아, 저 아이? 내 조카. 감기에 걸리면 되겠니?"

"네."

"…"

"…"

"흠흠! 글쎄, 이제 시간도 늦지 않았니? 할머니 걱정하시겠다, 슬슬…"

'따르릉!'

전화벨이 울렸다. 선생님이 무표정한 얼굴로 수화기를 들었다.

"여보세요! 아, 당신이세요? 네? 지금요? 할 수 없죠…. 그러게 내가 항상 뭐라고 해요? 네, 알아요. 그런다고요!"

짜증이 잔뜩 묻은 얼굴을 후유코에게 향했다.

"넌 말이야, 잠깐 여기서 기다릴래? 선생님이 볼일이 좀 생겨 밖에 나가야 돼, 바로 돌아올 거니까."

"네."

선생님이 방으로 가더니 누런 봉투 하나를 겨드랑이에 끼고 다시 나타났다.

"금방 와, 응? 미안?"

우습게도 그녀의 입과 눈꼬리는 동시에 위로 솟구쳐 올라 있었다.

다나카 선생님이 집을 나가자 거실에 정온이 찾아왔다. 후유코가 팔꿈치를 무릎에 얹고 턱을 괴었다. 진품의 나이테가 연못의 파형처럼 거실 바닥을 수놓고 있었다.

'선생님 기분이 나빠 보이시는데… 내가 뭘 잘못했을까? 잘못했겠지, 그러니 그러시지. 난 도대체 왜 이럴까? 어쨌든 빨리 여기를 떠나야 할 것 같아.'

물끄러미 바라보던 나이테가 파도처럼 일렁이는가 싶더니 서서히 추하게 일그러져 갔다.

"엄마…."

눈물 한 방울이 콧날을 타고 흘러 마룻바닥으로 굴러떨어졌다.

두 개의 손금

후유코가 눈물을 훔치고 뒤를 돌아봤다. 문이 열리며 땅거죽을 뚫고 콩이 고개를 내밀듯 천천히 얼굴 하나가 나오고 있었다.

"아, 안녕? 난 후유코야, 하세가와 후유코."

아이는 후유코의 활기찬 인사에 용기를 얻은 듯했다. 종전의 숫기 없는 태도는 온데간데없이 성큼성큼 다가오더니 소파에 툭 걸터앉는 것이었다.

"안녕? 난 유우미라고 해."

"유우미…, 예쁜 이름이구나."

"언제 우리 집에 왔니?"

"아까 왔어."

"누구 만나러 온 거니?"

"선생님을 만나러 왔어, 넌 선생님의 조카지?"

"아닌데? 난 딸이야."

"그러니?"

"응."

"아까 외국에 있다고 말씀하셨는데… 아무튼 반가워."

"난 혼자야, 언니도 동생도 아무도 없어. 그래서 외로워."

"몇 학년이니?"

"2학년."

"와~, 그럼 내 동생하고 같네? 난 3학년이야."

"정말?"

"응."

"비슷하다!"

"응!"

느낌이 좋았다. 새로운 친구가 생길지도 모른다는 생각에 가슴이 두근거렸다. 그건 유우미도 마찬가지인 것 같았다. 소파 아래로 늘 어뜨린 발을 흔들기 시작했다.

"혹시 인형 좋아하니?"

"너무 많이…."

"나도. 저기, 후유코, 언제 나랑 같이 놀지 않을래? 인형은 많이 있어. 하지만 같이 놀 사람이 하나도 없어."

"너도 그러니? 나도 친구가 많지 않아. 그럼, 괜찮으면 우리 친구로 지내는 건 어떠니?"

"응, 제발 그랬으면 좋겠어. 그러면 나 진짜 좋을 것 같아. 잠깐만, 내가 이거 보여 줄게. 이거 우리 엄마가 내 생일날 사 주신 거야, 구경할래?"

유우미가 손을 뒤로 가져가더니 목걸이를 풀었다. 화려한 인조 보석으로 장식된 예쁜 목걸이였다. 후유코의 입에서 저도 모르게 탄성이 흘러나왔다.

"와~, 이건…. 이건 진짜 예뻐!"

"비싼 거 아니야, 우리 엄마는 비싼 건 안 사셔. 엄마들은 다 그래. 너의 엄마도 그러시지?"

후유코가 못된 짓을 하다 걸린 사람처럼 몸을 움츠렸다.

324

"우리 엄마는… 얼마 전에 돌아가셨어. 그리고 아빠는… 아빠는…."

고백을 준비하던 후유코의 눈동자에 돌연 구슬 같은 눈물을 바닥으로 뚝뚝 떨구며 우는 유우미의 모습이 비쳤다.

"괜찮은 거니? 왜 우니?"

"정말 미안해, 내가 많이 잘못했어."

"뭘 말이니?"

"너의 엄마 이야기, 물어보지 말아야 하는 거잖아. 나 용서해 줄 수 있니?"

도리어 미안해진 후유코가 미소를 급조하며 담담하게 말했다.

"용서할 게 뭐가 있니? 너의 잘못이 아니잖아. 난 괜찮아, 울지 않았으면 좋겠어."

유우미가 눈물 훔친 손을 불쑥 내밀었다.

"여기, 이거, 너 가져. 난 내년에 또 사 달라고 하면 되니까."

목걸이 줄이 새끼손가락 끝에 걸려 한들거리고 있었다. 서글퍼지는 광경이 아닐 수 없었다. 이번에는 후유코의 눈에 눈물이 고였다.

"고맙지만 난 괜찮아, 나도 할머니에게 사 달라고 하면 되거든."

"어?"

뭔가 틀린 말투였다.

"내가 잘못한 것이 있니? 말해 줄래?"

유우미가 당황스러운 표정을 지었다. 호의가 오히려 상대방에겐 아픔이 될 수 있다는 걸 알지 못한 까닭이었다. 후유코가 얼른 고개 저었다.

"아니, 아니야. 그런 거 아니야.

"하지만…."

후유코가 감춰 두었던 만화책을 꺼냈다. 서운한 마음을 뒤로 미룰 수 있었던 건 유우미의 진심을 알고 있기 때문이었다.

"나도 선물이 있어. 이거 어떠니? 괜찮니? 내가 아니구 내 동생이 주는 거야."

유우미가 눈을 커다랗게 뜨더니 소파에서 벌떡 일어났다.

"그거? 구름 공주 그 만화? 그거 아니니?"

"응, 알고 있구나?"

"정말이니? 내가 가져도 돼? 우아! 우아! 고마워! 와~! 두껍다! 정말 고마워!"

만화책을 가슴에 바짝 껴안고 소파 위를 팔짝팔짝 뛰는 폼이 진심으로 선물이 마음에 드는 것 같았다.

"엄마는 만화책을 못 읽게 하셔. 정말 갖고 싶던 책인데! 진짜 이거 나 좋아하는 거였는데!"

또다시 시작된 기운찬 도약, 어린 소녀가 잔디밭 토끼처럼 사방팔방으로 자리를 옮겨 다니니 손에 들린 목걸이가 얌전히 있어 줄 리 없었다. 구렁이처럼 손가락 사이를 슬그머니 미끄럼 타며 당연하다는 듯 바닥으로 떨어져 버렸다. 다행히 후유코가 그 모습을 포착했다. 재빨리 목걸이를 집어 다시 손에 쥐어 주니 친구의 즐거움은 배가 될 수밖에 없었다.

"아, 고마워!"

유우미가 빙그레 웃으며 손을 뒤로 가져갔다. 하지만 이놈의 목걸이가 풀 때와 달리 제대로 맞지 않았다. 계속 헛손질을 거듭하자 옆에서 지켜보던 후유코가 나섰다.

"내가 도와줘도 되니?"

"그럼 고마운데, 그래 줄래?"

유우미가 상체를 숙이고 목도 길게 뺐다. 사실 목걸이는 이미 연결 고리가 떨어져 나간 상태였지만, 한 번도 걸어본 적 없던 후유코가 그 사실을 알 리 없었다. 후유코는 어떻게 해서든지 새 친구의 골칫거리를 해결해 주고 싶은 마음뿐이었고, 그래서 포기를 하지 않았다. 그러니 오랜 시간 몸을 숙이고 있던 유우미의 숨이 점점 가빠질 수밖에 없었던 것이다.

바로 이 순간, 현관문이 열리며 다나카 선생님이 돌아왔다.

"무, 무슨 짓이야! 그만두지 못해?"

갑작스러운 외침에 후유코가 깜짝 놀라며 뒤를 돌아봤다. 선생님이 신발도 벗지 않은 채 성난 표범처럼 달려들고 있었다.

"그만둬!"

후유코의 머리채가 거칠게 뒤로 당겨졌다. 가공할 만한 힘이었다.

"엄마!"

머리가 뒤로 꺾이고 후유코의 몸이 소파 뒤로 굴러떨어졌다. 선생님이 황급히 딸을 부여안고 외쳤다.

"괜찮니, 유우미? 세상에 이게 무슨 꼴이야! 얼굴이 파랗게 질려버렸잖아! 아니지, 이러고 있을 때가 아니지. 어서 구급차… 구급차를 불러야 돼!"

선생님이 손을 부르르 떨며 전화기를 찾았다. 어처구니가 없는 엄마의 행동에 유우미는 벌린 입도 다물지 못하고 멍하니 있을 수밖에 없었다.

"선생님…."

후유코가 소파를 붙잡고 가까스로 일어나려 했지만, 다나카 선생님이 달려와 충격적인 손가락질을 날리며 다시 주저앉혔다.

"이런 배은망덕한 것 같으니라고! 못된 것! 어서 내 집에서 나가!"

후유코가 주저앉은 채 뒷걸음질을 쳤다.

"선생님, 갑자기 왜 그러세요…."

"뭐? 뭐? 미친 거구나! 역시 분명히 미쳤어. 당장 나가! 안 나가? 경찰에 신고할 거야!"

"…."

"너 왜 거기 앉아 있는 거야? 내 말 못 믿겠다 이거지?"

선생님이 흰자위를 드러내며 전화기로 손을 가져갔다.

"엄마야!"

후유코가 파랗게 질린 얼굴로 비명을 질렀다. 몸이 사시나무처럼 떨리기 시작했다. 아파도 할 수 없었다. 무릎을 손처럼 짚으며 현관으로 엉금엉금 도망갈 수밖에 없었다.

"엄마? 엄마? 왜 그래?"

선생님이 딸의 손에 들려 있는 만화책을 봤다.

"이거 네 거니?"

유우미가 눈물을 주르륵 흘리면서 고개를 끄덕였다.

"후유코가 나한테 선물로 준 거야. 왜 그래, 엄마?"

선생님이 흠칫 놀라며 손에서 만화책을 빼앗았다. 그리곤 고슴도치라도 되는 양 멀게 잡아 둥글게 말더니 후유코가 서 있는 현관 앞으로 툭 던져 버렸다.

"이것도 가지고 가야지! 어서 문 닫고 나가! 다시는 이 근처에 얼씬거리지 말거라!"

"선생님, 저는요…."

"닥치지 못해? 내 딸에게 다시 한 번 나쁜 짓 하면 그땐 내가 널 가만 안 둬. 반드시 퇴학시키고 말 거니까."

"잘못했어요, 선생님. 제발 용서해 주세요."

"아니, 너 정말 안 나가? 경찰 부를까?"

나츠코의 소중한 만화책이 형편없이 구겨진 채 천장을 올려다보고 있었다. 더는 버틸 수 없었다.

"안, 안녕히 계세요, 선, 선, 선생님."

잔인하게도 현관 거울은 초라하게 말을 더듬는 어린 소녀의 모습을 친구에게 또렷이 반사하고 있었다.

문이 닫혔다. 선생님이 유우미의 어깨를 흔들며 다그쳤다.

"넌 도대체 정신이 있어 없어? 내가 방 안에 가만히 있으라 했지 누가 나오라고 했어? 어휴, 내가 못 살아! 목은? 목은 괜찮은 거야?"

다나카 선생님이 딸의 목을 유심히 살펴보았다. 상처가 있을 리 없었다.

"조금이라도 늦었으면 큰일 날 뻔했어. 넌 죽을 뻔한 거야. 알기나 해?"

"엄마, 왜 그래? 왜 화를 내? 왜 내 친구 내쫓아?"

방금 사선을 넘긴 아이의 목소리치고는 태연한 말투에 선생님이 가슴을 쳤다.

"답답하구나, 정말! 넌 아직도 모르고 있는 거니? 저 아이가 널 죽이려고 했잖아!"

"후유코가 날 죽이려고 했다고?"

"뭐니, 그 표정? 전혀 알지 못했다는 거니? 하긴 넌 뒤돌아 있었으니, 생각만 해도 소름이….."

"후유코는 내 친구야."

"조용히 하지 못하겠어?"

"엄마가 준 목걸이 기억나?"

"목걸이?"

"그래, 그게 잠기지 않아서 내가 부탁했어. 그래서 후유코가 날 도와줬어. 목걸이를 다시 내 목에 걸어 주고 있었다고. 근데, 그게 안 돼? 왜 이래 엄마?"

비가 내린다

비가 주저리주저리 내리고 있었다. 갈 길을 서둘러야 했지만, 한 걸음씩 내디딜 때마다 캐러멜처럼 진득해진 땅이 발을 잡고 놔주질 않았다.

"잠깐만."

"리더스?"

초콜릿 도넛으로 변해 버린 자전거 바퀴가 빗물을 가르며 굴러 오고 있었다.

"어떻게? 집에 돌아간 거 아니었니?"

"그냥…."

"춥지 않았어? 감기 걸리면 어쩌려고 그랬니?"

"이 정도로 감, 감기에 걸리지 않아, 난."

리더스가 흠뻑 젖은 모자챙에 손을 올리자 손가락 사이로 수증기가 모락모락 피어올랐다.

"그보다 선, 선물은 어떻게 됐니? 전해 드렸니?"

"으응, 그럼. 그렇지."

"좋았어!"

"…."

"풋."

전처럼 안장 위에 고여 있던 물이 땅으로 밀려났다. 소년이 젖은 손을 바지에 문지르며 말했다.

"이제 됐어."

"응."

"어서 타. 가, 가자."

후유코가 자전거에 오르기 위해 다리를 들어 올렸다. 그러자 젖은 외투 사이로 구겨진 그림과 만화책의 꼬랑지가 살짝 모습을 드러냈다 사라졌다. 물론 일 초도 안 되는 경각이었다. 하지만 리더스는 마치 고압 전선이 온몸을 훑고 지나간 듯 꼼짝할 수가 없었다.

"가자."

후유코가 말했다. 리더스는 땅을 두드리는 빗물을 말없이 바라볼 뿐 미동도 하지 않았다.

"리더스?"

움직임이 없었다. 이상한 생각에 몸을 낮춰 얼굴을 보려 했지만, 고개를 푹 숙이며 시선을 피할 뿐이었다.

"왜 그래?"

"…"

"갑자기 왜 그러니? 어디 아픈 거니?"

"휴, 비가 내려…."

"응?"

"비가…."

"난 또…."

"춥, 춥지 않아?"

"난 괜찮은데?"

"꽉 잡아."

리더스가 고개 들어 앞을 응시하더니 갑자기 페달을 있는 힘껏 내리눌렀다. 날카로운 쇳소리와 함께 진흙 범벅의 자전거 체인이 맞물림을 시작했다. 굉장한 속도였다. 그러나 리더스는 상반신까지 일으키며 더욱더 힘껏 페달질을 했다.

"무서워, 리더스. 천천히…, 응?"

"…."

속도는 줄어들지 않았다. 게다가 이제 내리막길이 시작되고 있었다. 무릎이 돌벽에 닿을 듯한 아슬아슬한 순간이 이어지자 불안감을 이기지 못한 후유코가 저도 모르게 친구를 꽉 끌어안았다. 얼음처럼 차가운 빗속에서도 식지 않는 인간의 따듯한 온기가 뺨을 통해 전해졌고 왠지 모르게 후유코는 가슴이 뭉클해졌다.

'우르르… 꽝!'

화들짝 놀라며 하늘을 올려다봤다. 우렛소리였다. 맛 좀 보라는 듯 빗방울들이 우두둑 내리치며 얼굴로 덤벼들었지만, 후유코는 원망하지 않았다. 오히려 고마웠다. 친절하게도 비는 소녀의 얼굴에서 슬픔의 흔적을 지워 주고 있었다.

"난 비가 좋아, 차갑지만 참 좋아. 엄마도 비 오는 거 좋아하셨는데…."

"…."

"아, 갑자기 엄마가 보고 싶어. 나 이런 생각 하면 안 되는 거지?"

리더스의 입에서 이따금 신음 소리가 흘러나왔다. 후유코는 페달 밟는 게 힘겨워 그럴 것이라 생각했지만, 그건 틀린 추측이었다.

아이들이 탄 자전거가 뒤뚱거리며 멈춰선 곳은 히카의 초밥집 앞이었다. 우중충하고 어수선한 가게는 한눈에 봐도 주인이 없다는

걸 알 수 있었고, 간판에서는 벌써 낯선 기운조차 감돌았다. 후유코
는 이내 그곳으로 온 걸 후회했다.

"기분이 이상해⋯."

"나도⋯."

"타로 아저씨는 지금 있을 것 같은데⋯ 들어가 볼까?"

"글쎄⋯."

"아냐, 역시 그만둘래."

후유코가 미안한 표정으로 말했다.

"할아버지가 보고 싶은데⋯ 안 될까? 힘들 텐데 이런 말 미안
해⋯."

리더스가 묵묵히 고개를 끄덕였다.

그러나 관리실에 할아버지는 없었다. 다만 콧수염을 기른 한 남자
만이 의자에 앉아 신문을 읽고 있을 뿐이었다.

"너희들은 누구냐?"

남자가 무표정하게 물었다.

"얘는 할아버지 손자예요. 전 친구구요. 아저씨, 실례지만 할아버
지는 지금 어디 계신가요?"

남자가 신문을 접으며 말했다.

"네가 이 아이 친구고⋯ 아하! 그럼 얘가 리더스겠구나? 이야기
많이 들었다. 글쎄다. 히라야마 씨는 사무실에 갔어. 여기 말고 본
부라고 불리는 곳, 좀 멀어. 한 시간가량 걸리는 거리니까."

아이들의 표정이 금세 시무룩해지자 남자가 말을 보탰다.

"뭐, 멀다고 해도 요즘 누가 걸어 다니느냐? 차 타고 가셨으니까
그리 늦지는 않겠지. 아마 두어 시간 후면 오시지 않겠니?"

리더스가 물었다.

"그, 그럼. 아저씨는 누구세요?"

"나? 나도 너의 할아버지랑 같은 관리인이야. 난 원래 여기 담당은 아니지만, 히라야마 씨의 편의를 위해 오늘 특별히 시간을 내서 대신 봐 드리는 거란다. 무어 다 그런 거지. 서로가 어려울 땐 돕는 거고 그런 거지 뭐."

남자가 콧구멍을 벌름거리며 자신의 호의에 스스로 감탄했지만, 정작 아이들로부터는 이렇다 할 반응이 없었다. 뻘쭘해진 그가 선택한 방법은 자리에서 일어나 주변을 어슬렁거리며 과장된 제스처로 불을 켜는 것이었다. 그것 말고는 할 게 없어 한 행동이었지만, 땅거미가 내려와 천지가 어스름해졌기에 그리 어색해 보이지는 않았다.

"밤이 길어… 밤이, 겨울은. 아니, 무어 마실 것이라도 주랴? 내 관리실이 아니니 이거 뭐…."

"괜, 괜찮습니다. 후유코, 나 잠깐 자전거에 좀 갔다 올게."

"응."

내심 기다리던 말이 바로 그거였다. 늑장 부릴 시간이 없었다. 재빨리 가슴속에 심어 놓은 그림을 꺼내 여러 번 가로 찢어 쓰레기통에 버렸다.

이내 리더스가 돌아왔지만, 다행히 아무것도 모르는 것 같았다. 무덤덤한 표정으로 말했다.

"데려다 줄게."

그림 부스러기

거짓말처럼 구름 한 점 없는 하늘이었다. 아이들은 후츠 언덕에 둥글게 모여 끝말잇기를 하고 있었고, 게임의 거성은 단연코 리더스였다. 말을 더듬는 그가 후유코에게 추가 시간을 얻어낸 것이 백전백승의 비법이었던 것이다.

"필통."

"통… 통… 아이, 짜증 나서 난 몰라. 언제 통으로 시작되는 말이 있기나 했냐고?"

"통닭."

"대단해, 리더스. 또 이겼어!"

"풋…."

나츠코가 벌떡 일어나 입술을 까뒤집으며 말했다.

"어떻게 생각해, 언니? 난 말이야 5초는 '이건 아니다.'라고 생각해. 너무하다니까? 줄여야 해. 그래야 살아, 응?"

후유코가 미안한 표정으로 리더스를 돌아봤다. 하지만 그는 고개를 저을 뿐 기득권을 포기할 마음이 없어 보였다. 슬슬 지는 것에 싫증이 나기 시작한 나츠코가 손을 허리에 얹고 뾰로통한 얼굴로 말했다.

"목도 마르고, 재미도 없고, 배도 고프단 말이야. 이거 뭐야, 별로

잖아!"

"오, 오늘 아침에 보니 냉장고 안에 새로운 과자가 있는 것 같, 같았어."

"엥?"

"정, 정말이야. 많이…."

"이제 말해? 그걸? 그 중요한 걸?"

감정 기복이 원체 신속한 나츠코였지만, 짜증 가득 찼던 얼굴이 순식간에 희색이 만면한 채로 바뀌며 후츠 언덕을 뛰어 내려가는 광경은 경이로움 그 자체였다.

할아버지는 콧수염 남자와 함께 커피를 마시고 있었다.

"어서 오너라. 뭐 필요한 거라도 있는 거냐?"

"목이 말라서요. 혹시 물 있으면 마시고 싶어요. 꼭 냉장고를 보겠다는 건 아니고요."

"냉장고? 허허! 너라면 얼마든지 열어도 되고 먹어도 되지. 별로 쓸만한 건 없지만, 콜라 같은 거라면 있을 게다. 마음대로 꺼내 먹도록 해."

"고맙습니다!"

말이 끝나기가 무섭게 나츠코가 다짜고짜 냉장고 속으로 머리를 집어넣었다. 과연 한쪽 구석에 난생처음 보는 봉투가 누워 있었다. 하지만 아무리 허락이 있었다고는 해도 마음대로 손을 뻗칠 수는 없는 노릇이었다. 이러지도 저러지도 못한 채 머리만 눈사람이 되어 갈 즈음이었다. 다행히 할아버지로부터 구원의 손길이 날아왔다.

"아하! 그 안에 노란색 종이봉투 보이니? 초콜릿이란다. 그거 너희들 먹으라고 내가 사다 놓은 거야. 가져가 먹으렴."

"네! 아니지… 아… 정말…."

나츠코가 대답을 하다 말고 손으로 입을 막았다. 좋은 게 있을 땐 일단 한 번 거절해 보라는 엄마의 충고가 생각났기 때문이었다. 짐짓 관심 없는 척 눈을 내리깔았다.

"어떻게 그래요? 제 것이 아니잖아요. 그건 못해요."

"네 거다, 나츠코. 너 줄려고 샀다니까? 가져가도 괜찮다."

할아버지가 그렇게 말하지 않았어도 폭풍처럼 몰려오는 식탐 앞에서 예의범절은 이미 불어 터진 칼국수일 뿐이었다. 참지 못한 나츠코가 봉지를 와락 끌어안았다. 은은한 초콜릿 향기가 코끝에 걸치며 사르르 녹아들었다. 가장 사랑하는 땅콩 없는 초콜릿 바가 분명했다.

"나, 미쳐! 힝! 잘 먹겠습니다!"

"오냐! 허허!"

338

턱을 내밀며 달려가던 나츠코가 문 앞에서 갑작스레 주춤했다. 커다란 검은 눈동자는 낯익은 종이를 안고 있는 쓰레기통에 고정된 채였다.

'저거 어디서 봤는데… 어? 저건 언니가 어제 그린 그림이다!'

별생각 없이 초콜릿 봉지를 탁자에 올려놓고 쓰레기통으로 걸어갔다. 정말로 통 속에는 후유코가 힘들게 그린 그림이 무자비하게 찢긴 채 버려져 있었다. 여전히 영문을 알 수 없던 나츠코가 할아버지를 쳐다봤다.

"할아버지, 누가 언니 그림을 찢었어요?"

할아버지야말로 이유를 알 리가 없었다. 어리둥절한 표정으로 되물었다.

"그림을 찢다니? 아가야, 그게 무슨 말이니?"

나츠코가 그림 조각을 들어 보이며 말했다.

"여기 이거요. 언니가 어제 담임 선생님에게 선물한다고 그린 그림이거든요. 얼마나 힘들게 그렸는데요. 어제 선생님 집에까지 갔었는데 왜 여기에 있어요?"

"그래? 내가 그렇게 소중한 걸 찢을 리가! 내가 잠깐 자리를 비운 사이에 왔….'"

할아버지가 콧수염 남자를 돌아봤다.

"자네, 어제 여자아이와 내 손자를 봤었나?"

남자가 양미간을 찌푸리다 무릎을 탁 쳤다.

"아하! 네, 왔었어요. 아, 그 그림 말이구나? 어제 리더스랑 같이 온 여자아이가 찢어서 쓰레기통에 넣던데?"

콧수염 남자가 본 대로 알려 줬다. 이번에는 할아버지의 자글자글한 눈살이 찌푸려졌다. 뭔가 잘못된 것을 예감한 할아버지는 얼른 말을 돌렸다.

"비슷한 그림이야 많이 있지. 그것보다도 나츠코, 너 배고프다고 하지 않았니? 어서 가서 아이들과 초콜릿을 나눠 먹으려무나. 정말로 맛있어."

하지만 나츠코도 그때 즈음엔 손가락을 입에 문 채 어렴풋하게나마 어제 상황을 그려 나가고 있었다. 아이의 입가에서 점점 미소가 사라지자 할아버지도 이미 늦어 버렸다는 걸 깨달았다.

"나츠코, 아마 언니가 무슨 사정이 있지 않았겠니? 이 할아비 생각으로는 말이다. 그 그림에 대해서는 언니에게 말하지 않는 것이 더 좋을 듯 싶구나. 동생에게 숨기고 싶은 비밀도 있는 법이거든. 모든 걸 서로 다 알고 있다는 건 사실 괴로운 일이란다."

나츠코가 천천히 고개를 끄덕였고, 땅콩만 한 눈물도 바닥에 뚝 떨어졌다.

"울지 말고… 그래, 그래. 아주 현명하구나. 똑똑해."

그런데 미처 말이 끝나기도 전이었다. 나츠코가 별안간 주먹을 불끈 쥐더니 문을 박차고 나가 버리는 것이었다. 돌발적인 행동이었다. 할아버지가 놀란 가슴을 쓸어내리며 재빨리 밖으로 따라 나갔다. 묘하게도 나츠코는 후츠 언덕이 아닌 집을 향해 달려가고 있었다.

"어딜 가는 게냐? 여기 초콜릿은 안 가지고 가니?"

소용없었다. 벌써 나츠코의 뒷모습은 날파리보다도 작았다. 콧수염 남자가 물었다.

"아직 말씀 안 하셨나 봐요?"

"무얼 말인가? 그 그림에 대해서 말인가?"

"아니요, 할아버님에 대해서요."

"휴, 그게 말이네… 도저히 입이 떨어지지가 않는다네."

"그래도 말씀은 하시는 게 나을 텐데요? 이젠 정말 얼마 안 남았잖아요? 그래야 아이들도 준비를 하죠."

"해야지…."

"아직 손자분도 몰라요?"

할아버지가 콧수염 남자 옆에 다시 와 앉았다.

"리더스 말인가? 그렇다네, 리더스에게 말하면 아마 저 아이들도 금방 다 알게 되겠지. 나의 꼬마 친구들…."

"많이 서운하시겠네요."

할아버지가 두 손으로 얼굴을 쓸어내렸다.

"서운한 정도겠는가…."

11월의 잎새

나츠코가 방으로 뛰어들었다. 이미 숨은 턱까지 차오른 지 오래였다. 책상 위에 누워 있던 책가방을 집어 들어 침대로 던지고는 옆 지퍼를 좍 열었다. 이내 자신의 손바닥 크기와 맞먹는 신묘한 색의 잎사귀 한 장이 모습을 드러냈고, 즉각 품 안으로 갈무리됐다. 서둘러야만 했다. 천식 환자처럼 헐떡이고 있었지만, 다시 한 번 주먹을 불끈 쥐어야만 했다. 아래층에서 할머니의 고함 소리가 마녀의 몽당 빗자루처럼 건들거리며 날아왔다. 신발 벗는 걸 잊은 탓이리라.

삽시간에 후츠 언덕으로 돌아온 나츠코가 땅바닥에 주저앉더니 증기 기관차처럼 숨을 몰아쉬었다.

"하아… 하아…."

"무슨 일이니? 어디 갔다 왔어?"

후유코가 놀랍기보단 안쓰러운 얼굴로 쳐다보며 물었다. 나츠코는 얼른 대답할 수 없었다. 입만 벌리면 가쁜 숨이 몰려와 목구멍을 틀어막았기 때문이었다.

"괜찮아, 천천히 숨을 쉬어 봐. 천천히…."

"저기, 하아… 하아… 좋은 생각이 났어. 하아… 하아… 그래서 뛰어온 거야. 하아… 늦으면 안 되거든… 하아… 지금이라도… 빨리 하자."

오히려 듣는 사람이 숨 막히는 형편이었다.

"빨리 뭘 하자는 거니? 천천히 말해 볼래?"

나츠코가 품에서 클로버 잎을 꺼내더니 언니 손에 덥석 쥐어 주었다.

"이거? 할아버지가 주신 네 잎 클로버 아니니? 이걸 왜 가져왔어?"

"하아… 정말 이상하지 않아? 언니에게는 나쁜 일이 많이 생겨. 하아… 하아… 항상 나쁜 일만 일어나잖아. 더 이상 그러면 안 되니까 이건 언니가 가져야 해. 하아…."

가슴이 뭉클했다. 금세 콧날이 시큰해졌지만, 바로 그런 연유 때문이라도 후유코는 표정을 흔들 수 없었다. 내심으론 혹 눈물이 함께 떨어질까 불안해하면서도 단호한 표정을 위해 눈을 내리깔았다.

"그럴 수는 없어, 나치. 이건 너가 가지기로 했잖아. 이건 너 거야."

"아니야! 제발 좀 가져! 부탁이야! 하아… 난 언니하고 다르게 나쁜 일이 일어나지 않잖아. 학교 갈 때마다 이걸 가지고 다녔기 때문일 거야. 이거 잊지 않았지? 하아… 이걸 가지고 있는 사람에겐 절대 가장 나쁜 일만은 생기지 않는다고 했잖아. 할아버지가 하신 말씀이야."

"하지만…."

"왜 이래, 정말? 난 언니도 없어지면 못 산다니까!"

뼛속까지 파고드는 진지한 눈빛이었지만, 진작부터 동생이 온전했던 까닭을 네 잎 클로버 속에서 찾던 후유코는 흔쾌히 그 청을 들어줄 수가 없었다. 가져가 버린다면 재앙이 나츠코에게로 고개를 돌려 버릴지도 모른다고 믿고 있었다. 후유코야말로 동생마저 잃어버릴 수는 없었다. 그래서 차게 말했다.

"안 돼, 절대로 그럴 수 없어. 이건 너가 가지고 있어."

"언니!"

이때 조용히 듣고만 있던 리더스가 끼어들었다.

"기, 기다려 볼래? 나에게 생각이 있어."

"생각?"

"무슨?"

"네, 네 잎 클로버잖아. 나쁜 재앙을 막아 주고 행운을 주는…."

나츠코가 말했다.

"응, 분명히 그랬지. 할아버지 말은 믿을 수 있어."

"모, 모두 네 잎이니까 잎은 충분해. 서로 걱정이 되면 이 잎들을 잘라서 나누어 가지면 어떨까?"

후유코가 잠시 생각한 후에 물었다.

"하지만 자르면 힘이 없어지는 거 아니니?"

"그, 그렇지는 않을 거라고 생각해. 그 클로버는 생명이 있는 것이 아니니까. 잘라도 괜찮을 거야."

343

그렇다면 리더스의 발상은 정답이었다. 이제 망설임은 감정에서 제외였다. 후유코가 얼른 내려가 관리실에서 가위를 빌려 왔고, 다른 아이들은 바람을 대비하며 둥글게 모여 앉았다. 조심스러운 가위질이 이어졌고, 어지간한 시간도 흘렀다. 마침내 클로버는 등분되었다. 애당초 잎사귀 하나하나가 독립된 하트 모양으로 이뤄졌던 클로버이기에 잘려진 모양새도 본연과 비교해 꿀리지 않는 모습이었다. 나츠코는 감탄했다.

"엄마야! 이거 된다? 우아!"

하지만 후유코는 달랐다. 노느매기된 잎사귀를 바라보는 두 눈에 근심이 어려 있었다.

"설마 힘이 없어진 건 아니겠지? 이 잎새 말이야. 죽어 버렸다던가…."

"언니!"

"미안, 불안해서…. 근데 이거… 정말로 내가 가져도 되니?"

"당연하지!"

"하지만… 나 불안해."

"후, 후유코. 이제 그만해. 나츠코가 이토록 원하는데."

"만약에 너희들에게 나쁜 일이 생기면 어떡하구?"

"그래도 난 아무렇지 않거든? 언니를 구하는 게 우선이지…."

"나, 나쁜 일이 생겨도 너에게 갈 것이 우리에게 나눠지는 거니까 훨씬 힘들지 않을 거야."

"그렇지만…."

"자꾸 그러면 나 울 거야? 알지? 나 울면 동네 고양이들 다 나오는 거?"

"이, 이미 잘랐잖아. 다시 붙일 수는 없어."

정녕 그랬다. 이제 되돌릴 수 없었고 고개를 끄덕일 수밖에 없었다. 사실을 인정해 버리니 묘한 안정감이 찾아왔다. 근심이 많이 바래진 얼굴로 물었다.

"하나 부탁해도 돼?"

"뭐?"

"응!"

"저기 말이야, 그럼 너희들도 이 잎을 항상 가지고 다녀 줄 수 있니? 나만 가지고 다니면 내가 미안할 것 같아서 그래. 나만 보호받으면 안 되잖아. 그러니까 너도, 너도, 이거 가지고 다녀 줘. 영원히, 언제든, 어디서든…, 어떠니?"

"우아우아! 좋은 생각인데?"

"모두 약속해 줄 수 있는 거니?"

"당연하지! 우리 세 명, 영원히 이 클로버 잎을 가지고 있자! 꼭 그렇게 하자! 아유! 막 좋으네? 헤헤!"

말더듬이 리더스에게도 후유코의 제안은 가슴 설레는 약속인 것 같았다. 입을 앙다물더니 고개를 몇 번이나 끄덕이며 의지를 보여줬다.

활기찬 나이답게 아이들은 언약을 위한 멋스러운 장소를 따로 찾지도 않았다. 그저 즉석에서 손을 맞잡았다. 후유코가 말했다.

"신 님, 저희들에게 더 이상 나쁜 일이 일어나지 않게 꼭 도와주세요. 기도드립니다."

나츠코가 한쪽 눈만 살짝 뜨곤 얼른 보탰다.

"제발 우리 언니 좀 괴롭히지 말아 주세요. 기도드립니다."

"나치, 심각한 건데⋯."

"응? 나도 심각하게 말한 건데? 내가 하면 웃겨?"

웃음보가 와그르르 터졌다.

"힝! 옷 갈아입을 때하고 목욕할 때도 손에 들고 있을 거다? 헤헤!"

"아!"

"응? 왜?"

"어떡하지? 우리가 잊은 게 있어."

"뭘?"

후유코가 천천히 손바닥을 펼쳤다.

"여기, 이거⋯. 우리 바본가 봐. 잊었잖아, 네 잎 클로버는 잎이 네 개라는 거."

"아이코!"

나츠코가 이마를 쳤다.

"걱, 걱정하지 마. 남은 하나는 신에게 주면 돼. 수호신에게."

리더스가 다시 한 번 묘안을 내놓았다. 나츠코가 재빠르게 물었다.

345

"수호신? 그건 뭔데? 어떤 신이야?"

"누군가를 보호해 주는 신이야. 근데 무슨 뜻이니 신에게 주자는 거?"

"할, 할아버지에게 들은 건데…, 수호신은 믿는 사람들에게만 존재한다고 해. 그, 그러니까 우리 지금부터 후유코에게 수호신이 있다고 믿자. 그리고 그 마지막 남은 잎을 후유코의 수호신에게 바치는 거야. 제발 후유코를 지켜 달라고."

소년의 애절한 마음은 후유코의 고개를 절로 숙여지게 만들었다.

"고마워, 리더스…."

리더스도 묵직이 고개를 끄덕였다. 그의 악문 입과 치켜든 턱에서 비장한 각오가 엿보였다. 후유코는 든든했다. 아무리 힘든 시련이 봇물 터지듯 쏟아져도 여기 두 사람만 곁에 있다면 일어설 수 있을 것 같았다.

나츠코가 말했다.

"그건 좋은 생각이다! 근데… 어떻게 언니의 수호신에게 그 잎을 주지?"

리더스가 설명했다. 미리 준비한 것처럼 눈곱만큼도 막힘이 없는 모습이었다.

"방, 방법은 물론 있어. 신은 하늘에서 사시잖아? 그러니까 우리가 최대한 높은 곳에 올라가 이 잎을 던지면 될 거야. 그렇게 하면 반드시 후유코의 수호신이 그걸 받으실 거야."

"우아! 너, 그거!"

섬세한 말투에 감탄하지 않을 수가 없었다. 아이들이 피라미드처럼 머리를 마주 대자 저절로 학교 뒤 야산이 의식 장소로 결정되는 기적이 일어났다.

그리고 네 번째 잎새

야산의 중턱쯤이었다. 리더스가 맥없이 주저앉은 나츠코를 측은하게 바라보고 있었다. 책가방과 언덕 사이를 단 몇 분 만에 해치운 꼬마였으니 지치는 게 당연했지만, 요는 곧 해가 서산마루에 걸친다는 것이었다. 시급한 상황에서 아이들은 초조할 수밖에 없었고, 애먼 나츠코의 가르마가 자꾸 시선을 받는 이유도 바로 그 때문이었다.

마취 총 맞은 고릴라처럼 팔을 떨구고 있었지만, 후각 상피는 항상 열려 있는 모양이었다. 한 무리의 등산객이 잘 뭉쳐진 주먹밥 냄새를 솔솔 흘리며 옆을 스쳐 지나가자 나츠코가 몸을 벌떡 일으켰다. 이 때다 싶은 리더스와 후유코가 서로 얼른 눈짓을 교환하고는 뒤로 다가가 나츠코의 어깨에 손을 걸었다. 그렇게 부축은 시작되었고, 어깨 주인이 놀랄 새도 없이 얼결에 한 걸음씩 산행은 재개되었다.

야산이라지만 만만치 않았다. 검질긴 땀이 교차하여 흙으로 떨어지고 벅찬 호흡이 오장육부를 꺼당기고 나서야 아이들은 가까스로 시야에 산 정상을 품을 수 있었다. 리더스가 지치지도 않는지 소나무에 등을 기댄 채 연신 땀을 훔치고 있는 자매를 뒤에 남겨 두고 바위 사이를 가로질러 십여 미터나 걸어갔다. 그 역시 어깨를 들썩이며 숨을 헐떡거리고 있었지만, 움직임에는 활기가 있었고 눈매에는 기대가 가득했다.

오도독 분지른 나뭇가지로 비리비리한 수풀 사이를 이리저리 훑으며 적소를 찾아 헤매던 리더스가 갑자기 멈칫하더니 양팔을 춤추듯 휘저었다. 한 발짝 아래 수직으로 깎아지른 낭떠러지가 있는 걸 미처 못 본 것이었다. 아찔한 순간이 아닐 수 없었지만, 정작 리더스는 중심을 잡는 그 찰나에도 주변을 두리번거리는 강심장을 보였다.

기어이 그가 뭘 발견한 모양이었다. 한껏 고무된 얼굴로 자매를 돌아보며 손짓했다. 제일 먼저 나츠코가 달려왔다.

"여기, 여기서? …장난이지?"

아무리 둘러봐도 안전시설 하나 없는 자연의 낭떠러지였다.

"여, 여기 아니야. 조금 더 가야 돼."

"휴… 깜짝이야. 그럼 그렇겠지."

나츠코가 눈썹을 내리고 한숨 쉬었다. 얼굴은 천연덕스러웠지만, 언니의 팔을 부여안고 꼼짝도 하지 않는 것이 어지간히도 현재 상황이 두려운 모양이었다. 리더스가 그 모습을 곁눈으로 슬쩍 보더니 아무 말 없이 양팔을 날개처럼 뻗었다. 그리고는 앞으로 나아갔다. 몇 걸음 전진하니 천 길 낭떠러지가 예견된 곳에 놀랍게도 자그마한 정자가 하나 나타났다. 절벽 아래로 꺾어지는 곳에 아슬아슬하게 설치된 쉼터였다.

"저기서 하자고? 뭐, 괜찮겠다. 높고! 무섭지도 않고! 헤헤헤!"

리더스가 천천히 고개를 저었다. 나츠코의 얼굴에서 너스레가 싹 달아났다.

"에? 그럼?"

리더스가 손가락으로 정자 넘어 허공을 가리켰다.

"그건 말도 안 되는 건데?"

"리더스, 저거 뒤에는 아무것도 없어. 그냥 공기라구."

"아냐, 있어. 자, 자세히 봐."

어이없게도 리더스가 가리킨 곳은 정자보다도 훨씬 뒤에 있는 산 벼랑 틈에 심어진 바위였다. 사람들의 편의를 위해 제작된 인위적인 것이 아닌 그야말로 자연의 비바람이 만든 바윗돌이었기에 당연히 그 밑의 경치는 문구점 미니어처였다. 추락하면서 자신의 나이만큼 목탁을 두들길 수 있을 정도로 아득했단 말이다.

하지만 리더스는 심장도 없는 사람 같았다. 성큼 바위 위로 올라섰고, 그 위에서 몇 번이고 발까지 둥둥 구르는 호연지기를 선보였다. 후유코가 식겁을 하며 말렸지만, 가만 보니 바위가 그의 미친 짓에도 전혀 흔들림을 보이지 않는 것이었다. 용기가 슬슬 생겼다. 빗자루로 먼지를 쓸 듯 한 걸음씩 발을 끌며 옮겨 봤다. 리더스와 나란히 서니 가슴이 따듯해지며 묘하게 의기도 생겼다. 넌지시 아래를 내려다보았다. 바로 비명이 튀어나왔다. 정신이 아찔해 저도 모르게 주저앉아 버렸다. 차가운 기운이 엉덩이를 감쌌고 고개 숙인 후유코는 그제야 바위에 수상한 흔적들이 있다는 걸 발견했다. 바닥 여러 군데에 촛농이 녹아 있었고 수많은 낙서도 새겨져 있었다. 산에 올라온 사람들이 이 바위에 호기심을 가진 것은 분명해 보였다.

후유코가 보니 동생 표정이 가관이었다. 웃지도 울지도 않는 절묘한 입술로 무장한 채 바들바들 떨고 있는 것이었다.

"무섭구나? 그럼 그냥 거기 있어."

내심 기대한 말이었지만, 하필 자존심 하나가 빠끔히 고개를 들었다.

"에이…, 언니도 참. 그건 아니지. 나도 같이 날려 보내야지. 정말 중요한 날인데…."

심호흡과 함께 나츠코의 발이 정말로 움직였다. 하지만 겨우 한

뼘도 안 되는 거리였다. 보다 못한 리더스가 나츠코를 번쩍 안아 바위 한가운데 올려놓아 버렸다.

"꺅! 뭐 하는 거? 응? 무서운데! 떨어져 죽을 것 같단 말이야!"

후유코가 동생의 팔을 꼭 붙잡으며 말했다.

"아니야, 나치. 진정하고 나 좀 봐. 가만있으면 괜찮아."

나츠코가 얼음처럼 몸을 굳혔다. 정말이었다. 가만있으니 까짓 별 것 아니었다. 괜히 신경질이 나왔다.

"뭐 바위가 이렇게 못생겼담? 뭔데 이거… 울퉁불퉁, 장난하니?"

드디어 아이들의 메인 퍼포먼스가 시작되었다. 리더스가 긴장된 표정으로 네 번째 잎을 후유코에게 건네주곤 두 손을 모았고 후유코도 잘린 클로버 잎을 손바닥 사이에 끼운 뒤 지그시 눈을 감았다. 그리고 기도했다. 행복을 갈구하는 기도였다. 폭력과 냉대로부터 탈출을 희망하는 기도였다. 하지만 후유코의 기도는 시간이 지날수록 정작 신이 아닌 인간에게 연민을 호소하는 내용으로 변질되기 시작했다. 그건 나이 어린 갈망자 자신도 예기치 못한 불가해한 일이었다.

마침내 후유코가 눈을 떴다. 깃털처럼 홀가분해졌다고나 할까? 몸 안의 나쁜 기운이 녹아내리고 천사의 입김으로 충만해진 그런 기분이었다. 주변을 휘휘 둘러보던 리더스가 후유코를 바라보며 고개를 끄덕였다. 지금이었다. 망설일 이유가 없었다. 후유코가 침을 한 번 꿀꺽 삼키고는 때마침 불어오던 맹풍에 손을 벌려 잎사귀를 자유롭게 날려 보냈다.

수호신에게 떠나보낸 이파리는 처음에는 그대로 산 밑으로 추락하는 것 같았다. 하지만 그것도 잠시, 이내 갑작스레 불어오는 매서운 선풍을 올라타고 순식간에 하늘로 치솟기 시작했다. 꼭 실을 매달아 놓은 연을 하늘에 숨은 누군가가 잡아당기기라도 하는 모습이었다. 후유코가 하늘로 빨려 올라가는 잎사귀를 홀린 듯 바라보고 있을 때였다. 갑자기 나츠코가 해 지는 방향을 손가락으로 가리키며 소리를 질렀다.

"꺅! 언니! 저거 저거 저거!"

외형이 남다른 새 한 마리가 지평선을 등에 업고 맹렬한 속도로 날아오고 있었다. 젤리처럼 투명한 몸체에 만년필 잉크 같은 검푸른 날개를 가진 이상한 놈이었다. 푸른 가루가 날릴 듯한 날갯짓이 이 세상 활동 같지 않다고 느낀 건 비단 아이들만이 아닌 모양이었다. 남녀노소 구분 없이 산에 있던 모두가 손가락질하며 몰려오기 시작했으니 말이다. 사방에서 감탄 소리가 연발됐지만, 신비한 새는 그따위 관심조차 없어 보였다. 오직 조류 특유의 감정을 알 수 없는 눈매를 치켜들고 허공을 선회하며 후유코가 날려 보낸 네 번째 잎의 동태만을 살필 뿐이었다.

351

한동안 부드러운 날갯짓만 일삼던 새가 돌연 몸을 비틀어 수직 상승을 꾀했다. 천공을 표류하던 네 번째 잎이 바람이 잠든 틈을 타 활강하고 있었다. 겨울새가 거침없는 날갯짓으로 잎사귀 곁에 바짝 다가갔다. 하지만 바로 어떤 행동을 취하지는 않았다. 침착하게 방향을 가늠하며 호기를 기다렸다. 마침내 미풍이 일었다. 놈이 목을 움츠리며 번개처럼 공간을 가로질렀다.

'탁.'

이내 부리가 닫혔고 실수는 없었다. 이제 네 번째 잎의 운명은 새가 결정할 것이었다. 지켜보던 사람들이 정체 모를 겨울새가 자아내는 향응에 놀라 탄성을 질러댔다. 화사한 날갯짓으로 하늘조차 바보로 만든 공연이었다. 목적을 완성한 놈은 기특하게도 자신이 가야 할 길 역시 정확히 알고 있는 듯했다. 종 비행을 하며 신속히 자신의 모습을 점으로 탈바꿈하고 있었다.

새를 지켜보던 후유코의 두 눈에서 하염없이 눈물이 흘러내렸다. 북받치는 서러움을 감출 수 없긴 나츠코도 마찬가지였다. 입술을 부르르 떨며 턱에 고인 눈물을 어깨로 연신 쓸어내기 바빴다. 나츠코가 돌연 손을 모으더니 자신의 눈동자만큼 작아진 새를 향해 힘껏 소리 질렀다.

"난 널 알 것 같아! 너의 마음이 들리거든! 약속해 줄 수 있지? 그 잎을 우리 언니 수호천사에게 가져다주는 거! 제발 우리 언니 더 이상 슬프지 않게 도와주는 거!"

리더스가 눌러썼던 모자를 벗고 눈을 가늘게 떴다. 나츠코의 말이 끝나기 무섭게 새가 날갯짓을 멈추고 방향을 바꾸는 것 같았다. 어쩌면 잘못 본 것일지도 몰랐다. 하지만 사실을 확인해 줄 사람은 그곳에 아무도 없었다.

외팔이 암벽 등반가

"앗싸!"

전화기를 내려놓은 타로가 배시시 웃으며 주먹을 꽉 쥐었다. 믿을 수 없었다. 하늘 같은 킹 도사와 직접 통화가 이루어진 것만으로도 영광일 따름인데 당장 오늘 밤 약속까지 잡혀 버린 것이었다. 그 얼마나 이날을 학수고대했던가? 타로가 뛰다시피 화장실로 들어가 양치질을 하며 벽시계를 봤다. 째깍째깍…. 약속 시간은 이제 한 시간도 남지 않은 상황이었다. 인고의 노력 끝에 성사된 연락이었다. 괜히 늦기라도 해서 도사의 성질을 긁는다면 그때는 여자고 스킬이고 세상만사가 전부 안녕이 될 일이었다.

타로가 입가에 남은 치약을 어깨로 대충 문대고 무릎을 굽혀 정밀한 각도의 빗질을 하고 있을 때였다. 누군가 주먹으로 문을 두드렸다. 도어 스코프로 눈을 가져가니 한 중년 남성이 떨떠름한 얼굴로 코를 후비며 서 있는 모습이 보였다. 콧구멍의 너비로 짐작건대 그는 오전에 전화한 『두루 빨아』 세탁소 주인이 분명했다. 타로가 바쁘다는 말을 연신 쏟아 내며 얼른 문을 열고는 진작에 모아 두었던 세탁물을 그에게 건네주었다. 남자는 생각보다 많은 양에 반색하면서도 정신 못 차리게 쏟아지는 악취에는 인상을 찌푸리는 아이러니를 보이며 차로 돌아갔다.

방구석을 맴도는 별스러운 향기 속에서도 머리 손질을 성공적으로 마무리한 타로가 콧노래를 흥얼거리며 옷장을 열었다. 그런데 이게 웬일? 정상적인 바지는 한 벌도 보이지 않고 오직 소싯적 발레를 익히기 위해 입었던 검정 타이츠만이 미역처럼 축 처진 채 걸려 있는 것이었다. 타로가 "아차!" 하며 이마를 쳤다. 입고 있는 잠옷만 제외하고는 옷가지를 전부 바구니에 털어 세탁소 주인에게 건네준 걸 잊고 있었다. 오전에만 해도 킹 도사와의 만남을 상상조차 못 했기에 그런 치명적인 실수가 가능했던 것이었다. 타로가 망연자실한 표정으로 옷장 속의 발레복을 올려다보았다. 어디로 보나 무좀 환자용 발가락 양말보다도 작아 보였다. 아무리 코먼 센스 없는 그였지만, 이런 것을 몸에 끼운 채 입장료가 오천 엔이 넘는 클럽에 가는 건 무리였다. 타로가 짧은 다리를 볶아치며 창문을 활짝 열었다. 역시 예상했던 대로였다. 시커먼 매연만이 어슴푸레 모퉁이를 감돌고 있을 뿐 세탁소 차는 이미 자취조차 찾아볼 수 없었다.

시간은 이제 반 시간도 남지 않았고 선택의 길은 없었다. 서둘러 발레복 속으로 다리를 구겨 넣었다. 중국 기예단 수준의 고난도 기술이 펼쳐졌고, 결국 들어가기는 했다. 그러나 환희도 잠시. 거울에 비친 되바라진 몰골은 강심장인 그가 봐도 도저히 용서가 안 됐다. 풍요로운 뱃살이야 원래 그렇게 생겨 먹었다손 치더라도 우럭 한 마리가 금세 뛰쳐나올 듯한 하체의 중요한 부분은 정말이지 민망의 극치였다. 하지만 어쩌겠는가? 그는 바꿔 입을 옷도 시간도 가지고 있지 않았다.

택시 한 대가 클럽 주차장에 정차했고 그 속에서 타로가 내렸다. 그는 씩 웃었다. 결국, 택시 기사는 그의 윤택한 아랫도리 비밀을 끝까지 눈치 못 챘다. 당연했다. 기사는 한쪽 눈을 실명한 상태였다. 게다가 다른 한 눈도 수전증이 있는 아내가 귀지를 파 준다며 눈알을 건드려 놓아 염증이 대단한 상태였다. 뵈는 게 없어서인지 택시 운전 하나는 끝내주게 빨랐다.

클럽 안으로 들어간 타로는 일부러 구석지고 어두운 테이블을 찾았다. 마침 멜빵을 달아 입은 채 혼자 칵테일 쇼를 하고 있던 바텐더 뒤로 시커멓게 그늘진 좌석이 하나 보였다. 잘된 일이었다. 얼른 시끄러운 음악 사이를 뚫고 잰걸음을 쳐 그 위에 엉덩이를 걸쳤다.

"코끼리는 나의 조상, 난 네가 올 것을 27초 전부터 알고 있었지."

가늘고 낮게 깔리면서 착 달라붙는 어투, 귓전을 울린 건 타로가 가장 의지하는 페니스 킹의 목소리였다.

"어? 킹 도사님? 오, 정말이네요! 아아…, 도사님! 제가 그동안 도사님을 얼마나 만나 뵙고 싶었는지 상상도 못 하실 겁니다. 전 이제 살았습니다! 하하!"

그러나 웬일인지 킹 도사는 악수를 청하는 타로의 손을 흘겨볼 뿐 아무런 대답이 없었다. 몹시 못마땅한 얼굴이었다. 타로가 까닭을 알 수 없어 불안해하는데 도사 특유의 실낱같은 목소리가 툭 튀어나왔다.

"그래, 내가 말한 '여보, 나 어디게?' 스킬 세 가지를 모두 시도했었다고? 그런데도 여자를 얻을 수 없었다? 만족한 결과가 없었다?"

"네, 그렇습니다. 정말 그렇다니까요? 분명히 다했습니다. 답답해 죽겠어요. 아, 진짜!"

도사가 새끼손가락으로 귀를 후벼 파며 귀찮다는 듯 말했다.

"그건 너의 팔자소관이지. 다른 놈들은 다 성공했는데 왜 너만 안 돼? 나… 가도 돼?"

타로가 펄쩍 뛰었다.

"네? 가시다니 말도 안 돼요! 제가 도사님을 만나기 위해 그동안 얼마나 기다렸는지 잘 아시잖아요. 저… 다른 방법을 좀 알려 주세요. 부디 부탁드려요. 저… 여기요. 이거 얼마 안 되지만….'

지갑에서 만 엔짜리 지폐를 한 장 꺼내자 킹 도사가 버럭 성을 냈다.

"이놈! 내가 전부터 돈 싫어한다고 너에게 말했느냐, 안 했느냐? 난 돈은 관심조차 없어!"

"네, 하셨죠, 하셨죠. 그치만 그럼 전 어떡해요? 어떻게 도사님에게 경의를 표하죠?"

"경의를 표한다라…. 어, 어라? 이놈 봐라?"

킹 도사가 번개 같은 속도로 타로의 손에 들려 있던 지폐를 낚아채어 자신의 주머니에 밀어 넣었다.

"이야! 봤어 방금? 나에게 묻지도 않고 제멋대로 내 주머니로 뛰어들어 가는 거? 너 직접 봤잖아. 얘들이 이렇게 무례해. 이래서 내가 돈을 싫어한다니까? 나쁜 돈 같으니라고!"

킹 도사가 당장 지폐 멱살이라도 휘어잡을 듯 씩씩거리며 얼굴을 붉혔다. 생뚱맞은 행동이 아닐 수 없었지만, 타로는 오늘따라 왜 이리 도사의 상태가 안 좋은지 따지고 자시고 할 여유도 없었다. 그저 내민 돈을 그가 받아 주는 것만으로도 감사할 따름이었다. 도사가 다시 착석하더니 천장을 올려다봤다. 콧구멍이 벌름거리고 있었다.

"아…, 여자… 여자… 여자. 그들은 정말로 오묘한 존재이지."

"정말 그래요."

"언제 어디서나 세상 여자들을 모두 유혹할 수 있는 기술을 갖기 위해서는 남자인 우리도 오묘해지지 않으면 안 되는 법!"

"오! 바로 그겁니다! 저에게 지혜를 내려 주세요, 부디!"

"말할 땐 그냥 들어. 끼지 마, 오케이?"

"죄송합니다…."

"마음에 드는 여자를 자신의 것으로 만들려면 여성 특유의 민감하고 미묘한 감정 상태를 미리 읽을 수 있어야 돼."

"네!"

"타로, 넌 지금까지 살면서 갑작스럽게 미치도록 엉덩이가 가려운 외팔이 암벽 등반가의 고뇌를 생각해 본 적 있느냐?"

"네?"

"으음, 내가 저주에만 걸리지 않았어도 직접 따라다니며 지도해 줄 수 있는데, 이건 뭐… 체력이 달려 이러지도 저러지도 못하니…."

"저주요? 누가요?"

"나, 저번에 말했잖아. 나 사실은 21살이라고."

"에? 그게 사실이었어요? 전 그냥 농담으로 그러시는 줄 알았는데?"

"아니야, 사실이야. 나 21살이야. 지금 이름이 잘 기억 안 나는데 어느 유명한 그리스 여신이 내가 자는 동안 저주를 걸었어, 60살 더 늙어 보이는 저주."

"아이고, 끔찍하네요! 근데 그 여신은 많고 많은 것 중에 왜 하필 늙어 보이는 저주를 걸었어요?"

"그야 내가 외적으로 너무 완벽하니까 망가트리려고 그랬겠지. 자기 딴에는 속세의 여자들을 보호하기 위한 마지막 선택이 아니었을까? 세상 모든 여자가 나 하나 때문에 식음을 전폐하고 시름시름 앓다가 죽으면 안 되니. 근데 웃긴 건 그 여신이 나에게 주문을 거는 순간에도 수줍어서 내 얼굴 하나 똑바로 못 쳐다보더라고. 그러니까 그 와중에도 그 여신도 나를 사랑한 거지. 나중에 주문 다 걸

고 나서 내 귀에 대고 어디 가까운 비디오방에라도 가자고 하더라
고."

"오, 그런 일이… 믿기 어려운 일이네요. 꼭 슬픈 동화 속 이야기
같아요."

"나도 아직 안 믿어져."

"저주가 걸린 지는 얼마나 되셨어요?"

"음, 한 60년 됐지?"

"네? 아니 그럼… 21살에 걸려서 60년 됐으면… 지금 81세 맞는
거 아닌가요?"

"응? 하이고, 실수. 6개월 됐어. 말이 헛나왔네. 늙으면 이게 문
제야."

"21살이신데 왜 늙어요?"

"…"

"아, 그리고 왜 저번에 저하고 지하철역에서 마주쳤을 때 바야바
근황을 물으신 거예요?"

"물으면 안 돼?"

"아니 그건 아니지만, 보통 요즘 젊은이들은 바야바 잘 모르지 않
나요? 저도 검색해 봐서 겨우 알았는데."

킹 도사가 눈을 지그시 감더니 손가락을 푸르르 떨었다. 매우 불
길한 징조였다. 타로가 그 모습을 보고 침을 한번 꿀꺽 삼키고는 얼
른 말을 이었다.

"뭐, 아무튼… 어이구, 정말 가슴 아픈 사연이네요. 그럼 그 저주
는 영원히 풀 수 없는 건가요?"

"아니, 풀 수 있어. 모든 일에는 항상 해법이 있는 법. 근데 그게
좀 어렵지."

"오! 그래요? 아무리 어려워도 풀어야죠. 이게 말이나 돼요? 멀쩡한 청년이 80대 노인으로 산다는 게? 제가 최선을 다해 도와드릴게요."

"응."

"어떻게 해야 저주가 풀린다는 건가요?"

"오후 7시 정각에 일곱 난쟁이가 도쿄 타워를 바라보며 동시에 발기해야 돼."

"오오, 세상에. 역시 유명한 그리스 여신이 내린 저주답게 풀기도 무지하게 어렵네요. 근데 전 요즘 난쟁이를 거리에서 본 적도 없는데 어떡하죠? 그것도 일곱 명이나…. 만날 수만 있다면 한번 부탁해 볼 수도 있는데 말이죠. 예로부터 난쟁이들은 마음이 좋고 남을 잘 도와준다고 하잖아요."

"그렇긴 한데…, 만나서 뭐라고 말할 건데? 실례지만 도쿄 타워를 바라보고 한꺼번에 발기 좀 해 주시겠어요? 막 이래?"

"아아, 그것도 참 어렵네요!"

"그러니 내가 참 속상하다! 으음."

도사가 이 세상의 걱정을 혼자 다 떠안고 있는 사람처럼 인상을 쓰다가 문득 타로를 쳐다보며 새우 눈을 깜작거렸다.

"너 일어나 봐."

"예? 저요? 왜요?"

"두 번 말하게 한다? 그럼 네 지갑 속 지폐들이 날 더 사랑하게 될 텐데?"

타로가 마지못해 일어나자 킹 도사의 눈이 재빠르게 위아래로 뒹굴었다.

"코트 벗어."

감히 누구의 명령이라고 거스르겠는가? 바로 코트가 의자에 걸렸고 그의 하체 라인도 적나라하게 드러났다. 타로가 황급히 두 손으로 아래를 가렸다.

"치워."

"네? 뭐, 뭘요?"

"손."

"누구 손을요?"

"장난? 나 집에 가?"

"이건 좀…."

"야!"

천천히 손이 엉덩이 쪽으로 치워졌다. 타로가 창피함을 이기지 못하고 말했다.

"이런 옷으로는 괜찮은 여자 유혹 못 하는 거 저도 알아요. 좋아서 입고 온 게 아니라고요. 어쩔 수 없는 사정이 있었어요."

명백한 고성대질이 예견된 상황이었지만, 결과는 의외였다. 도사의 반응은 무척이나 따사로웠다.

"우리 타로…, 무슨 소리를 하니? 내가 왜 네 의상을 싫어한다고 생각하니?"

킹 도사가 자리에서 일어나더니 코트를 활짝 펼쳤다.

"나도 입었는데?"

놀랍게도 도사의 하체 역시 비닐처럼 달라붙는 발레복이 입혀져 있었다. 틀린 점이라곤 색상과 다리 길이뿐 도플갱어가 따로 없을 정도였다. 도사가 만족스러운 얼굴로 다시 앉았다.

"너도 이제 앉아, 응? 다른 건 몰라. 오늘, 네 의상, 날 감탄시켰어. 산타클로스가 방울 달린 빨간 모자로 루돌프를 흥분시키듯, 우리 같은 프로 사냥꾼도 하체의 놀라운 곡선을 여성들에게 보여 주며 깊은 감동을 선사해야 돼. 그건 우리의 의무야. 나만 즐거울 수 있나? 어디 세상이 그리 호락호락하더냐? 사냥감도 함께 즐거워야지. 너 나에게 지도받고 지난번보다 센스가 좀 나아졌어. 흠, 만족해. 레벨 1단계 업!"

"오! 정말이죠? 정말 마음에 드신 거죠? 감사해요! 나 이럴 줄 알았으면 위에도 작은 것 입고 오는 건데!"

타로가 황금박쥐의 망토처럼 코트를 쫙 펼쳤지만, 멋스러운 바람은 없고 살만 출렁거렸다. 도사가 인상을 구기며 우유를 한 모금 마셨다.

"춤을 추자고, 춤을!"

반대할 이유가 없었다. 킹 도사와 함께라면 못 넘을 산이 없었다. 둘은 곧 자리에서 일어나 커다란 홀로 이동을 시작했다. 물론 그냥 가지 않았다. 춤을 추면서 갔다. 도사는 마트에서 할인하는 오래된 토마토를 상징하려는 듯 축 처진 엉덩이를 실룩이며 걸어갔고, 타로는 그의 뒤를 바짝 쫓으며 떨어진 과실 줍는 직원 흉내를 냈다. 스승과 제자가 즉흥적으로 만든 이른바 '마트 댄스'였다.

물론 두 명의 엽기 댄서에게 타인의 시선이 사정없이 꽂힌 건 두말할 나위도 없었다. 그러나 그들은 진정 아랑곳하지 않았다. 자아도취에 빠져 막춤에 환장한 타로가 갑자기 스텝을 확 꼬며 물었다.

"킹 도사님. 전부터 여쭙고 싶던 건데요. 혹시 단 몇 마디만으로 마음에 드는 여성을 클럽에서 데리고 나가는 방법은 없을까요?"

킹 도사가 가슴을 메릴린 먼로처럼 좌우로 흔들며 대답했다.

"물론 있으시지. 나에겐 식은 죽 빨기지."

"어? 정말로요? 그게 가능하세요?"

"왜? 못할 것 같음?"

"몇 마디만으로요?"

"두 마디."

"에이⋯."

"못 믿음?"

타로의 눈이 거슴츠레해졌다. 아무리 전설의 페니스 킹이라지만, 단 두 마디 만에 여성을 데리고 나간다는 말은 쉽게 믿음이 가질 않았기 때문이었다.

"그건 아무리 도사님이라고 해도⋯ 그건 좀⋯ 어렵죠?"

도사는 코웃음 칠 뿐이었다.

"흥! 그래? 돈 내기할래? 어때?"

"내기요? 좋아요! 얼마 내기할까요?"

"얼마 가지고 있는데?"

"천 엔 내기하면 어떨까요?"

"나 집에 가게 택시 좀 불러 줄래?"

"알았어요, 그럼 오천 엔. 만족하죠?"

"진짜로? 오천 엔 줘야 해, 알았지? 나중에 딴소리하기 없기야?"

"물론이죠, 조건 잊지 말아요. 단 두 마디예요, 알았죠?"

"걱정하지 말래도 그런다. 만약 내가 못 해내면 내 자네에게 육천 엔만 받을게. 이제 믿겠나?"

"그렇다면 믿을 수밖에요."

둘은 어이없는 춤을 잠시 미루고 자리에 앉았다. 킹 도사가 팔짱을 끼우고 거만한 표정으로 물었다.

"선택해."

"네?"

"네가 여자를 선택하라고. 우리 엄마 빼고 여기 와 있는 모든 여자가 파서블해."

분명 허장성세라 생각됐지만, 딱히 손해 볼 것도 없어 주위를 둘러봤다. 두 테이블 건너에 가슴골과 허벅지를 전부 드러낸 타이트한 옷차림의 여성이 보였다. 그녀는 할리우드 배우처럼 다리를 섹시하게 꼰 채 혼자 술잔을 기울이는 중이었다.

"오, 대단하다…."

"응? 저 여자? 하! 뭘 저 정도 가지고…. 저 수준의 얼굴이면 지진 났을 때 이 몸이 옆에서 이쑤시개 하나 정도는 받쳐 준다."

"아뇨, 그게 아니라… 다리 꼰 거요. 전 다리가 안 꼬아지거든요."

"…장난해? 내 몸이 나보고 그냥 집에 가 버리라는데, 확 그럴까?"

"아뇨, 아뇨, 잘못했어요. 진짜 놀라서 그런 거예요. 아무튼, 저 여자요. 가능하시겠어요? 콧대 장난 아닐 듯한데…."

"저 정도면 단 두 마디면 호화롭지. 여기서 기다려."

킹 도사가 성큼성큼 여자를 향해 걸어갔다. 타로에게 있어서는 고개를 꼿꼿하게 들고 미녀에게 다가가는 그 용기 있는 태도만으로도 이미 토픽감이었다. 마침내 여성 앞에 선 페니스 킹이 다짜고짜 손을 모아 귀엣말을 시도했다. 그러자 놀랍게도 여자가 자리에서 벌떡 일어나는 것이었다. 기적은 계속됐다. 도사가 뭐라고 말을 한마디 더 보태며 문을 향해 살짝 제스처를 날리자 여자가 호들갑 떨며 소지품을 챙기는 마법 같은 일이 벌어졌다. 확실히 여자는 그 앞에서 허둥대고 있었다. 킹 도사가 앞서 나가는 여자를 느긋하게 쫓아가며 타로에게 윙크를 날렸다. 물론 이겼으니 돈이나 준비하라는 뜻이었다.

타로는 손이 부들부들 떨렸다. 눈앞의 광경을 어떤 식으로 소화해야 할지 도대체가 난감했다. 진실로 단 두 마디 만에 섹시한 여성을 데리고 나간 것이었다. 소요 시간도 길어야 10초 내외였다. 내기에 지고 말았으니 또 돈을 잃게 되었지만, 저토록 훌륭한 도인이 스승이라는 사실에 가슴이 저려왔다.

잠시 후 킹 도사가 돌아와 히죽이 웃으며 손을 내밀었다.

"본인이 뭐라고 했어? 어떤 여자든 나에게 걸리면 저렇게 된다고 했지? 자, 오천 엔 줘. 빨리빨리 줘. 난 또 목성에 가서 나폴레옹하고 말뚝박기해야 돼. 군만두 내기했거든."

"도사님은 정말이지 신인이세요! 어떻게 그게 돼요? 야, 정말이지 제 어릴 적 영웅 카사노바 따위는 적수가 되지 않네요. 존경합니다. 진심으로요!"

"카사노바? 고거 참 이름 한번 섹시하네? 뭐, 서양 여자는 나에게 더 잘 '예스'하지. 일단 이리 데려와 봐. 단 한 마디에 관광 보내 줄게. 오케이?"

"저기, 도사님…. 카사노바는 남잔데요?"

"닥치고, 오케이?"

킹 도사가 잔에 남은 우유를 원샷으로 끝낸 후 휘청거리며 클럽을 나갔다.

타로가 사라져 버린 그의 뒷모습에 아쉬움을 느낄 즈음이었다. 클럽 문이 확 열리더니 아까의 그 여성이 돌아왔다.

"웨이터? 웨이터!"

앳된 청년 한 명이 서둘러 뛰어갔다.

"네, 손님?"

"도대체 이 클럽은 공중전화가 어딨죠? 찾을 수가 있어야죠."

"공중전화 말씀입니까, 손님?"

"그래요."

"아, 그게…."

청년은 머리를 긁적였다.

"그게… 없네요. 죄송합니다. 지난번에 손님 한 분이 문제를 일으켜서요. 수리 중입니다만…."

"…설마 했는데 이 노인네가 지금 나랑 장난하니?"

여자가 성이 잔뜩 나 씩씩거렸다.

"손님, 무슨 일이라도 있으세요? 전화가 급하시면 저희 사무실로 가시겠습니까?"

"아뇨, 됐어요. 그보다 아까 나한테 말 건 깡마른 노인 알죠? 아까 봤잖아요, 그 변태 같은 외국인 할아비. 그 사람 혹시 여기 다시 나타나면 당신이 직접 말 좀 전해 주세요. 경찰에 신고하려다가 하도 피골이 상접한 몸이 불쌍해서 한 번 봐준다고요."

아스카의 할아버지

방에서 화장을 고치던 할머니가 고개를 삐죽 내밀었다.

"누구니?"

후유코가 대답했다.

"모르겠어요, 할머니. 아무 말도 없어요."

"아무 말도 없는데 전화기는 왜 들고 있어? 내려놔."

간헐적인 숨소리가 희미하게 들려오고는 있었다. 하지만 그것뿐, 상대방은 끝까지 아무 말도 하지 않았다. 후유코가 고개를 꺄우뚱하며 전화기를 내려놓았다.

"할머니, 저 잠깐 나갔다 오겠습니다. 나츠코랑 같이 나가요."

"…"

이번에도 대화는 일방적으로 끝났다.

현관문을 열자 체크무늬 겨울 원피스를 말끔하게 차려입은 나츠코의 뒷모습이 눈에 들어왔다. 뭐가 그리 진지한지 언니가 옆에 온 것도 모른 채 우두커니 하늘만 바라보는 중이었다.

"오늘 기분 이상해. 그냥 좋으면서 막 슬퍼. 내가 왜 이러지? 휴, 그나저나 잎은 잘 배달됐나? 도대체 알 수가 있어야지. 내가 날 수만 있다면 언니의 수호신에게 직접 잎을 가져다줄 텐데 말이야. 하늘을 날 수는 없는 건가?"

혼잣말 삼매경에 빠진 나츠코가 드디어 인기척을 느낀 모양이었다. 멈칫하며 뒤를 돌아봤다.

"아, 언니? 헤헤! 기분은 어때?"

"기분? 아주 좋아. 네 번째 잎이 정말로 나의 수호신에게 배달됐나 봐. 요즘은 나쁜 일이 없잖아?"

"으아, 대단한데? 그럼 천사들도 느낄 수 있어?"

"천사들의 느낌인지는 잘 몰라. 하지만 마음이 따듯하구 좋아. 고마워. 이게 다 나치 너 덕분이야."

"아니지, 리더스도 빼면 안 되는 거지. 헤헤! 자, 손!"

나츠코가 심술궂게 실실 웃으며 손을 내밀었다. 오랜만에 보는 언니의 평온한 얼굴에 자꾸 장난기가 발동하는 모양이었다.

부여잡은 손을 씩씩하게 흔들며 거리로 나서자 한결 따스한 햇살이 볼을 간지럽혔다. 흥에 흥을 더하니 노래가 흘러나오는 건 당연지사, 설익은 귤 알맹이 입술에서 고음과 저음이 엎치락뒤치락하는가 싶더니 어느새 보도블록과 우체통은 아이들의 놀이터가 되어 버렸다.

367

"달걀노른자! 헤~!"

나츠코가 하늘을 가리키며 희맑게 웃었다. 어딜 가도 따라오는 해가 꼭 그렇게 보였나 보다.

검정 세단 한 대가 서서히 인도를 따라 그들에게 다가온 것은 그 무렵이었다. 번쩍이는 초대형 그릴에 육중한 바퀴를 가졌지만, 엔진 소리는 없는 이상한 차였다. 후유코가 얼른 동생을 인도로 데려갔다.

"저기, 잠깐만 얘들아. 물어볼 말이 있구나."

차 문이 열리고 지팡이가 땅에 꽂혔다. 깔끔하게 빗어 넘긴 백발과 중절모, 하지만 처음 보는 할아버지였다. 후유코가 대답했다.

"네, 할아버지. 무슨 일이세요?"

"혹시 너희들, 후유코와 나츠코니?"

나츠코가 뒷걸음질치며 입을 모았다.

"에? 그걸 어떻게 아셨어요? 누구셔요?"

노인이 중절모를 벗어 손에 쥐었다. 벌써부터 사정하는 얼굴이었다.

"역시 내 예감이 맞았구나. 이거, 잘된 거야. 그러잖아도 지금 너희 집으로 가는 중이었거든? 여기서 만난 게 오히려 좋은 게지."

나츠코가 여전히 입을 모았다.

"왜요? 우리 집에 왜요? 우리는 할아버지 모르는데요?"

노인이 애써 웃음을 지었다.

"물론 그렇겠지. 지금 어디 가는 중이었니? 잠깐 이야기 좀 할 수 있을까? 어때? …차에 타겠니?"

후유코가 눈을 내리깔고 공손히 거절했다.

"무슨 일인지 말씀부터 해 주시면 좋겠어요. 저희는 모르는 사람과 이야기하면 안 된다고 학교에서 배웠거든요. 차 안에 타는 것은 훨씬 더 위험하다고 배웠구요."

노인이 그제야 경솔했다는 걸 깨달았는지 고개를 젖혔다.

"아하! 정말 그렇겠구나, 미안하구나. 자… 그럼, 어쩐다? 어디 보자…."

돋보기안경 너머로 길 건너 벤치가 시야에 들어왔다. 노인이 거길 중절모로 가리켰다.

"자, 그럼 저기는 어떻겠니? 조금 안심이 되겠느냐?"

노인이 가리킨 벤치는 길 한복판에 있어 사람들이 수시로 발자국을 남기는 곳이었다. 후유코가 고개를 끄덕였고 노인도 끄덕였다.

벤치에 앉았지만, 그들은 말이 없었다. 보자고 한 사람이 먼저 말을 꺼내야 하는 법인데도 노인은 숨만 고르고 있었다. 나츠코는 그걸 참지 못했다.

"할아버지. 무슨 일이에요? 왜 말 안 해요?"

"나치, 어른에게 그렇게 말하면…."

"응? 그래, 그래. 그렇구나."

노인이 어깨가 들썩일 정도도 긴 한숨을 내쉬었다.

"휴… 자, 이제 용건을 말하마. 잘 들어주렴. 난 말이다. 아스카의 할아비란다. 물론 기억하겠지? 우리 아스카를 말이다."

나츠코가 언니를 돌아봤다.

"아스카요? 모르는데요? 누구예요? 우리 반 아이예요?"

"아! 아니, 그건 아니지. 음, 그래. 이름을 모르는 것 같구나? 아스카는 말이다…."

노인은 괴로운 듯 미간을 찌푸렸다.

"아스카는 말이다, 그러니까 말이다. 실수로… 너희 어머니를…."

어진 후유코의 눈가로 분노가 쏜살같이 스쳐 지나갔다.

"알 것 같아요."

"그 아이 말이다. 제발 우리 아이를 용서해 줄 수는 없는 거니? 우리 아이를 살려 주었으면 좋겠다."

그제야 감 잡은 나츠코가 뾰로통한 얼굴로 톡 쏘았다.

"뭘 살려요? 우리가 언제 죽인다고 했어요? 뭔 말이래…."

"우리 그냥 가게 해 주세요. 물어보실 것이 있으면 우리 할머니에게 하세요. 지금 집에 계시거든요. 그럼 실례하겠습니다."

후유코가 벤치에서 일어나자 노인이 펄쩍 뛰며 앞을 가로막았다.

"안 된다! 그냥 가다니? 내 손자 녀석…, 그 녀석이 지금 차마 두 눈 뜨고 볼 수가 없는 지경에 이르렀어. 그러니 제발 부탁이구나. 용서한다는 한마디만 해 줄 수는 없겠니? 진심이 아니라도 괜찮아. 그냥 말만⋯ 거짓말로 한마디만, 응? 그렇지 않으면 우리 아이는 죽는단다. 그 사건 이후로 내 손자 녀석은 물 한 모금도 마시지 않고 있어. 그뿐이 아니란다. 오늘 아침에도 내가 자는 사이 몰래 내 방에 들어와 넥타이를 훔쳐 갔었어. 왜 그랬겠니? 너희들에게 해서는 안 될 말이지만, 욕실 커튼에 목을 매려고 그랬다는구나. 과연 이렇게 며칠이나 버틸 수 있을까? 생각해 보렴. 어떻게 되겠니? 제발 산 사람이라도 살려 주려무나, 응?"

노인의 오래된 눈동자에 혼탁한 눈물이 고이기 시작했다. 후유코는 그의 초라한 모습에 마음이 동하는 눈치였으나, 나츠코는 아니었다. 되레 울분을 느끼는 것 같았다.

"난 용서 못 하는데? 언니는?"

후유코도 정신이 번쩍 들었다. 절대 용서할 수 없는 인간이었다.

"어서 가자."

370

아이들이 끝내 등을 돌리자 노인은 통탄했다. 땅바닥에 털썩 주저앉아 손으로 머리를 감싸더니 더는 미동도 하지 않았다.

다기지게 걸어가던 자매였지만, 쓰러진 노인에게 신경이 안 갈 리 없었다. 모퉁이를 핑계 삼아 슬쩍 뒤를 돌아봤다. 마침 깡마른 소년 한 명이 차에서 내리고 있었다. 유난히 머리가 검은 아스카라는 소년이었다. 몰라보게 피폐해진 모습이었다. 까무잡잡한 얼굴에 뺨은 움푹 들어가 있었고, 바싹 마른 팔과 다리는 옥수수수염처럼 바닥으로 축 처져 있었다. 좀비같이 발을 질질 끌며 노인에게 다가가는 소년의 모습은 테러에 가까웠다. 섬뜩해진 후유코가 고개를 돌렸지만, 하필 소년도 그랬다. 걸음을 멈추고 핏기 없는 입술을 움직였다.

"용서해 줄 수는 없는 거지⋯?"

너무 멀어 들을 수 없다는 걸 알면서도 소년은 기다렸다. 더는 모질 자신도 없는 데다 화도 난 후유코는 등을 돌려 버렸고, 아스카는 그걸 외면으로 해석했다. 화살 맞은 무언극 배우처럼 몸을 빙빙 돌리더니 결국 길바닥에 쓰러져 버렸다.

"언니!"

"그냥 계속 걷자. 나도 너의 마음 알아. 하지만 그러면 안 돼."

뭐가 안 되는 건지 몰랐다. 하지만 동생은 고개를 끄덕였다. 한데 엉킨 소년과 노인의 몸이 나츠코의 어깨너머로 점점 작아지고 있었다.

나츠코가 걸음을 멈췄다. 약속 장소를 몇 발자국만 남겨 놓은 상태였다.

"왜 그러니?"

대답이 없었다. 사뭇 진지한 표정이었다.

"나치?"

"소리가… 잠깐만."

"소리?"

"나, 이야기 듣고 있어."

"이야기라구? 누구? 아무도 없잖아, 여기?"

"쉿!"

갑자기 나츠코가 털썩 주저앉았다. 가장 아끼는 옷을 입고 땅바닥에 내려앉은 것이었다. 후유코가 걱정스러운 눈빛으로 말했다.

"할머니가 화내실 텐데…."

고개를 끄덕였다. 말을 제대로 듣고 있지 않은 듯했다. 주머니 속에 찔러 넣었던 손을 꺼내 흙 위에 펼치고는 신중한 눈빛으로 내려다봤다. 불개미 한 마리가 더듬이를 휘두르며 똑같이 나츠코를 올려다보고 있었다. 몸집이 8mm 정도로 좀 크다는 것과 아직 지면의 한기가 만만찮은 시점에서 개미집을 기어 나왔다는 걸 제외하면 어디서나 볼 수 있는 평범한 개미였다.

"개미?"

"움직이지 마, 언니. 도망가면 힘들어."

불개미도 나츠코의 행동이 흥미로운 모양이었다. 곤충 특유의 걸음걸이로 지그재그 기어 오더니 나츠코의 손등이 원래 살던 집인 양 냉큼 올라타는 것이었다.

"그래, 어서 와. 좀 더 가까이에서 말해 줄래?"

손을 소중하게 오므려 귓가로 가져갔다. 신기하게도 곤충은 미동도 하지 않았다. 한동안 개미를 뚫어지게 바라보던 나츠코가 다시 손을 내려놓았다. 불개미는 빠르게 바위틈으로 사라져 버렸다.

"후유! 어떡하지?"

"왜?"

"개미가 나보고 공원에 이상한 사람이 있으니까 들어가지 말라는데?"

"공원에 이상한 사람?"

"응, 이상한 사람. 근데 그거 혹시 리더스 아냐? 그럼 나 진짜 웃길 거 같아. 헤헤!"

정말로 공원 안에는 몸을 납작하게 낮춘 채 엉덩이만 들썩거리는 이상한 아이가 있었다. 나츠코가 쪼르르 달려가 재미있다는 듯 물었다.

"뭐 하는 거? 이러니까 개미들이 겁내지. 폼이 웃기잖아! 헤헤!"

아이가 하던 일을 멈추고는 고개를 들었다.

"왔, 왔니? 흙을 모으고 있었어. 원래대로 해 놓으려면 구, 구멍을 다시 메워 놔야 하니까. 휴….."

리더스가 이마의 땀을 훔쳤다.

삼총사는 그날 오락을 즐기려 모인 게 아니었다. 토끼들을 다른 장소로 옮기기 위해 손을 맞잡은 것이었다. 아이들의 지극정성 덕분에 토끼 모녀는 그동안 추운 겨울을 굴속에서 따뜻하게 지내는 호사를 누릴 수 있었지만, 아쉽게도 봄을 창밖에 둔 상황에서 보금자리를 내줘야만 하는 일이 생겨 버렸다. 공원을 시찰하던 안전 점검원에게 아지트를 들켜 버린 것이었다. 점검원은 하필 전직이 당근 장수였다. 토끼의 뒷다리가 앞다리보다 4배나 긴 것과 땀선이 발달하지 못해 귀로 체온을 조절하는 것조차 알고 있었다는 말이다. 툭하면 전선을 갉아 먹는 미물을 공원의 안전을 책임지는 당사자로서 좌시할 리 없었다.

결국, 아이들은 할아버지의 조언을 토대로 방목을 결정했다. 장소는 자연스럽게 후유코의 수호신과 접선했던 야산으로 정해졌다. 그곳이라면 토끼가 굶어 죽는 한이 있더라도 자유를 맘껏 누릴 수 있으리라 믿었기 때문이다.

"에이, 다했어? 내가 할 건 없는 거야? 에이, 싱겁게…."

정리된 모습에 나츠코가 어깨를 으쓱하며 맥빠진 표정을 지었다.

"나치, 너가 할 일은 따로 있잖아, 가장 중요한 거. 이따가 토끼에게 우리 이야기를 전해 줘야지. 세상에서 너만 할 수 있는 일이니까 꼭 도와줘야 해, 알았지?"

"알았어, 언니. 근데 지금은 말이야. 그네 좀 타고 있어도 될까? 이거 막 타고 싶네?"

"그럼. 맘껏 타. 할아버지 오시면 그때 부를게."

"응!"

나츠코가 펄쩍 뛰어오르자 로데오의 브롱코처럼 그네가 난동을 부렸다.

아아… 나츠코… 나의 소중한 나츠코…

커다란 라면 박스가 토끼 굴 앞으로 던져졌다.

"준비됐어."

"먼저 상자에 엄마 토끼를 넣는 거야. 그리고 다음에는 딸 토끼, 괜찮겠지?"

"그래, 좋아. 거, 거기 빈틈, 막아 줄래?"

후유코가 다리 벌려 틈새를 막는 동안 리더스는 굴속으로 팔을 집어넣었다. 평소 얼굴을 알아본다는 생각이 들 정도로 단박에 잡혀 주던 토끼였지만, 이상하게도 그날은 얄궂은 짓만 골라 했다. 그좁은 굴속을 폴짝대며 조롱하는 것도 모자라 힘주어 깨무는 행위도 서슴지 않던 것이다. 계속되는 친구의 헛손질에 후유코가 한발 앞으로 나섰다.

"어렵니? 내가 해 볼까?"

"아니야, 내가….."

리더스가 벌떡 일어나더니 소매를 걷어 올렸다. 자존심이 상한 나머지 아예 두 손을 한꺼번에 넣으려는 것이었다. 무릎을 꿇고 가만히 눈을 가져가니 토끼들이 부들부들 떨고 있는 게 보였다. 이토록 겁에 질린 모습은 일찍이 본 적이 없었다. 고개를 갸우뚱하고 어깨가 입구에 걸릴 때까지 팔을 집어넣었다. 느낌이 왔다. 물컹한 감촉. 등마루를 잡은 것 같았다. 단번에 끄집어냈지만, 손에는 흙과 털 조각뿐. 끌고 나오는 데는 또 실패하고 말았다. 긴 한숨이 절로 나왔다.

"휴, 왜 이러는 걸까? 평, 평소와 너무 달라."

"동생에게 부탁할까? 나치가 직접 물어보면 이유를 알 수 있을 거야."

"너, 너희들을 위해 이렇게 하고 있어. 자꾸 어떡하니?"

리더스가 성가시다는 듯 굴을 막고 있던 박스를 옆으로 밀어 버렸다. 어지간한 그도 계속되는 네발짐승의 저항에 짜증이 난 것이었지만, 쓸데없는 오기는 돌이킬 수 없는 결과를 가져올 뿐이었다. 휑하니 뚫린 공간을 감지한 어미 토끼는 펄쩍 날아올라 아이들 신발 사이를 헤집더니 부지불식간 공원 입구를 목전에 두는 묘공을 펼쳐 보였다. 진정 활시위로 당긴 쏜살같은 속도였다. 깜짝 놀란 리더스가 두 팔을 휘저으며 뒤쫓았지만, 간격은 좁혀지지 않았다. 야속했다. 놈은 아이들의 정성을 얄미운 발길질로 쳐내며 속세로, 밖으로 떠나만 갔다.

마침내 토끼가 귀를 찻길로 구부리자 모든 것이 자신의 과실이라고 생각한 리더스는 황망하기 그지없었다. 다급히 소리치며 손도 마구 흔들어 봤지만, 되레 그런 행동이 토끼를 더 자극하는 모양이었다. 결국, 차가 질주하고 있는 도로로 수염까지 향해 버렸다.

"차가 있는 곳으로 가려고 하는데! 지금 차가 많은데!"

후유코가 당황하여 소리쳤지만, 리더스라고 별 방법이 있을 리 없었다.

회색 아스팔트 위로 돌연히 근두운 같은 게 올라오니 높고 낮은 경적 소리가 사방에서 쏟아지는 건 당연한 순서였다. 귀추를 지켜보기가 두려웠던 후유코는 그만 눈을 질끈 감아 버렸다.

"살았다…."

누군가의 목소리였다. 후유코가 눈을 감싼 손을 천천히 내렸다. 타이어 앞에 옴츠리고 앉아 코를 킁킁대는 토끼의 모습이 보였다. 감각적인 운전자 덕분에 우매한 솜사탕이 그 모양을 유지할 수 있었던 것이지만, 참으로 울컥하는 장면이 아닐 수 없었다. 리더스가 기회를 놓치지 않고 재빠르게 달려들어 미물을 품에 넣었다.

"이놈들이? 대체 여기서 뭐 하는 짓이야? 여긴 차가 다니는 도로라고! 이렇게 위험한 곳에서 장난질이라니 말이야! 죽기라도 할 작정이야?"

운전자가 창밖으로 얼굴을 내밀며 분통을 터뜨렸다.

"죄송해요, 아저씨. 죄송해요. 여기 이 토끼 때문에…. 정말로 죄송합니다."

"죄송하다고 말해 다 되면 이 세상에 법은 왜 있나? 도대체 어린것들이 혼이 빠져서!"

부릅뜬 눈의 각도로 보아 말로는 쉬이 진정이 안 될 눈치였다. 리더스가 토끼를 후유코에게 건넸다. 무릎이라도 꿇어 볼 작정이었는데 효과가 있었다. 실제로 운전자의 가시눈은 고개를 푹 숙이며 걸어오는 소년의 모습만으로도 조금씩 헐거워지고 있었다.

"에잇, 원 재수가 없으려니까!"

미처 무릎이 꿇리기도 전이었다. 차주가 민망했는지 푸념을 하며 다시 제 갈 길을 나섰다.

"왜 그랬어? 도망을 왜 가는데? 여기는 위험한 길이란 말이야."

후유코가 토끼의 등을 쓸어내리며 나무랐다. 대답이 없었다.

공원으로 돌아온 아이들이 토끼를 상자 속에 집어넣었다. 훨씬 삼엄한 경계하에서였다. 스스로 잘못을 반성했는지는 모르지만, 어찌 되었든 더 이상의 반항은 없었다. 후유코가 콧등에 송골송골 맺히는 땀방울을 엄지손가락으로 찍으며 말했다.

"이제 우리가 할 일은 다 했어. 후유, 정말 힘들었어. 큰일 날 뻔했지 뭐."

"누가 아니라고…."

리더스도 한숨 돌리며 상자 옆에 털썩 주저앉았다. 어느새 공원을 가로질러 서 있는 시계탑이 할아버지와의 약속 시간을 가리키고 있었다. 후유코가 별생각 없이 그네 있는 곳으로 고개를 돌렸다.

"나치, 인제 그만 내려올래? 할아버지 오실 때가 되었어."

이상한 일이었다. 그네는 아직 흔들리고 있었는데 나츠코가 없었다. 후유코의 미간이 찌그러졌다. 이번에는 철봉이 있는 구름다리 쪽으로 손이 모아졌다.

"나치, 거기 있니? 이제 이리로 와! 할아버지가 올 시간이라구!"

하지만 대답은 고사하고 그곳에는 어리친 개 새끼 하나 없었다. 후유코는 어리둥절할 뿐이었다. 아직도 그넷줄은 여진을 가지고 있는데 그 주체가 없는 것이었다.

"어디 간 거지? 시간 없는데."

"혹시…?"

"정문 앞에 있는 문어 빵 가게?"

"내, 내가 가 볼게. 여기서 토끼들을 지키고 있어 줘."

영문도 모르는데 서서히 입안의 침이 메말라 간다는 건 살면서 처음 접하는 아이러니였다.

언제나처럼 문어 빵 손수레에서는 연기가 모락모락 피어나고 있었지만, 거기에 섞여 주문을 기다리는 아이들 틈에 나츠코는 없었다. 가게 아주머니가 고개를 가로저었다.

"아니? 나츠코 우리 가게 안 왔어. 오늘 한 번도 못 본 거 같은데?"

"그럼 혹시…."

"그래, 알았어. 혹시 보게 되면 너희들이 찾는다고 전해 줄게."

"꼭 부, 부탁드립니다, 꼭."

"어머? 뭘 걱정하니? 어디서 놀고 있을 게 뻔한데…. 자, 이거 하나 먹고 힘내, 서비스야."

리더스가 말없이 고개를 저었다.

이제나저제나 하며 친구를 기다리던 후유코는 가슴이 철렁 내려앉는 것만 같았다. 리더스가 야구 모자를 손에 쥐고 길을 걷는다는 건 상상조차 할 수 없는 일이었다. 시간이 아까워 묻지도 않았다. 눈빛을 교환한 아이들은 누가 먼저랄 것도 없이 바람에 휘날리듯 여기저기 몸을 걸치며 공원을 뒤지기 시작했다.

"나치! 어디 있어? 숨바꼭질하는 거니? 그만해! 떨려서 죽겠다구!"

예리한 쇳소리가 들려왔다. 할아버지의 낡은 트럭이 공원 갓길에 주차를 시도하고 있었다. 후유코는 뛰었다. 옷깃부터 잡는 얼굴에는 절박함이 묻어 있었고 할아버지도 금세 그걸 읽어 냈다.

"아니, 무슨 일이 있는 게냐? 왜 그래? 응?"

할아버지가 놀란 얼굴로 아이들의 얼굴을 번갈아 쳐다보았다. 후유코가 울먹이는 목소리로 매달렸다.

"할아버지! 나츠코가 없어졌어요! 다 찾아봐도 아무 데도 없어요! 어떡해요?"

"없어져? 없어졌다고? 무슨! 어디 다른 곳에 간 게지 사람이 어찌 없어지나? 일단 진정하거라. 걱정할 것 하나도 없다. 이 할아비가 있지 않니?"

후유코가 상황을 낱낱이 설명했다. 이야기를 듣는 내내 할아버지의 손은 턱수염 언저리를 맴돌았다.

"그랬구나. 음…, 아마 친구를 만난 걸 거야. 그네를 타다가 친구를 만난 거지. 그래서 친구를 따라 다른 데 간 거지. 그런 돌발 행동, 나츠코가 곧잘 하지 않더냐? 자, 어쨌든 한번 찾아보자꾸나. 난 차를 타고 공원 밖으로 나가마. 큰길들을 따라가 볼 테니 너는 나츠코의 친구들 집에 가 보거라. 리더스, 넌 나츠코의 집으로 가겠니? 어쩌면 배가 고파 집으로 갔을 수도 있어. 자, 자! 어서!"

깊은 고랑이 노인의 이맛살을 가르기 시작했다.

하릴없이 공원으로 향할 수밖에 없었다. 동생의 친구 집을 차례로 방문했지만, 속 시원한 대답은 하나도 건지지 못했다. 한 걸음 내디딜 때마다 탄식이 튀어나왔다. 나츠코는 대체 어디를 간 걸까? 장례식 이후 하루도 빠짐없이 엄마를 그리워했던 나츠코…. 혹시, 그네를 타던 중 엄마 손을 잡고 가는 누군가를 보았을까? 엄마가 보고 싶은 마음에 무작정 그들을 따라갔었을 수도 있다. 나츠코라면 그럴 수 있다. 가능한 이야기였다. 후유코는 애써 그렇게 이야기를 만들었다. 발걸음을 이어 가야만 했기 때문이었다.

인기척에 리더스가 머리를 들었다. 코가 가슴에 닿을 정도로 숙였던 머리였다. 후유코가 다가오고 있었다. 빈손에 빈 시선이었다. 서서히 아이들의 눈에 눈물이 고이기 시작했다. 이제 결론은 없었다. 이 순간부터는 슬픔도 낭비였다. 동시에 땅을 치며 바깥세상을 향해 뛰쳐나갔다. 걷고 지나가는 사람이 보일 때마다 다리를 잡고 소매를 걸며 행방을 물었다. 사람들의 반응은 두 가지였다. 무관심 그리고 성가심. 하지만 사회의 냉대에 길들은 후유코에게 그런 것은 더 이상 상처도 아니었다.

공원 주변을 다람쥐 쳇바퀴처럼 돌다 보니 자동차가 한 대 시야에 들어오기 시작했다. 왠지 낯이 익은 자동차였다. 기억을 꺼낼 겨를조차 없이 다짜고짜 차를 세웠다. 검정색으로 착색된 차창이 내려갔고, 조금 전 용서를 구하던 노인의 넓은 이마가 드러나기 시작했다.

"안녕하세요, 전 후유코라고 합니다. 아까 전에 보셨던 제 동생… 기억하시나요?"

노인은 입을 열지 않았다. 밀랍 인형 같았다. 앞을 보고 있었고, 웃지도 않았다. 후유코가 다시 한 번 사정했다. 좀 전과 입장이 바뀐 것이었다.

"제 동생이요. 나츠코라고 하거든요? 혹시 보셨어요?"

노인이 천천히 고개를 저었다. 그리곤 스위치에 손을 올렸다. 창문이 올라갔지만, 그 속도가 매우 느렸다.

"잠깐만요, 할아버지!"

놀란 후유코가 달려들 때였다. 올라가는 차창 사이로 뒷좌석이 눈에 들어왔다. 후유코가 흠칫하며 뒤로 물러났다. 한 아이가 누워 있었고 윤곽이 너무나 괴이했다. 아이는 시트에 얼굴을 완전히 파묻고 있었는데 한껏 치켜세운 엉덩이 위로 양쪽 손이 수갑 물린 것처럼 비꼬아져 올려 있었다. 마치 샴쌍생아가 불에 타 엉켜 있는 모습 같았다. 아이의 어깨가 간헐적으로 움직이는 거로 보아 숨은 쉬는 듯했다. 그러나 세상 사람의 냄새가 나지 않았다. 이내 유리창은 완전히 맞물렸고 노인의 차도 액셀질을 시작했다.

잠시 후, 또 한 대의 차가 다가왔다. 할아버지의 트럭이었다. 옆자리에 리더스도 앉아 있었다.

"나츠코는? 친구들의 집에도 없더냐?"

"네, 없어요…."

"집에도 오지 않았다는구나."

"전 나츠코 없으면 죽어요, 할아버지…."

"어서 타거라, 너의 어머니 묘지에 가 보자꾸나. 거기도 없다면 경찰에 신고해야겠다. 여기서 이러고 있어서 될 일은 아닌 듯싶구나."

XYY

키타이구 사람들은 나츠코의 실종 사건을 풍선껌이라는 별칭으로 부르길 좋아했다. 사람들이 그걸 선호한 이유는 두 가지로 추론할 수 있었다. 센바 경장이 마을 사람들을 탐문하는 과정에서 항상 껌을 잘근잘근 씹었기 때문이란 소견이 하나였고, 나츠코가 마치 부풀었던 풍선이 터진 것처럼 삽시간에 사라져 버렸기에 그렇게 부른다는 의견이 나머지였다.

그날 이후 나츠코의 사진이 각 파출소의 안내판마다 부착된 것은 물론이거니와 서장급을 제외한 거의 모든 경찰이 어린 소녀의 자취를 찾는데 총동원되었다. 그들은 각기 짧은 손전등을 나눠 든 채 산속을 헤집었고, 기기묘묘 숨어 있는 인가들을 일일이 탐방했으며 심지어는 미숙한 동굴까지도 손바닥으로 더듬어 흔적을 찾는 열의를 보여 주었다. 하지만 제아무리 사력을 다해 수색 작업을 펼쳐도 서로 귀환하는 그들의 손에 단서 조각이 들려 있는 날은 단 하루도 없었다. 사건은 혀를 내두를 정도로 완벽했다. 유괴라고 치부하기엔 협박 전화 한 통 없었고, 가출이라고 단정하기엔 동기가 턱없이 부족했다. 천지 사방을 들쑤셔도 모습을 드러내지 않는 단서 앞에서 경찰은 서서히 지쳐갈 수밖에 없었다.

야스다 경위가 한숨을 내쉬곤 책상 위로 발을 걸쳐 올렸다. 부하인 센바 경장에게 후유코의 퇴원 소식을 전해 들은 뒤부터 그의 속마음은 이루 말할 수 없이 심난했다. 다인 병실에 뿌리째 뽑힌 잡초처럼 누워 있던 후유코의 왜소한 몸과 촉촉히 젖어 있던 눈망울을 그는 잊을 수가 없었다. 정말이지 마음 같아서는 조사고 뭐고 때려치우고 아이를 편하게나 내버려 두고 싶은 생각이 간절했다. 어차피 나츠코를 데려올 자신조차 없는 상황이 아니던가? 또다시 긴 탄식이 흘러나왔고 깍지 낀 손은 뒤통수로 옮겨졌다. 상체를 젖혀 의자 속으로 등을 파묻으니 자연스럽게 장식장에 비스듬히 기대어 놓은 감사패가 시야에 들어왔다. 키타이의 안전과 질서 유지에 저대한 기여를 했다며 지방 경찰청장이 작년에 수여한 것이었다. 경위가 자신도 모르게 인상을 찡그리며 책상에서 발을 끌어내렸다. 신발 하나가 모서리에 걸려 벗겨졌지만, 얼른 발뒤꿈치를 다시 구겨 넣은 덕분에 없던 일이 되어 버렸다.

센바 경장이 조수석에 앉은 야스다 경위의 코를 힐끗거렸다. 반대쪽 얼굴을 전부 가리는 정녕 위대한 코였다.

"경위님?"

"왜."

"나츠코라는 아이 말입니다…. 어떻게 된 것 같으세요?"

"그걸 알아내려고 가는 거잖아."

"제 말은… 그래도 개인적인 견해는 있으실 거잖아요. 저는 아무래도…."

경장의 눈매가 은근해졌다.

"혹시 후유코라는 아이가 우발적으로 한 짓은 아닐까요?"

"뭐?"

"소문 못 들으셨어요?"

"소문 싫어해."

"들으셨으면서 왜 그러세요? 후유코 친부가 잔혹한 살인마였다는 소문이요."

"…."

"들으셨죠?"

"소문 싫어한다고."

"그, 왜 있잖아요, 유전 인자. 범죄 심리학자들이 근래 들어 목숨 걸고 연구하는 거요. 아버지가 연쇄 살인마였다면 자식도…."

야스다 경위가 어이없다는 눈빛으로 그를 쏘아봤지만, 그걸 아는지 모르는지 타깃은 마냥 태연할 뿐이었다. 그가 한껏 고무된 얼굴로 말을 이어 갔다.

"그런 무자비한 친족 살인이 아무나 저지를 수 있는 거든 가요? 아니죠? DNA, 그러니까 염색체 속에 살인 인자가 숨어 있을지도 모른다… 이 말씀이죠. XYY라는… 알고 계시죠? 롬브로소의 범죄형 얼굴 이론이요. 사각형 얼굴에 툭 튀어나온 광대뼈, 쫙 벌어진 엄지발가락…. 뭐, 그러니 당연히 유전도 되겠죠. 제가 어제 탐문한 그 미용실…, 이름이 뭐였더라? 아무튼, 그 주인 여자 말에 의하면 후유코라는 아이가 전에 아버지로부터 심한 폭행을 당한 적이 있다고 하더군요. 눈 뜨고 차마 못 볼 정도로 엄청나게 얻어터졌대요. 그러니까 여기저기 피해망상증도 가지고 있고, 순간적인 정신 착란까지 일으켜 동생을 찔러 죽인 거예요. 목 졸랐던가. 어때요? 말 되죠?"

"쯧쯧쯧, 지금 혼자 뭐하나? 나 원, 어이없다 어이없다 해도 이 정도까지 가나? 당최 듣고 있기도 민망하구먼. 초등학교 3학년짜리 여자아이가 자기 동생을 죽여? 허! 아무리 요즘 엽기가 판치고 종말론이 아침마다 흘러나온다지만, 이 정도로 말 같잖은 소리나 듣고 있을 만큼 괜찮은 기분 아니니까…."

"아니, 그렇게만 생각하실 게 아니라니까요?"

"쉿!"

"아이고, 다시 한 번만 생각해 보세요. 플리스 오픈 마인드. 가능성을 다 열어 둬야죠. 현실성 있다니까요?"

"만약 자네 말이 사실이라면 시신은? 어린아이가 어떻게 감쪽같이 숨길 수가 있지? 피는?"

"그것도 생각해 봤는데, 그러니까 애초에 범행 장소가 거기가 아닌 거죠. 그리고 제 생각엔 공범이 있는 것 같아요. 둘이 짜고 한 짓 같은데… 왜 그 뒤에서 항상 어슬렁대는 말 더듬는 아이 하나 있잖아요? 분위기도 음산한…. 그놈하고 같이 일을 벌인 게 아닐까 해요. 전 아무래도 그쪽에 비중이 실리는데요?"

385

"시끄럽다! 원, 아무리 머리가 나빠도 그렇지 어찌 생각하는 게 그모양인가? 자네 앞으로 십 년 동안은 승진하기 텄구먼."

그래도 경장은 고개를 꺄우뚱했다.

"아무래도 기분 나빠요, 그 아이. 후유코 말이에요."

"아무리 우리가 직접 수사 중인 건이지만, 그런 소리 함부로 내뱉는 거 아니야. 그 아이와 동생은 그 말 많은 마을 사람들도 입을 모을 정도로 사이가 좋았다고 했어. 유별날 정도로 서로를 의지하고 돌보았다고 한 말 자네도 같이 들어 놓고 그래? 그런 억측은 아이의 영혼을 슬프게 하는 거야. 뭐야? 단지 어린아이란 말이야. 그것도 여자아이라고. 뭐가 그렇게 문제야? 그 아이 친부가 살인마라고? 자네가 확인했어? 그걸 누가 증명한 건데? 그리고 만약 그렇다고 해도 뭐 어쩔 건데? 생각해 봐. 정말로 불쌍한 아이야. 아버지인 줄 믿었던 사람이 갑자기 폭력적인 괴물로 변해 버리고, 게다가 의지했던 엄마도 돌연 죽어 버리고, 이젠 하나 남은 동생까지 실종돼 버렸으니…. 이게 말이나 되냐 말이야? 너무 잔인하잖아."

야스다 경위가 한숨을 길게 내쉬고 말을 이었다.

"자네, 그 아이의 눈을 실제로 본 적이나 있나? 없지? 제대로 봤으면 이따위나 지껄일 리 없지. 천사 같았어. 정말 천사같이 맑은 눈을 가진 아이였다고. 아무리 자기 친부가 실제 살인마라고 해도…. 세상에 유전이라니? 무식해도 분수가 있는 거지!"

"그래도… 전 별로…."

센바 경장이 운전대를 돌리며 힐끗 곁눈질해 봤다. 거대한 매부리코 주변에 심상찮은 기운이 감돌고 있었다. 얼른 화제를 바꿨지만, 결국 또 후유코 이야기였다.

"그런데 그 후유코의 외할머니라는 사람이요. 그 사람… 조금 이상하지 않아요?"

야스다 경위가 지겹다는 듯 자동차 천장을 올려다보았다.

"어휴! 또 뭐가?"

"저번에 같이 보셨잖아요. 그 모습이 어디 아이 돌보는 인자한 할머니던가요? 후유코라는 아이에겐 눈곱만큼의 관심조차 없어 보였어요. 아무리 친할머니가 아니라지만, 후유코가 병원에 있을 때도 딱 한 번 다녀갔을 뿐이라던데…. 이건 담당 간호사에게 직접 들은 이야기예요. 키 크고 오카야마 사투리 쓰는 그 간호사 말이에요. 오늘 퇴원할 때도 코빼기도 안 보였다는데…. 오히려 전에 초밥집에서 일하던 아줌마가 데리러 왔다는데…. 얼굴에는 미소가 있어도 왠지 마음을 알 수가 없는 노친네예요. 동네 사람들 말로는 나츠코라는 아이가 실종된 날에도 집에서 연애질이나 하고 있었다는데…. 뭐 서른다섯 살 연하라나? 쳇! 그러니 아이들이 눈에 보이겠어요?"

"다는데… 다는데… 정말 궁금해서 묻는 건데 말이야. 그거 다 어디서 들은 이야기야? 자네 계속 나랑 같이 있지 않았나? 대체 언제 들었지? 그리고 후유코 외할머니가 누구를 만나던 그건 우리 일과는 무관한 거야. 경찰이라고 시민들의 사생활을 마음대로 건드렸다간 자네나 나나 옷 벗는 거 시간 문제야. 간섭을 함부로 하는 게 아니라고, 알아듣겠나?"

"에이, 경위님. 그건 좀 아닌데요? 그런 사소한 정황들을 알아야 우리가 종합적으로 결론을 내서 판단할 수 있는 거죠. 모든 가능성을 염두에 두어야지 어떻게 딱 실종 관련 문제만 수사해요? 아무튼, 그 노부인도 조금 냄새가 나요. 분명하다니까요? 이 생활이 몇년인데 딱 보면 답, 바로 나오죠."

센바 경장이 돌연 왼손을 경위의 귀로 가져갔다. 귓속말이 하고 싶은 것이었다.

"그 할머니… 혹시 회춘하기 위해 나쓰코를 잡아먹은 건 아닐까요? 왜 16세기에 바토리 백작 부인도 그런 비슷한 짓을 했잖아요. 젊어지기 위해 612명의 처녀들 피로 목욕을 했다는…."

야스다 경위가 깜짝 놀라며 센바의 어깨를 밀쳐 냈다.

"운전 중에 지금 뭐하는 짓이야?"

"아이, 경위님~ 생각이요, 생각. 네?"

"뭐라는 거야? 자네 미쳤어? 말하는 꼴이 징그럽게!"

하지만 센바 경장은 속이 좋은 건지 그저 웃어댈 뿐이었다. 야스다가 불쌍하다는 듯 혀를 찼다.

"쯧쯧, 풍부해. 너무 풍부해. 뭐라고 딱 꼬집어서 말은 안 하겠네.

하지만 지나쳐. 자네 와이프가 누가 될지 모르겠지만, 고생 좀 하겠는걸?"

"아이고, 그런 걱정은 마세요. 전 혼자 살 거예요. 아무튼, 간 김에 그 할머니도 좀 보고 가자고요."

"난 눈 좀 붙여야겠네. 잠을 계속 설쳐서 눈이 따갑군. 도착하면 깨워."

"라디오는 틀어도 되죠?"

야스다가 고개를 끄덕이며 의자를 뒤로 눕혔다. 센바 경장이 푸른 신호등을 기다리며 중얼거렸다.

"나 혼자만 느낀 건가? 외할머니가 후유코를 싫어한다는 건…?"

아니었다. 그것만큼은 야스다 경위도 느끼고 있었다. 그가 젖혀진 의자에서 감았던 눈을 천천히 떴다. 누군가 담뱃불을 손에 든 채 기지개를 켰는지 천장 몇 군데가 시커멓게 그을려 있었다.

388

양을 잡아먹는 거인

유타가 입술을 지그시 깨물었다. 잔은 깨지지 않았다. 다만 구석진 곳에서 조용히 마시고 가리라던 계획이 조각나 버렸을 뿐이었다.

"어럽쇼? 사장님이시네? 언제 오셨어요?"

붉은 머리 사내가 행주를 테이블에 던지고는 특유의 과장된 몸짓을 하며 다가왔다.

"어, 그래. 아까 얼핏 보니 바쁜 것 같아서 말이야. 자네 방해하기 싫어 혼자 조용히 마시고 있었어. 실수로 잔을 좀 소리 나게 내려놓았네. 미안하게 되었어."

완곡한 말투와 달리 술잔을 쳐다보는 유타의 눈가에는 짜증이 잔뜩 드리워져 있었다.

"방해라니요? 무슨 말씀을 그렇게 하십니까? 계속 아는 체 안 하셨으면 저 정말 서운할 뻔했습니다. 하하!"

유타가 쓸쓸한 표정으로 고개를 끄덕이며 웨이터의 목젖을 쳐다보았다.

그도 처음에는 이 붉은 머리 남자를 꽤 좋아했었다. 나긋나긋한 말투와 항상 밝게 웃으며 자신을 대하는 태도가 마음에 쏙 들었기 때문이었다. 하지만 얼굴을 맞대는 시간이 길어진 만큼 언행의 실체를 눈치챌 기회 역시 늘어났다. 유타가 그에게 느낀 건 일종의 배신감이었다. 가슴속 진심을 교환한다고 믿었던 사람이 단지 팁을 위해 토씨 하나 틀리지 않은 동일한 언어를 누구에게나 남발한다는 걸 깨닫는 것은 결코 유쾌한 경험일 수 없었다.

"항상 같이 오시던 덩치 큰 분은 요즘 안 보이시네? 어디 가셨어요? 출장이라도?"

"덩치 큰… 카즈오 말하는 건가? 그게 조금 개인적인 사정이 있어서…."

"그거군요. 전 또…. 또 한 사람이 실종된 줄 알았지 뭐예요? 으하하…."

웨이터의 말에 유타는 속이 뜨끔했지만, 짐짓 모른 체를 해 보았다.

"실종?"

"여기요, 이 마을. 요즘 좀 이상하잖아요."

"이상하다니?"

"손님들이 그러던데요? 이 동네, 뭔가 섬뜩한 게 살고 있다고요. 여기 살면서도 못 들으셨나요?"

유타가 시선을 바닥으로 떨구었다.

"뭔지 모르지만 조금씩 기분이 나빠지려고 하는 건 왜일까? 우리 마을이 이상하다니… 이 마을에 살고 있는 나에게 그런 말을 하는 저의가 뭔가?"

예상치 못한 시비조 반응에 웨이터는 화들짝 놀란 모양이었다.

"아이고, 아니요! 그런 뜻이 아니죠! 제가 어찌 감히 손님을 기분 나쁘게 하겠습니까? 그리고 저기… 이 동네는 집값 비싸기로 유명하잖아요. 부자들이나 살 수 있는 곳인데… 전 이 마을에 살지도 않아요. 저기 한 시간 떨어진 촌에서 출퇴근하죠. 그런 제가 감히…."

유타가 한 손을 올려 말을 막았다.

"어이, 그래. 알았어. 알았으니까 하던 이야기나 계속해 보라고. 우리 마을이 왜 뭐가 이상한데?"

"사실은 말입니다. 우리 가게 주방장이 이 마을 토박이거든요. 근데 원래 이 마을은 살기 좋고 사람들 인심 좋기로 유명했는데 얼마 전부터 갑자기 조금 뭐랄까… 신비스러운 일이 많이 일어난다고 하더군요."

"예를 들어?"

"예를 들면, 사람들의 실종이요. 얼마 전 어린 여자아이가 실종된 것 아세요? 근데 그게 처음이 아니라던데요? 사람이 슬그머니 사라진 것이 이번 달만 해도 네 명이 넘는다고 하던데요?"

붉은 머리 웨이터가 얼음을 얹고 잔을 쑥 내밀었다.

"특별히 많이 따라 드렸습니다."

"고맙네."

웨이터가 팔꿈치를 테이블 위에 괴더니 상체를 유타에게 기울였다.

"저기 산속으로 들어가면 아주 무시무시한 성이 나온다고 하더군요. 그 성에는…."

그가 입을 열다 말고 슬쩍 눈치를 봤다. 유타가 괜찮다는 듯 고개를 끄덕였다.

"악마가 살고 있대요. 직접 본 사람도 있다고 했어요. 얼굴이 온통 하얗고…, 코도 없고…, 검은 망토로 온몸을 칭칭 감고 있고…. 선생님도 그 이야기는 들으셨죠?"

사실 유타도 들은 적 있었다. 하지만 지금이 어느 시대인데 악마라니…, 그게 될 말이던가? 아이들 장난이거나 할 일 없는 백수가 길거리에 흘린 괴담에 불과할 게 뻔했다. 시큰둥한 유타와 달리 웨이터는 신이 나는 얼굴이었다.

"그 여자 꼬마요. 어떻게 그렇게 순식간에 사라져요? 그것도 그네 위에서 말이에요. 신문에 보니까 몇 초 사이에 사라졌다는군요. 꼭 가을 낙엽처럼요. 아직 시체는커녕 소지품 조각도 발견되지 않았다던데…. 뭐, 그 꼬마뿐이 아니에요. 바로 우리 가게 앞에서 이상한 옷차림의 남자들에게 끌려가는 여자도 제가 직접 본 적 있으니까…. 어휴, 이거… 세상 무서워서 식칼이라도 하나 품고 다녀야지…."

"자네 말 중에 그 여자 꼬마 말이야. 그 꼬마도 이름이 있어. 나츠코라고 하지. 아주 귀엽고 씩씩한 아이였는데…."

"네? 손님이 그 실종된 꼬마를 본 적 있으세요?"

"본 적 있느냐고? 장난해? 여기 이 키타이 사람들 전부 합해야 만 명 남짓이야. 키타이구라고 해 봤자 10만 조금 넘을 것이고. 조금 더 많나? 아무튼, 비밀 따위가 어디 있겠어? 게다가 그 아이, 바로 그 아이가 자네가 요즘 보기 힘들다고 투덜대던 카즈오의 딸이라네. …가슴 아픈 일이지."

붉은 머리 남자가 이번에는 제대로 놀란 듯했다. 한동안 벌린 입을 다물지 못하더니 결국 손바닥으로 자신의 이마를 툭 치고 나서야 정신을 차렸다.

"어이쿠, 맙소사! 이거, 이거! 제가 큰 실례를 했네요. 정말로 죄송합니다. 아…, 나 이거…. 나, 오늘 왜 이러지…?"

유타가 한 모금 진하게 목으로 넘기며 고개를 가로저었다.

"아니야, 다 알고 있는 사실인데 새삼스레 뭘…."

"그래서 그분이 요즘 안 보였군요? 아이고…, 아직 아이는 아무 소식도 없다죠?"

"그래, 그리고 이야기 안 하려고 했지만, 어차피 자네가 나보다 여기 사정을 더 빠삭하게 알고 있는 것 같아 하는 말인데… 사실 그 아이 아버지 말이야. 그 친구도 지금 소식이 없다고.”

“에에? 아아!”

붉은 머리 남자가 작은 눈을 치켜뜨며 야릇한 신음 소리를 냈다.

“그럼, 그, 그분도 실종?”

남자의 도 넘은 반응에 유타는 아차 싶었다.

“그런 말은 한 적 없어? 소식이 없다고 했지. 실종과는 다르지. 스스로 나간 거니까.”

“역시! 주방장이 헛소리하는 놈은 아니지! 그 친구가 말한 그 산속의 성에 뭔가 있는 것이 분명해!”

웨이터가 갑자기 몸을 앞으로 쑥 내밀었다.

“어떻습니까, 손님? 우리 거기 한번 가 볼까요?”

“거기? 어디?”

“그 악마가 있다는 성으로요. 어마어마하다고 소문이 자자하지만, 못 갈 건 또 뭐 있어요? 재미있잖아요. 그냥 멀리서 구경만이라도 해 보자고요. 여기서 차로 몇십 분이면 도착할 텐데요? 저 한 시간 후면 타임 오버예요. 이따 끝나고 어때요?”

“이런, 이런. 정신 차리게 이 친구야!”

유타가 자리에서 일어나며 오천 엔짜리 지폐를 한 장 꺼내 테이블에 던졌다.

“내가 요즘 어려워서 팁은 주지 못하겠네. 근데 그거 아나? 자네 참으로 얄미운 거? 한 번만 더 그 불쌍한 아이를 재미있다는 식으로 빈정대면 그 전설의 악마가 아니라 내가 직접 자네 목을 졸라 버리겠네.”

야구 모자를 눌러쓴 아이(거대 악의 탄생)

붉은 머리 웨이터가 빈 병과 잔을 신경질적으로 쟁반에 옮겼다.

"빌어먹을 대머리 놈 같으니라고! 팁 안 줄 거면 미리 말을 하든가 해야지 괜히 비위 맞추느라 내 소중한 땀만 뺐잖아! 그리고 뭐? 나 참, 웃기지도 않아서! 내 목을 졸라 죽여? 에이 씨, 정말 꼴사나워 이 일 때려치우든지 해야지!"

잔뜩 찌푸린 미간과 갈고리눈. 그는 더 이상 조금 전의 친절한 붉은 머리 웨이터가 아니었다.

"야, 와타루! 넌 꼭 내가 불러야 일을 시작해? 넌 눈깔을 폼으로 달고 다녀? 이거 네가 다 치워! 난 화장실에 다녀온다! 알아들어?"

애먼 사람에게 덜퍽부리고는 주머니에서 담배를 찾으며 화장실로 향했다.

웨이터가 찬물로 얼굴을 거칠게 헹구고 고개를 들었다. 정신이 조금 드는 것 같았다. 물방울이 뺨을 타고 뚝뚝 떨어졌지만, 그것보다는 거울에 비친 코털의 길이가 급선무였다. 털을 서너 개 정도 잡아 뽑았을 때였다. 문득 거울 귀퉁이에 붙어 있는 'NO SMOKING'이라는 경고 스티커가 눈에 들어왔다. 웨이터는 히죽 웃었다. 그걸 손끝으로 살살 건드렸다. 그리고는 단번에 확 잡아 뜯었다. 그 종이에 불을 붙였고, 그 불을 다시 담배로 가져갔다. 가스라이터가 아닌 본

드 성분이 남아 있는 종이로 불을 붙이니 맛이 한결 독해지는 느낌이었다. 한 모금 그윽하게 니코틴을 빨아먹고 나니 눈빛이 대번 거슴츠레해졌다. 별생각이 다 드는 모양이었다. 웃옷을 벗기 시작했다. 거울 앞에 드러난 의외의 다부진 복근. 만족스런 표정으로 이리저리 상체를 돌리더니 이번엔 그가 머리를 잡아 뜯었다.

"우후후!"

이제 환상적이었던 붉은 머리는 형적을 감추고 지저분하게 엉클어진 곱슬머리 협잡꾼만이 그곳에 서 있을 뿐이었다.

"몸매 완벽한 지킬 박사와 하이드 씨! 이히히!"

남자가 홀로 씨부렁거릴 때였다. 누군가 화장실로 급하게 걸어오는 소리가 들렸다. 남자는 순간 당황해서 들고 있던 담배를 비벼 끄려 했다. 하지만 담배는 고급 미국산인 데다 방금 붙인 것이었다. 조금 망설인 뒤 빈칸에 들어가 안에서 문을 잠갔다.

변기 위에 쪼그리고 앉은 그는 담배를 빨기 전에 인기척부터 들어봤다. 분명히 한 사람이 들어와 손을 씻고 있었다. 남자는 그가 빨리 나가기만을 기다렸다. 마침내 물을 잠그는 소리가 들렸고, 뒤이어 문이 살짝 닫히는 소리도 들렸다. 이제 다시 끽연을 즐길 수 있었다. 남자가 흐뭇한 미소와 함께 손에 들린 외제 담배를 훑어봤다.

"자기야, 그 섹시한 알몸뚱이 내 앞에서 활활 태우고 싶지? 안 그래? 자, 이리 와~, 내가 도와줄게."

웨이터가 징그럽게 입술을 오므려 필터를 물고는 배 속의 회충을 질식이라도 시킬 양 깊고도 길게 연기를 빨아먹었다.

한참 끈적한 니코틴에 심취해 있을 즈음이었다. 문득 자신의 칸막이 밑으로 못 보던 신발이 불쑥 나타났다. 아무도 없다고 생각했던 그는 놀라 하마터면 변기 위에서 떨어질 뻔했다.

"깜짝이야! 에이 씨! 여긴 사람 있어요! 옆 칸! 옆 칸을 사용!"

하지만 문밖의 상대는 미동도 하지 않았다. 웨이터가 찌푸렸던 미간을 풀고 다시 한 번 나긋한 어조로 말을 해 봤다.

"옆에 두 칸이 전부 비어 있습니다."

하지만 역시 아무 소리가, 움직임도 없었다.

"여보세요?"

"…"

왠지 모를 섬뜩함에 침조차 제대로 삼키지 못하고 있는데 문밖으로부터 차분한 대답이 돌아왔다.

"여기는 담배를 피우는 곳이 아닌 거로 알고 있습니다만?"

지적이면서도 다분히 중성적인 말투. 하지만 어딘지 모르게 유소해 보였다. 사람 목소리니 귀신은 아니라고 생각한 웨이터는 일단 한숨을 돌렸다.

"아, 손님. 그게요… 하! 어떻게 아셨습니까 제가 담배 물고 있는 걸?"

"…"

"실은 제가 지독한 니코틴 중독자라서 말이죠. 안 그래야 하는데 자꾸 참지를 못하고 화장실에서 담배를 먹네요. 허허! 저기… 그러니까 뭐랄까… 한 번만 봐 주십시오. 그럼 제가 나가서 바로 서비스 올리겠습니다."

어느새 접대용 목소리로 돌아온 웨이터가 손님인 듯 추측되는 문밖의 사람에게 아첨을 떨었다. 밖에 서 있는 사람이 이번은 말을 바로 받았다.

"정말인가요?"

웨이터는 문밖의 사람이 여전히 신발을 들이밀고 있자 슬슬 짜증이 났다. 저도 모르게 짧은 숨이 튀어나왔다.

"후! 그렇습니다, 손님. 약속은 반드시 지킵니다."

뒷주머니에 꾸겨 넣었던 붉은 가발을 다시 머리에 얹자 문밖의 신발도 움직임을 시작했다. 소리로 짐작건대 밖에 서 있던 사람은 옆 칸으로 들어간 것이 분명했다. 웨이터는 일단 금지된 흡연을 정리하고 싶었다. 그래서 갈색 필터를 애인의 입술이라도 되는 양 야무지게 빨아 댔다. 옆 칸에서 다시 미성이 흘러나왔다. 아까보다 사람이 훨씬 가까운 곳에 있었다.

"정말입니까?"

"네, 정말입니다. 서비스 드립니다."

"아니요, 그 말이 아닙니다."

"네?"

"아까 말한 그… 악마에 대한….."

"네? 아….."

"죄송합니다. 엿들으려고 한 건 아닙니다. 옆에 앉았기에 들렸습니다."

어딘지 모르게 자신의 실제 목소리를 숨기고 있는 느낌이었다. 웨이터는 이거 안 되겠다 싶었다. 아직 반 이상이 남았지만, 그거 끝까지 피우다간 옆 칸 사람의 간섭에 돌연사할지도 모른다는 생각이 들었다.

"아, 그건, 사실 저도 잘은 모릅니다. 듣자 하니 뭐 소문이 그렇다고 하더군요. 자, 그럼 전 이만."

별 성의 없이 대답을 얼버무린 웨이터가 담배를 비벼 끄고 문손잡이를 잡았다. 옆 칸의 사람이 다시 착 가라앉은 목소리로 물었다.

"어디를 가시려고 합니까?"

"나가야지요. 일을 해야지요. 그래야 처자식도 먹여 살리지요."

웨이터가 솟구치는 짜증을 겨우 억누르며 손잡이를 돌렸다. 근데 문이 이상했다. 열리지가 않았다. 웨이터가 당황하여 문을 두드리자 옆 칸에서 나지막한 음성이 들려왔다.

"당신은 아무 데도 갈 수 없습니다."

"이게 무슨 짓이요? 장난이라면 그만둬요! 그럴 기분이 아니라고요!"

"뭐가 장난이라고 생각합니까?"

"그만두지 못하겠어요? 사람을 부를 겁니다?"

웨이터는 진짜로 화가 나기 시작했다. 소싯적부터 한 성질 했던 그로서는 이것이 한계인 셈이었다. 하지만 옆 칸 사람은 그의 개 같은 성질 따윈 전혀 개의치 않는 눈치였다.

"부르십시오."

끝내 웨이터의 인내심이 폭발해 버렸다.

"여기까지다, 이놈아! 야, 이 새끼야! 어디서 장난질이야? 고분고분하니까 내가 물로 보이나? 당장 문 못 열어?"

문을 부수어 볼 요량으로 발을 뒤로 젖혔을 때였다. 갑자기 미지근하면서도 미끌미끌한 액체가 옆 칸에서 쏟아져 나왔다. 옆 칸 사람이 무언가를 양동이째 위에서 퍼부은 것이 분명했다. 순식간에 웨이터의 몸은 머리부터 발끝까지 그 알 수 없는 액체에 흠뻑 젖어 버리고 말았다.

"이, 이게 무슨 짓이야! 이게 뭐야?"

옆 칸 사람이 조금 의외라는 듯 물었다.

"괜찮습니까?"

"뭐가 어째? 이런 걸 내 몸에 부어 놓고는 괜찮냐고? 이거 완전 사이코 아냐? 너 도대체 왜 이러는 거야?"

사람이 잠시 뜸을 들인 다음 아쉽다는 투로 물었다.

"혹시 담배를 껐습니까?"

"뭐라고?"

"담배를 껐군요. 내가 늦었군요."

그의 말에 이상한 낌새를 발견한 웨이터가 액체를 손으로 묻혀 냄새를 맡아보았다. 휘발유였다. 그제야 옆 칸 사람의 의도를 알아차린 웨이터는 질겁을 했다. 공포가 폭풍처럼 전신을 휘감았고 턱이 딱딱 마주치기 시작했다. 웨이터가 무작정 사정을 했다.

"왜 이러시는 겁니까? 장난이 지나치십니다. 그러시다 진짜 불이라도 나면… 제발 그만둬 주세요. 부탁드립니다. 아니, 이렇게 빌게요. 제발… 네? 제발….'

웨이터는 무섭고 소름 끼치는 와중에도 생각을 더듬었다. 이런 장난을 치는 사람은 흔할 수 없었다. 누군지 기억할 수 있을 것 같았다.

'침착해, 침착. 분명 아까 옆에 앉아서 엿들었다고 했는데 누구였더라? 대체 어떤 놈이 옆에 있었지? 기억해야 돼. 이런 사이코는 혼쭐을 내 줘야….'

하지만 아무리 기억을 곱씹어도 유타의 옆에는 아무도 없었다. 그저 건너편 쪽에 혼자 온 손님 한 명과 단체 손님 두 팀 정도가 고작이었다.

'그렇다면 혹시?'

웨이터가 큰소리로 물었다.

"혹시 유타 씨입니까? 아까 제가 말한 것 때문에 감정이 상하신 건가요? 제발 그만둬 주세요. 장난이시겠지만 전 무서워 죽겠습니다!"

하지만 돌아온 대답은 싸늘할 뿐이었다.

"내가 다시 태어나기 위해서는 반드시 당신을 죽여야 합니다. 당신은 그것 때문에 죽는 겁니다. 날 원망하십시오. 난 그게 좋습니다."

말이 끝나기 무섭게 성냥 긋는 소리와 황이 타는 냄새가 동시에 화장실 칸을 넘어왔다.

"왜 이래요? 내가 누구를 욕했다는 거예요? 제발 살려 주세요! 뭐든지 다 하겠습니다!"

"…."

"뭐야, 이거? 정말이잖아? 장난이 아니잖아?"

"…."

"사람 살려! 밖에 아무도 없어요? 야! 와타루! 와타루!"

웨이터가 죽을 힘을 다해 문을 두드리며 소리 질렀다.

그런데 잠시 후 누군가 화장실 문을 열고 들어오는 인기척이 느껴졌다. 웨이터는 날개 달린 소방관이라도 만난 심정이었다. 펄쩍펄쩍 뛰며 기뻐 어쩔 줄을 몰라 했다.

"와타루? 아니, 거기 밖에요! 아이고, 누구라도 좋으니 제발 저 좀 도와주세요! 어떤 사이코가 절 태워 죽이려고 해요!"

하지만 밖에서 나는 소리는 더 기가 막힐 따름이었다.

"뭐야, 너? 아직 안 끝난 거야? 이거 실망인데? 지금쯤이면 저걸 재로 만들었어야지. 역시 아이는 아이라니까…."

새로 들어온 남자가 누가 듣든 말든 자기 세상인 양 지껄여댔다. 웨이터가 다시 한 번 사정할 생각으로 손을 모았지만, 한발 늦어 버렸다. 옆 칸에서 포물선을 그리며 뭔가가 그의 머리로 떨어지더니 따끔한 충격을 준 것이었다. 그리고는 순식간이었다. 웨이터의 몸은 말 그대로 하나의 거대한 홰 뭉치가 되어 버렸다. 그가 비명을 질러대며 저도 모르게 머리를 변기에 집어넣었다. 하지만 그게 애초에 할 일은 아니었다. 잠깐 두부의 열기는 식었을지 모르지만, 상체를 수그리는 바람에 상대적으로 그의 나머지 육신이 하나로 뭉쳐져 더욱더 맹렬히 구워지기 시작했다. 웨이터는 이제 끝이라고 생각했다. 막무가내로 발길질을 사방으로 날렸다. 결국, 문은 열렸다. 하지만 이미 바싹 오그라들기 시작한 몸을 가지고 할 수 있는 일은 그리 많지 않았다. 겨우 무릎으로 몇 걸음 기어 나와 타일 바닥에 뺨을 대고 엎어질 뿐이었다. 이글거렸다. 눈과 얼굴이 전부 불타오르고 있었다. 웨이터가 사력을 다해 형체가 뭉그러지는 얼굴을 들어 자신을 태워 버린 사람을 올려다봤다. 양복 입은 거구의 남자와 야구 모자를 눌러쓴 소년의 모습이 어렴풋이 보이는 것 같았다.

풍선껌

야스다 경위는 팔짱을 끼운 채 침대 모서리에 아슬아슬하게 걸터앉아 있었다. 도통 말을 걸 수 없어 후유코의 안색만 살핀 지 수십 분. 타는 듯한 갈증이 구렁이처럼 목을 치훑고 지나가고 건조해진 입술이 풀을 바른 듯 붙어 버린 것이 벌써 몇 번째인지 몰랐다. 마른 입술은 혀끝으로 뜯을 수 있다지만, 꽉 막힌 말문은 도대체 어떻게 튼다는 것인가? 시계의 초침 소리가 못된 난쟁이의 발자국처럼 징그럽게 들려왔다. 방 안은 쥐 죽은 듯 조용했다.

그렇게 시간은 늙어 갔고 마침내 후유코도 고개를 들게 되었다. 수십 분 만에 처음 눈동자와 눈이 마주친 것이었다. 찬스였다.

"괜찮니? 그래… 좀, 어떠니?"

나츠코가 실종되던 날, 집에 돌아온 후유코는 아무것도 먹지 못한 채 시름시름 앓다 돌연 구토를 시작했다. 엄청난 양의 오물 위에 엎어져 있는 후유코를 처음 발견한 사람은 할머니가 아닌 미와코 아주머니였다. 구급차가 왔고 영양실조와 스트레스라는 지하철 노선도 같은 진료 결과가 나왔다. 하지만 그걸 듣고도 제삼자인 미와코가 할 수 있는 일은 아무것도 없었다. 사실이 그랬다. 이미 목적과 의지를 접은 사람에게 새로운 희망을 심어 준다는 건 불가능에 가까운 일이었다. 후유코는 살아가야 할 이유를 완전하게 상실한 상태였다. 나츠코가 없는 세상을 온몸이 거부하고 있었다.

'빵!'

갑자기 들린 굉음 소리에 후유코가 몸을 웅크리고 울기 시작했다. 놀라기는 야스다 경위도 마찬가지였다. 순간적으로 총집에 손을 가져가며 자리에서 벌떡 일어났다. 과연 문에 누군가 기대 서 있었다. 짧은 다리와 아스팔트처럼 검고 거친 피부. 센바 경장이었다. 입 둘레를 껌으로 장식하고 눈만 멀뚱멀뚱 뜨고 있는 꼴이 그 자신도 큰 소리에 놀란 게 분명했다. 총까지 잡게 한 굉음이 풍선껌이었다는 걸 알게 된 야스다는 분노했다.

"센바! 이거 미치기라도 한 거야? 여기가 어디라고 풍선껌 따위를 터뜨려?"

센바 경장이 할 말 있을 리 없었다. 풍선껌을 그대로 꿀꺽 삼키면서 사과를 했지만, 이미 야스다의 분노는 다스림의 선을 넘은 뒤였다.

"당장 여기서 꺼져! 차에나 가 있으라고! 이 문제는 절대 그냥 넘어가지 않을 테니. 시말서는 기본이고!"

센바가 젖은 빨래처럼 어깨를 축 늘어뜨리고 방을 나갔다.

"괜찮은 거니? 많이 놀랐지?"

"…."

"왜 안 놀랐겠니? 미안하다. 저게 내 부하란다. 아직 어린 너보다도 철이 덜 들었구나. 자. 그건 그렇고… 몇 가지 질문만 하고 난 갈 거란다. 아프고 슬프다는 거 잘 알고 있어. 간단히 대답만 하면 되는 거야. 그런 거는 할 수 있겠지?"

후유코가 힘없이 이불을 내려다보며 말했다.

"네…."

잔기침을 멈추지 못하면서도 후유코는 사소한 것까지 전부 알려 주기 위해 최선의 노력을 다했다. 요전 거리에서 만났던 아스카와 그의 할아버지는 물론, 최근 아무 말 없는 전화가 자주 걸려 온 것과 나츠코가 사십구일재에서 본 의문의 남자에 관한 것도 답변에서 빼놓지 않았다. 경위는 주의 깊게 이야기를 받아 적으면서도 후유코가 천천히 말할 수 있도록 숨을 참고 기다려 주는 배려를 아끼지 않았다. 결국, 단 몇 분 만에 질의는 마무리됐고 수첩도 닫혔다. 그가 책상 위에서 옷가지를 챙기며 말했다.

"나머지는 그다지 중요한 건 아니니까 차후에 필요하면 그냥 전화로 물어보도록 하마."

야스다 경위가 외투를 입다 말고 후유코를 내려다보았다. 눈동자에는 연민이 가득 담겨 있었다.

"몸조리 잘해야 한다."

물론 그를 차까지 환송한 건 미와코 아주머니였다.

다시 침대에 누운 후유코는 미동도 보이지 않았다. 그저 혼이 나간 사람처럼 천장만을 뚫어지게 바라볼 뿐이었다. 아무것도 믿을 수가 없었다. 천장에 매달려 있는 등조차도 금세 머리 위로 떨어져 터져 버릴 것만 같았다. 어째서일까? 왜? 도대체 무슨 이유로? 생각에 생각을 더해 보았지만, 이미지로 결론을 도출해 내기엔 후유코의 어린 나이는 너무나도 큰 걸림돌이었다.

옆으로 돌아누웠다. 고여 있던 눈물이 한꺼번에 주르륵 뺨을 타고 흘러내렸다. 네 잎 클로버. 네 번째 잎. 어디로 갔을까? 누구에게? 수호신에게? 그렇다면 수호신이 나츠코를 데려간 걸까? 눈을 떴다. 동생의 가방이 보였다. 그 옆에 외롭게 앉아 있는 구름 공주도 보였다. 얼른 눈을 다시 감았다. 동생과의 애잔한 추억이 상념 속에서 부채처럼 펼쳐지기 시작했다.

하느님을 만나는 법

"수고하셨습니다. 감사합니다. 네, 그래요. 하나님의 은총이 함께 하 길…."

오가와 장로는 문 앞에 서서 집으로 돌아가는 사람들에게 일일이 감사의 마음을 전하고 있었다.

"장로님, 잠깐 시간 있으신가요? 드릴 말씀이 있어서 그렇습니다 만."

"아, 카타야마 안수 집사님? 그러시죠. 자, 이리로…."

장로는 안수 집사를 자신의 집무실로 안내했다.

"자, 거기 앉으세요."

"그럼, 감사히…."

오가와 장로가 다리를 꼬고 앉아 그 위에 깍지 낀 손을 포개더니 온화한 표정으로 집사의 입술을 바라보았다. 안수 집사는 뭐가 그 리 급한지 의자에 앉기도 전에 용건부터 꺼냈다.

"다름이 아니라… 다음 주에 있을 임직식 때문입니다만…."

"아, 그거요? 네, 네."

장로가 깍지 낀 손을 활짝 펴 보이며 미소 지었다.

"네, 계속이요. 말씀해 주세요."

"염치없지만 저는 어떻게 되는 건지…. 선거를 하지 않는다고 들었습니다만…?"

"네, 이번에는 저희가 결정하기로 했습니다."

"그러면…."

장로가 한껏 올라갔던 입꼬리를 쑥 내리며 물었다.

"카타야마 안수 집사님은 이번 달 몇 번이나 노인 복지 시설에 다녀오셨는지요?"

"몇 번 됩니다. 목사님을 따라 결손 가정을 방문해 안수 기도를 도와 드리기도 했습니다. 보육 시설도 갔고요. 오늘 아침에는 주차장 정리까지 했습니다."

오가와 장로가 집사의 말에 고개를 끄덕였다. 입꼬리는 어느새 다시 올라가 있었다.

"안 되는 것입니까? 저는?"

"안 된다기보다…. 그게, 허허!"

장로가 다리를 바꿔 꼬며 물었다.

"글쎄요, 자…. 어디 보자. 이번에 우리 교회가 지하에 다과를 위한 방을 만들 계획인 건 다들 알고 계신 거겠죠?"

"네, 물론입니다. 장로님."

"그렇다면 헌금은 생각해 보셨습니까? 하나님의 이름으로 얼마 정도 헌금을 하셔서 조금 보탬이 되신다면 제가 더 적극적으로 안수 집사님을 추천할 수도 있겠는데요?"

집사의 눈썹과 어깨가 동시에 축 늘어졌다. 워낙 왜소한 체구에 그 꼴까지 되고 나니 물에 젖은 생쥐가 따로 없었다.

"얼마나…?"

"뭐 능력대로 아니겠습니까? 음, 뭐랄까… 예를 들자면 한 백에서 이백 정도면…? 허허! 그게 뭐 액수가 중요한 거라지요? 허허허!"

"네? 뭐, 뭐라고요? 세상에! 제 능력에 그건 도저히…"

"허허! 그런가요? 허허허!"

오가와 장로가 고개를 뒤로 젖히며 쓰잘머리 없는 웃음을 날리고 있을 때였다. 갑자기 집무실 문이 벌컥 열리더니 달걀 한 판이 그의 얼굴을 향해 날아들었다.

"어? 어이쿠!"

대여섯 개나 되는 달걀이 그의 이마에 정통으로 부딪히더니 끈끈하게 얼굴을 훑으며 가슴으로 떨어져 내렸다. 장로는 아픔도 아픔이지만, 비릿한 냄새가 일단 역겨웠다. 껍질을 떼어 내며 허둥지둥 자리에서 일어나는데, 이번에는 어떤 남자아이가 냅다 방으로 뛰어들더니 머리를 그의 복부에 조준하며 달려오는 것이었다. 달걀노른자 때문에 눈을 뜨기 어려웠던 장로는 그만 소년의 머리를 안고 그대로 넘어질 수밖에 없었다. 소파와 탁자가 뒤얽히면서 요란한 소음을 만들었지만, 소년은 그 와중에도 재빠르게 장로의 가슴에 올라타 거칠게 어깨를 흔들어 댔다.

"내가 아저씨를 때리고 이렇게 넘어뜨렸어요! 내가요! 그러니까 하느님을 불러서 저를 혼내 주세요! 어서요!"

"이게 도대체 웬 날벼락이란 말이냐!"

장로가 두 팔로 소년을 밀치며 자신으로부터 떨어뜨리려 했다. 하지만 그럴수록 소년은 손가락에 힘을 주며 찰거머리처럼 달라붙었다.

"아니, 저리 못 가? 이런 미친놈이 또 어디 있어?"

어른의 힘에 밀린다고 생각한 소년이 이번에는 다리를 깨물기 시작했다.

"으, 으악! 경비원! 모두 어디 있어? 어서!"

누군가 고함 소리를 듣고 허둥지둥 달려왔다. 말쑥한 양복 차림의 어느 노년 신사였다.

"아니? 얘! 그만해라! 이거 무슨 짓이니?"

신사의 호통에도 소년의 막되고 사나운 짓은 멈추지 않았다. 할 수 없이 노년 신사는 완력을 쓸 수밖에 없었다. 소년의 인고가 보통이 아니었기에 팔을 어깨에 끼우고도 몇 번을 시도하고 나서야 겨우 장로로부터 분리해 내는 데 성공할 수 있었다. 가까스로 풀려난 장로는 일장 욕지거리부터 준비했다. 하지만 입을 오물거리는 과정에서 자신을 구해 준 사람이 경비원이 아닌 목사란 걸 알았다. 바로 표정 녹아들었다.

"아, 사토 목사님이셨군요? 허허! 정말로 고맙습니다!"

목사라는 말에 기이하게도 소년은 더 감때사납게 반항을 했다.

"이거 놓으세요! 아저씨가 목사예요? 그러면 아저씨가 이 아저씨보다 높은 사람인 거죠?"

사토 목사가 말했다.

"더 높은 사람이라는 건 없단다. 교회에는 계급이 없으니까. 그냥 더 할 일이 많은 사람 정도로 이야기하자꾸나."

소년의 눈이 샐쭉해졌다. 그리고 다음 순간이었다. 소년은 껑충 뛰어오르더니 다짜고짜 손바닥으로 목사의 뺨을 호되게 후려쳤다. 방심하고 있던 목사는 왼쪽 뺨을 고스란히 내줄 수밖에 없었는데 그제야 한둘씩 몰려온 경비원들이 쓰러진 그를 보고 호들갑을 떨었지만, 그렇다고 있는 게 없던 게 될 리 없었다. 일단 그들은 묘목이라도 뽑을 기세로 소년의 팔을 힘껏 잡아당겼다. 그러나 소년은 고통 같은 건 안중에도 없는 것 같았다. 연신 팔을 휘저으며 호시탐탐 목사의 다른 쪽 뺨마저 노릴 뿐이었다. 장로가 달려와 말했다.

"사토 목사님! 괜찮으신가요? 이게 웬 변고입니까?"

목사가 자신의 뺨을 어루만지면서도 한 손을 들어 아이를 거칠게 다루고 있는 경비원을 나무랐다.

"너무 그렇게 하지 마세요. 난 괜찮습니다. 자, 애야. 잠깐 진정하거라."

오가와 장로가 어쩔 줄 몰라 하는 경비원들을 돌아보며 버럭 소리를 질렀다.

"뭐 하는 거야? 빨리 저놈을 내쫓지 않고?"

"아냐, 아냐. 저 아이를 자세히 보세요. 뭔가 특별한 사연이 있는 것 같아요. 애야, 겁먹지 말고 이리 오너라."

소년이 사토 목사의 나긋한 말투에 일단 고개를 숙였지만, 그 모습이 반드시 승복을 뜻하는 건 아니었다. 목사도 그걸 알고 있었다. 경계심을 늦추지 않으며 무릎을 굽히고 앉았다.

"자, 내 눈을 보렴, 애야. 그래, 한 가지 물어봐도 되겠니? 왜 이런 행동을 하는 거지? 왜 내가 가장 높은 사람인지 알고 싶은 거지?"

소년은 대답도 하지 않고 고개도 들지 않았다. 목사가 다시 이유를 물어보려는데 돌연 소년의 눈에서 소낙비 같은 눈물이 뚝뚝 떨어지기 시작했다.

"하…하느님과 가장 친한 사람을 괴롭히면… 절 벌주기 위해 하느님이 여기 오실 거고, 그…그럼 전 하느님을 만날 수 있으니까요."

사토 목사가 놀란 표정으로 사람들을 둘러봤다. 하지만 그곳에 있던 주변 사람들도 목사에게 놀란 눈길을 되돌려 주는 것 말고는 달리 할 게 없었다. 목사가 다시 아이를 바라보았다.

"왜 그토록 하나님을 만나고 싶어 하는 거지? 무슨 특별한 이유라도 있는 거니?"

"친…친구를 도와줘야 돼요. 세상에서 하…하나밖에 없는 소중한 친구를 나쁜 악마가 괴롭히고 있어요. 그런데 전 아무 힘도 없어요. 그래서 하느님을 만나야 해요."

"아이가 생각이 너무 편협하군요. 보아하니… 뭐, 가난한 거렁뱅이 자식 같은데 그냥 돌려보내시는 게…"

사토 목사가 장로의 푸념을 손을 들어 잘랐다.

"친구? 친구라고 했니?"

소년이 천천히 고개를 끄덕였다. 목사가 가벼운 한숨을 내쉰 후 입을 열었다.

"뭔가 큰 오해를 하고 있구나. 나를 아무리 괴롭혀도 하나님은 오지 않으신단다. 하나님을 만나고 싶다면 온 정성으로 기도를 드리는 것이 가장 좋은 방법이란다. 먼저 성경을 익히고 주일 예배에 참석하면서 사람들과…"

소년이 갑자기 고함을 질렀다.

"거짓말! 거짓말이잖아요! 그런 말 믿지 않아요! 기도요? 항상 했어요. 매일 했어요. 하지만 친구에겐 점점 더 나쁜 일만 생기고 있어요. 이대로 가면 결국 내 친구는 악마에게 죽을지도 몰라요. 수호신도 돌봐 줄 생각을 안 해요. 아무것도 없어요. 이젠 아무도 없다고요. 그러니까 제가 도와야 해요. 난 다 알아요. 어린이라고 그런 말 가지고 속일 생각 마세요!"

소년의 말을 들은 목사는 슬프고 답답했다. 어떻게 달래야 하는지를 잘 몰라 생각에 잠겨 있는데 막상 목사가 말이 없으니 소년도 불안한 모양이었다.

"한…한 가지만 들어주시면 저 그냥 돌아갈게요."

사토 목사가 고개를 끄덕였다. 아이가 시선을 바닥으로 떨구며 말했다.

"하느님을 만나는 게 어…어렵다면, 대신 물어봐 주시겠어요?"

"뭐를 말이니?"

"왜 그토록 친구를 괴롭히는지요. 왜…왜요. 왜 그런지 알고 싶어요. 이유라도 알고 싶어요."

소년의 이야기는 목사의 시선까지 바닥으로 떨어뜨렸다.

"정…정말 모르겠어요. 얼마나 착한 아인데… 왜요? 왜 그래요?"

"얘야. 너의 마음은 나도 알겠구나. 하지만 말이다. 목사라는 사람인 나 역시도 하나님과 그렇게 간단히 대화를 할 수는 없단다. 그건 오로지 기도를 통해서만 가능한 거란다. 하루아침에 갑자기 하나님을 만날 수는 없는 거야. 그걸 좀 이해해 주겠니?"

"믿지 않아요, 그런 말. 뭔가 다른 방법이 있을 거예요."

"그렇지 않단다. 원한다면 내가 하나님과 가까워질 수 있게 도와줄게. 너무 서둘지 말아라."

소년이 고개 들었다. 사토 목사는 깜짝 놀랐다. 소년의 눈동자에서는 일반인들이 감히 상상조차 할 수 없는 결연한 의지가 불타오르고 있었다.

411

"혹시 제가 죽으면 하나님을 만날 수 있나요?"

목사가 벌린 입술 사이로 숨을 몰아쉬었다. 충격을 받은 게 분명했다.

"하나님도 이 세상에 없으니까…. 이 세상에 없는 사람에게 이야기하려면 저도…."

"뭐? 너!"

사토 목사가 아이를 와락 껴안으며 외쳤다.

"모두 돌아가세요! 이 아이는 내가 데리고 이야기 좀 해야겠어요! 보통 일이 아니군요. 얘야! 넌 이름이 뭐니?"

사과 상자 위의 세상

"하이고, 나 죽겠네!"

둔탁한 소리와 함께 엉덩이가 바닥으로 떨어지자 뭉친 살들이 파도처럼 출렁였다. 할머니가 바닥에 주저앉은 채 엉거주춤 서 있는 후유코를 노려보았다.

"그리 갑자기 문을 열면 어떡하겠다는 게야? 무슨 아이가 유령처럼 그리 다니는 게야?"

같이 소파에서 뒹굴던 남자가 벌떡 일어나더니 입가의 침을 닦으며 말했다.

"어? 뭐야? 어린 아가씨잖아? 하! 고거 귀여운데?"

부스스한 남자의 안면에서는 가느다란 주름 한 줄조차 찾을 수 없었다. 할머니보다 최소 서른 살은 어리다는 의미였다. 할머니가 남자를 한 번 실쭉 노려보더니 괜히 더 성질을 냈다.

"너란 아이는 도대체 어떻게 생겨 먹은 거야? 하라는 공부는 안하고 밖으로만 싸돌아다니고! 네가 그렇게 막돼먹으니까 착한 나츠코도 집을 나가 버린 거 아니야? 하여간, 어린 것이…. 어서 올라가지 못해?"

후유코는 아무 말도 하지 못했다. 이름도 모르는 분노를 어깨에 얹고 힘겹게 계단을 오르는데 다시 또 푸념 소리가 날아와 발목도 잡아챘다.

"지겨워 정말… 너무 싫어, 너무."

방에 들어선 후유코는 문을 등지고 선 채 가만히 셈을 해 보았다. 아무리 재계산을 해도 시간이 모자랄 것 같았다. 서둘러야 했다. 먼저 문을 잠그고 채비에 나섰다. 가방 속에 잡동사니를 넣고 마실 물과 만화책도 집어넣었다. 잠기지 않았다. 발로 밟아 공간은 확보했지만, 이번에는 무게가 굉장해 들 수가 없었다. 쉬운 게 하나도 없었다. 할 수 없이 허리에 가방을 둘러메고 질질 끌며 계단을 내려갔다. 가방이 계단 모서리에 부딪히며 거북한 소리를 냈지만, 거실에 아무도 없었기 때문에 그런 건 아무래도 좋았다. 할머니는 침실로 간 것이 분명했다. 거기서 이상한 소리가 나고 있었다.

가쁜 숨을 몰아쉬며 엄마의 가게를 올려다봤다. 거미줄 사이로 부는 바람에 쓸쓸히 흔들리는 간판. 폐점 기일이 한참 지난 가게라는 건 삼척동자도 알 수 있었다.

안으로 들어섰다. 타로가 붉은 원피스로 복부 지방을 숨긴 여성 손님과 함께 담화를 나누고 있었다.

"그렇지요. 저희 며칠 내로 완전히 문 닫지요. 하지만 손님은 매일 초밥을 사 가시는 단골 고객이잖아요? 거기에 따른 대접도 일반 손님과 달리 뭔가 경직되고 짜릿해야 한다고 생각해요. 그래서 말인데…, 어때요? 내일은 번거롭게 속옷 다 차려입고 기다리실 것 없이 차라리 미리 전화 주시면? 그러면 제가 서비스 깊숙이 넣어서 준비해 두고, 그러면 손님은 기다리실 필요 없이 갓 만든 흥분 상태의 촉촉한 초밥을 갖고 가실 수 있고…. 이게 바로 일석이조가 아닐까요?"

여자 손님이 방긋 웃으며 말했다.

"어머! 그렇게 안 봤는데 인제 보니 정말 고객을 생각하는 마음이 대단하시네요? 감사해요. 뭐, 그렇게 할게요. 음… 근데… 제 목소리를 기억하실 수는 없을 테고? 전화했을 때 저를 누구라고 설명하면 될까요? 그냥 제 이름을 말하면 되나요?"

타로가 양손을 허리에 얹고 한쪽 다리를 자꾸 흔들더니 손가락을 튕겼다.

"오호라! 굿! 만족했어! 방금 아주 좋은 생각이 아래에서 불쑥 솟아났어요. 낯선 이름보다는 차라리 이렇게 간단히 말하시면 제가 손님이라고 기억할 거예요."

붉은 원피스의 여자 손님도 반가워 손을 모으며 한 걸음 앞으로 다가갔다.

"그러세요? 뭔데요?"

"고추장 삼겹살."

가게 안이 찬물을 끼얹은 듯 조용해졌다. 하지만 타로는 그 아찔한 분위기도 모르는 모양이었다. 계속 지껄였다.

"만족하시죠? 사실이지 저희 가게에 오시는 분 중에서 손님처럼 아랫배가 툭 삐져나온 여자가…."

초밥 봉지가 타로의 얼굴을 향해 날아왔다.

"아야!"

여자가 손을 배에 댄 채 씩씩거리더니 결국 아무 말 없이 가게 문을 박차고 나가 버렸다. 타로가 콧날을 문지르며 후유코를 쳐다봤다.

"너도 봤지? 어이가 없어서… 아니, 내가 뭘 잘못했니? 대체 왜 저러는 거야? 난 다 자기를 위해서 그런 건데 그걸 느끼지를 못해? 괘씸하군!"

"타로 아저씨가 너무 잘못하셨어요. 여자에게 그런 실례의 말을 하면 안 되는 거잖아요."

하지만 타로는 정말로 잘못을 모르는 듯했다.

"내가 뭘 어쨌는데? 정말로 뚱보잖아? 그럼 돼지를 닭이라고 부르니? 그럴 수는 없는 거잖아? 하여간 난 여자들하고는 뭐가 안 된다니까? 어휴, 정말!"

"저기, 아저씨…, 부탁이 있어요."

"부탁? 뭘까? 나 같은 사람이 할 수 있는 일은 많지 않은데? 그래도 말해 봐. 오빠가 해 줄 수 있는 거라면 뭐든지 다 길게 해 줄게. 네가 만족하는 행위라면 무슨 짓인들 못 하겠니?"

"돈을 좀 빌려 주시겠어요? 제가 나중에 꼭 갚아 드릴게요."

타로가 고개를 흔들었다.

"아니야, 갚지 않아도 돼. 그냥 줄게. 그러잖아도 너에게 용돈이라도 주고 싶었는데. 그래, 얼마가 필요하지?"

"얼마가 필요해요? 차를 타고 나고야에 가는데요?"

타로가 지갑을 열다 말고 후유코를 내려다봤다.

"나고야? 거기 가려고? 거긴 여기서 차로 몇 시간이나 걸릴 텐데?"

"가야 돼요. 이유는 묻지 말아 주세요."

"그래? 하지만 설마… 혼자 가는 건 아니지?"

후유코가 거짓말을 했다.

"네."

"그렇다면 안심이지. 너 같은 어린이가 혼자 가기에 거긴 너무 멀고 험난하지. 가만있자…, 얼마면 될까? 자…."

타로가 지갑 안에 들어 있던 현금 만오천 엔을 모두 후유코에게

415

건네주었다.

"자, 이게 전부구나. 어린이에게는 다소 많은 돈이지만, 거기 가려면 이 정도는 가지고 있어야 해. 자, 받아라. 뜨거울 때 어서 받아."

"아저씨, 감사합니다. 친척을 만나면 돈을 달라고 해서 꼭 갚아 드릴게요. 그러니까 걱정하지 마세요."

저도 모르게 튀어나온 말이었다. 서둘러 입을 막았지만, 이미 쏟아진 말이 주워질 리 없었다. 타로가 눈썹 하나를 올리며 되물었다.

"친척? 너에게 무슨 친척이… 아! 그 사람? 그 사람의 친척을 만나러 간다고?"

후유코가 두 손 모아 부탁했다.

"제발 비밀이에요. 할머니나 미와코 아줌마, 경찰 아저씨에게 말하지 말아 주세요."

"네가 혼자 가는 것이 아니니까 말하지 말라면 안 하겠지만, 왜 그 사람의 친척을 만나려고 하는데?"

후유코가 고개를 푹 숙이며 조용히 대답했다.

"가족이니까요."

잠시 침묵이 흘렀다. 너무나도 당연한 이치에 타로는 더 할 말이 없었다.

"조심히 다녀와라."

타로에게 받은 돈을 접어 숨기고 무작정 큰길가로 걸어 나갔다. 바보상자 속에서처럼 자동차를 얻어 탈 계획이었건만, 당혹스럽게도 도로를 지나는 차량이 단 한 대도 보이질 않았다. 결국, 후유코는 한동안 길가에 쪼그리고 앉아 곤궁에 빠져 있을 수밖에 없었다.

움트는 초목 사이로 꽃샘바람이 덤비고 전깃줄에 걸터앉은 철새가 발돋움하고 있을 무렵이었다. 길 저만치에서 뽀얀 먼지를 꾸역꾸역 일으키며 자동차가 한 대 다가오는 모습이 보였다. 차는 폐차 직전의 몸뚱아리를 들고 공도에서는 상상조차 할 수 없는 더딘 속도로 걸어오고 있었는데 수시로 제동을 걸어 아무 데나 멈춰서는 행위도 서슴지 않더니 결국 주차도 한쪽 바퀴를 인도에 얼렁뚱땅 걸치는 거로 마무리해 버렸다. 후유코가 자리에서 벌떡 일어나 미간에 그림자를 만들었다. 잠시 후 수동식 선루프가 삐거덕 열리더니 차 안에서 허연 물건이 올라왔다. 주변을 돌아보며 빙그레 웃는 거로 보아 그 허연 게 사람인 건 틀림없었는데 차가 후진을 시도하자 놀라 머리를 도로 집어넣는 광경이 후유코의 앳된 눈에도 무척이나 귀여워 보였다. 후유코가 기뻐하며 가방을 거머쥐었다. 땅에 끌리는 줄도 모르고 뛰어갔다.

"뒤로 갈 땐 가더라도 말은 좀 하셔야지. 비싼 내 머리에 생채기가 날 뻔하지 않았소? 아, 애야? 게서 뭐 하는 게야? 왜 혼자야? 부모님은?"

417

할머니 한 분이 중국 만두처럼 하얀 머리를 두리번거리며 물었다. 후유코가 숨을 헉헉대며 대답했다.

"아버지 집에 가려고요. 실례지만 어디까지 가세요?"

노부부가 서로의 얼굴을 쳐다봤다.

"우리는 스즈카까지 간다만?"

"그러시나요…? 전 나고야까지 가시면 태워 달라고 부탁드리려 했거든요. 돈은 가지고 있거든요."

할아버지가 말했다.

"꼬마야, 나고야라면 바로 우리가 가는 곳이랑 방향이 같단다. 나고야 다음이 스즈카이거든. 겨우 한 시간 거리지."

"네? 정말로요? 그럼 저를 태워 줄 수 있으세요?"

노부부가 다시 한 번 서로의 얼굴을 쳐다봤다.

"글쎄다? 그건 어렵지 않다만…. 거기에 아버지가 계신 거니?"

"네, 계세요. 그래서 꼭 만나야 해요."

"물론 꼭 만나야지. 허허!"

마음씨 좋은 할아버지가 인중까지 흘러내린 선글라스를 끌어올리며 어서 타라는 시늉을 했다.

중천에 박혀 있던 해도 강하를 시작했고 후유코를 태운 고무 바퀴도 회전을 시작했다. 말하자면 차는 분명히 달리고 있었다. 다만 차의 지붕에서 참새가 꾸벅꾸벅 낮잠을 자고 인도를 지나던 유모차가 짜증 내며 추월을 하는 일이 비일비재했을 뿐이었다.

우여곡절을 거듭한 뒤 마침내 그들의 눈앞에도 고속 도로가 나타났다. 그래도 속도는 여전히 달라지지 않았다. 떠들썩한 클랙슨 소리로 무장한 최신형 차들이 수시로 그들을 쫓아와 협박했지만, 어찌 된 영문인지 노부부의 얼굴은 태평스럽기만 했다. 유행가를 흥얼거리며 건포도도 던져 먹는 그들에게 있어서 인생은 고여 있는 강물에 불과했다. 여기 내치든 저기 내치든 결국 가운데로 모인다는 게 그들 노부부의 오래된 지론이었던 것이다.

"야…, 요거 봐라? 맛있네? 얘, 꼬마야. 이거 좀 먹어 보렴. 아주 짭짤한 게 좋아."

"괜찮아요, 할머니. 고맙습니다."

"무슨 고민이라도 있는 게냐?"

"아니에요. 그냥 피곤해서요…."

후유코가 창밖으로 시선을 던지자 할머니도 무심코 고개를 따라 움직였다. 자잘한 집들 말고는 아무것도 없었지만, 후유코의 두 손은 어느덧 큰일을 앞둔 사람의 것처럼 굳게 깍지가 끼워져 있었다.

천하 태평한 운전이 이유였을까? 혹은 타로의 계산법이 틀린 것이었을까? 알 수 없었다. 아무튼, 후유코를 태운 차는 예상했던 시간을 훨씬 지나고 나서야 겨우 나고야의 입구로 들어설 수 있었다.

역이 보이자 후유코가 내려 달라고 억지를 썼다. 그러나 땅거미가 내려오는 어스름한 역에 초등학생 여자아이를 홀로 내버려 둘 노인은 없었다. 그들은 부모에게 전화부터 하는 것이 올바른 순서이며 도리라는 말로 끊임없이 회유를 시도했지만, 후유코는 사과를 남발하면서도 고집은 꺾지 않는 모순된 행동만을 계속 유지했다. 그럴수밖에 없었다. 대체 부모가 어디 있고 전화할 형제는 또 어디 있단 말인가? 아이의 고집이 그만큼 되니 노부부도 더 이상 뭘 할 게 없었다. 마냥 그곳에 죽치고만 있을 수 없었던 그들은 한참을 걱정스런 얼굴로 후유코를 바라보다 결국에는 운전대를 꺾고야 말았다. 뜻하지 않게 서로 찜찜한 이별이 되어 버린 것이었다.

막상 노부부의 차가 모퉁이에서 사라지자 후유코는 겁이 더럭 나기 시작했다. 이제부터는 모험이었다. 실타래가 던져졌지만, 어느 끝을 잡고 풀어야 할지 감도 오지 않았다. 가족을 찾기 위한 단서는 조그만 메모지에 적힌 주소뿐이었다. 그나마도 확실치 않다는 것이 우체부 마사오의 대답이지 않았던가?

후유코가 자리에 멈추어 서서 주머니 속에 손을 넣었다. 조그만 메모지가 손가락 사이에 끼여 나왔다. '나고야시 가나야마'라는 글자가 보였다. 마침 청바지 주머니에 손을 찌르고 지나가는 이십 대 여성이 있어 얼른 쫓아가 메모지를 보여 주었다. 그녀는 날씬하고 친절했지만, 불행히도 '가나야마'는 알지 못했다. 손맥이 풀렸다. 재도전을 위해서는 다른 곳을 걸음짐작 할 필요성이 있었다.

"똑똑, 꼬마 아가씨, 무엇을 도와드릴까요?"

누군가 살짝 어깨를 건드려 뒤를 돌아봤다. 아이돌 스타처럼 잘생긴 젊은 경찰이 무릎에 손을 얹고 엉거주춤하게 서 있었다. 대체 언제 온 건지 의심스러웠지만, 그런 거 아무래도 좋았다. 미소를 머금고 서 있는 경찰을 보니 막힌 숨통이 뻥 트이는 느낌이었다. 후유코가 얼른 메모지를 건넸고, 젊은 경찰이 미간을 찌푸리며 글씨를 읽어 나갔다.

"가만있자…, 나고야시 가, 나, 야, 마? 아, 그런 거였구나? 여기를 가고 싶다는 거지? 그렇지만 이곳이라면 여기서도 삼십 분 이상은 가야 할 텐데?"

젊은 경찰이 말끝을 흐리며 차 안에 있는 동료를 쳐다봤다. 목적지까지 데려다주고 싶지만, 동료의 눈치가 보여 망설여지는 듯했다.

"근데 여기는 왜 가려고 하지? 어머니나 아버지는 다 어디 계시니? 부모님 말이야."

"가족들이 거기 있어요. 그래서 가려는 거고요."

"그래? 그럼 넌 왜 여기 혼자 있는 건데? 길을 잃은 거니?"

"아니요, 저 혼자 여기 왔어요."

"너 혼자? 여길? 에이…."

"제발요, 경찰 아저씨. 더 이상은 묻지 말아 주세요."

"하긴 어린이에게도 사적인 비밀은 있는 거겠지. 자, 그럼 어쩐다?"

젊은 경찰이 다시 한 번 자신의 파트너를 쳐다보았다. 차 안에 앉아 있던 경찰관이 못마땅하다는 듯 고개를 한쪽으로 기울였다.

"어이, 꿈도 꾸지 말라고. 잊었어? 일곱 시까지 본부로 돌아가 목격 진술 듣기로 되어 있잖아. 지금 가도 늦어. 여섯 시야, 여섯 시."

"빨리 가면 불가능할 것도 없지 않겠습니까?"

"불가능해. 자, 어서 차에 타기나 하라고."

"길을 잃은 어린이를 안전하게 귀가시키는 것도 우리의 임무 중 하나라고 배웠습니다."

젊은 경찰이 포기하지 않고 끈질기게 설득을 시도했다. 그러나 이 해타산에 정통한 연륜 앞에선 인정도 임무도 전부 응석에 불과했다. 결국, 참다못한 중년 경찰이 인상을 구겼고 가엾은 젊은이는 어깨를 늘어뜨리며 차로 돌아갈 수밖에 없었다.

차 문이 닫혔고 젊은 경찰이 시무룩한 얼굴로 안전벨트를 맸다.

"어험! 흠!"

중년 경찰이 돌연 헛기침을 했다.

"흠! 흠!"

다시 헛기침이었다. 시동은 걸지 않고 기침만 해대는 모습에 젊은 경찰이 슬쩍 곁눈질을 해 봤다. 아닌 게 아니라 그도 창밖을 훔쳐보는 중이었다. 어두컴컴한 가로등 불 아래 아이가 핏기 하나 없이 하얗게 질린 얼굴로 발만 동동 구르고 있으니 신경이 쓰일 수밖에 없었던 것이다. 마침내 중년 경찰이 정면을 바라보며 말했다.

"그게 그런가? 하긴, 뭐…. 어차피 우리도 그쪽으로 가는 거니까. 자, 그럼 우리 이러지? 저 아이, 우리 본부까지 태워 준 다음 거기서 택시를 잡아 주면 되지 않아? 우리도 그렇게 하면 특별히 늦어질 것 같지는 않은데? 그러니 뭐…. 에잇, 나도 모른다!"

젊은 경찰이 선배를 와락 끌어안았다.

"고맙습니다! 바로 그거예요! 자, 꼬마 아가씨? 좋은 소식! 어서 차에 타요!"

백미러에 비친 후유코의 투명한 눈동자가 제복 입은 아저씨와 오빠의 넋을 홀딱 빼앗아 버리는데 걸린 시간은 그리 길지 않았다. 차에서 내릴 즈음에는 진작부터 읊어 대던 목격자 진술 따위는 개념에서 떨어져 나간 지 오래였고 특별히 전과 없는 택시를 후유코에게 잡아 준 건 말할 것도 없거니와 꽃미남 경찰은 덤으로 기사에게 으름장까지 놓아주었다. 그들은 모두 후유코의 가슴속에 오래도록 각인될 다정한 사람들이었다.

택시는 그야말로 쏜살같았다. 연거푸 신호 위반을 하면서도 기사는 후유코에게 말 한마디 거는 법 없었다. 그야말로 미친 듯 액셀질만 해댔다. 덕분에 믿을 수 없는 시간에 메모지에 적힌 주소로 도착할 수 있었지만, 미처 가방을 차에서 다 내리기도 전에 출발하는 택시 때문에 하마터면 땅바닥을 뒹굴 뻔하기도 했다. 택시 기사는 후유코의 자그마한 머리를 수류탄으로 오해한 게 틀림이 없었다.

고개 들고 가방을 비스듬히 세워 보니 결국엔 오고야 말았다는 성취감에 슬그머니 미소가 지어졌다. 하지만 잠깐이었다. 어디선가 담벼락을 뛰어넘을 듯 맹렬히 짖어대는 개소리에 후유코는 정신이 번쩍 들었다. 그래 다시 혼자가 되어 버렸다. 그런데 멈출 수는 없었다. 가방 쥔 손에 힘을 잔뜩 넣고 무작정 전진했다. 몇 발짝이나 움직였을까? 싱겁게도 목적지가 나타나 버렸다. 두근거림을 억누르고 서서히 위를 올려다보았다. 겨우 5층으로 이루어진 초라하기 그지없는 아파트가 어둠에 휩싸인 채 후유코를 내려다보고 있었다. 현관을 밝히는 등은 이미 속이 텅 비어 있었고, 계단도 손가락이 들어갈 정도의 틈새가 가득한 상태인 데다 아파트의 척추마저 피사의 사탑만큼이나 기울어 있었다. 쇼크도 쇼크였지만, 마음 한구석에서는 희미한 의심도 일었다. 잘못된 정보일 수도 있다는 생각이었다. 설마하니 나이도 있는데 이 정도로 못살 리가 없지 않은가 말이다. 메모지를 다시 꺼냈다. 내려앉은 어둠 때문에 확인이 불가능했기에 전봇대 밑으로 걸어갔다. 분명 종이 이면에는 B동 204호라고 적혀 있었다. 한 번도 다층에 살아 본 적 없는 후유코였지만, 그래도 그게 2층을 뜻한다는 것쯤은 알고 있었다.

204호 앞에서 멈춰 서자 저절로 호흡이 가빠졌다. 들이마시는 것에 비해 내쉬는 공기의 양이 훨씬 많았다. 긴장이란 불순물이 섞여 있다는 의미였다. 모른 체하고 벨을 찾았다. 높은 곳에 있어 발꿈치를 최대한 올렸다. 실내에 울려 퍼지는 건 오르골 소리였다.

'나의 아빠가 여기 숨어 계실지도 몰라. 과연 어떤 사람일까? 왜 그렇게 사람을 많이 죽였을까? 카즈오 아저씨처럼 나를 때리진 않을까? 그래도 나는 얼굴을 꼭 보고 싶어. 사진이라도 있을 거야. 놀라지 말자. 어떤 얼굴이라도 놀라지 말자구….'

떨리는 마음을 추스르며 기다렸지만, 아무런 인기척도 들리지 않았다. 다시 한 번 힘껏 벨을 누르고 귀를 문에 가져갔다. 빈 병에 귀를 댄 것처럼 울림 소리만 가득했다. 주변을 보니 마침 신문을 쌓아 놓은 곳에 발판이 될 만한 단단한 사과 상자가 있었다. 딛고 올라서 봤다. 가로등 불빛에 거실 윤곽이 어렴풋하게나마 보였다. 모든 불이 꺼져 있었고 실제로 안에 사람은 없는 듯했다.

인기척이 느껴진 것은 그때였다. 후유코가 사과 상자에서 내려와 어둑한 복도 끝을 주시했다. 노란 불빛이 지그재그 흔들리며 점점 거리를 좁혀 오더니 마침내 칠흑 같은 어둠 속에서 손전등을 든 한 노인이 모습을 드러냈다. 아파트 경비원이었다. 후유코는 상대가 할아버지라는 사실에 일단 안심을 했다. 세상 노인들은 모두 착할 것이라 굳게 믿고 있었기에 그럴 수 있었다. 그러나 어둠 속에서 드러난 경비원의 얼굴은 흉악스럽기 그지없었다. 오만상을 찌푸린 것은 물론 걸음걸이도 불량했다.

"야! 너 뭐야? 너, 도둑이지? 왜 남의 집을 엿보는 거야?"

나이에 걸맞지 않게 노인의 목소리가 우렁찼다. 겁이 난 후유코는 그대로 등을 돌려 달아났고 호각 소리가 그 뒤를 따르기 시작했다.

'호로로! 호로로!'

"어딜? 거기 서지 못해?"

후유코의 그림자가 순식간에 계단 아래로 사라지자 경비원이 호각을 신경질적으로 내뱉었다.

"재수…, 저거 혹시 요즘 말 많은 우유 도둑 아냐? 젠장, 잡았어야 하는데! 내일 또 부녀회에서 야단법석 떨겠군!"

424

이건 뭘까? 뒤 한 번 돌아보지 못한 채 정신없이 달렸는데도 아까 메모지를 읽었던 전봇대에 다시 와 버렸다. 너무 지쳤기에 무릎 짚고 숨을 헐떡였다. 또 발소리가 들리는 것 같았다. 이젠 더 달릴 힘도 남아 있지 않았다. 탈출구나 비상구도 없는데 소리는 점점 더 다가왔다. 결국, 후유코가 선택한 것은 전봇대였다. 와락 끌어안고 눈을 질끈 감아 버렸다.

흉터

다행히도 이번 발자국 소리는 경비원이 아닌 어느 중년 커플의 것이었다. 그들 남녀 한 쌍은 주머니에 손을 찔러 넣은 채 아무 말 없이 터벅터벅 걸어오고 있었는데 한눈에 봐도 꽤 사이가 물과 기름처럼 겉돌아 보였다. 여자가 낡은 청바지에 머리를 대충 묶어 시각적으로 평범했다면 남자는 헐렁한 보라색 양복바지에 얼굴색도 불그스름해서 꼭 화재 현장에서 뛰쳐나온 미치광이 댄서 같았다. 특히 남자는 꽤 쌀쌀한 날씨임에도 상의 단추를 풀어 가슴이 절반이나 드러난 상태였는데 주변에 징그러운 털도 듬성듬성 박혀 있어 그 꼴이 무척이나 볼썽사나웠다.

마침 아파트로 들어가려던 두 사람이 가로등을 껴안고 서 있는 후유코를 발견했다. 여자가 걸음을 멈추고 고개를 꺄우뚱하며 물었다.

"너 거기서 뭐 하는 거니?"

남자가 갑자기 낄낄대며 웃기 시작했다.

"이히히! 너 뭐냐? 전봇대와 사랑에 빠진 거냐? 아무리 그래도 길거리에서 그러면 쓰나? 히히히!"

후유코가 슬며시 눈을 떠봤다. 생면부지의 여인이 어이없다는 듯 입을 벌린 채 서 있었다. 창피해 눈물이 나올 것만 같아 얼른 가로등을 퉁기며 뒤로 물러나는데 여자가 그 모습을 보고 다시 물었다.

"넌 못 보던 아이 같은데? 여기 사니?"

"아니에요, 아줌마."

"그럼 누구를 만나러 온 거니?"

후유코가 고개를 끄덕였다.

"누구를 보러 온 건데? 왜 들어가지 않고 여기 있는 거야?"

옆에서 낄낄대던 남자가 안색을 바꾸며 말했다.

"어허, 그걸 알 게 뭐냐고? 우리가 상관 할 일이 아니지, 안 그래? 그만 들어가지?"

여자가 후유코에게 박힌 눈을 떼지 않고 물었다.

"어디를 찾아온 거니?"

"저기, 전 아버지를 보러 온 거예요. 그래서, 저… 멀리서 왔어요."

여자가 눈썹을 올리며 되물었다.

"아버지?"

"뭘 그렇게 자꾸 묻는 거야? 어서 들어가자니까?"

여자가 고개를 홱 돌렸다. 묶은 머리가 자신의 뺨을 칠 정도의 세찬 움직임이었다.

"이야기 중이잖아! 그렇게 급하면 먼저 들어가든지!"

"어이쿠, 히히!"

남자는 혼쭐이 나고도 좋다고 히죽거리며 아파트로 기어들어갔다. 여자가 자존심이라고는 티끌만큼도 찾을 수 없는 그의 뒷모습을 흘겨보다 다시 시선을 후유코에게로 가져갔다.

"어디 사시는데? 너의 아버지 말이야. 혹시 아니? 내가 도움이 될지? 나 여기서 산 지 꽤 됐거든."

후유코가 지푸라기라도 잡는 심정으로 메모지를 꺼내 여자에게 건네줬다.

"B동 204호? 이거?"

"네."

"정말 맞는 주소니? 확실한 거야?"

"네."

"그럴 리가⋯."

"맞아요, 아줌마."

"하지만 거긴 내 집인데?"

"네?"

"내가 거기 산다고, 204호."

후유코와 여자가 동시에 놀란 눈이 되어 서로를 쳐다보았다. 이윽고 여자가 안타깝다는 표정으로 메모지를 돌려주었다.

"아버지를 만나러 왔다면서? 아무래도 주소가 잘못된 것 같구나. 어디 멀리서 왔니?"

"요코하마에서 왔어요."

"요코하마?"

"차를 얻어 탔어요."

"너 지금 요코하마라고 한 거니? 너 혼자 여기까지 왔다는 거야? 정말 거기서?"

"네, 사실이에요. 왜 다들 안 믿죠? 아버지의 이야기를 들으려고 왔어요."

"너의 엄마는 어떡하고?"

"⋯."

"잠은 어디서 잘 건데? 벌써 시간이 이렇게 되었는데⋯."

"후⋯."

조그만 입술 사이로 한숨이 새어 나왔다. 잇따른 질문에 어지간한 후유코도 피로를 느끼기 시작한 것이었다. 고맙게도 여자가 그걸 알아채 주었다.

"미안해, 내가 질문만 했지? 어찌 됐든 우선 좀 들어와. 들어가서 이야기하자. 아무것도 못 먹었지?"

후유코가 머뭇거렸다. 수더분한 외모와는 달리 여자는 눈치꾼인 모양이었다. 아이의 눈빛에 배고픔보다 경계심이 앞서고 있다는 걸 이번에도 감지했다.

"아줌마, 그런 나쁜 사람 아니니까 걱정은 하지 말고…."

여자가 문득 손으로 옷매무새를 만지더니 무안한 듯 중얼거렸다.

"내 꼴이 좀 그래 보이기는 하지만…."

안으로 들어서자 남자가 깜짝 놀라며 소파에서 일어났다. 이미 웃통을 벗고 있는 데다 손엔 맥주도 들려 있었다. 그가 어이없다는 얼굴로 말했다.

"아니, 당신이 지금 제정신일까? 처음 보는 아이를 집에 데리고 오면 어떡해?"

여자는 남자를 또 무시했다.

"자, 여기 앉아. 조금만 기다려 줄래? 뭐 요기할 거리라도 있나 좀 보고 올게."

여자가 부엌으로 사라지자 후유코가 주변을 둘러보는 척하며 슬쩍 건너편 소파를 훔쳐봤다. 남자가 가시눈으로 후유코를 노려보고 있었다. 인상이 저도 모르게 구겨졌다. 두려워서가 아니었다. 어쩌면 저 사나이가 아버지일 수도 있다는 심상이 뇌리를 스쳤기 때문이었다. 불어 터진 라면 면발처럼 구불구불 이마로 내려온 머리칼과 뺨을 툭 뚫고 나온 두 개의 광대뼈. 게다가 어깨 위를 뛰노는 붉은 잉어 문신까지. 확실히 외적으로도 불량한 건달임에 틀림이 없었지만, 그렇다고 자기 가족을 살해한 괴물이라고 하기엔 어딘가 모자람이 있었다.

여자가 달걀 프라이와 토스트를 들고 왔다.

"저기, 아줌마. 혹시 아줌마의 성이 하세가와세요?"

잔에 우유를 따르던 여자가 손을 멈췄다. 우유가 잔을 빙그르르 돌더니 넘쳐 흘렀다.

"뭐라고?"

"아줌마 이름이 하세가와냐고요. 그럼 저기, 저 아저씨 이름도 하세가와고요? 하세가와 카이토 씨세요?"

여자가 빠르게 눈을 깜빡이며 가슴으로 손을 가져갔다. 유난히도 하얀 손이 가늘게 떨리고 있었다.

"네가 어떻게 그 이름을 알고 있지?"

"부탁드릴게요, 대답 좀…."

"그래, 내가 하세가와란다. 내 처녀 때 성이 하세가와야. 도대체 넌 누구니?"

후유코가 숨김없이 털어놓았다.

"전 후유코라고 해요. 할머니가 저의 아빠는 하세가와 카이토라고 하셨어요. 저기 있는 분이 저의 아버지겠죠?"

남자가 후유코의 손가락이 독화살이라도 되는 양 펄쩍 뛰며 물러났다.

"뭐, 뭐라고? 큰일 날 소리! 누가 카이토야? 터무니없는!"

여자가 천천히 고개를 끄덕였다.

"역시 넌 후유코였구나. 혹시나 했었는데…. 아니야, 저 사람은 카이토가 아니란다. 야마토, 미안하지만 자리 좀 비켜 주겠어요?"

"당연하지!"

남자가 맥주를 집어 들고 소파를 훌쩍 건너뛰었다.

"젠장, 내가 카이토라니. 끔찍하게시리…, 생각만 해도…. 어휴!"

남자는 방으로 들어가는 순간까지 과장된 몸서리를 치며 사라졌다.

"네가 카이토의 딸이라고 누가 그랬니?"

"엄마가요. 아? 아니다. 할머니가요. 아니, 사람들이요."

잠자코 후유코의 얼굴을 바라보던 여자가 갑자기 웃기 시작했다.

"후후, 어이가 없어서 정말…."

"네?"

"기가 막히는구나. 그래 어디서부터 무슨 말을 해야 할까? 넌 아직 너무 어리고…. 너 지금 몇 살이니?"

"이제 곧, 그러니까 2달만 있으면 4학년이 돼요. 그러니까 무슨 말이든지 해 주셔도 돼요. 저 아줌마가 하시는 말씀 다 알아들을 수 있거든요."

"그래, 너 혼자 여기까지 온 걸 보면 정말 그런 것 같구나. 인정할게."

여자가 웃음을 머금은 얼굴로 토스트가 담긴 접시를 후유코에게 밀었다. 하지만 이 와중에 먹을 것이 눈에 들어올 리 없었다. 고개를 가로저었다.

"괜찮아요. 그보다 우리 아빠는 어디 계세요? 꼭 만나고 싶어요."

"만나서 뭐 하려고 그러니?"

"질문을 하죠?"

"어떤 질문?"

"왜 사람을 그렇게 많이 죽여야 했는지요."

"…"

"그런 질문… 해도 되잖아요. 전 딸이니까."

"···."

"아줌마는 아빠의 부인이신가요?"

"뭐? 아니야, 난 네가 말하는 카이토의… 친구란다, 오랜 친구."

"친구요? 어? 그러면 아빠가 어딨는지 아시겠네요? 지금 어디 계세요? 여기 안 사세요?"

여자가 가만히 몸을 숙여 후유코의 손을 잡았다.

"시작부터가 틀렸는걸? 지금 중요한 건 카이토가 어디 있는 지가 아닌 것 같은데? 지금부터 내가 하는 말 잘 들어. 하지만 너무 충격 받지는 않았으면 좋겠다."

"안 그럴게요. 알고 싶어서 여기까지 왔기 때문에 저 안 그래요. 어서 말씀해 주세요."

"당연한 이야기지만, 난 너의 외할머니라는 사람을 한 번도 만난 적이 없어. 그래서 어디서부터 이야기를 꺼내야 할지 모르겠지만···, 일단 넌 오해를 하고 있어. 카이토는 너의 아빠가 아니야."

후유코가 자리에서 벌떡 일어났다.

"아니에요, 그거 그렇지 않아요. 분명히 엄마가… 아니, 할머니가요."

"어서 앉아. 도대체 무슨 생각으로 너의 할머니가 그런 말을 했는지 난 정말 알 수가 없구나. 하지만 절대로 카이토는 너의 아빠가 될 수 없어. 말이 되는 소리가 아니지 그건. 카이토는 히카와… 그러니까… 휴… 뭐라고 말해야 하나? 그런 관계가 될 수 없는 사이야."

"관계요?"

"설명이 복잡해. 아무튼, 어른들에게는 그런 것이 있단다."

"그래도…."

"목사라는 직업…, 아니?"

"목사요? 그건 모르겠어요."

어느새 후유코의 가슴속에서는 카오스라는 이름의 파도가 물보라를 일으키기 시작했다.

"절대로 안 되는 것도 있어. 카이토는 하나님을 모시는 일을 했기 때문에 한 번 결혼했으면 바꿀 수가 없단다. 물론 세상 목사가 다 그런 믿음을 가지고 사는 건 아니지만, 적어도 그 사람은 달라. 어머니 뱃속에서부터 신앙을 이어받았거든. 그리고 그게 전부가 아니란다. 이유는 또 있어. 히카와 카이토의 관계지. 그건 네가 더 자란 후에 할 말인 것 같구나. 어쨌거나 그건 절대 아니야. 난 친… 친한 친군데 모를 리가 없지 않을까?"

여자가 후유코의 눈을 똑바로 쳐다보았다. 믿을 수밖에 없는 진중한 눈빛이었다. 후유코가 테이블 모서리에 시선을 못 박았다. 꼼짝도 할 수 없었다.

"괜찮니?"

432

"그럼…, 우리 아빠는 누구예요?"

바보 같은 질문이 이어지는 동안 굵은 눈물이 카펫 위로 떨어졌다. 여자가 우는지 웃는지 구별 못 할 얼굴로 천천히 고개를 저었다. 후유코의 심장이 바통을 이어받은 마지막 주자처럼 뜀박질을 시작했다.

"그럼 도대체 어떻게 된 거지? 뭐가 뭔지 나 하나도 모르겠어요. 저기, 아줌마. 어쨌든 아빠… 아니, 카이토 씨를 만나고 싶어요."

"그것도 틀렸어, 불가능해. 난 너의 아빠, 카즈오를 알고 있어. 물론 카즈오도 나를 알고 있고. 못 만난 지 오래지만, 두어 달 전까지도 그에게서 카즈오의 근황을 전해 들었단다. 그래 넌 도통 무슨 소린 줄 모르겠구나? 이걸 어디서부터 공개해야 하는지…. 어쨌든 지금은 한 가지만 생각할 때 아니겠니? 카이토는 너의 아버지가 절대로 아니란다. 감당 못 할 수도 있겠지만, 진실이 아닌 것을 믿고 있는 너를 그대로 볼 수는 없어. 사실은 사실로 알아야 하니까."

"꼬마야."

언제 나왔는지 남자가 팔짱을 끼고 문가에 기대어 서 있었다.

"만날 수 없을 거란다, 꼬마야. 카이토는 역사에 길이 남을 쌈박한 살인마거든. 호송 버스에서 탈출한 후에 아직도 행방이 묘연하지. 경찰도 포기한 거라고. 이제 10년이나 흘렀으니 어디 있는지 아무도 모르지. 악마가 되어 하늘로 올라갔다는 말도 있고…. 이렇게 말이야. 후르르~."

남자의 행위가 손을 빙빙 돌리며 낚아채는 시늉까지 이어지자 여자는 더 이상 분을 참지 못했다.

"어서 저리 꺼지지 못해? 네가 뭘 안다고 그따위를 지껄이니? 아무것도 모르는 주제에! 이 아이, 이제 겨우 8살이라고!"

"이키!"

남자는 여자의 격노가 어지간히 겁나는지 어깨를 옴츠리고 잽싸게 방으로 뛰어들더니 안에서 문까지 걸어 잠갔다. 여자가 여전히 분을 못 삭여 씩씩대며 말했다.

"신경 쓰지 마, 저 화상은 인간도 아니니까. 아무래도 집안에 남자는 있어야 할 것 같아 임시로 한 마리 기르고 있는 것뿐이야. 아? 미안, 미안! 네 앞에서 이런 말투 쓰면 안 되는 건데…. 그건 그렇고…, 글쎄 나도 지금은 카이토가 어디에 있는지 모르고 있어. 아까도 말했지만 사실 자주는 아니더라도 그동안 비공식적인 루트로 쭉 연락을 주고받았었거든? 하지만 어느 날부터 갑자기 아무런 소식도 없고 지금까지 내 메모에 답문도 없고…. 도대체 뭐가 어떻게 되어가는지 모르겠어. 나 말이야…, 그래서 얼마 전 너의 동네에 간 적도 있어. 무작정 불안해서 말이야…."

후유코가 고개 숙인 채 머리를 끄덕였다.

"그래, 히카는 네가 여기에 온 것을 알고 있니?"

"…."

"뭐라고 하니? 히카가 정말 네가 카즈오가 아닌 다른 사람의 딸이라고 했니?"

"엄마가 그렇게 말씀하시지는 않았어요. 그런 말씀을 하시려다가…."

"난 그걸 믿을 수가 없어. 물론 무슨 사연은 있겠지. 그러니까 너의 엄마가 어떤 부정한 행동이라도 했다는 건지? 그래도 왜 하필이면 그 상대를 카이토로 지정했을까? 아무도 그건 안 믿을 텐데? 미안해, 이런 말. 그래, 이왕 이렇게 된 거 내가 직접 히카에게 물어봐야겠어. 전화번호가…."

참고 참았던 눈물이 봇물처럼 터져 버리는 순간이었다.

"아줌마."

"응?"

"엄마는 얼마 전 돌아가셨어요."

"…너 지금 뭐라고 했니?"

"…."

"내가 잘못 들은 거지? 설마 그럴 리가…. 아니, 왜? 어째서?"

후유코가 아무 대답 없이 눈물만 질질 흘리자 여자는 답답해서 미칠 것 같았다. 아이의 어깨를 잡고 거칠게 흔들었다.

"왜! 도대체 왜!"

"사고로…."

"사고?"

"네…."

"흥, 웃기지 마! 또 카즈오 짓이지?"

"네?"

"나쁜 놈! 쓰레기 같은 새끼, 죽을 걸 살려 놨더니!"

후유코는 등줄기가 오싹해지며 구역질이 날 것만 같았다. 몸을 작게 쪼그려 무릎 사이에 얼굴을 묻었지만, 현기증은 더욱 심해져 갔다. 멀쩡하던 아이가 돌연 몸을 가누지 못하니 여자도 당황하는 눈치였다.

"왜 그러니? 어디가 아파? 가만 기다려. 물 한 잔 가져올게."

여자가 서둘러 부엌에서 물을 들고 왔다. 그러나 이미 어린 소녀는 소파에 코를 박고 꼬꾸라진 뒤였다.

"애!"

"엄마….."

"괜찮니? 이걸 어째?"

여자가 후유코의 기도가 막히지 않도록 얼른 고개를 바로 돌려줬다. 얼굴에는 불그스레한 기운이 한 점도 남아 있지 않은 상태였다.

"있잖아요, 아줌마. 사람이 얼마나 슬프면 죽어요?"

여자가 깜짝 놀라며 후유코를 쳐다봤다. 어느새 아이의 눈동자는 도살장에 끌려가는 황소의 것보다 커져 있었다.

"얼마나 슬프면 사람이 죽는 거예요? 제발 대답해 주세요."

"사람은 쉽게 죽지 않아. 아무리 슬퍼도 사람이 그것 때문에 죽지는 않는단다. 마음의 병보다는 몸에 병이 들어야 죽는 거야."

여자의 말이 미처 끝나기도 전이었다. 들릴 듯 말 듯 한 목소리가 희미하게 그녀의 귓전을 스쳤다.

"하지만 전 너무 슬퍼서 죽을 것만 같은걸요….."

몸이 한 번 휘청 돌아가더니 후유코의 이마가 테이블을 향해 그대로 떨어졌다.

노크 소리

콧노래를 흥얼대며 건물 전체가 각종 책으로 둘러싸인 대형 서점의 계단을 차근차근 내려오는 사나이가 있었다. 그의 옆구리에는 설익은 잉크 냄새가 폴폴 나는 잡지 두 권이 끼워져 있었는데 행여 구겨질세라 한 발짝 내디딜 때마다 목을 길게 빼며 확인하는 꼴이 그게 그렇게나 소중한 모양이었다. 사실 그만한 집착에는 다 이유가 있었다. 그것들은 매달 나오는 흔하디흔한 월간 잡지가 아니라 해변가 조개껍데기로 아슬아슬하게 중요 부위를 가린 이색 누드집 특별판이었다. 그걸 서점에서 두 번째로 손에 쥔 것이었으니 마을을 대표하는 야사 애호가로서 어찌 감회가 남다르지 않았겠는가? 귀가 후 펼쳐질 짜릿한 눈의 향연을 상상해 보니 벌써 전율이 온몸을 감싸는 것 같아 견딜 수가 없었다. 이보다 더 착할 수는 없었다.

마침내 타로가 상기된 얼굴로 계산대에 합류했다. 어디선가 향긋한 오이 냄새가 풍겨 왔다. 바로 앞에 방금 샤워한 듯 촉촉한 머리를 늘어뜨린 여성이 서 있었다. 아름다웠다. 후끈 달아올랐다. 그러고 보니 그녀의 앞에도 미니스커트 차림의 젊은 여성이었다. 그저 감사할 따름이었다. 이번은 과일 냄새. 뒤를 돌아보니 바나나 우유를 손에 든 미모의 여인이 빨대를 질겅질겅 씹으며 막 줄에 합류하고 있었다. 타로가 고개를 갸웃했다. 가만있어 보니 이거 큰일이었다. 다른 날이었다면 신의 은공에 감사를 올릴 상황이었겠지만, 그때는 달랐다. 하필 서점에서 가장 야한 책을 들고 있을 때 왜 계산대에 젊은 아가씨들로 가득 하느냐는 말이다. 타로가 하는 수 없이 옆 칸으로 슬쩍 걸어갔다. 그리고 거기서 전혀 마음에도 없는 두꺼운 경제 서적을 한 권 더 집어 들었다. 커다란 경제 서적을 성인 잡지 위에 포개 놓고 바코드만 살짝 노출시켜 계산대를 통과하려는 고도의 전략이었던 것이다. 하지만 불행하게도 바코드는 읽히지 않았고 슬프게도 계산원은 포기를 모르는 불굴의 의지가 있었다. 쌔근발딱 거친 숨을 몰아쉬며 될 때까지 해보겠다는 식으로 끊임없이 인식기를 바코드에 갖다 댔다. 상황이 그러하니 타로가 그토록 감추려 했던 성인 잡지의 본체가 만천하에 공개되는 건 지당한 순서. 키득키득 웃음소리가 여기저기서 들려왔다.

끝내 적산이 되지 않자 점원이 문제 해결을 위해 도움을 요청했다. 전화로 점장을 부른 것이었다. 매장 커피숍에 앉아 쉬고 있던 점장이 서둘러 달려왔다. 하지만 그 역시 원인을 알 수 없긴 매한가지였다. 한참 잡지를 이리저리 둘러보더니 결국 다른 책으로 바꿔주겠다며 친절하게도 마이크를 손수 잡았다. 참고로 서점은 대형 스피커만 열 개가 설치되어 있었다.

"아, 아! 마이크 테스트, 마이크 테스트. 들리나요? 거기 D라인에 있는 직원, 여기 이 남자 손님이 가져온 서적 바코드가 안 읽히니까 다른 것 좀 이리 가져와 봐요. 제목은…『백설 공주와 일곱 번 한 난쟁이』하고 『찌르레기 외삼촌의 여체 탐방기』입니다. 다시 한 번 말합니다. 『백설 공주와 일곱 번 한 난쟁이』, 『찌르레기 외삼촌의 여체 탐방기』. 자, 다시 한 번…『백설 공주』…."

"저기…, 그냥 다음에 살게요."

타로가 벌겋게 달아오른 얼굴로 우물거리자 점장이 말도 안 된다는 표정으로 그를 바라봤다.

"예? 무슨 말씀이세요? 바꿔 드릴게요. 마침 오늘 들어온 책이라 재고 많아요."

"아니…, 뭐. 다음에 와서 살게요. 지금 시간이…."

"그러세요? 가만있자. 이건 돼야 할 텐데?"

점장이 타로가 마지막에 추가한 두꺼운 경제 서적에 바코드 리더기를 가져갔다. 시원스런 소리와 함께 단번에 가격이 읽혔다.

"오케이! 이건 되네? 그럼 손님, 이건 계산해 드리겠습니다. 삼만 팔천 엔입니다."

타로의 눈이 휘둥그레졌다.

"예?"

"네?"

"지금 얼마라고…."

"삼만팔천 엔입니다. 어디 보자… 이 경제학 책은 특별 한정판으로 내부 종이 전체를 금을 섞어 편집했군요?"

"뭐, 뭘 섞어요? 금이요? 왜, 왜요?"

사방팔방에서 볼멘소리들이 터져 나왔다.

"아이참, 하루 종일 걸려요? 좀 빨리요."

"거, 젊은이가 야한 것만 밝히지 배려심이 영 없구먼? 응?"

"엄마, 저 아저씨 이상한 책 사. 병신인가 봐."

닥치고 계산이었다. 타로가 웃으며 지갑을 꺼냈다. 웃음도 짠맛이 날 수 있다는 사실을 뼈저리게 학습하는 순간이었다.

억울한 가슴을 달래며 집으로 돌아가는 길이었다. 이대로는 답답했다. 어찌어찌하여 침대에 눕는다 해도 잠을 설칠 게 뻔했다. 섭섭함을 풀어줄 차가운 맥주가 절실했지만, 방금 거액을 지출한 그였다. 주점은 언감생심 상상도 할 수 없는 사치였다. 하릴없이 주머니에 손을 넣고 터벅터벅 길을 이어가는데 문득 가게의 커다란 냉장고가 뇌리에 떠올랐다.

일단 가게에 도착하자마자 쌀가마처럼 무거운 경제 서적부터 테이블 위에 던져버렸다. 어찌나 두꺼운지 테이블 다리가 다 휘청거리는 것 같았다. 뚱한 표정으로 냉장고로 간 타로는 맥주를 한 병 꺼내 들었고 의자에 몸을 던졌다. 절로 한탄 소리가 나왔다.

"휴…, 삼만팔천 엔. 삼만팔천 엔이라…. 그 돈이면 『전격 섹스 작전』과 『육체만 볼래의 사나이』까지도 살 수 있는 돈인데…. 아이고, 나 미치고 환장하겠네!"

그가 샐쭉한 시선으로 경제 서적이 올려 있는 테이블을 흘겨봤다.

"『요시모토 박사의 루머 스토리 텔링 마케팅과 가처분 농가 소득의 하향 삼각형 함수 관계 영구 보존』금장본, 에이 씨! 벌써 졸려!"

분을 이기지 못하고 책을 뻥 차 버렸다.

이때였다. 누군가 가게 문을 심하게 두드리는 소리가 들려왔다.

'꽝 꽝 꽝 꽝! 꽝 꽝! 꽝 꽝 꽝 꽝!'

"엉?"

'꽝 꽝 꽝 꽝! 꽝 꽝 꽝 꽝!'

"뭐야? 누구야, 이 시간에?"

짜증스런 얼굴로 성큼성큼 걸어가 문을 열었다. 어둠 속에 깡마른 노인이 한 명 서 있었다.

"할아버지는 누구세요? 가난한 사람이네요?"

타로다운 첫마디였다.

"한밤중에 실례인 줄은 잘 압니다. 난 후유코의 친구인 리더스 할아비 되는 사람입니다."

"아, 그런데요?"

"후유코에게 꼭 해야 할 말이 있습니다. 죄송하지만 혹시 여기 있는지요?"

"걔가 이 시간에 여기 왜 있겠어요? 그리고 이렇게 심하게 남의 가게 문을 두드리는 건 실례라고요, 실례. 시간도 늦었는데 발판에 중요한 털이라도 떨어지면 어쩌려고 그래요?"

"죄송하게 됐습니다. 초를 다투는 긴급한 일이라 결례를 했습니다."

"몇 켤레요?"

"…염치없지만, 부탁 좀 드리겠습니다. 꼭 후유코를 만나야 합니다."

"아이고, 진짜 말귀 못 알아들으시네? 여기 없다니까요? 아침에 나고야로 떠나고는 아직 아무 소식도 없다고요. 나도 걱정돼 죽겠다고요. 어, 가만? 난 후유코가 리더스랑 간 줄 알았는데… 아니었어요? 뭐야, 그럼? 나랑 간 거야?"

"어허! 대체 이 일을 어찌해야 한단 말인가? 하늘도 무심하구나! 허허!"

할아버지가 탄식을 내뱉으며 이마로 문을 짓찧었다. '쿵'하는 둔탁한 소리가 잠잠한 가게 안에 울려 퍼졌다.

"어유, 아프겠다! 에이, 그러지 마요."

"괴롭군요…. 가슴이 찢어질 듯 아픕니다…."

"그럼 후유코의 집은? 가 본 거예요?"

"그렇습니다. 두 번이나…."

노인이 미간을 찌푸렸다. 수단과 방법을 가리지 않고서라도 반드시 후유코를 찾아내야 했지만, 묘안이 떠오르지 않았다. 나고야는 먼 곳이었고 설령 간다고 해도 그 광활한 도회지 위에서 아이를 어찌 찾을 수 있다는 말인가? 결국, 할 수 있는 전부는 후유코를 보면 연락을 달라는 당부뿐이었고 노인은 그런 자신의 무능력이 애통해 견딜 수가 없었다. 대책 없는 타로도 맥없이 돌아서는 노인의 뒷모습에는 가슴이 아린 모양이었다. 좀체 없는 위로의 말을 슬그머니 건넸다.

"겨우 오늘 아침이에요, 후유코가 떠난 게…. 뭘 그렇게 걱정하는 거예요? 후유코는 특별한 아이예요. 아무 일 없을 거예요."

노인으로부터 대답이 없었다. 타로가 또 틀렸다. 노인은 후유코가 염려되어 온 것이 아니었다. 도리어 리더스에게 일어난 비극을 후유코에게 알리러 온 것이었다.

공룡 발자국

"기무라 리카 씨?"

조금 작은 듯한 안경을 쓴 의사가 손에 서류를 들고 오면서 물었다. 여자가 자리에서 일어나 대답했다.

"여기요. 아이는, 아이는 괜찮은가요?"

의사가 가운 주머니에 볼펜을 찔러 넣고는 여자를 노골적으로 훑어봤다.

"폐에 가래가 많이 있어 고열이 좀 있었습니다. 며칠 더 입원하며 지켜봅시다. 그것보다 저와 함께 1층으로 좀 가셔야겠습니다."

"1층에요?"

"네, 아동 복지과 직원이 기다리고 있습니다. 만나 보셔야겠습니다. 이리로 오시죠."

"아동 복지사를 만나라고요? 제가요? 왜요? 전 아이의 엄마도 아닌걸요?"

옆에서 팔짱을 낀 채 졸고 있던 남자가 눈을 번쩍 뜨며 짜증을 냈다.

"에이 씨, 귀찮아! 거봐! 내가 그냥 가자고 했잖아. 일이 아주 더럽게 꼬이고 말았어. 제기랄!"

"어머니가 아니시라고요? 아이의 보호자가 아니셨습니까?"

"네, 사실 따지고 보면 아주 관계가 없는 것도 아니지만, 그건 개인적인 집안일이고요. 어쨌든 전 어머니는 아니에요. 아이가 먼 곳에서 홀로 와 누군가를 찾고 있었어요. 무척 지쳐 보였기에 일단 제가 집에 데리고 들어왔는데 이야기 도중 갑자기 쓰러져 버리지 뭐예요. 그래서 어젯밤 부랴부랴 여기로 온 거고요."

여자는 짧지만 빠뜨리는 것 하나 없이 그간의 일을 설명했다. 하지만 의사는 못 믿겠다는 눈치였다.

"그러시더라도 일단은 복지사를 만나야 합니다. 자, 이리로요."

"왜 그래야 하는데요?"

"어서 따라오세요. 시간이 없습니다."

"글쎄 내가 왜 가냐니까요?"

"정 싫으시다면 경찰을 부를 수밖에 없는데, 괜찮으시겠어요? 그럼 일이 더 복잡해지지 않을까요?"

"경찰이요?"

"…."

"알았어요. 만나죠, 뭐. 만날게요. 내가 죄지은 사람도 아닌데…, 가요."

말끔한 검정색 정장에 뿔테 안경을 쓴 한 중년 여인이 자리에서 일어나 명함을 건넸다.

"반갑습니다, 기무라 리카 씨. 요시다 요코라고 합니다. 여기 앉으시죠."

리카가 자리에 앉기 무섭게 되물었다.

"도대체 무슨 일이죠?"

"어머니 되시죠?"

"아니에요, 아까 의사 선생에게도 말했었는데."

리카는 의사에게 한 말을 다시 한 번 복지사에게 들려주었다. 종전보다 명확하게 군소리도 덧붙였건만, 반응이 의사보다도 시원찮았다. 이야기를 모두 듣고도 복지사의 표정은 조금도 변화가 없었다.

"글쎄, 그건 아이를 만나면 자연히 알게 되는 거고요. 담당 의사 말이 아이 몸 전체에 걸쳐 타박상으로 의심되는 대소 상처가 수십 군데 있다고 합니다. 머리카락까지 통째로 뽑힌 흔적이 있다고 하고···. 힘센 성인 남자가 머리를 움켜쥔 채로 그대로 끌어올리면 그런 모양새가 나온다고 하던데···."

"아···."

리카가 튀어나오려는 비명을 손으로 겨우 막아 넘겼다. 소름 돋는 말이 아닐 수 없었다. 하지만 복지사는 흉물스러운 일에 이골이 난 듯 표정 하나 안 바꾸며 손가락으로 자료를 짚어 나갔다.

"가만있자···, 여기에, 여기 말이에요. 목을 졸린 자국도 있다고 하네요. 시기는 한 두어 달 정도 전? 갈비뼈도 세 개나 부러진 적이 있고··· 하나는 아직도 제자리를 찾지 못한 상태고···, 그리고··· 어디 보자··· 발이나 커다란 물건에 배를 걷어차인 것 같다는 소견···."

"그만! 그만요! 더 듣고 싶지 않아요!"

리카가 귀를 막으며 소리쳤다. 후유코의 해맑은 얼굴과 포효하는 듯한 카즈오의 입매가 중첩되어 견딜 수가 없었던 것이다. 복지사가 서류를 닫고 리카를 뚫어지게 쳐다봤다. 역시 방금 의사가 던졌던 시선과는 사뭇 대조적인 것이었다.

"뭐죠, 그 눈빛은? 내가 그러기라도 했다는 건가요?"

"정말로 어머니가 아니신가요? 얼굴이 많이 닮았는데요? 특히 눈 주위가?"

"물론이에요, 내 아이라면 내가 왜 아니라고 하겠어요?"

"모르시는군요. 제가 상담했던 사람 중 열에 아홉은 제가 질문을 던지면 일단 자신은 부모가 아니라서 잘 모르겠다는 발뺌부터 하고 본답니다. 우선은 피하고 보자는 거죠."

"이봐요!"

복지사가 손을 가볍게 들어 리카의 분노를 진화했다.

"물론 기무라 씨를 염두에 두고 하는 말은 아니에요. 운전 면허증이나 여권만 조회해 보면 금방 나올 만한 일을 일단 도망치고 보자는 사람들의 습성에 관해 말씀드리는 것뿐이죠. 자, 저는 그런 거 확인 안 할 거예요. 아주 정확한 방법이 있으니까요."

복지사가 의자를 뒤로 밀치며 손을 내밀었다.

"일어나실까요? 같이 아이를 만나러 갑시다. 아이에게 그간의 일을 물어보는 것이 가장 정확한 것이니까요, 뭐…."

어깨를 으쓱했다.

"아이의 상태도 확인을 해야 하고요."

리카가 고개를 끄덕이며 자리에서 일어났다. 한시라도 빨리 후유코를 만나고 싶은 건 그녀도 마찬가지였다. 잰걸음을 치며 복지사의 뒤를 따랐다.

수수께끼의 아이

　새로운 이정표가 나타날 즈음 팔을 누르던 손가락에 힘을 빼봤다. 피는 없었다. 병원을 몰래 나와 무턱대고 걷기 시작한 지 수 시간이었지만, 흐트러진 의문은 하나도 정리된 게 없었다. 분명히 그 여자가 말했다. 카이토는 아버지일 수가 없다고 말이다. 그렇다면 씻을 수 없는 죄를 저질렀다며 눈시울을 적신 엄마의 모습은 뭐란 말인가? 콧잔등을 손가락질하며 더러운 살인자의 딸이라고 호통쳤던 할머니는 정녕 미친 사람이었단 말인가? 얽히고설킨 상념 속에서 소중한 것을 잃어버린 사람처럼 후유코는 비틀거렸다.

　거리의 낡은 우체통이 바람의 힘을 빌려 삐걱 소리를 냈다. 지쳤다. 못난이처럼 휘청거리는데 마침 흔들리는 시야 속으로 헌칠한 느티나무 한 그루가 들어왔다. 회갈색의 나무껍질이 비늘처럼 갈라진 나무였지만, 넉넉한 목재의 둘레는 탈진한 몸을 잠시 지탱해 주기에 별 무리가 없어 보였다. 보폭이 좁은 후유코가 봉긋한 돌부리를 지그재그 피하며 나무로 걸어갔다.

　고작 몇 발짝인가 남았을 무렵이었다. 후유코는 마치 고압선에 발이 걸린 인부처럼 꼼짝도 할 수 없었다. 느티나무 아래, 정확히 표현하자면 흙을 뚫고 불거져 나온 거대한 뿌리 부분이었다. 그곳에 뭔가 숨어 있었다. 몸길이 1미터 정도의 납작하고 시커먼 물질이었는데 지네처럼 땅바닥에 배를 밀착시킨 채 촉수 같은 걸 좌우로 흐느적거리는 게 쳐다보기만 해도 소름이 오스스 돋는 기괴한 생김새를 하고 있었다. 후유코의 낯빛이 새하얗게 변했다. 대체 저건 뭐란 말인가? 이내 후유코는 지면에 털퍼덕 주저앉아 버렸고, 본능적으로 그것에서 멀어지기 위해 손바닥으로 흙덩이를 밀며 뒷걸음질을 치기 시작했다.

막무가내 행위로 우선 나무에서 수 미터 물러설 수는 있었다고 해도 그 대가가 만만치 않았다. 손바닥이 육회같이 피투성이가 되어 버렸다. 그래도 다행인 건 놈이 비록 나무 밑에 누워 바람을 장단 삼아 흐늘거리기는 해도 직접 위협을 가하거나 쫓아오지는 않는다는 것이었다. 후유코가 여전히 발로 흙을 밀치면서도 조심스레 놈을 뜯어봤다. 그러고 보니 묘했다. 놈의 몸놀림에서 어색한 포인트가 한둘이 아니었다. 마치 셀 애니메이션을 보는 것 같다고나 할까? 혹시나 하는 마음에 고개를 돌려봤다. 처음 선명한 햇볕에 눈부셨지만, 다음 순간 모든 게 명백해졌다. 그건 그림자였다. 사찰, 정확히는 처마 끝에 매달린 물고기 풍경, 다시 말해 그것이 바람의 강세를 변통해 주변 나무줄기와 교묘히 엉클며 특정 곤충을 흉내 내고 있었던 것이다.

사찰 안은 정갈했고 은은한 향냄새도 퍼져 있었지만, 정작 사람의 흔적이 없었다. 긴장할 필요 없이 찬찬히 내부를 둘러볼 수 있으니 도리어 잘된 셈이었다. 신발을 가지런히 벗어 놓고 외진 안으로 들어가 보았다. 법당은 넓지도 좁지도 않았다. 바니시 칠을 정성껏 먹인 원목 바닥 위로 철제 스툴이 너더댓 줄 늘어져 있었고 천장에는 거대한 용이 하늘로 비승하는 모습이 그려져 있었다. 내진 한가운데에는 높이 1.5미터 정도의 금박 처리된 목조 좌불상이 자리 잡고 있었는데 그 옆에 서서 인자한 미소를 머금고 있는 미즈코 지장상에게 후유코는 그만 마음을 빼앗겨 버린 모양이었다. 왼손에 아기를 안고 있는 지장보살의 우아한 자태에서 히카의 흔적을 찾은 것일지도 몰랐다. 후유코는 홀린 듯한 표정으로 내진 경계선을 넘어 지장상에게 다가갔고 노송나무로 만들어진 옷자락을 붙잡았다.

"엄마가 신은 견딜 수 있는 고통만 주신다고 했어요. 하지만 제가 만약 견딜 수 없으면 어떻게 되나요? 저는 벌을 받나요? 부처님, 저는 너무 아파요."

"시끄러워, 비가 올 거야."

갑작스러운 목소리에 후유코가 깜짝 놀라 뒤를 돌아봤다. 언제 왔는지 구석진 곳에 어떤 아이가 앉아 있었다. 특이하게도 아이는 구름 한 점 없는 날씨에 비옷을 걸치고 있었는데 워낙 고개를 숙이고 있어 옷자락 말고는 보이는 게 아무것도 없었다.

"미안해, 못 들었어. 방금 뭐라고 했어?"

후유코가 근처로 다가가려 하자 아이가 말렸다.

"그러니까 나에게 오지 말라고. 그냥 거기서 이야기해."

상냥함과 서먹함을 아우른 야릇한 말투였다.

"알았어, 여기 있을게."

"비가 올 거라고 했어."

"비? 하지만… 맑은데?"

"바보."

"응?"

"넌 무슨 슬픈 일이라도 있는 거야? 세상이 끝난 것처럼 얼굴을 찌푸리고 있잖아. 보기 싫게 말이야."

후유코가 미즈코 지장상을 다시 한 번 올려다보았다.

"응, 슬프고 괴로운 일이 많이 있어."

"넌 아직 어린애잖아? 뭐가 그렇게 슬플 수 있어?"

"너무 많아서, 뭐부터 말해야 될지 모르겠어."

"나츠코가 뭐 어떻게 됐는데? 그것부터 말해 봐."

후유코가 한 걸음 뒤로 물러났다.

"난 나츠코의 이름을 말한 적 없는데? 그걸 너가 어떻게 알아?"

비옷 입은 아이가 어깨를 으쓱했다.

"네가 말했어."

"아닌데, 난⋯."

"말했어. 내 질문에 대답 안 할 거야?"

"내 동생이야, 하나뿐인 내 동생. 그런데 지금은 내 곁에 없어."

"죽었어?"

아이가 아무렇지도 않게 금기어를 내뱉자 후유코는 화가 났다.

449

"절대 그렇지 않아! 죽지 않았어! 절대로!"

"⋯."

"없어졌어, 갑자기⋯."

또다시 후유코의 눈앞에 나츠코의 그네가 아른거리기 시작했다.

"너무 슬퍼서 죽어 버릴 것 같아. 너무 슬퍼."

"다시 돌아올 수도 있는 거지."

"그렇게 믿고 있지만⋯, 만약에⋯."

잠시 침묵이 흘렀다. 아이가 고개를 더욱 숙였다. 그나마 노출되었던 머리칼도 이제 비옷에 묻혀 티끌만큼도 보이지 않았다.

"그러니까 넌 신이 나츠코를 데려갔다고 생각하는 거지?"

"난 아무것도 알 수 없어. 난 그냥 나츠코를 찾기 위해 최선을 다

하고 있는 것뿐이야. 언젠가는 반드시 찾을 수 있다고 믿어."

"무책임하구나, 그런 말. 신도 믿지 않으면서 기적을 바라다니…. 만약 신이 나츠코를 데려갔다면 말이야 그래도 넌 계속 신을 믿을 거야?"

후유코는 그 질문에 얼른 대답할 수 없었다.

"그건…."

"아까 신을 믿는다고 하지 않았어? 근데 왜 대답을 망설이는 거야?"

"그랬어."

"여러 가지 고민이 있다고 했지? 또 뭐지?"

"그게…."

"말하기 싫은 거야? 하지만 고민을 말하고 나면 마음이 한결 시원할 수도 있는 거잖아. 잘 모르는 사람에게 말하면 창피하거나 그럴 것도 없고."

실로 맞는 말이었다. 잠시 망설이던 후유코가 입을 우물거리더니 급기야 울음을 터트렸다.

"난 내가 누군지도 몰라. 아빠가 누군지도 모른다구. 난 무서운 살인자의 딸이라고 생각했어. 어른들이 모두 나에게 그랬거든. 하지만 인제 와서 또 아니라고 해. 다들 나보고 참고 견디라고 해. 하지만 내가 누군지도 모르는데 뭘 어떻게 견디고 해? 내가 좋아하는 사람들은 어떻게 되는 줄 아니? 모두 죽거나 없어져. 그러니까 너도 날 멀리하는 게 좋아. 난 이상한 아이야."

충격적인 고백일 수도 있었다. 하지만 아이의 목소리는 흔들리지 않았다.

"죽거나 없어진다…. 넌 나도 그렇게 될까 봐 걱정이구나? 풋! 난 그럴 일은 없을 것 같은데? 난 이미…."

"응?"

후유코가 눈물을 훔치며 슬쩍 아이를 엿봤다. 하지만 고개를 숙이고 있는 아이의 표정 따위가 보일 리 없었다.

"혹시 카이토라고 알고 있어? 아주 유명한 살인마라는데… 내가 그 사람의 딸이래. 어제 아줌마는 아니라고 했지만, 할머니와 엄마는 맞다고 그랬어. 분명히 그랬어."

후유코가 입술을 깨물었다. 십중팔구 아이가 가 버릴 거라 생각했다. 하지만 아이는 미동조차 없었다.

"하세가와 카이토…."

"알고 있는 거지? 너도 내가 싫다면 지금 일어나서 가도 돼. 널 원망하지는 않아. 다들 그러니까."

"난 누군지 모르겠어."

"아닌데? 그건 이상하잖아. 넌 카이토 씨의 성도 알고 있잖아. 하세가와라고…."

"방금 모른다고 했어. 성은 네가 아까 말했어."

"난 말한 적 없어. 너 왜 자꾸 거짓말을 하는 거니? 그건 나빠."

비옷 입은 아이로부터 아무런 대답이 없었다. 이내 후유코는 처음 만난 사람에게 훈계를 한 자신이 후회스러웠다.

"미안해."

"엄마는 어디 계시니?"

"돌아가셨어."

"왜?"

"사고였어. 모든 것이 다 갑자기 일어났어. 내가 아까 말했잖아. 내가 사랑하는 사람들은…."

"그래 알았어. 그런 말은 이제 그만해. 그럼 결국 아버지를 찾기 위해 여기 온 거네?"

"대단하구나, 너! 그걸 어떻게 알았어?"

"역시 넌 이 모든 것을 신이 꾸민 일이라고 생각하는 모양이네."

"그런 건 난 몰라."

"신에게 바라는 건?"

"난 그냥 내가 누군지 알고 싶어. 내 동생을 돌려받고 싶고. 그거면 돼."

"돌려받고 싶다⋯. 그 말은 동생을 데려간 건 신이라고 생각한다는 거지?"

"내가 무슨 대답을 했으면 좋겠니?"

후유코가 자리에 앉고는 다시 한 번 아이를 천천히 살펴봤다. 아이는 이제 스툴에 올라앉아 무릎 사이로 얼굴을 파묻고 있었다. 그 모습을 보고 있자니 기분이 묘했다. 그건 고민이 있을 때마다 후유코가 주로 하는 행동이었다.

"만약 신이 나츠코를 데려간 것이 사실이고 너에게 돌려줄 생각도 없다면 넌 어떡할 거야?"

"뭐라구?"

"신에게 도전할 거야?"

"자꾸 그런 것만 물어보면 어떡하니?"

"역시 넌 두려운 거야."

"그게 무슨 소리니?"

"사람들, 하늘을 가리며 신을 보고 귀를 막으며 그 소리를 듣는⋯. 강제로 꿈을 만들고 그 속에서 피어난 꽃을 꺾어 자기 가슴속에 심고는 물을 줄 수 없다며 자살을 하는⋯ 멍청한 것들⋯."

비옷의 아이가 이마를 무릎에 비비며 알 수 없는 말을 계속 쏟아
냈다.

"감정, 느낌…, 이것이 우리가 사는 전부라면 너무 허탈할까? 우리
는 각자의 희망대로 여러 가지 감정을 느끼다 죽는 것뿐이야. 원하
는 것이 큰 사람은 커다란 행복과 함께 거대한 불행을 느낀 후 죽을
거고, 소박한 사람들은 별 고통 없이 사는 대신 기억할 만한 행복도
없지. 모든 건 순간이고 그 순간 때문에 우리는 사는 거야."

후유코가 얼결에 고개를 끄덕였다. 바보 같은 짓이었다. 아이는
후유코를 보고 있지 않았다.

"근데 말이야…, 한 가지 확실한 건 균형이 없이 어느 한 가지 감
정만을 치우치게 경험했다면 절대로 당장 죽을 수는 없다는 거야.
세상 이치가… 아니, 우주의 이치가 그걸 허락하지 않지. 나머지
를… 양쪽 감정을 다 느껴야 세상을 떠나거나 찾아올 수 있어."

"미안해, 무슨 말인지 나 잘 몰라."

"넌 어린 나이에 너무 많은 고통을 겪었어. 이 세상에서 말이야.
네가 죽기 위해서는 반드시 그 반대의 느낌을 똑같이 겪어야 해. 그
리고 그 반대의 감정이란 행복이고."

"그럼 너의 말은…."

비옷 입은 아이가 고개를 끄덕였다.

"어려도 더하거나 빼는 건 알고 있지? 쉽게 말해 숫자로 0이야. 지
금까지 겪은 행복과 불행의 감정들의 합이 정확히 0의 상태가 돼야
넌 세상에 태어나거나 떠날 수 있는 거야. 네가 잉태된 날로부터 지
금까지 짧든 길든 살면서 느낀 슬픔과 기쁨의 합을 말하는 거야. 거
기에는 소름 돋을 정도로 정확한 계산만이 있을 뿐 여분의 눈물이
나 웃음 따윈 없어. 꼭 네가 마음먹은 대로 되는 거 같지? 이 세상

불공평한 것 같지? 삶은 그렇게는 안 되는 거야. 너 아까 요코하마로 돌아간다고 하지 않았어? 서둘러야 하지 않을까?"

후유코가 자리에서 벌떡 일어났다.

"넌 도대체 누구니?"

"무슨 뜻이지?"

"난 요코하마라는 이야기를 한 적이 없어. 절대 없어. 그 정도는 나도 기억해. 그런데 어떻게 그렇게 다 알고 있어? 말해 줘. 누구니?"

"아까 요코하마로 간다고 했잖아?"

"아니라니까. 또 거짓말을…."

아이가 손짓으로 다시 앉으라는 모션을 취했다.

"그냥 앉아, 후유코. 이제 시간이 다 되었어."

하지만 후유코는 앉지 않았다. 오히려 한참을 그렇게 서 있었다. 그러자 비옷의 아이 역시 미동도 하지 않았다. 아이는 소리의 변화에 귀를 기울이고 있는 듯했다. 후유코가 자신에게 다가오는지를 살피는 행동 같았다. 아이가 긴장하고 있다는 건 후유코도 알 수 있었다. 그건 바라던 바가 아니었다. 마침내 후유코가 다시 자리에 앉았고, 그제야 아이도 긴장을 풀며 땅이 흔들릴 정도의 긴 한숨을 내쉬었다.

"휴, 비도 오고… 추울 텐데 괜찮겠어? 감기도 조심해. 난…."

아이가 잠시 머뭇거렸다. 처음이었다. 아이의 목소리가 가늘게 떨린 것은.

"난 이 안에서 행복을 찾아야 하는데… 역시 쉽지 않네. 온통 구름투성이라니까…."

후유코는 갑자기 백발 노인처럼 알쏭달쏭한 말만 하는 아이의 이름이 궁금해졌다.

"넌 이름이 뭐니?"

하지만 이번에도 대답은 돌아오지 않았다.

돌연히 법당 밖에서 웅성거리는 소리가 들려왔다. 아이가 벼락 맞은 듯 자리를 박차고 일어났다.

"이제 난 가."

"간다구? 왜 벌써 가는데? 혹시 내가 이름을 물어봐서 가는 거니? 미안해, 안 물어볼 게. 제발 가지 마."

하지만 아이는 갑자기 귀머거리라도 된 듯했다. 존재하는 모든 것을 무시한 채 성큼성큼 법당을 걸어 나갔다.

"잠깐 기다려 줄래?"

아이를 붙잡기 위해 자리에서 몸을 반쯤 일으켰을 때였다. 문득 낯익은 치맛자락이 눈에 들어왔다. 법당을 나가는 아이의 비옷 밑단에서 흘러나온 것이었다. 후유코는 그만 소스라치게 놀라며 자리에 주저앉고 말았다.

"나치…."

전율을 가다듬었을 때는 이미 아이는 시야에서 사라진 뒤였다. 후유코는 비옷의 아이를 남자라고 단정 지은 자신이 원망스럽기 그지없었다. 하지만 급선무는 따로 있었다. 아이를 그냥 가게 내버려두어선 안 되었다. 무릎과 팔꿈치로 의자를 밀며 필사적으로 뒤를 쫓았다.

법당 밖으로 나오자 단번에 습하고 차가운 공기가 온몸을 엄습했다. 놀랍게도 밖에는 비가 내리고 있었다.

"애, 괜찮니? 내가 보이니?"

눈썹이 거의 없는 한 비구니 승려가 놀란 얼굴로 후유코를 내려다보고 있었다. 그녀 옆에는 구레나룻을 기른 건장한 체격의 남자가 우산을 들고 서 있었는데 행여 빗방울이 여승에게 떨어질까 잔뜩 긴장한 모습이었다. 후유코는 어리둥절했다.

"뭐가요? 방금 나간 아이 어디로 갔어요?"

"여기 얼마나 누워 있던 거니?"

"네?"

"아직 뭘 모르는 거 같네요, 스님."

구레나룻 남자가 입속말로 중얼거렸다. 여승이 후유코의 젖은 이마를 손등으로 닦아 주며 말했다.

"너 아직도 정신없구나? 자, 어서 안으로 들어가자. 어?"

"왜 그러세요, 스님?"

여승이 한쪽으로 쏠려 있는 출입 통제용 나무 칸막이를 가리키며 말했다.

"이게 왜 옆으로 치워져 있지? 하마사키 거사님이 치우셨어요?"

"네? 그럴 리가요. 아닙니다."

"으응? 이상하다? 아무튼, 어서 들어가자. 미안해."

여승이 후유코의 팔짱을 끼고는 안으로 부축했다.

"난로 좀 피워 주세요, 거사님."

남자가 고개를 끄덕이곤 성큼성큼 구석으로 걸어갔다. 여승이 사시나무처럼 떠는 후유코를 보더니 푸른 현판들이 걸려 있는 벽 쪽으로 걸어가 아래 서랍장에서 담요를 한 장 꺼내 왔다. 그리고 그걸로 젖은 몸을 정성껏 감싸 주었다.

"고맙습니다."

"그래."

"그런데요. 혹시 방금 나간 아이 못 보셨어요? 저 그 아이 꼭 찾아야 돼요. 사라진 제 동생 같아요."

여승이 일어나려는 후유코의 팔목을 재빠르게 붙잡았다.

"가만히 좀 있겠니? 몸이 너무 차갑잖아. 일단 좀 녹이자, 응? 넌 정신을 잃고 쓰러져 있었어. 아마 오랫동안 쓰러져 있었던 것 같아."

"제가요?"

"그래."

"아닌데요? 비옷 입은 아이와 이야기하고 있었는데요? 저 좀 보내주세요. 아까 그 아이… 빨리 좀…."

여승이 구레나룻 남자를 돌아보고 난처한 표정을 지었다.

"어떻게 하죠?"

"음, 아무래도 일단 병원에 데려가는 게…."

"그렇겠죠?"

"아무래도 그게 좋지 않겠습니까?"

"얘, 넌 이름이 뭐니?"

"후유코예요."

"후유코? 예쁜 이름이구나. 어머니는 어디 계시니? 집은 어디지?"

"잠깐만요, 이건요…."

"역시 병원에 가야겠어, 얼굴색이 너무 안 좋은 것 같아. 거사님?"

"전 병원에서 온 걸요?"

아무도 살지 않는다

"정말로 감사했습니다, 아저씨. 남은 것이 이것뿐이라서…, 죄송해요."

후유코가 주머니에 있던 지폐를 전부 꺼내 내밀었다. 구레나룻 남자가 돈을 물끄러미 바라보더니 정색을 했다.

"이게 뭐야? 왜 나에게 돈을 주는 거지?"

후유코는 얼른 차창 틈에 돈을 던져 넣고 잰걸음으로 비탈길을 내려갔다.

"어럽쇼? 꼬마야 이거 도로 가져가! 스님이 특히 부탁하신 일을 한 것 가지고 돈을 받으면 내 얼굴이 뭐가 되니?"

외할머니는 남자 친구의 무릎에 뺨을 기댄 채 TV를 보고 있었다. 그래도 명색이 손녀인 아이가 연락 한 통 없이 외박하고 집에 돌아왔건만 곁눈질 한 번 힐끔 할 뿐 눈빛에는 긴장감도 없었다.

"…이제 오는 거니? 내가 그동안 얼마나 걱정했는지 알고나 있니?"

입에서 나온 말은 그랬다. 그러나 할머니의 시선은 TV에 고정된 채 움직이지도 않았다.

"타로 아저씨에게 말하고 갔었는데요? 듣지 못하셨나요?"

"물론 이야기는 들었다. 그래도 걱정이 되지. 그래 어디에 다녀온 거니?"

"다나카 선생님 댁에요. 거기서 잤어요. 친구들하고 함께요."

"응? 응. 아, 그리고… 지금 밥이 없어. 내가 감기 기운이 있어 도통 몸을 움직이기가 어려웠거든. 우리도 피자 시켜 먹었다. 식탁에 가 보려무나. 두어 조각 남아 있을 테니. 아이~, 이이가 왜 자꾸 미는 거야?"

할머니가 배시시 웃으며 남자의 목을 팔로 감싸더니 소파 속으로 숨어 버렸다. 곧이어 들려오는 노파의 비음 소리. 그러나 애초에 후유코도 할머니를 만나러 온 게 아니었기에 이번에는 비교적 담담한 마음으로 못 본 척 고개 돌리며 이 층으로 발걸음을 향할 수 있었다.

방에서 옷을 갈아입고 동전 몇 푼 챙겨 계단을 내려오는데 할머니가 소파 위로 머리를 삐죽 내밀며 물었다.

459

"또 어디 가니?"

"리더스 집에 가려고요."

"대충 몇 시쯤 올 건데?"

"잘 모르겠어요. 늦지 않도록 할게요."

"늦는 건 상관없어. 오기 전에 전화 한 통만 해. 지금 들어온다고 말이야. 그래, 신호음만 울리고 끊으면 되겠구나."

"네? 전화를요?"

"그게 어려우면 노크라도 크게 몇 번 하던지. 그렇게 문을 확확 열지 말고, 알았어?"

"네…."

"몇 시쯤 올 건데?"

마지막 노래

타로가 갓 만든 주먹밥을 후유코에게 내밀었다.

"그래, 친척 만나러 간 일은? 잘됐니? 만났어?"

"아니요, 만날 수 없었어요."

"저런! 그럼 어젯밤 잠은 어디서 잔 거니?"

"파출소에서요."

후유코가 거침없이 흘러나오는 거짓말에 스스로 놀라 입을 가렸다. 굳이 거짓이 필요한 상황은 아니었으나, 왠지 여자의 주장까지 구구절절 토해 내기는 싫었던 것이다.

"그랬구나, 언제든지 도움 필요하면 이 오빠에게 살짝 속삭이는 거, 알고 있지?"

"고마워요, 타로 아저씨."

"고맙긴 뭘, 당연한 거지."

"고맙습니다."

"에이, 그런 말은 하지 말라니까? 사모님이 그동안 날 얼마나 극진하게 대해 주셨는데 그런 말을 하니? 그럼 떼끼 하는 거야. 우린 가족이나 매한가지 아니었니?"

"맞아요."

"믿기 어렵겠지만 말이야. 난 몇 년 전만 해도 동전 한 닢 못 버는 백수에 얼굴만 잘생긴 놈이었어. 근데 너의 어머니께서 그런 무능한 나를 진정한 사람으로 탈바꿈시켜 놓으신 거야. 사모님에게 첫 월급을 받아 난생처음 아버지께 효도 선물도 사 드리고…. 난 그제야 '나도 세상에서 필요한 한 인간이구나.' 하고 느꼈었단다. 그날의 감동을 생각하면 아직도 눈시울이 뜨거워져. 글쎄 진짜로 아버지가 내 선물을 손에 쥐고 펑펑 우셨다니까?"

"어떤 선물이었는데요?"

"유방 확대 수술 상품권이었어. 어이구, 천천히 먹어? 그러다 체하겠다."

"맛있어요, 아저씨."

"그래, 그래 보이는구나. 근데 오늘이 우리 초밥집 마지막 날인 건 알고 있지?"

"마지막이요? 그럼…?"

타로는 철봉을 하듯 양팔을 들어 올리고 의자 속에 몸을 던졌다.

"한숨만 나온다! 휴~, 아닌 게 아니라 나도 어떡해서든지 계속 운영을 해 보려고 했어. 적어도 사장님이 돌아오실 때까지는 버텨 보려고 했단 말이야. 그런데 그게 내 힘으로는 역부족이더라고. 손님이 너무 없어. 내 월급은커녕 재료비도 감당할 수 없는데 더 뭘 어떡하겠니? 내일 여기 짐을 정리하다 보면 오후쯤 가서 구청 사람들이 올 거야."

"네…."

"많이 서운하고 서글프고… 뭐, 그렇구나. 이따가 미와코 아줌마랑 한잔하기로 했어. 계곡주라고 할 수 있지."

슬프고 섭섭한 건 후유코도 마찬가지였다. 좀처럼 떨어진 고개를 치들 수가 없었다.

"자니?"

"아저씨는 이제 어떡하실 건가요?"

후유코가 바닥을 바라보며 묻자 타로도 땅을 쳐다보며 다시 깊은 한숨을 내쉬었다. 이번 건 거의 비명이라고 표현해도 과언이 아닌 수준이었다.

"아이고! 후유~, 그게 말이야. 배운 게 이 기술뿐이라서 말이야….

걱정이다, 정말. 이제 여기 키타이에서 더 이상 초밥집 따위는 잘될 턱이 없고…."

후유코는 타로의 눈가로 어렴풋한 슬픔의 그림자가 비껴가는 걸 보았다. 항상 입꼬리가 올라간 그의 얼굴에서는 좀처럼 보기 힘든 광경이 아닐 수 없었다. 침묵이 이어졌고 구석진 냉장고에서는 모터 가 돌아가기 시작했다.

"아, 그래. 리더스는 만나고 오는 길이니?"

"아직이요, 이것만 먹고 리더스에게 가려구요."

"어제 말이야, 아마 밤 9시가 넘었을 거야. 리더스의 할아버지가 급하게 가게로 와서는 네가 어디 있는지 묻더구나."

"할아버지가요? 저를요?"

"응, 뭔가 아주 다급한 일이 있어 보였어. 가만…, 어? 혹시 널 보 게 되면 곧바로 자기한테 와 달라는 말을 전해 주라고 했었는데? 아뿔싸! 내 정신 좀 봐!"

할아버지가 긴급해 보였다면 그건 사건이었다. 뭘까? 리더스 문제 일 수도…. 혹시? 들고 있던 주먹밥이 툭 터져 버렸다. 피가 역류하 고 있다는 증거였다.

'리더스…, 설마….'

안 되었다. 더 이상은 안 되었다. 리더스마저 일이 생겨 버리면 결

단코 안 되었다. 요란한 소리를 내며 의자가 쓰러지더니 주먹밥이
탁자로 튀어 올랐다. 타로의 시야에서 후유코가 사라지고 있었다.

사이다와 물풍선

쌉쌀한 게 녹 냄새 같아 불현듯 동굴 속일지도 모른다는 생각이 들었다. 살포시 눈을 떴다. 컴컴하고 비좁은 공간에서 허연 수증기가 산더미처럼 밀려오고 있었다.

"여기서 나가! 어서!"

아득한 몽매 속에서 정신도 제대로 못 차렸는데 어디선가 고함 소리가 날아왔다. 잔뜩 겁먹은 후유코가 얼결에 뒷걸음질 쳤다. '퉁'하며 뒤통수에 뭔가 걸리더니 머리카락이 얼굴로 휩쓸려 내려왔다. 황당하게도 후유코의 머리는 녹을 잔뜩 먹은 우체통에 들어가 있었다. 생각났다. 리더스의 집으로 뜀박질하던 중이었다. 미치광이 속도였던 것도 기억났다. 그런데 왜 붉은 우체통이었을까? 왜 하필 그 속에 머리를 집어넣고 있었을까? 휴식을 위해? 신선한 공기가 목 언저리에 눌러앉은 땀방울을 기화시키기 시작했다. 모르겠다. 아무튼, 또 정신을 잃은 게 분명했다.

"마을을 당장 떠나라고!"

저 멀리서 누군가 팔을 휘저으며 달려오고 있었다. 귀 주변만 듬성한 머리칼에 좁은 어깨가 무척이나 낯익은 모습이었다.

"유타 아저씨?"

"그래, 후유코. 헉… 헉헉…."

유타가 복통이 있는 사람처럼 몸을 웅크리며 숨을 몰아쉬었다.

"아저씨, 괜찮으세요?"

"어서 피하거라, 어서."

"예?"

"여기 있으면 안 돼, 빨리 도망가야 돼."

"왜 그러세요 아저씨?"

"설명할 시간이 없다. 목숨이라도 건지려거든 어서…."

"아저씨…."

"답답하구나!"

유타가 버럭 화를 내며 후유코의 어깨를 잡았다.

"여기를 떠나야 한다지 않아? 도대체 왜 말을 듣지 않는 거야? 떠나라고! 어차피 넌 여기 아무도 없잖아?"

"제가 어디로 가요 아저씨. 그리고 나 있어요. 리더스도 있고, 할머니도 있고…, 또…."

465

"할머니라…, 웃기는군."

"아저씨…."

"그래, 알았다. 네 마음대로 해라. 너도 나츠코처럼 되고 싶은 모양인데…, 이제 난 모른다."

"나츠코요?"

"헉… 헉, 빌어먹을! 세상이 미쳤어, 미쳐 돌아가고 있다고!"

"어? 잠깐만요, 아저씨. 나츠코…, 나츠코 보셨어요?"

유타가 흠칫 놀라며 후유코의 입을 틀어막았다.

"쉿! 조용히! 눈과 귀가 사방팔방에 널려 있다고!"

"움! 잠깐만요! 이거 놔 주세요. 나츠코를 보셨어요? 어디서 보셨어요? 지금 어디에 있는데요? 어서 말해 주세요, 네?"

나츠코라는 이름이 후유코의 두 눈을 호비고 지나간 게 틀림없었다. 고장 난 카메라 조리개처럼 동공이 확장되는 것이 눈에 보일 정도였다. 유타가 아차 싶었는지 입술을 깨물었지만, 이미 엎질러진 물이었다. 그는 일단 아이를 우체통 옆에 있는 골목으로 데리고 들어갔다.

그들의 몸이 막 골목 안으로 흡수된 뒤였다. 지상고를 일부러 낮춘 검정 세단 한 대가 조금 전 후유코가 기절했던 우체통을 향해 어슬렁 다가오는가 싶더니 갑자기 날카로운 스키드 마크를 바닥에 새기며 주변을 빙빙 돌기 시작했다. 올가미에 걸려 날뛰는 황소일지라도 그 정도로 미칠 수는 없었다. 평화롭던 골목이 삽시간에 미치광이 테러로 아수라장이 되어 버렸지만, 팔뚝만 한 머플러를 네 개나 가진 납작한 세단의 기행은 멈추지 않았다. 문제는 유타의 귀에 그 우렁찬 엔진 소리가 꼭 자신을 노리는 맹수의 포효로 들린다는 것이었다. 그는 원래부터 간이 콩알만 한 사람이었다. 그 섬뜩함에 맞설 기력 자체가 없었다는 말이다. 몸을 바들바들 떨더니 결국 소변 마려운 아이처럼 귀를 막고 주저앉아 버렸다.

시동이 꺼진 것은 그즈음의 일이었다. 유타가 부리부리한 소눈깔을 좌우로 굴리며 서서히 귀에 올렸던 손을 내려놓았다. 천지가 깊은 잠에 빠진 듯 조용했다. 안색에 한 점씩 화색이 돌기 시작한 그가 용기를 내어 무릎으로 기어가 살짝 밖을 엿봤다. 마침 자동차에서 내린 건장한 사내들이 다리를 흔들며 허벅지 근육을 풀고 있었다. 그들은 한결같이 삼각근이 발달해 있었는데 어찌나 덩치들이 우람한지 말이 좋아 허벅지지 사실 그거 하나가 유타의 허리둘레와 맞먹는 치수였다. 유타의 낯빛이 설익은 두부처럼 하얘졌다. 설상가상이 따로 없었다. 차라리 자동차로 지랄할 때가 좋았다. 탈출구가 있었던가? 그런 거 없었다. 이제부터는 천운이었다.

사내들이 구두까지 내려오는 긴 외투 자락을 휘날리며 이동을 시작했다. 손에 무전기를 거머쥐고 구역을 나눠 절도 있게 움직이는 모습에서 이런 종류의 일에 이골이 난 놈들이란 걸 쉬이 짐작할 수 있었다. 그들은 고개를 돌리고 뛰고 또 걸었다. 조금이라도 의심이 생기면 달려가 손으로 눌러보았고, 사람이라도 지나갈라치면 뒤따라 얼굴도 확인했다. 치밀한 수색 작업은 그렇게 십여 분이나 계속됐다. 그러나 제아무리 훌륭한 작업이라도 결과물이 없으면 맥 빠지기 마련, 시간이 흐를수록 결연했던 얼굴은 슬슬 험악해졌고 행동도 무뎌졌다. 결국, 우두머리로 보이는 남자가 차에서 내리더니 손을 흔들어 졸개들을 불러 모았다. 사내들은 거칠게 서로의 어깨를 밀치며 차에 올랐고 시커먼 매연을 뿜으며 곧 시야에서 사라져 버렸다.

"살았구나… 살았어. 후유….'

꼭 유타의 한숨 소리가 아니었어도 뭔가 섬뜩한 상황이 종료된 것쯤은 후유코도 알 수 있었다. 하지만 후유코에겐 제아무리 촌각을 다투는 긴급한 일일지라도 모두 나츠코 이름 밑에 깔린 부스러기일 뿐이었다.

"아저씨, 제 동생 나츠코요. 어서 말을 해 주세요. 제발… 부탁드려요.'

"방금 봤지? 그 우람한 놈들 말이야. 결국, 날 찾아온 거야. 손에 든 건 흉기일 테고…. 넌 키타이에서 어떤 일이 벌어지고 있는지 상상도 못 하고 있어.'

동문서답이었다. 후유코는 답답해 미쳐버릴 것만 같았다.

"나츠코요, 아저씨. 나츠코 말이에요…. 제발 말해 주세요….'

"잘 있거라, 난 지금 당장 떠난다. 넌 말이다, 경찰서는 가지 마라.'

"왜 나츠코에 대해 말을 안 하세요? 그냥 가시면 저는 어떡해요.

제발 부탁이에요…."

하지만 유타의 몸은 이미 길 건너를 향해 돌아가 있는 상태였다.

그가 막 찻길 중앙선을 걸쳐 지났을 때였다. 발걸음이 슬슬 느려지는가 싶더니 돌연 머리를 감싸 쥔 채 어쩔 줄을 몰라 했다. 차가운 공기를 가로지른 후유코의 애원이 그의 발목을 잡은 것임에 틀림없었다. 후유코가 다시 한 번 간청했다.

"제발요…, 아저씨. 딱 한 마디만 말해 주세요…. 제 소원이에요, 네?"

"…."

"나츠코를 보셨어요?"

유타가 천천히 고개를 끄덕였다.

"역시! 역시! 그렇죠? 살아 있죠? 거 봐요!"

"…."

"고마워요, 아저씨! 고마워요! 나 만날 거예요! 지금 어디 있어요?"

"그렇게나 알고 싶니?"

"꼭 알고 싶어요, 알고 말 거예요. 어디 있어요?"

"어떤 벌을 받더라도 두렵지 않다는 거지?"

"나 안 두려워요. 나 죽을 수도 있어요, 나치만 만날 수 있으면요."

"주변을 둘러보렴."

"네?"

"어서."

후유코가 시키는 대로 했다.

"네가 지금 볼 수 없는 게 뭐지?"

"볼 수 없는 거요?"

후유코가 다시 한 번 주위를 찬찬히 둘러봤다.

"하늘… 나무… 집… 아저씨… 볼 수 없는 건 없어요. 다 보여요."

"아니야, 하나 있어."

"모르겠어요. 혹시… 영혼이요?"

"풋! 영혼 같은 소리!"

"아저씨…."

"잘 생각해 보거라…."

옷깃을 여미는 그의 손놀림이 빨라지기 시작했다. 알쏭달쏭한 말은 제쳐 두고서라도 일단 그가 떠나 버리면 나츠코와 연결된 모든 선은 단선이었다. 후유코가 재빨리 그의 옷자락을 잡았다. 이번에는 통하지 않았다. 유타는 그걸 매섭게 떨쳐 버렸다.

어린 소녀의 애타는 질문에 시원스러운 태도를 보여 주지 못한 유타도 마음이 착잡하긴 매한가지였다. 그도 후유코가 얼마나 동생을 원하고 있는지 잘 알고 있었다. 하지만 때때로 진실은 거짓보다 흉악망측할 수 있는 법이었다. 그로서는 더 이상 해 줄 수 있는 말이 없었다.

한기를 느껴 털 달린 가죽점퍼의 지퍼를 목까지 끌어올렸다. 각종 틈 속에 숨어 있던 늦겨울 추위가 세상을 향해 비행을 시작했는지 바람이 아까보다 냉랭하고 을씨년스러워졌다. 길을 서둘러야 했다.

"응?"

천둥소리가 저 멀리서 울렸다. 재빨리 하늘을 올려다봤다. 비를 뿌릴 조짐은 어디에도 없었다. 다시 대포알 터지는 소리가 연속으로 울렸고 점점 가까워졌다. 번개도 없는 우레가 될 말이던가? 유타가 걸음을 멈추고 고개를 갸웃하면서 굉음이 들리는 쪽을 바라보았다.

"오, 세상에…."

그의 턱이 아무 저항 없이 밑으로 떨어졌다. 조금 전의 그 미친 자동차가 황소개구리처럼 도로 위로 펄쩍 올라온 것이었다. 차에서는 종전보다도 훨씬 격한 기운이 일고 있었고, 이번에는 정확하게 그의 얼굴을 향해 상향등까지 쏘아 대고 있었다. 유타가 뒷걸음질 쳤다. 한 걸음 움직일 때마다 턱이 크낙새의 부리처럼 '딱딱딱' 부딪혔다. 골목 끝자락 즈음까지 밀려나자 공용으로 보이는 쓰레기통이 시야에 들어왔다. 공교롭게도 카즈오가 자살을 하려 했던 바로 그 쓰레기통이었다. 필사적으로 달려가 그곳에 몸을 던졌고 다행히 그는 몸집은 작아 완전히 묻힐 수 있었다.

낮은 바리톤 엔진음은 점점 다가왔고, 그에 따라 유타의 심장 박동도 거세졌다. 쪼그리고 앉은 채 가만히 귀를 기울이고 있자니 손에 맺힌 땀이 손금을 지나 물방울이 되어 바닥에 뚝뚝 떨어졌다. 이제 둥둥거리는 엔진 소리는 귓전을 때리고 있었다. 유타가 몸을 숨긴 골목 바로 밖에 아지트를 마련한 게 분명해 보였지만, 이상하게도 놈은 그 자리에 그런 식으로 독사처럼 똬리를 틀고 있을 뿐 더 근접해 오거나 멀어지려 하지 않았다. 초조한 순간들이 계속 이어졌고, 타는 듯한 갈증이 목을 압박해 왔다. 침을 삼키려 했지만, 마분지처럼 바싹 마른 목구멍엔 통증만이 넘어올 뿐이었다. 결국, 갈증을 참지 못한 유타가 스스로 손등을 악물었다. 단지 고통을 잊기 위한 행동이었는데 살점이 떨어지고 피가 나왔다. 어느새 그는 비릿한 핏방울을 향해 입술을 모으고 있었다.

"어?"

방금 인기척이 있었다. 유타가 움찔하며 안으로 깊숙이 몸을 구겨 넣었다. 과연 안개처럼 자욱한 배기음을 헤치고 누군가 골목 안으로 들어오고 있었다. 평범한 외모의 아이였다. 양쪽 손에 뭔가를 나눠 들고는 그가 숨은 쓰레기통 곁을 보통 걸음으로 스치며 지나갔다. 유

타는 안도의 한숨을 내쉬었다. 오늘만 해도 벌써 세 번째 한숨이었
다. 벽에 기댄 채로 아이의 뒷모습을 물끄러미 바라보는데 문득 손에
들린 물건이 시야에 들어왔다. 한쪽은 모르지만 다른 쪽은 분명 탄
산음료였다. 바로 불러 세웠다.

"얘, 꼬마야, 잠깐만."

길을 걷던 아이가 멈칫하며 뒤를 돌아봤다. 유타가 의아하게 생각
하며 물었다.

"너 손에 든 게 뭐니?"

"사이다와 풍선이요."

절로 침이 넘어갔다.

"아하! 그것 잘됐구나. 그거… 미안하지만, 아저씨에게 좀 팔지 않
을래?"

"사이다요? 아니면 풍선이요?"

아이가 별 특징 없는 말투로 되물었다.

"사이다 말이다. 돈은 여기 있다."

"돈은 필요 없어요."

"그래? 그럼 그냥 줄 수 있겠니?"

"그것은 조금 어려워요."

유타가 답답하다는 듯 물었다.

"그럼 뭘 어떻게 해야 나에게 주겠니? 말해 봐라. 뭐든지 해 줄게.
아저씨가 지금 목이 말라 쓰러질 지경이란다."

"…"

"그래, 그래. 알고 있어. 사이다 정도 가게에서 사 먹으면 될 거
아니냐는 거지? 하지만 사정이 있어서 지금 꼼짝도 못 한단다. 자,
자…, 내 이렇게 부탁하마. 응? 사이다 한 모금만 주면 다 해 줄게.

뭐든지 말이다."

아이가 멈칫멈칫하더니 들고 있던 사이다병을 쑥 내밀었다. 유타
는 정신 나간 사람처럼 병을 안고 이빨로 마개를 땄다. 갈라진 논에
단비가 적시듯 목을 통해 꿀 같은 사이다가 흘러내려 갔다.

"아… 아…, 정말로… 살 것 같다…."

삽시간에 병을 비운 유타는 흡족한 미소를 지었다.

"고맙다 얘야, 덕분에 몸이 훨씬 나아졌어. 아저씨가 아침부터 물
한 모금 못 마셨었거든."

"제가 원하는 거 다 들어주신다고 했죠?"

"그래, 그랬지."

"그럼, 이 풍선을 아저씨 얼굴에 던질 수 있게 허락해 주세요."

의외의 부탁이 아닐 수 없었다. 유타가 눈을 깜빡이며 아이의 얼
굴을 쳐다봤지만, 도통 모자로 가려져 있어 성별조차 판가름이 어
려웠다.

"풍선을? 나에게? 얼굴에? 왜?"

"…."

"아…, 뭐. 그래, 그러려무나. 하고 싶으면 해야지, 약속은 약속이
니까… 근데…."

유타가 은근한 눈빛으로 밖을 살폈다. 여전히 엔진음이 들려오고
있었지만, 풍선 터지는 소리가 그곳까지 갈 것 같지는 않았다.

"그래, 던져라. 하지만 너무 큰 소리를 내서는 안 돼."

말이 미처 끝나기도 전이었다. 풍선이 무자비한 속도로 유타의 얼
굴을 향해 날아왔다.

"이런…."

풍선은 '퍽' 소리를 내며 터졌고 안에 담겨 있던 액체를 사방으로

쏟아 냈다. 액체는 차가운 데다 생각보다 양도 많았다. 유타의 상체를 전부 적시고도 아래로, 아래로 내려가고 있었다.

"허…, 이거… 물풍선이었구나? 허허! 아저씨가 완전 속았는걸? 어? 가만… 이거…, 응?"

입술 부근에서 미끈하면서도 톡 쏘는 쓰라림이 느껴졌다. 유타가 고개를 갸웃하며 목을 타고 흐르는 액체를 손등에 묻혀 냄새를 맡아 보았다. 휘발유였다. 벌써 그의 무릎을 지나 발목까지 흘러내리고 있었다. 갑자기 골목 밖의 세단이 미친 듯 울부짖기 시작했다. 유타가 어리둥절한 눈으로 아이를 쳐다봤다.

"뭐니…, 이게…?"

아이가 천천히 야구 모자를 벗고는 뒷주머니에서 성냥을 한 개비 꺼내 들었다.

"고마워요, 아저씨. 저를 불러 주셔서. 하마터면 아저씨를 못 찾고 그냥 지나칠 뻔했어요. 쓰레기통 뒤에 계실 줄은 정말 몰랐거든요."

473

콧수염 아저씨

콧수염을 멋들어지게 기른 남자가 커피 잔으로 후유코를 가리켰다.

"음, 넌 이름이 뭐였더라?"

"전 후유코라고 합니다."

"그래, 그랬지. 기억나네."

"할아버지가 절 찾으셨다고 해서요. 지금 어디 계세요? 리더스는요? 괜찮은 거죠? 어디 아픈 건 아니죠?"

남자가 쓸쓸하게 웃으며 잔을 내려놓았다.

"어이구나, 질문이 그렇게 많아서야 이거 원…."

"죄송합니다."

"죄송까지야…, 근데 너 정말 아무것도 모르는 거냐?"

"네? …뭐를요?"

"흠, 이 양반이 결국 얘기를 하지 않았나 보군. 내 그럴 것 같더라니. 쯧쯧…."

"사실은 제가 며칠 동안 리더스를 못 만났어요. 어제는 아침부터 좀 먼 데를 다녀왔구요."

"오호, 그것도 이유일 수 있겠는데?"

"무슨 일이 있어요?"

남자가 손으로 수염 끝을 꼬면서 담담하게 입을 열었다.

"영감님은 이미 이틀 전에 일을 그만두셨단다. 사실은 진작부터 그만둘 수밖에 없었는데 영감님이 관리 사무소에 계속 사정하고 선처를 부탁해서 그나마 몇 주 정도 미뤄진 거였지. 근데 말이다. 애석하게도 화요일이던가? 관리소장이 직접 전화해서 나가라고 최후통첩을 했단다. 그것도 소리를 고래고래 지르면서 말이야. 나도 그때 옆에 있었지만, 우리 같은 사람에게는 소장의 말이 절대적이거든."

"할아버지가 왜요? 좋은 분이신데 왜 나가야 돼요?"

"아, 이런 참…. 이런 이야기를 너 같은 어린아이에게 해도 되는 건지 모르겠지만, 누군가 안 좋은 소문을 냈어. 아, 물론 나는 그 양반 인품을 잘 알고 있으니까 믿지를 않아."

"어떤 소문이요?"

"어, 그게 말하기가 좀 그래. 그냥 끔찍한 소문 정도로 이해해두렴. 하여간에 악성 루머가 자꾸 접수되니까 관리소장도 별 뾰족한 수가 없었겠지. 우리가 모두 영감님은 그럴 사람이 아니라고 진정서까지 냈는데도 한계가 있더구나. 우리처럼 힘없는 사람들이 할 수 있는 일은 많지 않거든."

475

"…"

남자가 후유코를 힐끔 곁눈질하더니 말을 이었다.

"일을 그만둔 건 뭐 그렇다손 치더라도… 엎친 데 덮친 게 뭐냐면 오늘이 바로 영감님이 10년 넘게 살아온 집을 처분하고 이사하시는 날이라는 거야. 그것도 애석하게도 아주 먼 곳으로 가셔야 한다는구나."

후유코가 자리에서 벌떡 일어났다.

"네? 이사요? 이사요?"

남자가 고개를 두어 번 끄덕이고는 창가로 돌렸다. 먼 산마루 위

구름을 바라보는 그의 눈동자에는 아쉬움이 섞여 있었다.

"그러잖아도 그 양반이 너를 많이 걱정했었어. 네 얘기만 나올 때면 언제나 눈에 눈물이 그렁그렁했으니까 말이다. 아마도 널 친손녀 이상으로 생각하고 계셨던 것 같아. 특히 여길 떠나야만 한다는 사실을 알고부터는 매일매일 얼마나 괴로워하시던지…. 홀로 뒷짐 지고 먼 산 바라보는 모습을 내가 몇 번이나 보았는지 모른다."

아팠다. 거대한 손이 심장을 움켜쥐는 것 같았다. 그네가 나츠코 없이 홀로 반동하는 모습을 봤을 때도 이랬다. 새로 온 관리인이 날고기처럼 붉어진 후유코의 얼굴을 보곤 깜짝 놀라 얼른 물 한 잔을 내밀었다.

"아니? 너 얼굴색이 왜 그러니? 괜찮으냐? 자, 자, 마시거라."

후유코가 고개 저으며 물컵을 밀쳤다.

"그래서 지금 어디 계신 거예요? 어디로 이사하셨죠? 지금 제가 가 볼게요."

"영감님이 가는 곳을 따라간다고? 어이구, 아서라. 그건 불가능하단다."

"왜요?"

"그게 아주 멀거든."

"어디라도 괜찮아요. 전 나고야까지 갔다 왔어요. 혼자서요. 그러니까 멀어도 갈 수 있어요."

"나고야라고? 허! 그거 진짜냐? 야…, 어린 나이에 용기 한번 끝내주는구나? 하지만 아무리 그렇다고 해도 말이야. 이번에 영감님이 가는 곳은 힘들어. 아예 해외로 가시거든. 네가 알려는지 모르겠지만, 미국이라는 나라란다. 거기에 리더스 어머니가 살고 있는 것 같던데? 잘은 모르지만…."

"미국이요? 알아요, 거기. 근데 그 나라는 어디에 있는 거예요?"

"외국에 있지 어디에 있긴. 물론 우리 마을에는 공항이 없으니까 일단 거기까지 기차를 타고 가겠지?"

콧수염 남자가 무심코 시계를 보더니 무릎을 탁 쳤다.

"아니, 그러네? 혹시 빨리 가면 영감님을 만날 수 있을지도 모르네? 가만 있자…."

그가 책상 위에 널려 있는 종이 쪽지들을 헤집었다.

"음! 그래, 이거구나. 키타이 역 6시 기차야. 지금이 5시 20분이니까…. 이런! 빨리 가면 혹시 인사 정도는 할 수 있겠는데? 잘은 모르지만…."

시간을 하염없이 흘려 버린 아저씨를 원망할 여유도 없었다. 이번에야말로 전력 질주가 필요한 순간이었다. 주먹을 불끈 쥐고 어깨로 문을 밀치며 리더스의 자전거에 뛰어올랐다.

477

"이 자전거는 리더스 거였어요. 제가 빌려 갈게요. 다시 가져올 거예요."

관리실 안에서 다급한 목소리가 들려왔다.

"무슨 소리? 그건 내 거야. 내가 영감님에게 돈을 주고 산 거라고!"

안녕… 리더스…

역에 도착한 후유코가 안에 들어가려고 하자 직원이 가로막고 표를 요구했다. 잠깐 친구와 작별 인사를 하는 것뿐이라며 사정을 해 봤지만, 직원은 말없이 고개 저을 뿐 길을 비켜주지 않았다. 개찰구 천장에 달린 시계 분침은 벌써 54분을 넘고 있었다.

이때 후유코의 눈에 피곤한 표정으로 여행 가방을 질질 끌며 들어가는 한 남자가 보였다. 그는 키가 훤칠했으며 끌고 있던 플라스틱 가방도 막대했다. 뭔가 생각이 난 후유코가 얼른 자신의 몸과 가방을 번갈아 바라보았다. 될 것도 같았다. 살금살금 기어가 납작하게 웅크려 남자의 가방 뒤에 몸을 숨긴 후유코는 그대로 그를 따라 앉은뱅이걸음을 했다. 물론 가방 주인이 그걸 모를 리 없었지만, 다행히도 그는 빙그레 웃기만 할 뿐 별다른 간섭은 하지 않았다.

무사히 역 안으로 들어간 후유코는 기차부터 찾았다. 마침 오직한 대의 기차만이 기름한 몸을 레일 위에 올린 채 쉬고 있었다. 차창에 얼굴을 바싹 갖다 대고 한 칸 한 칸 더듬으며 안을 들여다보았다. 그렇게 마지막 칸 즈음이었다. 할아버지 얼굴이 있었다.

"할아버지!"

"오! 널 못 보고 가는 줄 알았다! 어서 이리로 와라!"

"할아버지, 어디 가세요?"

"오오…."

후유코가 차창 밖으로 내민 노인의 손을 꼭 붙잡았다.

"정말 아주 가시는 거예요? 영원히요?"

"애야…, 난… 정말…."

붉게 충혈된 노인의 눈동자에 눈물이 그렁그렁 괴이기 시작했다.

"내가…, 내가 너에게 정녕 씻을 수 없는 죄악을 저지르는구나…."

"할아버지가 가시면 난 이제 아무도 없는 거예요. 난 동생도 없잖아요. 엄마도, 아빠도 없구요, 친구도 없어요. 그러니까 가지 마세요."

"그렇겠지…, 아무렴… 그렇겠지…."

"안 가실 거죠? 할아버지 저 지켜 주신다고 했잖아요. 그러셨는데…, 진짜 그러셨는데…."

"아가야, 날 용서해다오. 부디… 용서해다오…."

종이 찢어지는 소리가 두어 번 들린 후 확성기를 통해 기차가 곧 출발한다는 안내 방송이 울려 퍼졌다. 후유코가 다급하게 물었다.

"할아버지, 리더스 어디 있어요? 나 리더스 만나야 돼요."

후유코가 발꿈치를 들어 차창 안을 들여다보았다. 가지런히 정돈된 리더스의 옷과 모자가 얼핏 시야에 들어왔다 사라졌다. 다시 까치발을 서려는데 이상하게도 할아버지가 창문을 가로막았다.

"리더스는 아프단다. 아주 많이 아파서 지금은 만나기가 어려워. 미안하다…."

"어째서요? 아무리 아파도 만나야 하는데…, 마지막이잖아요?"

"…."

"할아버지…."

"미안하구나…."

"어떡해야 돼요? 인사도 못 하나요?"

노인이 강풍에 꺾인 갈대처럼 고개를 뚝 떨구었다.

"아가야, 미안하다…, 미안하구나…."

노인이 손으로 입을 가리더니 결국 얼굴까지 덮어 버렸다. 참고 참았던 눈물이 터져 버린 것이었다. 굽은 어깨는 격렬하게 흔들렸고 깊게 파인 팔자 주름으로는 하염없이 눈물이 흘러내렸다. 후유코가 다시 기차 안을 보려 발꿈치를 들었지만, 이번에도 노인은 그걸 허락지 않고 필사적으로 창문을 가렸다.

"그게…, 리더스가 아프구나…. 너무 아파서…."

끝없이 반복되는 사과와 눈물, 할아버지는 오로지 이 두 가지만 할 줄 아는 사람 같았다.

"잠깐도 볼 수 없어요?"

"얘야…."

"어떻게 그래요?"

"여기, 여기 있다. 리더스가 너에게 전해 주라고 한 편지야."

노인이 편지 봉투 하나를 품에서 꺼내 후유코에게 건네주는데 어디선가 요란한 호각 소리가 들려왔다.

'호로로~!'

"이봐요! 위험해요! 기차 출발합니다. 비켜서세요!"

키 작고 배 나온 역무원이 짜증 섞인 목소리로 외치며 다가오고 있었다.

"아까부터 방송하고 있었잖아요. 아이의 안전을 위해 어르신도 아이를 보내 주세요."

그가 이번에는 후유코를 돌아봤다.

"이제 그 손을 놓으렴. 여기서는 누구나가 다 섭섭해. 하지만 다음에 또 만나면 되지 않니? 너 때문에 다른 사람들이 중요한 약속에

늦으면 안 되겠지?"

그래도 후유코는 할아버지의 손을 놓지 않았다. 보다 못한 역무원이 직접 둘 사이를 떨어뜨렸지만, 아이와 노인의 손은 자석이라도 발라 놓은 것처럼 그때마다 다시 붙었다. 역무원이 눈을 샐쭉하게 뜨곤 차갑게 말했다.

"창문 내리세요. 지금 출발합니다."

말이 끝나기 무섭게 실제로 열차가 움직이기 시작했다. 급작스러운 이동에 놀란 할아버지는 실수로 후유코의 손을 놓치고 말았다.

"얘야!"

안타까운 절규가 역내를 메아리쳤다. 낭떠러지에서 놓쳐 버려도 그보다 더 절박할 수는 없었다. 후유코가 잃어버린 손을 다시 잡으려고 안간힘을 쓰며 깡충깡충 뛰었다.

"할아버지! 난 어떡해야 돼요? 아무도 없이 혼자 어떻게 살아요?"

"불쌍한 것…, 불쌍한 것…. 세상에 이보다 더 가슴 아플 수 있나….'

"안 돼요, 할아버지. 이거 안 돼요, 네?"

481

이윽고 기차가 괴력을 토하며 레일을 밀치기 시작했다. 할아버지의 얼굴이 빠르게 작아지고 있었다.

"할아버지!"

육백 톤의 기적 소리는 작은 육성을 형체도 없이 집어삼켰지만, 이대로 가만히 당하고 있을 수만은 없었다. 눈을 휘둥그레 뜨고 있는 역무원을 밀치고 후유코는 달리기를 시작했다. 선로에 떨어질 듯 말 듯 아슬아슬한 추적이 이어졌으나, 열차는 야속하게 앞으로만 내뺄 뿐 간격은 좁혀지지 않았다. 결국, 마지막 난간이 눈앞에 나타났고 후유코는 망연자실하며 주저앉아 버릴 수밖에 없었다. 믿어지지 않았다. 할아버지가 가 버렸다. 리더스가 떠나가 버린 것이었다.

편지

이따금 하느작거리는 어깨 위로 향긋한 바람이 스쳐 지나갔다. 봄이 오고 있는 것 같았다. 후유코가 물끄러미 편지를 내려다봤다. 지나치게 접은 탓인지 편지는 전설의 보물 지도처럼 무척 낡아 있었다.

후유코.

결국에는 편지로 마지막 인사를 하게 되었구나.
가슴이 너무 아파.
눈앞에 너와 나츠코의 얼굴이 자꾸 아른거려.
고마운 친구들….
슬프고 힘들었지만, 우리 세 명 함께 행복했었는데….

믿고 싶지 않지만, 수호신은 처음부터 세상에 없었던 것 같아.
네 번째 잎은 그냥 사라진 거고 나츠코도 이제 돌아올 것 같지 않아.
그런데도 여전히 악마는 너를 쓰러트리려 하고 있어.
이제 더 이상 아무것도 남아 있지 않은 너를….

하지만 슬퍼하지 마.

지금까지 나는 아파하고 괴로워하는 너를 눈앞에서 보면서도 아무것도 할 수 없는 못난 아이였지만, 이제는 아니야.

나 말이야, 내가 너를 위해 할 수 있는 마지막 방법을 생각해 냈어.

응, 그 일을 하기 위해서 나는 먼저 먼 곳으로 가야 돼.

너무 멀고 외로운 곳이라 솔직히 겁도 나.

하지만 난 결심했어.

너의 불행을 막아 줄 사람은 이제 나 하나뿐이잖아.

나 따위의 아이가 널 구할 방법은 결국 이것밖에 없어.

울지 마, 후유코.

난 우리들의 네 잎 클로버 약속을 잊은 게 아니야.

나 돌아올 거야.

어쩌면 많은 시간이 걸릴지도 모르지만, 나 반드시 너에게 다시 돌아올 거야.

난 믿고 있어.

내가 그곳에서 다시 돌아왔을 때는 널 괴롭히는 이 세상 모든 나쁜 것들로부터 널 지켜 줄 수 있을 거라는 걸….

그동안 나에게 잘해 줘서 정말 고마웠어.

항상 아이들의 놀림감이었던 말더듬이 고아에게 너와 나츠코가 보여 준 따뜻한 우정, 나는 결코 잊지 못할 거야.

잘 있어, 후유코.

안녕, 나의 소중한 친구, 안녕….

후유코가 편지를 손에서 내리며 천천히 고개를 들었다. 저녁 어스름이 눈망울에 투영되어 잔잔하게 일렁이고 있었다.

"헉! 더러워…. 뭐야, 저 아이?"

"에이, 봐! 너 쳐다보잖아! 말 걸지 말라니까."

"눈 마주치지 마. 우리 옷에 이상한 거라도 묻히면 어쩌려고."

엄마 등 뒤에 붙어 종종걸음으로 지나가던 또래 아이들의 대화였다. 예전처럼 재미로 놀리는 꼴이 아니었다. 그들은 진심으로 후유코를 경멸하고 있었다.

후유코가 홀린 듯한 표정으로 북새통이 되어 버린 기차역을 떠나 거리로 나왔다. 급히 역내로 들어가느라 아무렇게나 구기박질러 놓았던 자전거가 도로 예쁘게 벽에 기대어 있었다. 누군가 친절의 잔흔이었건만 후유코의 얼굴에 미소는 없었다.

자전거를 잡아끌며 걸음마를 떼었다. 어지러웠다. 한 발짝도 나아갈 수 없을 정도로. 어쩔 수 없이 무릎을 꿇고 안장에 뺨을 올렸다. 주르륵. 시선의 각도가 분명하게 틀어진 것이었지만, 세상은 여전히 똑바로 보였다. 이해할 수 없었다. 길을 걷는 사람들도. 어떻게 저럴 수 있을까? 그들은 행복해 보였다.

한참 동안 자전거에 기댄 채 무감정한 얼굴로 행인들의 발자취만 건너다보던 후유코가 마침내 천천히 고개를 끄덕였다. 결단했다. 묘하게도 막상 그것을 결심하자 뛰놀던 심장이 가라앉았다. 한결 포근해진 날씨에 살포시 미소조차 지어졌지만, 눈에서는 눈물이 하염없이 흘러내리고 있었다. 이것 역시 이상한 일이 아닐 수 없었다. 그래서 닦지도 않았다. 그냥 그대로 내버려두었다. 어차피 없어질 것, 어차피 잠시 후엔 존재하지 않을 것, 어차피 이미 밤이었다.

"어디 가는 거니?"

누군가 말을 건넸다. 들을 수 없었다. 그러자 후유코의 앞길이 커다란 자전거로 가로막혔다.

"내 말 듣고 있는 거니?"

우체부 마사오가 진지한 얼굴로 대답을 기다리고 있었다.

"아저씨…."

"그래, 역에 다녀오는 길이구나?"

"네, 그래요…."

"…."

"그럼 전 이만 가 볼게요."

"가긴 어디를 간다는 말이니?"

우체부가 한 걸음 더 다가오더니 걱정스런 눈빛으로 후유코를 쳐다보았다. 젓가락처럼 앙상한 팔에 움푹 들어간 배가 시골에서 볼 수 있는 참새 쫓는 허수아비의 그것과 너무나도 닮아 있었다. 내심 충격을 받은 우체부는 한동안 아무 말도 할 수 없었다.

"결국…, 그 사람 친척 집에 다녀온 거구나. 그렇지?"

후유코가 입을 벌린 멍한 표정으로 찬찬히 고개를 끄덕였다.

"그렇게 말렸건만…. 그 마음이야 십분 이해하지만, 그래도 가지는 말았어야지. 그래, 어쨌든 아저씨도 이제 퇴근해서 집에 가려는데…, 어떠니? 우리 집에 함께 가지 않을래? 내 아내가 너를 무척이나 보고 싶어 하거든. 별로 맛난 건 없지만 잠깐 앉아서 허기라도 풀고 가도록 해."

"고맙습니다, 아저씨. 하지만 전 할 게 있어서 못 가요."

"할 게 있다고?"

"…."

"그게 뭔데?"

"…."

우체부가 답답하다는 듯 목청소리를 높였다.

"아니, 할 게 있기는…. 지금 네 꼴을 좀 봐라. 예전의 그 귀엽고 사려 깊은 아이는 대체 어디 있는 거니? 자, 자, 그러지 말고 같이 식사하자, 응? 내 아내랑 목욕도 좀 하고 새 옷으로 갈아도 입고…. 할머니에게는 내가 전화할게."

"아니에요, 가야 해요. 절 가게 해 주세요, 아저씨."

"후유코…."

"아저씨…."

"휴…."

"…."

"정 그렇다면 강제로 데려갈 수는 없겠지…. 얘, 후유코. 사실은 말이다, 나 아내와 함께 오래전부터 너를 위한 기도를 하고 있단다. 벌써 몇 달 되었을 거야. 진심으로 정성을 다해서 기도를 드리고 있어. 그런데도 신은 너를 왜 이렇게 놔두시는지 모르겠구나. 이럴 때는 교회고, 부처고 뭐고 다 믿지 못하겠다는 생각만 들어. 신이 있다면 적어도 너처럼 착한 아이에게 이런 시련을…."

"아저씨…, 저 그런 이야기 이제 듣기 싫어요."

"응?"

후유코가 고개를 떨구고 아무 말도 없자 우체부가 황급히 손을 저었다.

"그래, 그래, 미안하다. 피곤하겠지. 그래…. 어서 집에 들어가서 쉬어라."

"아저씨, 질문이 있는데요."

"그래, 뭐지?"

"미국이요. 어떤 나라예요?"

"미국? 미국 말이니?"

“….”

“어떤 나라라…. 아, 리더스가 그곳으로 이민을 갔다지? 걱정돼서 묻는 거로구나?”

“….”

“어디 보자…. 음, 한 번도 가 본 적은 없지만, 미국은 아주 멋진 나라라고 들었어. 미국 사람들은 인생을 즐길 줄 알면서 동시에 곤경에 빠진 사람들을 잘 돕기로 유명하지.”

“정말로 그래요?”

“그럼, 아, 뭐…. 물론 좋지 않은 어두운 부분도 있겠지? 파라다이스가 아닌 이상 그건 어느 나라나 사람들이 살고 있다면 다 마찬가지 아니겠니? 아, 그리고 미국과 우리나라는 친구 사이야.”

“친구 나라예요?”

“응, 과거에는 조금 다투기도 했지만, 지금은 가장 친근한 나라 중 하나야.”

“네….”

“어떠니? 이제 마음이 좀 놓이니?”

“네, 고맙습니다.”

우체부가 무릎을 꿇더니 후유코의 어깨에 손을 올렸다.

“지금 무슨 생각을 하고 있는지 아저씨도 잘 알고 있어. 걱정하지 마. 리더스도 너처럼 강한 아이니까 잘살 거야. 아, 그래. 미국 주소는 알고 있지? 가끔 편지도 보내고 그러렴. 아저씨가 국제 우체국까지 아주 잘 배달해 줄게.”

“저…, 이제 그만 가 볼게요. 안녕히 계세요.”

“가려고? 곧바로 집에 가는 거지? 어두운 길로 혼자 다니면 위험해. 더군다나….”

그가 빠르게 주변을 둘러보더니 뱁새눈을 만들었다.

"요즘 우리 동네가 일이 아주 이상하게 돌아가거든. 그러니까 할 일이 뭔지는 모르겠지만, 빨리 끝내고 서둘러 집으로 들어가는 게 좋을 거다. 알았지?"

"네, 아저씨. 잠깐 야산에 들렀다 가려구요. 어쨌든 그동안 정말로 고마웠습니다. 잊지 않을게요. 안녕히 계세요."

작별 인사를 끝내고도 웬일인지 후유코는 발걸음을 떼지 않았다. 그대로 그 자리에 못 박힌 채 우체부의 얼굴을 미동도 없이 뜯어보는 게 뭔가를 애써 기억하려는 모습 같았다. 뜬금없는 시선에 머쓱해진 우체부는 입가를 훔쳤다.

"왜 그렇게 쳐다보는 거니? 내 입에 뭐라도 묻었니?"

"아니에요…."

후유코는 힘없이 웃고 뒤를 돌았다. 서서히 멀어져 가는 후유코를 바라보며 우체부가 고개를 갸웃거렸다.

"음… 왜 저러지? 꼭 어디 먼 데라도 가는 사람처럼?"

우체부가 자전거에 올라타다 말고 다시 내렸다.

"그러고 보니 이상하네? 그동안 고마웠다고? 잊지 않는다고? 혹시 저 아이…."

우체부 마사오는 긍정적인 사람이었다.

"집이라도 나가려는 건 아닐까?"

박수 소리

우체부의 자전거가 막 역을 빠져나와 모퉁이를 도는데 한 여자가 길 안쪽에서 급하게 뛰쳐나왔다.

"어이쿠, 깜짝이야!"

우체부가 얼른 발을 지면으로 내리고 급브레이크를 잡았다. 탁월한 순발력 덕분에 여자는 털끝 하나 스치지 않고 무사할 수 있었지만, 그의 자전거는 휘청휘청하더니 결국 중심을 잃고 바닥에 쓰러지고 말았다.

"어이, 어이!"

"어머, 괜찮으세요?"

여자가 눈을 휘둥그레 뜨며 다가와 물었다.

"정말 죄송해요, 너무 급해서 그만…."

"아닙니다, 앞을 제대로 보지 못한 제가 잘못이 크죠. 놔두세요. 저 혼자 일어설 수 있습니다만…."

여자는 그를 제법 큰 힘으로 부축해 일으켜 세웠다.

"고맙습니다."

마사오가 먼지도 털고 모자를 고쳐 쓰는데 여자가 별안간 호들갑을 떨었다.

"어머! 우체부이시네요? 어마, 어마! 정말 다행이에요!"

"네?"

"이보다 더 좋을 수도 있나요? 우체부이시라면 여기 지리를 누구보다 잘 아실 거잖아요. 전 여기 사람이 아니라서요. 그러잖아도 어떻게 찾을지 걱정하고 있었는데… 구세주를 만난 것 같네요!"

'쳇! 혼자서…. 누가 가르쳐 준다고 했나?'

우체부가 입술을 한쪽으로 샐그러지게 움직이며 손바닥을 턱턱 털었다.

"저기, 혹시 후유코라는 아이를 알고 계시나 해서요."

"어? 누구요?"

전혀 예상치 못한 이야기에 놀라 되물은 것이었지만, 여자는 그걸 완전한 이름을 묻는 거로 해석한 모양이었다. 침을 꿀꺽 삼키더니 선뜻 말을 이었다.

"하세가와 후유코요. 여덟 살이나 아홉 살로 보이는 여자아이인데… 키는 내 가슴까지 오고 마르고 눈이 아주 예쁜…."

"실례지만 후유코와는 어떻게 되는데 그 아이를 찾으시죠?"

"어머! 아이를 아시는군요? 다행이에요! 하늘이 도와주나 봐요!"

"아직 안다고는 말 안 했습니다만…?"

"하지만 이름을…."

우체부가 대답은 없이 팔짱을 끼운 채 여자를 훑어봤다. 여자도 바보가 아니었다. 금세 그 눈빛의 의미를 알아챘다.

"그게, 그러니까…, 제 꼴이 좀 지저분하죠? 조금 신경을 써야 하는 건데…, 너무 급하게 오느라고…."

여자가 서둘러 손가락으로 머리를 쓸어 올렸지만, 오히려 그 모습이 우체부에게는 부자연스럽게 보였다.

'조금 수상한데? 이 여자도 좋은 의도로 후유코를 찾고 있는 것

같지 않아. 저 얼굴 봐, 인상도 사납군. 싸구려 가십 잡지 기자일까?'

"후유코는 무슨 일로 찾으시는 거죠? 실례지만?"

"사실은 바로 어제 만났어요. 방금 그 아이의 집에 다녀오는 길이고요. 하지만 집에 없더군요. 저기…, 여기서 자세하게 말씀드리기는 뭐하고…. 어쨌든 나쁜 이유로 찾는 건 아니니까 좀 가르쳐 주시겠어요? 후유코를 아신다면 그 아이가 집 이외에 자주 가는 곳도 아실 것 같은데… 지금 걱정돼서 죽겠답니다."

"나쁜 이유일지도 모르는 거잖아요. 제가 마음대로 다른 사람의 주소를 가르쳐 줄 수도 없는 거고, 직업이 직업이니만큼 저의 국장님이 항상 타인의 정보를 다른 사람에게 발설하지 말라고…."

여자가 손을 들어 그의 넋두리를 막았다.

"말씀을 끊어 죄송하지만, 저는 분명히 후유코와 상관이 있는 사람입니다."

여자가 살짝 입꼬리를 끌어올리면서 고개를 끄덕였다.

"그래요, 제가 카이토의 여동생이랍니다."

"아…?"

"대충 일이 어떻게 돌아가는지 아시겠죠? 그 아이가 절 찾아왔었어요. 그런데… 저와 대화 도중에…."

"대화 도중에?"

"갑자기 쓰러졌고요…."

"쓰러졌다고요? 후유코가요?"

"네, 네, 아까 직업상 타인의 정보를 말할 수 없다고 하셨는데 저도 아이의 인격 존중 차원에서 더 이상 말씀드리기가 곤란하네요. 어떠세요? 도움을 좀 주시겠어요, 아니면 그냥 가시겠어요?"

마사오는 집게손가락을 입술로 가져갔고, 시선을 바닥으로 내리깔았다. 여자의 말투로 미루어 보건대 정말 나쁜 의도로 후유코를 찾고 있는 것 같지는 않았다. 또 어차피 자신이 가르쳐 주지 않더라도 이 좁은 마을에서 후유코라는 유명한 소녀를 찾아내는 것 따위는 축구장에서 손뼉을 치는 것만큼이나 쉬운 일이었다.

"알겠습니다. 부인의 성함은?"

"리카입니다."

"전 미츠노부 마사오라고 합니다. 사실은 바로 몇 분 전에 후유코를 만나고 오는 길입니다만…."

"역시…. 몸은 어때 보이던가요? 힘들어하지는 않던가요?"

"웬걸요, 마치 시체처럼 창백하고 허수아비처럼 힘이 없어 보이던걸요? 그래서 제가 집에 데려가서 먹을 것 좀 주려고 했는데 글쎄 한사코 거절하더라고요. 뭐 긴요히 할 게 있다나요?"

"…."

"야산에 간다더군요. 지금 가시면 만날지도 모르겠네요. 정말로 나쁜 일 때문에 찾는 건 아니시죠?"

그가 자전거를 곧추세우고 안장에 붙어 있는 조그만 가방에서 메모지를 꺼냈다.

492

눈물처럼 떨어지는 아이

자전거를 철망에 비스듬히 세우고 공원을 올려다보았다. 해조차도 진작 지평선 너머로 자취를 감추었는데 하물며 사람의 기척이 남아 있을 리 없었다. 뭉뚝한 돌계단을 한 걸음씩 내디디며 안으로 들어서자 점차 그네가 시야에서 부유하며 윤곽을 드러내기 시작했다. 어스름한 초저녁에 홀로 서 있는 놀이 기구는 한탄 소리가 절로 나올 만큼 쓸쓸한 모습이었다.

두근거리는 가슴을 억누르며 줄을 잡았다. 그리고 살그머니 그네에 걸터앉아 눈도 감았다. 후유코가 소망한 것은 동생의 체온이었지만, 정작 느낄 수 있는 건 손바닥을 파고드는 싸늘한 냉기뿐이었다. 살짝 발을 내려 흙을 밀치며 돋움을 해 봤다. 삐걱 소리와 함께 탄력을 받는가 싶더니 그네는 어느새 이륙을 시도하고 있었다. 이 자식, 바로 이놈이 세상에서 제일 소중한 살점을 앗아간 장본이었다.

돌연 후유코가 고개를 떨구더니 숨을 몰아쉬기 시작했다. 사색이 거기까지 미치자 분노가 복받쳐 오른 것이었다. 뭔가 일을 벌여야 했다. 그래서 두 가닥으로 늘어진 그네의 밧줄을 손으로 힘껏 밀어 버렸다. 멍청한 짓이었다. 허우적대며 그네에서 떨어졌을 뿐만 아니라 반동으로 돌아온 놈에게 뒤통수까지 얻어맞아 버렸다. 분하고 아파서 눈물이 다 핑 돌았고 머리를 감싼 채 공원으로부터 줄행랑을 쳤다.

무서워 죽을 것만 같았다. 몽유병자처럼 하느작거리는 그네, 도선을 하늘로 치켜들고 서 있는 전봇대, 가옥의 담벼락을 따라 쿵쿵대는 개. 모두 함께 달음박질하면서 쫓아와 목이라도 부러트릴 것만 같았다. 후유코가 숨을 헉헉대며 안장 위로 뛰어올라 뒤를 돌아보았다. 방금 시커먼 그림자 몇 개가 나무 뒤로 몸을 숨긴 것 같았다. 외마디 비명을 지르며 발로 미친 듯 페달을 밟았다. 두려움에 일부러 소리 내어 엉엉 울었지만, 주변에 그 아우성을 들어줄 존재는 누구 하나 없다는 걸 후유코 자신도 잘 알고 있었다.

발목이 지쳤는지 신호를 보냈다. 자꾸만 페달에서 미끄러졌다. 땀을 닦고 땅을 밟고 주변을 둘러봤다. 어찌 왔는지 기억조차 나지 않았지만, 어느새 클로버를 날려 보낸 야산이 코앞에서 넙죽이 누워 고개를 조아리고 있었다. 후유코는 어금니를 앙다물었다. 지금 순간부터는 더욱더 행동을 신속히 하지 않으면 안 되었다. 어제보다 늦게 떠오른 만월도 이미 남쪽으로의 전진을 시작했고, 더 이상 시간을 흘려보내면 그나마 발등을 조명하던 희미한 가로등 불빛마저 멀리 떠나 버릴 게 뻔했기 때문이었다. 가쁜 숨이 턱을 치고 나와도 상처투성이의 작은 소녀는 이를 으물어 보냈고 그렇게 악바리처럼 산을 기어 올라갔다.

마침내 정상에 도착했으나, 역시 인간은 없고 귓구멍에 수돗물이 쑤셔 박힌 듯 온 천지가 잠잠했다. 일을 앞둔 판국에 차라리 잘된 것일지도 몰랐다. 작은 인중을 말아 올려 콧물을 먹고는 잎사귀를 날려 보낸 바위를 찾으러 다시 또 걸음을 몰아쳤다. 해어진 신발 틈으로 흙이 들어와 발톱에 숨고 끈적한 땀방울이 롤러코스터처럼 귓바퀴를 타고 돌아 어깨로 떨어져도 어린 소녀는 앞으로, 앞으로, 전진하였다.

문득 발밑에 물컹한 것이 느껴진 건 그즈음이었다.

"아, 토끼 모녀? 너희가 어떻게 여길?"

두 마리의 토끼가 피하거나 다가오지도 않은 채 후유코를 올려다보고 있었다. 후유코가 어미 토끼를 두 손으로 가만히 받쳐 들더니 눈앞으로 가져갔다.

"너희, 어떻게 여기까지 온 거야? 신기하다. 이거 봐…. 먼지도 많이 있네? 괜찮은 거야? 밥은 먹었구?"

정성스런 손길로 등에 묻은 흙먼지를 털어 주자 어미 토끼가 살포시 입을 오물거렸다. 후유코가 슬픈 눈빛으로 고개를 가로저었다.

"나는 몰라, 나츠코가 있었다면 너희 이야기를 알아들었을 텐데…. 미안해, 지금 난 무슨 말인지 모르겠어."

나츠코라는 이름만으로도 또다시 왈칵 감정이 북받쳐 올랐다. 하지만 이럴 짬이 없었다. 얼른 어깨로 눈물샘을 메우며 어물거렸다.

495

"아냐, 괜찮아. 난 이제 엄마한테 갈 거거든. 너희는 더 오랫동안 살아, 행복하게…."

어미 토끼를 다시 바닥에 내려놓은 후유코는 일부러 단호한 표정을 지으며 등을 돌렸다. 강마른 숲을 헤치며 옳은 길을 찾아 나선 지 얼마나 지났을까? 사각거리는 소리에 무심코 고개를 돌린 후유코는 여전히 뒤를 졸졸 따라오고 있는 토끼들의 모습에 놀라지 않을 수가 없었다.

"싫어, 저리로 가. 다른 데로 멀리 가란 말이야. 내가 엄마한테 가는 모습을 너희에게 보여 주고 싶지 않아."

과장된 손짓을 섞어 가며 위협도 해 보았지만, 소용이 없었다. 결국, 후유코는 잎사귀를 날려 보낸 바위 위로 성큼 뛰어올라 섰고, 거기까지는 토끼들도 어쩔 수 없는 모양이었다. 두 발로 서서 다람쥐처럼 입을 오물거리더니 마침내 폴짝거리며 왔던 길을 되돌아갔다.

요전번 아이들과 수호신을 향해 네 번째 잎을 날렸을 때만 해도 지금 후유코가 올라 서 있는 이 바위는 공포의 수괴였다. 하지만 이제 그 일을 목전에 두니 이토록 위태롭게 붙어 있는 바위도 참으로 보잘것없어 보였다. 바위 한가운데로 걸어가 두 발을 가지런히 모으고는 천천히 하늘을 올려다봤다. 정적을 배경으로 은은한 달빛과 진회색 구름이 어우러진 하늘은 전율이 등골을 스치고 지나갈 만큼 빼어나게 아름다웠다.

"아!"

후유코가 앞주머니 속으로 손을 집어넣었다. 첫 번째 잎의 존재가 손가락 사이로 확연하게 느껴졌지만, 속에서 한참을 만지작거리던 후유코는 천천히 고개를 가로저을 뿐 끝내 잎사귀를 밖으로 꺼내들지 않았다. 그랬다. 소중한 사람들을 전부 앗아가 버린 수호신 따위 이제는 필요 없었다. 후유코는 그저 한시라도 빨리 엄마 곁에 나란히 누울 수 있기만을 바랄 뿐 더 이상 그 무엇도 믿고 싶지 않았던 것이다. 포근한 엄마의 품. 단지 그 속에 안겨 해맑은 얼굴로 다음에 올 나츠코와 리더스를 기다리고 싶었다.

후유코가 한 걸음 더 나아갔다. 이제 발가락 열 개는 모두 바위가 아닌 허공에 떠 있었다. 문득 뜨거운 눈물 한줄기가 볼을 타고 흘러 턱에 아롱지더니 바위 아래로 뚝 떨어졌다. 끊임없이 추락하는 눈물 덩어리. 살짝 고개를 내밀어 아래를 내려다본 후유코는 그만 비명을 지르고 말았다. 이토록 아득히 구름 위로 높았단 말인가? 반걸음만을 남겨둔 바위 아래에는 그야말로 위쪽과 완전히 다른 세속이 펼쳐져 있었다. 어둠 속에서 드문드문 보이는 지붕들은 각설탕보다도 작은 모습이었고 평소 어마어마한 크기라고 생각되었던 석암들 역시 이곳에서는 교실 바닥을 나뒹구는 몽당연필 부피에 지나지 않아 보였다. 후유코는 이를 악물고 눈을 감았다. 심장이 고장 난 듯 요동치고 정신머리가 아찔했지만, 이상하게도 반드시 끝내고 말리라는 결심은 점점 더 확고해져만 갔다. 까치발을 하고 손을 가슴에 대며 긴 비행을 위한 마지막 채비에 들어갔을 때였다. 등 뒤에서 누군가 다급히 절규하는 소리가 들려왔다.

"후유코!"

"…"

"안 돼, 후유코. 안 돼!"

분명 아직 삶의 기회는 있었다. 하지만 후유코는 뒤를 돌아보지 않았다. 대신 손으로 두 눈을 가리고 무릎을 구부린 후 힘차게 몸을 아래로 날렸다. 허공을 허우적대는 후유코의 발길질. 아래로 길게 뺀 목 주변에서 싸늘한 뱀의 허물이 느껴진 건 바로 그 순간이었다. 후유코의 파리한 몸은 '퍽' 소리를 내며 다시 위로 솟아올랐다.

그로부터 20년

그리고 가을….

　진즉부터 얼룩 고양이 한 마리가 꼬리를 말고 갓돌에 걸터앉아 나뭇가지 끝에서 대롱거리는 잎사귀를 주시하고 있었다. 꺾이고 잘린 수염과 동전만 한 탈모 자국에서 누구라도 쉽게 녀석의 험난했던 삶을 유추할 수 있었는데 홀쭉한 복부를 가지고도 먹지도 못할 빛바랜 이파리를 직시하며 어쩔 줄 몰라 하는 여유가 참으로 별스러워 보였다. 마침내 근거도 알 수 없는 한줄기 바람이 날아와 위태롭게 매달렸던 잎을 떼어 공중으로 부양시켰고 놈은 항문이 보일 정도로 꼬리를 바싹 위로 추켜올린 채 추격을 시작했다. 발톱을 드러낸 헛발질과 왈랑절렁 방울 소리로 협박도 했건만 갈잎은 야속하게도 착지할 듯 말 듯 하며 되레 짐승의 애간장을 녹아내리게 하였다. 강력한 역풍이 불어온 것은 이 무렵이었다. 이파리는 강하했고 결국 앉았는데 하필 그게 어느 중년 신사의 어깨 위였다.

　"응? 웬 놈이…. 얼룩 고양이?"

　신사가 양복바지를 살짝 걷어 쭈그리고 앉았다.

　"허허! 고놈 참 똘똘하게도 생겼다. 이리 좀 와 볼 테냐? 삼색 얼룩은 아니구나?"

"어이구, 골치야. 난리가 났구나, 난리가 났어. 쯧쯧!"

신사가 돌아보니 어느 틈에 왔는지 큼직한 빗자루를 들은 환경미화원이 손을 허리에 얹고 서 있었다.

"무슨 말씀이신지?"

"아, 낙엽, 낙엽을 말하지 않소?"

"정말 그렇군요. 참 힘드시겠어요."

신사는 자리에서 일어나 이마에 손을 얹고 거리를 살펴보았다. 어마어마한 양의 각양각색 낙엽들이 도로 위에 어지럽게 흩뿌려 있었다.

"아하, 저 많은 걸 언제 다 치우시죠?"

"치워요? 저걸요? 아뇨, 우리 안 치워요."

"네?"

"본부에서 건들지 말라는데 왜 치워요."

"그냥 놔두라고 합니까?"

"뭐 시민들의 운치를 방해해서는 안 된다나 뭐라나? 암튼 겨울 오기 전에는 치우지 말라는 윗분들의 명령이요."

신사가 눈썹을 늘어뜨리며 묘한 표정을 지어 보였다. 십 년 전만 해도 이 낙엽들은 전부 쓰레기에 불과했다. 운치라니, 세월이 변해도 너무 변했다. 환경미화원이 신사를 빠르게 치훑으며 말했다.

"선생, 혹시라도 여기서 담배 태울 생각일랑 하지 마요. 뭐, 딱 보니 배운 사람 같긴 한데…"

"저 담배 안 피웁니다, 어르신."

"여기 사람이요?"

"네, 그랬었죠."

"이사를 간 모양이군?"

"네, 뭐."

미화원이 쓰레받기를 등에 올리고 다음 거리로 길을 나서자 중년 신사도 고개를 두리번거리며 쉼터를 찾았다. 마침 길 건너 보도블록의 살짝 들뜬 부분에 두 개의 벤치가 서로 적당한 간격을 유지한 채 마주보는 것이 보였다. 신사가 옷깃을 여미고는 그곳으로 걸어가 손으로 가볍게 낙엽들을 털어내고 자리에 앉았다. 다리를 꼬고 양팔을 벌려 벤치 위에 걸치고 있자니 푸른 하늘 아래 수많은 전깃줄이 아슬아슬하게 나무 사이를 가로지른 광경이 한 장의 퍼즐이 되어 시야에 들어왔다. 씩 미소 지으며 전깃줄의 최종 행선지를 눈으로 풀어 보려던 신사는 잠시 뒤 고개를 살래살래 젓고야 말았다. 도선들은 감히 일반인이 범접하기조차 어려울 만큼 천방지축 뒤얽혀 있는 상태였다.

언뜻 어깨너머로 웅성거리는 소리가 들려왔다. 머리를 금발로 염색한 여고생 네댓 명이 시끌벅적 수다를 떨며 지나가고 있었는데 이목구비도 구분이 안 될 정도로 짙은 화장에 입고 있는 교복 치마조차 극도로 짧아 걸을 때마다 흰 팬티가 노골적으로 드러나 보였다. 갸루족을 처음 접한 중년 남자에게 그 장면은 일종의 시각적 충격이 아닐 수 없었다. 어찌할 바를 몰라 하던 신사는 결국 외마디 신음 소리를 내며 고개를 홱 돌려 버렸는데 하필이면 그 모습을 여고생들도 본 모양이었다. 서로 옆구리를 쿡쿡 찔러가며 한참 그의 날큰하게 익은 홍시 같은 얼굴을 희롱하더니 끝내 허공을 향해 박장대소를 터트리며 모퉁이를 돌아 나갔다.

학생들의 대화 소리가 어렴풋해지자 신사가 비로소 고개 들어 주변을 살폈다. 안색에서 핏기가 스멀스멀 줄어드는 거로 보아 그는 평정을 되찾고 있는 것 같았다. 그가 구두 끝으로 땅바닥을 쓱쓱 긁어 보더니 인상을 찌푸렸다. 실로 이십 년 만에 밟아 보는 키타이 마을의 토지였지만, 그렇다 하더라도 발가락을 타고 올라오는 지면의 촉감이 지나치게 생경했다. 마을 사람들에게 수많은 착시 현상을 안겨 주었던 쌍둥이 약국에서부터 끔찍한 살인 사건으로 혈액이 낭자했던 골목길 담벼락에 이르기까지 일단 마을은 당시의 형상을 그대로 지탱하고는 있었다. 하지만 뭔가 쓸쓸하다고나 할까? 예전의 것을 그대로 답습은 하고 있어도 정작 그것들의 소유주가 달라져서인지 중년 신사는 주변을 둘러보는 내내 어깨를 움츠리는 고독을 느껴야만 했다.

신사는 두 손을 무릎 사이로 찔러 넣고 금붕어처럼 느리게 눈을 깜빡였다. 십 년이 넘는 형사 생활로 인면을 기억하고 구분 짓는데 걸출한 재주가 있는 그였다. 그러나 지금 그의 눈앞을 걷고 지나는 마을 사람들은 아무리 유심히 뒤집고 헤쳐 봐도 어렴풋한 맥조차 찾아볼 수가 없었다. 어쩌면 지당한 이치일는지도 몰랐다. 이십 년 전 이 마을. 그러니까 여기 이 키타이 마을은 고작 오 개월 만에 자그마치 칠십 명이나 되는 주민들이 연기처럼 실종된 충격적인 경력을 가지고 있었다. 중년 신사는 분명하게 기억하고 있었다. 그중 단한 명도 돌아온 사람이 없었던 것은 물론이거니와 오히려 나머지 가족들조차 행방이 묘연해지는 경우가 부지기수였던 것을 말이다. 어제의 친구가 오늘 사라져도 누구 하나 실종을 신고하지 않은 마을, 살아 있는 사람 몸에 불을 질러 아홉 명이나 살해한 흉악범이 선글라스조차 쓰지 않고 버젓이 대로를 활보하던 마을, 그곳 한가운데 번쩍이는 배지를 달고 서 있었으면서도 총 한 번 뽑아 보지 못했던 야스다 경위. 결국, 그의 양심이 스스로 책임을 통감하고 책상을 비우게 만들었던 것이다.

"아빠?"

"오, 미카?"

"여기 계셨군요?"

"음, 그래. 여기 앉아라."

대학생으로 보이는 젊은 여성이 활짝 웃는 얼굴로 옆자리에 앉았다. 딱 붙는 스키니진에 빈약한 가슴이 묘하게도 어울리는 여성이었다.

"뭘 그렇게 열심히 생각하고 계세요?"

야스다가 웃으며 대답했다.

"생각은 뭘…. 그저 여기저기 둘러보고 있었지. 참 그대로구나, 놀라울 뿐이야."

"20년 만이시죠?"

"정확히 햇수로 17년 만이야. 경찰복을 벗은 건 20년 전이 맞고."

"왜 여기 앉아만 계세요? 친구나 동료 중에 아직 여기 살고 계시는 분들도 있을 텐데 좀 찾아보시지 않고요?"

야스다의 눈썹이 또다시 우스꽝스럽게 내려앉았다.

"없을 거야, 아무도…. 이미 오래전에 알 수 없는 밀물과 썰물이 한바탕 휩쓸고 지나갔었거든. 모든 건 그대로고 사람들만 바뀌었으니까. 그 뭐랄까 지금 느낌을? 마치 볼링장의 핀들이 쓸려나가고 새 핀들이 정렬된 것 같다고나 할까? 볼링장이 이 마을이고 핀들은 사람이 되겠지?"

"와, 낭만적인 표현이세요."

야스다의 딸이 고개를 끄덕이고는 조심스럽게 말을 보탰다.

"혹시 후회되세요?"

"뭐가 말이지?"

"일을 그만두신 거요."

"글쎄다…."

야스다가 가슴을 펴고 깍지 끼운 손을 뒤통수로 가져갔다.

"솔직히 그것까지는 지금 잘 모르겠고… 가슴 한편이 꺼림칙한 건 뭐 사실이구나. 왠지 내가 선량한 주민들을 버린 것만 같고…."

"또 그런 말씀 하세요? 어떻게 그게 버린 거예요? 필요 이상으로 책임을 지신 거죠. 그리고 자책하려고 여기까지 오신 건 아니잖아요? 다 지나간 일인데 좀 긍정적으로 생각하세요."

"인마, 넌 그때 한 살이었어. 뭘 안다고…."

"저도 엄마한테 이야기 다 들었거든요? 알 만큼은 안다고요."

"음…."

"일어나세요, 아빠. 가요."

"그래, 가자, 가야지. 휴…, 청승 그만 떨고 너의 엄마에게나 가자꾸나."

야스다가 자리에서 일어나자 딸이 대뜸 옆에서 팔짱을 꼈다.

"오랜만에 아빠랑 이렇게 데이트하니까 너무 좋은데요?"

"네가 지금 남자 친구가 없으니까 그런 말을 하는 거지. 막상 애인이 생겨 봐라, 나 같은 매부리코 노인네가 천덕꾸러기 신세 되는 건 시간 문제지."

"아이, 그런 말이 어딨어요? 저 안 그래요. 남자 친구라니… 그딴 거 관심 없어요."

"그건 더 큰일 날 말이 아니냐? 여자를 더 좋아하면…."

"아빠!"

"농담이야, 농담."

야스다의 딸이 명랑하게 웃으며 아빠의 어깨에 얼굴을 기댔다.

"화장품."

"네?"

"묻잖아, 네 엄마가 또 화낼라."

"저 오늘 화장 안 했는데요?"

"그래? …그런데 왜 이렇게 예쁜 거야?"

"아빠도 참! 그런 말씀을 제가 믿을 것 같아요? 머, 근데… 그게 듣기는 좋네요! 히히!"

"허허!"

"저 생일 선물 뭐 사 주실 거예요?"

"생일 선물? 뜬금없이. 아직 한 달도 더 남았는데 뭘 벌써…."

"미리 말씀드려야 지금부터 돈 모으실 거 아니에요, 안 그래요?"

"이거 은근히 겁나는데? 얼마나 대단한 걸 사 달라 하려고?"

"글쎄요. 이번 생일은 좀 기대해도 되죠?"

"뭘 갖고 싶은데?"

504

"뭘 사 주실 수 있는데요?"

"녀석이… 아빠랑 흥정하는 게 세상 어디 있어?"

"몰라요, 난 기대할 거예요. 작년 생일에는 겨우 부츠 하나 사 주셨잖아요. 내년에 좋은 거 사 준다 약속하시고선…."

"부츠가 어때서 그러니? 그 정도면 훌륭하지."

"…."

"내가 오케이 한다고 다 되는 게 아니야, 네 엄마가 승인이 나야지. 나야 다 해 주고 싶지. 가만… 너 생일이?"

"아빠…."

"그러니까…, 12월…."

"설마! 진짜 모르시는 거예요?"

"그럴 리가 있겠니. 12월 15일…, 맞지?"

"놀랐잖아요."

"오후 4시 20분이었어. 널 처음 내 품 안에 안아 본 게. 아직도 담당 간호사 이름도 기억하고 있는데 날짜를 잊을 리가 있나? 가만 있자, 그리고 보니 너 겨울에 태어났구나? 생일이 겨울에 있는 사람은 예로부터 머리가 아주 비상하다고 하던데, 너도…."

야스다가 말을 하다 말고 갑자기 걸음을 멈췄다. 딸이 깜짝 놀라며 아빠의 얼굴을 올려다봤다.

"왜 그러세요, 아빠?"

야스다의 얼굴이 굳어 있었다. 그가 손을 턱으로 가져가며 작은 소리로 웅얼거렸다.

"아니, 그냥…."

"네?"

"뭐가 좀 생각이 나서 그래…."

야스다의 입가에 살짝 공허한 미소가 스쳐 지나갔다.

505

"그래, 맞아. 후유코, 후유코도 겨울에 태어났었지. 그래서 이름이 후유코였어."

"아빠…?"

야스다가 몸을 돌려 어느 한 곳을 주시하자 거대한 그의 매부리코 그림자가 한쪽 뺨을 완전히 뒤덮어 버렸다. 어느새 그의 두 눈에는 처절한 몸뚱아리를 가지고도 해맑게 웃고 있는 후유코의 형상이 아지랑이처럼 투영되고 있었다.

"저기 어디쯤이었는데…, 그 아이 집이…."

딸이 고개를 돌려 아빠가 가리킨 방향을 바라보았다. 후줄근한 골격의 가옥 몇 채가 야산을 배경으로 나지막이 자리 잡고 있었다. 야스다는 그것들을 바라보고 있는 게 아니었다.

과거로부터의 메시지

야스다가 차로 돌아오자 조수석에 앉아 잡지를 읽고 있던 그의 아내가 고개를 두리번거리며 물었다.

"벌써 오셨어요? 친구분들은요?"

야스다가 안전벨트를 매며 말했다.

"친구? 무슨 친구?"

"친구분들 만나고 오신 거 아니에요?"

"아니? 그냥 벤치에 앉아 이 생각 저 생각하다 온 건데?"

"네? 그럼 지금까지 혼자 생각만 하시다 온 거예요?"

"응, 왜?"

"아니, 그게 뭐예요. 한 시간이나 걸려 여기까지 와서는…. 왜 친구나 옛날 동료분들을 만나지 않으세요?"

"사람도 참… 만나기 싫어서겠어? 여기 없으니까 그러지. 자, 자, 그것보다 우리 어디 가서 뭐 좀 먹을까? 시장도 하고 말이야."

야스다의 딸 미카가 재빨리 뒤에서 아빠의 목을 껴안았다.

"우아 좋아요! 먹어요, 먹어!"

"뭐 먹을까?"

"우리 스테이크 먹어요!"

"또 그런다, 고기 좀 그만 먹으라니까? 세상 모든 병마가 식생활에서 오는 거라고 내가 몇 번을 말하니? 그러지 말고 여보, 우리 어디 가서 두부 요리나 뭐 그런 거로 먹어요."

"두부? 또? 여기까지 와서? 아휴!"

미카가 한숨지으며 시트에 몸을 던지자 그 무게에 차가 살짝 바운싱을 했다. 야스다가 익살스럽게 표정을 지으며 호들갑을 떨었다.

"어이구! 야, 야, 차가 다 흔들린다. 적당히 해라."

"아빠? 내가 몸무게 얼마나 나간다고?"

"얼마 나가는데?"

"…."

"하하하!"

가속 페달을 지그시 밟자 디젤 특유의 묵직한 엔진 소리가 바닥에 깔리며 차가 전진을 시작했다.

야스다 가족의 SUV가 막 사거리 모퉁이에 접어들 때였다. 야스다의 안주머니에 넣어 둔 휴대 전화에서 짧게 벨 소리가 울렸다.

"응? 미카. 네가 좀 받아, 아빠 운전하니까."

야스다로부터 휴대 전화를 건네받은 미카가 살며시 미소를 지으며 말했다.

"아빠도 참…. 이건 전화 온 게 아니고 문자 메시지잖아요. 아직 벨 소리 구분도 못하시나 봐요. 어디 볼까…. 나의 소중한 친구, 그동안 혼자 힘들었지? 오래 걸려서 미안해. 하지만 난 우리들의 약속을 한시도 잊은 적 없었어. 오, 아빠. 어디 멀리 갔던 친구가 있으세요? 꽤 절절한데요?"

이때 문자 메시지를 알리는 벨이 또 울렸다. 미카가 고개를 까우뚱하며 메시지를 읽어 내려갔다.

"난 결코 널 떠난 게 아니었어. 용기만으론 널 위해 할 수 있는 게 아무것도 없었어. 그땐 다른 길을 선택해야만 했어. 나의 모든 결정은 너를 위한 거였으니까. 어? 이건? 좀 이상하네요?"

"왜? 뭐가 말이냐?"

"이번에는 다른 사람이 보낸 문자예요. 방금 문자 보낸 사람과 발신 번호가 달라요."

"뭐?"

또 벨이 울렸다.

"어? 또? 결국, 난 모든 해답을 찾아냈어. 내가 함께 있는 한 더 이상 악마는 널 괴롭힐 수 없으니까 이제 안심해. 슬프게도 오랜 시간 함께 할 수는 없을 거야. 하지만 잠시라도 널 다시 볼 수만 있다면… 난 그러면 충분히 행복해. 이번에도 아까와 다른 번호예요. 벌써 세 번째…."

또 울렸다. 문자 메시지를 알리는 벨이 매번 새로운 발신 번호로 수 초마다 울리고 있었다. 서서히 야스다의 뇌리로 섬뜩한 감정이 스며들기 시작했다.

"아니, 그거… 뭔가 에러가 있는 거 아닐까? 전파가 잘 안 잡혀 혼선된다든지 뭐…. 왜 그런 지역이 있지 않니?"

하지만 알 수 없는 메시지는 계속되었다.

"아빠, 이거 뭔가… 발신 번호는 매번 다른데 내용은 모두 하나로 연결돼요. 어떻게 이러죠?"

"네가 이동통신사에 전화 한번 해 봐라. 그냥 버튼을 누르면 자동 연결되니까."

미카가 서둘러 통신사와의 통화를 시도하려 했다. 하지만 그때마다 쏟아지는 문자 메시지로 인해 버튼을 도대체 누를 겨를이 없었다. 마침내 야스다가 뒤를 돌아보며 손을 내밀었다.

"답답하구나! 전화기 이리 줘 봐라! 아예 이렇게 전원을 끄고 켜면…."

이때였다. 모녀의 입에서 동시에 비명이 터져 나왔다.

"아빠!"

"여보!"

야스다가 급히 앞을 봤다. 뜬금없게도 도로 한복판에 웬 남자가 한 명 서 있었다. 질겁하며 브레이크 페달을 힘껏 내리밟았다.

"조심해!"

'끼익!'

타이어를 태우며 십여 미터나 종횡하던 그들의 SUV는 남자의 허리를 불과 한 걸음만 남겨둔 채 가까스로 멈춰 섰다. 야스다가 허둥지둥 차에서 내리더니 손으로 연기를 헤치며 남자에게 달려갔다.

"괜찮으세요?"

그러나 도로 위에 남자는 고개를 뻣뻣이 치켜든 채 생각에 잠긴 눈빛으로 하늘만을 바라볼 뿐 아무런 반응이 없었다.

"어디 다친 데는 없으세요?"

야스다가 어깨 위로 손을 올리자 남자가 그제야 움찔하며 물러섰다. 방금 어떤 상황이 벌어졌는지조차도 모르는 눈치였다.

"혹시 우리말 모르세요? 괜찮으시냐고요?"

남자는 야스다를 힐끗 보더니 잠자코 고개를 다시 하늘로 쳐들었다. 감정이 전혀 섞여 있지 않은 무표정한 얼굴로 보아 그는 야스다의 존재를 깡그리 무시하고 있는 게 틀림없었다. 사고의 원흉이 딴청이니 야스다는 은근히 약이 올랐지만, 남자의 태도에는 말로 설명하기 어려운 진중한 구석이 숨어 있어 이상하게도 함부로 지탄할 수가 없었다.

"도대체 이 사람 뭘 보는 거야?"

야스다가 소심하게 웅얼거리며 하늘을 올려다봤다. 당연한 이야기지만 하늘에는 하늘이 있을 뿐이었다. 어이가 없어 실소가 다 나왔다. 도대체 꼬리를 이으며 차들이 쌩쌩 달리는 도로 한가운데 멀뚱히 서서 구름이나 감상하고 있는 인간이 정상이란 말인가? 하지만 이런 황당한 가슴을 아는지 모르는지 남자는 몸을 홱 돌리더니 그의 어깨를 툭 치고는 성큼성큼 길을 건너가기 시작했다. 야스다가 얼른 따라 걸으며 말했다.

"여보세요, 다음부터는 찻길 한가운데 서 있지 마세요. 아주 위험해요."

"…."

"사람 말을 무시하는 거야, 못 알아듣는 거야?"

야스다가 손을 허리에 얹고 불만을 토로했지만, 남자는 끝내 그에게 눈길 한 번 주지 않았다. 불쾌했다. 그래도 뭘 어쩌겠는가? 액땜으로 치고 어깨를 만지작거리며 차로 향하는데 웬일인지 돌아가는 그의 발걸음이 시간이 지날수록 점점 느슨해졌다. 뇌리를 스치는 기억이 발목을 부둥키고 있는 것이었다.

"가만있자…. 저 걸음걸이와 눈매, 낯이 익은데? 누구더라? 오래전에 본 적 있는데…."

야스다의 심장이 첫사랑과 조우한 늙은이의 것처럼 두근거렸다. 키타이에서 처음 동향으로 추정되는 사람을 찾았다는 반가움 때문이었다.

"아하! 그 친구일 것 같은데? 워낙 독특한 눈매를 가지고 있었기에 내 기억을 하지. 그래, 틀림없어. 호…, 세월 좀 봐라. 겨우 눈썹이 내

510

배꼽까지 오던 어린애가… 그러니 대체 내가 얼마나 늙은 거야?”

'빵-빵! 빵-빵, 빵-빵!'

“으, 으악!”

야스다가 기겁을 하며 뒤를 돌아봤다. 노란색 닛산 스포츠카 한 대가 그를 향해 질주해 오고 있었다. 어림잡아도 족히 이백 킬로 되는 미친 속도였다.

“뭐? 뭐가? 뭐야!”

스포츠카는 그제야 야스다를 본 모양이었다. 급히 브레이크를 잡았지만, 그게 그 속도에서 올바로 멈출 리가 절대 없었다. 아스팔트 위를 덩실거리며 비틀대던 스포츠카는 야스다의 정강이를 범퍼로 아슬아슬하게 건드리더니 결국 가로수를 정면으로 들이받고 말았다.

그건 큰 사고였다. 자동차의 후드가 U자 모양으로 말려들어 간 건 당연지사였고 엔진룸에서는 산신령이라도 뿅 올라올 것처럼 흰 연기가 뭉게뭉게 뿜어져 나왔다. 깜짝 놀란 야스다가 사고 난 자동차로 달려가며 외쳤다.

511

“괜찮아요? 화재로 이어질 수도 있어요. 어서 나와요!”

이윽고 찢어진 청바지에 꽃무늬 남방 차림의 한 젊은 남자가 뒤통수를 잡고 차에서 내렸다.

“에이 씨! 두 달밖에 안 된 새 찬데!”

남자가 눈을 부라리며 야스다를 향해 포악스럽게 걸어왔다. 그의 이마에서는 피가 조금 흐르고 있었지만, 큰 상처는 아닌 듯했다.

“조심했어야죠, 왜 이런 데서 그렇게 속력을…. 일단 경찰에 신고하고… 그다음에 보험….”

“아저씨 미쳤어? 지금 장난해?”

“네?”

"자살하려면 혼자 해야지! 찻길 한복판에서 그렇게 서 있으면 어쩌자는 건데? 아, 머리야! 뭐야 이거? 내 차 완전 호로 병신 됐네?"

"가만있어 봐요, 젊은이. 뭔가 오해를 했나 본데…. 내가 아니요, 나 역시 길 한복판에 서 있던 어느 남자 때문에 방금 당신처럼 급정거했소."

"무슨 귀신 씻나락 사랑하는 소리야? 여기 아저씨 말고 또 누가 있어? 아, 정말! 경찰이나 불러요!"

"내가 경찰이었소."

"뭐요?"

"…."

"이었다고? 이었다고? 지금은 아니라는 거네? 장난해 아저씨?"

야스다는 더 이상 현 인류의 언어로는 이 젊은 남자와 소통할 길이 없다고 판단했다. 고개를 두리번거렸다. 방금 길을 건넌 수괴의 남자를 찾아야만 했다.

"어? 어디 가, 아저씨? 도망가? 아저씨 가족은 어쩌고?"

"도망은 무슨! 젊은이는 어서 경찰에 신고나 해요."

야스다가 황급히 남자가 걸어간 곳으로 뛰어가 보았다. 그러나 거리는 한적했고 냉정한 바람만 치불 뿐 그림자 한 장 흔들리고 있지 않았다. 예상했던 일이었다.

나무에 기대어 열띤 목소리로 누군가와 통화하는 스포츠카 주인을 스쳐 지나 야스다는 차로 돌아갔다. 딸이 보닛에 허리를 걸친 채 손에 뭔가를 들고 서 있는 모습이 보였다. 범상치 않은 분위기였다. 야스다는 저도 모르게 침을 꿀꺽 삼켰다.

"아빠, 이거…."

미카가 애매모호한 얼굴로 들고 있던 물건을 내밀었다. 그의 휴대 전화였다. 야스다가 전화기를 우두커니 바라보더니 뜨거운 감자라도 되는 듯 손가락 끝으로 살짝 집었다. 아빠의 얼굴을 옆에서 쳐다보던 미카는 기분이 묘했다. 눈을 가늘게 뜨고 새로 도착한 메시지를 읽어 내려가는 표정이 조금 전 거리에서 하늘을 올려다보던 남자의 그것과 점점 닮아 가고 있기 때문이었다.

마침내 야스다는 휴대 전화를 든 손을 밑으로 떨어뜨렸고, 하늘을 향해 고개를 들어 올렸다. 이미 그의 암갈색 눈동자에서는 불그름한 충혈이 시작되고 있었다.

"여보…."

아내의 소리에 놀란 야스다가 고개를 돌리자 한줄기 눈물이 주르륵 뺨을 타고 흘러내렸다. 아빠와 얼굴을 마주한 채 고개를 끄덕이고 있는 딸의 얼굴도 눈물로 흠뻑 젖어 있기는 마찬가지였다. 아직 메시지의 내용을 모르던 아내는 어안이 벙벙했다. 사방이 그야말로 눈물 천지였다. 야스다가 고개를 푹 숙인 채 천천히 전화기를 접어 주머니에 넣었다. 의문의 메시지는 두 번 다시 오지 않았다.

독 백

　그네를 타고 있었다. 순풍에 몸을 맡긴 쪽배처럼 그네는 잔잔하게 물결치고 있었지만, 어찌 된 영문인지 올라앉은 나츠코의 얼굴에 행복이 없었다. 그네가 구름을 향할 때도 땅을 스칠 정도로 낮게 깔릴 적에도 어린 소녀의 무감정한 시선은 언제나 한곳에 고정되어 있었다.

　무슨 생각을 가졌는지 나츠코가 느닷없이 그네에서 뛰어내리더니 바닥에 쪼그리고 앉았다. 사람의 행동이라기보단 양서류의 그것 같은 부자연스러운 몸짓이었다. 그네가 부메랑처럼 반작용하며 머리를 향해 다가왔지만, 순간 모든 것이 흑백으로 변해 버리더니 아이에게 어떠한 아픔도 주지 못한 채 그대로 투명하게 통과해 버렸다.

　나츠코가 고개를 든 채 손을 아래로 더듬거리더니 나뭇가지를 하나 집어 들었다. 그리고는 턱을 무릎에 괴며 흙을 도화지 삼아 뭔가를 열심히 그리기 시작했다. 기묘하게도 나츠코의 모션은 흠집 난 레코드판 위를 튀는 선율처럼 특정한 순환 점을 가지고 있었다. 지우지도 않은 채 끊임없이 지면에 덧칠되는 그림. 서민의 열쇠 꾸러미만 한 작은 손을 통해 오래전 할아버지가 건네준 네 잎 클로버는 그렇게 사활을 반복하고 있었다.

　후유코가 동생에게 다가가 옆에 바짝 붙어 앉았다. 겨우 한 살 터울이었건만, 언니보다 동생의 몸뚱이는 너무나도 작고 초라한 모습이었다. 후유코가 무릎을 모으며 떨리는 시선을 동생에게로 돌렸다. 동글붓처럼 생긴 가녀린 애교 머리가 바람에 살랑살랑 흩날리고 있었다. 정녕 나츠코였다. 미치도록 그리워하던 동생이 바로 옆에 있었다. 후유코는 말을 하고 싶었다. 하지만 입술은 더위에 늘어진 철근처럼 굳게 맞물려 있었고, 제아무리 안간힘을 써도 들어 올릴 수조차 없었다. 애타는 언니의 가슴을 아는지 모르는지 나츠코가 미약한 한숨과 함께 알 수 없는 말들을 내뱉기 시작했다.

"사랑하는 나의 언니, 정말 큰일이야. 세상이 또 언니를 괴롭히려고 해. 이번에는 그 어느 때보다도 가장 큰 용기가 필요할 텐데…"

나츠코가 흙 위에 그려진 잎사귀에서 눈을 떼지 않고 중얼거리듯 말했다.

"그렇다고 너무 두려워하지 마, 항상 그랬듯이 언니 옆에는 우리가 있어. 언니는 절대 혼자가 아니야."

후유코가 간신히 입술을 벌렸지만, 이번에는 목소리가 나오지 않았다. 답답해 미칠 것만 같았다. 고개를 필사적으로 가로저으며 신음했고 땅의 거죽에 그려진 클로버 위로 굵은 눈물방울이 뚝뚝 떨어졌다. 단지 한마디가 하고 싶은 것이었다, 사랑한다고…. 마음이 전해진 걸까? 방금 나츠코의 입가로 옅은 미소가 번진 것 같았다. 하지만 잠시뿐이었다. 나츠코는 또다시 무겁게 고개를 떨구었고, 축 늘어진 머리카락 사이로 작고 보잘것없는 육성이 새어 나왔다.

"언니만 행복하다면 나는 아무래도 좋아. 난 괜찮아, 언니만 행복하면 돼. 난 견딜 수 있어."

몇 번이고 같은 말을 되뇌던 나츠코가 슬픈 눈망울로 네 잎 클로버를 다시 흙 위에 새기기 시작했다. 왠지 모를 불길함에 후유코는 와락 동생을 껴안았다. 하지만 안을 수 없었다. 만질 수도 없었다.

나츠코의 작은 몸은 희뿌연 담배 연기처럼 손가락 사이를 휘휘 겉돌고 있었다.

"세상에서 가장 소중한 나의 언니, 힘이 들 때면 눈을 감고 우리들의 네 잎 클로버를 생각해 봐. 항상 그곳 두 번째 잎에는 내가 있을 거야. 마음이 괴로울 때면 고개를 들어 하늘을 봐. 리더스가 웃으며 언니를 보고 있을 거야. 우리는 언니만 행복하면 돼, 정말로…. 괜찮아, 우린 견딜 수 있어."

나츠코의 눈에서 땅콩 같은 눈물이 주르륵 흘러내렸다.

"구름 같은 것들이 나를 항상 붙잡고 있어. 그래서 난 움직일 수도 없어. 여긴 외로워. 하지만 참을 거야. 언니를 위한 것이라면 난 할 수 있어. 그러니까 언니는 포기하지 마. 꼭 행복해져야 해."

고개 숙인 나츠코의 형체가 돌연 얼음처럼 투명해지기 시작했다. 후유코가 깜짝 놀라 비명을 질렀다. 하지만 역시 금붕어처럼 입만 벌려졌을 뿐 소리가 없었다.

바로 이때였다. 등 뒤에서 나뭇가지를 밟는 듯한 바스락거리는 소리가 들려왔다. 고개를 획 돌렸다. 야구 모자를 깊게 눌러쓴 한 남자아이가 급하게 나무 뒤로 숨는 모습이 보였다. 나츠코도 그 아이를 본 모양이었다. 얼굴 가득 반가운 미소를 지으며 자리에서 벌떡 일어나더니 정체 모를 아이를 향해 달려가는 것이었다. 손에는 여전히 나뭇가지를 쥔 채로 있었지만, 후유코는 동생을 막아서지 않았다. 알 것 같았다. 나무를 등진 채 숨어 있는 소년이 누구인지 알 것 같았다. 틀림없는 리더스였다.

되돌아온 일상

"웬 땀을 이렇게 많이 흘리니? 어서 일어나 봐."

경미한 흔들림을 느끼며 후유코가 눈을 떴다. 땀에 흠뻑 젖은 머리카락이 그녀의 뺨을 지나 목 언저리까지 감싸고 있었다. 흐릿한 눈을 비비며 고개를 들자 제일 먼저 책상 위에 놓인 탁상 거울이 시야에 들어왔다. 순간적으로 오판이 찾아왔다. 도톰한 입술과 갸름한 턱선, 그리고 적당히 긴 검은 머리가 서로 조화를 이룬 아름다운 이십 대 여성의 얼굴이 동그란 거울 속에서 자신을 바라보고 있었다. 후유코 본인의 모습이었다. 누군가 어깨에 손을 얹으며 걱정스럽게 말했다.

"얼마나 피곤했으면 책상 위에 쓰러진 채 잠을 자니? 꿈을 꾼 거니?"

"네, 그랬던 거 같아요. 혹시 지금 몇 시쯤 됐어요?"

"9시? 9시 반?"

"저 좀 씻을게요."

"괜찮은 거니? 땀에 흠뻑 젖었는데…."

"네, 그냥 좀 지쳤나 봐요. 어차피 내일 일요일이니까 푹 쉬면 될 거예요."

"그래, 그렇다면 뭐 알았다. 아, 그리고… 내일 점심은 어디 외식이라도 해야 할 것 같구나. 지금 보니까 쌀통에 쌀이 하나도 없지 뭐니…, 어떠니? 안 되겠니?"

"네, 그래요. 전 좋아요. 근데 이번엔 제가 살 거예요?"

"그래? 그럴까? 그럼 좀 얻어먹어 볼까?"

의자에서 일어나 창가로 다가가자 온몸을 흘러다니던 땀이 서서히 증발을 시작했다. 빠끔히 열린 창문 틈으로 제법 찬바람이 들어오고 있기 때문이었다. 후유코가 약간의 몸서리와 함께 창문을 단단히 닫고 커튼까지 쳤다.

초록빛 입욕제 속에 몸을 담근 후유코의 콧등으로 송골송골 땀방울이 맺히기 시작했다. 그녀는 진즉에 나비 모양의 수도꼭지만을 물끄러미 바라보는 중이었다.

'꿈속에서 나츠코가 한 말…, 나만 행복하면 된다는 말이 도대체 무슨 뜻일까? 나츠코는 지금 불행 속에 살고 있다는 뜻일까? 우리라는 표현은 왜 썼을까? 설마 리더스하고 함께라도 있는 걸까?'

그동안 그녀의 꿈속을 수없이 종횡무진으로 활동했던 나츠코였어도 이번만큼 현실적이면서 슬퍼 보인 적은 일찍이 없었다. 후유코가 불안한 마음을 애써 다독이며 동생이 꿈속에서 했던 말들을 하나하나 머릿속에서 되뇌어 보았지만, 해답의 실마리는 여전히 찾을 길이 없었다.

'구름 같은 것이 나츠코를 붙잡고 있다 했어. 그것 때문에 움직일 수도 없다고…. 그건 설마….'

갑작스레 현기증이 날아와 관자놀이를 때렸다. 해머로 얻어맞은 듯 충격적인 아픔이었다. 후유코가 얼른 손을 뻗어 수도꼭지를 틀었다. 찬물이 폭포처럼 와르르 쏟아졌다. 조금 호흡이 트이는 것 같았다.

커튼을 열고 다시 책상에 돌아와 앉았다. 아직 물기가 완전히 가시지 않은 뜨거운 몸속에서는 보일락 말락 수증기가 올라오고 있었다. 후유코는 잠들기 전 하던 일을 마무리하고 싶었다. 양 손가락을 이용해 닫힌 노트북을 열고 전원도 켰다. 부팅이 끝난 컴퓨터는 언제나처럼 경찰청에서 운영하는 미아 찾기 페이지로 자동 연결되었고 정좌를 하며 액정 화면을 응시하는 후유코의 얼굴에는 긴장감이 점점 역력해졌다. 새로운 댓글을 스크롤 하는 그녀의 손놀림은 너무나도 능란했지만, 쓸쓸한 얼굴로 고개를 끄덕이는 걸 보니 오늘도 역시 특별한 내용은 하나도 건질 수가 없는 모양이었다. 하긴 그랬다, 2년도 아닌 20년이 지난 어느 무명 아이의 실종 사건에 대해 흥미를 가지고 있는 사람은 이 세상에 단 두 명밖에 없을 것이었다. 후유코 자신, 그리고 범인. 그래도….

노트북을 닫은 후유코가 고개를 천천히 숙여 왼쪽 귀를 책상에 밀착시켰다. 창밖을 통해 달빛을 차려입은 나뭇가지들이 남몰래 몸을 흔들고 있는 광경이 보였다. 이번에도 후유코는 춤추는 나무를 바라보며 가슴속 의지를 재다짐했다. 그녀 자신이 세상에서 숨을 쉬며 존재하는 한, 절대로 나츠코가 포기되거나 잊히는 일은 있을 수 없다는 불후의 서약이었다. 벌써 수천 번도 되뇌었던 각오이지만, 기이하게도 그때마다 혼탁한 슬픔 줄기가 콧잔등이를 흘러가는 건 그녀도 어쩔 수 없는 모양이었다. 의도하지 않은 흔적이 책상으로 떨어지자 후유코는 아예 눈을 감아 버렸다. 방금 꿈속에서 만난 동생의 체취를 조금이라도 주울 수 있을까 숨을 들이마셨지만, 물푸레나무의 쌉쌀한 냄새만이 그녀의 버스러진 가슴을 약 올렸다.

'듣고 있니? 오늘 밤에도 내 꿈에 나타나 줘, 꿈속에서라도…. 나츠코…, 나츠코….'

가슴속에서 동생의 이름을 끊임없이 거듭했다. 나츠코도 이 시간 어디선가 자신의 이름을 외고 있을지도 모르는 일이었다. 어쩌면 일방적으로 언니의 부름을 듣고 있는지도 알 수 없었다. 동생은 그런 능력이 있는 특별한 아이였으니까.

핑크빛 손거울

북적이는 사람들 틈에서 팔짱을 낀 채 앉아 있는 한 남성이 있었다.

차임벨이 울리자 남자가 팔짱을 풀고는 주머니에서 번호표를 꺼내보더니 이내 다시 넣었다. 친친 휘감긴 그의 곱슬머리가 원인인지, 움직일 때마다 옷을 뚫고 나올 듯 움찔거리는 그의 근육 때문인지 수많은 사람이 서 있었지만, 그의 옆자리에는 어리친 개 새끼 하나 없이 텅 비어 있었다.

"형님, 여기 계셨소?"

이십 대 후반의 한 남자가 비어 있던 의자에 냉큼 몸을 던지며 말했다. 남자는 광이 있는 검정 양복바지에 푸른색 셔츠를 입고 있었는데 위에 털실로 짠 핑크빛 조끼를 꿰고 있어 정말 촌스러워 보였다.

"한참 찾았소. 할 말이 좀 있어요. 어라? 형님이라 불러서 기분 나쁜 건 아니죠? 대주교가 서북 관할 외에는 이렇게 부르라고…."

"용건이 뭐야."

곱슬머리 남자가 정면을 응시한 채 말을 동강 냈다. 남자가 씁쓸한 미소 지으며 다리를 꼬았다.

"형님도 참, 여전히 날 무시하오? 나 예전의 시노부가 아니란 말이오."

시노부가 조끼에 손을 쑤셔 박고 껄껄거리더니 이내 정색을 했다.

"여기서 뭐 하시는 거요? 핸드폰도 받지 않더니… 이 시간에 은행에서."

"…"

"마라구치 십일조가 두어 달 전부터 170만 엔씩 비어요. 알고 있었소? 형님 관할이니 잘 알 거 아니오?"

"…"

"전화도 안 받으시고, 있는다는 게 은행? 뭐 누구에게 돈이라도 보낼 필요가 있소? 형님은 달린 가족도 없지 않소?"

"말을 조심하는 게 좋을 거야."

"내가 틀린 말 했소? 아, 맞군, 내가 잊었어. 쿠미가 있지, 쿠미."

곱슬머리 남자가 고개를 홱 돌려 시노부를 매섭게 쏘아보았다. 시노부가 남자의 시선을 의도적으로 피하며 말을 이었다.

"설마 내가 쿠미의 존재도 모르고 있다고 생각하는 건 아니죠? 내 똘마니들, 또 그 똘마니들의 똘마니들도 전부 알고 있어요. 아, 어쩌면 저기 은행 창구 직원도 알고 있을지 모르겠소?"

곱슬머리 남자가 주먹을 질끈 쥐고 자리에서 일어나려 하자 시노부가 다시 앉으라는 시늉을 했다.

"또 그러신다. 저기 도어 앞에 아가들 세 명 보이죠? 아무리 형님이 힘 좀 쓴다 해도 저것들에게는 조금 부치지. 게다가 여긴 형님 잘하는 불도 못 쓸 거 아니오? 자, 자, 본론 들어갑시다! 나도 형님 비위나 건드리려고 온 건 아니오. 그저 윈윈게임 하자는 거지."

시노부가 담배를 한 개비 꺼내 물더니 라이터 뚜껑을 열었다. 스크린 도어 옆에서 그 광경을 지켜본 청원 경찰이 기겁하며 달려왔다.

"손님! 금연이에요, 여기!"

"뭐라? 이 새끼가?"

시노부가 눈알을 부라리자 청원 경찰이 주춤하며 한 걸음 물러섰다. 기어이 담배에 불을 붙인 시노부가 한 모금 진탕 빨아먹고는 주위를 둘러봤다. 은행원들이 창구에서 일제히 그를 노려보고 있었고, 청원 경찰은 주머니에서 휴대 전화를 꺼내고 있었다. 시노부는 아차 싶었다. 공연스레 소란을 불러올 필요는 없는 것이었다. 그는 담배를 바닥에 떨구었고 그걸 구두로 비벼 껐다.

"쓸데없이 문제 만드는 건 여전하군."

"그래서 껐잖소, 그럼 된 거지."

시노부가 앉은 채로 기지개를 켜더니 하품을 했다.

"조금만 도와줘요, 형님. 그럼 입 다물고 있을게. 어디 그뿐인가? 뒤도 봐 드리리다, 교주 귀에 안 들어가게."

"나는 아무것도 잘못한 것이 없다."

"에헤, 또 그러신다?"

"뭘 어떻게 해 달라는 건데?"

"좀만 떼어 줘요, 나 요즘 힘들어…."

"얼마나?"

"그건 형님이 재주껏 알아서…."

시노부가 배시시 쪼개며 곱슬머리 남자 무릎에 손을 올리려 하자 그가 세차게 뿌리쳤다.

"십만 줄게."

"에? 머, 뭐요? 뭐라고요?"

"들었잖아."

"아니, 장난하시나?"

"…."

"절반 줘요, 절반."

곱슬머리 남자가 잠시 눈을 아래로 깔고 생각에 잠기더니 자리에서 일어났다.

"따라와."

"어딜?"

"돈 달라며?"

"그래서요?"

"따라오라고, 지금 내 손에 그 큰돈이 있을 리가 없잖아."

"쳇! 내가 바본 줄 아나 본데…."

"우리 집으로 가자는 게 아니야."

"그럼 어디 있소?"

"내 차에, 주차장에…."

"이리 가져오시오, 그럼."

"그 큰 현금 봉투를 여기 가져와서 달라고? 가뜩이나 네가 병신짓해서 안 그래도 경비가 틈만 나면 우릴 계속 주시하는데?"

"내가 따라 나가면 날 죽이려 하는 거 아니오? 내 맹세하는데 내 몸에 손가락 하나라도 대면 저기 아이들이 형님을…."

"아까 네가 말했잖아, 불도 못 쓰는데 어떻게 할 거냐고. 주차장에서는 내가 불을 쓸 수 있나? 내 차 안에서는 내가 불 쓸 수 있어? 그 좁은 공간에서?"

"그거야, 그럴지도 모르지."

"내가 내 차에 불을 지른다고? 이봐, 여기 사람들은 죄다 장님이야?"

"그거야…."

곱슬머리 남자가 가죽점퍼의 지퍼를 올리며 말했다.

"너 때문에 기분 잡쳐서 볼일 다음으로 미룬다. 돈 받고 싶으면 따라오든지, 말든지. 난 간다."

곱슬머리 남자가 출입문을 향해 성큼성큼 걸어나가자 시노부도 자리에서 벌떡 일어났다.

"형님! 어이, 잠깐만!"

시노부가 출입문 밖으로 나온 그를 종종걸음으로 따라가며 툴툴거렸다.

"이럴 거요, 엉? 말도 안 끝났는데 그냥 가기요?"

"난 끝났어."

곱슬머리 남자가 걸음을 멈추고는 어기적어기적 안짱다리로 쫓아오는 풍풍한 사내들을 손가락질했다.

"저것들… 어디까지 따라오게 할 작정이야?"

"어디까지긴요. 내가 가는 곳까지지."

남자가 시노부의 팔을 잡아당기며 나지막이 속삭였다.

"정신 나갔어?"

"에?"

"너 저 녀석들하고 돈을 나눌 셈이야?"

"어이구, 내가 미쳤소? 저것들이 한 게 무어 있다고."

"그럼 저놈들 우리 근처로 못 오게 해야지!"

"에헤, 또 그런다."

"정말 답답한 녀석이군. 저놈들이 네가 나에게 돈 받는 걸 보고도 얼마나 침묵할 것 같나? 하루? 한 달? 저 살만 뒤룩뒤룩 찐 돼지 새끼들이 자기네들에게 콩고물 한 점 떨어진 게 없는데 대체 언제까지 너에게 이마를 조아리며 충성할 거라 기대해?"

"그건…."

"멍청한 놈! 조금만 생각해 보면 알 수 있는 일이잖아."

곱슬머리 남자가 다시 자신의 차로 발걸음을 옮기자 이번에는 시노부가 그의 팔을 잡았다.

"그럼 어떡하면 좋겠소?"

"당연히 저기 출입구 앞에서 기다리라고 해야지. 돈 받는 건 철저히 비밀로 하고."

"그럼 나는…."

"너만 나를 따라오고."

시노부가 꺼림칙한 얼굴로 머뭇거리자 남자가 눈썹차양을 하고 기둥 옆에 주차된 차를 한 대 가리켰다.

"이것 보라고, 저게 내 차야. 아까도 말했지만 이런 데서 어설프게 불장난했다가는 3분 내로 전국에 있는 소방차와 경찰차가 모두 출동할 거야. 물론, 너의 그 소중한 돼지 삼 형제도 상황을 모를 리가 없고."

"으음…."

시노부가 자신도 모르게 신음 소리를 냈다.

"따라와, 돈만 건네받고 어서 꺼지라고."

"하기야 형님은 불 없인 사람 못 죽이지, 그건 내가 2년 전에 두 눈으로 똑똑히 봤으니."

시노부가 마른침을 꿀꺽 넘기고 입맛을 짝 다시더니 결심한 듯 휴대 전화를 꺼내 들었다.

"너희들은 그만 따라오고 아까 그 출입구에서 기다려라. 나는 형님과 긴히 할 얘기가 있다. 오래 걸릴 일은 아니니 그 자리에서 제대로 대기하도록 해. 만약 내가 10분이 지나도 돌아오지 않으면 당장 이리로 달려오너라, 이해했나?"

차에 도착한 곱슬머리 남자가 뒷문을 열고 시노부를 바라보았다. 15년은 족히 넘은 도요타 크라운이었는데 은색에 세차를 하지 않아 실제보다 더 낡아 보였다.

"차가 이게 왜 이래요? 누가 보면 요즘 형님 돈줄 끊어진 줄 알겠소."

시노부가 고개 숙여 뒷자리에 앉고는 얼른 실내 주변을 탐색했다. 일단 차 안에는 특별한 인화물이나 가연물도 보이지 않았다. 곱슬머리 남자가 주위를 한 바퀴 휘둘러보고는 앞에 탔다.

"문 닫아."

시노부는 순순히 문을 닫았고 한복판에 착석하기 위해 엉덩이를 들먹였다.

"으음?"

운전석 등받이 포켓 속에 아이 머리만 한 핑크빛 손거울이 비스듬히 박혀 있는 게 보였다. 시노부가 씨익 웃으며 혀로 입술을 핥았다.

"형님, 이게 뭔데요? 어유, 형님도 나처럼 취향이 독특하시네. 냉혹한 사나이가 핑크색 손거울? 히히!"

그가 손을 뻗어 거울을 집으려 하자 곱슬머리 남자가 번개같이 낚아챘다.

"거울이 아니야, 이건!"

"그럼 뭐요? 에이씨, 알 게 뭐야! 어서 돈이나 줘요! 너무 오래 있으면 애들이 의심한다니까?"

남자가 글러브 박스를 열더니 그 안에서 황색 봉투 세 개를 꺼내 뒤로 던졌다.

"자, 30만이야. 그 정도면 서운할 수 없지."

시노부가 멀뚱히 봉투를 바라보더니 고개를 뒤로 젖혔다.

"30? 지금 이거 30? 에라, 히히히!"

그가 후우 한숨을 내뿜고는 눈알을 뒤굴렸다.

"50, 50 줘요, 50."

"…."

"아니, 이 형님이 이렇게나 말이 안 통하는 사람이었나? 오늘따라 왜 이러시지? 나 나갈까요? 나가서 형님이 지금까지 해 드신 거 애들한테 다 불고, 교주에게도 쪼르르 달려가 전부 일러바칠까요? 확 그럴까?"

큰소리로 으름장을 놓기는 했지만, 이번에도 시노부는 그의 시선을 곱슬머리 남자가 아닌 엉뚱한 곳에 고정하고 있었다.

"빨리 줘요, 빨리. 아, 어서?"

남자가 고개를 천천히 가로저으며 글러브 박스에서 봉투 두 덩이를 더 꺼내 뒤로 넘겼다. 돈다발을 손에 든 시노부는 얼굴이 붉어지고 입도 귀까지 찢어졌다.

"세어 보겠소, 괜찮죠? 확실해야지."

시노부가 손바닥에 침을 한번 퉤 뱉더니 돈을 세기 시작했다.

"난 형님이 찔러도 피 한 방울 안 나는 천하의 악마라고 생각했는데 지금 보니 형님도 꽤 로맨티스트요? 닳고 닳은 술집 작부에 순정을 바치니…. 참, 사람 속은 알다가도 모른다니까?"

"볼펜 이리 내."

"어?"

"볼펜."

"볼펜?"

"주머니에 있잖아, 어서!"

"오, 이거? 뜬금없이 웬 볼펜? 여기."

곱슬머리 남자가 건네받은 볼펜을 손에 꽉 거머쥐고는 매서운 눈씨로 그를 노려보았다. 돈 세느라 반쯤 얼이 빠진 시노부도 심상찮게 시근거리는 남자의 숨소리를 알고 있었다.

"하이고, 그렇게 화난 얼굴 하지 마요. 멀리 보면 이거 다 투자 아니오? 나에게 투자하면 형님도 편안해지고, 나도 용돈 생겨서 좋고…, 누이 좋고 매부 좋고, 또 가재 치고 도랑 잡고…. 어? 반대던가? 이상하네!"

"아까 은행에서 네가 한 말."

"에?"

"더 이상 2년 전의 네가 아니라고."

"음. 그랬소."

"하나 말해 두겠는데, 나도 2년 전의 내가 아니야. 아니, 정확히 말하면 하나는 변했고 하나는 안 변했지."

"그렇소? 어? 아… 씨! 잊었어! 쌍! 처음부터 다시!"

"달라진 게 뭐고 안 달라진 게 뭔지 알고 싶나?"

"뭐 그러시던지…."

바로 그때였다. 곱슬머리 남자가 의자를 홱 뒤로 젖히더니 들고 있던 볼펜으로 시노부의 목을 찔렀다.

"악!"

한 번만이 아니었다. 같은 부위를 찌르고 또 찌르고 다시 찔렀다. 이내 목에서 붉은 피가 샘솟듯 쏟아져 나왔지만, 너무 순식간에 일어난 일이라 시노부는 여전히 상황 파악도 하지 못한 채 목만 부여잡고 있었다. 곱슬머리 남자가 아예 뒷자리로 넘어왔다. 그는 이미 수십 번 쑤셔 끝이 부러진 볼펜을 뒤로 집어 던지고는 근육질의 두 팔을 뻗어 이번에는 시노부의 목을 졸랐다.

"이 새끼…, 이 새끼가 날… 잘도…."

시노부가 뒤늦게 발길질을 하며 거세게 저항했지만, 돌덩이처럼 부풀어 오른 곱슬머리 남자의 이두박근 앞에선 무용지물이었다. 그가 조르던 목을 풀고는 이번에는 주먹으로 시노부의 두부를 마구 가격했다.

"2년 전과 한 가지 다른 점은… 불이 없어도 이렇게 살인을 할 수 있다는 거고…."

이미 너무 많은 피를 흘린 시노부는 그의 말에 대꾸는커녕 주먹도 피하지 못하고 다 얻어먹었다. 결과는 비참했다. 시노부가 인사불성인 걸 눈치챈 남자는 잠시 이마를 훔치며 숨을 고르는가 싶더니 천천히 뒷주머니에서 거울 같은 물건을 꺼냈다. 좀 전에 시노부가 지적했던 그 핑크빛 물건이었다. 그 정체불명의 물건은 손거울과 매우 흡사하게 생겼지만, 정작 유리가 있어야 할 가운데 부분이 텅 비어 있었고 좌측 측면 테두리가 유난히 두툼한 게 괴이쩍었다.

"그리고 2년 전과 한 가지 같은 점은…."

곱슬머리 남자가 물건을 시노부의 얼굴로 가져가더니 그걸 그대로 힘껏 꽉 눌렀다. 속이 비어 있던 그 물건은 이제 그 가운데 부분이 시노부의 오동보동한 얼굴살로 가득 채워졌다.

"여전히 얼굴을 싫어한다는 거야!"

곱슬머리 남자가 말이 떨어지기 무섭게 손거울 테두리에 숨겨져 있던 손잡이를 옆으로 활짝 펼쳤다. 그러자 뜻밖에도 긴 초승달 모양의 예리한 칼날이 모습을 드러냈다. 그는 그 서슬에 사활을 건 사람 같았다. 있는 힘껏 왼쪽으로 펼쳤다가 단숨에 오른쪽 끝까지 확 당겨 버렸다. 이내 고기 써는 소리와 함께 시노부의 얼굴 가죽이 벗겨져 날아갔고 하필이면 그 장소가 자동차 뒤 유리창이었다.

할머니 가라사대

가을날 호숫가 벤치의 한 귀퉁이.

후유코는 몸을 굽혔다. 구두 위로 기어오르는 개미를 쫓기 위해서였다. 한두 마리가 아니었다. 가볍게 발끝을 터는 것으로 곤충은 멀리 나가떨어졌지만, 조만간 또 다른 무리가 구두 굽을 타고 오를 거라는 걸 그녀는 알고 있었다. 후유코가 씁쓰레한 시선으로 무릎을 바라보았다. 땅콩을 함유하지 않은 초콜릿 바 두 개가 중국집 젓가락처럼 가지런히 올려져 있었다. 그랬다. 바로 이 초콜릿이 하이네의 로렐라이가 되어 개미들을 유혹했던 것이었다.

몽환 속에서 한탄하는 동생을 본 뒤 후유코는 망망대해의 편주처럼 표류하는 심장을 고정할 수가 없었다. 울연한 마음에 집 근처 호숫가로 나왔지만, 서글픈 심정에 나츠코가 좋아하던 초콜릿을 들고 있긴 했지만, 그저 잔잔히 하늘거리는 수면을 바라보며 추억만을 헤아릴 뿐 별반 할 수 있는 일이 없었다. 이윽고 그녀의 사색이 촉촉이 젖은 나츠코의 눈망울에까지 미치자 날 선 칼로 벤 듯 가슴이 아려 왔다. 비겁했지만 애통한 추억에 맞설 자신이 없던 후유코는 또다시 어린애처럼 눈을 감아 버렸다.

칠흑 같은 어둠 속에서 옅은 고추냉이 냄새가 은은하게 풍겨온 것은 그 무렵이었다. 눈꺼풀을 슬며시 들어 보았다. 언제 왔는지 거대

531

한 진주 목걸이를 목에 두른 한 백발의 노부인이 옆자리에 앉아 그녀를 바라보고 있었다. 후유코는 주춤했다. 미동도 없는 눈꺼풀로 빤히 쳐다보는 시선이 민망하다 못해 섬뜩하기까지 했기 때문이었다. 후유코는 눈길을 피하려고 공연히 고개를 들고 숙이기도 해 봤다. 소용없었다. 노인은 그때마다 누런 흰자를 정교하게 굴리며 그녀의 모든 움직임을 쫓아다녔다. 상반신이 홀딱 벗겨진 것 같은 강렬한 수치심이 후유코의 가슴을 헤집었다. 더 이상 앉아 있을 수 없었다. 나쁘지만 벤치에서 일어나기로 하고는 휴대 전화를 찾아 들었다.

"아유~, 오늘 날씨 참 괜찮다. 정말 좋은 날씨네, 안 그래요?"

끝말이 살짝 떨리는 전형적인 노인의 목소리였다.

"…"

"안 그래요?"

"아, 네. 그러네요."

"좀 차갑긴 하지만 이런 날씨가 긴장감도 식혀 주고 되레 좋지, 뭐."

"…"

"아가씨는 집이 이 근처우?"

"네…."

"아유, 고거 참 부럽구려. 난 말이우, 이 호수를 특히 좋아하는데, 집이 워낙 멀어 자주 올 수가 없다우. 병원에 갈 때만 한차례 들를 수 있다니까?"

"아, 네…."

노부인이 얼핏 시선을 후유코의 다리가 있는 곳으로 향하더니 입가에 야릇한 미소를 지었다.

"사실 나도 아가씨처럼 마음이 우울하다우."

"네?"

"다 아들 때문이지. 도통 자기가 일하는 곳에 날 오지 못하게 한다니까?"

후유코가 저도 모르게 인상을 찌푸리며 천천히 고개를 끄덕였다. 원래 그녀는 노인과의 대화를 즐기는 몇 안 되는 젊은 처자 중 한 사람이었지만, 그것도 경우 나름이었다. 지금처럼 마음이 어수선한 와중에 남의 집안 사정 맞장구나 쳐줄 정도의 여유까지는 가지고 있지 않았던 것이다. 주위를 바쁘게 둘러보며 일어날 구실을 찾고 있는데 노부인이 또다시 특유의 시선으로 그녀를 훑어보기 시작했다.

"음, 음…, 하지만 말이야. 나 오늘은 꼭 가 볼 거야. 아들이 일하는 직장이 어딘지 부모가 알지도 못한다는 게 도통 말이 되냐, 이 말이지. 안 그러우? 나 오늘 꼭 갈 거야."

"네…."

잠시 뜸을 들인 노부인이 또 한 번 후유코의 다리 부분을 힐끔거렸다. 이번에는 후유코도 노인의 야릇한 눈빛을 분명하게 읽었다. 얼른 치마를 끌어내리고 꺼림칙한 표정으로 자리에서 일어났다.

"저기, 전 이만…."

그런데 노부인이 또 알 수 없는 말을 던지는 것이었다.

"그런 삐쩍 마른 거 두 개 가지고는 어림 반 푼어치도 없지. 그럼, 그걸로 개를 만족시킬 수는 없어."

등줄기를 타고 소름이 쫙 돋았다. 어떤 의미인지 따위는 중요하지 않았다. 그저 변태 같은 노인네에게서 도망을 치고 싶었다. 후유코가 치마 주름을 펴지도 않은 채 손가방을 팔에 걸치고는 일단 노인에게서 멀어지는 걸음질을 시작했다. 당황 속에 걷는 총총걸음은 무척이나 빨라 그녀의 몸을 순식간에 벤치로부터 밀어냈지만, 나이와 어울리지 않는 노부인의 기운찬 목소리 역시 그에 질세라 끈질기게 등을 타고 넘어왔다.

"만족시키려면 네 개는 있어야 돼. 그거 두 개로는 여전히 부족하지."

노인이 천천히 백발의 머리를 호수 방향으로 돌리며 중얼거렸다.

"나츠코는 앉은자리에서 그 초콜릿 네 개는 먹는다고…."

새로운 시작

'나츠코…, 나츠코? 나츠코!'

후유코가 낚싯바늘에 턱이 걸린 물고기처럼 몸을 뒤틀며 노부인에게 달려들었다.

"어르신네! 방금 뭐라고 말씀하셨어요? 네?"

어깨를 붙잡고 드세게 흔들자 노인 특유의 탄력을 잃은 볼살이 위아래로 출렁거렸다.

"방금 나츠코라고 하셨죠? 아니라고 하지 마세요. 저 분명히 들었어요. 어르신네가 나츠코를 어떻게 알고 계세요?"

"가만히 좀! 그렇게 다그치면 나보고 어찌하라고…."

노부인의 책망에 후유코는 얼른 어깨에 얹은 손을 내려놓았다. 하지만 그때뿐이었다. 그녀의 가녀린 손가락은 금세 또 노인의 팔목을 헤집고 있었고, 대답을 갈구하는 눈동자에는 눈물이 그렁그렁 맺혀 있었다.

"어이구, 어지러워라. 원…, 알다 뿐이겠수? 몇 번이나 보았다우. 마지막 본 게 한… 일주일 전이었지 아마?"

노부인이 괴로운 듯 목덜미를 잡으며 말했다. 어느새 그녀의 입가를 맴돌던 야릇한 미소는 자취를 감춘 뒤였다.

"어떻게요? 어디서요? 왜요? 네? 네?"

후유코가 실성한 사람처럼 손을 떨며 지갑에서 나츠코의 사진을 꺼내려 하자 노부인이 고개를 가로저었다.

"사진 그거 보여 주려구? 필요 없대두. 얼마 전에도 봤다니까 무슨 사진은…."

수십 가지의 감정들이 하나의 거대한 너울이 되어 그녀의 가슴속에서 요동쳤다. 후유코가 앞뒤 생각도 없이 흙바닥에 무릎을 꿇고 노부인의 손을 잡았다.

"제가 나츠코의 언니인 줄은 도대체 어떻게 아신 거예요, 네?"

"응? 언니야? 그러니까… 엄마가 아니구? 나이 차이가 꽤 클 텐데 의외구려. 아무튼, 처음 보자마자 난 가족인 거 알았다우. 이 나이 정도 먹을 때가 되면 자연히 그 정도 구분은 가능한 거라우. 놀라긴 무얼 그래."

후유코가 반강제로 노부인의 무릎 위에 나츠코의 사진을 올려놓고는 애원하듯 두 손을 모았다.

"어르신네, 그래도 사진 한 번만 봐 주세요. 어려운 일 아니잖아요. 이 아이가 맞나요? 저에겐 생사가 걸린 문제예요."

노부인이 손가방에서 천천히 돋보기를 꺼내더니 턱을 치켜들고 사진을 살폈다.

"응, 맞는데 무얼? 얼굴이 맞네, 그래. 조금 더 마르긴 했지만 정말 아주 꼭 같네? 내가 저번에는 초콜릿도 줬어. 얼마나 잘 먹는지 몰라. 안 주면 모를까, 주려면 네 개는 줘야 돼. 그거 두 개는 안돼. 아마 불같이 화낼걸?"

"그러니까 그게 도대체 언제였어요? 어디서였죠? 혹시 연락처라도 아세요?"

"한 가지씩 질문을 해야지. 노인네가 어떻게 그걸 다 답하겠수?

안 그러우?"

느긋하기만 한 태도였다. 후유코는 복장이 터져 버릴 것만 같았다.

"어르신네! 전 나츠코의 언니예요. 동생을 찾기 시작한 지 이십 년이 다 됐어요. 동생을 찾을 수만 있다면 전 당장 목숨을 내놓을 수도 있어요. 제발 알고 계신 것이 있다면 하나라도 말씀해 주실 수 없으신가요? 이렇게 빌게요."

이때 발자국 소리가 다급히 가까워지는가 싶더니 뒤에서 누군가의 목소리가 들려왔다.

"할머니! 대체 지금 여기서 뭐 하시는 거예요?"

베이지색 점퍼를 입은 한 남자가 두 손을 무릎에 받치고는 숨을 헐떡이고 있었다. 숙인 머리카락 사이로 두피가 적나라하게 드러난 거로 보아 어느 정도 세월을 먹은 사람인 것 같았다. 노부인이 반가운 얼굴로 일어나 남자의 팔을 덥석 잡았다.

"아니, 쿠보타 씨야말로 여긴 웬일이우? 혹시 날 미행한 거우? 이 노인네를? 나도 쓸데가 있나 보우?"

남자가 짜증스럽다는 듯 인상을 찌푸리며 말했다.

"어서 돌아가세요."

그는 다짜고짜 노부인의 팔에 팔짱을 끼웠고, 그대로 잡아끌기 시작했다.

"쿠보타 씨, 노인네 팔을 이렇게 세게 잡으면…. 팔 부서지겠네, 살살 좀…."

하지만 남자는 두툼한 입술을 꾹 다문 채 묵묵부답일 뿐 노인을 풀어 줄 생각은 꿈에도 없어 보였다. 후유코가 깜짝 놀라며 그들 앞을 가로막았다.

"저기, 잠깐, 잠깐만 기다려 주시겠어요? 저 아직 어르신네에게 여쭤

볼 말이 남았거든요. 바쁘시더라도 몇 마디만 물어보게 해 주세요."

남자가 주변을 살펴보더니 진중한 얼굴로 말했다.

"아가씨, 당사자를 앞에 두고 이런 말 하면 안 되겠지만…, 여기 이분은 환자예요. 치매를 앓고 있다고요. 아가씨에게 도움을 줄 수 있는 그런 분이 아니세요. 그러니 그만 돌아가세요."

"아닙니다, 그렇지 않습니다. 혹시 그렇다고 해도 분명히 제 동생을 알고 계셔요. 그렇죠, 어르신네? 뭐라고 말씀 좀…."

남자가 차갑게 돌아서며 말했다.

"아무튼, 미안합니다. 그럼…."

그러나 이십 년 만에 조우한 동생의 유일한 목격자를 순순히 돌려보낼 후유코가 아니었다. 있는 힘껏 노부인의 팔을 붙잡은 채 자신에게로 당겨 버렸고 그 모습을 본 남자가 눈을 치켜뜨며 태도를 바꿨다.

"아가씨! 이러면 곤란하지? 이거 엄연히 업무 방해야?"

남자가 삐쩍 마른 손가락을 들어 길 맞은편을 가리켰다. 경광등을 죽인 구급차 한 대가 낙엽을 잔뜩 짓뭉갠 채로 갓길에 멈춰 서 있는 것이 보였다. 후유코는 망연자실했지만 어쩔 도리가 없었다. 팔을 잡고 있던 손에서 힘을 스르르 뺄 수밖에 없었다. 곧바로 노부인은 막강한 힘으로 남자에게 이끌려 갔다.

이러지도 저러지도 못한 채 서 있는 후유코의 목전에서 괴이한 광경이 펼쳐진 건 바로 다음 순간이었다. 남자에게 헉헉대며 딸려 가던 노부인이 갑자기 뒤를 홱 돌더니 후유코를 향해 눈을 찡긋 감으며 윙크를 보낸 것이었다.

"…네?"

아차 하는 생각이 번개처럼 뇌리를 스치고 지나갔다. 그랬다. 후유코는 지금까지의 대화가 애초부터 그릇되었다는 걸 그제야 직감할 수 있었던 것이다. 얼른 손을 올려 나츠코의 사진을 쳐다봤다. 분홍 헬로키티 셔츠를 입고 배시시 웃고 있는 나츠코의 사진이 순간적으로 햇빛에 반사됐다. 후유코가 입술을 깨물었다. 너무 기쁜 나머지 그녀는 시공간을 무시하는 치명적인 실수를 범한 것이었다. 노부인은 분명히 사진 속 나츠코를 일주일 전에 봤다고 했다. 하지만 지금 후유코가 들고 있는 사진의 나츠코는 7살 때의 모습이었다. 무려 20년 전의 모습인 것이었다. 시간이 멈추지 않고서야, 귀신을 본 것이 아닌 다음에야 노부인이 사진 속 7살의 나츠코를 보는 것은 현실에서 절대 불가능한 일이었다.

'혹시 할머니는 나츠코의 현재 모습으로부터 어렸을 때의 얼굴을 유추해서 맞다고 말한 것은 아닐까?'

자신에게 스스로 질문하던 후유코는 성급히 고개를 저었다. 나츠코의 엄마인 줄 알았다는 노부인의 말이 기억 속에서 불거져 나왔기 때문이었다. 노인네는 얼마 전 실제로 일곱 살 아이의 나츠코를 봤다고 주장하고 있는 것이었다. 병원 직원의 말대로 정신이 아픈 할머니가 분명해 보였다.

손맥이 풀리더니 휴대 전화가 발등으로 뚝 떨어졌다. 어지러웠다. 쓰러지듯 벤치에 주저앉자 기대에 부풀어 있던 감정도 함께 가슴에서 와르르 쏟아져 내렸다. 또다시 원점이었다. 후유코는 어린아이처럼 얼굴을 파묻은 채 엉엉 소리 내어 울었고, 근처에서 먹이를 쪼던 비둘기 떼가 아우성에 깜짝 놀라더니 푸드덕 하늘로 날아올랐다.

벤치에 맞닿아 있던 어깨의 떨림이 서서히 잦아들기 시작할 즈음이었다. 휴대 전화 벨이 울렸다.

"…여보세요."

"나야, 지금 어디니?"

"…여기 호수 공원이야, 집 근처…."

"공원? 거기서 뭐 해? 설마 잊은 거 아니지? 우리 오늘 미술관 가기로 약속한 거 말이야."

"응…."

"뭐니?"

"…."

"너, 우니?"

"아니…."

"뭐야? 괜찮은 거야?"

"아!"

후유코가 갑작스레 자리를 박차고 일어났다.

"저기, 잠깐만! 나중에 다시 전화할 게!"

서둘러 전화를 끊은 그녀의 눈동자가 빠르게 흔들리며 진실을 뒤지고 있었다.

'이름! 이름! 난 할머니에게 나츠코의 이름을 말한 적이 없어! 절대로! 근데 할머니는 어떻게 나츠코의 이름을 알았을까?'

후유코가 자신의 핸드백과 지갑을 열어 보고 사진의 뒷면도 확인했다. 어디에도 나츠코의 이름을 암시할 만한 글은 적혀 있지 않았다. 후유코는 하늘을 보고 빙그레 미소를 지었다. 새로운 시작이었다.

종이비행기

"미안해, 유우미. 일이 생겨서 그런데… 우리 다음에 보면 안 될까?"

집으로 돌아온 후유코가 이그니션 홀에 열쇠를 꽂으며 양해를 구했다. 턱에 눌린 수화기를 통해 유우미의 걱정스런 목소리가 흘러나왔다.

"무슨 큰일이 생긴 건 아니야. 어디 좀 급히 다녀와야 할 것 같아서…. 미안해, 미리 말해 줘야 하는 건데…. 갔다 와서 전화할 게."

광택을 잃은 흰색 큐브가 노킹 소리를 내며 아스팔트 위로 올라섰다. 운전대를 부여잡은 손이 부르르 떨리고 있었다. 그녀의 머릿속엔 '혹시'라는 문장 부사가 끊임없이 되풀이되고 있었다.

'혹시 그 할머니가 정말로 나츠코를 본 것이라면? 혹시 동생의 실종에 대한 열쇠를 가지고 있다면? 혹시 그 할머니가 범인과 연관이 있다면? 혹시, 혹시!'

차를 세운 후유코가 어깨를 좁히며 이마를 운전대로 가져갔다. 두 시간 남짓의 운전이었건만, 요란한 심리 상태 덕분에 피로가 뼛속까지 스며들어 있었다. 잠시 눈을 붙이고 숨을 고르던 그녀는 마침내 묵은 침을 삼키며 천천히 운전대 속에 묻어 두었던 얼굴을 들었다. 기분이 묘했다. 보닛 위로 이십 년 전 나츠코를 훔쳐 갔던 공원이 열두 폭 병풍처럼 가로로 펼쳐져 있었다.

구두를 내치는 듯한 걸음걸이로 공원의 마른 흙 위를 헤쳐 나갔다. 낮게 깔리는 먼지들 위로 그네가 부상하듯 몸통을 드러내자 이마에 송골송골 땀이 맺히기 시작했다. 한 걸음만 남기고 걸음을 멈춰 그넷줄을 잡았다. 주위를 둘러보던 그녀의 입이 점점 크게 벌어졌다. 공원은 누군가 방부제라도 흩뿌려 놓은 듯 예전의 윤곽을 고스란히 보존하고 있었다. 아이들에게 매를 맞던 리더스가 몸을 숨긴 구름다리는 물론이거니와, 심지어 그 위를 감고 도는 바람 소리조차 똑같았다. 달라진 건 성인이 되어 버린 후유코와 울긋불긋한 옷을 입고 계절을 잊은 채 게임을 하는 생면부지의 아이들뿐이었다. 나츠코가 실종됐을 땐 이 세상에 존재조차 없었을 동아리였다.

후유코가 천천히 그네에 앉았다. 치한이 끌어안은 듯한 불쾌감이 옆구리를 엄습했다. 그녀의 몸은 작고 아담했지만, 어렸을 때의 편안함을 느끼기엔 골반이 너무 자라 있었다. 그넷줄에 손을 올리고 자세를 가다듬었다. 손잡이에서 노목의 송진과도 같은 녹물이 배어 나왔지만, 후유코는 눈치채지 못했다. 그녀는 이미 깊은 추억 속으로 빠져들고 있었고 입에서는 몽상가만이 할 수 있는 혼잣말이 거침없이 새어 나오고 있었다.

"리더스….

나를 진심으로 아껴 주던 넌 지금 무엇을 하고 있을까? 날 잊은 건 아니지? 내 생각도 가끔은 하는 거지? 우리의 약속… 잊지 않은 거지? 나를 위해 언젠가는 다시 미국에서 돌아올 거라고 믿고 있을게.

나츠코….

세상에서 가장 날 사랑해 준 나츠코…, 알고 있니? 내가 너의 숨결을 아직도 가끔 느낀다는 사실을…. 넌 살아 있고 날 기다리고 있어. 내가 널 다시 찾아 주길 기다리고 있는 거잖아. 내 말 들을 수 있잖아, 넌. 우린 다시 만나게 될 거야. 난 널 절대로 포기 안 할 거니까….

그리고 네 잎 클로버, 네 번째 잎.

넌 결국 아무것도 나에게 해 준 것이 없었구나…. 오히려… 아?"

뭔가 따끔거리는 통증이 느껴져 무릎을 내려다보았다. 어디서 날아왔는지 종이비행기 한 대가 엉성한 자세로 넓적다리 사이에 앉아 여정을 달래고 있었다. 후유코는 고개를 갸웃하며 종이비행기를 집어 들었다. 초등학교 공작 시간에 배웠던 나카무라 형식으로 접힌 비행기였는데 요리조리 삐죽빼죽 튀어나온 게 그 마무리가 실로 엉성하기 짝이 없었다. 웃음보가 터져 나오려는 것을 가까스로 참으며 후유코는 그네에서 일어났다. 그런데 막상 서서 종이비행기를 들고 있어 보니 녀석의 꼬리 부분에만 유독 잉크가 심하게 번져 있는 형상이 눈에 띄는 것이었다. 코 앞으로 끌어당겨 자세히 보았다. 그건 누군가가 흘겨 적은 메모였다.

543

네 잎 클로버. 그 약속을 지키기 위해. 하지만

깜짝 놀란 후유코가 눈을 휘둥그렇게 뜨며 종이비행기를 풀어헤쳤다. 그러자 메모의 전문이 한눈에 들어왔다.

네 잎 클로버. 그 약속을 지키기 위해. 하지만 날 기억하고 있을까? 솔직히 두렵다.

누군가가 검정 사인펜으로 휘갈겨 쓴 메모였다. 떨리는 손으로 종이를 뒤집었다. 커다란 네 잎 클로버가 그려져 있었는데 특히 네 번째 잎에만 검게 색칠이 되어 있었다.

"죄송해요, 일부러 그런 건 아닌데…. 잘못했어요."

머리를 양쪽으로 갈라 묶은 귀여운 얼굴의 여자아이가 달려오더니 수줍게 말했다. 후유코가 헤쳐진 종이쪽지를 흔들며 다급한 표정으로 물었다.

"이 종이비행기, 네가 만들었니?"

아이가 입을 뾰족하게 오므린 채 고개 저었다.

"아니요, 선물 받았어요."

후유코가 아이의 대답이 채 끝나기도 전에 다시 물었다.

"미안하지만, 누구에게 받았는지 물어봐도 될까?"

"어떤 아저씨에게서요. 음… 바로 지금 언니가 앉아 있던 그네에 그 아저씨도 앉아 있었어요, 이렇게요."

여자아이가 똑같이 흉내를 내며 그네에 앉으려 애썼다.

"어떻게 생긴 사람이었니? 자꾸 질문만 해서 미안해."

"아뇨, 괜찮아요. 고개를 숙이고 있어서 얼굴은 솔직히 잘 못 봤지만…, 하얀 셔츠에 검정색 같은 양복을 입고 있었어요. 근데 왜 그러세요?"

"미안해, 아주 중요한 일이라서…."

아이가 덩달아 심각한 표정을 지으며 고개를 끄덕였다.

"그 남자가 종이비행기를 접어서 너에게 준 거구나?"

"그건 아니에요. 그 아저씨가 종이에 낙서한 걸 버리려고 해서 제가 비행기를 만들고 싶으니 달라고 했어요. 그래서 아저씨가 주셨고요. 친절한 분 같았어요."

"그럼 혹시 그 남자가 어디로 갔는지도 알고 있는 거니?"

아이가 몸을 돌려 반대편 골목을 손으로 가리켰다.

"저기요, 저쪽 길로 갔어요. 아마 10분도 안 됐을걸요?"

후유코는 고맙다는 인사도 잊은 채 아이가 가리킨 곳으로 허겁지겁 달려갔다.

모퉁이를 돌자마자 검은 양복에 흰 와이셔츠 차림의 한 남자가 고개를 숙인 채 휴대 전화를 만지작거리고 있는 모습이 실제로 보였다. 생각할 겨를도 없이 무턱대고 그에게로 걸어가고 있는데 그의 등 뒤로 또 다른 정장 차림의 남자가 담배를 꼬나물고 서 있는 장면이 시야에 들어왔다. 그들만이 아니었다. 보도블록 옆에 주차돼 있던 세단에서 내리고 있는 너덧 명의 남성들도 한결같이 검정색 양복을 빼입고 있었다. 부자유스럽게도 길거리가 온통 어두운 양복 차림의 젊은 남자들로 메워져 있었는데 거기에는 나름대로 합당한 사정이 있었다. 그들은 모두 결혼식 피로연을 축하하기 위해 모인 신랑측 친구였다. 후유코의 두 팔이 건전지가 다 된 완구 로봇처럼 무릎으로 뚝 떨어졌다. 더 이상 나아갈 곳도, 찾을 수 있는 것도 없었다. 쓸쓸히 몸을 되돌릴 수밖에 없었다.

등을 새우처럼 구부리며 맥없는 발걸음을 이어가고 있었다. 문득 누군가 자신을 쏘아보고 있는 듯한 불쾌감이 엄습했다. 걸음을 멈추고 주변을 휘둘러보던 후유코는 하마터면 비명을 지를 뻔했다. 착각이 아니었다. 놀랍게도 점심때 만났던 노부인이 맨발로 벤치 위에 올라선 채 자신을 뚫어지게 치어다보고 있는 것이었다. 기모노를 정 갈하게 차려입었기 때문인지는 몰라도 노부인의 이색적 행위는 아까 점심때와는 또 다른 섬뜩함을 안겨 주고 있었다.

"할머니!"

후유코가 달려오자 노부인이 무안한 표정을 지으며 벤치에서 폴 짝 내려왔다.

"어구구, 허리야. 미안하우, 많이 놀랐지? 하지만 난 키가 작아서 뭘 보려면 이래야 된다우."

"어떻게 여기에?"

"응? 쯧쯧…. 역시 아까 내가 한 말 제대로 듣지 않았구려? 오늘 아들 직장에 간다고 했잖수. 지금 갔다 오는 길이라우. 난 말하면 반드시 해야 하거든."

노부인이 마치 국익을 위해 큰일을 한 사람인 양 목에 힘을 주며 말했다.

"그렇다면 여기, 여기 사시는 거였어요? 키타이?"

"옳지, 맞지! 그렇지. 오호호!"

얼떨떨한 얼굴로 고개를 끄덕이는 후유코에게 노부인이 뜬금없이 물었다.

"아가씨, 혹시나 해서 묻는 건데…, 자동차 있수?"

"네, 있어요."

"가지고 왔수?"

"네, 할머니. 저 차 가지고 왔어요."

노부인이 가뜩이나 주름진 얼굴에 미안한 표정을 더했다.

"혹시 말인데…, 염치없지만, 나 좀 우리 집까지 태워다 주지 않으 려우? 오늘 하루 종일 걸었더니 다리가 좀 아파서 그래요. 더 이상

꼼짝도 못하겠다니까?"

　그거야말로 후유코가 내심 바라던 말이었다. 흔쾌히 허락하고 노
부인을 차로 안내했다.

노부인의 아들

집으로 가는 길이었다.

건들바람이 소란스럽게 보닛을 타고 넘어도 노부인은 이따금 창밖 풍경과 후유코의 얼굴을 번갈아 바라볼 뿐 아무런 말도 하지 않았다. 견딜 수 없는 답답함이 후유코의 가슴을 옥죄었지만, 섣불리 노인을 지치게 한다면 다시금 상황이 어렵게 꼬일 수도 있어서 이야기를 보챌 수도 없었다. 묻고 싶은 말들이 슬그머니 목을 타고 올라올 적엔 엄벙덤벙 기침하며 강제로 내려보냈다. 신기하게도 그렇게 입을 다물고 달리다 보니 차창 밖 미경 속에서 또 하나의 운전대가 보이기 시작했다. 노란 운전대였다. 해가 지고 있었다.

땅거미 속에서 은은한 빛을 발하며 모습을 드러낸 노부인의 저택은 실로 아름답고 웅장했다. 어디서나 흔히 볼 수 있는 일본식 걸침기와와 경사가 급한 지붕으로 이루어진 전통 가옥이었으나, 일반과 차이가 있다면 그 규모가 실로 어마어마하게 장대하다는 것이었다. 실제로 단층 가로 배열로 지네처럼 길게 늘어진 거각은 어림잡은 방의 개수만으로도 노부인의 나이와 엇비슷해 보였다. 정녕 숙박 시설이 아닌 개인의 집이라고는 그 누구도 쉽게 납득할 수 없는 짜임새였다.

548

실내는 예상대로 차분하면서 깔끔했다. 가운데 긴 복도를 중심으로 생선 가시처럼 방들이 대칭을 이루고 있는 구조였다. 후유코가 그 많은 방의 쓰임새를 궁금해하고 있는데 노부인이 허리에 손을 대며 그녀를 차실로 안내했다.

차를 한 모금 넘기고 노부인을 바라보았다. 어떻게 질문을 내놓아야 하는지 골몰하다 보니 자연스레 노부인의 얼굴에서 시선이 떼어지지 않았다. 구석진 곳에서 머리를 매만지던 노부인도 그녀의 마음을 눈치챈 듯했다. 손으로 다다미 바닥을 짚으며 성큼 탁자 옆으로 다가왔다.

"그래, 아가씨의 이름은 뭐라고 하우?"

"전 후유코라고 합니다. 하세가와 후유코입니다."

노부인이 천천히 고개를 끄덕였다.

"그럼 후유코 양은 나츠코의 친언니구려? 그렇게 되지?"

"네, 어르신네. 맞아요."

노부인이 입가에 묘한 보조개를 만들며 물었다.

"내가 나츠코 본 것을 믿는 거우?"

"네, 전 믿고 있어요. 믿고 싶어요. 저기, 그래서 말인데…, 말씀 좀 해 주실 수 없으신가요?"

"뭐가 알고 싶은 거우? 사실 난 별로 알고 있는 것도 없다우."

"나츠코… 일주일쯤 전에 보셨다고 했죠? 제 기억이 맞나요?"

노부인이 빠르게 눈을 깜빡이며 고개를 끄덕였다.

"응, 분명히 그렇게 말했지. 내가 정말로 치매라도 걸린 줄 알고 있수?"

"아뇨, 그런 게, 그런 게 아니고요. 일주일 전에 나츠코를 보셨을 때 어떤 모습이었던가요?"

"어떤 모습? 그야 아까 낮에 나에게 보여 준 사진과 별반 다르지 않은 모습이었지. 조금 더 여위고 혈색이 창백하긴 했어도, 똑같았수."

"같았다는 말씀은…."

"같았다구. 같은 게 같은 거지 뭐가 또 있수?"

미약하나마 기대를 품고 있던 후유코는 노인의 말을 듣자 인내했던 설움이 북받쳐 올랐다. 태풍에 줄기가 꺾여 버린 장미처럼 고개를 푹 수그리며 훌쩍거렸고 그걸 본 노부인이 작은 눈을 동그랗게 뜨며 물었다.

"괜찮수? 아니 왜 그러는 거지? 갑자기?"

"어르신네, 왜 거짓말을 하세요…. 전 정말로 기대하고 있었어요…."

"응?"

"너무하세요…. 할머니의 이런 장난이 저의 가슴에 얼마나 큰 상처를 주는지 모르실 거예요."

"장난? 아니 그게 무슨…."

노부인이 화가 난 듯 눈을 치켜떴다.

"그게 도대체 무슨 말이 그러우? 내가 거짓말을 하고 있다니? 무슨 근거로? 늙었다고 사람 막보고 그런 말 해도 되는 거우?"

"어르신네…, 제가 오전에 보여 드린 사진은 20년 전 사진이에요. 나츠코가 7살 때 찍은 사진이라고요…. 지금 나츠코가 몇 살인지 아시겠죠? 27살이라고요, 27살."

후유코가 손바닥 속에 얼굴을 담고 흐느끼기 시작했다. 하지만 도무지 알 수 없는 게 노인의 반응이었다. 크게 당황하여 허우적거릴 줄로만 알았는데 특유의 야릇한 미소로 후유코를 응시하더니 느닷없이 사내처럼 너털웃음을 치기 시작하는 것이었다. 한참 동안 웃음을 그치지 못했던 노부인은 마침내 배를 움켜쥐더니 누런 틀니마저 내보이고 말았다.

"호호! 오호호! 아니 난 또 뭐라고…. 아니 아직 모르고 있나 보우? 그 사실을 말이우. 시간이 그 아이를 피해서 흐른다는 사실을…. 내 말뜻을 알겠수? 그 아이에게 시간은 멈춰 있다우. 아유, 불쌍한 것. 불쌍한 것! 어쩌다가…. 쯧쯧!"

후유코가 천천히 고개를 끄덕였다. 노부인이 제정신이 아니라는 걸 유감없이 확인한 대목이었다. 가지고 있던 실낱같은 희망을 훌훌 털어 버리며 자리에서 일어났다.

"이제 가 봐야 할 것 같아요. 차, 잘 마셨습니다."

노부인의 눈매가 금세 샐쭉해졌다.

"간다구? 갑자기?"

"…."

"도통 내 말을 믿지 못하나 보네?"

"…."

"그럼 그러시구려. 나도 태워다 줘서 고마웠수."

노부인이 차갑게 말하고는 어린아이처럼 뒤를 홱 돌아 벽을 바라보았다. 보통 토라진 게 아닌 듯 보였지만, 후유코도 기분이 유쾌하지 않기는 매한가지였다. 일부러 소리 내어 벌떡 일어나 핸드백을 집어 팔에 걸었다.

"빌어먹을!"

문득 현관 쪽에서 욕설이 날아오며 어수선한 인기척이 들리는가 싶더니 금세 남자 한 명이 차실 안으로 들어왔다. 가르마도 없이 더부룩한 머리에 게슴츠레한 눈매를 소유한 중년 남성이었는데 수더분한 상판과는 달리 행동이 무척이나 과격했다. 노부인을 보자 들고 있던 가방을 다짜고짜 벽으로 내던지며 화부터 냈으니 말이다.

"어머니! 제가 죽기라도 바라시는 거예요? 거기가 어디라고 오신 거예요? 제가 몇 번이나 말씀드렸어요? 오시지 말라고 했잖아요! 이 제 어떡하실 건가요, 네?"

노부인이 싸늘한 얼굴로 시선을 찻잔에 못 박은 채 말했다.

"어미가 자식 직장에 간 것이 가방을 집어 던질 만큼 잘못한 짓이 더냐? 눈앞에 손님은 안 보인다더냐?"

"빌어먹을! 도대체!"

남자가 성난 얼굴을 후유코에게로 홱 돌렸다. 잔뜩 겁을 먹은 후유 코가 뒤로 한 걸음 물러나면서도 그의 불같은 행동에 주눅이 들어 얼결에 목 인사를 했다. 하지만 남자는 격노한 표정은 그대로 유지한 채 그녀의 이목구비를 요모조모 뜯어만 볼 뿐 시간이 흘러도 도무지 답인사가 없었다. 노부인의 것처럼 민망하고도 노골적인 시선이었다. 고약한 유전이라고 내심 생각하며 후유코는 문으로 향했다.

"잠깐만요."

"네?"

"우리 집에는 어떻게?"

"저기, 그게, 아까 밖에서 할머님이 걷기 힘들다 하셔서 제가 댁까 지 모셔다드린 거예요. 그것뿐입니다. 이제 시간도 너무 늦었고… 가 보려고요. 밖에 남자 친구가 기다리기도 하고…."

"남자 친구 없잖아요."

"…네?"

"가지 마세요."

"저기…, 무슨 말씀인지…."

"후유코 씨잖아요."

후유코가 겁에 질린 눈을 하고는 손으로 입을 가렸다.

"…제 이름을 어떻게 아세요?"

"이름만 알다 뿐이겠습니까? 더 많은 것도 알고 있습니다."

중년 남자가 손을 바르르 떨고 있는 후유코를 보더니 호쾌하게 껄껄거렸다.

"허허! 걱정 마세요. 당신을 해치려는 게 아닙니다. 오히려 그 반대예요."

"실례지만, 제가… 선생님을 만난 적이 있던가요?"

"만난 적 있죠, 지난주에. 근데 뭐, 아마 후유코 씨는 모르실 거예요. 자, 자."

남자가 방석을 가리키며 말했다.

"일단 앉으시겠어요? 차라리 잘됐네요. 그러잖아도 금명간 제가 찾아뵈려고 했는데…."

"저를요?"

"네, 후유코 씨에게 드릴 말씀이 있습니다. 아주 중요한 이야기입니다. 너무 놀라지는 마셨으면 좋겠습니다."

중년 남자가 슬쩍 노부인의 눈치를 살피더니 말끝을 얼버무렸다.

"어떻게… 맥주라도 한잔하시면서 제 이야기를 들으시는 게…."

살 인

후유코가 다시 자리에 앉고 중년 남자는 가방을 거두고 있는데 또 다시 현관 쪽에서 웅성대는 소리가 들려왔다. 중년 남자가 무표정한 얼굴로 가방을 한쪽 귀퉁이에 세우고는 누구에게랄 것 없이 손가락을 들어 조용히 하란 주문을 한 뒤 현관 쪽으로 걸어갔다. 그곳에는 이미 여러 남자들이 몰려와 가지런히 놓여 있던 신발들을 발로 차며 행패를 부리고 있었다.

"아니, 무슨 일이요? 이게 뭐 하는 거요?"

다부진 체격에 키가 매우 작은 남자가 주먹을 불끈 쥐며 중년 남자를 위협했다.

"이봐! 쿠미 말이야. 어디에 숨겨 놨어?"

"숨기다니…, 그게 무슨 말이오?"

"그년이 도망갔다고. 다케시가 마지막에 너랑 함께 있는 걸 봤다고 다 말했다. 시치미 뗄 생각 마라."

"나랑 함께 있는 걸 봤다니…. 아니, 당연하지 않소? 다케시와 나, 쿠미 씨가 함께 한 팀으로 일하고 있는 거 모르오?"

"아하, 순순히 불지는 않으시겠다?"

"불기는 대체 뭘 불라는 거요? 우리는 일 끝나면 각자 가는 길이 다르오. 집에 가기 바쁘다고요. 내가 쿠미 씨가 어디를 갔는지, 무엇을 하는지 대체 어떻게 안다고 여기서 이러는 거요? 아무리 당신들이라도 남의 개인 집까지 찾아와서 이렇게 행패 부려도 되는 거요?"

"뭐 어쩌고 어째? 이게 간이 배 밖으로 나왔네? 말로는 안 되겠군."

키 작은 남자가 당장 때릴 듯 앞으로 걸어 가는데, 누군가 그의 어깨를 잡았다.

"넌 뒤로."

소름 끼치는 베이스 톤의 음성이었다. 단 한 마디에 키 작은 남자는 굽신거리며 뒤로 빠졌고 대신 목소리의 주인공이 한 걸음 앞으로 나왔다. 남자는 굵고 짧은 목에 광택이 없는 가죽점퍼를 입고 있었는데 숨 막히도록 강렬한 눈매와 수세미 같은 곱슬머리가 무척이나 인상적이었다. 그가 턱을 살짝 들고는 나지막이 말했다.

"네가 탈출을 도왔든 안 도왔든 상관없다. 난 너의 대답을 들으러 여기 온 게 아니야."

중년 남자가 침을 꿀꺽 삼켰다. 탁구공만 한 그의 목 연골이 위아래로 진동했다.

"난 정말로 모르는 일이오. 모르는 걸 나보고 어쩌라고 이러시오?"

가죽점퍼 남자가 손가락을 하나 들었다.

"조용히…. 자, 이리 와서 여기 잠깐 앉아."

그러잖아도 피로를 느끼던 중년 남자였다. 쭈뼛쭈뼛 걸어가 가리키는 곳에 먼지가 날 정도로 털썩 주저앉았다. 가죽점퍼 남자가 한동안 그를 물끄러미 바라보다가 물었다.

"목이 마르는가?"

아닌 게 아니라 긴장 때문에 실제로 그랬다. 중년 남자가 고개를 끄덕이자 불쑥 그의 얼굴 앞으로 우롱차 페트병이 하나 내밀어졌다.

555

"고맙소."

아무 생각 없이 받아 마시던 중년 남자가 돌연 기침을 하며 병을 내려놓았다.

"캑! 이거 도대체…. 무슨 맛이 이 모양이야?"

"마셔."

"이거 무슨 음료요?"

"그냥 마셔, 전부 다 마셔."

"싫소! 이거 이상한데? 니글거리고 역겨운데?"

중년 남자가 냄새를 맡기 위해 페트병을 코로 가져가려는 순간 갑자기 주변에 있던 남자들이 와락 달려들어 그의 팔을 붙잡았다.

"뭐하는 짓이야? 이거 못 놔? 놔!"

"마시기 싫다, 이 말씀이지? 그럼 우리가 아기처럼 먹여 주지."

말이 끝나기 무섭게 문신을 한 남자가 팔을 뒤로 빼더니 주먹으로 페트병을 있는 힘껏 내리찍었다. 그러자 끔찍하게도 병의 절반이 중년 남자의 목구멍에 쑤셔 박혀 버렸다. 근육질의 남성들이 목과 머리, 그리고 양팔을 거세게 잡고 있으니 그가 움직일 수조차 없었음은 당연했다. 페트병 안의 액체는 고스란히 남자의 위 속으로 깊숙이 흘러들어 갔다.

"웩!"

마침내 병이 텅 비자 사내들이 그를 놓아주었다.

"이거… 설마…, 도무지…."

중년 남자가 현관 바닥에 꼬꾸라지며 뒹굴기 시작했다.

"아, 아니…, 이거 독약이오? 아무리 당신이라도 나에게 이럴 수는 없소! 내가 지금까지 얼마나 교주를 위해 인생을 바쳐…."

그가 배를 움켜쥔 채 신음했다. 가죽점퍼 남자가 싸늘한 눈빛으로 쏘아보며 말했다.

"독약이라니…. 너를 천국으로 인도할 성수에게 그건 할 말이 아니지. 자, 입 벌려."

"콜록콜록!"

"마지막으로 할 말이 있나?"

"뭐, 뭐라고?"

"없군."

'탁'하는 소리와 함께 유황 냄새가 현관에 진동했다. 중년 남자가 그제야 자신이 무슨 짓을 저질렀는지 깨달았지만, 이미 때는 늦었다. 성냥이 자로 잰 듯 정확히 그의 목 안으로 골인했다. '펑' 소리와 함께 순식간에 불꽃이 터져 번지더니 이내 남자의 입에서 여의주를 문 용처럼 불기둥이 뿜어져 나오기 시작했다. 눈 깜짝할 사이 그의 몸은 대장간의 화덕이 되어 버린 것이다. 가죽점퍼의 남자가 태연한 얼굴로 쪼그리고 앉더니 지글거리는 그의 몸뚱이를 발로 툭 찼다. 그러자 그는 고통에 못 이겨 의지할 것을 붙잡았는데 하필 그게 커튼이었다. 불길은 순식간에 자신의 분신을 커튼으로 내보냈다.

마침내 심상치 않은 냄새와 소음을 괴이쩍게 여긴 노부인이 현관으로 걸어 나왔다.

"아니, 대체 이게 무슨 일이라구? 무어? 에구머니나! 불이우! 불!"

노부인이 아들로 추정되는 불덩어리와 타오르는 현관을 보고는 비명을 내질렀다.

"짖지 마라, 이 늙은 암캐야. 시끄러워 불을 감상할 수가 없구나!"

불길을 지켜보던 가죽점퍼의 남자가 차게 중얼거리는가 싶더니 별안간 달려들어 노인의 머리칼을 움켜잡았다. 그가 재빨리 악다구니 쓰는 노부인의 입을 한 손으로 틀어막고 다른 손으론 맹렬히 타고 있는 커튼을 찢었다. 그리곤 그것을 붕대처럼 노인의 몸에 칭칭 감아 버렸다. 가엾은 노부인은 이미 연기에 질식해 제정신이 아니었다. 커튼을 얼싸안고 뒹구니 불길은 더욱 거세게 온몸으로 번져 갈 수밖에 없었다.

그런데 이상한 일이었다. 노인의 몸에서 불길의 경로를 확인한 가죽점퍼의 남자가 돌연 신경질적인 고함을 지르는 것이었다.

"젠장! 그게 아니야! 몸이 아니라 얼굴이야! 얼굴!"

그가 일행의 손에 들린 또 다른 휘발유 병을 거칠게 빼앗더니 그것을 노부인의 얼굴에 들이부었다. 맹렬히 노한 불길이 노인의 정수리를 기점으로 부활하자 그제야 남자의 입술에 야릇한 미소가 번지기 시작했다.

"그래야지, 그래야 하는 거지. 좋아, 그거야. 얼굴을 남김없이 전부…, 얼굴을…."

"이제 가죠, 보스."

"위험합니다. 피합시다."

같이 온 사내들이 불길에 휩싸인 현관을 바라보며 두려운 듯 말했다. 황홀한 표정을 짓고 있던 가죽점퍼의 남자도 막상 먹물처럼 번지는 연기를 보니 정신이 홱 돌아왔다. 못내 아쉬워 불덩어리에서 눈은 떼지 못하면서도 뒷걸음질은 칠 수밖에 없었다. 그렇게 겨우 너덧 발짝 정도 옮겼을 때였다. 뭔가가 아킬레스건을 툭 건드리는 느낌이 오더니 스텝이 엉키기 시작했다. 넘어지고 말았다.

"괜찮아요, 보스?"

사내들이 남자를 일으키려고 달려가 보니 그의 손에 웬 여성용 구두가 들려 있었다.

"그게 뭐요, 보스?"

보스라 불리는 남자의 눈이 시퍼런 칼날처럼 번뜩였다.

"글쎄, 뭐랄까? 여자 구두 같은데? 젊은 여자 구두."

그가 무표정한 얼굴로 물었다.

"이 집에 노파와 아들 말고 또 누가 사는가?"

키 작은 남자가 잠시 생각하더니 말했다.

"아무도 없습니다. 그래서 제가 항상 이놈들이 꼴사납다 그런 겁니다. 쥐뿔도 한 거 없는 것들에게 이게 웬 호사입니까?"

가죽점퍼 남자가 천천히 고개를 끄덕이더니 뒷주머니로 손을 가져갔다.

"너희들은 모두 본부로 돌아가라."

"어찌하시려고요? 불이 이미 무섭습니다."

"뭐 좀 자를 게 남아서 그런다, 가라."

남자가 핑크빛 손거울을 오른손에 꽉 거머쥐고는 성큼성큼 집 안으로 걸어 들어갔다.

약 속

후유코도 얇게 찢어진 후스마를 통해 그가 다가오는 모습을 보고 있었다. 외마디 비명과 함께 재빨리 몸을 일으키려 했으나, 너무 놀란 나머지 다리가 말을 듣지 않았다. 꼭 악몽을 꾸는 느낌이었다. 발바닥이 계속해서 이유도 없이 다다미 위를 미끄러졌다. 하지만 비명소리를 들은 가죽점퍼 남자가 그녀의 딜레마를 인정할 리 없었다.

그는 먼저 가만히 고개를 숙이더니 소리로 타깃의 위치를 가늠했다. 그리고는 자로 잰 듯 똑바로 달려들었다. 닥치는 대로 팔을 휘두르며 둘레 사물을 쓰러뜨리고 덤비는 모습은 흡사 태풍과도 같았다. 눈 깜짝할 사이에 차실 미닫이문이 열렸고 손거울을 든 손이 쑥 들어왔다. 순간 남자의 시야에 후유코의 옷자락이 들어왔지만 찰나였다. 그가 번쩍이는 손거울을 들고 있는 손으로 건드릴 수 있었던 거라고는 흐릿한 비명의 여운이 전부였다.

한편 차실을 간발의 차이로 빠져나온 후유코는 복도 한복판에 멈춰선 채 머리를 내두르고 있었다. 두렵기보다는 어안부터 벙벙했다. 도무지 끝을 짐작하기조차 어려운 긴 복도가 눈앞에 펼쳐져 있었기 때문이었다. 분명 이곳은 노부인이 사는 살림집이었다. 왜 이리도 긴 복도와 방들이 구성된 것인지 당최 알 수가 없었다. 후유코가 공포로 벌어진 입술을 꽉 다시 여미고는 고개를 세차게 흔들었다. 모두 부질없었다. 지금은 천장에 박힌 흐릿한 등을 징검다리로 삼고 생명을 연장해 가야만 하는 순간이었다.

그야말로 한참을 달리고 내달렸다. 그래도 출입구는커녕 모퉁이 조차도 나올 기미가 보이질 않았다. 믿을 수도 없고 결단도 내릴 수 없었던 그녀는 결국 무릎에 손을 올리고 몸을 숙여 버렸다. 코피처럼 끈적한 땀이 관자놀이에서 바닥으로 뚝뚝 떨어졌다. 증거로 남을 수도 있다는 생각에 얼른 발로 땀 자국을 문질러 지웠다. 그랬다. 이런 직진 도주는 결코 오래갈 수 없는 법이었다. 단번에 악인의 눈에 뜨일 수 있는 우매한 짓을 하는 셈이었다. 결국, 그녀는 강냉이처럼 달린 방 중 하나를 골라 손잡이를 밀어 보기로 했다.

안으로 들어간 후유코가 신기한 듯 주위를 둘러보았다. 복도를 수놓은 희미한 노란 등은 이 방에서도 어김없이 이어져 있었는데 다다미 바닥 위로 허리까지 오는 수묵화 병풍과 도코노마 위에 놓인 꽃병이 하나 보였다. 그리고 그것이 실내 장식의 전부였다. 먼지 한 톨 없이 말끔했다. 어색했다. 어디에도 사람의 흔적 같은 건 없었다.

"전시용 모델 하우스…."

후유코가 저도 모르게 중얼거린 입을 깜짝 놀라 막았다. 지금 한가로이 미스터리 꼭지나 잡고 빙빙 돌릴 때가 아니었다. 악마가 오고 있었다. 그녀는 급한 대로 병풍 뒤에 몸을 숨기고 바깥 동정에 귀를 기울였다. 경악스럽게도 남자의 억제된 콧김 소리가 멀지 않은 곳에서 들려오고 있었다. 그는 하나씩 하나씩 세심하게 방들을 열어 보고 있었고, 다음 순서는 바로 그녀가 숨어 있는 방이었다.

'어떻게든 해야 하는데…. 어떻게든…, 뭐라도….'

냉한으로 뒤범벅되어 납작 엎드려 있자니 자욱한 연기가 몽실몽실 문틈으로 흘러들어 오는 게 눈에 다 보였다. 불길도 이제 거의 그녀를 따라잡았다는 의미였다. 진퇴양난이 따로 없었다. 마침내 후스마를 통해 손거울을 든 남자의 실루엣이 보였다.

"아!"

후유코가 조그맣게 신음하며 몸을 다다미 바닥에 밀착시켰다. 이윽고 가죽점퍼의 남자가 미닫이문에 손을 가져갔다.

괴이쩍은 일이 생긴 것은 문이 반절 정도 열렸을 즈음이었다. 느닷없이 후유코가 숨어 있는 방을 기점으로 저택의 모든 등불이 일제히 깜빡거리더니 하나씩 하나씩 차례로 소등되기 시작한 것이었다. 마치 항공기 착지를 끝낸 활주로에서 순서대로 꺼지는 유도등 같다고나 할까? 그 비유하기조차 어려울 만큼 매력적이고도 신비로운 장면에 두려움에 떨던 후유코는 물론이고 가죽점퍼의 남자까지도 넋을 빼앗긴 채 잠시 천장을 올려다보았다. 삽시간에 저택은 암흑 속에 잠겼고 파죽지세로 다가오는 불길만이 겨우 복도의 방향만 비춰 주는 꼴이 되어 버렸다. 눈으로 볼 수 있는 것이 없으니 할 수 있는 일도 없었을 터였지만, 가죽점퍼 남자는 방 안에 걸쳐 놓은 다리를 거둬들이지 않았다. 그는 들어가거나 나가지 않고 어깨를 문가에 기대고는 뚫어져라 후유코가 숨어 있는 병풍을 노려보고 있었다. 연신 시커먼 연기가 밀려오고 화마가 적색의 섬광을 발산하며 위협해도 남자는 두려움을 아예 느끼지 못하는지 턱 끝도 끄덕이지 않았다.

그렇게 얼마간의 시간이 흘렀다. 문득 천장에서 날카로운 목재 조각이 떨어졌다. 물론 화마가 한 짓이었다. 남자는 그제야 시선을 옮겨 힐끗 천장을 올려다봤다. 또 다른 목재가 어깨 위로 떨어지고 있었다. 이번에는 꽁지에 불도 붙어 있었다. 남자가 어깨에 올라탄 불티를 훌훌 털더니 싱긋이 웃었다. 잠시 후 슬그머니 미닫이문이 닫혔고 그는 방을 나갔다.

후유코가 숨을 삼키며 남자의 발소리에 귀를 기울였다. 분명히 멀어지고 있었다. 하지만 한숨 돌릴 여유도 없이 이제는 화마가 그녀의 숨통을 조이기 시작했다. 불길이 벌써 문지방을 올라타고 있었다. 방향을 가늠하던 후유코는 넌더리를 쳤다. 도저히 정문 쪽으로는 갈 용기가 나지 않았다. 한심스러웠다. 시커먼 연기가 진즉부터 방 안을 헤집는 데도 이렇다 할 결정도 내리지 못하는 자신이 기가 막혔다.

그런데 한탄하고 또 통탄하던 그녀에게 엎친 데 덮친 격으로 서제막급의 억울한 일까지 찾아오고 말았다. 하필 이 시점에서 육덕진 분진 덩어리가 어쩔 줄 몰라 하며 허둥대던 그녀의 식도를 슬그머니 타고 들어온 것이었다. 놈은 금세 큰기침으로 변해 버렸고 세상으로 다시 튀어나오더니 복도를 향해 빠르게 날아갔다. 아직 현관을 벗어나지 못한 남자의 발목을 붙잡을 작정인 건 두말할 나위가 없었다.

예상은 빗나가지 않았다. 종전의 그 소름 돋는 규칙적인 발소리가 다시금 들려오기 시작했다. 빨랐다. 이젠 더 이상 갈 곳도 없었다. 후유코가 결국 바닥으로 쓰러졌다. 끝이라 생각되었다. 시야가 흐릿해지며 꿈결에서 불행을 걱정하던 나츠코의 얼굴이 서서히 연꽃처럼 부유하기 시작했다. 아이러니였다. 인제야 동생의 마음을 헤아릴 수 있을 것 같다는 게.

발자국 소리는 이제 면전에서 들려왔다. 힘이 쭉 빠지는 동시에 단두대에 오른 사형수처럼 저절로 목이 내밀어 졌다. 그런데 이상한 일이었다. 극단적인 긴장을 느끼는 몸과는 대조적으로 가슴은 태평했다. 이런 종류의 평온한 기분을 맛본 적 있었다. 어린 시절 홀로 야산에 올랐을 때였다. 물론 한 가지 차이는 있었다. 솜사탕처럼 포근한 손이 어깨를 감싸는 기분은 그때에는 분명히 없던 것이었다. 후유코는 눈을 감았다. 따듯했다. 한없이 포근했다, 육체와 영혼이 모두 똑같이.

'리더스… 리더스가….'

알 수 없는 감정에 취해 있던 후유코가 슬며시 눈을 뜨려다 움찔하며 다시 감았다. 뭐랄까, 방금 어깨에 올려진 손을 본 것 같았다. 물론 그녀의 손일 리는 없었다. 잠시 진정하고 다시 눈을 거슴츠레 떠봤다. 굵은 심줄이 보이는 전형적인 남자 손이었다. 날카로운 비명이 입에서 튀어나올 차례였지만, 어깨에 얹힌 손의 움직임이 더 빨랐다. 삽시간에 후유코는 정체불명의 남자에게 어깨와 입을 전부 압도당하고 말았다.

일촉즉발의 위기였지만, 후유코는 그 와중에도 등 뒤에 서 있는 남자의 존재에 강한 의문을 가졌다. 팔목을 살짝 덮는 흰 와이셔츠로 보아 그는 양복을 입고 있었다. 가죽점퍼가 아니었다. 게다가 그 방의 출입구라고는 지금 그녀가 바라보고 있는 미닫이문이 전부였다. 대체 언제 들어왔단 말인가? 불가사의한 점은 또 있었다. 매섭게 걸어오던 가죽점퍼 남자의 발소리가 어느 순간 사라져 버린 것이었다. 시간상으로는 이미 문을 열고도 남았는데도 말이다. 하나도 앞뒤가 맞지 않는 상황이었다.

얼이 나간 후유코가 안쓰러웠던지 남자가 들릴 듯 말 듯 살짝 한숨짓더니 잡고 있던 어깨를 놔주었다. 후유코는 눈치 기민한 여자였다. 그의 행동에서 어떠한 해도 가하지 않으려는 의지가 숨어 있는 것을 단숨에 간파했다. 그는 그녀를 납치하려 했던 것이 아니라 단지 비명 소리가 외부로 새어 나가는 걸 경계했던 것이었다. 타는 듯한 긴장이 조금씩 해이해지자 귓불에 스치는 남자의 입김이 느껴졌다. 마치 꿈을 꾸는 듯한 차분한 숨소리였다. 묘하게도 그 소리는 태아가 자궁에서 느끼는 어미의 심장 고동 소리처럼 그녀의 놀란 가슴을 신속하게 진정시켰다. 결국, 정체불명의 남자가 한 걸음 뒤로 물러나며 입을 막고 있던 손마저 내리자 후유코는 대담하게도 뒤를 돌아보았다.

하마터면 또 비명을 지를 뻔했다. 남자는 밀가루 포대를 뒤집어쓴 듯한 귀신처럼 창백한 얼굴을 하고 있었다. 생기는 고사하고 인체의 일부라고 표현할 수조차 없을 정도로 차갑고도 이질적인 형상의 낯이었다. 모골이 송연해졌다. 늑대 피하려다 호랑이와 마주한 꼴이었으니. 후유코가 남자를 밀쳤다. 차라리 불길 속으로 뛰쳐나갈 생각이었다. 하지만 예상대로 호락호락하지 않았고 이내 그에게 다시 팔을 붙잡혀 버렸다. 남자는 여전히 부드럽게 리드하고 있었지만, 이미 불신이 시작된 후유코에게 그런 건 다 부질없는 짓이었다. 그녀는 더 이상 속지 않으려는 듯 격렬하게 저항했다.

그런데 팔을 내두르며 승강이를 벌이고 있을 무렵이었다. 언뜻 남자의 목 언저리에 실낱같은 선이 그어져 있는 게 시야에 들어왔다. 얼굴이 시체처럼 창백한 이유를 알 것 같았다. 그 정체불명의 남자는 하얀 고무 재질의 가면을 얼굴에 뒤집어쓰고 있던 것이었다. 후유코는 고개를 떨구었다. 오해는 풀렸지만 해로운 의도가 아닌 다음에야 얼굴을 숨길 이유가 또 있을 리 없다고 생각했기 때문이었다. 그런 그녀의 마음을 아는지 모르는지 남자가 손을 내밀었다. 밖으로 나갈 길을 안내하겠다는 제스처 같았다. 후유코가 초조한 눈동자를 복도로 향해 보았다. 살기 충만한 사이코패스가 벽에 바싹 달라붙은 채 그녀가 나오기만을 기다리고 있을 것만 같았다. 선택의 여지는 남아 있지 않았다. 등 뒤에 서 있는 그가 누구든 목숨을 구걸해야만 했다. 그가 누구이든지 말이다.

적란운을 연상시키는 웅대한 불길이 저택을 닥치는 대로 휩쓸며 다가오고 있었다. 가면을 쓴 남자가 한쪽 팔로 후유코의 허리를 감싼 채 구두 끝을 살짝 밀었다. 미닫이문이 자동문처럼 스르르 열렸다. 시커먼 연기가 봇물 터지듯 방 안으로 들이치자 가면의 남자가 재빠르게 후유코의 입과 코를 자신의 소매로 가려 주었다.

복도로 나온 그들은 춤을 추며 맹렬히 추격해 오는 악마의 얼굴을 보았다. 그러나 천지를 녹일 태세의 화마 앞에서도 남자는 결코 당황하는 모습을 보이지 않았다. 출구를 찾아 헤매는 순간순간에 수없는 선택의 기로가 기다리고 있었지만, 그는 망설이지 않고 즉단했다. 마치 모든 해답과 결과를 이미 알고 있는 것처럼 칠흑과도 같은 어둠 속을 찰나의 선택으로 능란하게 헤쳐 나갔다. 누구라도 출구를 찾아가는 그들의 뒷모습을 바라봤다면 실바람에 펄럭이는 두 장의 가을 낙엽을 연상했을 것이다. 그들은 그만큼 어울리며 고난을 헤쳐 나가고 있었다.

꿈속과도 같은 이끌림 후였다. 연기 때문에 몽롱해졌다고 생각한 후유코가 정신을 차리기 위해 고개를 세차게 흔들었다. 놀랍게도 헝클어진 머리카락 사이로 저택 뒷문의 손잡이가 보였다. 어느새 그녀는 가옥의 출구를 마주하고 있었던 것이다. 뒤를 돌아보았다. 문 앞에 다다랐는데도 웬일인지 가면 쓴 남자는 문을 열지도 않고 후유코의 허리를 감싼 팔을 풀지도 않았다. 뺨을 문에 바싹 댄 채 고개를 조금씩 움직이는 모습으로 보아 밖의 수상한 낌새를 확인하고 있는 듯했다. 후유코는 생면부지의 남성이 몸에 손을 대고 있는데도 반감을 못 느끼는 자신이 의아했다. 믿을 수 없었지만, 그녀는 냉혈의 살인자에게 잡힐지도 모른다는 공포보다 애인처럼 따뜻한 남자의 손길에 가슴이 떨리고 있었다.

이윽고 원하던 정보를 얻었는지 그가 후유코를 바라보며 천천히 고개를 끄덕였다. 남자가 능숙한 솜씨로 소리 없이 문을 열자 그의 짙은 양복 아래로 빛바랜 큐브가 마술처럼 모습을 드러냈다. 후유코는 살았다는 안도감에 앞뒤 생각도 접고 무작정 차로 달려갔다. 급박한 심정 때문에 손잡이를 몇 번이나 놓친 후에야 차 문을 열 수 있었지만, 엔진 시동은 성공적이었다. 후련했다. 새로운 심장을 이식받은 환자처럼 가슴이 뻥 뚫리는 느낌이었다. 이제는 은인에게 감사의 마음을 전할 순서였다. 후유코가 뒤를 돌았다. 그새 일이 이상하게 되어 가고 있었다. 언제 벗었는지 남자가 손에 가면을 함부로 구겨 들고는 방금 열고 나온 문 쪽으로 성큼성큼 되돌아가고 있는 것이었다. 후유코가 차 문을 열어 둔 채로 급하게 그를 불러 세웠다.

567

"잠깐만요!"

하지만 남자는 끝내 뒤를 돌아보지 않았다. 그냥 그대로 불타는 저택 안으로 발걸음을 옮겼고 마침내 들어가 버렸다. 문이 닫혔다. 저택은 이제 성한 곳이 몇 칸도 남지 않은 상황이었다. 깜짝 놀란 후유코가 저택으로 다가갔지만, 화마는 그녀의 접근을 용납하지 않았다. 문의 손잡이는 이미 피 묻은 일본도 손잡이처럼 붉게 달구어져 있었고, 실내는 독기를 잔뜩 머금은 애드벌룬인 양 폭발을 준비하고 있었다. 후유코가 안절부절하며 발을 굴렀다. 목숨을 구해 준 은인이 불타오르는 저택 안으로 다시 들어갔다. 이유는 알 수 없더라도 일단 구해야 했다. 최소한 노력이라도…, 하지만 어떻게? 멀리서 사이렌 소리가 들려오기 시작했다.

쿠라이 vs 유우미

리카가 어두운 얼굴로 전화기를 내밀었다. 후유코가 묻는 듯 눈썹을 살짝 올렸지만, 대답이 없었다. 느낌이 좋지 않았다. 두툼한 담요 사이에서 바들바들 떠는 손을 꺼내 전화기를 잡았다.

"여, 여보세요?"

수화기에서 다짜고짜 남자의 짜증 섞인 목소리가 튀어나왔다.

"어제 그렇게 가 버리면 어쩌자는 거요, 예? 말을 하고 갔어야죠, 말을! 당신의 이기적인 행동 때문에 어제 우리가 얼마나 애를 먹었는지 알기나 해요?"

"네? 저기, 누구신지?"

"누구신지란다! 나 참, 어이가 없어서…. 누구긴 누구요? 나 쿠라이 경위요. 어제 커피까지 갖다 줬는데 그게 얼마나 지났다고…."

"아, 네! 그런데 죄송합니다만…, 어제 거기 계셨던 다른 분에게 모두 말씀드리고 떠났는데요?"

"누구에게요? 담당은 나요. 도대체 누구에게 말을 했다는 거요?"

"그게 이름은 잘…. 죄송합니다, 전…."

수화기를 통해 긴 한숨 소리가 폭포수처럼 쏟아졌다.

"후유! 나 참, 이거…. 여보세요. 내일 오후에 말이요, 우리 경찰서로 한 번 더 오세요. 그것밖에는 길이 없네, 뭐."

"내일, 내일 거기로 또요? 하지만 전 어제 다 말씀드렸는데요? 더 알고 있는 것도…."

'뚜… 뚜… 뚜….'

후유코가 기가 막힌다는 표정으로 리카를 올려다봤다. 리카가 잽싸게 후유코의 손에서 전화기를 낚아챘다.

"여보세요? 여보세요! 아니, 그냥 끊어 버린 거야? 뭐 이런 사람이 다 있어? 내가 다시 전화해 볼게."

"아니에요, 그냥 두세요. 오라니 가야죠."

"오라니? 거길 또 오라고 하는 거야?"

"네…."

"언제?"

"내일이요."

리카가 손에 든 전화기를 위아래로 흔들며 격하게 성을 냈다.

"그러니까 조사는 어제 다 끝난 거 아니었니? 그 사람, 거기가 얼마나 먼 덴데 또 뭘 오라 가라 하는 거야? 넌 지금 몸도 좋지 않잖니? 너야말로 가장 큰 피해잔데 도대체 쉴 틈도 안 주는 거야?"

"…."

"그러다 뭔 일이라도 나면? 그 사이코 녀석이 널 쫓기라도 하면? 그 사람들이 다 책임진다던? 안 될 말이지. 내가 내일 같이 가 줄게, 가서 방금 전화한 그 시건방진 경찰관에게도 한마디 해 주고…."

"그러실 필요 없어요. 아주머니야말로 이번 일 때문에 고생하실 필요 없으세요. 정 걱정되시면 유우미에게라도 함께 가 달라고 할게요."

리카가 전화기를 옆구리에 낀 채로 후유코를 내려다보았다. 수화기에서는 다이얼이 늦은 것을 알리는 멘트가 흘러나오고 있었다.

다음 날 오후.

금방이라도 후두두 빗방울이 떨어질 듯한 하늘을 머리에 이고, 후유코와 유우미 일행이 경찰서에 도착했다. 사무실 윈도를 통해 후유코 일행을 본 쿠라이 경위가 앉은 채 손짓으로 그들을 불렀다.

검게 그을린 피부에 떡 벌어진 어깨와 팔목 언저리까지 이어진 긴 흉터. 쿠라이 경위는 외모로만 따진다면 경찰이 아닌 야쿠자에 더 근접했다. 그가 점심 도시락 통 같은 사각 턱으로 의자를 가리키며 말했다.

"거기 앉아요. 앞으로는 저에게 꼭 말을 하고 가세요. 알았죠?"

후유코가 의자에 앉으며 고개를 끄덕였다. 유우미는 앉는 대신 친구 뒤에 바짝 다가서서 팔짱을 꼈다. 묵시적으로 호락호락하지 않겠다는 의지를 보여 준 것이었지만, 정작 경위는 그녀의 행동에 별 의미를 부여하지 않는 눈치였다. 그가 들고 있던 볼펜을 한참 손 안에서 빙빙 돌리더니 신경질적으로 던지고는 서류를 집어 들었다.

"몇 가지 이해가 안 되는 부분이 있는데…, 도대체 아가씨를 도와 준 남자는 누구였나요?"

"어제 말씀 드렸…."

경위가 짜증을 내며 회전의자를 한 바퀴 빙 돌렸다.

"아, 나 참! 그냥 묻는 말에 빨리빨리 대답이나 해요? 어제 물었던 거 또 물으면 안 된다고 누가 그래요?"

유우미가 바로 성난 얼굴로 항의했다.

"아니, 형사님! 제 친구가 무슨 범인이라도 되나요? 여기가 취조실이에요? 왜 그렇게 말하는 게 까칠하세요?"

"까칠하다, 뭐 그런 말투 여기서 쓰지 마세요, 난 딱 싫어하니까. 아가씨 친구가 피의자는 아닐지 몰라도 용의자는 맞아요."

유우미가 어이없다는 표정으로 헛웃음을 쳤다.

"풋! 용의자요? 지금 용의자라고 말한 거 맞죠?"

쿠라이 경위가 굳은 얼굴로 유우미를 쏘아봤다. 천천히 눈을 깜빡이는 풍채 속엔 일생 동안 단 한 번도 크게 웃어 보지 못한 사람만이 가질 수 있는 어두운 그늘이 드리워져 있었다.

"공식적인 비밀 하나 알려 드릴까? 사실은 말이오. 어떤 형사든 우린 원래 제보자를 일등 용의자로 간주하고 조사를 시작합니다. 아가씨가 경찰 한번 되어 봐요. 기본 중의 기본이니까…. 아가씨 친구는 가해자가 다수라고 주장하지만, 집주인인 그들 모자를 제외하곤 단 한 사람의 지문도 나오지 않았소. 불에 탔다, 어쨌다, 뭐 그런 무식한 질문은 사양하고…. 아무리 불에 태워도 증거가 모두 사라지진 않아요. 요즘이 어떤 시대요? 게다가 무단 침입한 흔적도 나온 게 없고, 목격자도 없으며 대체 누가 들어오기나 했는지 아무런 물적 증거도 없고…. 단지 불에 타버린 사체 두 구와 하세가와 후유코라는 타지 여성의 자취만 산재할 뿐이라고요. 오히려 아가씨 친구야말로 생판 모르는 사람 집에서 그 시간에 뭘 했는지 모르겠단 말이요."

후유코가 깜짝 놀라며 자리에서 일어났다.

"하지만 저는 그 사람들이 살해하는 걸 두 눈으로 똑똑히 봤어요! 할머니와 아들을 죽였어요. 그중 한 명이 저도 죽이려고 따라왔다고요."

경위가 서류에서 눈을 떼지 않은 채 손으로 앉으라는 시늉을 했다.

"그건 아가씨 말일 테고…. 난 생각이 달라. 어찌 됐든 후유코 씨를 도와줬다는 남자 말인데…, 그 남자 얼굴을 전혀 못 봤다고 진술했죠? 그건 무슨 소리요?"

"얼굴에 뭐를 쓰고 있었어요. 이렇게 가리고 있었어요."

"스타킹 같은 거로?"

"아뇨, 하얀색 마스크 같은… 감기 걸릴 때 쓰는 마스크가 아니고요, 고무 같은 거로 만든 특이한 거였어요."

"얼굴을 가린 사람이 당신을 도와줬다고요? 보통 상식으론 얼굴을 숨긴 녀석들이 범인 아니던가요?"

"네, 네? 아니, 그게, 그러니까…."

"그래, 당신이 집 밖으로 빠져나올 때까지 도움을 주고는 다시 안으로 들어갔다는 거요?"

후유코가 고개를 끄덕였다.

"불이 훨훨 타오르는 집 안으로?"

후유코가 다시 고개를 끄덕였다. 경위가 서류를 넘기다 말고 책상에 휙 던져 버렸다.

"도대체가 말이 돼야지, 말이! 이건 뭐 애들 장난도 아니고!"

"하지만 정말이에요. 제가 왜 거짓말을 하겠어요?"

묘하게도 그녀의 말에 쿠라이 경위의 안색이 급작스럽게 돌변했다. 그는 가만히 턱을 괴고 초조한 듯 책상을 손가락으로 똑똑 두드리며 한참 동안 후유코의 눈만을 응시했는데 그러다가 무슨 생각이 났는지 돌연 몸을 휙 일으키더니 서랍 속에서 뭔가를 찾기 시작했다. 이내 맨 아래 서랍에서 껌 한 통이 대어처럼 낚여 올라왔고, 거대한 손은 순식간에 그 여러 개의 껌을 까고 접어 한 개로 뭉쳐 버렸다. 그리고 그는 마치 그것이 알약이라도 되는 양 입 안에 털어넣고는 남은 종이 껍데기는 구겨 아무렇게나 뒤로 던져 버렸다. 그게 전부였다. 세 평 남짓한 사각의 방에서는 남자의 게검스러운 껌 씹는 소리만 메아리칠 뿐 더는 진전이 일어나지 않았다. 후유코는 답답할 수밖에 없었다. 도움을 구하는 표정으로 뒤를 돌아보았지만, 유우미라고 별다른 해법이 있을 리 없었다. 어깨만 으쓱 추켜올 릴 뿐이었다.

"어제 후유코 씨 기록을 봤소."

마침내 경위가 무슨 큰 비밀이라도 털어놓듯 은근한 목소리로 말 문을 열었다.

"일부러 찾은 건 아니고 누가 참고하라며 책상에 올려놓고 갔단 말이오. 뭐, 아까도 말했듯이 제보자부터 조사하는 게 우리 관행이 니까…. 근데 우리 서에 아주 특별한 기록이 보존돼 있던데?"

후유코는 그의 다음 말을 예측할 수 있었다. 고개를 떨굴 수밖에 없었다.

"어린 시절 아버지와 어머니, 그리고 동생까지 몇 개월 사이에 모 두 잃었다던데…, 그게 정말이오?"

유우미가 소리를 버럭 질렀다.

"경찰 아저씨!"

"어!"

갑작스런 고함 소리에 크게 놀란 쿠라이 경위가 들고 있던 볼펜을 바닥으로 떨어뜨렸다. 하지만 유우미는 거기서 멈추지 않았다. 뱁새 눈을 하고는 한 걸음 더 나아가 강력하게 항의했다.

"아저씨가 지금 무슨 말을 하고 있는지 모르시나 본데 누가 이곳 에서 가장 높은 책임자죠? 실례지만 좀 알려 주실래요? 지금 당장 그 사람에게 달려가서 이 일을 모두 고발하려고요. 제가 머리가 나 빠 지금까지의 대화 내용을 기억 못 할 거라고 짐작하지는 마세요. 이거 보이시죠? 여기 빨간불이요, 제 스마트폰 녹음되거든요? 지금 까지 녹음하고 있었거든요? 지금 유일한 목격자이자 피해자인 내 친구를 죄인 심문이나 하듯 다루는 것도 모자라, 이 사건과 아무런 상관없는 과거까지 들춰내서 모욕을 주고 있는 거 맞죠? 그렇죠? 어디 두고 보아요, 쿠라이 씨. 이 녹음 파일, 제 유튜브 채널에 올릴 거예요. 구독자 30만 명이에요. 단단히 각오하세요!"

30만 명이라는 말에 떨어진 볼펜을 줍던 쿠라이 경위가 멈칫하며 유우미를 올려다봤다. 그녀는 손을 허리에 얹은 채 눈썹 하나 까딱하지 않으며 그를 똑바로 노려보고 있었다. 경각간 치열한 눈싸움이 벌어졌지만, 결국 경위가 먼저 눈을 내리까는 거로 싱겁게 경기는 끝이 났다. 유우미의 압승이었다. 패자는 괜스레 볼펜의 먼지를 털어냈고 종전보다 현저히 누그러진 투로 말라붙은 입술을 떼어 냈다.

"모욕이라뇨? 언제 제가 그랬습니까? 단지 기록에 있는 사실을 말한 건데 그걸 가지고 모욕이라면 세상 무서워 어디 말 한 마디라도 하겠소? 그런 오해는 마시고…. 뭐, 알겠습니다. 이제 가 보셔도 좋습니다. 다시 연락 드리겠습니다."

미처 경위의 말이 끝나기도 전이었다. 유우미가 후유코를 안다시피 끌고 나가더니 두 뼘 정도 되는 유리가 부서질 정도로 문을 거세게 닫아 버렸다.

"저런, 저! 어휴! 하여간 요즘 젊은 여자들은 버르장머리가…. 어어?"

의자에서 일어나 힘껏 손가락질하던 경위가 갑자기 손으로 목을 감쌌다. 흥분한 나머지 그 많은 껌 덩어리를 삼켜 버리고 만 것이었다.

유원지

"고마웠어, 정말."

후유코가 경찰서 출입구 계단을 내려오면서 말했다. 하늘은 여전히 불투명했고 그녀의 손은 유우미의 팔찌 위에 살짝 걸쳐져 있었다.

"뭐 저런 사람이 다 있어? 생긴 건 꼭 야쿠자 게이 파트너같이 생겨 가지고…. 예전엔 경찰 남자 친구 갖는 게 꿈이었는데 정말 저런 사람을 보면 확 깬다니까? 아무튼, 말이야. 혹시 저 남자, 또 널 못살게 굴면 아까 내가 한 거 봤지? 유튜브하고 구독자 이야기를 슬쩍 꺼내 봐. 그럼 열이면 열 전부 확 기죽어. 아까 봤잖아?"

후유코가 미소 지으며 고개를 끄덕였다.

"그래, 넌 정말 대단해. 근데 너 정말 구독자 수가 30만 명이나 돼?"

"훗, 그럴 리가 있겠니? 27명이야."

"나도 포함해서?"

"응, 너도. 그리고 모르는 아저씨들 네 명도 포함."

유우미가 코를 찡긋하며 웃다가 표정을 바꿨다.

"근데… 너, 괜찮은 거니? 왜 이렇게 안색이 창백한 거야?"

"응? 아, 알잖아. 나 원래 조금만 피곤해도 얼굴빛 변하고 막 그러는 거. 괜찮아, 아까 좀 긴장해서 그럴 거야."

유우미가 다시 한 번 고개를 기울여 살펴보고는 심각한 표정으로 말했다.

"어머, 너무 안 좋은데? 안 되겠어. 차 키 이리 줘 봐."

"응? 키?"

"갈 때는 내가 운전할게."

"네가? 괜찮아, 그냥 가자."

"괜찮다고만 하면 어떡하니? 거울 좀 봐, 너 꼭 병든 병아리처럼 지쳐 보여. 당연한 거지. 그런 일을 겪고도 멀쩡할 사람이 세상 어디에 있겠니? 자, 이리 줘. 내가 할게."

"하지만…."

"두 시간은 몰아야 하는데 네가 못한다고."

잠시 망설이던 후유코가 결국 들고 있던 키를 건네줬다. 머리만 있는 헬로키티 열쇠고리가 유우미의 손 안에서 흘러나와 달랑거렸다.

"괜찮겠니? 너도 오늘 나 때문에 아침 일찍 일어났잖아, 피곤할 텐데."

유우미는 운전석에 올라앉아 손으로 시트를 조정했다.

"피곤? 나 아직 젊어서 그런 거 잘 모르겠는데?"

"피, 나보다 겨우 여섯 달 어리면서 뭐…."

"여섯 달이면 계절도 두 번 바뀌는 거 모르니? 못 믿겠어? 그럼 보여줘야지, 또. 자, 내 팔에 근육 좀 봐. 이거 봐, 어이구머니나. 저절로 막 튀어나오네?"

젓가락에 꽂혀 있는 닭 가죽처럼 밋밋한 팔이 후유코의 눈앞에서 재롱을 떨었다. 후유코가 친구의 느슨한 팔뚝을 보고 소리 내어 웃었지만, 눈치꾼인 유우미는 미소 속에 감춰진 진실을 알고 있었다. 마음이 편치 못했다. 운전대에 머리를 기대어 가만히 친구의 얼굴을 살피더니 조심스럽게 물었다.

"후유코…, 힘들지?"

"응?"

"…기분도 꿀꿀한데 우리 어디 탁 트인 유원지라도 갈까? 여기서 멀지도 않은데…."

"어? 여기 그런 곳이 있어?"

"가자, 바람이라도 쐬고 가자. 거기 좋아, 가끔 공연도 하고."

경미한 울렁거림. 6년 된 흰색 큐브가 검정 타이어를 바닥에 비비적거리며 거동을 시작했다.

복잡한 심경과 피로감으로 후유코가 고개를 숙이고 있는데 문득 핸드 브레이크 올리는 소리가 들렸다. 경찰서를 출발한 지 채 십여 분도 지나지 않았을 무렵이었다. 후유코는 어리둥절한 표정으로 차창 밖을 내다보았다. 그리고는 조그맣게 탄성을 질렀다. 잔잔하게 일렁이는 가을바람에 오색 낙엽들이 땅 위를 부유하듯 헤엄치는 놀라운 광경이 펼쳐져 있었다. 노란 낙엽은 당연한 이치이지만, 어째서 벌겋고 푸른 나뭇잎들까지 그 안에 섞여 있는 것일까? 가지각색으로 염색된 실들을 질서 있게 사린 타래. 유원지에 대한 후유코의 첫인상이 바로 그랬다.

577

"저기…, 여기가 내 고향이지만 지금까지 이런 곳에 유원지가 있다는 걸 몰랐었어. 생긴 지 얼마 안 된 거지 여기?"

유우미가 손거울을 꺼내 얼굴을 요리조리 살피며 말했다.

"아마 우리가 태어나기 전부터 있었을 거야. 학교에서 수학여행도 여기로 왔었는데? 어때, 그럭저럭 괜찮지? 바다보다는 못하겠지만, 다른 데와 달리 탁 트여서 시원한 구석이 나름대로 있는 곳이야.

자, 내리자. 기념으로 커피라도 한 잔 해야지. 내가 살게."

둘은 꽤 쌀쌀한 날씨임에도 불구하고 도토루 마크가 커다랗게 그려진 야외 비치파라솔에 자리를 잡았다. 유우미가 커피를 주문하러 자리를 뜨자 후유코는 기지개를 켜며 의자에 등을 기댔다. 이미 여섯 시가 다 된 시간인데도 여전히 많은 사람이 계절이 주는 선물을 만끽하기 위해 빈 공간을 가득 메우고 있었다.

어디선가 희미한 북소리가 들려왔다. 그 장단에 흥이 난 후유코가 탁상에 살짝 턱을 괴었다. 그녀는 아늑한 눈빛으로 지나가는 사람들을 관찰했다. 흥미로웠다. 떡꼬치를 입에 물고 휴대 전화 메시지를 보내는 여중생부터 음료수 가득 실은 유모차를 지팡이처럼 의지하며 어기적어기적 걷는 노점상 할머니까지 참으로 다양한 종류의 삶이 그녀가 빌린 작은 정원 앞을 헤치며 지나갔다.

그런데 그녀 주변에 산재한 수많은 사람 중 유독 눈길을 잡아끄는 여자가 있었다. 겨울을 한 발 앞둔 계절임에도 여름 원피스로 한껏 멋을 부린 삼십 대 초반의 여성이 바로 그 장본인이었다. 그녀는 손에 종이와 펜을 들고 있었는데 가늘게 뜬 눈을 좌우로 굴리며 연신 손톱을 물어뜯는 폼이 거사를 앞둔 사람처럼 무척이나 초조해 보였다. 손톱 뜯기는 소리가 톡톡 들릴 정도로 밀접한 거리였으니 여자도 후유코의 호기심을 모를 리가 없었다. 그러나 수차례 소슬바람 사이로 시선이 마주쳐도 인사 같은 것이 없었다. 그 건은커녕 지나가는 아이들이 풍선으로 뒤통수를 연달아 때렸는데도 입을 벌리고 있을 만큼 완전 넋이 나간 모습이었다. 이쯤 되니 자연스레 후유코는 여자의 본색이 궁금해졌다. 그녀는 먼저 은근한 눈인사를 건네 보기로 했다. 대놓고 상대방을 주시하기 위해서는 인사만큼 좋은 방패막이 없기 때문이었다.

마침 삼십 대 여자의 안절부절못하는 눈길이 후유코의 것과 마주쳤다. 후유코가 얼른 눈인사를 생긋 보냈다. 아, 정말이지 눈인사일 뿐이었다. 눈짓만 가볍게 던진 인사였다는 말이다. 하지만 여자로부터 돌아온 답례는 실로 날벼락 그 자체였다. 어처구니없게도 후유코의 인사를 받은 여자가 세모지게 눈을 부릅뜨더니 동물처럼 고함을 지르기 시작한 것이었다. 민간전승에 나오는 보름달을 본 늑대 인간이 따로 없었다. 여자는 잇몸까지 전부 드러낸 채 말 그대로 포효를 하고 있었다.

예기치 못한 기행에 후유코가 어깨를 움츠리고 의자에 몸을 숨긴 채 옴짝달싹하지 못하고 있는데 여자는 여기서 아예 한술 더 떠 버렸다. 스스로 분을 못 이기겠는지 콧김을 씩씩 내뿜더니 결국 종이와 펜을 거머쥔 채 그대로 후유코를 향해 돌진하기 시작한 것이었다. 그게 다가 아니었다. 세상이 미쳐 돌아가는 것 같았다. 돌연 주위를 맴돌던 사람들도 덩달아 여자를 호응하는 상식 밖의 일이 벌어졌다. 삽시간에 성난 군중들로부터 에워싸인 후유코는 무섭고 억울했다. 경솔한 눈인사의 죗값으로는 실로 어이없는 대가를 지불하는 것이었다. 그러나 수십 명이 넘는 군중들 앞에서 다른 행동은 언감생심 상상도 할 수 없었고, 결국 사람들에게 떠밀린 후유코는 의자와 함께 쓰러지고야 말았다. 사람들은 이미 돔 구장처럼 그녀를 감싸고 있었다.

고개를 묻은 채 바들바들 떨면서 있으려니까 조금씩 사람들이 벌이는 기괴한 행동의 이유를 알 것도 같았다. 그곳은 키타이구였다. 사람들이 그녀를 기억하고 있는 게 틀림없었다. 그런데 그녀가 죄인이었던가? 준비가 필요했기에 두 눈을 질끈 감고 이를 악물었다. 뜬금없이 군중들 틈에서 폭소가 터져 나왔다.

'아하하!'

'웃는 거야? 어째서?'

후유코는 귀를 의심했다. 또다시 행복에 들뜬 여러 종류의 웃음소리가 사방에서 울려 퍼졌다. 악의라고는 찾아볼 수 없는 겸손한 웃음보였다. 살며시 고개 들어 동정을 살폈다. 군중은 여전히 탄탄한 어망처럼 후유코를 에워싸고 있었으나, 정작 그들의 이목은 그녀를 향하고 있지 않았다. 사람들은 같은 공장 라인에서 찍어낸 허깨비 인형처럼 하나같이 동경 가득한 눈빛으로 누군가를 바라보고 있었다. 후유코가 황망히 몸을 숙여 뒤를 돌아봤다. 깔끔한 흰색 정장을 차려입은 애니메이션의 전설 미야자키 하야오 감독이 그녀가 앉았던 자리 바로 뒤에 서서 팬들에게 열심히 사인을 해 주고 있었다. 간간이 던지는 농담과 하늘을 찌를 듯 꼿꼿한 허리는 팔순을 바라보는 나이가 무색할 정도로 인상적이었다.

580

방금 팬들의 입에서 또 웃음 폭탄이 터진 거로 보아 그가 쓸만한 농담을 던진 것이 분명했다. 후유코는 청바지에 묻은 흙을 털어내며 의자를 일으켜 세웠다. 안도의 미소가 그녀의 입가를 끌어올리고 있었지만, 마음은 종전보다 훨씬 아래로 처져 있었다. 빨리 그곳을 벗어나고 싶었다.

재 회

혼란을 피해 종종걸음을 치던 후유코는 얼떨결에 북소리와 가까워
진 자신을 발견하고는 깜짝 놀랐다. 손을 가슴에 얹고 멈춰 서 주변
을 둘러보았다. 사람들의 웅성거림으로 보아 조금 떨어진 공연장에서
가부키가 한참 마무리 중인 게 틀림이 없었다. 후유코는 가부키 공연
을 실제로 한 번도 본 적이 없었다.

어깨를 움츠리고는 공연장 안으로 들어갔다. 고대 로마 제국 시대
의 콜로세움을 정밀하게 축소한 듯한 공연장에서는 가부키가 아닌
노극(Noh Gaku)이 한창 진행 중이었는데, 관람객들이 작당이라도
한 듯 들쑥날쑥 앉아 있어 적당한 자리를 찾기가 여간 어렵지 않았
다. 겨우 구석진 말석에 자리를 마련하고 주변을 둘러보던 후유코는
선뜩 놀랐다. 어디서 손에 넣었는지 거의 절반에 가까운 관람객들이
노극에 나오는 여러 가면을 뒤집어쓰고는 희희 웃고 있었다. 얼핏
보아서는 어디가 무대이고 관람석인지 헷갈릴 정도였다. 기묘한 광
경에 긴장한 후유코가 밭은 목에 침을 넘기고는 무대로 얼굴을 돌
렸다.

때마침 배우들이 드나드는 하나마치라는 통로를 통해 한 무리의
스태프가 우르르 몰려나왔다. 막장 즈음에 관객을 위해 펼쳐지는 의
례적인 퍼포먼스였으나, 진행 순서를 전혀 모르던 후유코는 오오츠

즈미 특유의 날카로운 북소리에 또다시 놀란 가슴을 쓸어내려야만
했다. 이윽고 사단장인 듯 보이는 노년의 남성이 무대 중앙으로 걸
어 나오더니 호쾌한 말투로 배우들의 이름을 한 명씩 호명하며 관객
들의 관심을 유도해내기 시작했다. 호명된 배우는 북소리에 맞춰 차
례차례 한 걸음씩 앞으로 나왔고, 팬 서비스를 하려는 듯 연극에 쓰
였던 도구를 손에 들고는 제각기 자신만의 장기를 뽐냈다. 곧이어
코이치라는 이름의 한 남성이 호명되었다. 노파 역을 맡았던 그는
인사도 없이 몸을 바짝 낮추더니 마치 팽이처럼 옆으로 상체를 돌리
기 시작했다. 사람들은 그 거칠고 힘찬 모습에 기립 박수를 보냈고
비록 자리에서 일어나지는 않았지만, 후유코 역시 수줍은 미소를 지
으며 그 분위기에 적극적으로 동참했다. 박수갈채를 흠뻑 받은 남
자가 더욱더 흥에 겨워 몸뚱이를 배로 움직이니 삽시간에 무대는
열광의 도가니가 될 수밖에 없었다. 공연장에 속한 누구도 신명 나
지 않은 사람이 없을 정도였다.

582

　모든 사람이 공연장을 가득 메우는 열정에 흠뻑 젖어 있을 때였
다. 흥에 겨워 이리저리 기웃대던 후유코의 눈길이 우연히 한곳에
얽히더니 더는 움직이지 않았다. 그녀의 시선을 빼앗은 건 한 남성
관객이었다. 얼핏 본다면 그는 관람석 사이로 생뚱맞게 솟아오른 고
목나무에 어깨를 기대고 연극을 감상하는 평범한 관람객에 불과했
다. 거리도 꽤 멀었고 나뭇가지에 가려져서 얼굴조차 볼 수 없었으
니까. 하지만 그에게는 주변의 인물들을 전부 흑백 사진으로 만들
어 버리는 그만의 독특한 아우라가 있었다. 고매한 예술 작품에서
나 나올 법한 압도적인 후광이라고나 할까? 어느새 후유코는 몽환
에 흡수된 여인처럼 입을 벌리고는 한들거리며 그에게 다가가고 있
었다.

고목나무까지 예닐곱 걸음만 남기고는 살짝 빈자리에 걸터앉아 남자를 살펴봤다. 그는 여전히 팔짱을 낀 채 고개를 약간 기울인 상태로 무대 쪽을 주시하고 있었지만, 배우들이 사방팔방으로 뛰어다니며 개인기를 보여 줘도 결코 얼굴이 그들을 쫓는 법은 없었다. 그건 결국 그가 공연을 보고 있지 않다는 뜻이었다. 실제로 그는 깊은 사색에 잠긴 채 공연장의 하늘에서 서서히 내려오는 저녁노을을 바라보고 있었다. 남자와의 공간을 좁히고 싶었던 후유코가 또 다른 빈자리로 몸을 옮겼다.

바람에 흩날리는 남자의 미세한 체취가 느껴질 즈음이었다. 누군가 그녀의 어깨를 두드렸다. 후유코는 깜짝 놀라 무춤했고, 남자도 그 소음에 힐끗 뒤를 돌아보았다. 하지만 그녀 역시 돌아보고 있었기에 그의 얼굴을 확인할 기회는 생기지 않았다. 언제 왔는지 유우미가 빅 사이즈의 카페모카 두 잔을 손에 들고 서 있었다.

"이봐요, 친구? 여기 있으면 어떡하나요? 한참 찾았다는 거 아닙니까?"

유우미의 머쓱한 표정에 미안해진 후유코가 말끝을 흐렸다.

"나도 모르게…."

유우미가 실눈을 뜨며 뒤돌아 있는 남자를 턱으로 가리켰다.

"너도 모르게… 저 남자에게 끌려간 거야? 저 남자가 그루누이라도 되는 거니? 파트리크 쥐스킨트의?"

"가부키 북소리를 따라오다 보니 여기까지 오게 된 거야, 정말 미안해. 참! 아까 그 영화감독 봤어?"

"말 돌리지 마세요. 흠, 뭐… 뒷모습이 나쁘지는 않네? 남자는 말을 해 봐야 성격을 알 수 있어. 나 저기서 기다릴게. 자, 이거 들어."

후유코가 돌아서는 친구의 팔을 황급히 붙잡았다.

"어디 가? 그런 거 아니야, 놀리지 말고…."

"놀리긴 누가? 무조건 기다리지만 말고 먼저 말 걸어 봐. 요즘 세상에 여자가 말 건다고 쉽게 볼 사람 없어. 노극에 관해 물어보는 척하던가…. 나 같으면 한 번 말이라도 걸어 보겠다."

"미쳤니? 나 그런 거 아냐. 자…, 가자."

"정말? 후회 안 해?"

"어서 가자니까?"

귓불까지 붉어진 후유코가 친구의 허리에 손을 감고는 무리하게 길을 재촉했다. 그러자 자연히 커피는 심하게 흔들렸고 차가운 액체가 손등으로 올라탔으며 유우미는 놀라 손에서 컵을 놓칠 수밖에 없었다. 플라스틱 컵에서 튀어나온 커피는 어설픈 왕관 흉내를 내며 얄밉게도 아가씨들 옷 중 제일 깨끗한 부분만을 잘도 골라 얼룩을 만들어 버렸다. 이내 치마와 바지가 서로 뒤엉켜 흔들리는 작은 소동이 벌어졌다.

난데없는 소란에 남자가 다시 고개를 돌렸다. 이번에는 남자와 여자가 또렷하게 눈이 마주쳤다. 후유코가 그의 얼굴을 분명하게 확인한 것이었다. 한순간 후유코는 충격을 받아야 하는지 마는지를 고민하는 천하의 별난 여자가 되어 버렸다. 공교롭게도 남자는 며칠 전 생명의 은인이 썼던 마스크와 똑같은 놈으로 얼굴을 가리고 있었던 것이다. 하지만 그것만으로는 그가 은인이라고 단정할 증거가 될 수 없었다. 유우미나 후유코, 심지어 쿠라이 경위라도 가면만 뒤집어쓴다면 그가 될 수 있었다.

친구의 난감한 표정에 유우미가 고개를 갸웃했다.

"왜 그런 거? 여긴 노극 공연장이잖아? 당연한 거지. 저 남자 노극 배우인가 보다, 응?"

"저 마스크 말이야, 바로 날 도와줬던 남자가 썼던 것하고 똑같아. 어쩌면 저 남자가 날 구해 준 생명의 은인일지도 몰라. 저런 종류의 마스크는 시중에 팔지도 않는 거잖아."

나름 심각한 고백이었건만, 유우미는 별 대수롭지 않다는 표정으로 말을 받았다.

"그래? 그럼 더 잘됐네. 나 저기 가 있을 게."

유우미가 한쪽 입꼬리를 슬쩍 올려 야릇한 미소를 짓더니 십여 미터나 떨어진 벤치로 발걸음을 향했다.

혼자 남은 후유코는 손바닥을 비비며 안절부절못했다. 발만 동동구르며 도움을 갈구하는 눈빛으로 벤치를 쳐다보았지만, 유우미는 한가롭게 고개만 끄덕거릴 뿐이었다. 시선을 다시 올바로 한 후유코가 심호흡과 함께 마음속을 정리해 보기로 했다. 그랬다. 아무리 생각을 거듭해도 그저 부끄러워할 일만은 아닌 것 같았다. 따뜻한 피가 흐르는 인간이라면 의당 은인에게 최소한의 경의 정도는 표해야하는 게 도리였다.

585

악수가 가능할 만큼 더 바짝 남자에게 다가간 후유코가 천천히 입술을 뗐다.

"저기…."

남자는 못 들었는지 전혀 반응이 없었다.

"저기, 실례지만…."

바로 그때였다. 후유코의 목소리를 들은 남자가 느닷없이 안주머니에서 젊은 여자 가면을 꺼내더니 그것을 얼른 얼굴에 뒤집어썼다. 가면 위에 또 다른 가면을 덧댄 것이었다. 남자의 기괴한 행동에 후유코는 당혹스러웠다. 무슨 말을 해야 할지 몰라 머뭇거렸고 남자는 후유코를 아래위로 한 번 훑어보더니 고개를 도로 돌려 버렸다. 난

감한 후유코가 다시 유우미 쪽을 바라봤다. 그녀는 사뭇 진지한 얼굴로 누군가와 통화를 하고 있었다. 할 수 없었다. 홀로 용기를 되잡을 수밖에는.

"저, 실례합니다만…."

남자가 다시 뒤를 돌아보았다. 턱을 약간 치켜든 채 후유코의 입을 내려다보는 모습은 정말이지 건방져 보였다.

"저기…, 그러니까 그게… 혹시… 저를 아시나요?"

후유코가 입술을 깨물었다. 이 얼마나 멍청한 질문이던가? 하지만 다행히도 남자의 시선은 아직 그녀의 입가에 머물러 있었다. 서둘러 말을 보냈다.

"혹시 며칠 전 저를 도와주신 분이 아닌가 해서요. 그렇다면 진심으로 감사하다는 말씀을…."

"그런 적 없습니다."

남자가 차갑게 말을 자르며 고개를 돌려 버렸다. 너무나도 냉담한 태도에 어안이 벙벙해진 후유코는 벌린 입도 제대로 다물 수가 없었다. 은은한 노을빛이 그의 인조 얼굴 위를 떠다니며 여전히 거부할 수 없는 후광을 자아내고 있었고, 땅거미는 막 착지를 성공적으로 마무리한 상태였다. 공연 스태프들은 무대를 정리하기 시작했으며 관객들은 저마다 일어나 외투를 여몄다.

어수선한 분위기 속에 서 있던 후유코가 살짝 실눈을 만들었다. 싸늘한 남자의 대답에서 외국인 특유의 억양이 느껴졌다. 그는 외국인이던가 적어도 타국에서 오래 살다 온 교포임에 틀림이 없었다. 사실 어느 쪽이라도 별 상관은 없었다. 중요한 건 남자의 부정에도 불구하고 점점 그녀의 생각이 그가 자신을 도와준 장본인이라는 쪽으로 기울고 있다는 것이었다. 그녀는 목숨을 구해 준 남자의 정열

적이고도 몽환적인 눈매를 분명하게 기억하고 있었다.

깊은 생각에 잠길수록 점점 더 두려움이 강해지는 것 같았다. 단지 진심으로 감사를 표하고 싶은 것뿐이었는데…. 남은 용기를 끌어모아 다시 말을 걸어 보았다. 하지만 낯선 남자와의 대화가 익숙지 않은 그녀는 이번에도 기껏 한다는 주제가 가면이었다.

"실례지만, 혹시 여기 극단 배우신가요? 마스크를 쓰고 계셔서요. 주제넘은 질문, 정말 죄송합니다."

"아니요."

성의 없는 답변이었다. 게다가 등을 돌린 채 오렌지빛 노을을 바라보는 모습은 진실로 더 이상의 대화를 원치 않는 사람만이 취하는 제스처였다. 후유코가 텅 빈 시선을 아래로 툭 던졌다. 이 시점에선 그녀도 더 이상 욕심만을 고집하고 있을 수는 없었다. 가슴 한편이 굳게 뭉친 듯 답답했지만, 인제 그만 내려갈 곳을 살피는 것만이 최선의 길이라고 생각되었다.

그런데 관람석 돌계단으로부터 흙 위로 막 발을 내디뎠을 순간이었다. 누군가의 속삭이는 소리가 바람을 타고 어렴풋이 들려왔다.

"후유코."

처음에는 너무 작아 소리인지조차도 알아채지 못했다. 그래서 무시하고 계속 네댓 걸음을 더 진행해 나아갔다. 이때 다시 속삭임이 들려왔다. 흡사 꿈꾸는 듯 애매모호한 음성이었다.

"후유코?"

후유코가 옴칫 멈춰 서며 뒤를 돌아보았다. 남자는 여전히 그녀를 등진 채 노을을 바라보고 있었다. 고개를 재빠르게 움직여 근처를 살펴봤다. 옷깃을 올린 채 토끼처럼 깡충거리며 갈 길을 재촉하는 사람들과 바닥을 나뒹구는 낙엽뿐이었다. 어디에도 호명인의 자취는 없었다.

'내가 잘못 들은 걸까?'

미간을 찌푸리고 기다렸다. 그것은 더 이상 들려오지 않았다.

'아! 유우미였나?'

벤치를 쳐다봤다. 그녀는 휴대 전화를 턱에 낀 채 여전히 누군가와 열띤 대화를 하고 있는 중이었다. 후유코가 숨을 몰아쉬었다. 미심쩍은 마음은 가득했지만, 모든 사람이 돌아갈 채비를 꾸리는 와중에 혼자서만 밑도 끝도 없이 맞바람 속에 버티고 있을 수도 없는 노릇이었다. 어두운 얼굴로 호주머니에 손을 찔러 넣고 다시 친구가 앉아 있는 방향으로 몸을 움직였다.

미스터리로 남다

"아까 나온 젊은 여자…, 사실은 남자죠?"

누군가 중얼대는 소리에 뒤를 돌아보니 가면의 남자가 팔짱을 푼 채 멀뚱히 앉아서 후유코의 대답을 기다리고 있었다.

"노극 공연 말입니다."

남자가 고개를 약간 기울이며 말을 보탰다. 존칭은 썼지만, 아까와는 악센트부터 다른 다정한 말투였다.

"네, 원래 가부키나 노극은 여자 역할도 모두 남자들이 한다고 들었어요."

"역시…, 아무리 가면이라도 여자 얼굴을 하고 있으면 최소한 남자 목소리로 말하지는 않아야지…. 아, 그러고 보니 저도…."

그가 조용히 한 번 웃고는 관람석에 걸터앉아 후유코를 바라보았다. 종전 공연장에서 들려왔던 난타 북소리가 관람석 계단을 다시 오르는 후유코의 가슴속에서도 울려 퍼지기 시작했다.

인터넷과 텔레비전을 통해 아우른 지식이 섬세한 설명이 되어 두 개의 가면 아래 펼쳐졌다. 처음 남자는 고개를 끄덕이며 먼 산도 바라보고 틈틈이 후유코를 쳐다보는 게 이야기를 경청하는 듯 보였다. 하지만 시간이 흐를수록 소리 없는 한숨이 점차 잦아졌고 얼굴이 하늘을 향하는 횟수도 빈번해지기 시작했다. 후유코는 아둔한 여자가 아니었다.

"그만할까요? 제가 설명을 잘하는 편이 아니라서 답답하실 수도 있겠어요, 죄송해요."

남자가 고개를 천천히 가로저었다. 진홍빛 노을에 비친 그림자 때문인지는 몰라도 얼굴이 아까와는 다른 사람처럼 한없이 부드러워 보였다.

"…"

후유코의 뇌리에 불가해한 감정이 엄습했다. 고개를 흔드는 모습과 일련의 형상뿐이었지만, 그 섬광과도 같은 조연들이 그녀의 아련한 기억 저편 속에 숨겨진 비밀을 끄집어내려 하고 있었다. 확실히 그는 누군가와 닮아 있었다. 후유코가 머뭇머뭇하다가 조심스레 입을 떼었다.

"저어…, 혹시, 여기 사시는 건가요?"

남자가 고개를 천천히 끄덕이다 다시 가로저었다.

"아닙니다."

"아, 그럼… 키타이는 처음이신 건가요?"

이때 마감 시간을 알리는 마이크 소리가 유원지에 울려 퍼졌고 남자가 스피커 속으로 시선을 던지고는 대답을 주춤거렸다.

"어머, 죄송합니다. 꼬치꼬치 캐물으려는 건 아니었어요."

"죄송합니다."

"아니에요, 아, 저는 여기가 고향이에요. 여기서 태어났습니다."

"지금도 여기 살고 있습니까?"

"아니에요, 지금은 두 시간 정도 떨어진 곳에 살고 있습니다."

"얼마 만에 온 건가요, 고향에?"

"그게… 아주 오랜만이네요."

"두 시간이면 비교적 가까운 편인데… 그렇게 오랜 시간 동안 오지 않은 특별한 이유가 있습니까?"

후유코가 입술을 감쳐물자 남자가 얼른 말을 이었다.

"대답하지 않아도 괜찮아요."

"아니, 아니에요. 어떻게 말해야 할지 몰라서…. 여러 가지 개인적인 일들이 있어서 못 왔었어요."

남자가 천천히 고개를 끄덕이고는 그녀의 말을 되뇌었다.

"개인적인 일들…."

"여기는 그러면 여행 오신 건가요?"

"옛 친구들을 만나러 왔습니다. 한 명은 만났지만 다른 한 명은 아직 못 만났어요. 솔직히 두렵네요…."

"뭐가 두려우신가요?"

"많이 아프다고 들었거든요. 그런 감정 아세요? 진심으로 바라고 기다려 왔지만, 한편으로는 두려운…."

"아, 무슨 말씀인지 알 것 같아요. 저도 비슷한 감정을 거의 매일 느끼고 있어요. 저…, 사실은 제가 제 친동생을 못 만난 지 아주 오래되었거든요. 만날 수만 있다면 무슨 짓이라도 할 수 있지만, 또 막상 만나면 지금은 어떻게 변해 있을지, 혹시라도 저를 기억하지 못하면 어떻게 해야 할지 무섭다는 생각도 들어요."

말을 마친 후유코가 저도 모르게 입으로 손을 가져갔다. 본인이 생각해도 가슴속에 담아 둔 이야기가 술술 나오는 게 신기했기 때문이었다.

"동생에게 무슨 일이 있었습니까?"

후유코가 잠시 망설이더니 무겁게 입을 열었다.

"실종됐어요, 아주 오래전에. 그것도 바로 제 옆에서요. 사람들은 동생이 죽었을 거라고 하더군요. 살아 있다면 현실적으로 이렇게 연락이 안 될 수가 없다고, 이제 제발 포기하라고⋯. 하지만 전 알아요. 거의 매일 동생이 살아 숨 쉬고 있다는 걸 느끼고 있어요. 절대로 동생은 살아 있어요."

"⋯."

"어머, 죄송해요. 제가 혼자 흥분해서⋯."

남자가 후유코의 시선을 피한 채 고개를 저었다.

"아닙니다, 이해합니다. 저라도 포기하지 않을 겁니다."

"이해해 주신다니 고맙습니다. 사실 얼마 전에 동생의 꿈을 꾸었어요. 동생이⋯, 동생이 끊임없이 눈물을 뚝뚝 흘렸어요. 자기는 견딜 수 있다면서, 저만 행복하면 된다고⋯. 이게 무슨 의미일까요? 그냥 단순한 악몽일까요?"

"그리고 또 무슨 이야기를 했습니까?"

"이제 정말 큰 용기가 필요할 거라고 했어요. 하지만 걱정하지 말라고⋯. 자신과 리더스가 도와줄 거라고. 아무 일 없을 거라고."

"그렇습니까?"

후유코가 어색하게 웃으며 말했다.

"아, 리더스는 제 어렸을 때 친구 이름이에요. ⋯죄송해요, 제가 미쳤나 봐요. 초면에 이런 개인적인 일까지 전부 이야기하다니⋯."

남자가 아무 말 없이 얼굴을 하늘로 향했다. 불그스름한 저녁노을 빛이 그의 젊은 여자 가면 위로 야릇하게 얼비치며 무척이나 쓸쓸한 분위기를 자아내고 있었다. 남자가 가늘게 한 번 한숨을 짓더니 지나가는 말처럼 중얼거렸다.

"20년을 기다린 거네요, 당신을 만나기 위해."

"…네?"

남자가 잠시 뜸을 들인 뒤 노을에 고정시킨 얼굴을 내리지 않고 말을 이었다.

"키타이 말입니다. 이 마을, 왠지… 당신을 애타게 기다렸을 것 같다는 생각에…"

후유코가 짧은 숨을 내쉬었다.

"아, 키타이. 아, 네. 키타이 마을이 저를 기다렸다는 뜻이었군요. 저는 무슨 말씀인가 했어요."

"저는 마을도 사람처럼 살아 숨 쉬고 있다고 생각합니다. 마을마다 이름이 있고 이 세상 어느 마을도 똑같은 곳은 없으니까요. 심지어 점점 늙어 가기도 하고."

남자가 그제야 고개를 후유코에게 돌렸다.

"혹시 제가 노극 가면을 벗지 않는 게 많이 불편하신가요? 하지만 제가 이걸 벗는다고 해도 저에게는 또 하나의 가면이 있습니다. 의미가 없기 때문에 하지 않는 것입니다. 오해하지 말아 주세요."

"저는 괜찮습니다, 이해해요."

"어렸을 때 얼굴에 매우 심각한 화상을 입었습니다. 아무리 현대 의학이 발달해도 피부 이식에는 한계가 있더군요. 게다가 상처 부위에 햇볕도 쐬면 안 된다고 합니다. 조금이라도 빛이 제 얼굴에 닿으면 전 상상할 수도 없는 고통을 느낍니다. 제 얼굴을 보호하기 위해 병원에서 만들어 준 특수 가면입니다."

"정말 힘든 일을 겪고 계시네요…. 뭐라고 위로를 드려야 할지."

남자가 들릴 듯 말 듯 한 번 웃더니 후유코를 쳐다보았다. 그리고 후유코 역시 그를 바라보았다. 그렇게 흑백 사진 속 한 장면처럼 시간은 흘러갔다. 후유코는 지금까지 살아오면서 이토록 오랫동안 사람의 얼굴을 정면으로 바라본 적이 단 한 번도 없었다. 어쩌면 둘 사이에 가면이라는 트집이 존재하기 때문일지도 몰랐다. 그녀는 남자의 두 눈동자를 똑바로 치어다보고 있었고 두근거리는 심장 소리를 무시한다면 오히려 대화를 나눌 때보다 지금의 공백이 더 친근하게 느껴졌다. 남자가 고개를 숙이는가 싶더니 또다시 들어 후유코를 쳐다보았다. 분명 무언가 긴히 할 말이 있어 보이는 눈치였지만, 그는 망설였다.

어쩌면 착각일지도 몰랐다. 하지만 누구라도 그의 굳게 다문 입술과 불끈 쥐어진 주먹을 본다면 그가 자신의 상반된 두 가지 감정과 필사적으로 싸우고 있다는 걸 눈치챌 수 있었다. 찰나의 순간이지만 분명 그의 차가운 가면 뒤에선 소리 없는 전쟁이 진행 중이었다. 한동안 번쩍이는 구두 끝으로 애먼 흙만 헤치던 남자가 마침내 슬픈 비밀이라도 털어놓으려는 듯 입술을 지그시 깨물며 고개를 들었다. 후유코는 그가 어떤 말을 할지 막연히 두려웠다.

"방해하고 싶지는 않지만, 해가 지니까 혼자 있기 좀 그러네…. 서로 연락처를 교환하고 오늘은 이만 헤어지는 것도 로맨틱하지 않을까요?"

어느새 유우미가 옆에 다가와 있었다. 남자가 갑자기 외마디 소리를 내더니 얼굴을 감싸고는 허리까지 굽혀 버렸다. 이윽고 청소부들이 거대한 빗자루를 들고는 두리번거리며 공연장 안으로 들어왔고 관람석에는 가로등 불이 하나둘씩 켜졌다. 남자는 이제 몸을 웅크린 채 꼼짝도 하지 않고 있었다. 유우미가 걱정스러운 표정으로 친구를 쳐다봤다. 후유코가 그녀의 팔을 잡고 관람석을 내려가며 말했다.

"미안해, 먼저 집에 갈래?"

유우미가 눈을 크게 뜨며 되물었다.

"먼저? 나 혼자 집에 가라고?"

후유코가 고개를 끄덕였다. 그녀의 눈에는 웬일인지 쫓기는 자의 긴장이 감돌고 있었다.

"응, 내 차를 가지고 가. 난 기차를 타고 가면 되니까. 나… 꼭 더 좀 이야기해 보고 싶어. 그러니까… 그게 아니라…."

유우미가 이해한다는 듯 고개를 끄덕였다.

"무슨 말인지는 나도 알겠어, 좋은 생각 같기도 하고. 근데… 너 혼자 괜찮을까? 여긴 위험하고 범인이 어디선가 널 노리고 있을지도 모르는데…."

"…."

"아무래도 차는 두고 가는 게 좋겠어. 내가 기차를 타고 갈게."

"그럴 거 없어, 정말 난 괜찮아. 차는 네가 가져가."

먼저 차에 도착한 후유코가 운전석 문을 열고는 손을 휘두르며 승차를 독촉했다.

"어서, 응? 어서."

잠시 망설이던 유우미가 어쩔 수 없다는 듯 핸드백을 어깨에서 내리며 차에 올랐다.

"알았어, 그럼 나 먼저 갈게. 차는 너의 집에 가져다 놓을 거니까 이따 들어가서 확인해. 아, 그리고… 무슨 일 있으면 전화해. 무슨 일 없어도 전화하고, 알았지?"

후유코가 고개를 끄덕였다. 유우미가 시동을 걸고 창문 너머로 걱정스런 시선을 던졌다.

"너무 늦지는 마, 벌써 밤이잖아."

"알았어, 물어볼 이야기가 남아서 그러는 거뿐이야. 늦을 일은 없을 거야."

"물어볼 이야기가 뭔데 그래?"

"그냥… 이것저것…."

"이것저것?"

"…."

"그래, 알았어. 나 갈게."

유우미가 마침내 정면을 응시하고 안전벨트 끈을 당겼다.

후유코가 다시 공연장으로 발걸음을 향하는데 누군가 저렁저렁 울리는 목소리로 그녀를 불러 세웠다.

"거기, 아가씨?"

검게 그을린 얼굴의 한 남자가 자신의 금장 혁대 앞에 있는 가판대를 손으로 훑으며 말했다.

"자, 어떠세요? 이 가면들? 노극에서 쓰는 정품 물건입니다. 인터넷에서 파는 싸구려 가짜 가면이 아니에요?"

그의 말대로 가판대 위에는 여러 종류의 가면들이 보기 좋게 진열되어 있었다. 그제야 그 수많은 관람객의 가면 구입 경로를 확인한 후유코가 고개를 끄덕였는데 그걸 또 구입 의사가 있다는 거로 해석한 상인이 한층 더 고무되어 목청을 가다듬었다.

"그냥 싸구려 플라스틱이 아니라 고품질 천연고무가 첨가된 진짜 물건이에요. 이런 건 잘 못 만나요, 거리에서."

"아, 네…, 그런데 제가 지금은 조금 바빠서요…."

"동생이나 외국에 있는 친구에게 선물해도 좋을 텐데요?"

"그게… 저."

"두 개 사시면 서비스로 끈을 하나 더 드려요."

"정말로 괜찮습니다."

상인이 눈썹을 끌어내리며 사정하는 표정을 지어 보였다.

"그럼 하나만이라도 사 주세요. 오늘 적어도 칠십 개는 팔 줄 알고 부랴부랴 나왔는데 서른 개도 못 팔았어요. 월세도 내고 자릿값도 주려면 이걸로 택도 없는데… 날이 갑자기 추워지니 사람이 나와야지요."

후유코가 마지못해 고개를 끄덕였다. 딱히 남자의 상술이 먹혀들었다기보단 한시라도 빨리 무대로 돌아가고 싶은 마음이 앞선 결과였다.

"그럼 젊은 여자 걸로 한 개 주세요."

"아이고 고맙습니다! 삼천 엔입니다!"

비싸다고 생각했지만, 후유코는 잠자코 지갑을 열었다. 상인이 싱글벙글 웃으며 가면 한 개를 정성껏 포장지에 말아 넣었다.

"여기 있습니다, 삼천 엔. 분명히 받았습니다. 안녕히 가세요?"

"고맙습니다."

"아, 그리고… 카즈오 조심하세요?"

별생각 없이 다시 공연장으로 향하던 후유코가 발걸음을 멈추고는 뒤를 돌았다. 그녀는 자신의 귀를 의심했다.

"네?"

"아, 죄송해요. 제 마누라에게 말하던 게 습관이 돼서…. 히히. 카즈오는 우리집 고양이예요. 이상하게도 고양이들이 노극 가면만 보면 물고 도망가고 난리도 아니더라고요. 아마 옆에 끈이 조금 나와 있는 게 호기심을 자극하는 모양이에요."

상세한 해명에도 불구하고 후유코가 긴장된 얼굴을 풀지 않고 서 있자 상인이 다시 히물거리며 농담조로 말했다.

"설마 아가씨 아버지 이름이 카즈오는 아니죠? 히히!"

"…."

시시덕거리던 상인이 이내 얼떨떨한 얼굴로 표정을 바꾸더니 뒷머리를 긁적였다.

"어라? 정말이에요? 아이고 죄송해요. 고의는 아닙니다. 절대, 절대로요. 어이구 참, 말이 어떻게 그렇게 연결이 되나?"

"저기, 혹시…."

"네?"

"여기서 젊은 여자 가면을 구입한 사람 중에 혹시 가면을 쓰고 있던 남자 분을 기억하시나요?"

"네? 가면을 쓴 사람이 저희 가면을 구입했다고요?"

"네, 맞아요."

"엥? 글쎄요? 아까 한꺼번에 손님이 들이쳐서 잘 기억은 안 나지만…, 가면을 쓴 손님은 없었어요. 당연한 거 아닌가요? 이미 썼는데 왜 또 사겠어요."

"그냥 가면이 아니라 얇은 고무로 만든 가면이었어요, 푸른빛이 도는."

상인이 잠시 눈을 깜박이더니 무표정한 얼굴로 가판대 귀퉁이에 손을 가져갔다.

"이거요?"

후유코는 너무 놀라 하마터면 땅바닥에 주저앉을 뻔했다. 상인의 오른손에는 남자가 쓰고 있던 것과 똑같은 하늘색 고무 가면이 들려 있었다.

"그, 그건 특수 제작된 화상 환자용 가면인데 그게 왜 여기 있어요?"

"네? 풋! 특수 제작이라니. 누가 그런 사기를 쳐요? 이거 그냥 이백 엔짜리 합성 고무예요. 노극 전문 배우들이 오랫동안 가면을 착용하면 얼굴에 땀이 배거나 가려울 수 있거든요. 가면 밑에 받쳐서 사용하라고 나온 일회용 제품이에요. 일반인은 필요가 없어서 제가 권하지 않은 건데… 하나 드릴까요? 사신다면 백 엔에 드릴게요."

"어디 가세요?"

후유코가 공연장 안으로 들어가려 하자 관리인인 듯 보이는 푸른 제복의 남자가 앞을 가로막았다.

"다시 들어가려고 하는데요?"

"그러십니까? 하지만 공연장은 공연이 끝난 뒤 한 번 나가시면 재입장이 불가합니다. 죄송하지만 오늘은 돌아가 주시겠습니까?"

"예? 그런…."

"…."

"정말 그런가요? 여긴 놀이동산도 아닌데 왜 그럴까요? 잠깐만 부탁드릴게요."

"다른 곳은 상관없습니다만, 여기 공연장만큼은 절대로 안 됩니다. 관리소장이 정한 룰이 그렇습니다. 아무튼, 죄송합니다."

관리인이 단호한 대답과 함께 출입구에 걸터앉았다. 큰일이다 싶은 후유코가 종종걸음을 쳐서 입구로 다가가 공연장 안을 들여다보았다. 남자의 모습이 보이지 않았다.

"혹시 방금 여기서 나온 남자분 못 보셨어요? 얼굴에 하얀 마스크를 쓴 남자분인데요."

"가부키 배우 말입니까?"

"그건 저도 확실히는 몰라서요."

"못 봤습니다. 아가씨가 친구분과 나가시고 나서 바로 제가 문을 닫았습니다만…."

"출구는 여기뿐인가요?"

"그렇습니다."

"그렇다면 혹시 아직 안에 있는 건 아닐까요?"

"누가 말입니까?"

"…그 남자분이요."

"왜입니까?"

"네?"

"아무도 없고, 아무것도 없는 공연장에 왜 남겠느냐는 말입니다."

"…그렇겠군요."

다시 한 번 고개 돌려 안을 들여다보았다. 이따금 부는 가을바람에 빈 종이컵 하나만 굴러다닐 뿐 사람의 흔적은 어디에도 없었다.

"정 그러시다면 안에다 대고 그 사람 이름이라도 한번 크게 불러보세요. 그것까지는 막지 않겠습니다."

"고맙습니다."

한달음에 담 귀퉁이로 달려가 까치발을 들려던 그녀가 이내 다시 발목을 내렸다. 그리고는 얼 간 사람처럼 멍하게 서서 중얼거렸다.

"이름…, 그러니까 이름조차도 나는 알지 못하는구나…. 그 사람도 내 이름을 모를 텐데…, 어째서 그랬지?"

"괜찮으세요, 아가씨?"

후유코는 천천히 고개를 끄덕였다.

"차라리 다른 곳을 둘러보시죠? 카페테리아도 아직 오픈 상태고… 뭐, 아직 유원지 밖으로 나간 게 아닐 수도 있지 않겠습니까?"

관리인이 신문을 집어 들곤 무덤덤하게 말했다.

"그렇겠군요, 고맙습니다."

하지만 후유코는 남자를 더 이상 찾지 않았다.

가로등도 오래되어 음산한 데다 왜 바람까지 불고 있어 역에는 사람의 머리가 몇 보이지 않았다.

후유코가 표에 적힌 숫자를 확인하고는 일렬로 늘어선 좌석들을 가로질러 자리에 앉았다. 올라간 블라우스를 끌어내리고 핸드백도 창문 고리에 걸며 주변을 정리하던 그녀는 느닷없이 어깨를 움츠렸다. 아무도 없는 텅 빈 칸에 홀로 앉아 있는 모습을 반사된 차창을 통해 본다는 것은 그만큼 쓸쓸한 일이었다.

열차의 출발을 알리는 기관사의 무미건조한 음성이 사방에서 흘러나왔다. 벌써 세 번째 똑같은 말을 반복하고 있는 것이었다. 후유코가 스피커를 찾기 위해 고개를 들었다. 천장 구석구석에 매달린 박쥐처럼 보이는 물건들이 모두 '그것들'이었다. 갑작스레 가슴이 답답해지는 느낌이 들었다. 뿌옇게 김이 서린 창문을 황급히 손등으로 닦아냈다. 야릇하게 벗겨진 창문을 통해 저편 레일 건너에 있는 커다란 광고판이 눈에 들어왔다. 한 쌍의 젊은 연인이 그 앞에서 연신 손으로 V자를 만들며 다정하게 사진을 찍고 있었다.

602

아이를 찾습니다. 이름은 사카모토 미키. 나이는 8살입니다. 실종지는….

한눈에도 앳돼 보이는 어느 미아의 얼굴이 광고판 한 면을 전부 장식하고 있었다. 아이러니하게도 사진 속 여자 아이는 미래에 대한 기대와 호기심으로 가득 차 있는 표정이었다. 곧이어 닥쳐올 운명을 알지도 못한 채 해맑게 웃고 있는 아이의 얼굴은 단숨에 후유코의 콧날을 시큰하게 만들었다. 하루 평균 일본에서만 사십 명의 아동들이 실종된다는 신문 기사는 진실이었다. 촉촉해진 눈시울을 물기가 묻은 손으로 막 비비는데 다시 한 번 출발을 알리는 소리가 울려 퍼졌다.

스피커의 여운이 가시길 기다린 뒤 후유코는 아까 구입한 젊은 여자 가면을 봉투에서 꺼내 무릎 위에 올려놓았다. 가면을 물끄러미 바라보는 그녀의 눈에 마스크를 쓴 남자의 얼굴이 남풍에 일렁이는 파도처럼 서서히 오버랩됐다.

'…왜 그냥 가 버렸을까? 나에게 하려던 말이 뭐였을까? 그가 정말 날 구해 준 사람일까?'

절대 끝이 없을 것 같은 미결의 의문들이 허공을 맴돌다 투명한 꽃잎이 되어 머리 위로 떨어졌다. 모든 오늘 일들이 어렴풋한 노을 속에 안개처럼 흩어져 간 꿈결 같았다. 역 담장을 둘러싼 나뭇가지가 바람에 흔들리고 있었다. 헝클어져 있었다. 나뭇가지도, 그녀의 마음도.

'따르릉!'

"아!"

갑작스런 벨 소리에 깜짝 놀란 후유코가 실수로 가면을 바닥에 떨어뜨리고 말았다. 우연의 일치인지도 몰랐다. 미동하던 나뭇가지가 두려움에 떠는 듯 돌연히 아래위로 격렬하게 요동을 치기 시작했다. 땅도 다르지 않았다. 지진이라도 난 것처럼 굵고 탁한 소리를 마구 토하며 사방으로 우적거렸다.

곧이어 기차 한 대가 철거덕 소리를 내며 바짝 스치듯 다가오더니 옆 라인에 멈춰 섰다. 타조 알 몇 개 간신히 통과할 공간만 남겨 둔 채였다. 후유코가 이마를 살짝 유리창에 기대며 옆에 멈춰 선 기차의 내부를 살펴보았다. 아무도 타거나 내리지도 않는 객실 안에는 넥타이를 모두 풀어헤치고 심각한 표정으로 정면을 응시하며 앉아 있는 한 남성만이 있을 뿐이었다. 당장이라도 섬뜩한 짓을 저지를 것만 같은 살벌한 눈매였건만, 후유코는 어느새 그의 형상도 종전에 만난 가면의 남자 것과 결부를 시키고 있었다.

'아, 아냐, 내가 지금 무슨 생각을 하고 있어? 저 사람은 아니잖아. 저 눈은… 무서워….'

후유코가 거세게 고개를 휘젓자 남자가 흠칫 놀라며 그녀를 쳐다봤다. B급 공포 영화에서 쉽게 접할 수 있는 전형적인 악인의 얼굴이었다. 후유코는 기겁을 하며 몸을 얼른 의자 뒤로 눕혀 자신의 모습을 숨겼다. 그녀가 시야에서 사라지자 매운 눈빛의 소유자도 천천히 자신의 광대뼈를 정면으로 되돌렸다.

이윽고 이번 역에서의 사명을 다했는지 옆 라인의 기차가 바퀴를 데그럭거리며 다시금 거동을 시작했다. 남자의 독기 어린 눈매에 잔뜩 겁에 질린 후유코는 옆의 기차가 이미 레일을 긁적이며 멀어지는 데도 의자 뒤로 숨긴 몸을 쉽사리 일으키지 않았다.

기적 같은 일이 생긴 건 바로 이때였다.

그녀의 곁을 스치듯 교차하고 있는 기차의 마지막 칸에서 낯익은 아이가 초점 없는 눈으로 멍하니 앉아 있는 모습이 보였다. 질근 뒤로 동여맨 머리에 가뭇가뭇한 주근깨. 세상에…. 엇갈리는 두 대의 기계 덩어리 틈으로 진정 하늘땅 사이에서는 있을 수 없는 일이 벌어지고 있었다. 그건 나츠코였다. 분명 어린 시절 그네를 타던 옛 모습 그대로의 일곱 살 나츠코였다. 하지만 비통한 것은 그토록 평생 애절하게 찾아 헤매던 동생이 머리카락 한 올의 차이로 사라지는 데도 후유코는 인지조차 하지 못했다는 것이었다. 그녀가 다시 창가로 몸을 일으켰을 땐 이미 옆 라인의 기차는 손바닥에 올릴 정도로 부피가 작아져 있었다.

무뜩 후유코의 등이 가볍게 밀쳐졌다. 이제 그녀의 몸을 실은 열차도 운행을 개시한 것이었다. 후유코는 두 시간이 계획된 여정을 차창 밖 풍경에 내던지기로 작정하며 비스듬히 고개를 돌렸다. 벌써 계약 기간이 만료됐는지 서너 명의 건장한 남자들이 둥글게 모여 광고판에 붙은 아이의 얼굴을 떼어 내고 있었다. 후유코가 관성의 법

칙에 저항하며 억지로 고개 돌려 새 광고물을 쳐다보았다. 개미 세 마리가 뫼비우스의 띠 안쪽을 매듭이 풀린지도 모른 채 부지런히 걷고 있는 광고였다.

- To Be Continued -

By NIK

11월의 잎새(*Can You Keep A Secret?*)

펴 낸 날 2021년 04월 09일

지 은 이   김남일
펴 낸 이   이기성
편집팀장   이윤숙
기획편집   서해주, 윤가영, 이지희
표지디자인 서해주
책임마케팅 강보현, 김성욱
펴 낸 곳   도서출판 생각나눔
출판등록   제 2018-000288호
주   소   서울 잔다리로7안길 22, 태성빌딩 3층
전   화   02-325-5100
팩   스   02-325-5101
홈페이지   www.생각나눔.kr
이 메 일   bookmain@think-book.com

• 책값은 표지 뒷면에 표기되어 있습니다.
　ISBN   979-11-7048-219-2(03810)